# 황 녀 문용옹주1

# 황 녀 문용 옹주 1

초판 1쇄 인쇄　2010년 3월 5일
초판 1쇄 발행　2010년 3월 7일

지은이 : 유주현
펴낸이 : 김형호
펴낸곳 : 아름다운날

주　소 : (121-837) 서울시 마포구 서교동 351-10 동보빌딩 103호
전　화 : 02) 3142-8420
팩　스 : 02) 3143-4154
출판등록 : 1999년 11월 12일
E-메일 : arumbook@hanmail.net

ISBN　978-89-93876-06-2　(03810)
ISBN　978-89-93876-05-5　(세트 전2권)

유주현 장편소설

# 황녀

**1**

문용옹주

### 고종황제의 숨겨진 딸이자
### 덕혜옹주의 배다른 언니 이문용!

왕의 여자들이 벌이는 암투극의 희생양이 되어 파란만장한 삶을 살아야 했던
조선 황녀의 일대기!

아름다운날

# 고종황제의 여인들과 그 자녀들

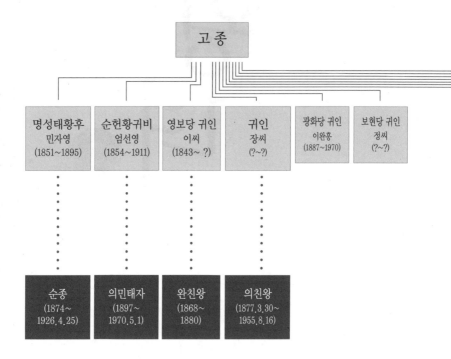

고종

| 명성태황후<br>민자영<br>(1851~1895) | 순헌황귀비<br>엄선영<br>(1854~1911) | 영보당 귀인<br>이씨<br>(1843~ ?) | 귀인<br>장씨<br>(?~?) | 광화당 귀인<br>이완홍<br>(1887~1970) | 보현당 귀인<br>정씨<br>(?~?) |

| 순종<br>(1874~<br>1926.4.25) | 의민태자<br>(1897~<br>1970.5.1) | 완친왕<br>(1868~<br>1880) | 의친왕<br>(1877.3.30~<br>1955.8.16) |

| 복녕당 귀인<br>양씨<br>(1882~1929) | 내안당 귀인<br>이씨<br>(?~?) | 삼축당 상궁<br>김옥기<br>(1890~1972) | 정화당 상궁<br>김씨<br>(1871~?) | 상궁<br>염씨<br>(?~?) | 상궁<br>서씨<br>(?~?) | 상궁<br>김충연<br>(?~?) |

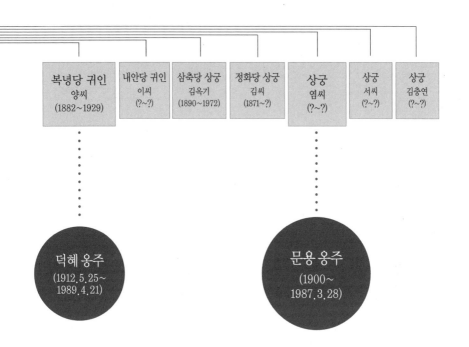

덕혜 옹주
(1912.5.25~
1989.4.21)

문용 옹주
(1900~
1987.3.28)

# 머리말

1900년에 이 여자는 고귀한 신분으로 이 세상에 던져졌다.
1974년의 등불이 꺼질 때 이 여자는 같은 합장으로
마리아와 관음에게 자기 분노와 영혼을 기도하고 있다.
나는 이제 이 여자에 대하여 단 한 마디도 더 쓸 언어가 없다.
1974년 12월

유주현

# 차 례

머리말    _ 7

제1장    _ 11          제9장    _ 242

제2장    _ 29          제10장    _ 275

제3장    _ 56          제11장    _ 306

제4장    _ 87          제12장    _ 339

제5장    _ 121         제13장    _ 362

제6장    _ 147         제14장 .   _ 396

제7장    _ 179         제15장    _ 431

제8장    _ 213         해  설    _ 462

제1장

주위 사람들의 눈치로 나는 다 알고 있다. 나는 이제 운명 직전에 있는 모양이다. 곧 나의 그 고죄적(告罪的)이고 집착스러웠으며, 파란만장했던 생애는 끝장이 나는 것 같다. 그 슬프고 고역스러웠던 인생에 종언을 고하는 시각이 각일각(刻一刻) 다가오고 있음을 나는 안다.

죽음이란 심장이 기능을 잃고 멎어버리는 순간을 가리키는 말이 아닌가. 좀 전에 다녀간 젊은 의사는 청진기를 나의 심장 근처에다 댄 채 마치 자신의 심장이 멎어가는 소리를 듣는 것처럼 그 눈총이 사위 듯 잦아들더니 주위 사람들한테 무슨 눈짓을 남기고는 도망치듯 병실을 나가버렸다. 뻔한 수작이 아니겠는가. 환자는 이제 운명 직전이니까 그에 대한 대비책이라도 마련하라는 눈짓임에 틀림이 없다.

모두들 묵묵히 벌레 씹은 얼굴들을 한 채 나를 들여다보고 앉아 있다.

나는 그들의 정이 고마워 눈물이 주르르 흐른다. 나에게 가식 없는 정을 베풀어주는 사람들, 진실로 그 고마움이 나의 메마른 누선을 자극한다.

정이란 상대적인 것으로 알고 있다. 남에게 정을 베풀면 자기한테 되돌아오는 유형무형의 대가가 있으리라는 기대에서 사람들은 자신의 정을 남에게 베푼다. 정의 본질은 그런 것이 아니련만 그러나 사람들은 그러한 조건반사를 기대한다. 그러니까 정이란 교류되는 것이지 일방적으로 줘버리는 것이 아닌 줄로 알고들 있다. 인색한 사고방식이다.

본시 정이란 무한한 것인데 유한한 것으로 착각을 하고 있는 것 같다. 무한한 것인 줄을 안다면 아낄 필요 없이, 되받을 생각 말고 남에게 베풀어야 한다. 인색할 필요가 없는 것이다.

그러나 모두들 유한한 것으로 착각하고 있기 때문에 주면 준만큼 그것이 줄어라도 드는 것처럼 돌려받을 생각을 하는 것이 아닌지 모르겠다. 모두들 그처럼 타산적이다. 처음부터 교류될 수 없는 정이란 폐쇄된 가슴속 깊이 감춘 채 꺼내 보이려 하지를 않는다.

그런데 여기 지금 나를 지켜보고 앉아 있는 사람들은 그렇지가 않으니 진실로 고마운 존재들이 아니겠는가.

이제 경각에 달린 내 심장이 멎어버리면 그들은 귀찮은 송장 처리나 하는 일이 남는다. 아무것도 바랄 것이 없는 송장 처리다. 물론 내가 지금 죽지 않고 다시 살아난다면 그들에겐 더 짐스러울 뿐이다. 핏줄을 함께 한 사이도 아니면서 돌려받을 수 없는 정을 일방적으로 베풀어야 하는 고역이 남는다.

그런데도 그네들은 나의 죽음을 진정으로 슬퍼하고 있는 모양이니 그 은혜를 어떻게 갚을 것인지 그저 코허리가 찡해질 따름이다.

나는 생기라곤 없게 벌리고 있던 두 눈을 슬며시 감아버렸다. 눈가죽이 내리덮이는 바람에 눈언저리에 맺혀 있던 눈물이 주르르 흘러내렸다.

"할머니, 정신 차리셔야죠."

나는 그 근심어린 음성이 누구의 것인 줄을 안다. 고마운 분, 저분의 은혜는 어떻게 갚는다?

나는 그 여 부장(呂部長)의 정이 고마워 그네의 손길을 더듬었다.

또 다른 음성이 들린다.

"할머니, 할머니는 아직두 오래오래 더 사신대요. 기운을 차리셔야죠."

능숙은 하지만 아무래도 억양이 거세고 더듬거리는 말투다. 구(具) 선생이겠지. 미스 캐논(Miss Keanon). 어떻게 소식을 듣고 멀리 서울에서 달려와 줬는지 모르겠다. 저분의 은혜는 또 어떻게 갚는다? 물론 그분은 성직자로서 멀리 캐나다에서 온 선교사다. 올해 나이가 쉰둘이라던가, 미스 캐논이라고 부르는 게 좋겠지만 본인이 구씨로 자처하기 때문에 우리는 '구선생'으로 불러오고 있다.

지금 그 구 선생이 내 앞에 앉아 있다면 옆에는 반드시 봉임(鳳壬) 여사도 있을 것이다. 캐나다 선교부의 여직원인데 성이 하(河)씨라서 '하 여사'라고 많이 부른다. 구 선생이 서울 본부로 옮겨갈 때까지 그림자처럼 그네를 따라다니며 한국인의 소박한 정의(情誼)와 이 나라의 풍습을 그네의 영혼에다 심어주는 역할을 해왔다. 아마 그 하 여사가 서울에 있는 구 선생한테 장거리 전화라도 걸었던 것이 아닌지 모르겠다.

나는 눈을 감은 채로 이번엔 하 여사의 손을 더듬으면서 말했다.

"내 저 장롱 속 밑바닥을 뒤지면 붉은 보자기에 싼 것이 있어요. 그걸 좀."

내 생각에도 나의 혀끝은 부자유스럽지 않게 돌아가고 있었다. 나의 의사를 남에게 충분히 전달할 수 있는 것이 신기하기만 했다.

하 여사가 돌아앉는 기색이었다. 장롱이라야 큼직한 궤짝이다. 누가 무엇에 쓰던 궤짝인진 모르지만 내가 출옥한 사흘 뒤던가 하 여사가 어디서 구해다준 것이다. 하 여사와 더불어 속에는 백지를 누덕누덕 바르고, 겉쪽엔 예쁜 무늬의 도배지를 사다가 발랐다. 경첩을 박고 자물쇠를 구해 다니까 옛날 식의 옷궤짝이 됐는데 궤짝 취급을 하는 것이 안됐어서 장롱이라고 불러준다.

하 여사는 내가 나의 험하고도 지루한 세월을 두고 용케도 간직해온 그 홍보(紅褓)를 꺼내 끌러보는 눈치였다. 놀라겠지.

나는 흘러간 세월 저쪽에 아스라이 점 찍힌 하나의 반점을 보는 듯한 심정으로 뇌까렸다.

"혼인했을 때 입었던 치마저고리야. 그러니까 60년 가까이 됐어. 하 여사, 내게 그 옷을 입혀줘요."

나는 전부터 마지막 순간엔 그 옷을 입은 채 이 세상을 하직하고 싶었다. 그러기 위하여 남달리 고되고 오랜 세월을 살면서도 나의 보따리 속에는 그 옷이 가장 소중하게 간직되어온 것이다. 그것은 일종의 고집인 동시에 혈통을 잃지 않으려는 몸부림과 같은 망집(妄執)의 징표라 할 수가 있다. 지금은 더 좋은 비단도 많지만 전엔 왕실이나 그 측근 귀공녀들이 아니면 몸에 걸치기조차 민망스럽던 중국 비단으로 만든 옷이다. 무늬는 큼직큼직한 상형문자였다고 기억되는데, 하도 오랫동안 펼쳐본 일이 없어서 무슨 글자들인지는 기억할 수가 없다. 저고리는 노랑빛인데 그냥 노랑이 아니고 황금색이다. 치마는 청색인데 남빛에 가깝다. 물론 갑사 끝동의 회장저고리고, 여섯 폭짜리 넓은 치마였다고 기억된다.

하 여사는 물론이려니와 모두가 여자들이라서 그 아름답고 독특한 색채며 무늬에 놀란 모양이었다. 아무도 입을 열지 않고 한동안 그 옷을 뒤척이며 구경을 했다.

"그땐 중인(中人)의 부녀자들이나 노랑저고리에 남치마를 입었던 게 아닌지 몰라."

여 부장이 그런 말을 꺼냈다.

"여염집 여자로 가장하시느라고 이런 옷을 입으셨겠지만 옷감만은……."

하 여사의 대거리였다.

구 선생도 한마디 했다.

"정말로 좋은 걸 구경하네요. 이런 옛날 옷감을 직접 만져보다니 말입네다. 한국 여자의 옷은 옛날에도 참 멋있는 컬러였습니다."

"참 좋죠? 구 선생님."

"오호, 아깝게도 이 귀퉁이는 삭았어요. 빛깔도 바랬고."

"아무리 좋은 옷감이라 하더라도 60년을 묵었으니 그렇지 않겠어요? 그래두 이만큼 깨끗이 보존된 것은 할머니의 정성 탓이지 뭐예요."

아직도 전주형무소 여감방 여간수로 있는 여 부장의 좀 높은 음성이 여자인 나의 입을 간지럽게 하고야 말았다.

"그 옷은 궁에서 나온 모양인데 임 상궁의 정성이 깃든 바느질 솜씨라서 내 생명처럼 보관해왔어."

구 선생이 외국인답게 내 말을 받는다. "이걸 바늘로 일일이 꼬맸습네까. 미싱으로 한 것보다두 더 곱고 고른 바느질입네다."

"구 선생두, 그 무렵엔 서양에두 재봉틀이 귀했을걸요, 뭘. 하긴 재봉틀이 언제 발명된 것인진 모르지만."

여간수 여 부장은 그 말과 함께 내 손끝을 꼭 쥐어보더니 밝은 음성으로 말했다.

"할머닌 이제 또 시집이라두 가시는 기분인가보죠? 그러세요? 할머니.

첫날밤을 생각하시며 이 옷을 입구 주무시려는 거죠?"

나는 크게 고개를 끄덕여줬다.

그러자 선교사 구 선생이 나를 웃기려고 들었다.

"할머니! 첫날밤엔 참 좋으셨죠? 그때 얘기 좀 들려주세요. 나는 아직두 시집을 못 가봐서 첫날밤의 재미를 모릅네다."

여 부장이 그 말을 받아넘긴다.

"구 선생이 인제야 여자의 진심을 털어놓으세요. 시집 못 가 본 게 한이 되시는 거죠?"

구 선생은 허를 찔린 나머지 여 부장의 등가죽을 가볍게 때리며 소리쳤다.

"나는 주님한테 시집을 갔습네다. 주님께선 첫날밤부터 나에게 가치 있고, 고귀한 사명을 맡기시며 말씀하셨습네다. 일시적이고 본능적인 욕망을 버리는 대신 영원하며 보람 있는 사명과 일에 정진하라구 명령하셨습네다. 사랑은 몸으로 하는 것이 아니라 영혼으로 하는 것임을 가르쳐주셨어요."

여 부장은 침묵해버렸다.

밖에서는 쓰르라미가 청승맞게 울고 있었다.

그네들은 비록 잠시나마 내 죽음에 대한 관심에서 헤어나 있었다.

결국 그네들과 나는 서로 다른 개체였던 것이다. 나의 인생을 동정하고 내 처지에 연민의 정을 베풀어왔지만 그러나 그것은 어디까지나 남에게 베푸는 정이고 자신을 위한 수양의 수단이지 그 이상은 되지 못하는 것 같다.

그네들은 진실로 지금 나의 이 절박한 심정과는 동화될 수 없으며, 나와 죽음을 함께 하지도 못하는 것이다. 나의 이 슬프고 외로운 인생은 끝내 나 혼자의 것이지 누구와도 그 외로움이나 슬픔을 나누어 가질 수는 없는 것이다.

솔직히 말해서 지금 나는 시시덕거리는 그네들이 좀 섭섭했다. 평소엔 살이라도 깎아 먹일 듯한 호의와 인정을 베풀어주던 그네들인데도 당장 죽음과 대결하고 있는 내 앞에서 저 옷가지 하나를 놓고 저처럼 농담을 지껄일 수가 있는 저네들을 보니까 마치 무량무한(無量無限)한 듯이 느껴지던 인정과 사랑에 어떤 한계를 보는 것 같아 허망하기 이를 데 없는 심경이다.

나는 마음속으로 뇌까렸다.

'나무관세음보살.'

나무(南無)는 귀의한다는 뜻이다. 나는 관세음보살한테 귀의하고 싶을 뿐이다.

내가 그런저런 허망한 실의에 빠져 있자 선교사 구 선생이 나를 위하여 기도하는 소리가 들렸다.

"그리스도여, 평생을 불운과 고역으로 살면서 오로지 착함으로 시종해온 당신의 딸이 여기 누워 있습니다. 요한의 탄생으로 우리에게 구원의 빛을 주신 주여, 즐거이 웃으며 당신 발밑에서 영겁을 봉사하려는 이 착한 신자한테 영생의 빛과 구원의 손길을 주소서."

나는 외국인 선교사의 그런 기도 소리를 들으며 다시 한 번 마음속으로 뇌까려본다.

나무관세음보살. 이 욕되게 태어나서 형극의 평생을 살아온 중생이 부처님의 자비로운 손결을 더듬고 있습니다. 나무관세음보살, 나무.

"할머니!"

떨리는 듯한 여 부장의 목소리가 들려왔다.

쓰르릉 쓰르람, 쓰르라미 소리가 아주 멀고 먼 과거의 세월 저편에서 들려오고 있다.

"의식이 혼미해지시는 것 같아요."

그것이 하 여사의 음성인 줄을 분별할 수 있는데, 나의 의식이 혼미해지다니 말도 안되는 소리다.

의사는 뭐라고 결론을 내렸는지 모르지만 내 생명에 대해서는 내가 가장 잘 안다.

과학적인 이론으로는 나의 심장이 오늘밤 안으로 멎어버리게 되어 있을지도 모르지만 영혼 있는 인간의 생명을 과학적인 이론만으로 해결지으려는 것은 어리석다. 영혼이 어디 과학인가. 의술이 영혼을 수술할 수 있다는 것인가. 그것이 안된다면 인간 생명은 과학의 범주에서 벗어나 있는 신비임에 틀림이 없다.

실제로 나는 70유여 생애에 헤아릴 수 없을 정도로 많은 죽음의 고비를 넘겨왔다.

당연히 죽었어야 할 생명이 지금껏 살고 있는 것이다. 내 육신에 가해졌던 그 외부의 폭력은 도저히 한 생명이 부지될 수 없을 정도로 가혹하고 잔인스러웠다. 그 언젠가는 눈, 코, 입, 귀를 비롯한 육신의 모든 구멍에서 선지피가 마구 쏟아져 나왔었다. 어깨뼈가 으스러지고 팔다리가 뭉그러졌었다.

벌써 15년이나 지난 무질서하던 시절의 얘기지만 인간이 그렇게 잔혹하고, 진실이 폭력 앞에 그처럼 무력할 수가 없었다. 나 이외의 함께 당한 사람들은 많이도 죽어갔다. 그런데도 나는 오늘날까지 살아 있었던 것이다. 두고두고 생각해도 나의 생명은 과학적인 이론에 근거를 둔 것 같지가 않다.

그것은 신비로울 만큼, 어쩌면 잔혹스러울 만큼 강인하고 불가사의한 힘이 내 생명을 뒷받침해주고 있는 증좌가 아닌지 모르겠다.

사람들은 그것을 나의 강인한 의지의 승리라고 말하지만 나는 그렇게 여기지 않는다.

선교사 구 선생이 언젠가,

"그건 할머니의 착한 마음에 대한 주님의 보살핌이십네다."
라고 하기에 나도 그와 함께 주님한테 감사의 기도를 올리긴 했으나 속으로는 엉뚱한 데에 의지했다.

'부처님이 이 불쌍한 중생을 보살펴주신 탓이겠지.'

나는 그때의 그 모질던 얘기를 지금 이 시각에 회상하는 것을 삼가고 싶다. 지금은 나를 사랑해주는 저분들과 마음을 교류하기에도 바쁘니까. 좀 더 한가롭거나 외로워졌을 때 그 끔찍했던 일을 되새겨보기로 하자.

하여튼 나의 의식이나 의지는 현재 이 정도로 정상인데도 옆에서 보는 사람들의 눈에는 곧 숨을 거둘 것처럼 다급한 상황으로 비치는 것 같다.

하 여사가 나의 왼손을 꼭 쥐면서 내 귀에다 입을 바싹 대고는 말했다.

"그럼 할머니, 옷을 갈아입혀 드릴까요? 지금 갈아입으시려는 거죠? 할머니."

나는 알아들었다는 듯이 고개를 아래위로 주억거려보였다.

"갈아입혀 달라시는군."

하 여사가 옆 사람들에게 그런 말을 했다. 자기네끼리 무슨 눈짓이라도 교환하고 있을 것이었다.

"귀가 아직도 밝으신 것 같은데."

"곧 혼미상태로 빠질 것이라더니."

"옷을 갈아입혀 달라시는 걸 보면 정신이 멀쩡하신 것 같아요."

"보통분과는 다르시니깐."

"죽음에도?"

하 여사와 여 부장이 조심스럽게 그런 대화를 소곤거리는 것까지 나는 다 듣고 있다.

"여 부장님, 나를 좀 거들어주시겠어요?"

하 여사가 내 등허리 밑에다 손을 넣어 몸을 뒤척여보더니 여 부장한테 협력을 요청했다.

나는 여 부장의 손을 다부지게 움켜잡고는 가슴속에다 그 은혜를 새겼다.

'고마운 분!'

여 부장과의 인연은 간수 부장과 수인(囚人)의 처지로서 맺어졌을 뿐인데 혈육보다 더 진한 신세를 지고 가는 것이다.

그게 어디 사람 한평생에 있어서 짧다고 할 수 있는 세월인가. 10년 동안의 옥살이였다. 하나님을 인정하자. 부처님을 인식한다. 그 하나님과 부처님한테 맹세하고 자신의 죄업을 털어봐도 태어나지 않을 목숨이 실수로 이 세상에 태어났다는 그 원초적인 죄밖엔 달리 죄를 진 일이 없는 것이다. 그 태어났다는 실수조차도 내 실수는 아니었고, 내 죄도 아니었다. 남을 좀 더 사랑하지 못했던 죄 말고는 윤리적이거나 법률적이거나 죄를 진 일이 없다.

그러나 나는 여자의 몸으로 자그마치 십년형을 받고 그 형기를 온전히 마쳐야 했다. 아무도 나의 무죄를 증명해 줄 사람이 없었다.

흔히 법률적인 죄는 어떤 상황으로 형성될 수 있으나 무죄만은 상황으로 형성되지 않고 행운으로 얻어지는 것인지도 모른다.

나는 국사범(國事犯)으로 추정될 수 있는 상황에 있었던 것을 인정한다. 나는 죄를 진 일이 없으면서 죄를 지을 수 있는 상황 때문에 죄인으로 낙인 찍힐 수밖에 없었다.

나는 그때 내게 대한 판결을 내린 법관들을 원망하지 않는다. 왜냐하면 그들은 신(神)이 아니고 직업적으로 법복을 입은 단순한 인간들이었기 때문이다. 그들이 법관이라는 직책을 가진 이상엔 내게 대한 판결을 내려야 했다. 나의 가슴속 양심을 파헤쳐볼 재간이 있었다면 몰라도 그렇지 못하고 어떤 상황과 증거라는 것에 근거하여 판결을 내렸을 것인즉, 나를 유죄로 선고한 것은 당연한 그들의 상식이며 법이론이 아닐 수 없다.

따라서 내가 십년형의 중죄인이 된 것은, 법률을 법관이 그릇되게 인용했거나 판단한 때문이 아니라 내겐 처음부터 행운의 여신이 눈길을 돌리고 있었던 탓으로 돌릴 수밖에 없다.

어쨌든 여 부장이라는 여인은 그 많은 여수(女囚)들 중에서 특히 늙은 나에게 대하여 각별한 관심과 호의를 뿌려준 은인임에 틀림이 없다.

여자로서 감옥의 간수 노릇을 한다면 그 처지나 인생이 혜택 받은 축도 아니련만 그네는 오랫동안 그런 음울한 곳에서 거세고 이악한 직책을 꾸려 나왔는데도 성품이 안존하고 표정이 늘 밝아 어느 면으로도 그런 직업인의 그악스런 태가 없는 선량한 여자였다.

그 여 부장이 하 여사와 함께 나의 옷을 하나하나 벗겨내기 시작했다.

나는 평소에는 육신이 말을 제대로 듣지 않아서 거동에 심한 불편을 느낀다. 하물며 누여진 채로 남의 옷을 벗기자니 수월한 일이 아닐 것이었다. 더군다나 여러 날을 병석에 누워 있었다. 조금이라도 몸을 움직여주려고 했지만 막대기처럼 뻣뻣해서 스스로의 의지로는 내 육신을 어떻게도 할 수가 없으니 딱하다.

"할머니가 무새옷을 입으시다니 우습네요. 10년을 한결같이 흰 치마저고리로 지내신 분인데."

여 부장이 저고리 소매에서 내 팔을 빼내다가 말고 그런 말을 했다.

"10년이 아니라 50년 전부터 쭈욱 무새옷을 몸에 걸친 일이 없으시다던데요."

하 여사도 그렇게 한마디 거들었다.

"혼인한 지 4년 만에 남편을 잃고 9년 만엔가 시어머님의 복[喪服]을 입으셨고, 또 3년 만에 시아버님의 상을 당하셨대요. 그렇게 계속해서 복을 입다 보니까 그 후로는 쭈욱 흰 옷만을 입게 되더래요."

"하여간 18년 동안 시집 식구의 복을 입고 지내셨다니깐 무새옷 입어볼 날두 없으셨을 거야."

"언젠가 말씀하시는데 소설가 이광수(李光洙) 선생이 여러 차례 찾아오셨더래요. 할머니의 생애를 소설로 쓰시겠다고요. 그때 이광수 선생이 말씀하시길 신라 땐 마의태자(麻衣太子)가 있었는데 할머니는 현대판 백의공주(白衣公主)라고 하셨대나."

나는 여 부장과 하 여사가 주고받는 그런 대화를 들으면서 그동안 내가 여 부장한테 내 얘기를 많이 지껄였었구나 싶은 생각을 했다. 이광수 선생은 세 번이나, 마지막엔 사릉(思陵)이라던가 어디 사신다면서 찾아오신 일이 있었다.

그건 그렇고, 나는 정말 오랜만에 몸에 무새옷을 걸쳐보는 것이다.

열일곱 살에 세 살 아래인 신랑과 혼인을 했다. 초례만 간단히 치르고 3년 동안을 친정에서(친정이래야 임 상궁을 어머니처럼 따르며 숨어 살던 원골[(苑洞)] 집이지만) 지내다가 우례를 치르고 시집으로 들어가려던 참에 남편이 세상을 떠났으니까 그때부터 무새옷을 벗어버리고 오늘날까지 50여 년을 흰옷만으로 고집해온 셈이다.

그런데 이제 와서 내 몸에다 무새옷을 걸치다니 이건 아무래도 내 생애에 있어서 마지막이고 중대한 이변이 아닐 수 없다.

나는 언제고 세상을 하직하는 순간에나 이 무새옷을 다시 입을 작정으로 그동안 내 몸의 일부처럼 그것을 간직해온 게 사실이다. 그런데 이제 나는 그 옷을 입혀달라고 한 것이다.

"품이 벌어져 앞섶이 여며지질 않아요."

"새색시 때의 옷이라니 그렇지 않겠어요? 몸은 나시지 않았더라두 노인이니까 품을 크게 입으시지."

정말 속저고리도 앞저고리도 품이 모자라 앞을 여밀 수가 없는 눈치였다.

어쨌든 나는 속옷을 비롯하여 아래위 옷이 모조리 옛것으로 갈아입혀졌다.

"내 머리도 빗겨줬으면 좋겠어. 쪽을 틀고 붉은 댕기를 들여야지. 비녀도 어디 찾아보면 있을 텐데."

하 여사가 말했다.

"쪽을 찔 줄 알아야지. 여 부장님은 아세요?"

그러자 외국 여자인 구 선생이 오랜 침묵을 깨뜨렸다.

"한국 여자의 쪽 말입네까? 내가 배워보려고 연습해둔 일이 있습네다. 내가 할 수 있어요."

"어머나, 구 선생님이 쪽을 찔 줄 아신다는 거예요?"

놀라워하는 하 여사의 음성이 해맑게 나의 귓전을 때렸다.

바깥에서는 또 쓰르름 쓰르르 하고 쓰르라미가 하오의 정적을 흔들어댔다.

나는 지금 나를 보살펴주고 있는 이 세 여성한테는 늘 부담감 없이 신세를 져왔기 때문에 가벼운 마음으로 몸을 내맡기고 있다.

구 선생은 나의 머리를 옆으로 돌려놓더니 과히 익숙하지 못한 솜씨로나마 쪽을 틀어보느라고 정성을 다했다. 붉은 댕기를 드리우고 비취비녀를 꽂고 산호 연봉과 칠보 귀개를 쪽 뒤에 박아준 다음,

"어떻습네까? 이만하면 나두 쪽을 찔 줄 아는 거 아닙네까?"

구 선생은 자신의 솜씨가 퍽이나 대견한 듯 지껄였다.

나는 이제 죽음을 맞이할 준비가 다된 것 같아서 저절로 흥분을 느꼈으나 이내 침착해질 수는 있었다.

나는 의사의 예고대로 의식을 잃기 시작하면 다시는 깨어나지 않을지도 모른다. 나 자신은 그렇지도 않지만 나를 지켜보고 있는 세 여인들은 곧 닥쳐올 나의 마지막 순간을 초조로이 기다리고 있다.

나는 감고 있던 눈을 떴다. 영원히 잊을 수 없는 그네들의 모습을 차례대로 바라본 다음 조용히 말했다.

"이 은혜들을 갚지 못하고 가니 한이에요. 모두 바쁘신 몸인데 돌아들 가시우. 하지만 난 오늘낼은 죽지 않아요. 나는 좀 더 여러분의 신세를 져야 하겠는걸. 내 정신이 이렇게 멀쩡한데 죽을 리가 없어."

나는 다시 그네들의 손을 차례로 어루만져주고는 궁금한 일을 물어본다.

"서울에선 아직두 소식이 없지?"

"곧 무슨 소식이 있을 거예요."

하 여사의 대답이다.

"그 동생을 만나봐야 죽을 수 있는데."

"그 영감님께선 지금쯤 고속버스를 타고 달려오시는 중일 거예요."

"그렇겠지?"

그러나 나는 이 인생의 마지막 순간에도 남을 속이고 있는 것이다.

내가 지금 간절히 기다리고 있는 사람은 종제(從弟)뻘이 되는 이면용(李沔鎔)이 아니라 그와 함께 달려올지도 모를 또 한 사람의 남성인 것이다.

나는 지난달이던가 처음으로 동생 면용 씨한테 고백한 일이 있다. 한 달에 한 번씩 어김없이 서울에서 멀리 이곳까지 나를 보러 와주는 그에게,

"동생! 나 죽기 전에 꼭 한 번 만나보고 싶은 어른이 있어요. 아무도 몰

래 동생이 다리 좀 놓아주시겠소.”

나는 전연 허망한 소리를 지껄이고 있었다. 정말 근거 없는 소리다.

“누군데요? 누님.”

“이런 말 지껄여도 괜찮을지 모르겠구먼.”

“누구예요? 저한테야 무슨 말씀인들 못하시겠습니까? 누님.”

이 세상에서 나하고 가장 가까운 친척이 있다면 오로지 면용 씨 한 사람뿐인 것이다. 그도 이미 70이 넘은 노인이지만 그의 어르신네인 양사골[養仕洞] 대감 이재곤(李載崑) 씨는 온갖 위험을 무릅쓰고 핏덩이로 궁(宮) 밖에 내던져진 내 어린 생명을 보살펴준 은인이다. 그 어른의 아드님이 면용 씨이니 감정적으로 얼마나 가깝겠는가.

그동안 내 신분에 대한 비밀이 너무도 엄격하게 지켜져 왔기 때문에 이 세상에 나 이문용(李文鎔)의 존재가 있는 것인지조차 모르고 지낸 면용 씨인데, 재작년 가을, 우연히 나에 대한 어느 신문기사를 읽다가 자기 선친의 이름이 나온 것을 보고 이곳 이리(裡里)에까지 한달음에 달려와 내 신분을 확인하고는 함께 부둥켜안은 채 밤새도록 엉엉 울었던 사이다.

그 면용 씨를 보자 나도 모르게 그런 거짓말을 지껄였다.

“나 원골에 살 때 잠깐 인연이 있던 분인데.”

나는 나의 즉흥적인 거짓말을 좀 더 합리화시켜본다.

“원골에 사실 때라면 처녀 시절이시군요? 누님.”

아홉 살 때부터 혼인할 때까지 거기서 살았으니까.

“서로 사모하시던 사이인 게로군요? 하하하, 누님한테두 그런 로맨스는 있었군요? 누굽니까, 그분이.”

“로맨스라구 할 순 없지만 하여간 평생 그분의 모습을 잊지 않고 있는 게 신기해.”

"그럼 그분도 고령일 텐데 생존해 계신단 말입니까? 소식을 알고 계시우? 누님."

"그럼. 유명한 분인걸."

"누구?"

"오헌(梧軒) 선생."

"동양화가 오헌 말씀이오?"

"오헌 선생을 아나?"

"알고말고요. 아하, 이거 참."

오헌은 양사골대감의 아호던가, 아니, 이정호(李正浩)의 아호인 것 같다. 그런데 동양화가에도 그런 사람이 있는 모양이다.

그런 일이 있었으니까 이번에 내가 위급하단 소식을 듣고 달려온다면 반드시 자기 혼자가 아닐 줄로 기대해본다. 정말 누군지는 모르지만 그분의 모습이 보고 싶다.

"전화가 아니고 전보를 쳤으니까 혹시 배달이 늦었더라도 내일 중엔 그 어른이 들이닥치실 거예요, 할머니."

여 부장이 전보를 쳐준 모양으로 그런 말을 하면서 나의 이마에다 손을 얹었다. 그 손끝이 파들파들 떨리고 있다.

그네들은 아마 내 의식이 좀처럼 혼미해지는 기색이 없어서 초조한지도 모른다.

사람이건 불행이건 또는 죽임이건, 오리라고 예기한 것이 오지 않는다면 초조해지는 것이 사람들의 본성이다. 그네들은 나의 운명(殞命)을 지켜주려고 모여 있다. 비록 불행한 일이어서 슬픔에 젖어 있다 하더라도 예기한 사태가 오지 않고 있으니 초조할 것이 뻔하다.

그네들은 이제 내게 대한 마지막 친절을 베푸는 것이다. 내가 의식을 또

렷이 하고 있는 시간에 되도록이면 더 많은 친절과 호의를 보이려고 하는 것이 그네들의 속마음인지도 모른다.

나는 지금 그네들의 그런 호의와 친절이 뼈에 사무치도록 고맙긴 하지만 그러나 오늘밤만이라도 그런 남의 호의나 친절에서 벗어나 혼자 조용히, 그리고 차근차근하게 '나' 라는 이 기구한 운명의 생명을 회고해보고 싶다. 너무나 학대받은 생명이었고, 너무나 처절한 투쟁이 필요했던 삶이었기 때문에, 그리고 희떠운 소리겠지만 종교와 철학이, 선과 악의 갈등이 너무도 잔혹하리만큼 나를 시련시켜왔기 때문에, 나는 지금 비록 물거품과 같은 것이라 하더라도 일말의 서글픈 눈물 없이 세상을 떠나갈 수 없는 미련을 갖는다.

"그럼 하 여사는 할머니 옆에 좀 남아 있어요."

드디어 구 선생이 일어서는 것 같다.

"나두 좀 갔다와야겠어요."

여 부장도 직장 일이 마음에 걸리는지 일어났다.

하 여사만이 나와 오늘밤을 함께 할 모양이다. 입이 무거운 데다가 신앙적인 교양이 몸에 밴 하 여사와 함께라면 나는 지금부터 나의 그 처절했던 생애를 조용히 더듬어볼 수 있을 것 같다.

선교사 구 선생의 음성이 또 들렸다.

"할머니! 나는 내일 아침에나 다시 들르겠어요. 주님께서 할머니 영혼에 무한한 빛과 은총을 내리실 것이네다. 편안한 마음으로 열심히 주님께 기도하십시오."

나는 선교사 구 선생의 그 말을 들으면서 입속으로 웅얼거린다.

"나무관세음보살. 나무."

나는 주님한텐 항상 죄스러운 생각을 가져온다. 10년 동안이나 옥살이를 하면서 그 여러 기독교인들이 내게 주님을 섬기도록 성의껏 신앙의 씨를 심어줬지만 그러나 나는 어린 시절 임 상궁(林尙宮)께서 심어주신 부처님의 자비 세계에서 헤어날 수가 없다. 그리고 입버릇을 고칠 수가 없는 것이다.

"나무관세음보살."

나는 손을 가슴 위로 올려 구 선생과 여 부장한테 합장을 했다.

합장은 편리하다. 기독교건 불교건 기도하는 자세로서의 합장은 공통되기 때문에 이런 경우엔 퍽 편리하다고 좀 교활한 생각에 젖어든다.

제2장

삶과 죽음의 완충지대에서 헤매고 있던 나는 잠시 후에 깊은 바다 속에 가라앉은 것처럼 지극히 안온한 기분을 만끽했다.

바다의 풍랑은 표면에 일어나는 들뜬 설렘으로써 밑창 깊숙한 곳에까지 는 그 동요가 미치지 못한다. 원래 바다 자체의 본성은 정적인 것이 아니겠 는가.

단지 바람과 달과의 위치와 그리고 지구의 자전적인 움직임으로 말미암 아 설레기도 하고 잔잔하기도 하고 무섭게 노하기도 하는 동안에 자의식과 는 무관한 그 개성적인 생리와 속성을 지니게 된 것이 아닌지 모르겠다.

나는 지금 그 바다 속에 묻혀 있는 기분이다. 천길 밑창 깊숙한 곳에 침 잠돼 있는 심경과 흡사하다. 묘하게도 바다 자체는 물론 나 자신마저 무기 물인 양 스스로는 어떠한 의지의 작용도 미치지 않는 그러한 안온한 상태 에 놓여 있다.

사람이 죽으면 이런 것일까. 죽는다는 말은 이런 상태에 빠지는 것을 이름인지도 모른다.

그러면서 나는 바다의 그 엄청난 수압을 전연 느끼지 못한다. 천길 바다 밑에 침잠돼 있을 때는 오히려 그 무한대의 압력을 느끼지 못하는 것이 어쩌면 당연한 일인지도 모른다.

본시 힘이란 겨룰 수 있거나 계산할 수 있는 범위 안에서 강약이라는 것이 있게 마련이지, 그것을 초월한 무한대일 경우에는 없는 것이나 마찬가지일 수도 있다. 광명이나 어둠도 매한가지다. 어둠을 전제로 한 광명이고, 광명을 전제로 해서 어둠이다. 어둠 자체를 인식할 수 없는 세계에서는 광명 자체를 인식할 수 없고, 광명 자체를 인식 못하는 세계에서는 어둠 자체가 인식되지 않는다. 그러니까 상대적이 아니면 광명도 어둠도 없다. 죽음도 삶도 구분되지 않을 것이다.

지금 나야말로 바다 속 깊숙한 곳에 침잠돼 있으면서 그 엄청난 수압의 힘도, 그리고 어둠이나 빛에 대한 인식도 전연 의식하지 못한다.

그러나 기묘한 것은 심경이 더할 나위 없이 안온하고 평화롭다는 사실이다. 정말 안온하다. 그리고 평화롭다. 그것은 아직 내 인식의 세계가 건재하다는 증거가 된다.

안온하다는 것은 실상 평화롭다는 것과 동의어다. 감각이 있고, 감정을 갖고 사유할 능력을 지닌 산 사람이라면 한 점의 흐림도 없이 문자 그대로 안온하다거나 평화롭다거나 할 수 있는 순간을 갖기란 거의 불가능한 일에 속한다.

하긴 다른 사람의 경우는 모르겠다. 적어도 나 이문용(李文鎔)은 70유여 평생을 살아오는 동안에 비록 찰나적인 순간일망정 마음에 설렘이 없는, 진실로 한 점 흐림도 없는, 그래서 맑은 하늘과 같은, 또는 명경지수(明鏡

止水)와 같은 그런 평화를 누려본 기억이 없다.

아마 부처님 말고는 이 세상 누구도 그런 진실된 마음의 평화를 누려보지 못할 것이며, 어쩌면 그 부처님도 그게 쉬운 일은 아닐 것이다. 모름지기 부처님 역시 그 오랜 고행과 수도 끝에 마지막 순간에야 비로소 그 진실로 안온하고 평화로운 열반의 경지를 체득했던 게 아닌가 싶다.

그런데 하찮은 이 노파가 지금 너무도 안온하고 평화로워 마치 열반의 경지와 같은 심경을 누리다니, 이것을 누구한테 감사해야 할지 모르겠다.

"열반의 경지…… 나무관세음보살……."

열반은 멸(滅)이라지 않는가. 적멸(寂滅)이라고도 하고, 멸도(滅度)라고도 한다. 멸은 육신의 죽음과도 상통한다. 인간 본능에 따르는 정신적인 갈등이나 동요를 완전히 극복 초탈해버린 안온하고 평화스러운 마음의 상태. 그것이 즉 멸이고 적멸이며 멸도고 열반이다.

'그렇다면 나 이문용은 지금 멸해가고 있는 순간이구나…….'

나의 경우의 멸은 인신(人身)의 죽음 이외의 아무것도 아니다. 속되게 살아온 인신이며, 갈등과 욕정에서 헤어나지 못했던 까닭에 오욕칠정의 노리개에 불과했던 그런 인생이다. 소승(小乘)에서 말하는 유여열반(有餘涅槃)도 무여열반(無餘涅槃)도 나에게는 당치가 않으며, 물론 대승(大乘)의 본래자성열반(本來自性涅槃)이나 무주처열반(無住處涅槃)의 경지와는 더욱 인연이 먼 속인이다.

그렇더라도 어쨌든 나는 지금 너무나 안온하고 평화로운 경지에 있다. 정말 이럴 수가 없다.

광명도 암흑도 인식할 수 없고, 아픔이나 괴로움은 물론이거니와 악한 마음이나 자비로운 선행에의 유혹도 느끼지 않는 그저 바다 속처럼 사뭇 안온한 경지에 있는 것이다.

물론 나의 이 안온은 이른바 저 진여(眞如)의 달관(達觀)은 아니며, 더욱이 언감 이타행(利他行)을 실천한 연후에 얻는 초극오도(超克悟道)의 안정도 아닌 것은 말할 나위조차 없다.

그저 어떤 남녀의 실수로 태어나서 잘못됨의 연속으로 욕되게만 살아온 저주로운 인신이 멸해가는 과정에서 얻는 지극히 순간적인 의식의 휴면이거나 종지임에 틀림이 없다.

실(實)을 빼버린 허(虛)거나, 유(有)가 소멸된 무(無)거나, 아니면 그 모두의 귀납(歸納)인 공(空)의 상태로서 무주처(無住處)의 인생이 필연적으로 귀착해야 될 막다른 골목에 섰을 때 느낄 수 있는 일종의 허탈임에 틀림없으니 나는 이제 죽는가보다.

그렇더라도 나는 지금 죽음이라는 것을 전연 의식하지 못한다. 그냥 꿈을 꾸는 상태에 있다.

"인제 잠이 드시나?"

마치 독백과 같은 하 여사의 음성이 어렴풋하게 들려왔으나 나는 이내 잊어버린다.

"정신을 잃으시면 안되는데 할머니, 할머니! 정신을 차려보세요, 할머니."

나는 갑자기 흔들리고 있다. 육신이 흔들리고 있는지 의식세계가 흔들리고 있는지 그 어느 쪽인지는 알 수가 없다. 흔들림이 아니라 파문이 일고 있는 것 같다.

안정돼 있던 호면(湖面)에 조약돌이 던져진 순간 지극히 잔자롭게 일어나는 파문을 본다. 멀리 번져 나갈수록 잦아드는 파문의 저쪽 가녘을 나는 응시한다. 굉장히 먼 거리감을 느끼게 되는 것이 이상하다.

그 거리는 길이를 재는 단위로는 도저히 표현될 수 없는 것이다.

세월의 셈수로 마디마디 이어진 하나의 간격이다.

지평선 위에 홀연히 나타난 신기루처럼 쫓아가면 쫓아간 만큼 뒤로 다시 저 뒤로 물러앉을 듯싶은 일정한 간격이다.

신기루가 물체도 현실도 아닌 것처럼 그것은, 그 간격은 실새가 아니라 과거라는 시간적인 부사인 것 같다.

그 거리는 분명히 실수로 태어나서 고되고 외롭게 늙어버린 여자 이문용의 살아온 세월인지도 모른다.

만약 1년을 하나의 마디로 구분한 줄자를 늘어놓았을 때, 자그마치 70여 마디나 격해 있는 까마득한 피안에 홀연히 나타난 신기루에 틀림이 없다. 지금 눈앞에 아른거리는 광경이 그렇다.

나는 그 신기루를 본다.

어딘가에 현존하는 하나의 실체가 신기루로 나타나는 것이라는데, 지금 나는 70여 년 전인 과거의 어느 순간이 홀연히 재생되어 나타난 신기루를 본다.

거기 무성한 한 그루의 이름 모를 나무가 서 있다.

그 가지에 형체도 색깔도 아리송한 한 알의 열매가 대롱 매달려 있다. 사갈(蛇蝎)의 마성(魔性)을 지닌 열매라고 했다.

갑자기 그 마성의 열매를 매단 나뭇가지가 바람을 타기 시작한다. 그게 조바심이 된다.

'저 열매가 떨어지면 안 되는데……'

바람은 점점 세차게 불고 있다. 동서남북풍인가보다. 가지가 동서남북으로 흔들린다.

그것은 흔들림이 아니라 시달림이었다. 그 몹시 시달리는 가지 끝에 위태롭게 매달린 한 알의 열매가 땅으로 떨어지려는 순간을 본다. 더욱 조바심이 난다.

'떨어지면 큰일인데…… 저기가 아마 에덴동산일지도 몰라.'

열매로 맺혀 가지에 달린 이상 익으면 떨어지는 것이 당연한 순서인데도 그게 떨어지면 큰일이라는 강박관념 때문에 나의 몸이 마구 뒤틀린다.

"할머니, 왜 그러세요? 꿈을 꾸시나?"

아스라하게 먼 곳에서 들려오는 나나니 소리처럼 가늘고 가냘픈 음성을 듣는다. 그리고 잊어버린다. 그리고 더욱 조바심으로 초조로워진다.

'아아, 바람이 그쳐야 할 텐데…….'

나는 숨을 죽인 채 곧 나뭇가지에서 떨어질 듯한 한 알의 그 열매를 계속 지켜본다. 크기도 형체도, 그리고 색깔도 정말 알 수가 없는 열매다. 관념의 열매며 추상의 열매라고나 할까.

'저것이 떨어지면 큰일이야.'

왜 큰일인지는 모르겠으나 하여튼 떨어지면 큰일일 듯싶다.

그러나 그 열매는 기어코 가지에서 떨어져 내린다.

'아, 저걸, 저 저걸…….'

"어머, 할머니! 가위에 눌리셨어요? 할머니! 정신 차리세요, 할머니!"

'아후! 저게 떨어지고 말았으니 어쩌나, 어쩌나…….'

나는 몸을 뒤튼다. 하 여사의 기도 소리가 들린다.

"거룩하신 주여, 전능하옵신 그리스도여! 십자표로써 모든 원수와 마귀의 농간을 물리쳐주옵소서, 주여. 여기 주의 발끝에 입을 맞추며 영원히 주님을 섬기기를 소망하는 불쌍한 신자가 있습니다. 성의껏 주님을 받들고 찬송하리니 주여, 그를 괴롭히는 온갖 마귀와 원수를 전능하신 주님의 은총으로 물리치시고 이 불쌍한 교우에게 편안한 구원을 베푸소서, 할렐루야."

나는 본다.

방금 나뭇가지에서 떨어진 열매의 색깔이 **빨갛**다는 사실을 본다.

그 열매의 형체가 점점 뚜렷하게 형성돼가는 것을 본다.

'아아, 아기가…… 그게 아기였구나. 계집아이구나.'

나는 소리를 듣는다.

"으아, 으아, 응애……."

나는 요란하게 터지는 어린애의 첫 울음소리를 듣는다. 귀로 듣는 것이 아니라 영감으로 듣는다.

그것은 사갈의 마성을 지닌 열매가 땅에 떨어지면서 터뜨린 비명소리가 아닌지 모르겠다.

마성의 열매가 영아로 변신하자마자 터뜨린 첫 비명인 것 같다.

"저걸, 저걸, 저……."

밤톨만한 주먹으로 하늘에 삿대질을 하며 외치는 한 변신의 절규가 귀에 시끄럽다.

"아아, 내가, 내가, 내가 태어났도다!"

"내가 저렇게 태어났도다!"

내가 태어났다.

나는 내가 태어나는 순간을 보고 있다.

"주여! 그에게 은총을 내리소서. 방황하는 영혼에게 영원한 안식을 주소서. 빛을 비추소서. 그의 고통을 덜어주시고 그의 영혼을 어루만져주소서, 아멘."

"아아, 내가 내가, 저렇게 태어났도다. 나무관세음보살, 나무아미타불, 나무……. 주님이시어, 내 비록 저렇게 태어나도 평생을 주님의 뜻에 따라……."

나는 또 하나의 새로운 현상을 본다. 길고 긴 장대 하나가 푸른 공간에 수평으로 걸쳐지는 것을 본다.

"아, 저건 세월을 재는 장대……."

"할머니, 정신을 좀 차려보세요, 할머니."

나는 헛소리를 하고 하 여사는 기도를 한다. 나는 또 분명히 본다.

장대의 이쪽 끝에는 내가 있다.

장대의 저쪽 끝에는 내가 있다.

장대의 이쪽 끝에는 늙어 병신스런 내가 있다.

장대의 저쪽 끝에는 방금 그 마성의 열매가 떨어지면서 인간으로 변신한 어린 내가 있다.

"어디 보자, 예쁘게 생겼다."

예쁘지 않은지는 언뜻 모르겠지만 그 모습이 그 모습이다. 어리고 늙음의 차이가 있을 뿐 그건 어느 쪽이나 나의 모습이다.

"할머니! 주님한테 기도하세요!"

타의에 의해서 내 두 손이 가슴 위에 모두어지고 있다.

"나무관세음보살 마하살."

그러나 나의 영혼에는 불타와 예수가 공서(共棲)하고 있다. 주여, 이 어리석은 당신 딸에게 은총의 손길을…….

나는 본시가 예쁘거나 고운 얼굴은 아니다. 어렸을 적에도 지금도.

그래도 사람들은 나더러 고귀하게 보이는 상(相)이라고 했다. 하지만 본인은 그런 칭찬에 단 한 번도 동의하거나 실감을 느낀 일이 없다.

"키나 좀 더 크셨으면……."

키가 작은 것은 집안의 내력인데 다섯 자 두치쯤 됐으면 됐지, 그 이상 크기를 바라는 것은 어리석은 욕심에 속한다.

"체수는 적으셔도 고귀하신 풍신이셔."

장성해선 그런 소리가 정말 듣기 싫었다.

'고귀하긴커녕 어딘가 잘못 생긴 데가 있길래 이처럼 남다른 고역으로 세상을 사는 것이겠지……'

자주 그런 생각을 해온 내 얼굴은 우둥퉁하게 부피가 있고, 넓적하게 넓이가 있고, 목이 쑥 빠지지 못해서 옷맵시조차 낼 처지가 못됐었다.

장대 이쪽 끝에 매달려 있는 노파는 그러한 나 이문용이다.

그리고 장대 저쪽 끝에 매달려 고고의 첫 울음소리를 터뜨린 핏덩어리 역시 나 문용임에 틀림이 없다.

이제 70여 년의 긴 세월이 장대 하나로 연결돼 있고 그 저쪽도 이쪽도 한눈에 드는 동일시계(同一視界)에 들어 있다.

장대의 저쪽 끝은 70몇 년 전이고, 이쪽 끝은 70몇 년 뒤고, 장대 자체의 길이는 70몇 년의 세월의 길이이다.

나는 내가 생겨난 인(因)을 잘 모른다.

기독교는 불교보다 사람이 생겨나는 인(因)을 구체적으로 설명하고 있다. 흙으로 빚었다던가. 처음엔 남자만 만들었는데 안되겠으니까 남자의 갈빗대를 하나 뽑아서 여자를 또 만들었대나. 어쨌든 그네들은 태초의 벌거숭이 사람이었음에는 틀림이 없다. 그 이름은 아담과 이브라고 했다. 우리는 모두가 그 후예란다. 70여 년 전에도 이 땅 조선국엔 아담과 이브가 있었다.

지금 저 장대 끝에 그네들이 보인다. 아담의 모습이 어렴풋이 보인다. 그가 누구인지도 분별할 수가 있다.

그러나 이브의 모습은 몹시 아물거려 그 정체를 가려내기가 어렵다. 이 땅에서도 머리 까만 이브가 금단의 열매를 먹었던 것만은 틀림이 없는 모양이다. 그래서 산고를 치르게 된다. 그리하여 내가 태어난다. 나의 어머님은 염 상궁(廉尙宮)이라는 말을 들었다. 마흔다섯 살의 노산이었다고 했다.

아버님은 황제의 신분이었다. 뒷날 그분을 구황제니 태상 황제니 덕수궁 전하니 이태왕 전하니 하고 부르다가 돌아가신 뒤에는 고종황제(高宗皇帝)다.

그러니까 중년의 궁녀가 황제의 성총을 입어 나를 잉태했는데, 그 무렵 황제께선 황후 민씨가 악독한 일본인들의 만행으로 참혹한 죽음을 당한 이후 상궁 엄씨를 가까이하여 소생 은(垠)씨를 얻었으니 두 분의 지극한 애정은 짐작이 가고도 남는다.

상황이 그러했기 때문에 일개 늙은 상궁인 염씨는 태양과 같은 황제의 성은을 입었으면서, 그래서 포태를 했으면서, 그 흔한 후궁 자리 하나 얻지 못할 계제였던 것 같다.

도대체가 잘못된 실수에서 빚어진 인과(因果)였다.

소문이 날세라 쉬쉬 하며 감추는 동안에 나는 그것도 모르고 불쌍한 한 중년 여인의 배를 자꾸 불려가며 자라나고 있었다. 내 의사도 그네의 의사도 물론 아니다.

나의 어머님이라는 염 상궁은 어느 날 갑자기 궁 밖으로 축출됐다는 이야기다. 그 무렵에 이미 귀인 엄씨가 사단을 알고 내 어머님을 쫓아냈는지, 아니면 집안 사정이 복잡해지는 게 싫으셔서 나의 아버님이 몇몇 측근에만 사정을 실토하고 그렇게 수습을 시킨 것인지, 또 아니면 그때 이미 한반도에서 청국과 러시아의 세력을 밀어내고 실력자 노릇을 하기 시작한 일본인들이 일을 그렇게 꾸민 것인지, 그 정확한 사정은 오늘날까지 밝혀지지 않고 있다.

하여튼 나는 계동에 있는 어느 민가에서 이 세상에 태어났다는 것이다.

경자생(庚子生)이니까 그해가 바로 1900년이다.

한강 철교와 경인선이 개통되던 해였다. 덕수궁에 석조전이 기공된 해다. 철도원이 설치되고 종로에는 전등이 가설되어 '도깨비불'이 처음으로 점화되던 해다. 그리고 전차가 종로 거리를 달리기 시작하기 직전이다.

그해 여름에는 귀인 엄씨(貴人嚴氏)가 순빈 엄씨(淳嬪嚴氏)로 책봉되어 그 기세는 욱일승천했고, 그분의 소생인 세 살짜리 은(垠) 씨가 영왕(英王)에 봉해지는 등 다른 여자는, 다른 여자의 소생은 도저히 콧김을 뿜어볼 판국이 못됐단다.

그런 때 내가 태어난다. 계동 어느 누구의 집에서 내 어머님이 몸을 푸셨는지 알 수 없으나 처음부터 민영익(閔泳翊) 대감이 알고 있었다니까 아마 그의 집안사람들의 어느 집이 아닌지 모르겠다. 하여간에 누구 하나 원치 않았는데도 나는 그렇게 해서 이 세상에 태어난다.

세상 밖에 나왔을 때 온몸에 홍보(紅褓)를 쓰고 있었단다. 일러오는 말에는 홍보를 쓴 채 태어난 아이는 아주 귀하게 되든지 아니면 아주 험한 인생을 살게 된다는데 나는 홍보를 쓰고 세상에 나온다.

결국 나는 가장 험한 인생을 사는 것을 전제조건으로 하고 이 세상에 태어난다.

그러지 않고서야 나를 낳았다는 염 상궁이라는 분이 출산한 지 사흘 되던 날 아침에 대궐에서 내보낸 사약을 마시고 세상을 떠났다는 말이 전해질 까닭이 없다.

어느 누가 내 어머님이라는 분에게 죽음의 약을 내리게 했는지 오늘날까지 밝혀지지 않고 있다.

다만 내가 분명히 믿고 있는 것은 아버님이신 황제의 소행은 아니라는 사실이다.

내가 태어난 집 대문간엔 금줄이 매어지지 않았다. 그러나 누구도 근접을 못하게 했다는 것이다.

나는 죽음마저 각오하면서 나를 뱃속에서 키운 한 여인의 피눈물 나는 마음의 고통을 태교를 통해 핏줄에 받아 넣었던 것 같다.

세상에 나오는 순간부터 어지간히 보채고 울었던 모양이다.

민영익 대감 내외분의 당황하는 모습이 눈에 선하다. 어린아이의 울음소리가 담장 바깥으로 번져 나가는 것을 극도로 꺼려하면서 앞으로의 대책에 대하여 부심했을 것을 상상하면 그분들에게 갚을 길 없는 은혜를 입은 게 틀림이 없다.

민영익 대감은 내가 출산되자 곧 의관을 정제한 다음 예궐했는데 집으로 돌아왔을 때의 그분의 표정은 더할 수 없이 심각했다고 전한다.

나는 여기서 실토하거니와 내가 내 일에 대하여 지난날을 기억해낼 수 있는 나이가 되기까지의 일은 뒷날 임 상궁이나 그 밖의 다른 측근에게서 들은 이야기가 아니면 상황에 의한 필연적인 가능한 사태를 상상으로 이야기하는 도리 이외는 없다.

어쨌든 나는 태어나는 순간부터 남에게 피해를 끼치거나 아니면 크나큰 은혜를 입는다.

특히 그런 사람이 있다. 늘 남의 신세나 지며 살아가는 사람이 있다. 남에게 누를 끼치지 않으면 살아갈 수 없는 사람이 있다. 그런 사람이 왜 세상에 태어나는지를 모르겠다. 그런 사람을 도와줌으로써 자신의 수양과 덕행을 쌓는 사람들을 위하여 내가 존재한다면 그건 자신을 위한 인생이 아니라 남을 위한 인생이다.

나를 낳아줬다는 염씨는 해산 끝에 자꾸 울기만 해서 얼굴이 퉁퉁 부었는데 후산마저 좋지 않아 거의 곡기를 끊은 채 앓아누웠다는 이야기가 내

기억에 남아 있다.

나는 세상 구경을 한 지 이틀째 되던 날 벌써 내가 타고난 운명적인 생활로 접어들게 된다.

이틀째 되던 날 궁중에서 밀사가 나왔는데 그분이 바로 임 상궁이었다. 나는 그 임 상궁에 의해서 일단 주소를 옮긴다. 청계천에 가로놓인 수표교를 건넌다.

청계천은 서울을 남북으로 가르는 내[河川]다. 그 청계천을 중심으로 해서 북쪽 일대를 북촌이라고 부른다. 대궐을 에워싸고 권세가와 양반들이 산다. 그와 반대로 청계천 남쪽인 남촌에는 몰락한 사민이나 따분한 선비들의 주거 지대로 돼 있다. 그 남촌과 북촌의 중간 지대, 즉 종로니 다방골[茶洞]이니 삼각동이니 관수동이니 하는 곳에는 돈 있는 중인이나 장사치들이 집단적으로 진을 치고 있다. 상민이나 천민들은 사대문 근처나 그 문밖에 살고.

나는 태어난 지 이틀밖에 안되는 핏덩이이면서 그 주소를 북촌에서 남촌으로 급히 옮긴 까닭을 이해한다. 말하자면 봉(鳳)의 병아리를 닭의 병아리로 만들기 위한 주위 사람들의 긴급 조처였음이 분명하다.

그때 나를 싼 강보는 명주도 비단도 아닌 흰 무명이었다고 전한다.

임 상궁 그분이 나를 무명 강보에 똘똘 말아 안고, 그 위에다 자신의 쓰개치마를 덮씌운 채, 사린교[四人轎]도 아닌 가마를 타고, 국화꽃이 너털웃음을 웃는 10월의 소슬바람에서 저주받은 이 생명을 보호해가며, 그리고 그 고운 눈에서 왈칵왈칵 넘치는 눈물을 닦을 염도 하지 않으면서, 마치 역모꾼 아내의 도망길보다도 더 다급하게 수표교 돌다리를 건넌 것이다.

임 상궁은 그때 나이가 서른여섯이었다. 궁중 생활이 몸에 밴 교양과 인품이 그네의 아름다운 얼굴에 잘 조화되어 더할 수 없이 귀족적인 체취를 풍기는 여자다.

그날은 이마의 솜털을 갓 뽑았던 것 같다. 이마가 좁게 생긴 여인네는 소갈머리가 없다는데 임 상궁의 이마는 시원하게 넓은데다가 족집게로 앞머리 밑을 곱게 다듬어 놔서 언뜻 보기에도 그 모습이 인자하고 복성스러웠다. 살갗이 곱고 희기로도 대궐 안에서 손꼽히는 여자였다. 그리고 그보다는 마음씨가 착한 까닭에 동료 상궁들 사이는 물론 아기나인이나 수많은 무수리들한테도 존경의 대상이 돼 있는 여자였다.

그 임 상궁은 나를 품에 안고 가마 속에서 자꾸 운다. 그 울음의 이유나 동기를 알고 있는 사람이 몇 없는 것 같다.

그렇게 해서 수표동의 어느 초라한 민가로 옮겨진 핏덩이는 거기서도 엄한 보안 조치를 받으며 하룻밤을 자게 된다.

궁중법도로는 궁녀가 궁 밖에 나가 유숙할 순 없다.

그런데 그날 밤 상궁 임씨는 창덕궁으로 돌아가지 않는다. 어린 핏덩이를 잠시도 품에서 떼어놓는 법 없이 밤을 고스란히 밝힌다.

그 임 상궁에 대하여 두 가지 이상한 수수께끼가 있다.

왜 자꾸 그렇게 울고 있는지 모를 일이었다. 동료 상궁이 낳은 아이라는데 임 상궁 자신이 그렇게 자꾸 우는 이유가 뭣인지 알 수 없다.

더욱 또 한 가지 풀기 어려운 수수께끼는 출산 경험이 없는데도 아기한테 젖을 물렸고, 그 젖은 임산부처럼 불어 있었고, 아기가 오물오물 젖꼭지를 빠는 대로 부족하지 않게 진한 젖샘이 뻗쳐 나온다는 사실이다.

그럴 수가 없다. 동정녀로 늙어가는 처지다. 여덟 살 어린 나이로 궁에 들어가 상궁 지위까지 오른 여자다. 만일 남자에게 살갗을 대본 경험이 있다면 상궁이 될 수도 없을 뿐 아니라 궁중에서 배겨나지도 못한다. 하긴 쥐도 새도 모르게 어떤 남자와 정을 통하는 궁녀가 없는 것은 아니다.

그러나 궁중처럼 눈이 많은 데는 없다. 궁중처럼 입이 시끄러운 데는 없다. 그런 비밀이 유지된 경우를 보지 못했다.

임 상궁은 품행이 단정하기로도 2백84명 궁녀들 사이에서 모범이 될 만하다. 그런 여자가 별안간 어떻게 남의 아이한테 젖을 물릴 수 있을까. 아이가 보채면 처녀라도 빈 젖을 물려보는 수는 있다. 하지만 젖이 흔하게 나오다니, 그런 생리현상을 가진 동정녀는 상상하기 어렵다.

그 밤에는 가을비가 촉촉이 내린다. 온 집 안은 죽은 듯이 조용하다. 현재 누군가가 살고 있는 집이련만 기침 소리 하나 들리지 않는다. 솟을대문도 일대문도 아니었다. 사립문에 토담이 둘러쳐진 초라한 민가다. 그러나 그 안방에는 밤새도록 관솔불이 밝았다.

새벽 일찍, 먼동이 트기 직전에 그 집의 사립문이 열린다.

젊은 남녀의 종자들을 거느린 한 선비 차림의 남자가 그 사립문을 들어선다. 도리옥 갓끈이다. 금관자를 붙이고 있다. 지체 높은 사람인데 도포를 입지 않았다. 백면서생처럼 두루마기 차림인 것을 보면 남의 눈을 피하기 위한 가벼운 변장임에 틀림이 없다.

임 상궁이 아기를 안은 채로 정중히 그를 영접한다.

"보채지는 않았소? 밤새에."

"네, 퍽 온순하신 천품인가 봅니다."

임 상궁의 그런 대답을 들은 이재곤의 관자놀이엔 파란 힘줄이 돋아난다. 그는 빙그레 웃으면서 임 상궁에게 주의를 준다.

"말을 조심하시오!"

"네, 언뜻 나온다는 말이."

임 상궁의 부숙한 얼굴이 붉어진다.

"외탁을 했군."

이재곤이 말한다.

"쏙 빼놨습니다."

임 상궁도 이번엔 아이한테 경어를 쓰지 않는다. 왠지 무안해하는 얼굴이다.

이재곤이 품속에서 간지(簡紙) 봉투를 꺼낸다. 속 알맹이를 뽑아 펼치며 말한다.

"내가 이름을 지어봤소."

임 상궁이 펼쳐진 간지에 적힌 글자들을 들여다본다.

── 文 鎔.

"문용……."

임 상궁이 슬픈 눈으로 아기 얼굴과 그 두 글자를 번갈아 들여다보면서 입속으로 문용 문용, 하고 여러 번 거듭해 뇌어본다. 아래로 내리깐 눈의 표정은 읽어지지 않는다.

"마음에 드오?"

"……네."

"그럼 됐군."

핏덩이는 이름이 생긴다. 문용, 이문용, 계집애다운 이름은 아니지만 아마도 여러 가지를 따져서 신중하게 지은 이름일 것이다.

아이의 생모는 따로 있다는데, 염씨 성을 가진 상궁이라는데, 이재곤은 임 상궁한테 아이의 이름이 마음에 드느냐고 물었다.

알 만한 사람들은 그 '鎔'이라는 돌림자에 주목해야 한다.

숙종(肅宗)의 가계를 보면 숙종 → 연령군(延齡君) → 은신군(恩信君) → 남연군(南延君)으로 이어진다.

그 남연군에겐 네 아들이 있다.

첫째는 창응(昌應=興寧君) → 완림군(完林君=出系) → 이기용(李埼鎔)으로 이어진다.

둘째 정응(晸應=興完君)은 출계(出系)했기 때문에 그 아우인 완순군(完順君)이 이달용(李達鎔)에게 가계를 잇는다. 그리고 완순군의 아우가 바로 지금 여기 나타난 이재곤(李載崑) 그 사람이고, 그 아들이 면용(沔鎔)이다.

셋째는 최응(最應=興寅君) → 완영군(完永君) → 이지용(李址鎔)의 순이다.

넷째가 바로 흥선대원군 이하응(李昰應)이다. 그 큰아들이 희(李憙)고 둘째아들이 금상(今上) 황제[高宗]다. 이희(李憙)는 → 준용(埈鎔=大院君孫子) → 우(鍝)로 이어지고.

그러니까 지금 여기 있는 이재곤은 황제[高宗]의 사촌이고 용(鎔)자 돌림들은 황제의 바로 아래 항렬이 된다. 아들이나 조카들에게 붙여지는 돌림자다.

이문용(李文鎔).

황제의 사촌인 이재곤이 작명한 문용. 그 핏덩이는 지금 상궁 임씨의 품에 안긴 채 이따금씩 배냇버릇으로 입을 옴찔옴찔 움직인다. 귀도 안 트이고 눈도 뜨기 전이다. 그저 배냇버릇을 할 줄 알 뿐이다.

"유모 내외를 데리고 왔어."

이재곤이 침통하게 그런 말을 흘린다.

"젖은 잘 난다나요?"

임 상궁이 밤새도록 울어 부숙해진 얼굴로 아기를 들여다보며 이재곤에게 묻는다.

"민영익(閔泳翊) 대감댁의 하인 녀석인데 지난해 상처를 했었소. 그래 민대감이 젊은 과부 하나를 급히 구해 짝을 지어줬지. 손(孫)가 성을 가진 녀석인데 나도 잘 일러뒀으니까 충성껏 할 게요."

뜨문뜨문 지껄이는 이재곤의 억양은 퍽 부드럽고 자상하다.

"여자의 핏줄은 따져보셨겠습지요? 대감마님."

"음, 괜찮다더군. 어떤 몰락한 선비의 딸이라던가. 민대감은 그 내외를 불러 엄숙히 선서를 시켰어요. 목숨이 달아나는 한이 있어도 비밀을 지켜야 한다고. 지나치게 미련하지 않으면 지성껏들 하겠지. 자아, 날이 밝기 전에 떠나 보내도록 하오."

"젖을 좀 먹이게 한 다음 채비를 차리도록 하는 게……."

"서둘러야 되오!"

유모는 안방으로 들어가 앉는다.

임 상궁에게 안겼던 어린애가 젊은 유모한테로 조심스럽게 옮겨진다.

유모는 이재곤에게 등을 돌린 채 가슴을 푼다. 희고 탱탱한 유방을 노출시킨 다음 손바닥으로 가볍게 둥글둥글 문댄다. 오물오물하는 빨간 어린 입에다 그 젖꼭지를 물려본다. 허겁지겁 빨기 시작하는 어린애의 붉은 얼굴엔 솜털이 뽀얗다.

임 상궁이 그 광경을 지그시 바라보고 있다가 나직하게 입을 연다.

"유모는 몇 살이지?"

"스물여섯이에요."

"성씨는?"

"이가예요."

"전주 이씨인가?"

"네."

"생산을 해봤어?"

"아들 하나를 낳았었는데 서너 달 전에 잘못됐어요. 첫돌을 간신히 넘기고는."

상궁 임씨는 침묵한다. 또 눈이 젖어든다.

"이제 이런 귀한 딸을 얻었으니 마음을 잡고 지성껏 보살펴야지. 세월이 가면 후한 상을 내릴 게니까. 알겠나?"

임 상궁은 제 말에 울먹인다.

"자아, 그럼 서둘러 떠나도록 해라!"

양사골 대감 이재곤이 두루마기 자락을 차고 일어난다.

좋은 풍신이다. 음성이 우람하면서 부드럽다. 두터운 그의 입술엔 가벼운 경련이 인다. 그 경련이 턱수염 끝으로 옮아간다. 잠깐 눈을 감았다가 마루 쪽으로 고개를 돌린다. 그는 무슨 딴생각을 하는 것 같다. 그윽한 그의 눈이 허공을 맴돈다.

"천안(天安)까지는 가마를 태워 보내기로 했어."

그는 혼잣말처럼 뇌까린다. 두터운 손을 들어 도리옥 갓끈을 매만지다가 임 상궁의 눈치를 재빨리 훔쳐본다.

임 상궁은 유모의 얼굴을 곰곰이 뜯어본다.

'심술이 좀 있는 여편네가 아닐까?'

임 상궁은 그런 생각을 해보는 것 같다. 불안해진 눈으로 마주선 유모에게 한발 다가선다.

유모의 왼쪽 이마 위의 머리털을 비집어본다.

팥알 만한 것 하나, 좁쌀톨 만한 것 둘, 사마귀 세 개가 그 앞머리 속에 빠끔히 숨어 있다.

'사내를 좋아하지 않겠나.'

감춰진 검은 사마귀가 있으면 감춰진 사내를 갖게 마련이라고 전하는데……

'괜찮을지 모르겠군.'

임 상궁의 눈엔 좀 더 짙은 불안감이 감돈다.

"평생 입은 봉하고 살아야 되네! 내외가 다."

임 상궁의 그 말에는 서릿발 같은 위엄이 있다.

"애기한테 아주 어려운 일이 생기면 양사골 대감댁으로 기별을 하되, 자네가 아니면 자네 남편이라야 돼. 조만한 일엔 연락할 생각 말구 알겠나?"

"네, 알고 있어요."

상궁 임씨는 돌아선다. 손끝으로 눈 마구리를 닦는다. 치마허리에 달린 꽃주머니 끈을 푼다. 꽃주머니를 홀떡 뒤집는다. 덜거덕거리는 소리가 맑고 연하다. 돌 부딪는 음향이다. 주먹을 넣어 안의 것을 꺼내려다 만다.

상궁 임씨는 다시 생각한다. 주먹을 도로 꽃주머니 속에다 넣는다. 이번에도 빈주먹을 꺼내고는 꽃주머니 자체를 속 허리띠에서 떼어낸다. 유모한테 내민다.

"패물이 좀 들어 있네. 소중하게 간수해뒀다가 정 급한 일이 있을 때 팔아 쓰면 대견할 걸세."

가만히 바라보고 있던 이재곤이 표정 없이 말한다.

"그런 덴 너무 걱정을 안해도 되는걸. 전답 섬지기나 마련할 수 있도록 준비를 해줬으니까, 저희들만 근면히 하면 살아가기엔 걱정이 없을 테니까……."

임 상궁이 외면을 한 채 이재곤한테 묻는다.

"김천 땅이라고 하셨습니까?"

"김천 동부면이라는 고장이 저들에게 낯설지 않다니까 그리로 가게 했소. 거기 일직 손씨(一直孫氏) 몇이 살고 있는 모양이야."

"서울에서 몇 리나 됩니까? 퍽 멀겠습지요?"

"한 오백 리 될걸."

어디선가 닭이 운다. 두 해째 운다.

"그럼 어서 떠나도록 해라! 안개가 짙던걸."

이재곤이 방문을 열어붙인다.

새벽의 싱싱한 서기가 방 안으로 왈칵 쏟아져 들어온다.

간밤에 가을비가 촉촉이 내렸는데 언제 그랬더냐 싶게 날씨는 말끔히 개어 있는 것 같다. 먼동이 터서 그 하늘이 검푸르련만 안개가 짙어서 잿빛 일색으로 투명치 않다.

마루에 나선 유모의 귀에다 대고 임 상궁이 또 이른다.

"가서 자리가 잡히면 말일세. 자네 왼쪽 이마 머리 밑에 있는 사마귀는 뽑도록 하게나. 그런 게 있으면 신상에 좋지 않다는군. 믿을 일은 못 되지만 없는 이만 못하다면 뽑아버리는 게 좋지 않겠나. 청강수를 구해서 서너 번 꼭꼭 찍어놓으면 빠진다니 그렇게 하게. 내 이르는 말을 범연히 듣지 말어!"

유모에게 화냥기가 있으면 어린아이한테 영향이 끼칠까봐 임 상궁은 누누이 그렇게 일러둔다.

자그마한 보따리를 손에 들고 마당에 나선 임 상궁은 유부(乳父)라는 사람의 인상도 곰곰이 뜯어본다.

야무지게 생긴 사람은 못되는 것 같으나 착한 마음씨를 가진 젊은이로 보였다. 직접 말을 건네본다.

"그럼 잘 부탁하네. 손씨라고 그랬나."

"네, 손창렬(孫昌烈)이라고 부릅니다."

안마당에 들여다놓은 가마 앞으로 유모가 다가간다.

"먼 길이니 가마멀미를 앓을는지도 모르네. 이 보따리 속에 삼(蔘)이 좀 들어 있으니까 멀미나거든 그 뿌리를 씹어보게나."

상궁 임씨는 자신이 마련한 조그마한 보따리를 가마 안에다 먼저 싣는 다.

유모는 머리 굽혀 인사를 하고 가마 속으로 들어가다가 이마를 문설주에 쿵 부딪고 얼굴을 찡그린다.

"매사에 조심을 해야지!"

임 상궁이 가마 문을 직접 닫아주면서 못 미더운 듯 한마디 흘린다.

이번엔 그 사내[男便] 손창렬에게 또 수군거리듯 다시 이른다.

"여자란 너무 믿을 게 못 되네. 조강지처가 아니니 더군다나 잘 휘어잡 아서 탈 없이 지내도록 하게."

임 상궁의 그런 자상한 부탁은 순전히 맡겨 보내는 어린애를 위한 잔신 경이다. 가능하면 그들 내외를 며칠쯤 데리고 있으면서 모든 일을 차근차 근 일러주고 싶었지만 그럴 사정이 못되는 게 한스럽다.

"너무 염려 마세요. 제가 다 알아서 성심 성의껏 할 게니까요. 그렇잖아 도 죽동궁 대감(竹洞宮大監) 마님의 분부가 지엄하신데 꿈엔들 소홀할 수 가 있겠습니까."

유부(乳父) 손창렬은 죽동궁 민영익 집의 밥을 먹어온 사람이라 그 탯거 리부터 공손하고 때가 벗었다. 은근한 말씨로 보아 신중한 성품임에 틀림 이 없다.

그러니까 이 비밀을 알고 이번 조처에 직접 관여한 사람은 왕실 외척의 실력자인 민영익과 종친 이재곤 두 사람뿐이고 역시 종친 이지용(李址鎔) 이 내막을 눈치 채고 있을 정도였다.

"삼사 년 동안이 고비일세. 극도로 조심하되 터질세라 다칠세라 모시듯 기르지 말고 자네들 혈육처럼 차라리 막 자라게 하는 것이 좋을걸. 그리고 참, 자네들이 막 부를 이름도 있어야지?"

"그렇군입쇼. 아기씨의 이름은 뭐라고 부를깝쇼?"

"글쎄…… 나도 그걸 생각해봤는데 언년이라고나 할까. 언년이라면 시골에서 흔히 쓰는 여식애의 이름이지?"

"제 미련한 생각으로는 간난(干蘭)이라구 부르는 게 어떨는지 모르겠습니다. 흔해빠진 시골 계집애의 이름이 간난이니까요."

"그래? 그럼 간난이가 좋겠군. 그렇게 부르도록 하게나."

"그럼 고만 떠나도록 하겠습니다."

"날 밝기 전에 어여 떠나게. 닭이 벌써 세 홰째 우는군. 어서 남대문을 빠져 나가야지."

사립문이 활짝 열리자, 가마는 안마당을 떴다.

공간은 아직도 투명하지 않다. 정말 안개가 자욱하게 내리고 있는 새벽이다.

이웃집 개가 가마 앞으로 쪼르르 달려오면서 컹컹컹 하고 짖어보다가 마는데 누런 황치[黃色犬]였다.

바깥마당까지 따라간 임 상궁은 그래도 마음이 놓이지 않는다. 또 유부 손창렬에게 이른다.

"젖 떨어질 무렵이면 혹여 데려오게 될지도 모르네. 그렇잖으면 십여 세까지 자네들과 있게 되겠고."

그동안 이재곤은 어금니를 주군주군 씹으며 마당 가에 돌아서 있었다.

무지막지한 사람들에게 맡겨진 허름한 가마에 실려 나가는 어린 핏덩이는 그러니까 금지옥엽의 조카딸뻘이 되는데 장차 그 운명이 어떻게 될 것인지 몰라 그는 가슴이 아팠다.

그는 생각한다.

사람이 이왕 태어나려면 시운을 잘 타야 한다.

반드시 정비(正妃)의 소생이라야만 왕자이고 공주일까. 궁녀의 몸에서 태어났어도 나중에 원자(元子)가 되어 왕위를 계승한 사례는 얼마든지 있고 공주가 되어 온갖 영화를 누린 여자들도 지천하게 많다.

왕실에선 아기를 낳은 여자의 신분이 대단한 조건이 되는 게 아니다. 왕이, 황제가 궁녀를 범하는 것은 당연하기까지 한 일이다. 평민이라면 처첩 이외의 여자를 건드리는 게 범(犯)이고 간(姦)이지만 제왕의 경우는 성은(聖恩)이어서, 그 성은을 입은 여자에겐 망극하기 그지없는 영광이다.

후궁으로 삼으면 된다. 후궁이 정비가 될 수도 있다.

현재의 순빈 엄씨만 하더라도 그렇다. 오년 전 을미사변으로 민비가 왜인에게 시해되고 주상이 아관으로 파천을 했을 때, 엄씨는 일개 상궁의 신분이었다. 그 엄씨가 성은을 입고 대뜸 귀인으로 승격됐다. 삼년 전에 아들 은(垠)을 낳았다. 그 아들이 왕자로 인정되고 금년엔 영왕(英王)이라는 존호마저 내려지면서 그 어머니 엄씨는 순빈(淳嬪)으로 봉해졌다. 내년쯤이면 비(妃)가 되고 영왕 은씨는 태자가 될 것이며, 세월이 흐르면 이 나라의 사직을 계승하게 될 제왕이 되는 것이다.

말하자면 엄빈은 때를 잘 탔으며, 문용을 낳은 여인은 때를 잘못 만났다. 지금은 엄빈이 마악 내전의 주인이 돼서 자리를 다독거리고 있는 중이다. 아무리 황제라 하더라도 이 판에 또 다른 여자를 후궁으로 앉힐 체면이 못 되거니와 먼저 엄빈 자신이 용납하지 않을 것이다.

그렇잖아도 엄빈은 이번 일을 어렴풋하게 눈치챈 눈치다. 일절 알은체는 안하고 있으나 그 측근 사이에서 무슨 계략이 꾸며지고 있을는지 모른다. 엄빈 자신은 마음씨가 착해서, 그리고 자신의 처지도 있고 해서 묵인하려

한다손 치더라도 그네를 에워싼 채 새로운 세력을 구축하기 시작한 주위 측근들의 등쌀을 예견 못한다는 것은 어리석다.

그리고 수상한 세월과 어지러운 정정(政情)과 극성스럽게 그악을 떠는 외세의 발호가 때 아닌 황실의 스캔들을 곱게 보고 묵살할 리 없다. 반드시 미끼로 구실을 삼아 엉뚱한 일을 저지를 가능성이 짙다.

그동안 조선을 먹으려는 러시아, 청국, 일본의 극성스런 삼파전은 일본의 승리로 굳어져 버렸으나 아직도 이 나라에서의 그들의 다툼은 피를 튀기듯 치열하다.

내정(內政)도 수습할 길이 없을 만큼 혼돈을 거듭하고 있다.

김옥균(金玉均) 일파의 갑신정변 이후 벌써 16년이 흘렀지만 개혁파와 수구세력의 암투는 더욱 극렬해 가고 있다.

서재필 그룹의 독립협회는 젊은 윤치호 등의 가담으로 해서 만민공동회로 발전하자 정부의 매국 행위를 종로 네거리에서 공공연히 공격하기에 이르렀을 뿐 아니라 그들이 내세운 요구 조건과 주장은 경악을 금치 못할 만큼 대담무쌍하다.

일컬어, 일본인에게 의부(依附)하지 말며, 일컬어 외국과의 이권 계약은 대신이 독단하지 말 것이며, 일컬어 나라의 재정을 공정히 하고, 예산을 국민한테 소상히 공표할 것이며, 일컬어 중대 범인의 공개 공판과 언론 집회의 자유를 보장할 것이며, 일컬어 칙임관(勅任官) 이상의 임면(任免)은 중의(衆議)에 따르라고 외치고 있으니, 국정이 극도로 어지러울 수밖에 없다. 그렇게 되면 친여(親與) 세력이 또 생겨나게 마련이다. 황국협회가 생겨나 보부상(褓負商)들을 동원하여 만민공동협회를 습격, 피를 보게 된 것이 바로 재작년의 일이다.

일본을 비롯한 외세들은 그러한 국내의 혼란을 측면에서 꼬드겨가며 저들의 야욕을 채우려 든다. 이젠 황실에까지 저들 세 나라의 촉각이 거미줄처럼 얽히고 뻗쳐 간섭 안하는 일이 없고 트집 안 잡는 일이 없는 판국이다.

그런 때 어쩌다가 잘못 태어난 생명이 나 문용이다. 당연히 옹주(翁主)의 신분이건만 존재가 알려지면 밖으로는 혼란한 정치의 희생이 되고, 안으로는 투기의 제물이 되기 십상이다. 어린 목숨을 살리려면 쥐도 새도 모르게 궁궐에서 빼돌려 멀고 험한 초야에 묻히도록 하는 길밖에 없다.

이재곤은 후유 하고 한숨을 뿜어내며 짙게 내리는 새벽안개 속에서 상궁 임씨의 소리 없이 흐느끼는 듯한 슬픔을 지그시 쏘아본다.

"고만 어서 대궐로 돌아가시오! 뒷일은 내가 맡을 테니까."

임씨는 한참만에 대꾸한다.

"염 상궁의 일은 장차 어찌 되겠습니까? 너무 억울하고 불쌍하지 않습니까?"

임씨의 그 말을 듣자 이재곤의 준수한 미간도 흐려버린다.

그는 말없이 고개를 느릿느릿 끄덕인다.

염 상궁이라는 궁녀가 실제 인물인 것만은 사실인 것 같다. 그런데 그 염 상궁이 너무 억울하고 불쌍하지 않느냐는 임 상궁의 호소이고 보면 복잡한 사연이 있는가 싶다. 염 상궁이 단순히 궁녀의 몸으로 황녀를 낳았기 때문에 장차 무슨 억울한 일을 당할 것 같아서 미리 근심하는 말투로는 들리지 않는다.

임 상궁은 그 이상 염 상궁이라는 여자의 이야기는 입속에 삼킨다. 아기를 싣고 떠나간 가마가 사라져간 골목 밖을 젖은 시선으로 오래오래 쫓다가 침을 꼴깍 삼키며 합장을 한다.

"나무관세음보살."

많이 불러본 억양이다. 발길을 돌려 세우며 임 상궁은 한숨을 소리 없이 뽑아버린다.

그 얼굴에 실비 같은 안개가 주룩주룩 내리고 있다.

1900년 초겨울의 안개 짙은 새벽은 서서히 밝아오고 있었다.

그리고 그 새벽부터 출생한 지 사흘을 맞는 가녀린 한 생령(生靈)의 방랑은 시작된다.

"임 상궁!"

"네?"

"얼굴이 부숙하구려. 몸 조섭을 잘해야 될걸."

임 상궁은 무의식중에 손끝으로 자기 얼굴을 쓸어본다. 그리고 차가운 새벽 공간에다 호오 하고 더운 입김을 뿜어본다.

"대감마님!"

"음?"

"염 상궁을 어떻게 구원할 길이 없겠습니까?"

"글쎄……."

이재곤은 고개를 들어 하늘을 본다.

제3장

착잡한 남자의 얼굴과 침통하기 그지없는 여자의 얼굴이 짙은 안개 속에 나란히 묻혀 있었다. 안개는 실비처럼 차분하게 내리고 있는데 환영과 같은 두 얼굴은 오래도록 움직일 줄을 몰랐다.

"불쌍하긴 하오만 이제 와선 폐하께서도 염 상궁을 구원해내실 수는 없을 게요."

남자 이재곤이 말했다.

"폐하께서도요?"

여자 임 상궁이 침울하게 반문했다.

"시끄럽지 않도록 일을 수습하시려고 폐하 자신이 그런 작심을 하셨을 지도 모르니까. 너무 마음 쓰지 않도록 하시오!"

"그 사람은 평소에도 병약해서 고생이 심했는데, 미리 생목숨을 끊어야 하다니 너무 불쌍하지 않습니까."

"명이 짧으면 요절도 하는 게니까. 그렇게 치는 것이 서로 마음 편하지 않겠소? 딱한 일이오만 오늘밤에라도 무슨 일이 벌어질는지 몰라요."

그 소리를 듣자 임 상궁은 몸을 비틀거린다.

"오늘밤에요?"

"오래 끌면 소문이 퍼지게 마련이오. 오늘밤엔들 무슨 일이 없으란 법은 없어."

이재곤의 말투에는 체관(諦觀)이 깃들어 있다.

임 상궁은 느릿느릿 사립문 쪽으로 걸어간다. 돌담에다 손을 짚고 정신을 가다듬는다.

'오늘밤에라도······.'

나는 그 '오늘밤에 일어날 일'을 영감(靈感)의 눈으로 미리 바라본다. 안개가 어둠으로 변하는 것을 본다.

'내가 출생한 계동의 어느 민가 주변은 땅거미가 지기 무섭게 은근하고 삼엄한 경계가 펴진다.

'어영군사(御營軍士)도 시위대원(侍衛隊員)들도 아닌 성싶은 정체불명의 장한들이 슬금슬금 나타나 행인들의 통행을 막는다.

밤이 이슥해 삼경(三更)이 된다.

사린교 한 채가 그곳에 나타난다.

명주 두루마기 위에 옥색 도포를 걸친 장한 한 사람이 교자에서 내린다.

궁에서 나온 사람 같은데 평복을 입어서 그 정체를 알 길이 없다.

그는 묵직하게 보이는 무엇인가를 소중스럽게 받들어 들고 내가 태어난 그 민가로 들어갔다.

그 집 안팎에는 누구 하나 얼씬거리지를 않는다. 대청에 밝혀놓은 대황 쌍촛불이 꺼불꺼불 춤을 추고 있을 뿐 분위기는 말할 수 없이 음울하다. 그리고 까닭 모르게 살벌하기도 하다.

컹! 하는 헛기침 소리가 방금 나타난 장한의 목에서 튀어나온다. 그가 대청 위로 올라서자 안방 미닫이가 소리 없이 여닫힌다. 다시 무거운 정적이 집안을 휩싼다.

방 안에서도 은첩촛대(銀蝶燭臺)에 꽂힌 촛불이 꺼불꺼불 춤을 춘다. 양테 넓은 갓 그림자가 미닫이에 어른거리다가 만다.

멀리 어디에선가 개 짖는 소리가 컹컹 들려오다가 싱겁게 그쳐버리는 바람에 정적은 더욱 굳어진다. 부엌이며 사랑채엔 그 집에 사는 누군가가 숨어 있는 것 같기도 한데, 어디에서도 숨소리조차 없다. 모두 죽은 체하고 곧 벌어질 사태나 지켜보려는 모양이다.

한 식경쯤의 시간이 그 음울한 침묵 속에서 흘러간다. 안방 미닫이에 다시 양테 넓은 갓 그림자가 어른거리는 듯하더니 이내 소리 없이 열리면서 예의 그 장한이 돌처럼 굳어진 얼굴을 한 채 마루로 나선다.

그가 묵묵히 섬돌을 내려섰을 때 어디서 나타났는지 주인인 성싶은 남자 한 사람이 역시 헛기침을 컹! 하고 터뜨린다.

방금 안방에서 나온 사내가 그를 보고 나직하게, 그러나 엄하게 이른다.

"뒷수습을 잘하시오!"

"예에."

"소문이 안 나도록!"

"예에."

장한이 대문을 나서는 순간 그 집 곳간 뒤꼍에 숨어 있던 사린교가 득달같이 나타나 그 장한을 삼켜버리더니 헐렁헐렁 어둠 속으로 사라져 간다.

그 뒤를 따라 초저녁부터 펼쳐졌던 주위의 경계망도 멍석 말리듯 후루루 걷혀간다.

곧 그 집의 안방으로 여자 둘이 들어간다. 헉! 하는 울음소리가 터진다. 하지만 이내 잠잠해진다.

입에도 코에도 검붉은 피가 흘러내린 여자의 시신이 그 안방 아랫목에 단정히 뉘어 있는데 핏기 걷힌 얼굴이 퍽 단아하다.

그 단아한 얼굴에 백포가 가려지고 굳어가는 손발이 여인들에게 주물려져 곧고 바르게 놓여진다.

그것은 주검이었다.

염 상궁이라는 한 여인은 그렇게 해서 소리 소문 없이 생명이 끊긴다. 그 환영이 하늘로 훨훨 춤추듯 솟아오른다.

나는 직감으로 안다.

그 여자를 죽인 것은 나다. 바로 내가 그 염 상궁을 그런 식으로 죽인 것이다.

그 염 상궁은 나를 낳은 여자란다. 나를 낳았기 때문에 그처럼 참혹하게 죽어가야 했다. 한 마디의 반항도 못하고 자기변명도 못한 채 죽음을 당해야 한 것 같다.

하지만 나는 뒷날 임 상궁의 옛이야기를 들은 뒤로는 좀 더 잔혹한 죽음도 상상할 때가 있다.

대궐에서는 사람 죽이는 일을 떡 먹듯 한다고 했다. 왕비가 시앗을 죽이는 일은 예사로운 일이라고 했다. 어느 시대 누구라고 밝히지 않았으나 어떤 궁녀가 왕의 성은을 입어 태기가 있다는 소문이 왕비의 귀에 들어간 일이 있었단다.

어느 날 밤, 그 궁녀는 같은 궁녀들에 의해 자기 거처에 갇히고, 그 방에는 밤나무 장작을 땐 이글거리는 화롯불이 들여지고, 조갈이 나면 마시라는 찻종이 준비되고, 그래서 그 궁녀는 밤나무 장작이 내뿜는 가스에 중독

되고, 이상한 약이 든 차를 마셔 사지가 마비되고, 그래서 쓰러져 버둥거리니까 죽을 병이 들었다는 핑계로 궁 밖에 축출한 끝에 다시 사약을 내려 죽인 일도 있었다는 이야기를 내가 장성했을 때 임 상궁은 처절한 표정으로 들려준 일이 있다.

"후궁으로 들어앉지 못할 몸은 섣불리 성은을 입더라도 태기가 있으면 안되는 것입니다. 언제 어떤 참혹한 일을 당하게 될는지 모르니까요. 차라리 그렇게 되면 약삭빠르게 궁에서 벗어나 여염에 묻혀 살아야만 목숨을 보전하고 아울러 귀한 자손을 기를 수가 있습니다."

솔직히 말해서 나로서는 아리송하기만 한 수수께끼다. 정말 그 염 상궁이 나를 낳아준 어머니인지를 오늘날까지도 나는 그 수수께끼를 풀지 못한다. 그러나 나는 그날 새벽 양사골 대감 이재곤과 임 상궁의 그 아리송한 대화로 미루어보아 염 상궁은 내 진짜 생모가 아닐지도 모른다는 맹랑한 환상을 떨쳐버리지 못한다.

그러한 심증이 굳어지는 까닭은 따로 있다. 내가 태어나자 처음으로 입에 물어본 젖꼭지는 그 염 상궁의 것이 아니라 임 상궁의 젖꼭지인 것이다. 그리고 임 상궁이 나를 안은 채 밤새도록 왜 그처럼 슬퍼했는지를 나는 알 수가 없다. 그냥 단순한 동정의 눈물치고는 너무도 애절해보이는 슬픔이었다.

여하간에 나의 생모는 염 상궁이라고 일러온다. 그 염 상궁은 나를 낳은 죄목으로 그렇게 소리 소문 없이 죽었다고 한다.

그러니 나는 태어나는 즉시 살인을 한 것이다.

염 상궁이 진짜 나의 생모라면 나는 세상에 나오자마자 존속을 살인한 것이고, 만약 염 상궁이 어떤 사연으로 누군가를 대신해서 그렇게 죽어간 것이라면 나는 나와 별다른 인연도 없는 한 여인을 죽인 것이니 어쨌든 나는 이 세상에 태어난 지 불과 사흘 만에 살인을 한 셈이 된다.

나는 기도한다.

"주여, 거룩하신 그리스도시여. 마귀들의 농간으로 억울하게 죽어간 염상궁에게 영원한 평화와 은총을 베푸시옵소서. 그는 전능하신 주님을 성의껏 받들고 따르고 찬송할 것이니 그 불쌍한 영혼을 어루만지시고 그를 괴롭힌 온갖 마귀와 원수를 물리치시어 애절한 사연을 안고 주님 발끝에 입을 맞추며 섬기기를 소망하는 방황하는 영혼의 고통을 덜어주옵소서. 빛을 비추소서. 아멘."

나는 기도한다.

"나의 살인을 용서 마소서. 내 본의거나 아니거나 나는 태어나는 즉시 한 여인을 죽였습니다. 나는 평생토록 나 스스로 나를 용서 않을 것이니 나에게 그 죄를 책하시고 벌하시고 나로 말미암아 죽어간 한 여인의 영혼을 어루만져주소서. 나는 내 생명이 있는 날까지 그 죄를 씻기 위하여 모든 고난과 시련을 달게 받을 것입니다. 전능하신 그리스도여, 내 원죄의 제물로 희생된 착한 원혼에게 빛을 주옵소서! 은총을 내리소서. 십자가에 육신을 못박힘으로써 능히 마귀와 원수의 농간을 물리치시고 사흘 만에 부활하신 그리스도여. 인간은 육신의 인간과 영혼의 인간으로 구별될 수 있으며, 인간은 모름지기 육신의 인간이 아니라 영혼의 인간이어야 함을 가르치신 주님의 뜻을 받들어 내 평생을 한결같이 영혼의 인간으로, 속죄하는 영혼의 인간으로 살 것을 맹세하나이다. 인간의 가장 약점은 먼저 육신에 깃드는 탐욕스런 본능인 줄로 압니다. 그 육신의 약점을 구원하는 것은 육신 자체가 아니라 영혼임을 알고 있습니다. 영혼이 죄를 짓기 전에 육신을 구원하고, 아울러 영혼 스스로도 구원을 얻어야 하는데, 나는 육신보다 영혼이 먼저 죄를 범한 게 아닌지 모르겠습니다. 불교에서도 영혼과 육신은 이원적 존재로 설정하고 있습니다. 불교의 나라 인도에서는 여러 가지 극한적인 방법으로 육신을 가혹하게 시련시킨답니다. 그 스스로 취하는 모든 육체적 고행은 악이 깃들기 쉬운 육신을 멸하기 위함인 줄로 압니다. 육신을 제어하기 위해서 갠지스 강에다 투신을 함으로써 영혼의 깨침과 구원을 얻으려는 사람들이 허다하게 많다는 이야기가 있습니다. 그러한 영육 이원사상(靈肉二元思想)을 천착해보면 결국 자비나 선은 영혼에 속하는 본성이며, 죄악의 육신에 깃드는 거머리라는 풀이가 됩니다. 영혼을 구원받기 위해서는 우선 육체를 죽인다는 생각이 아니겠습니까. 성 바울도 말했습니다. 신은 그리스도를 일시적인 죄의 심벌로 만들어 그 육체를 범함으로써 죄를 씻어주는 반면에 그의 영혼을 구원한 것이라고요. 찬미가에서는 보배도 명성도 흐르는 물 위의 달그림자라고 경고하고 있지만 그 보배와 명성이 성 바울이 말하는 육체적인 본성이 아니겠습니까. 나는 태어났습니다. 육신과 영혼을 가지고 어쨌든 마악 태어났습니다. 나를 낳았다는 죄목으로 죽어간 염 상궁을 위해서라도 나는 내 육신을 멸하여 영혼을 구원함으로써 그가 나를 낳아준 것이 누군가의 뜻임을 실증하겠습니다. 아멘.”

나는 이제 걷잡을 수 없는 짐을 지고 영혼과 육신의 황량한 방랑길에 오른다. 태어난 지 사흘만에 그러한 방랑길에 오른다. 육신은 오들오들 떨어가며 그러한 끝없는 방랑길에 오른다.

“왜 이렇게 가마가 춤을 추는 거죠. 나두 아기도 어지러워서 못 견디겠어요.”

어디쯤에선지 유모가 가마 속에서 밖에다 대고 그렇게 소리친다.

“급한 길이라는데 어정어정 놀 양으로 흥타령이나 흘리면서 갈 수는 없지 않소!”

가마꾼이, 뒤에 선 가마꾼이 그런 시큰둥한 대꾸를 한다.

"참으시오! 참는 게 공덕이라오!"

"그렇지만 속이 뒤집혀 못살겠어요. 나보다두 애기가 견디느냐 말예요. 이렇게 어지러워서야."

이번엔 가마 옆을 비짝 따라붙는 유모의 남편 손창렬이 한 마디 한다.

"갈 길이 먼데 참구 견디어야지 어쩌겠나. 가마를 탄 것만두 호강으루 알잖구."

그렇지, 참구 견디는 것이 사람 한평생이라는 말도 있으니까 참을 수밖에 없다. 유모의 표정은 그랬다.

내가 뒷날, 언제부터인진 모르지만,

— 우리는 모두 태어날 만한 이유가 있어서 태어난다. 우리는 모두 무한의 존재다. 우리는 다함께 제각기 지상의 원리를 가지며, 우리들은 한결같이 지상에서 영원한 뜻을 지닌다 — 라는 누군가의 외침을 자주 음미하게 된 것은 아마도 축복받지 못한 나의 출생 때문이 아닌가 싶다.

그것은 휘트먼의 시구라고 기억되는데, 나는 뒷날 그의 여러 시를 퍽 사랑하며, 나의 인생지침으로 삼으려는 노력을 했다. 분명한 구절을 외고 있지는 못하지만 — 나는 나를 무조건 사랑한다. 순간마다 이 세상 모든 사건들이 나를 환희로 떨게 하는구나 — 라는 그의 의욕적이며 엄숙하기 그지없는 인생관을 나는 평생을 두고 따르려 했으나 그게 그리 쉬운 일은 아니었다.

하여간 내게 숙명지어진 신의 뜻은 영육 간의 방황이었고, 그 방황은 출생하자마자 성급하게 시작되는 것이다.

김천은 서울에서 오백여 리나 되는 고장이란다.

그 고장이 나와 전생에 무슨 인연이 있었던 곳인지는 알 길이 없지만 이왕 태어난 '육신의 생명'을 부지하기 위하여는 그곳으로 가야 하는 것 같은데, 막상 나를 맞이한 그곳은 마치 내게 대한 가혹한 사명이라도 행사하려는 듯이 가장 잔인한 형벌의 채찍으로 어린 나를 매질했다.

서울을 떠난 지 닷새 만에 나는 유모와 함께 햇빛을 가렸던 가마 속에서 천일(天日) 아래로 나섰다.

"천안까지만 가마로 모시라는 분부였으니까 이제부턴 보행으로 가야 될 거외다."

교군꾼들은 천안에서 되돌아가고 나는 거기서부터 유모 '이천(利川)집'에게 안긴 채 싸늘하게 맑은 가을 하늘 밑을 가게 된다.

그들은 유리걸식 고향으로 돌아가는 가난한 촌부촌부(村夫村婦)로 가장하는 것 같다.

가는 길을 곧바로 잡았다면 그렇게 오랜 날짜가 걸렸을 리 없건만 이른바 동가숙 서가식(東家宿西家食)을 하면서 길을 돌고 행방을 흐리느라고 오백여 리의 노정을 자그마치 보름이나 걸려 더듬었다면 하루 평균 고작 40리 안팎을 걸은 셈이 된다.

옥천 대성산 모퉁이를 지나다가 어느 후미진 관에서 쉬고 있으면서 유모 내외가 지껄이는 삭막한 대화를 나는 어김없이 들었어야 한다.

"여보! 뭣한 소리지만 이 애 여기 내버리구 가면 안되겠수?"

나는 그 소리를 알아듣는 듯이 까르르 꺽꺽 울어댔다. 맑게 갠 하늘에다 밤톨만한 주먹을 허이 휘두르며 마구 울어댄다.

"뭔 소릴 함부로 지껄이는 게야!"

"이렇게 보채대는 핏덩일 무슨 재간으루 기를 수가 있겠어요? 눈가생이가 황달병처럼 노래져 있는 걸 보니 벌써 병집을 가지구 태어난 앤데……."

"삼신할머니가 사람을 점지할 땐 다 살두룩 점지하셨겠지, 죽두룩 점지

하셨을라구. 당신과 나한테 맡겨진 소임이 얼마나 무거운데 벌써부터 그런 소릴 함부로 지껄이는 게요. 큰일날 소릴."

"누가 들우? 우리뿐인데."

"애기도 그 소릴 듣고 임자한테 수먹질을 하지 않소, 저것 보라니까. 어서 젖이나 물려요."

유모는 맬맬하게 불어 있는 젖통을 끄집어내어 겉물을 찍 짜버린 다음 내 입에다 덮쳐누르듯이 물렸으나 나는 도리질을 하며 좀 더 극성스럽게 울어붙인다.

"강아지두 두 이레나 지내야 에미 젖을 떼게 마련인데 이건 생모젖이라 군 구경조차 못했으니 죄받을 소리지만 어차피 며칠 못살 목숨이램 일찌감치 고생이나 덜어주는 게 적덕(積德)일지두 몰라요, 여보."

"아하, 못하는 소리가 없구먼. 그런 짓을 하구 당신이나 나는 목숨이 붙어 있을 성싶은가? 배은망덕두 유분수지."

그러나 유모는 집요하기만 했다.

"생각하기에 달렸죠. 이 애를 기르다가 만약 탄로라도 나면 그때야말로 우린 육시처참이 될걸요. 차라리 지금 여기다 던져놓구 전라도 쪽으로라두 도망을 치면 되지 않겠어요? 어차피 저쪽에선 쉬쉬 하는 판이니까, 순검들을 풀어 우릴 뒤져 잡게 할 수도 없을 텐데. 오죽 좋아요, 온섬지기나 살 밑천은 있것다, 나한테 패물두 적잖이 있것다, 우린 어딜 가든지 떵떵거리며 살아갈 수 있단 말예요. 이 애만 없음."

"그 애기를 잘 양육한 보람으루 당신이 보모 상궁(保姆尚宮)이라두 될 날이 있을지 누가 아오. 나두 그 덕에 저 윤덕영(尹德榮)이처럼 떵떵거리는 권세라두 누리며 거드럭댈 날이 있을지두 모르고. 세상이란 팔랑개비처럼 돌구 도는 게니까 사람 팔자 알 수 없단 말이오."

대성산 솔새들도 지저귐을 쉬고 그네들의 대화를 듣고 있는 것 같다.

다람쥐 한 마리가 바위 위를 주름잡으며 치솟다가 뜻 아닌 인기척을 듣고는 앞발을 싹싹 비비는데 그 곤두세운 꼬리가 갈대꽃처럼 바람을 탄다.

"사람이란 은혜를 알아야 하오. 나는 죽동궁대감[閔泳翊]의 은혜를 배신으로 갚을 순 없는 사람이오. 그 어른의 신신당부로 애기를 맡았는데 어찌 불측한 짓을 할 수 있겠어. 당신 다신 그런 맘 먹어선 안되오."

유모는 그 이상 고집을 부리지 않고 어린애의 입에다 젖꼭지를 콱 물려버린다.

어린애의 입이며 코가 그 탄력 있고 희멀건 젖통에 짓눌린다.

숨이 막혀 그냥 그대로 울어 붙인다.

그러는 사이에 육신 건강한 그들 남녀의 눈길이 마주치며 단풍잎처럼 타오른다.

산은 울창하고 햇빛은 투명하게 밝다. 주변에 사람의 그림자라곤 있는 것 같지 않다.

나는 뒷날, 그때 그네들이 그곳에서 어떻게 했으리라는 것을 상상해본 일이 있다.

유모 이천집은 보채는 아이를 누렇게 시들어가는 풀숲에다 펄썩 던져버린다.

그 순간 그처럼 기승을 부리며 보채대던 어린애는 울음을 뚝 그친다. 울지 않던 아이도 땅에 던져지면 까르르 끅 하고 숨넘어가는 소리를 질러야 할 텐데 그렇지가 않다. 유모의 품에선 잠시도 울음을 그치지 않던 어린애가 풀숲에 던져지자 그 끈덕진 울음을 뚝 그쳐버린다.

맑지 않은 마음을 가진 유모의 육신에서 헤어나 흙 위에 던져지는 순간 어린애는 더할 수 없는 안정감을 느낀 것 같다.

어린애는 고개를 산마루 쪽으로 돌린 채 사지를 퍼둥거리다가 문득 눈을 뜬다. 세상에 태어나서 처음으로 눈을 뜬다. 산마루에 걸쳐져 흰구름이 그 새까만 눈동자에 비친다. 하늘이 비친다.

밀리 날아가는 백로의 나래짓이 그 눈동자에 비친다. 십자가에 못박힌 순간의 고통을 웃음으로 참는 기독의 비순수(非純粹)가 그 새까만 눈동자에 비친다.

불측한 사이비승의 정사(情事)를 자비로운 미소로 바라보는 석가모니의 원색적인 호기심이 그 어린 눈동자에 비친다.

뻐꾸기 소리가 들린다.

어린애는 그런 최초의 목격 때문에 유모 내외 따위의 행동엔 관심을 갖지 않는다.

풀숲에 버리고 가도 좋고, 안 버리고 가도 또한 좋다. 어린애는 태어날 만한 이유가 있어서 태어났음을 인식한다. 지상에 던져져 있는 것만으로도 영원한 뜻을 지닌다고 성벽 있게 그 밤톨만한 주먹을 빤다. 휘두른다.

유모 내외의 동정 따위엔 관심을 가질 필요가 없다.

"당신 자세히 보니깐 예쁘구려. 당신처럼 예쁜 여자가 내 아내가 되다니……."

유부(乳父) 손창렬이 새삼스럽게 감격하며 두 다리를 뻗은 채 앉아 있는 유모의 손을 잡아낚는다.

유모는 사면을 두리번거린 다음 남편 품에 쓰러지듯 안긴다.

바위 위에 다시 나타난 다람쥐가 앞발을 모두어 사금사금 비비고 있다.

이천집은 치마를 펼쳐 풀숲에다 깐다. 보따리를 다독거려 머리 밑에 베고 태평하게 벌렁 눕는다.

손창렬이 빙그레 웃으며 누워 있는 여자의 부푼 가슴을 비집는다.

"애기 울어요."

여자는 보따리 베개를 고쳐놓고는 어린애를 빙자해서 채근을 한다.

눈부시게 흰 백로 두 마리가 하늘 높이 훨훨 북녘을 향해 날아간다.

"좀 더 편편한 데루 옮깁시다. 여보!"

"그랬으면 좋겠어요."

바위에서 잘디잔 모래알이 구른다. 다람쥐 발길에 채어 모래알이 우수수 소리를 내며 굴러 내린다. 그 밑엔 갈대꽃이 피어 있다.

칡 이파리가 너울대고 있다.

좀 떨어진 곳에서 또 여자가 앙탈하듯 뇌까린다.

"누가 보면 어쩌죠?"

"보긴 누가 볼라구. 저기 백로가 날아가다가 내려다보는군."

어린애의 존재를 그네들은 까맣게 잊는다. 실상 그들의 그런 인연은 어린애가 맺어준 것인데 그 어린애의 존재를 그네들은 까맣게 잊는다.

― 순간마다 모든 사건들이 나를 환희로 떨게 하는구나.

어린애는 즐겁게 빨간 주먹을 빨기 시작한다. 갓 뜬 눈동자에 비치는 모든 사물과 사건을 환희로 받아들이며 빨간 주먹을 빤다.

다람쥐의 발짓도 백로의 나랫소리도 솔새의 지저귐도 햇빛의 광채도, 그리고 바람 소리도 어른들의 거친 숨소리도 그 모두가 외로이 땅에 던져진 한 어린 생명을 환희로 춤추게 한다. 생명은 무한의 존재다. 영원의 뜻을 지닌다.

한 생명이 처음으로 귀를 뜨는 순간 잔인한 인간의 소리를 들었고, 첫눈을 뜨자 무심한 풍경과 욕된 사건들로 더할 수 없는 환희를 느낀다.

"기특하게두 고동안은 울질 않아줬구나. 어디 우리 애기 젖 좀 줄까."

돌아온 유모가 갑자기 인자해진 까닭은 마음이 흡족한 까닭이다. 짜증스런 마음에서 착한 정이 솟아날 턱은 없다.

어린애를 내버리고 가잘 때의 유모의 심정은 짜증스러웠던 것이 틀림없다.

그 얼굴에 환희가 깃드니까 어린애의 볼기를 다독거리며,

"그래두 삼신할머니가 이 애기를 점지하신 건 다 생각이 있어서겠죠? 여보."

하면서 젖을 물린다. 그 순간 어린애는 다시 까르르르 울어 붙인다.

다람쥐가 놀라 바위 위에서 황급히 사라져버리고 하오의 햇살이 구름 그림자를 몰면서 대성산 계곡을 더듬는다.

김천 동부면이라지만 서쪽 황학산 쪽으로 치우친 한촌이었다. 그곳에 유모 내외는 정착할 터전을 잡는다. 방앗골이라고 부르는 산마을이었다.

물레방아는 물길이 좋아야 있게 마련이다. 그러나 연자방아야 어느 곳 어느 마을엔들 없을까.

그 마을의 이름은 방앗골이었다. 연자방아가 마을 북쪽 산기슭에 있었다.

돌담에 사립문이 달린 농가 이십여 호가 웅크리고 있는 한촌이라 마을에 누가 새로 이사를 왔다는 것은 몇십 년만에 겪는 동네 경사인 것 같았다.

연자방앗간 뒷집으로 이사 온 손씨네가 건답일망정 무논[水畓] 아홉 마지기를 단번에 사들였다는 소문은 순박한 마을 사람들을 어리둥절하게 하는 빅 뉴스였다.

"그럼 박초시네 다음쯤은 가겠군, 이 동네선."

"박초시네 하구야 비교할 수도 없지만 그래두 그만하면 중농 행세를 하겠는걸. 일직 손씨(一直孫氏)라던가."

그 마을에 달리 또 손씨네가 살고 있는 말투는 아니었다.

"식구라군 갓난쟁이 계집애 하나에다 두 내외뿐인데 논 아홉 마지길 누가 붙여 먹노. 농사일에 이골난 사람들 같지도 않은디예."

"머슴을 구한다누만. 아랫마을 덕재가 머슴으루 들어가게 됐다잖나. 그녀석 약삭빠르기두 하재."

"경기도 이천(利川)인가에서 어떤 지주네 머슴 노릇을 했대누만요. 그새경을 모아가지구 와서 저렇게 땅을 샀다지 않능교."

"이천두 서울인감. 남정두 애엄마도 농사꾼 같진 않습디더."

마을 사람들은 '우리집' 팥죽 잔치에 몰려와 그런 식으로 수군거리며 이웃사촌으로 의좋게 살자고 주인 내외한테 구수한 인심치레를 뿌리며 돌아간다.

나는 이날 이후 손창렬의 딸 '간난이'로 그 방앗골에서 자라난다.

나는 그곳에서 살던 여섯 살 적 여름일을 영원히 잊지 않는다.

두 가지의 원시적인 인간의 모습을 여섯 살 난 여름철에 목격한다.

나는 그곳에서 영락없는 시골 막계집애로 여섯 살 나이를 먹는다.

유모는 분명히 표독한 성정인 편인데도 내게 대해서만은 자기의 본성을 누르고 잘 참아준다. 해마다 농사가 제법이어서 생활하기엔 어렵지 않았던 것 같다. 유모는 늘 옷단장이 깨끗한 편이고 머리엔 밀기름, 얼굴에는 가루분을 자주 발랐다. 심하게 농사일을 거들지 않는 것은 나를 양육한다는 책임과 명분을 빙자한 까닭이었던 듯싶다.

사람 좋고 순직한 유부 손창렬은 그러한 자기 아내에 대해서 별반 불만을 갖지 않고 지낸다. 그의 나에 대한 보살핌은 사뭇 은근해서 '아버지'로서의 정이 두터웠다. 물론 그 유모나 유부를 나는 친부모로 알고 따르며 자랐다. 그게 칠월 중순이 아니었던지 모르겠다. 몹시 더운 날이었다.

뒷담 너머 밤나무 숲속에서 말매미가 찌르르르 찌익 하고 더위를 쥐어짜며 울어대고 있었다. 바람기라곤 없었고 그런 불볕이라면 더운 바람일 것이었다.

"간난아! 난아! 미역감으로 안 가노? 가자! 나 혼잔 무섭다, 가자꼬."

마을 초입에는 해묵은 정자나무 한 그루가 무성하다. 느티나무로서 이백년도 더 묵었다는 이야기다.

그 정자나무 아랫집에 사는 내 또래의 동무 삼순이가 와서 나를 꼬인다. 어디서 그 소리를 들었는지 유모가 인심 좋게 소리친다.

"그래, 삼순이하구 나가 미역이나 감구 오려무나. 더운데 저녁때까지 오래오래 놀다가 와두 돼. 이런 날은 시원하게 물가에 나가 놀라니까. 온 무슨 놈의 날이 이렇게 찐담."

우리들은 좋아라 하고 뛰쳐나간다. 개천은 서쪽 산모퉁이를 돌아서 꽤 초간(梢間)한 곳에 있다. 우리는 그곳으로 달음질을 친다. 개천가 둔덕에 뛰어오른 우리들은 먼저 시영대를 꺾어 그 새콤한 맛을 씹는다. 물가에 무성한 줄풀을 뽑아 겉껍질을 벗겨 그 하얗고 연한 속대를 앞니로 똑똑 끊는다. 달착지근한 맛을 씹는다. 그러다가 옷을 훌훌 벗어 팽개치고는 개천물로 철벙텀벙 뛰어들어 물장구를 친다.

개천 둔덕에는 늘어진 갯버들이 흐르는 물에 짙은 그늘을 던지고 있다. 그 둔덕 옆엔 수수밭이 있고, 그 너머엔 참외막이 있고, 목화밭이 있으며, 그 저쪽으로는 김천장으로 가게 된다는 신작로로 이어지는 오솔길이 있는데, 사람들이 희뜩희뜩 보이는 날은 김천 장날일 뿐 다른 때는 까투리가 기고 노루가 뛰는 게 고작이다.

"우린 낼 모레 김천 장터루 이사간대."

한동안 철벙거리던 삼순이가 둔덕으로 기어오르더니 갯버들 밑에 쭈그리고 앉아 쏴하면서도 밑도 끝도 없이 그런 말을 꺼낸다.

"이살 가? 뭣 하러?"

"우리 큰아부지가 죽었대. 우리 큰아부지가 김천 장터에서 양약국을 했는데 우리더러 맡으랜대. 그래서 우린 이살 안 가나."

"넌 좋겠구나."

"그럼 좋지 않구."

"오매, 너희 아부지다. 우리를 봤나, 이리루 온다."

삼순네 아버지가 헐레헐렁 줄풀부채를 휘저으며 콩밭 도랑을 건너뛰더니 그냥 곧장 다가온다.

나는 알몸이 좀은 부끄러운 것 같아 물속으로 쏙 들어가면서 목 위만 쏙 내민다. 옆으로 삼순이가 개구리처럼 뛰어드는 바람에 얼굴에 물보라가 씌워진다.

"간난이 미역 감는고마?"

둔덕에 올라선 삼순네 아버지가 그런 말을 걸면서 빈들빈들 웃는다.

"어서 가세요! 우린 미역 감는데."

"오, 가마. 조것들이 벌써 부끄러워 그러는가. 간난이 느 아버지 집에 있나?"

"없이요."

"어딜 갔노?"

"김천 장터에 안 갔능교."

"오오, 장보러 갔고마. 어머니는?"

"집에 안 있능교."

"오 그래?"

삼순네 아버지는 씽긋 웃으며 다시 콩밭 쪽으로 사라져 간다. 곧 서걱거리는 수숫대들이 그를 가려 보이지 않는다.

"콩띠기 해묵을까?"

삼순이가 입술이 새파래진 채 다시 둔덕으로 기어오른다. 베 홑치마를 입는다.

햇빛에 아랫도리가 훤히 비친다.

"성냥이 있어야지 콩띠기를 해먹지."

"나 성냥 가지구 왔재."

"오메, 너 성냥 가지구 왔나?"

"아암."

우리는 남의 콩밭으로 숨어 들어가 칠월두(七月豆) 풋콩포기를 뽑는다. 둔덕 아래 움푹 팬 모래사장에다 불을 놓고 콩을 튀긴다. 치솟는 하얀 연기에 눈물이 쏟아진다. 갯가에서 주워 모은 등그럭들이 잘 타지를 않아서다. 그래도 콩껍데기는 꺼멓게 그을리며 통통한 알맹이가 송충이 터지듯 툭툭 터진다. 시퍼런 콩알이 번들거리며 김을 쏟는다.

그 따끈한 풋콩알을 입에 들뜨려 씹는 맛은 들척지근하고 비릿하다. 입 언저리엔 재가 묻고 침이 묻어 앙괭이가 그려진다.

"한 번 더 미역 감고 집에 갈까?"

삼순이가 또다시 치마를 벗어 팽개치고는 개천으로 뛰어든다. 나 간난이도 그 뒤를 따른다.

"참외 훔쳐 묵을까? 아까 보니까 참외막에 사람 없더라."

내가 제안한다.

"들키면 어쩔라꼬?"

"빨개벗고 살살 기어가문 안 들키재."

"가볼까? 따긴 간난이가 따는 기다."

"수수밭으로 숨어 가자."

두 벌거숭이가 수수밭으로 얼금썰썰 기어든다. 고개를 쳐뜨린 수수이삭
이 흔들린다. 서걱거리는 수숫대가 헤쳐진다.

"깜북이 따 먹고."

수수 깜부기를 따서 권련처럼 입에 문다. 배릿한 내음이 코로 스민다.

"너는 망을 봐라!"

"간난이 늬가 따 올라고? 참외."

"오야."

나는 수수밭 고랑에 착 엎드려 참외밭 쪽으로 살살 긴다. 이미 베어버린
유월두(六月豆) 콩그루에 무르팍을 찔린다. 두더지가 굴을 파는 것을 보고
앞질러가 발로 콱 밟았는데 허탕이다.

어디선가 가을 뜸부기가 뜸북뜸북 하고 운다.

먼 하늘에는 목화송이 같은 흰구름이 눈부시게 피어오른다.

참외밭으로 기어든다. 벌거숭이 볼기짝을 하늘로 치키며 참외덩굴을 더
듬는다. 꼭지가 잘 떨어지는 놈은 따고 잘 안 떨어지는 놈은 비틀어보다가
발뒤꿈치로 콱 밟아버린다.

쫄망쫄망한 청참외 여섯 개를 가슴에다 배에다 안고 벌떡 일어나 수수밭
쪽으로 뛰는데 율모기인지 살모사인지 대가리를 바짝 든 뱀 한 마리가 발
앞으로 쏜살같이 달아난다.

두 벌거숭이는 수수밭 속에 자리를 잡고는 이빨로 참외 껍질을 어석어석
벗기기 시작하며 킬킬거린다.

"배가 가렵다."

나는 아랫배와 가슴께를 만진다. 참외 껍질에 쓸려서 배도 가슴도 수멀
수멀 가렵지만 참외를 어적어적 씹기에 정신이 없다. 삼순이는 또 오줌을
쏴아 누면서 입으로는 연신 참외를 깨문다.

"느들 참욀 잘 익었노?"

별안간 수숫대가 서걱거리며 빙그레 웃는 까만 얼굴이 불쑥 나타난다.

"오메, 깜짝이야."

거기 박초시네 길수란 녀석이 염치 좋게 나타난다. 그 에도 코끝에 참외 씨를 붙이고 있다. 여덟 살이나 되니까 두 살이나 더 먹었는데 바보스럽게 노는 아이다. 아랫도리에 달고 있는 게 다르다.

"내건 쓰다. 느것 하나 먹어보자."

정말 체면을 모르는 아이다. 남녀칠세 부동석인 줄을 알 턱 없어서 쭈뼛 거리지도 않고 가까이 온다.

"덩굴걷이라 맛이 없다."

나는 길수에게 가장 시원찮아 보이는 참외 두 개를 던져주고는 엉거주춤 돌아서면서 뇌까린다.

"사내자식이 챙피한 줄도 모르구 왜 기집애들 노는 데루 오나. 벌거숭이 꼬라지루."

그러나 나는 난생 처음으로 가벼운 수치심을 느낀다. 참외를 도둑질한 것은 마음에 걸리지 않는데 몸에 옷을 걸치지 않은 것은 부자연스럽게 여 겨진다.

"가자!"

"가자!"

잠시 후 삼순이는 저희 집으로, 나는 우리 집으로 돌아온다.

사립문이 닫혀져 있다. 안으로 손을 넣어 고리를 벗기고는 마당에 들어 선다.

"엄마! 나 미역 감구 왔어."

나는 집 안이 텅텅 비어 있는 줄 알고 한 마디 외친다.

"왜 벌써 왔노? 이따 저녁때까지 놀다가 오래질 않았나."

뜻밖에도 뒷방 쪽에서 유모의 목소리가 튀어나오는데 유난히 표독스럽게 들린다.

"인제 더웁지 않은걸."

"그래두 나가 놀다가 어둡거든 와라!"

유모의 목소리는 퍽 신경질적인 것 같다.

나는 싱거운 생각이 들어 다시 비실비실 사립문을 열고 밖으로 나온다. 집 앞 방앗간으로 간다.

연자방아가 돌고 있다. 방앗간집 암소가 허덕허덕 맴돌고 있는 것이 애처롭게 보인다. 꽁무니가 삐쩍 말라서 올강거리는 소의 눈알이 희멀건 것을 보면 어지간히 힘겨운 눈치다.

"할머니! 방아 찧능교?"

"오, 간난이구마. 이리 와서 절구확에 보리쌀 좀 쓸어 넣어주지 않겠노?"

"야아."

주먹으로 뒤꽁무니를 툭툭 치면서 일어서는 박초시네 할머니는 허리가 꽤는 아픈가 싶다.

"느그 집에 누가 왔재?"

"모르겠심더."

"응, 넌 몰라두 되는기라. 모르는 게 낫재."

육중한 연자 돌매가 느릿느릿 돌아간다. 많이는 아니지만 보리알이 절구확 바깥으로 흐트러진다.

흐트러지지 못하게 몽당빗자루로 이따금씩 확전을 쓸어줘야 한다.

"간난아, 느그 아버지 돌아올랑 멀었노?"

"밤에나 안 오겠십니꺼."

"얼레, 느그 아버지 저기 오누마."

그 말끝에 박초시네 할머니는 혼잣소리로 중얼거린다.

"아무래도 일은 크게 벌어지는고마."

나는 대수롭지도 않게 묻는다.

"무슨 일인교?"

"네사 모르는 게 좋겠지."

연자소는 영영 기운이 지쳤는지 자꾸 발길을 멈춘다. 깡마른 콩무니엔 등애가 빌붙는다.

"간난아!"

"뭐꼬?"

"너 쇠코뚜레를 잡고 빌빌 돌아주지 않겠나?"

"그러이소."

나는 쇠코뚜레를 잡고 연자방아의 둘레를 돌기 시작한다.

"백 번만 돌구 있어라! 해 넘어갈 때까지 돌아주면 설 되기 전에 내 예쁜 율무기 허리띠와 꽃주머닐 만들어주지 않을라꼬."

"오매, 그럼 이백 번 돌겠심더."

마침 그때 방앗간 뒤에서 암탉 한 마리가 푸드득거리며 뒤뚱뒤뚱 두엄 가로 쫓겨난다.

"어래, 난린 났구먼."

나는 쇠코뚜레를 바싹 움켜쥔 채 두 다리를 버팅기며,

"워, 워 워!"

하고 소를 세운다. 난리 났다는 할머니의 눈치를 본다.

어른들이 냇가에서 미역을 감는 것도 아닌데 왜 발가벗었던 것인지 모르

겠다. 뒤꼍에서 목물을 했다. 까닭은 알 수 없지만 유모가 벌거벗은 채 왕
모시 홑치마로 아랫도리를 휘감으며 방앗간 뒤로 해서 박초시네 뒷담 쪽으
로 허겁지겁 뛰어가고 있다. 좀 전의 암탉처럼 뒤뚱거리며 뛰어가고 있다.

그 뒤를 따라 삼순네 아버지가 역시 잠방이 가랑이를 끼우는 둥 마는 둥
볼기짝을 드러낸 채 산 쪽으로 도망을 친다. 삼순네 아버지도 어디서 목물
을 했나.

"뭘 보능교! 어서 소나 몰지 않구."

박초시네 할머니가 내 눈앞을 가려서면서 괜히 호통을 치는 바람에,

"이려어!"

하고 나는 다시 소를 몰기 시작한다.

'옷이나 차려입지 못하구 왜들 저렇게 허겁지겁 뛰어가노?'

"인제 네 집엔 난리났구나, 쯧쯧. 꼬리가 길면 안 밟히노."

"할머이, 그게 뭔 소린교? 왜들 벌거벗구 산으로 뛰지예? 할머이."

"느그 집 불이라두 났는가비다."

"우리 집에 불이?"

나는 또 "워 워 워" 하면서 다리를 버팅긴다. 말라깽이 암소는 고맙다는
듯이 고개를 돌려 나를 바라보더니 습관처럼 그냥 돌아가기 시작한다.

그때 유부가 방앗간으로 어슬렁거리며 다가오다가,

"간난아! 느 어무이 어디 갔노?"

하고 묻는다.

"못 봤다구 그래라!"

뒤에서 박초시네 할머니가 나한테 귓속말을 해준다.

"나 어무이 어디 갔는지 모릅니더."

"몰라?"

"정말 모릅니더. 아부지!"

"왜 모르노?"

"우리 집에 불이 났능교? 아부지!"

"우리 집에 불? 너 무슨 소릴 지껄이노?"

"모르겠심더. 우리집에 불 안 났능교?"

나는 보았다. 욕망의 노예가 된 육신들을 보았다.

뒷숲에선 말매미가 찌르르 찌르륵 울기 시작한다. 꾹꾹 꾸르르 꾸르르, 뒷산 쪽에서 장끼도 운다.

"댁엔 겉보리가 아직두 남아 있었군예? 할머니."

유부가 태평스런 말투로 박초시네 할머니한테 그런 말을 건다. 그 얼굴이 하얗게 질려 있다. 손끝이 자꾸 떨고 있다. 뒷산 쪽으로 흘금흘금 눈총을 보낸다.

"겉보리 말(斗)이나 남아 있길래 마저 대껴다가 밥에 섞을라고 안 그러나. 늙으니까 허리가 아파서 간난이한테 거들어 달래질 않았노."

"할머이, 우리 간난이 에미 어디 나가능 거 못 봤십니꺼? 개천에 빨래라두 하러 갔나보재?"

"그런가보재."

모두 천연덕스러운 위장이다. 나는 다시 소를 몬다.

"이려어!"

이 사건은 오늘날까지 나의 뇌리에 생생히 살아 있다. 젊은 유모가 육신의 욕망에서 자신을 구원하지 못하던 정경이 어린 나에게 꽤 심각한 충격을 준 것 같다. 그게 인간의 원초적인 욕망의 하나라면 구태여 유모의 소행을 증오하고 싶지가 않다. 뼛속이 없는 남편을 늘 탐탁하게 여기지 않았던데서 그런 사건이 움튼 것임에 틀림이 없다면 유모의 바람기를 어느 정도는 선의로 덮어주고도 싶다.

유모는 앞이마 머리 밑에 숨겨져 있는 검은 사마귀를 그 무렵까지 뽑지 않고 있었다.

서울을 떠날 때 임 상궁이 그처럼 신신당부를 했는데 아마도 유모는 청강수를 구할 길이 없었던 것 같다.

그날 이후 집안의 분위기는 눈에 띌 만큼 살벌해진다. 유부와 유모는 아예 이야기조차 나누지 않았고 밤에는 딴 방을 쓰기 시작한다.

유부가 건넌방으로 건너와 나하고 함께 자는데 늘 술 냄새가 풍겨서 속이 뒤집혔다.

나는 뭐가 뭔지 모르지만 가슴이 답답하고 까닭 없이 서러워진다.

"아부지! 어무이하고 싸왔노?"

"앙이."

"그럼 왜 말을 안 하지? 왜 엄마하고 같이 안 자노?"

"간난아! 너 나하고 살래? 어무이하고 살래? 어느 쪽하고 살래?"

"어무이하고 아부지하고 같이 살지."

"너 서울 가고 싶지 않나?"

"서울이 김천 장터보담 더 좋은가?"

그날 밤 유부는 나를 꼭 끌어안은 채 좀처럼 잠들지 못한다. 이 해의 추석도 며칠 안 남았다는 어느 날, 나는 또 하나의 야릇한 일을 목격하게 된다. 그것은 너무도 무서운 광경이다.

김천 장터로 뻗은 신작로와 동구 밖에서 이어지는 오솔길이 빠끔히 내려다보이는 뒷산 서낭당 위에서 나는 개암을 까먹고 있었다. 그날은 박초시네 길수와 함께였다.

해질 무렵인데 서쪽 황학산 마루에는 노을이 단풍처럼 타고 있었다.

"어두면 무섭다, 가자!"

잘 여문 개암을 딱! 하고 깨문 길수가 나한테 가자고 조른다.

"저 사람 지나가거든 가지 뭐."

후미진 서낭당 고개를 넘으려고 산모퉁이를 돌고 있는 갓 쓴 영감이 보여서 나는 무심히 그런 말을 흘린다. 양테 좁은 낡아빠진 갓을 쓰고 흰 두루마기를 입은 나이 많은 어른인데 떡갈나무가 무성한 오솔길로 접어든다. 주변엔 누구 하나 오가는 사람이 있는 것 같지 않다.

"절고개루 가는 사람인구마."

직지사 못미처엔 높은 고개가 있고, 고개 밑에는 큰 마을이 있다. 그 마을을 절고개라고 부른다.

나는 아직 그 동네엘 가본 일이 없지만 미지의 마을에 대한 아련한 동경을 느끼며 그쪽 산마루를 바라본다.

"넌 거기 가봤노?"

"난 가봤다."

그러자 어디선가 삐익 하는 휘파람 소리가 들린다. 산비둘기 두 마리가 서낭당에 걸린 울긋불긋한 헝겊떼기 위로 날아오르는 것이 보인다. 그 서낭당 뒤에서 사람 하나가 불쑥 튀어나와 고갯길로 사뿐히 내려선다.

"오메, 저 사람 왜 검은 보재길 얼굴에 썼재?"

나는 손가락질을 하면서 큰소리로 지껄인다.

"어메, 저기두."

서낭당 맞은편 숲에서도 역시 검은 복면을 한 사내가 후딱 튀쳐나온다.

그 두 사람이 함께 마주치더니 슬금슬금 갓 쓴 영감의 뒤를 두세 발짝 따라가다가 몸을 휙 날린다. 한 사내가 영감의 목을 뒤에서 조른다. 또 한 사내가 뒤에서 뭐라고 말을 거는 것 같다. 갓 쓴 영감이 어깨를 뒤틀며 소리를 지른다. 도둑이야! 하고 고함을 치는데 이내 그 목청이 잦아든다. 실랑이가 벌어진다. 뒤켠에 있던 사내가 허리춤에서 식칼을 빼 들더니 도망치려는 갓 쓴 영감의 옆구리를 푹 찌른다. 영감이 으악! 하고 비명을 지르며 쓰러지는 순간 또 한 차례 칼이 영감 가슴에 꽂힌다.

왈칵 솟아난 붉은 피가 옷을 적신다. 두 사내는 영감의 허리춤을 뒤져 전대를 뺏는다. 그러고는 축 늘어진 갓 쓴 영감을 앞뒤에서 질질 끌어 길 아래로 내려가 바위 뒤켠으로 사라진다.

"아후, 사람 죽였나?"

나는 몸을 부들부들 떤다. 아래윗니가 딱딱따딱 맞부딪친다. 무서워서 옴쭉달싹을 할 수가 없다.

"와아, 사람 죽였다!"

길수는 고함을 지르면서 마을 쪽으로 뛰기 시작한다.

"길수야! 나하구 같이 가자! 나 무서워 혼잔 못 간다."

그날 밤 나와 길수는 그 사건의 목격자로 뽑힌다. 김천 장터에서 왔다는 순검들에게 고된 시달림을 받는다.

이튿날은 김천 장터로 끌려간다. 여러 사람한테 똑같은 목격담을 되풀이해서 일러주는 시달림을 받는다. 강도가 소 팔아가지고 가는 사람을 죽이고 돈을 뺏어 달아났다는 어른들의 이야기를 듣는다.

이 사건은 먼저 유모와 삼순네 아버지가 발가벗은 채 도망치던 광경을 목격한 것보다 더 강렬하게 내 마음을 아프게 했다. 그리고 내가 장성한 다음에도 그 살인사건의 현장은 선명하게 내 머릿속 한구석을 차지하고 있었다. 돈이 뭔데 사람을 죽여서까지 뺏는 것인가를 생각하게 된다. 돈이 뭐길래 안 뺏기려고 버둥거리다가 그렇게 무참한 죽음을 당하는지를 이해하기 어려웠다.

그러니까 나는 여섯 살 나던 여름에 이미 인간들의 두 가지 본성인 성욕의 기괴함과 물욕의 집요함을 목격했다. 그리고 살려는 욕망과 죽음에 대한 공포가 사람들의 의사로서는 어떻게 하기 어려운 것임을 똑똑히 보았다.

그것은 나를 낳았다는 염 상궁의 경우처럼 내 영혼의 환상적인 계시가 아니라 현실적인 목격이었던 만큼 오래도록 나의 뇌리에서 사라지지 않았다. 그 두 가지 사건을 목격한 이후부터 나는 남달리 감상적인 소녀로 변질돼 갔던 게 아닌가 싶다. 나는 이 세상에 왜 태어났을까.

이 의문에 대한 첫 번째의 해답이 성급하게도 그해 겨울에 내려지게 된다. 그처럼 급하게는 듣고 싶지 않은 해답이었다. 그 해답은 참담한 비극의 서막으로 홀연히 내 앞에 던져지는데 내 나이 그해에 아직도 고작 여섯 살이다.

음력 섣달도 기울어가고 있었다. 윤오월이 들어서 섣달이라 해도 날씨가 푸근한 편이었다. 겨울이 되자 눈이 자주 와서 방앗골의 북쪽과 서쪽 산들은 늘 눈부신 흰빛으로 차가운 햇발을 반사하고 있었다. 끼니때마다 집집에선 청솔가지나 가랑잎을 때기 때문에 온 마을엔 구수한 냄새가 감돌았다. 밤이 흔한 고장이었다. 솔가지 잿불이 속으로 빨갛게 타들어가는 질화로에다 아람밤을 묻으면 그 구수한 냄새가 방 안에 그득 차서 겨울의 정서를 그런 냄새로 만끽할 수 있었다. 저녁이면 뒷산에서 부엉이가 자주 울었고 남쪽으로 트인 벌판에서는 애정적인 환희로 기성을 지르는 승냥이 소리가 꼭 갓난애의 울음소리처럼 밤하늘에 메아리치는 바람에 왜포(倭布=廣木) 이불 속에서 나는 자주 새우등이 되곤 했다.

"날짐승 산짐승들이 저렇게 날치면 동네에 불길한 일이 있다지 않수?"

유모는 밤에 승냥이 소리를 듣든지 부엉이의 그 불투명한 울음이 신경에 걸리든지 하면 자주 그런 소리를 흘렸다.

유모와 유부는 여름의 그 사건 이후 쭈욱 각방을 쓰고 있다가 하필이면 어느 바람이 거센 날 갑자기 화해를 한 것 같았다. 우리 세 식구는 오래간만에 안방에서 함께 잠자리에 들었다. 문풍지 소리가 부웅 부르릉 하고 쉴 새 없이 울어대는 밤이었다. 달빛이 밝아 방문 창호지가 한밤중에도 대낮처럼 훤한 것을 보면 섣달 스무날께였는지도 모른다. 밤이 자꾸 깊어가고 있었다.

"그 앤 자우?"

"자겠지."

"서울에선 왜 소식을 끊고 있죠?"

"사정이 달라지질 않았으니까 그럴걸."

"그래두 궁금할 텐데 너무 무심한 것 같아요. 내가 애를 못 낳으니까 다행이긴 하지만서두."

무슨 이야기인지 나는 이해할 수가 없었다. 유모가 애기를 못 낳는 것만은 알고 있다. 아니, 언젠가 한 번 뱄다고 했는데 중간에서 어떻게 됐다든가 며칠 호되게 앓고 일어나더니 오늘날까지 애기를 낳지 않는다.

"그 애 잠들었수?"

"잠든 모양이야."

윗목에서 이불자락이 자주 펄럭였고 쿵 콩 하는 소리도 들리는데 부우엉 부우엉 부엉이는 아주 가까운 곳에서 연신 울어댄다.

나는 이날따라 잠이 얼른 오지 않아서 김천 장터로 약국을 하러 이사를 가 버린 삼순네를 생각하다가 지난 여름 삼순네 아버지와 유모가 벌거숭이가 된 채 허겁지겁 뒷산 쪽으로 달아나던 까닭을 아직도 알 길이 없어서 이불을 들쓴 채 그냥 배시시 웃어준다. 그리고 그 후 강도들이 사람을 죽이는 그 비정한 현장이 머릿속에 펼쳐지는 바람에 이를 악물고 팔다리를 바짝 오므린다. 자야 할 텐데, 자야지 그런 무서운 생각을 잊어버릴 텐데, 하다가 잠이 든다. 뭔지 무서운 꿈을 꾸다가 귀가 시끄러워 눈을 번쩍 뜬다. 엄청난 소음이 물보라처럼 나에게 덮친다.

"아이구머니, 이게 웬일이오? 이게 어찌된 일인교, 당신이 죽다니 이게 웬일이요, 여보! 여보, 정신을 차려봐요."

유모가 푸념 섞은 통곡을 터뜨리며 유부의 가슴께를 마구 흔들어대다가, 또 꺼이꺼이 울고 하는 바람에 나는 벌떡 일어나 앉는다. 눈을 주먹으로 비벼본다.

창밖은 환하게 밝아 있고 바람 소리는 간밤보다 더욱 거센데 뉘 집에선지 늦닭이 홰를 치며 혜식게 울었다. 이쪽에서 울면 저쪽이 호응하며 울었다.

어떻게 된 사연인지는 알 길이 없으나 유부는 틀림없이 죽은 것 같다. 나도 눈물을 흘리며 죽었다는 유부의 얼굴을 들여다본다. 죽은 것이 그런 것일까. 잠자고 있는 모습과 다르지 않은데도 죽었다는 것이다. 입을 약간 벌리고 눈도 좀은 뜬 채여서 문득 무서운 마음이 들긴 하지만 곤하게 낮잠을 잘 때도 그는 그런 모습이었는데 죽었다는 것이다. 죽음이란 저렇게 자는 것과 다르지 않구나. 깨어나지 않는 잠을 자는 게 죽음이라는 것이구나. 유부도 여름에 서낭당 고개에서 강도한테 칼을 맞아 죽던 그 영감처럼 격렬한 반항을 하다가 죽어갔을까. 피를 흘렸다. 죽으려면 꼭 누가 죽이는 사람이 있어야만 되나. 나를 낳은 죄로 죽었다는 염 상궁도 누군가에게 죽음을 당했다는 이야기고 소 판 돈을 가지고 가던 영감도 강도한테 칼에 찔리더니 죽었다고 했는데, 그럼 유부도 누군가가 죽여서 죽은 게 아닐까. 그렇지 않고서야 그처럼 멀쩡하던 사람이 갑자기 죽어 있다면 나로서는 어떻게도 풀 수가 없는 수수께끼다.

하여튼 유부는 며칠이 돼도 그 잠에서 깨어나지를 않더니, 꽃상여를 타고 동네 사람들과 함께 산으로 갔다.

잔칫집처럼 떠들썩하게, 꺽 꺽 흐느끼는 유모의 푸념을 듣는 둥 마는 둥 '절고개' 쪽 산으로 꽃상여를 타고 너훌 쩔렁 가더니, 저녁 무렵엔 빈 상여만 뎅그마니 돌아와서 동네 사람들한테 아작아작 부서지는 것을 보고서야 나는 유부가 죽은 것을 실감한다.

그처럼 맹랑하게 유부가 죽어간 지 불과 넉 달 만에 내가 그런 신세가 돼버릴 줄은 정말 꿈에도 생각하지 못한다.

해가 바뀐 삼월 달의 어느 저녁나절이었다.

나는 동구 앞 뽕나무 밭머리에서 동네 아이들과 메싹을 캐고 쑥을 뜯으며 할미꽃을 따고 반지풀로 꽃싸움을 하며 마냥 즐겁던 판이었는데 어디선가 길수란 녀석이 느닷없이 나타나 실로 귀청이 멍해지는 소리를 지껄여댄다.

헐레벌떡 달려온 길수란 녀석, 느닷없이

"간난이, 너 아능교? 모르쟤? 느 어무이 도망갔능 거 모르지예? 집 팔구 땅 팔아가지구 도망간 줄 아나? 느 집엔 딴사람이 이사 온다 카더라."

나는 처음엔 정신 나간 바보처럼 멍청하니 서 있다가 길수의 말이 뭣을 뜻하는가를 분별하게 되자 곧장 집으로 달려갔다.

정말 유모의 모습은 눈에 띄지 않고 낯선 늙은이 내외가 집 안을 둘러보는 중이었으며 동네 사람들이 몰려와서 수군거리다가 나를 보고는 측은해하는 표정으로 한 마디씩 지껄이는 것이다.

"아무리 사내한테 미친 예펜네기로 제 새끼를 버리구 도망을 치는 법이 어디 있노."

"간난이가 불쌍하게 됐고마. 첫첫."

그렇게 돼서 나는 어느 날 하루아침에 천애의 고아가 되고 말았다.

이날 이후 나는 처참한 거렁뱅이 계집애가 되어 방앗골 주변을 맴돌며 이년 육 개월 동안을 용케도 목숨을 이어나간다.

유모는 남몰래 가산을 몽땅 팔아가지고 멀리멀리 도망을 쳤다더니, 그 후 들리는 소식엔 김천 장터루 약국을 하러 이사 간 삼순이 아버지의 첩이 됐다고 했다.

거지가 된 지 두 달쯤 지나니까 나는 인근 마을의 귀찮은 명물로 등장한다. 잘 곳도 돌봐주는 사람도 없이 된 나는 떠돌이 거렁뱅이의 신세로 전락한다.

방앗골 사람들은 내 팔이 둘이 아니라 네 개라고들 했다. 베적삼의 팔꿈치가 뚫어져 나가서 소매 각각 팔 각각 놀았기 때문이었다.

재수가 좋은 날엔 동네 집에서 말라빠진 보릿겨떡이라도 얻어 깨물지만 그렇지도 못한 때엔 하루이틀쯤은 예사로 굶고는 기갈이 들려 헤매는 것이다.

연자방앗간에서도 자고 박초시네 집 헛간에 숨어들어 새우잠을 자기도 했다. 남의 밭에서 날감자를 후벼서 어쩍어쩍 깨물어먹다가 호된 매를 맞기도 한다. 소태같이 쓴 오이도 따 먹고 날호박도 훔쳐 먹는다. 어디 잔칫집이라도 생기면 그런대로 살판이었는데 경조(慶弔)를 막론하고 잔칫집이란 일 년에 고작 한두 번 있을 뿐이니 탈이었다.

시오 리나 떨어진 산 너머 운수골에 초상집이 생겼을 때 가장 포식을 했다.

그 후로 나는 사람 죽기만 기다렸는데 좀처럼 인근 마을에선 죽는 사람이 없어서 서럽기만 했다.

그해 칠월엔 홍역을 앓았다. 온몸에 함빡 발반(發斑)이 되자 사람들은 나를 얼씬도 못하게 했다. 남의 집 문전에 얼씬대지도 못했으며, 방앗간에서도 박초시네 헛간에서도 쫓겨난다.

나는 뒷산 비탈에 송장처럼 쓰러져 이틀 낮밤을 신음한다. 그래도 신열보다는 배고픔이 더 큰 고통이었다. 일어날 기운마저 잃어간다. 밤엔 비가 억수같이 퍼부었다. 홍역꽃이 온몸을 뒤엎었는데 억수 같은 비를 고스란히 맞으면서도 우선 배가 고파 견딜 재간이 없었다.

한밤중에 여섯 개의 다리로 산비탈을 기기 시작한다. 팔 넷 다리 둘로 어둠속 빗발을 뚫어가며 짐승처럼 긴다. 쓰러지면 다시는 일어나지 못할 것 같았다. 입을 딱 벌리면 더운 입김이 확확 토해지는데 입속으로 뛰어드는 차가운 빗물이 시원해서 하늘을 향해 고개를 발랑 제쳐보기도 한다. 그것마저 힘에 겨워 한동안 까무러쳤다가 정신이 들었을 때엔 멀지 않은 산등성이 너머에서 아이 우는 소리의 흉내가 극성스러웠다. 늑대들이 울고 있는 것이다.

비는 하늘이 구멍이라도 난 것처럼 더욱 억척스럽게 퍼붓는다. 그날 밤 천둥 번개가 계속해서 요란하지만 않았어도 나는 영영 의식을 회복하지 못했을 것이다.

나는 정신이 들자 다시 먹을 것을 찾아 벌판 쪽 어둠 속을 향해 기고 있었다. 기진해서 물도랑에 코를 박았다가 천둥소리에 놀라 번쩍 고개를 든다.

얼마 뒤에 나는 어둠 속에서 손끝에 닿는 것이 있기로 마구 입에다 꾸그려 넣고는 어적어적 씹어댄다.

그때 그게 풋고추가 아니었던들 나는 죽었을는지도 모른다. 풋고추의 그 강렬한 자극으로 나의 꺼져가는 의지력이 아침까지 부지했을 것이다.

날이 밝아올 무렵 나는 밭 둔덕에 쓰러진 채 온몸을 긁적거리고 있었다. 가렵고 따가워 견딜 재간이 없었다.

눈을 떠 살펴보니 스무 마리도 넘는 거머리들이 내 다리며 배에, 그리고 가슴에 다닥다닥 붙어 있었다. 밤새도록 피를 빨아 먹어서 모두가 통통하게 살이 쪄 있었다. 하나하나 손끝으로 건드리니까 후루룩후룩 싱겁게 떨어져 나갔다. 그 거머리들이 내 피를 빨아 나에게 가렵고 따가운 자극을 주지만 않았어도 나는 영영 제 정신을 못 차렸을지 모른다.

나는 그런 식으로 호된 홍역을 치르면서도 모질게 살아나서 다시 그 굶주리는 생명을 부지해 나간다.

까치 둥우리같이 된 머리에는 이가 득시글거렸다. 온몸은 부스럼투성이였다. 눈엔 늘 눈곱이 무거웠다. 너덜거리던 옷소매 한쪽이 떨어져 나가자 팔은 세 개로 줄어들었다. 고쟁이도 치마도 입으나마나가 된 채 허기를 메우려고 싸다녀야 했다.

심술궂은 동네 머슴애 녀석들은 수수깡으로 내 앞을 가린 헝겊 쪼가리를 쳐들고는 킬킬대기가 일쑤였다.

나는 그 무렵부터 밤에 달이 휘영청 밝으면 서러움이 사무치는 습성이 생겼다. 깊은 밤 연자방앗간 처마 끝에 쭈그리고 앉아 달빛을 쳐다보며 자주 허망한 공상을 펼치기도 한다.

'우리 엄마는 하늘 저쪽 어디엔가 따로 있을지도 모른다. 아버지두.'

물론 유모와 유부를 어머니 아버지로 알고 있었지만 그러나 왠지 어딘가에, 어쩌면 저 멀고 먼 달나라에라도 우리 엄마 아버지가 따로 또 계신 건 아닐까, 라는 막연한 상상을 하기 시작한다.

나는 유모나 유부를 별로 고마워하지도 원망하지도 않았고, 그리워하지도 않았다. 그게 이상하다는 생각도 들지 않았다. 나이 일곱 살이나 됐는데도 그랬다.

내가 어떤 남녀에 의해서 어떠한 경위로 태어나, 어떻게 해서 지금의 알

거지 신세가 됐는지를 전연 모르면서도 나는 유모, 유부 그 사람들이 아닌 어쩌면 신선과 선녀와 같을지도 모르는 어머니, 아버지의 영상을 막연하게 그려보는 버릇이 생긴 것이다. 달이 밝거나 별똥이 떨어지는 밤이면 그런 공상이 한결 실감 있게 내 그 엉뚱한 소녀의 꿈을 익혀 나간다.

나는 거지가 된 뒤 김천 방앗골에서 그 기구한 목숨을 이어가던 이 년 반 동안에 입은, 특히 두 사람의 남다른 은혜를 잊지 못한다.

나는 박초시네 할매의 그 인자스러운 보살핌을 평생토록 잊지 못한다. 머리가 눈처럼 흰 백발인데다가 허리가 꼬부라져 물푸레 지팡이에 의지하지 않으면 수월하게 보행을 못하던 할머니였는데도 내게는 남달리 인자스러웠던 것을 잊을 수 없다.

나는 뒷날 그 할머니의 얼굴을 회상할 때마다 보살(菩薩)의 화신이 아니면 마리아의 늙어진 모습으로 존경하며 자주 그리운 생각을 갖는다.

"저것두 삼신 할매가 점지한 인간 생명이 앙이가. 용케두 죽지 않는 걸 보면 살아야 할 인간인데 저렇게야 살 수 있겠능교, 쯧쯧. 불쌍해서 어디 보겠노."

그 노인은 모든 사람들이 더럽고 귀찮은 거렁뱅이 계집애라 하여 가깝게 눈에 띄는 것조차 싫어하는 나를 자주 마당가 멍석귀로 불러 앉히고는 봉두난발의 머리에다 얼레빗질을 하면서 보리톨 같은 이를 잡고 서캐를 훑어 주곤 하는 것이다.

가을엔 연자방앗간의 소를 몰게 해서 밥을 빌어 먹이고, 겨울에는 물레질을 거들도록 하여 내 굶주린 창자를 채워주기도 했으며, 자신의 헌옷가지를 오려서 내 몸뚱이를 가릴 치마저고리를 꿰매 입혀주는가 하면, 내가 자기네 콩그루를 벤답시고 정강이뼈가 허옇게 드러나도록 낫에 찍혔을 때엔 오징어뼈를 구해다가 가윗날로 긁어서 상처에다 발라 지혈을 시켜주기도 했다.

추석 때는 내가 그렇게도 매고 싶었던 율무기 허리띠도 하나 만들어줬고, 세밑에는 며느리의 가재미눈을 피해가며 자신의 솜바지를 줄여 내게 입혀줬으며, 노랑실로 나비 한 마리를 수놓은 빨강 수주머니까지 허리띠에 매달아주었다.

그 박초시네 머슴인 방(方) 첨지의 색다른 인정에도 나는 뒷날 감회 없이는 회상 못한다.

방 첨지는 그 무렵 삼십이 넘은 머슴이었다. 총각인지 홀아비인지 모르지만 사팔뜨기에다 좀 모자라는 인품이었던 것으로 기억되는데, 그 인정이 남달라서 고맙기 그지없는 것이다.

벌에서 들밥을 먹다가도 굶주리는 내 생각을 하고는 밥 몇 술에다 고추장을 시뻘겋게 발라 수숫잎이나 아니면 호박잎에 싸가지고 돌아와 동네방네로 나를 찾아 먹여주곤 했다. 산에 나무를 가면 머루 다래도 따다 줬고 개암이나 밤을 주워다 까주기도 했다. 옥수수나 찐 감자도 얻어왔고 언젠가 김천 장터에 갔던 길엔 붉은 갑사에 싸구려 금박이 찍힌 댕기도 사다준 일이 있어서,

"방 첨지는 간난이를 길러 각시루 삼을 속셈이 앙이가?"
라는 사람들의 놀림을 자주 받았다.

된서리가 하얗게 내린 아침인데도 버선이나 신발마저 없이 맨발로 쏘다니는 나를 보자 그는 부랴부랴 짚신 한 켤레를 삼아 내게 신겨줬다.

나는 그 소중한 짚신이 닳을까봐 늘 두 손에다 한 짝씩 끼고는 계속 맨발로 돌아다녔기 때문에 그에게 야단도 많이 맞았다. 그래도 내가 말을 안 들으니까 며칠 밤을 새워가며 짚신 한 죽을 삼아 맷방석처럼 뚱그렇게 끼워 내 목에다 걸어주는 바람에 그해 겨울 동안 나는 언 땅을 직접 밟지 않아도

됐다. 그 겨울에 나는 그의 방에서 잠을 잤다.

봄이 되면 그는 묵은 수수깡을 한 뼘쯤 잘라 실파처럼 가느다란 각시풀을 곱게 다듬어 씌운 예쁜 새각시 인형을 만들어 나에게 주면서 한다는 소리가,

"간난아이! 너두 이렇게 이쁜 새각시가 되문 내가 미워지지 않겠나."

하고 희쭉이 그리고 씁쓸하게 웃는 것이었다.

"아제씨가 왜 미워지능교?"

"지금은 안 미웁지만 새각시가 되면 미워질 거라……."

나는 남에게 그런 은혜를 입었으면서도 그곳에서 아홉 살이 될 때까지 주리는 창자를 메우기 위하여 정말 안 먹어본 것이 없다.

봄이면 들에 나가 메를 캐 먹으면서 끼니를 대신하기도 했고, 달래 질경이 시엉 쑥 무릇 등속의 야생초로 허기를 달래기도 했다. 옥수숫대의 껍질을 벗겨 그 단물을 빨아먹었다. 수수깜부기는 제법 든든한 양식이었으며 오디나 보리수 열매는 입에 달아서 좋았고, 고추 마늘을 밭에서 훔쳐 먹다가 주인한테 잡혀 어깻죽지가 일그러지도록 매를 맞기도 했다. 논에선 쓰레밥도 캐 먹고 우렁이도 잡아 먹었다. 개천에서는 게를, 가재를 잡아 불에 그슬려 어적어적 씹었고, 산에 가서는 뚜깔, 취, 원추리, 고비, 고사리 등속의 산나물을 뜯어 먹었으며 언젠가는 남의 집 달걀을 훔치다가 개한테 다리 밸을 물려 혼이 난 적도 있었다.

봄, 여름, 가을에는 그래도 그런저런 것으로 연명이 됐지만 겨울철이 가장 큰 고통이었다. 기껏 남의 집 시래기를 훔쳐 씹어 먹거나 울안에 있는 무총(무움)의 짚마개를 빼고 거꾸로 박혀 손을 휘젓다가 주인 아낙한테 들켜서 혼이 난 일도 있다. 거꾸로 박혔다가 두 다리를 잡혔으니 물구나무를 선 채 얼어붙은 땅 위로 얼굴이 질질 끌려갈 수밖에 없었다.

그래도 내 얼굴엔 뒷날 그때 그런 상처의 흔적들이 남아 있지 않은 것을 나는 이해할 수 없다.

풀싹이 뜯기거나 밟히면 새로운 것이 돋아나는 것처럼, 물가 시새밭에 구멍이 나면 물결이 메워주는 것처럼, 바람 타며 흐르던 조각구름이 찢기면 곧 바람결이 그것을 이어주는 것처럼, 샘물은 퍼내면 퍼낼수록 채워지는 것처럼, 그러한 자연의 섭리는 사람이라 해서 예외로 하지 않는 것 같았다. 외양의 형체나, 마음에 상처라도 나면, 빈 곳이 생기면, 곧 다듬어주고 채워주는 것이 신(神)의 섭리라서, 그 참담하게 살아가는 나한테마저 고루 은혜를 입혀주는 까닭이 아니고서야 내가 끝내 살아 천수를 다할 수 있는 것 자체를 이해할 재간이 없다.

유모가 도망친 지 일 년이 채 못 돼서 나는 슬픈 소식을 들었다.

유모가 삼순이네 아버지한테 소박을 맞고 쫓겨나 어디론가 자취를 감춰버렸다는 소문이 떠돌았다.

"가지고 간 재물을 몽땅 뺏기구 헌 짚신짝처럼 버려지자, 울며불며 죽으러 간다구 어디론가 떠나버렸다지 않능교. 화냥질로 눈깔이 뒤집히더니 그 꼴이 됐재."

나는 방앗간에서 소를 몰다가 길수네 엄마가 입을 비쭉거려가며 동네 아낙네한테 지껄이는 그런 이야기를 귀에 담자 소리쳐 물었다.

"화냥질이 뭐꼬?"

길수네 엄마는 까르르 웃다가 나한테 주먹질을 하면서 말했다.

"궁금하거든 너희 어무이를 찾아가 물어보면 알 거 앙이가!"

"뭔교? 그래두 그게."

두 여자는 또 깔깔거리고 웃었다.

나는 별안간 미칠 듯이 유모가 보고 싶어졌다.

"우리 어무이 어딜 가면 만나능교?"

"김천 장터에 가서…… 우리 어무일 어딜 가면 만나느냐고 물어보재."

길수 엄마의 도끼눈이 나는 싫었다. 박초시네 할매는 나를 그렇게 귀여워해 주는데 그 며느리 길수 엄마는 왜 나를 미워하고 핀잔만 주는 것인지 모른다.

이튿날 나는 김천 장터엘 간다고 큰 한길로 나섰다. 거기 가서도 밥은 얻어먹어야 될 것 같아서 밥바가지를 치마폭에 감추고 길을 떠난다.

유모가 도망간 이후 나는 인근 삼사십 리 안팎의 여러 고장으로 밥을 빌러 며칠씩 싸다니곤 했다. 그러나 김천 장터에만은 왠가 무서운 생각이 앞서는 바람에 찾아가다가도 옆길로 새고 새고는 해왔다.

한나절쯤 걸으니까 갈 수 있는 곳이었다. 처음 보는 그 번잡한 거리에 정신이 얼떨떨해진 나는 비실비실 너저분한 골목길만 누볐다. 넓은 김천 장터에서 삼순이네 약국을 찾아내기란 가당치도 않은 노릇이었다.

사흘 밤낮을 헤매면서 그곳 가겟방들을 두리번거렸으나 말짱 헛일이었다.

대처라는 곳은 인심이 더 사나워 밥도 죽도 얻기가 힘들었다.

지칠 대로 지쳤을 때 나는 역시 내가 자라난 내 고장이 그리워져서 반기는 이 없는 방앗골로 돌아온다.

동구 밖 샘터에 이르렀을 때, 아침 물동이를 옆에 끼고 나오던 길수 엄마가 나를 보고는 눈살을 찌푸리며 한마디 하는 것이었다.

"오메, 저 웬수시런 가시네, 귀신이 잡아간 줄 알았덩이 아직 살아서 또 나타났고마, 쯧쯧."

나는 그네의 그런 욕설보다도 당장 허기를 메울 일이 난감해서 히죽이 웃으며 말했다.

"뭐 일할 거 없능교? 저어기 오다보니 어느 집에선 수수이삭 떨구, 감자 씨두 도립디다요오. 씨 뿌릴 수수이삭 안 떠능교?"

"너 올 때 반기려고 안 떨구 기다렸을까."

"뭐든지 일해주구 싶심더."

"밥이나 때려잡을라꼬? 꿈에 뵐까 무섭다. 이 문둥이, 말 걸지 말고 꺼지지 못하겠노!"

마침 길둑으로 잔등에다 길마를 얹고 아기죽거리며 지나가는 방앗집 암소가 똥을 빌빌 흘리고 있는 것을 본 나는 부러운 듯이 뇌까렸다.

'난 먹은 게 없어서 저런 똥도 안 나오지 않나. 하아 배고프다.'

그때 길수 엄마가 물동이를 머리에 이다가 배알이 드러난 왕굴 똬리를 고쳐 끼우면서 말했다.

"배고파도 인제 동네 도당굿을 안 하겠노. 그때까지만 참음, 먹을 게 안 생기겠나."

나는 당장의 기갈은 잊어먹고 도당굿 소리에 정신이 번쩍 드는 것처럼 외쳤다.

"언제 도당굿을 한다재?"

"시월 상달이 되든 날 받아 안 하겠나. 봄여름이 가고 갈 겨울이 올 때꺼정 기다리면 되지 않을라꼬."

나는 순간 파릇거리는 산과 들이, 집과 나무들이 아지랑이를 타고 너홀 빙글 춤을 추는 바람에 샘터 둔덕에 터벌썩 주저앉았다.

"우물에서 물 떠먹지 말라꼬오, 지저분한 문둥이야. 어디로 싸댕기다가 또 홍역마마라두 옮아 와서 동네방네에다 퍼뜨려놓을지 누가 알겠나."

나는 번갈아 나타나는 아낙네들이 샘가에서 모조리 다 사라져갈 때까지 마시고 싶은 물을 마시지 않고 말뚝처럼 우두커니 앉아 기다렸다.

그해 늦여름이 되자 유모에 대한 또 새로운 소문이 파다하게 퍼졌다.

김천 장터 약국집 첩자리에서 쫓겨났던 유모는 운수골에 사는 어떤 노름꾼의 후취로 들어앉았다가 호된 발길질에 채여 피를 토하고 죽어갔다는 것이다.

그런 소문을 들은 그날 밤 하늘엔 달이 유별나게 밝았다. 베짱이 소리가 귀청이 먹먹할 만큼 영글어 있는 칠월 하순의 싸늘한 밤이었는데 뒷산에서는 부엉이가 우엉부엉 자꾸 울었다. 나두 엉이꺼이 자꾸 울었다.

"부엉 우우헝, 어무이두 죽고, 아부이두 죽고오…… 나 배고파 어쩨 사능교…… 부우헝 우엉, 아부이두 죽고 어무이두 죽고오……."

내 푸념과 부엉이 소리가 엇갈려지고 있는데 밤하늘에선 별똥이 찌익 하고 흘렀다.

그해엔 봄여름이 다 가도록 방앗골 일대에선 시집 장가가는 사람마저 없었다. 그래서 배가 더 고팠다. 유부처럼 상여 타고 어허 쩔렁 산으로 묻히러 가는 사람도 없었다. 그래서 떡도 국수도 못 얻어먹었다.

"서울엔 지독한 열병이 돌아 사람이 턱 턱 죽어 가구 있다데예."

방앗간 앞마당엔 모깃불이 연기를 뽑고 있었다. 길수네 아버지가 동네 사람들과 그런 이야기를 화제 삼았을 때 나는 먼발치에서 그 소리를 듣고 혼자 뇌까렸다.

"우리 방앗골엔 왜 그런 염병도 안 도는지 모르겠다."

서울이라는 곳에 대한 절실한 관심이 일기 시작한 것은 그날 밤부터였다.

서울이라는 곳에서는 사람이 전염병으로 턱턱 죽어간다니까 초상집이 많아서 떡도 국수도 배불리 얻어먹을 수 있을 듯싶어 한 번 가보고 싶어진 것이다.

이제 나는 아홉 살이 되니까 소녀로서의 수치심이 싹트기 시작해서 길수 녀석하고도 자주 어울리지 않았다. 동네 내 또래의 계집애들은 내가 거지라고 깔보고 놀리는 바람에 벌써 여러 해 전부터 별로 어울릴 기회마저 없이 지내온다.

나는 어쩔 수 없이 들판으로 나가 지내는 수밖에 없었다. 들판엔 먹을 것이 있었다. 메뚜기며 방아깨비며 때까치며 팥뚜기 그런 날아다니는 먹을 것이 들에는 있다.

나는 어느 날 꾸러미가 묵직할 만큼 메뚜기를 잡아 꿰가지고 논두렁을 올라서는데 마침 풋바심을 할 올벼를 베어 한 짐 무겁게 진 방 첨지가 나를 보고 히쭉이 웃더니 어깨에서 지게 멜빵을 뽑는 것이다.

그는 볏짐을 논두렁에 버팅겨놓더니 허리춤에서 곰방대를 꺼내 입에 꽂고는 끄륵끄륵 빨아보다가 벼고갱이로 댓진을 후비기 시작하면서 말을 걸어왔다.

"간난이 인자 너 시집갈 때가 돼 오는고마."

"시집을 왜 갑니껴? 나두 시집가능교?"

"아암 가야재. 시집가면 배두 안 고프고 입성두 성한 걸 입을 수 있는데 왜 시집을 안 가겠노."

"시집가믄 쌀밥 배부르게 먹을 수 있십니꺼?"

나는 입성을 잘 입을 수 있다는 말엔 관심을 갖지 않는다.

"아암, 배불리 먹을 수 있지 않을라꼬."

"그럼 나두 시집가게 해주이소."

"아하, 그래? 그럼 나한테라두?"

"나 밥 많이 멕여주겠십니꺼?"

"옹야. 허연 이팝을 고봉으로 하루 세 차례씩 먹여주겠고마."

나는 침을 꼴깍 소리가 나도록 목구멍으로 넘기고는 소리쳤다.

"그럼 나 얼른 시집가게 해주이소."

그러나 나는 왠지 그 말끝에 얼굴이 화끈 달아올랐다.

바로 앞 논바닥을 뜸북, 뜸부기가 쏜살같이 기어가서 저쪽 논두렁에서 뜸뜸뜸, 뜸북 하고 울었다. 벌판에는 고개를 숙이기 시작한 벼이삭들이 바람을 몰며 파도치고 있다.

잠깐 동안 뭔가 골똘히 생각하고 있던 방 첨지는 뜸부기의 뜸북 뜸뜸뜸 소리가 끝나자 한 마디 툭 던진다.

"간난이 니 올해 몇 살이더라?"

"열 살은 넘어 있지 않을까예?"

"열 살은 아직 안됐잖나?"

"모르겠심더. 그래두 시집갈 수 있잖겠능교? 시집갈 수 있재?"

"허허, 고거 참."

방 첨지는 사팔뜨기 눈으로 먼 산을 보며 내 볼을 손가락으로 콕 찔러보고는 일어나다가 혼자 중얼거린다.

"인제 가을이 좀 더 짙어야 나무에 달린 감이 발갛게 익어가지 않나. 간난이두 좀 더 익어야 하겠고마."

나는 그의 바짓가랭이에 쌍붙은 메뚜기를 보고 손바닥을 오므려 탁 쳤다. 그놈들을 따로 따로 떼어 꾸러미에다 꿰면서 말했다.

"아이 시집가구 싶심더. 밥이나 실컷 먹어보게."

꽥! 꽥! 그때 왜가리 한 쌍이 하늘 높이 날아가며 헛구역질 소리와 같은 울음을 울었다.

아홉 살은 그렇게 철모르는 나이일까. 나는 조숙할 환경이 못돼서 그처럼 늦됐는지도 모른다. 초겨울이 다가왔다.

황학산(黃鶴山)에 단풍이 아름답게 물들기 시작했다. 노랑 빨강 파랑의 색색의 수를 놓은 것처럼 단풍이 잘도 어울린 채 짙푸른 하늘과 새하얀 구름을 이고 있는 황학산이 퍽은 보기 좋았다.

나는 어느 날 박초시네가 햇벼를 연자방아에 찧게 되자 얼씨구나 하고 덤벼들어 쇠코뚜레를 잡고 방아 둘레를 맴돌기 시작했다.

나는 남의 집 일을 거들어주게 되면 배가 등가죽에 붙어 있어도 기운이 솟구치며 신바람이 났다. 노동의 대가는 그런대로 내 굶주림을 덜어준다는 철학을 배워왔기 때문이다.

꼭두새벽부터 한낮의 겨울 무렵이 되도록 쇠코뚜레를 쥐고 방아 둘레를 맴돈 나는 기운이 빠져서 소보다 더 허덕거리고 있었다.

찢어져 너덜거리는 치맛자락을 허리에다 질끈 꽂은 그런 꼴이니까 아랫도리는 그대로 드러나 있었다.

그때 집에 들어가 있던 박초시네 할매가 지팡이를 쿡콕 쿡콕 짚으면서 방앗간을 향해 오고 있는데, 그 뒤에는 조그마한 바라보따리를 멘 젊은 중이 따라붙고 있었다. 한 손에는 염주, 다른 한 손에는 꽹과리를 들고 있는 중의 얼굴은 방앗간 암소만큼이나 길었다.

황학산엔 직지사라는 큰 절이 있는 탓으로 남녀를 막론하고 중은 자주 봐오기 때문에 나는 무심했다.

그런데 좀 수상했다. 박초시네 할매와 그 얼굴이 긴 젊은 중은 좀 떨어진 헛간 앞에 이르자 발길을 멈추더니 뭔가 한동안 수군대면서 내 몰골을, 나의 행동을 물끄러미 바라보기 시작했다.

그들의 어깨 너머 헛간 지붕에는 달덩이처럼 희멀겋고 큼직한 박이 초겨울 햇살을 하얗게 튀기고 있었다. 지붕에서 굴러 떨어질까봐 똬리를 밑에다 앉힌 희멀건 박은 늦됐어도 딸 때가 지났는데 아직 그대로였다.

정말 수상했다. 박초시네 할매보다는 얼굴 긴 그 중이 차마 못 볼 것을 보는 눈초리로 오래오래 나를 쏘아보는 것이었다.

'오메, 내 선을 보나? 날 시집보낼라꼬.'

나는 그 순간 엉뚱하게도 그런 생각이 머리에 떠올라서 얼굴이 화끈 달아올랐다.

"해필임 까까중이 왜 내 선을 보노. 징그럽데이."

나는 허리에 꽂았던 걸레쪽 같은 치맛자락을 내려 드러난 아랫도리를 가렸다. 그리고 남들에 비해 남달리 작은 키를 조금이라도 크게 보이도록 하기 위해 슬며시 뒤꿈치를 올리고는 허덕거리는 소의 깡마른 엉덩판을 손바닥으로 철썩 때렸다.

"이랴아! 뭘 꾸물대노, 이놈어 소야."

얼굴이 긴 중은 그러한 나를 오래도록 보고 있다가 우연히 나와 시선이 마주치니까 합장을 하면서 고개를 숙였다.

"나무아미타불."

그 순간 그가 그런 소리를 지껄였으리라는 것쯤은 나도 안다.

좀 후에 그 수상한 중은 박초시네 할매와 함께 어슬렁거리며 사라져 가더니 다시는 나타나지 않았는데 얼마 있다가 다시 허겁지겁 방앗간에 나타난 할매는 쇠코뚜레를 잡은 내 손을 덥석 쥐면서 말하는 것이다.

"배고프재. 고만하구 들어가 밥을 먹어야잖노. 내 간난이가 애쓰는 걸 보구 부랴사랴 더운 밥을 짓고 미역국을 끓이게 하지 않았나."

할매는 전에 없이 나를 위해 미역국과 더운 밥을 마련했다는 것이다.

나는 난생 처음으로 남에게서 눈물이 찔끔 날 그런 고맙고 황송한 말을 들은 것이다.

'내가 애쓴다 해서 더운 밥을 지었다니 정말일까?'

그것은 꿈에도 상상할 수가 없는 감동적인 이야기다.

"참말잉교? 할무이, 나한테 더운 밥을 줍니꺼?"

나는 요 몇 해 동안에 더운 밥을 먹어본 일이 손꼽을 정도밖엔 없다. 더 무슨 설명을 하랴. 깜장밥(누룽지)조차도 말라 배틀어진 것 아니고는 얻어먹지를 못했던 신세인데 별안간 말만이라도 나를 위해서 미역국과 더운 밥을 준비했다는 할매의 고마운 말씀인데 어떻게 진심으로 감격하지 않을 수가 있을까.

나는 아무래도 내 앞에 어떤 기적이 일어나고 있는 듯한 맹랑스런 예감이 든다.

수상한 중이 다녀가고 난 그날 밤에 박초시네 할매는 나의 머리를 전보다 더 정성들여 감아주고 빗겨주면서 아무도 못 듣게 나직이 말하는 것이다.

"간난이, 난 진작부터 웬지 그런 생각이 들었잖노. 네는 거지 노릇을 할 애가 아니라꼬 말이데이. 간난이 넌 인자 서울로 가게 될지도 모른다 카더라. 이런 말 아무한테도 하면 못쓴데이."

"할무이!"

"부처님이 너를 좋은 데로 데려 가실라카나 보더라."

"서울엔 초상집이 많대지예? 할무이."

"초상집이 많다꼬?"

"초상집이 많으믄예, 국수랑 떡을 많이 얻어묵을 수 있지예?"

노파는 기가 막혔던지 내 머리를 땋고 있던 손길을 멈추면서 한숨을 뿜어냈다.

"내가 우예 서울에 가능교, 할무이."

"서울의 대갓집에서 너를 데려가게 될 기란다. 이런 말 입 밖에 내면 안

된다."

"대갓집이 뭐꼬?"

"나두 뭐가 우예 된 노릇인지 모르겠고마. 너 같은 거렁뱅일 서울 대갓
집에서 와 데려가능 겐지 낸들 우예 아노. 부처님이 네 고생하는 걸 보시고
대자대비(大慈大悲)의 법력을 내리시능 게 앙이가."

"부처님이예? 부처님이 우앴다능교, 할무이."

"내사 모르겠다. 우야튼 오늘부터 늬는 우리 집 정지방에서 자는기라."

"정지방에서 자라꼬요? 이불 덮꼬오?"

"요도 깔고오."

"비개도 비고오?"

"나하고 함께 자는 기라."

"참말예? 불 땐 방에서 자능교!"

"참말 앙이고."

"나 시집 가능교? 할무이."

"시이집?"

"야아, 시이집."

"우얄꼬, 니 벌써 시집가능 기 뭔지 아노?"

"밥 배터지도록 묵게 되능 기 시집가는 거 앙이가?"

하여튼 어느 날 갑자기 나에겐 상상도 할 수 없었던 기적이 일어나고 있
는 것이다.

이 세상에 그 많은 사람들 중에서 평생 동안에 그와 같이 상상 못할 기적
을 체험하는 이가 과연 몇이나 될까. 벽해(碧海)가 상전(桑田)이 된다는 그
것은 대자연의 조화라서 간혹 있을 수도 있는 기적이겠으나 나처럼 하늘을
이불삼고 굶기를 먹듯 하던 비렁뱅이 고아한테 어느 날 갑자기 따스한 잠

자리와 풍족한 먹을 것이 생기는 기적이 일어났다면 그건 아무래도 믿어지지 않는다.

그날 저녁 박초시네 집에선 나를 위해 씨암탉까지 잡는 수선을 피웠다. 나에게 노오란 기름이 둥둥 뜨는 닭국에다 팥이 듬성듬성 섞인 햅쌀밥을 듬뿍 말아서 실컷 먹게 한 것이다.

그러나 나의 생리는 단연코 거부 반응을 일으킨다.

나는 그날 밤부터 배탈이 나서 한 이레 동안을 꼬박 죽음길에서 방황해야 했다.

인도 가비라국(國)에 어떤 우직한 촌부촌부(村夫村婦)가 살고 있었다.

어느 여름날 화전(火田)에서 우연히 자생한 몇 그루의 참깨나무를 발견했다.

여물대로 여문 참깨 알을 손끝으로 비벼 몇 알 입에 들뜨려 씹어보니까 그 맛이 퍽은 고소했다.

좀 더 많이 훑어다가 다른 곡식처럼 솥에 볶아보니까 날것으로 먹는 것보다 몇 곱절 더 고소하고 맛이 있었다.

촌부촌부는 참깨씨를 받아뒀다가 다음해 봄엔 밭에다 뿌려 가꿀 것을 결심했다.

그래서 촌부촌부는 서로 의논하고 궁리한 끝에 하나의 진일보한 결론을 얻었다.

날참깨보다 볶은 참깨가 그처럼 더 고소하다면야 아예 그것을 볶아서 봄에 씨를 뿌리면 볶은 깨와 똑같이 더 고소한 깨가 열릴 것이라는 결론을 얻었다.

촌부촌부는 이듬해 봄에 참깨 씨를 말짱 볶아서 밭에다 뿌리고는 싹이 돋기를 기다렸다.

참깨 싹은 단 하나도 돋아나지 않았다.

불전(佛典)은 그런 우화를 전해주고 있지만 박초시네집 사람들도 그만 못지않게 우직했던 것 같다.

고깃점이라곤 먹어보지 못한 나에게 별안간 기름두성이의 닭곰국을 한 대접이나 먹어놓고 무엇을 바랐을까.

내가 그때도 죽지 않고 살아난 것은 아무래도 부처님의 음덕이거나 타고난 천명(天命)의 소치가 아닌지 모른다.

그런데 수상한 스님이 다녀간 지 열흘이 지나도 나의 주변에는 그 이상의 새로운 변화는 없었다.

그 집의 며느리인 길수 엄마가 기어코 투정을 부렸다.

"비렁뱅이 가시나를 베란간 공주님처럼 위해 바친 소득이 뭐꼬. 어느 미쳐 빠진 중놈한테 속아 넘어간 할무이의 망령이 앙이가. 고만 그 가시나 두들겨 내쫓아버립시데이."

나는 그런 소릴 듣자 그 집에서 더 이상 분수에 맞지 않는 호강을 하고 있을 수는 없었다. 몰래 그 집에서 도망쳐 나왔다.

방앗골에서 어정거리다가는 무슨 변을 당할는지 알 수가 없어서 오랫동안 벼르기만 했지 실제로는 가본 일이 없는 '절고개' 마을을 구경하려고 황학산 쪽으로 어슬렁거리며 걸어갔다. 가을바람이 을씨년스러웠다.

서낭당이 있는 재를 넘으니까 길은 오솔길이다. 유부가 꽃상여를 타고 푸른 차일(遮日)을 너울거리며 어화 쩔렁 산으로 가던 바로 그 길이라서 심정이 꽤는 착잡했다.

나는 아직 유부가 잠들어 있는 무덤엘 한 번도 가본 일이 없다. 소상이나 대상엔 누군가가 가서 술이라도 부어놓아야 할 것이지만 남은 식구가 다 그 타령이었으니 유부는 죽은 뒤에 제삿밥 한 번도 받아먹지를 못했다.

"아부인 어디 묻혀 있는지 몰라도오 배가 안 고플라꼬오."

나는 산비탈 여기저기 눈에 띄는 무덤들을 볼 때마다 그렇게 중얼거리며 쓸쓸해했다.

10월 중순인데 햇살이 두터운들 뭣할까. 떨어지다 남은 가랑잎이 앙상한 나뭇가지에 말라붙어서 바람이 일 때마다 스산하게 사각거렸다.

나는 그 길을 기억한다. 전에 소장수를 죽이고 도망치던 복면 강도를 목격한 일이 있다. 그때의 그 무서운 광경이 머릿속에 되살아나는 바람에 몸서리가 오싹 쳐졌다.

왼켠 비탈진 목화밭에는 목화그루가 수북수북 쌓여 있었고, 간혹 입을 벌린 찌꺼기 면화다래가 하얀 솜을 거품처럼 내밀고 있는 게 영락없이 겨울철을 상징하는 것 같아서 더할 수 없이 쓸쓸하게 보였다.

나는 길가에 있는 어떤 무덤 위로 올라가 엉성한 봉분을 기웃거렸다. 혹시 유부의 무덤이 아닌가 싶어서 부스럼처럼 여기저기 떼가 말라가는 황토 흙 봉분을 한 바퀴 맴돌았다.

"아부이! 아부이, 여기 있음 대답하이소. 간난이 너 왔나 하고 말해보이소!"

나는 봉분 위에 삐쭉이 자라 있는 엉겅퀴의 시들어버린 대궁을 꺾어주며 서글픈 음성으로 그렇게 중얼거렸다.

양지바른 비탈 쪽에서 장끼 한 마리가 나래 소리를 내며 하늘로 치솟았다. 뒤미처 까투리가 날아나 오른편 산마루 전나무 숲 쪽으로 자취를 감추었다.

"아부이! 어무이도 죽었다능 거 알고 있십니꺼?"

나는 붉은 흙이 드러난 봉분 앞에 두 다리를 내던지며 털버덕 주저앉아 멀리 직지사가 있다는 황학산 쪽을 바라봤다. 울창한 소나무 가지에 수많은 백로 떼가 열려 있는 게 말할 수 없이 아름다워 보였다.

"아부이! 어무이는 나쁘쟤? 아부이가 죽으니깐 김천 장터루 도망을 쳤지 않능겨. 집두 팔구 논두 밭두 팔구 삼순네 아부이한테루 도망치지 않았능겨. 아부이, 알고 있노? 나는 잘 데가 없어서 북데기가리에서 자구, 믹을 게 없어서 고추 마늘두 훔쳐 먹지 않았십니꺼. 고추 마늘은 되게 매웁기만 하지 배는 부르지 안십디다예."

나는 엉성한 무덤 속에 정말 다른 사람 아닌 유부가 누워 있는 것만 같아 팔베개를 하고 벌렁 누워보았다.

홀연히 잠이 든다.

첩첩 산중인데 멀리 초가지붕 몇 채가 보인다. 해묵은 감나무들이 가지마다 노란 감을 주렁주렁 매단 채 저녁놀을 받고 있다. 그 감을 배터지게 따 먹고 싶어진다. 마침 누군진 모르지만 옆에서 속삭인다. 그 감을 따가지고 서울 가서 팔면 단박 부자가 될 수 있다고 속삭인다. 그럼 그 감을 따러 어서 가자. 두 손을 날개처럼 벌려 양켠 엉덩이를 투둑 투둑 친다. 그러고는 몸을 공중으로 솟구치니까 내 몸은 하늘을 휘이휘이 날아간다. 솔개처럼 늘씬한 품새로 잘도 날아간다. 두 팔로 홰를 치니까 더욱 훨훨 솔개처럼 날아간다. 열 접도 서른 접도 넘을 노란 감이 함빡 열려 있는 감나무들이 앞으로 앞으로 다가온다. 곧 손에 닿을 듯이 눈앞이 온통 감투성이가 된다.

나는 날면서 한쪽 팔을 앞으로 쭈욱 내뻗는다. 감 가지를 꺾으려고 팔을 내뻗는다.

그런데 아뿔싸, 이게 어찌된 해괴한 노릇인가. 내가 오른편 팔을 힘껏 뻗는 순간 그쪽 팔이 달린 어깻죽지가 뚝 떨어진다. 내 팔이 아래로 아래로 떨어져 내려간다. 아아악, 내 팔, 내 어깻죽지가 떨어져 나간다. 내 팔, 내 어깻죽지가. 나는 고개를 꺾어 오른쪽 어깻죽지를 본다. 온통 피다. 뚝뚝 듣는 피투성이다.

나의 몸 전체가 갑자기 천길 아래 누우런 벌판으로 떨어져 내려간다. 아무리 성한 쪽의 죽지로 홰를 저어보아도 내 몸은 까마득한 땅으로 벌판으로 쏜살같이 떨어져 내려간다.

나는 으아악! 하고 거듭거듭 소리치다가 눈을 뜬다. 꿈인지 생시인지 분간이 가지 않는다. 몸을 일으켜보려고 버둥거렸으나 마음대로 되지가 않는다. 한켠 손으로 한켠 어깻죽지를 만져 본다. 낫자국이 난 싸리나무 그루터기가 오른켠 어깻죽지 밑을 찌르고 있다. 옆으로 어깨를 옮겨놓자 이내 또 잠이 스르르 든다. 뺨이 써늘한 것을 보면 산바람이 차가운 모양이다.

가까운 곳에서 산비둘기가 쿠쿠 쿠쿠르르 슬프게 울고 있었다.

"이 가시네 여기서 자구 있심더."

누군가의 고함 소리로 나는 질겁을 하며 퍼뜩 일어나 앉으려다가 다시 쓰러진다.

아침 햇살이 눈부시게 누우런 산마루를 덮고 있다. 옷이고 살이고 온통 이슬에 젖어 축축하다. 오싹 소름이 끼치면서 몸이 마구 떨린다.

"이 가시나야, 아래부터 온 동네방네가 늬를 찾아 헤맸지 뭐꼬."

길수란 녀석이 우락부락한 눈알을 굴리며, 나를 내려다보며 그렇게 떠들고 있었다.

"와? 와 나를 찾았노? 오늘 방앗골 도당굿을 하나? 떡 많이 했나? 나두 떡 얻어묵을 수 있나?"

나는 어리둥절하면서 그런 말을 지껄인다.

"굿은 낼 모레 하능 거 앙이가. 그보다두 빨랑 가자, 늬를 데리러 왔잖노."

"보레이, 내 이쪽 어깻죽지 괜찮나? 떨어져 나가지 않았나?"

"미친 소리 말고오 어서 가재이. 서울서 니를 데릴러 왔다 카더라."

"보레이, 이거 우리 아부이 무덤이쟤? 길수 니는 아나?"

이때 방 첨지가 헐레벌떡 달려오더니 내 손을 덥석 잡고는 소리친다.

"간나이 예 있나? 여기서 잤고마. 되에게 찾아 헤맸잖나. 퍼뜩 일어나야 쟤. 내 그런 줄 알았데이. 간난인 공주님처럼 귀하게 될 처지인 줄 알았데이. 퍼뜩 가자!"

나는 불문곡직 그들에게 팔을 이끌리어 쓸쓸한 무덤을 내려와 오솔길을 달음박질친다.

방앗골은 발칵 뒤집혀 있었다.

내가 방 첨지한테 손을 이끌려서 동구 안으로 들어서자 마을의 남녀들이 몰려들어 신기한 구경거리처럼 나를 바라본다.

"어디서 찾았노?"

누군진 모르지만 소리친다.

"즈 아부이 무덤에서 찾지 않았나. 거기서 자고 있잖겠나."

방 첨지의 그런 대답은 몹시 흥분돼 있었다.

"오메, 그게 참말로 우리 아부이 무덤이었나? 참말로 우리 아부이, 참말인교?"

"오야, 그기 니 아부이 산소 앙이가."

핏줄에 끌렸던지 나는 틀림없는 유부의 무덤에서 하룻밤을 잤단다.

"오늘 도당굿하능교? 사람들이 몰려나온 걸 보니 참말인갑다. 그자?"

나는 쌀강정 시루떡처럼이나 얻어먹을 일을 생각하며 갑자기 기분이 좋아진다.

그러자 수많은 마을 남녀가 내 뒤를 따르면서 수군거린다.

"어이 된 영문인지 참말로 모르겠고마."

"이천집 그 가시나는 유모였다지 않나."

"오오매, 그래서 저 애를 내비리구 도망쳤고마."

연자방앗간에도 사람들이 웅성거리고 있었다.

내가 연자방앗간 앞을 돌아섰을 때, 박초시네 쪽에선 다른 한 패의 사람들이 우르르 몰려 나왔다.

순간 나의 발은 땅에 딱 붙어버린다. 내 발에는 아무것도 신지 않았다. 그 벌거숭이 발이 차가운 땅바닥에 딱 붙어버린다. 나는 눈을 휘둥그렇게 뜨고 놀란다.

얼굴이 그렇게 하얀 여자는 처음 구경한다. 그처럼 예쁘고 고귀하게 생긴 아낙네를 본 일이 없다.

이마가 반듯하고 눈썹이 가늘면서도 일자지게 짙은데 큼직한 눈이 말할 수 없도록 인자하게 생긴 그 아낙네는 자주끝동이 달린 연옥색 비단 저고리에다 남빛 대화단 치마를 입었으며 발에 신은 신발까지도 연두색에 자주 코끝 비단신이다. 가슴엔 빨강 파랑의 수실이 달린 비취 향주머니를 달고 있었다.

비슷하게 생기고 비슷하게 꾸민 여자가 또 한 사람 그 옆에 서 있다. 역시 얼굴이 말할 수 없이 희고 곱다.

그 두 여자가 동네 사람들의 앞장을 서서 나한테로 다급히 달려오고 있다.

박초시네 마당에는 검은 포장을 드리운 신기한 가마 두 채가 놓여 있다.

두엄 가에는 처음 보는 나귀 한 필이 쇠말뚝에 매어진 채 목을 아래로 늘어뜨리고 있다.

나를 끌고 간 방 첨지가 여러 사람들을 보고 자랑스럽게 소리친다.

"즈 아부이 무덤에서 자고 있능 걸 내가 찾아냈지 않았심니꺼. 밤새도록 된서리를 맞아가며 말입더."

"내가 먼저 찾았지예."

길수란 녀석이 어른들 틈에서 호루라기처럼 고함을 친다.

그 두 여자가 동네 사람들의 앞장을 서서 나한테로 다급히 달려오고 있다.

더 많은 마을 사람들이 나를 에워싸면서 무거운 침묵을 지킨다.

나는 겁이 덜컥 난다. 김초시네 할매한테 들은 옛날 얘기가 생각난다. 심청이가 울며불며 배꾼들한테 팔려간다는 그 얘기가 문득 머리에 떠오른다. 배꾼들은 심청이를 사다가 바다에 던진다. 용왕에게 잡아먹으라고 풍랑 거센 바다에다 심청이를 풍덩 던져버렸단다.

나는 겁이 덜컥 난다.

나는 치맛자락을 움켜쥐고 후당탕 뛰기 시작한다. 눈 깔린 겨울 산에서 몰이에 쫓기는 산토끼가 에워싼 몰이꾼 틈새로 잽싸게 빠져나가듯 그렇게 나는 사람들 틈을 비집고 후당탕탕 도망을 친다.

발바닥에 땀만 나면 나를 잡을 사람이 없을 만큼 나는 잘 뛴다. 키가 작아서 대굴대굴 구르는 것 같다고 사람들이 얘기하지만 어쨌든 도망치는 나를 쉽게 잡아낼 사람은 없다.

나는 꼬불꼬불한 동네집 돌담장을 끼고 몰리는 토끼처럼 결사적으로 도망을 친다. 동구 밖 샘터 쪽으로 걸음아 날 살려라 하고 마구 내닫는다. 맨발이지만 서리 깔린 땅이 쾅쾅쾅 울린다.

뒤를 돌아다볼 겨를이 없다. 훔켜쥔 치맛자락을 놓치면 다리에 걸린다. 바짝 훔켜쥔 채 샘터길로 빠져, 봇돌창물을 철벙 텀벙 건너, 벌판 논틀길 밭둑길을 마구 내달린다. 앞산이 꺼불출렁한다. 하늘이 너훌거린다. 하얀 서리가 발에 차인다. 차가운 이슬이 정강이에서 튀겨진다. 아직 죽지 못한

메뚜기가 질컹 밟힌다. 마른 쇠똥이 발가락 사이에 끼인다.

"나를 잡아 갈라꼬오……."

심청이처럼 인당수 물결 속에다 풍덩 던질라고. 헤엄은 좀 칠 줄 알지만 헤엄쳐 나오게도 못할 게 앙이가. 나를 잡아 갈라꼬오.

"심청이처럼 나를 사갈라꼬오. 내가 모를 줄 아나."

내일 모레가 동네 도당굿이라 카잖나. 와아, 알았다. 내가 깜장밥이나 얻어 묵는, 내사 콩, 옥수수, 오이, 호박, 파, 마늘, 고추, 시래기 그런 거 되에게 훔쳐 먹는 거렁뱅이 가시나니까, 내일 모레 굿하는 날 나를 잡아서 제상에다 놓구 무당더러 방앗골 잘되라고 빌게 할라꼬오. 내가 그걸 모를 줄 알고오.

나는 두 주먹을 불끈 쥔 채 죽어라 하고 뛴다. 누가 봐도 잘 뛴다고 칭찬할 만큼 직사하게 뛴다.

헉헉 숨이 가빠온다. 기차의 화통처럼 입에선 더운 김이 푹꽉 푹꽉 뿜어진다. 다리가 무거워진다. 가슴이 답답해서 견딜 수가 없다.

훔켜쥔 치맛자락을 놓친다. 밤새도록 이슬에 젖은 치맛자락이 원산말뚝처럼 삐쩍 마른 두 정강이에 휘감긴다. 더욱 다리가 무거워진다.

다리를 절며 뒤를 돌아다본다. 동구 밖 샘터에까지 쫓아온 마을 사람들이 멀거니 이쪽을 바라보고 서 있다.

"용용 죽겠지로오."

나는 비실비실 발길을 멈춘다. 뒷걸음질을 치면서 동네 사람들의 무능을 조롱한다.

"용용 죽겠지로오. 나를 잡아 갈라꼬오. 돼지머리 대신 나를 제상에다 놓을라꼬오. 내가 그걸 모를 줄 아나."

나는 가쁜 숨을 몰아쉬며 뒷걸음질을 친다.

"나를 대처 사람한테 팔아 먹을라꼬오. 오매, 그렇다. 나를 판 돈으로 동네굿을 할 거재? 그 돈으루 무당을 데려올 거재. 내가 잡힐 줄 아나."

나는 숨이 막혀 헉헉 하면서도 계속 논두렁길을 뒷걸음질치고 있다. 다리가 후들후들 떨린다. 가슴이 걷잡을 수 없게 된다. 눈앞이 핑핑 돌면서 어지럽다. 속이 느글거린다. 목이 바직바직 탄다. 끈끈한 침이 목구멍에 걸린 채 뱉어지지 않는다. 뒷걸음질을 친다.

나는 아차 하는 순간에 몸이 훌렁 넘어간다. 논두렁 아래, 벼를 베고 난 물웅덩이 논바닥으로 내 몸이 곤두박힌다. 발이 미끄러졌다. 꼬부라진 길을 모르고 곧장 뒷걸음질을 쳤다. 비틀거리는 다리가 허청을 밟았다. 몸이 깊은 무논 바닥에 곤두박혔다.

그 뒤의 일은 모른다.

나는 오랫동안의 영양실조로 말할 수 없이 지쳐 있었던 게 틀림없다. 그렇지 않고서야 잠깐 넘어져서 정신을 잃었기로 만 하루만에야, 그것도 김천 장터에서 불러온 의원이 진맥을 하고 청심환을 세 개씩이나 한꺼번에 먹인 다음에야 잃었던 의식을 회복할 수 있었다면 내가 타고난, 그 남달리 집요한 생명력이 무색해진다. 심한 영양실조에 걸려 있었던 게 틀림이 없다.

나는 만 하루 만에 정신이 들어 눈을 뜨자마자 또 겁에 질려 눈을 감았다.

내 눈에 비친 사람은, 어제 본 그 얼굴이 유별나게 하얀 대처 여자였다. 그 밖의 여러 얼굴들이 나를 내려다보고 있는 것 같았으나 내 인상에 콱 박힌 얼굴은 그 눈썹이 가늘게 한일자로 짙은 자주끝동의 옥색저고리를 입은 그 여자다.

'귀신 앙이가, 세상에 저렇게 예쁜 여자도 있노.'

나는 감은 눈을 깜짝깜짝 잘게 움직이다 말고,

'우얀 여자가 저렇게도 예쁘담. 귀신이재.'

하고 다시 겁에 질린다. 그러자 분명히 그 여자가 나직한 목소리를 내 귀에다 쏘옥 집어넣는다.

"아기씨, 아기씨, 인제 정신이 좀 드세요? 눈 좀 떠보세요, 아기씨."

나는 그 속삭임과 같은 부드러운 말씨를 듣고 이리저리 그 뜻을 헤아려본다. 내가 속을 줄 알고오.

하지만 아기씨? 모를 소리다. 애기면 애기지 씨가 왜 붙노. 그라고 내가 애긴가 뭐. 또 그 말투가 그게 뭐꼬. 정신이 좀 드세요? 드세요? 지가 어른인데 애들인 나한테 '드세요?' 가 뭐꼬. 눈 좀 떠보세요가 뭐꼬.

아무래도 모를 소리다. 아기씨, 눈 좀 떠보세요! 그게 뭐꼬. 눈 좀 떠보세요. 힝, 겁이 나서 눈을 우예 뜨겠능교.

"아기씨, 약 한 번 더 잡수실까요? 입을 벌리셔요? 물 먼저 마시시구, 청심환이니까 그냥 씹어 삼키셔두 돼요. 맛도 좋은걸요. 자아, 입을 벌리셔야죠."

나는 아래윗니를 꽉 깨물면서 입을 굳게 다문다.

점점 더 이상한 소리를 지껄이는 이 여자가 뉘길꼬. 나를 사다가 우짤라꼬오.

약 한 번 잡수실까요? 입을 벌리세요, 란다.

전에 삼순이와 소꿉장난을 할 때 그와 비슷한 존댓말을 흉내내면서 논일은 있지만 이게 대관절 어떻게 된 일인지 나는 정말 영문을 모르겠다.

그 여자는 내 입을 억지로 벌리려고 든다. 그 손끝이 굉장히 보드랍고 따스하다. 사람의 손이 그럴 수 있을까.

"아기씨, 입 좀 벌리시라니까, 어서요."

나는 더욱 겁을 먹는다. 강제로 먹이려 드는 약이 뭘까 싶어서 이를 한사코 악문다.

내가 그 약을 먹을 줄 아나. 안 묵는다이.

약을 먹여 나를 죽이려는 게 아닐까 하고 생각한다. 백 년 묵은 여우가 사람으로 둔갑한 게 아닐까.

그 여자는 이 세상 사람이 아닌 것 같기만 하다. 살결도 얼굴 생김새도 입은 옷도 손끝의 그 보드라움도 따스함도 그 말씨도 이 세상 어떤 여자와도 다르다.

나를 죽여서 가져가려고 이러는 게 아닌지 몰라. 배꾼의 여편네인지도 모른다. 남편의 심부름으로 나를 사려고 왔다. 심청이처럼 바다에 던져 죽일 거라면 살려서 가지고 가거나 죽여서 가지고 가거나 마찬가지니까 나한테 죽는 약을 먹여 짐짝처럼 멱서리에다 싸가지고 가려는 것인지도 모른다.

나의 그러한 추리야말로 내가 지닌 그날까지의 상식의 소산으로는 지극히 온당하며 총명하고 가능한 범주에 속한다. 사람의 지혜란 보고 듣고 체험하는 데서 그 싹이 움튼다. 지혜의 토양은 체험과 견문이다. 선천적인 총명은 그런 후천적인 토양에 밑거름 정도가 되는 것이 고작이다.

나는 기회를 노리다가 벌떡 일어났다. 공중잡이로 후딱 일어서서 방문을 박차고 도망칠 꾀를 썼는데 어떻게 된 셈인지 나는 그 여자의 가슴에 안긴 채 두 어깨를 꼭 잡히고 앉아 있다.

"아기씨! 또 도망치시려구요? 그렇게 자꾸 도망을 치구 싶으세요?"

그 여자는 방그레 웃으면서 손으로 내 이마를 짚어본다.

"이제 신열도 가시어졌네요. 정신이 드시죠."

나의 볼이 따스해진다. 그 여자의 가슴이 말할 수 없이 따스해서 그런지도 모른다. 그 말씨에서 아주 인자하고 절실한 정이 뚝뚝 흐르고 있는 것을 어렴풋이 느낀다.

"어쩌다가 이렇게 고생을 하시게 됐어요? 그런 줄도 모르고 오늘날까지 그처럼 무심했으니 내 죄업을 어떻게 씻습니까, 아기씨."

여자의 음성이 울먹이기 시작한다.

나는 섬뜩하고 놀라서 눈알을 굴린다. 여자의 눈물방울이 내 볼에 뚝뚝 떨어졌기 때문이다.

"세상에, 하늘도 원망스럽지. 부처님도 이처럼 무심하실 수가 없어요. 고업(苦業)으로 시련을 시키려면 죄 많은 나한테 시키실 일이지 어쩌자고 아기씨한테……."

여자는 더욱 울먹이며 머리를 숙인다. 입술로 내 볼을, 이마를 꼭꼭 누른다. 눈언저리도 누른다. 그 따습고 보드라운 촉감에 내 가슴이 벅차게 뛴다. 내 얼굴이 함빡 젖는다. 여자의 더운 눈물로 함빡 젖는다.

"이젠 그 모든 고업을 끝내셨어요. 부처님께서 대자대비하신 법력으로 아기씨를 지켜주셨기 때문에 훌륭히 그 모든 시련을 이겨내셨습니다."

여자는 이제 흐느껴 울고 있다.

이 세상에서 달리 누가 이 여자만큼 그렇게 진한 울음을 울 수 있을까. 산청꿀보다도 더 맑고 진한 애정과 회한의 울음을 울고 있다.

나는 차츰 감동의 눈을 떠가고 있었다. 가슴으로 느낄 줄 아는 감동의 눈을 뜨는 것이다.

그 살벌하게 메말라 있던 나의 감정에도, 새봄에 내리는 실비와 같은 한 여자의 정성스런 애정이 스며드니까 서서히 그러나 약간의 회의는 품은 채 봄 얼음 녹아내리듯 그 살벌한 감정이 풀려 나가기 시작한다.

나는 그 신기하기만 한 미지의 여자에게 안겨서 꿈을 꾸듯 중얼거린다.

"누군데 나를…… 누군데 나를……."

그분의 가슴에선 말할 수 없이 달콤한 내음이 솔솔 풍기고 있었다. 꽃향기 같기도 하고 향나무 냄새 같기도 하지만 그 여자의 몸내임에 틀림이 없었다.

나는 차츰 마음의 여유가 생긴다. 사로잡힌 산새가 손아귀를 벗어나려고 온갖 안간힘을 쓰다가 지친 끝에 눈알을 굴리며 저를 잡은 사람을 바라보는 그런 눈총으로, 나는 정말 정신 못 차리도록 고운 그분의 얼굴을 쳐다본다. 그분의 우는 얼굴에는 기품이 있고 웃는 모습에는 정이 넘친다. 웃다가 울다가 하기 때문에 나의 야성은 꼼짝없이 풀이 죽어버린다.

나는 손가락을 내민다. 그분의 예쁜 코끝을 쿡 하고 찔러본다. 그 감촉이 너무나 보드랍고 매끈해서 나는 좀 더 용기를 내본다. 험하고 시커먼 내 손끝으로 그분의 이마며 뺨을 이리저리 만져보다가 불쑥 묻는다.

"누군기요?"

그분은 아픔과 같은 미소를 지어보이다가 재우쳐 같은 말을 묻는 내 귀에 입을 바싹 대고 속삭인다.

"궁금하시죠? 차차 아시게 돼요."

나는 그분과 함께 온 또 한 여자를 돌아본다. 내 손을 쥐고 있는 그 여자의 대답도 마찬가지.

"인제 곧 아시게 되셔요."

나는 다시 묻는다.

"나를 사가능 거재? 심청이처럼 사가려능 거재? 바닷물에 풍덩 던지려고오."

그러나 그때는 이미 그렇지 않을지도 모른다는 생각으로 내 마음이 다소 안정돼 있었다.

남빛 비단보에 싼 큼직한 보따리를 방으로 들여온다.

붉은 비단 보따리도 여러 뭉치나 들어온다.

"더운 물을 한솥 데워 달라고 하세요. 여기 말린 창포도 좀 가져왔으니 물 많이 붓고 푹푹 삶아주고요."

그분이 박초시네 할매한테 말한다.

"목욕하고 옷을 갈아입으셔야죠."

그네는 나를 보고 그렇게 말한다.

몰려왔던 마을 아낙네들이 집 안에서 쫓겨난다. 함지박에 더운 물이 그득 담겨 방으로 들어온다. 그분은 방문 쇠고리를 건다. 그 선녀 같은 여자는 내 누더기옷을 벗긴다. 안 벗으려고 버둥대는 데도 강제로 벗긴다.

"온, 세상에 이렇게 뼈만 앙상하시니."

그분의 눈엔 또 눈물이 글썽해진다. 갓난애 다루듯 내 손발과 몸을 말끔히 씻긴다. 정성 들여 아프지 않게 온몸을 깨끗이 씻긴다. 햇솜보다도 더 보드라운 수건으로 내 몸의 물기를 닦아낸다.

"이게 무슨 수건인교?"

"명주 수건이랍니다."

"나한테 와 그런 존댓말을 합니꺼? 내가 할머이두 앙인데."

"그것도 차차 아시게 되셔요."

네모진 남색 비단 보따리를 끄르는 그네의 예쁜 손끝이 파들파들 떨린다. 보따리가 풀린다. 네모진 상자가 나오고 뚜껑이 열린다.

"오메, 그게 다 옷인겨?"

나의 놀라움이 극도에 달한다.

상자 속에는 여러 가지 무새옷이 첩첩이 개켜져 있는데, 모두가 이름 모를 값진 비단뿐이다.

나에게 삼팔 겹속곳을 입힌다. 숙고사 속저고리를 입힌다. 눈부시게 흰 옥양목 버선을 신긴다. 그러나 버선만은 발이 죄어서 당장 벗어 팽개치고 싶어진다.

"아기씨, 머리를 감겨드리죠."

그분은 나한테 그런 비단옷을 입힌 채 창포 삶은 물에다 내 머리를 감겨 준다.

그 난생 처음 입어보는 값진 옷에 물방울이 튀니 여간만 신경이 쓰여지 는 게 아니다.

세번 네번 헹군 머리를 곱게 예쁘게 빗겨보느라고 반월형 얼레빗과 무주 참싸리 참빗으로 번갈아가며 비질을 한다. 서캐가 하얗게 깔려 있을 것이 다. 보리톨 만큼씩한 머릿니가 엉금썰썰 길 것이다. 그래서 열 번이고 서른 번이고 자꾸 빗기는 것이다. 그러면서도 머릿니가 있다는 말은 끝내 입 밖 에 내지 않는다. 봉황수복(鳳凰壽福)을 순금박한 붉은 갑사댕기가 나비나 래 모양으로 맵시 있게 드리워진다.

하지만 아무리 정성들여 단장을 시킨다 해도 하루이틀 동안에 내 검고 험한 살결을 어떻게도 할 수 없을 것이다. 더구나 내 거칠 대로 거친 심성 (心性)은 매만져지기 어렵다.

그분은 내 손등과 얼굴에다 참꿀을 번들번들하게 발라서 경화된 살결의 조직을 풀어준 다음 몇 번이고 닦아내고 다시 바르기를 거듭한다.

그네는 가루분을 우유에다 곱게 엷게 재서 약손가락 끝으로 내 이마와 볼과 눈언저리와 콧등과 입의 주변과 턱밑까지, 그러니까 온 얼굴을 정성 들여 마사지해보지만 도통 살결에 분물이 먹어들어야 체면치레 정도라도 희어지고 고와질 것이 아닌가.

"세상에 어쩌다가……."

세상에 어쩌다가 소리를 수없이 흘리며 아침부터 저녁 무렵이 되기까지 애를 쓰는 그분의 보살핌이 고맙긴 하면서도 나는 짜증을 주체할 수가 없다. 진종일 사람을 잡아 앉히고는 안하는 짓이 없이 만지고 다독거리니 울화통이 터진다.

심술을 부려본다. 볼 좁은 버선이 열 발가락을 죄어대는 바람에 홀떡 벗어 팽개치면 다시 신겨주고, 왼쪽을 벗으면 왼쪽을 바른쪽을 벗으면 바른쪽을 이쪽저쪽 번갈아 벗으면 이쪽저쪽을 번갈아 신겨주느라고 두 여인이 쩔쩔매는 게 미웁고 우습고 재미도 있었으나 그러나 종당에는 내가 지고 마는 것이다.

## 제5장

금붙이가 재산상의 소중한 것인 줄을 모른다면 그것을 녹여서 깨어진 솥 뚜껑을 땜질한다 해도 나무랄 것이 못된다.

무지한 도둑이 값진 비단을 훔쳐서 그것으로 헌 누더기를 싸가지고 도망친다면 사람들은 웃을까.

희극은 가치관의 도착으로 탄생되는 것이고, 비극이란 그것의 도착을 도착하는 데서 생겨난다.

그날 밤 나는 희극의 히로인이 된다. 햇볕에 그을고, 돌이나 나무등그럭에 깨지거나 찔리고, 영양 실조로 깡마르고, 그래서 여기저기 부스럼딱지 투성이인 내 육신인데 거기다가 생전 보도 듣도 못하던 삼팔 속곳이니 숙고사 속저고리니 하는 것을 입힌 것도 우습거니와 또 그 위에 남갑사(藍甲紗) 겹치마를 곁들이고 자주끝동이 달린 노랑빛 순인 저고리를 입히다니 그게 마치 비단 보자기에다 무명 누더기를 싸는 것과 뭐가 다른지 모를 일이었다.

나는 어리둥절한 채 그 서울 아낙네한테 묻는다.

"이렇게 좋은 옷을 입혀서 나를 팔아 묵을라카나?"

내 물음에 그분은 슬픔과 기쁨이 엇갈린 묘한 웃음을 흘리며 대꾸한다.

"아기씨를 팔아 먹다뇨. 금지옥엽(金枝玉葉)이신 아기씨를."

"금지옥엽이 뭐꼬?"

"이 세상에서 가장 귀하고 귀하신 몸이라는 뜻이에요."

나는 그네의 말을 도저히 알아들을 수가 없었지만 우선 좋은 옷을 입고 보니 입이 함박같이 벌어진 채 왼팔을 들고 오른팔을 벌리고 코끝을 씰룩거리고 몸을 한 바퀴 핑그르르 돌려보다가 풀썩 주저앉으며 버선을 후떡 벗어 팽개치고는 짜증스럽게 소리쳤다.

"발이 아파서 우예 사노! 참말로오 아파서 몬살겠심더. 와 나를 잡아갈라꼬 하지예?"

나의 그 짜증은 내 야성적인 생명의 자연스런 부르짖음이었다. 무엇에든지 속박되는 것을 거부하는 인간의 원초적인 외침은 아니었을까. 영혼이건 육신이건 남의 간섭을 받기 싫어하는 인간 생래(生來)의 반항이고 그것은 사람이 타고난 자유를 뺏으려는 자에 대한 단호한 항의였는지도 모른다.

사람들은 나의 그 외침에 깜짝 놀랐던 것 같다. 몹시 술렁거리는 듯하더니 눈길을 서로 맞부딪치며 놀라움과 불안을 말없이 대화하는 것을 나는 분명히 내 소박한 의식으로도 감지할 수 있다.

"할머니! 인제 정신 좀 드세요? 할머니, 할머니!"

할머니란다. 정녕 할머니란다. 좀 전까지만 해도 아홉 살짜리 계집애였는데 할머니라고 부르는 사람이 누군가. 나이 먹은 할머니가 옆에 있는지도 모른다. 누군진 모르지만 자기네끼리의 대화일 것이라고 나는 어렴풋이 생각해 본다.

나는 가슴이 답답하다. 숨이 제대로 쉬어지지 않는다. 내 의식세계를 밝힌 촛불이 꺼불꺼불 춤을 춘다. 정신이 어지럽고 콧속에서 찬바람이 휭 돈다. 서울에서 온 아낙네가 또 말한다.

"여자란 맨발을 남에게 보여선 안돼요. 아파도 참고 서러워도 참고 억울해도 참는 게 여자예요. 짜증이 나거든 웃으세요. 참기 어려운 일이 있으면 하늘을 보세요. 소리치고 싶어지면 혀를 깨무세요. 그렇게 한세상 살아가노라면 무엇인가에 이길 날이 있습니다. 포악하고 거만스럽고 실속 없이 우쭐대기만 하는 남정네한테 무릎을 꿇릴 날이 옵니다. 여자는 어머니인걸요. 여자는 모든 사람의 어머니예요. 지금은 아프셔도 참아야 해요, 아기씨."

나는 그런 또 다른 속삭임을 듣는다. 나의 발엔 다시 볼 좁은 버선이 신겨진다. 비록 잠깐 동안일망정 속박에서 해방됐던 발이기 때문에 다시 구속되니까 그 아픔이 더욱 심하다.

"이제 습관이 되면 아픔이 가실 거예요. 청국 여자들은 어릴 때부터 가죽버선을 신는대요. 발이 자라지 못하게요. 그걸 전족이라구 불러요. 어른이 돼도 여섯 살짜리처럼 조그마한 발로 뒤뚱뒤뚱 걸어야 한대요. 그렇게 사람을 병신을 만들어놓고는 한쪽 눈을 찡긋하며 미인이라고 칭찬해주는게 남자들이죠. 옛날부터 여자는 그런 불쌍한 운명을 타고났어요. 왠지 아세요? 노리개로 잡아두고 싶어서예요. 거기다 대면 우리의 볼 좁은 버선은 참을 만해요. 발이 예뻐진답니다, 아기씨."

나는 눈물을 뚝뚝 떨어뜨리며 새로운 아픔을 견디어보려고 이를 악무는데 또 다른 음성이 어렴풋하게 들려온다.

"눈을 닦아 드리세요. 아까 발이 아프다고 그러시는 것 같던데 발이 답답하신가. 이불 아랫도리를 좀 걷어 드려야겠군."

"할머니, 할머니 서울서 구(具) 선생이 왔어요. 할머니가 보구 싶어 하시던 서양 딸 구 선생이 왔으니 눈을 좀 떠보세요, 할머니."

"할머니, 지가 왔습네다 할머니."

음성이나 억양이 저마다 다 다른 말투들이다. 내 몸이 흔들리고 있다. 요람을 타는 것처럼 구름이라도 타는 것처럼 좌우로 흔들리고 있다. 답답하던 가슴이 좀 후련해진다. 찬바람이 돌던 콧속에도 훈훈한 기운이 감돈다. 또 다른 속삭임이 들린다.

"원래 새 버선을 신곤 삼칸방 육간대청을 수없이 헤매는 것이지요. 그러노라면 아픔도 가시고 발의 모양새나 걸음걸이에 품위도 생긴답니다. 여자는 그런 아픔을 참고 견딘 끝에 얻은 품위라야만 어질고 착하고 슬기로운 모성을 지닐 수 있어요. 자아, 일어나 보세요. 아픔을 딛고, 아기씨 어서요."

나는 서울에서 왔다는 그분의 손을 잡고 일어나려 한다. 온몸에 힘을 보내본다. 팔에도 다리에도 그리고 가슴과 머리에도, 힘을 보내본다.

"어머나, 할머니가 일어나 보시려구 하시나봐! 구 선생, 그 손을 좀 잡아드려봐요."

"어머나, 눈을 뜨셨어요."

나는 눈을 떴다. 의식의 눈인지 육신의 눈인지 하여튼 떴다. 오락가락하던 정신이 현실을 본다.

미스 캐논 구 선생이 내 손을 잡은 채 그 순진한 미소를 흘리고 있다. 은회색 머리털의 완만한 웨이브가 파도처럼 물결치는 그 밑에서 선하디 선한 눈동자가 기쁨으로 빛나는 것을 볼 수 있다.

"할머니, 왜 자꾸 아프십네까. 아프시지 말아야 해요. 아프면 좋지 않습네다."

미스 캐논은 선하디 선한 미소를 좌우로 뿌리며 내 손을 두 손으로 꼭 쥐고 그 하나님의 은총과 같은 따스한 체온을 내게로 옮겨주고 있다.

"어떻게 왔어? 서울서 왔겠지?"

물론 나 이문용(李文鎔)은 말을 하지 못했지만 그런 뜻의 반가움을 표시했다.

하 여사의 얼굴이 내 눈 위에 왈칵 쏟아져 내리는 것도 나는 본다.

"할머니, 퇴짜 맞구 오셨죠? 요단강 다리(橋)가 장마에 끊어져서 못 건너가셨죠?"

하 여사의 넓은 이마가 내 가슴 위에 무너져 내렸다. 메마른 내 가슴 위가 뜨뜻해지는 것을 보면 눈물을 흘리는가보다.

"여 부장님이 아침 일찍 고속버스 정류장엘 다녀오셨대요. 이면용(李沔鎔) 선생님은 아직 안 오시구, 마침 작은 따님을 만나 같이 들어오셨대요."

하 여사의 설명이 떠들썩했다. 하 여사는 큰딸, 구 선생은 작은딸, 내가 그분들을 그렇게 부를 수 있는 것은 이 세상에 태어나서 얻을 수 있었던 가장 크고 값진 영광이요, 기쁨이다. 공리적인 계산은 없다. 그분들이 잘나서도 아니고 사회적인 위치가 있어서도 아니다. 구 선생이 서양 여자라는 사대적인 생각에서도 아니고 하 여사가 사관학교의 유일한 여자 교관이라는 존재여서도 아니다. 그저 그분들이 인정이 따스해서 햇빛처럼 밝고 따사로워서 더할 수 없이 귀하고 값진 하나님의 은총으로 안다.

여(呂) 부장이 내 왼손을 잡았다. 그 고혹스러운 이마에 아침 햇살이 구른다. 말을 아끼고 덕을 가꾸며 이 세상에서 가장 험하고 독한 여자들과 함께 평생을 지내온 여자 간수 부장인데 눈망울에 맺히는 눈물 한 방울이 저렇게도 맑을 수가 있을까.

나는 이 세 분을 다른 곳 아닌 감옥에서 만나 벌써 십여 년을 두고 사귀어 오지만 가끔 생각한다. 연당(蓮塘)에 흐트러진 연은 잎도 깨끗하고 꽃도 아름다운데 그 연못물은 반드시 맑거나 깨끗하지는 않다. 오히려 탁한 진흙물임을 연상한다. 그 흙탕물 위에 핀 세 떨기의 연꽃을 연상한다. 세 분을 그렇게 비유한다.

지금 나는 내가 이승에 있는지 저승에 있는지, 꿈을 꾸고 있는지 아니면 생시의 맑은 정신인지를 구별 못한 채 어린 날의 회상을 잠시 떨어버리고 흙탕물 위에 핀 세 떨기의 연꽃을 보면서 신에게 감사하는 마음으로 가슴이 뿌듯한 것이다.

그네들은 나의 마지막 가는 길을 전송하기 위하여 지금 이렇게 모여준 것이다. 나는 내 인생이 좀 더 험했어도, 살아온 세월이 좀 더 고달퍼서 더 이상 무참하기만 했던 생명이었다 하더라도, 마지막 길에 이런 인정의 꽃다발을 가슴에 안고 떠날 수 있다면 이 세상에 왔던 것을 하나님께 진심으로 감사할 수가 있다.

나는 지금 하나님에게 부처님에게, 그리고 이 세상 모든 사람들에게 나를 괴롭혔던 사람들에게 그저 한가지로 감사하고 싶을 뿐이다. 정이라는 것을 모르고 태어났다가 정이라는 것을 가슴 뿌듯이 안고 떠나간다. 그만하면 내 인생이 아무리 험악했어도 태어난 보람이 있지 않은가.

태어나자마자 내가 배운 것은 사람들의 배덕(背德)이다. 평생을 그 배덕속에서 신음하며 살아왔다. 신의는 잔잔한 물결이고 배덕은 거센 파도였다. 바람은 늘 불었다. 파도는 자는 날이 없었다. 하지만 지금은 잔잔한 물결 속에 몸과 영혼을 잠그고 있다. 배덕의 파도를 타고 이 세상에 왔다가 신의의 물결을 타고 저세상으로 간다. 이 세상에 온 첫 외침은 울음이었는데 떠나는 마당의 내 언어는 내가 이 세상을 살고 가게 해준 데 대한 신에 의 감사다.

내가 이 세상에 와서 영화를 누리고 호강을 해가며 충족된 상태에서 살았다 한다면 아마도 지금처럼 감시하는 마음은 되지 않을 것이다. 사람은 무엇에나 충족된 상태에선 끝없는 욕망이 생기게 마련이어서 자기의 존재를 감사하는 데 인색해진다.

사람들은 늘 시련을 받기 때문에, 능력이 한정돼 있는 까닭에, 기쁨보다는 슬픔이, 즐거움보다는 괴로움이 있기 때문에 하나님을 찾고 부처님을 찾고, 그래서 그분들과 일체가 될 수 있는 게 아닌지 모르겠다.

나는 평생을 착하게 옳게 살려고 노력했다. 옳다든지 착하다든지 하는 것은 도식(圖式)으로 표시될 수도 없고 방정식으로 나누어 분석해볼 수도 없는 인간의 본질이 아니겠는가. 그것은 이로정연(理路整然)하게 설명할 수 없으며 컴퓨터로도 측정될 수 없는 비과학에 속한다.

누구나 사람은 태어날 때부터 어떤 신령적(神靈的)인 속성을 지닌 게 사실이라면 착함과 옳음은 그 신령적인 감정의 근원이다.

나는 이제 칠십육 년을 처절하게 살고 주님의 은총에 감격하며 창조주에게 내 생명을 반환하려는 순간에 있음을 직관한다.

그렇더라도 나는 한 생명체로서 삶에 대한 욕망이 남아 있는 것 같다. 좀 더 살 수 있다면 어떻게 되는 것일까. 무의미할까. 한정된 육신이더라도 어차피 영겁을 향해 떠날 생명이다. 하루라도 더 이 한정된 기간을 연장하려는 욕망은 천박한 탐욕일까.

나는 안간힘을 써 본다. 지력(智力)을 다해서 눈을 부릅떠 본다. 나의 마지막 길을 배웅하려는 사람들의 모습을 망막에다 선명히 새겨본다. 아직도 육촌동생 면용 씨는 서울에서 오지 않은 모양이다. 그가 와야 내 오랫동안의 창조적인 영상인 오헌화백(梧軒畵伯)의 모습을 볼 수 있을 텐데. 사랑하는 행위에는 창조적인 번민을 필요로 한다.

사람들은 불완전한 존재이기 때문에 자유를 갈망하며 신음하고, 사랑 때문에 고뇌한다.

신은 인간을 그런 불완전한 존재로 만들어놓고는 우리를 위하여 열심히 함께 번민해준다. 자유 때문에 신음하고 사랑 때문에 고뇌하는 사람들은 그래서 늘 창조적인 영상을 쫓느라고 허덕인다.

'그분들이 올 때까지 죽지 말고 기다려야 할 텐데…….'

그러나 잠깐 부릅떴던 나의 눈은 맥없이 감겨버린다. 내 의식의 촛불은 다시 꺼불꺼불 바람을 탄다.

"또 잠이 드시나!"

아마도 하 여사가 그런 소리를 지껄이는 모양인데, 자꾸 사위어 들던 의식의 촛불이 드디어 꺼불꺼불 빛을 잃고는 대신 희뿌옇게 첩첩이 쌓인 구름발 저쪽에 신기루인 양 나타나는 선연한 영상이 있음을 본다. 다시 나는 어린 날을 더듬는 것이다.

나를 잡다가 팔아먹으려는 서울 아낙네들……. 그러한 불안이 아직도 가시지 않았다. 그러나 나는 그이들에게 양쪽 손을 잡힌 채 박초시네 안마당으로 내려서고 있다.

다시 보아도 내가 입은 옷차림은 현란하기만 하다.

다홍빛 안집을 받친 남갑사 겹치마 자락이 눈이 부시도록 흰 내 버선발을 살짝 덮은 채 땅에 끌린다. 버선발에 꼬인 신발은 연둣빛 빨강코의 징박이 비단신이다. 노랑 저고리 자주 고름코에는 밀화 노리개 삼작이 푸른빛 붉은빛 두 가지의 수실을 늘어뜨리고 있다. 곱게 빗은 머리, 가름자는 절고개로 오르는 오솔길보다도 높고 곧게 뻗어 있다.

"시상에, 저렇게두 예쁜 에미나였꼬마."

"입성이 날개라지예. 공주님 같지로오."

"저이들은 대궐 상궁님 앙이가?"

"정승판서 댁의 정경부인(貞敬夫人)인지두 모르겠시예."

박초시네 안마당 그득하게 모여든 구경꾼들이 그렇게 수군거리는 것을 듣는다.

나는 그 구경꾼들 뒤쪽에서 무섭게 빛나고 있는 눈총을 보고 가슴이 뛴다. 방 첨지의 이상야릇한 눈총이 남달리 빛나고 있었다.

그러자 그 집의 며느리인 길수 엄마가 앞으로 썩 나서면서 신이야 넋이야 하고 떠들어대기 시작한다.

"여러 어른들, 다 알고 있겠지만 들으시오. 오늘 동네 도당굿엔 우리 집 서울 손님이 쌀 한 섬에다 막걸리 열 말, 돼지머리 하나, 북어 다섯 쾌를 내놓으셨습니다. 이게 다 누구 덕인 줄 압니꺼. 그동안 우리 집에서 잠 잘자고오 밥 배불리 묵고오 자라온 간난이 덕이 앙이가. 간난이 애기씬 낼이믄 서울로 떠납니더. 우리 마을을 영영 떠나뿌리지 않능교. 아레 아침에 떠난다카능 걸 그동안 간난이가 동네굿 구경하능 게 소망이었기로오 오늘 굿구경이나 하고 이별하자꼬오 내가 권했심더."

입에 침도 바르지 않고 그런 넉살을 부리는 길수 엄마의 넓적한 코끝은 마침 불어 닥친 늦가을 찬바람에 물고기 아가미처럼 연신 벌름거리고 있었다.

어쨌거나 나는 굿구경을 간다는 일이 기뻐서 어깻바람이 난다.

시루떡도 백설기도 실컷 얻어먹을 수도 있을 것이고, 돼지머리에서 도려낸 고기처름도 맛볼 수가 있을 것 같아서 입속에 군침이 고인다.

그것은 그동안의 굶주림으로 식충이가 돼버린 나의 속성이었다. 오늘 아침엔 특별히 맛있는 반찬에 아침밥을 실컷 먹었다. 미역국을 끓이고 콩나물과 두부조림과 북어무침과 다시마 강정까지 상에 올랐었던 것을 꿈처럼 기억한다.

기름이 자르르 흐르는 햅쌀밥을 참기름이 동동 뜨는 미역국에 말아 마구 퍼먹으면서,

"오늘 내 생일인교? 미역국은 생일날 먹는 거라쟤?"

하고 서울에서 온 그분한테 물으니까,

"그럴지두 모르죠. 아기씨 생일날인지두 몰라요. 오늘이 며칠인지 아세요? 시월 열여드렛날이에요. 세상일이란 참으로 공교로울 수가 있군요. 오늘이 바로 시월 열여드렛날이라니."

그분은 뭣인가 퍽 감격하는 말투로 지껄이면서 눈물을 닦았다.

곰국이라도 끓이고 싶었지만 별안간 기름기를 잡숫게 하면 안될 듯싶어서…….

"아기씨 오늘 시월 열여드렛날을 평생토록 잊지 마시고 많이 잡수세요."

그렇게 해서 아침을 배불리 먹은 지가 얼마 안 되는데도 나는 굿마당에 가서 떡조각을 얻어먹을 일을 생각하고 신바람을 내는 것이다.

굿터는 뒷동산 밑 느티나무 아래란다.

나는 서울 아낙네들한테 손을 이끌리며 굿마당으로 간다.

남녀노소 동네 사람들이 구름처럼 몰려들어 떠들썩하게 내 뒤를 따른다. 나는 더할 수 없이 기분이 좋아서 턱을 바짝 치키고는 부러워하는 눈으로 나를 따르는 동네 사람들을 연신 둘러본다.

"여자가 걸음을 걸을 때는 아미를 다소곳하게 숙이는 것이랍니다."

그분이 내 귀에다 대고 속삭였지만 아미가 뭔지 내가 아나. 나는 잡혀 있

는 양쪽 손을 뽑았다.

나는 여봐란 듯이 오른손으로 치렁거리는 댕기꼬리를 감아쥔다. 봉두난
발이었기 때문에 다래[假髮]를 들여서 댕기꼬리를 늘어뜨린 것이다.

나는 왼손으로 남갑사 치맛자락을 슬쩍 걷어올리고는, 국각쿡각 하고 물
푸레 지팡이로 마른 땅을 찍어대며 옆에 바싹 달라붙는 박초시네 할매한테
말을 걸어본다.

"할무이, 굿터에 가문 지한테두 막걸리 한 사발 묵여줄라능교?"

기분이 좋으려면 또는 좋을 때면 어른들이 술에 취해서 거드럭거리는 것
을 봐왔기 때문에 나는 정말 막걸리라는 것을 마셔보고 싶다.

"세상에, 망측한 말씀도⋯⋯."

서울분이 질겁을 하면서 팔로 내 어깨를 감싼다. 황학산에 단풍이 붉게
타고 있었다. 전나무 숲엔 백로 떼가 눈처럼 덮여 있다. 쿠르르 쿠쿠 어디
선지 산비둘기가 울고 있다.

나는 정말 팔려 가는 것인지도 모른다는 불안에 싸인다. 그렇지 않고서
야 동네방네가 거렁뱅이 계집애인 나를 이렇게 구경거리로 삼을 수가 있을
까.

내가 굿터에 도착했을 때, 고목나무 밑에는 요란한 진설상이 차려져 있
는 것이다. 그 위에는 낡은 차일이 쳐져 있다. 차일 밑에 나이 먹은 동네 영
좌님들이 앉아 있다가 나를 보고는 모두 엉거주춤 일어나는 것이다. 늙은
무당, 젊은 무당들이 앞으로 나오며 나를 반기는 것이다. 사람들이 우르르
몰려들어 나를 중심으로 담을 쌓는 것이다.

그뿐이 아니라 두 눈을 꽉 감은 돼지머리가 얹혀 있는 진설상 주변에는
멍석이 깔렸고 그 멍석 위에는 또 왕골 돗자리가 덮여 있는 것이다.

왕골 돗자리를 처음 보는 게 아니지만 유난히 번질거리는 세석(細席)이

다. 내가 알 턱은 없지만 그런 세석은 백아흔여덟 개의 사합사(四合絲) 삼(麻)줄을 늘어뜨려 한 올 한 올 받이대로 내려다진 상품 돗자리로서 바로 이웃 고을 거창과 함께 김천 일대에서 생산되는 명물이다.

그런 좋은 돗자리 위에 나를 앉힌다. 양쪽에는 서울 분들이 배석한다. 뒤켠에는 박초시네 할매가 앉는다.

나는 연둣빛 비단신을 벗어서 바닥에 묻은 황토흙을 손바닥으로 문댄다. 돗자리 위에다 놓는 게 황송해서 차마폭에 감쌌다.

옆에서 그분이 빙그레 웃었으나 아무 말도 않는다.

"쳐라!"

드디어 늙수그레한 무당이 고함을 지르며 진설상 앞으로 썩 나선다. 요란하게 차려입은 무복 자락이 펄렁 바람에 나부낀다. 전립(戰笠)에 꽂은 꿩 깃이 삐뜨락하게 누웠다.

악수(樂手)들은 모두 남정넨데 그들의 눈빛이 번쩍 빛나며 제각기 어깨를 올린다.

꽈릉! 하고 징이 울렸다.

쿵다쿵 하는 장구 소리가 터진다.

까강까앙 하고 해금 소리가 가냘프게 울려 퍼진다.

늬니나 나나 하는 호적(胡笛) 소리가 터진다.

슬픔을 호곡하는 듯한 소리가 하늘로 날아오른다. 중앙에 나서서 굿을 주재하는 원무당은 좀 늙은 편이다.

기무의 장구 소리엔 점점 신이 들린다.

춤추는 원무당의 철릭자락이 벌름벌름 벌어진다.

풍악은 아홉 박자다. 춤은 거기에 맞춰 빠른 템포로 신이 들린다.

남녀 구경꾼들의 어깨가 씰룩거리기 시작한다.

나의 어깨도 씰룩거리는 것 같다. 그러나 나는 진설상 위에다 시선을 던진다.

많이도 차려놓았다. 백설기 흰떡시루가 제상 한가운데에 군림해 있다. 그 주변엔 배, 사과, 밤, 대추, 곶감 등속의 오색실과가 굽 높은 접시에 수북수북 고여 있다. 당과, 유과, 육포, 어포들이 먹음직스럽다. 그중에서도 돼지머리가 가장 군침을 돋운다. 그놈의 귓바퀴를 잡고는 잘 드는 식칼로 면상을 도려서 새우젓 젓국에 쿡 찍어 덥석 씹으면 창자가 얼마나 반길 것인지 모르겠다. 두 눈을 꽉 감고 있는 그 돼지머리는 지금 뭘 생각할까.

— 아하, 아황(娥皇)님아, 공덕은 절(寺)이 주요, 절은 직지사가 주요, 산은 황악산이 주로다.

창부무당(唱夫巫堂)이 갑자기 목청 높여 뽑기 시작하는 바람에 사람들은 입을 헤에 벌리면서 귀를 기울인다.

서울지방 같으면 이런 천신기도가 주목적인 동네굿이라면 정식으로 열두 거리를 하겠지만 시골 산촌이고 촌무당들이라서 두서도 격식도 찾지 않는다.

— 이 나라는 조선국이요, 조선국은 팔만사천 마을 사도성(四都城)이라. 큰 달은 서른 날이고 작은 달은 이십구 일이며, 굽어보니 땅은 이십팔 주 스물여덟 고장이요, 하궁천 비비천하 도리천하 스물여덟 왕을 섬길 적에, 왕은 이씨 왕에 법은 중법이니, 선대조상님네 우대조상님네 조상 벗는 자손이 어디 있으리까…… 어헐씨구 얼씨구…….

아마도 조상을 위하자는 소리인 모양이다. 창부무당은 일단 노래를 쉬면서 춤을 덩실난실 추고 있다.

"무슨 소리인지 귀담아 들어두세요, 아기씨."

내 손을 꼬옥 쥐면서 그분이 내 귀에다 대고 속삭인다.

― 삼대 오대 칠대 구대 여기 오신 조상님네, 노인네는 주령[지팡이] 짚고 젊으신넨 봇짐 지고 아희동자 앞세우고 꽃 꺾어 머리에 꽂고 풀잎 떼어 피리 불고, 저승길은 구만리라, 이 굿을 받으려고 오시느라 사흘, 멀미 받노라니 하루 멀미, 가시느라 사흘 멀미……. 얼씨구 좋다 좋을씨구.

다시 춤을 춘다. 해금이 까강까앙 운다. 제금이 촬챌 울려 퍼진다. 덩기덩떵떵쿵 장구 소리가 드높아진다.

춤을 추며 제상 앞으로 간 원무당은 백설기 떡을 시루에서 뚝 떼어 이리저리 홱홱 던진다.

아이들이 그것을 주워 먹으려고 우르르 와와 하고 몰린다.

나도 벌떡 일어난다. 그러나 서울 아낙네가 손을 잡아 앉히는 바람에 다시 풀썩 주저앉는다.

원무당은 큰 식칼을 들더니 돼지머리의 삐죽한 귓바퀴를 훔켜잡고 고깃점으로 썩 도려낸다. 그것도 사면팔방으로 홱홱 던진다. 그리고 목청을 뽑는데 이번엔 대감타령이다.

― 얼씨구 좋다 절씨구 좋다. 어떤 대감이 내 대감이냐. 욕심 많은 내 대감 탐심 많은 내 대감 상산대감두 내 대감 별상대감두 내 대감…….

동네 젊은이들이 나서서 무당과 어울려 춤을 춘다. 왼다리 들고 오른팔 들고 빙글풀쩍 춤을 춘다. 허리 꼬고 엉덩판 처뜨리고 오른다리 번쩍 들고 왼팔 머리 위에 올리고 어화둥둥 춤을 춘다.

호적 소리는 좀 더 신바람을 낸다.

차일 위에는 구름 한 점이 둥실 떠 있다.

나는 먹음직스런 돼지머리를 뚫어지도록 노려본다.

후전무당(後錢巫堂)이 나온다. 부채를 들고 나온다.

물이 철철 넘치는 물동이가 나온다. 물동이 위에 무당이 올라선다. 동이

전을 밟고 올라서서 엉덩이만 율동시킨다. 부채를 화라락 펴면서 엉덩춤을 춘다.

날이 시퍼렇게 선 작두가 나온다. 작두날 위에 무당이 올라선다. 발이 썩 베질 것 같아 나는 눈을 감는다. 다시 눈을 떴을 때 후전무당은 그 작두날 위에 올라서서 역시 엉덩춤을 일렁일렁 추어댄다.

청룡도가 나온다. 후전무당은 청룡도를 들고 내 앞으로 선뜩섬찟 다가온다.

나는 벌떡 일어난다. 치마폭에서 비단신이 후두둑 떨어진다. 집어 들고 비탈로 내리뛴다.

"동네 사람들한테 내 살점을 떼줄라꼬오."

나는 버선발로 도망을 치다가 이내 잡힌다. 방 첨지한테 잡혀 끌려온다.

"무당이 칼춤 추는 기 앙이가. 와 도망을 치노."

"나를 잡을라카는 기 앙잉교?"

"간난이를 우예 잡노. 공주님 같은 간난이를 뉘가 잡는다카노."

"떡 좀 얻어주이소!"

"굿 끝나문 내 얻어주지 않을라꼬."

나는 비단신을 손에 든 채 녹기 시작한 진창길을 끌려온다. 새하얀 옥양목 버선이 흙투성이가 되는 바람에 방 첨지가 나를 업으려 들지만 내가 피한다.

원무당은 방울을 딸랑딸랑 흔들어대며 덕담을 주워섬기고 있다.

후전무당은 칼춤을 추고 있는데 그 눈엔 살기가 등등해보여서 아무래도 무섭기만 하다.

점심때가 돼 오자 나는 서울에서 왔다는 그분들한테 이끌려 굿마당을 뜬다.

박초시네 할매가,

"간난인 굿떡을 얻어먹는 게 소원이었재. 이 떡 좀 먹어보게 하시소."

언제 얻어왔는지 백설기 뭉치를 내 앞에다 불쑥 내민다.

그러나 그것을 잽싸게 가로챈 사람은 서울 아낙네 그분이다. 그 눈총이 서릿발처럼 차웁다.

"사위스럽게 굿음식을 왜 먹여요."

사위스럽다는 말에 박초시네 할매가 생기 없는 눈알을 굴린다.

굿음식은 재앙을 쫓고 복을 준다 해서 동네 사람들이 고루 나누 먹게 마련인데 사위스럽다니 기가 막히는 모양이다.

서울서 온 그분은 할매의 섭섭해하는 눈초리를 살피고는 다시 말한다.

"사실은 오늘이 우리 아기씨의 아홉 번째 맞는 생일이에요. 제사음식이나 굿음식 같은 건 안 드리는 게 좋지 않겠어요? 할머니."

나도 할매도 깜짝 놀란다.

"오메, 오늘이 내 생일인겨? 그래서 아침에 미역국을 먹었능교?"

아이들이란 생일 소리를 들으면 눈총이 빛나게 마련이다. 나는 단 한 번도 생일을 치러본 일이 없다. 유모 밑에서 자랄 때도 내 생일을 차려 준 일이 없는 것이다. 여섯 살 적이든가, 유일했던 동무 삼순이의 생일날 수수팥단지를 몇 개 얻어먹고는 유모한테 내 생일은 언제냐고 물어본 일이 있다.

"네 생일? 아직 멀었다."

그게 봄이었던 것 같은데 그해 겨울이 되도록 내 생일 소리가 없기에 또 언제냐고 물어봤더니 대답은 역시 아직 멀었다는 것이다.

"생일은 일 년에 한 번씩 있는 거 아닝교?"

"네까짓 게 뭐 생일이 일 년에 한 번씩 있노?"

"아부인 일 년에 한 번씩 생일이 있지 않나."

"아부인 어른이니까 그렇재."

"애들은 그럼?"

"넌 열 살이 넘어야 생일이 있다."

"삼순인 여섯 살인데두 생일이 있잖나?"

"그건 상놈이라 그렇재."

그런데 서울에서 온 분은 오늘이 내 생일이란다. 나는 믿어지지 않는다.

"나 아직 열 살두 안됐는데 생일이 있능교?"

"열 살두 안됐는데 생일이 있느냐구요?"

"내가 양반이라 카더라. 양반은 열 살이 넘어야 생일이 있지 않십니꺼?"

모두들 어처구니가 없어 하는 표정이다.

"그럼 아기씬 지금까지 생일날 수수경단 하나두 못 얻어 잡수셨어요?"

서울서 온 그분이 또 눈물이 글썽해지며 묻는다.

"죽은 어무인예, 나는 양반집 딸이니까 열 살이 넘어야 생일이 있다구 했심더. 김천 장터루 이사간 삼순인 여섯 살 때두 생일을 차려 묵지만 그 가시내는 상놈이라서 그렇다구 그러던데예."

전립(戰笠)에 전복(戰服)을 입은 젊은 무당들은 계속 신바람이 나게 춤을 추며 돌아가고 있다. 엉덩이가 하늘로 땅으로 오르내린다. 노래를 하다가 덕담을 하다가 하는 것은 원무당이고, 허리를 꼬며 엉덩이를 좌우로 흔들 어대는 무당은 칼춤, 작두타기 등의 묘기를 보여주던 그 무당이다.

어쨌든 그날 방앗골 사람들은 서울에서 왔다는 여자 때문에 예년에 없이 호사스런 동네 굿을 치를 수 있었다.

밤에 나는 꿈을 꾸었다. 무당처럼 차린 여자가 무당이 들고 춤을 추던 청룡도로 나를 죽이려 드는 바람에 어지간히 시달린다.

잠이 깬 나는 옆에서 곤히 잠들어 있는 그분들을 살펴본다. 아무리 뜯어 봐도 곱고 기품 있게 생긴 여자들이긴 한데도 꿈에서 칼을 들고 날 치던 무당을 닮은 것 같아 겁이 덜컥 난다. 창문에는 열여드레 달이 대낮처럼 밝다. 어디선지 부엉이가 울고 있다.

나는 살며시 일어나 앉으면서 뇌까린다.

"내가 먼저 저 여자들을 쥑여 버릴까부다."

원체 험하게 자라났기 때문에 그런 험한 소리를 무심히 뇌까리지만 죽인다는 말의 뜻을 분명하게 인식하는 것은 아니다. 그냥 입에서 나오는 대로 지껄일 뿐인 것이다. 좀 더 어렸을 적에 강도가 쇠장수를 죽이는 광경을 목격한 일이 있는데도 살인이라는 그 잔혹성과 죽음이라는 그 무참한 정경이 즉각 연상이 되어 지금의 나를 자극하거나 유혹하지는 않는다.

남의 잔혹한 짓을 보았기 때문에 자신도 아무런 죄의식이나 분별이 없이 잔혹한 짓을 해치우는 게 사람들의 속성이라고 여겨서는 안될 것 같다. 때로는 사람에 따라 그럴 수도 있겠지만 그럴 수 있는 사람은 타고난 천성에 잔혹성이 있어서 그럴 것이다. 자기 행동에 일일이 자기가 견문했거나 체험한 일이 연상작용을 해서 그 행동의 성격을 결정하는 것이라면 사람들은 좀 더 잔인해야 한다. 서로 죽이고 죽는 전쟁이라도 치른 민족은 전쟁 뒤에까지 살인행위에 대한 죄의식이나 죽음에 대한 체관적인 사고 때문에 멸망의 길을 더듬어야 되겠는데 그렇지 않은 것을 보면 사람들의 속성이란 때에 따라, 경우에 따라 적당히 적응해 나가는 담백한 것이므로 해서 도덕적인 질서가 유지되는 게 아닌지 모르겠다.

"쥑여 버릴까부다."

나는 아무 뜻도 없이 또 그렇게 뇌까리며 자고 있는 여자들의 발치로 해서 윗목 쪽으로 기어간다.

횃대에는 그분들의 화려한 옷가지들이 잘 개켜진 채 걸려 있고 그 밑 석유 궤짝 속에는 이틀 전까지 내가 입던 누더기가 들어 있는 줄은 알고 있다.

니는 깨끗하고 호사스런 속옷을 훌훌 벗어 팽개친 다음 그 누더기를 꺼내 몸에다 걸친다. 늘 입던 옷이기 때문에 몸도 마음도 더할 수 없이 편하다. 환경도 마찬가지라고 생각한다. 바꾸기가 싫은 것이다. 하는 일도 그렇지 않을까. 개혁하는 것은 불안하다. 사고방식 역시 그렇다. 이제까지와 달리하는 것은 유쾌하지 않은 것이다.

서울서 온 그분들이 나를 잡아다가 죽이거나 팔아먹는 게 아니라 하더라도, 혹시 데려다가 호강을 시킨다 치더라도 지금 나는 이 고생스럽고 학대받는 고장을 떠나는 게 싫다. 나를 미워하고 구박하는 방앗골 사람들과 헤어진다는 게 불안하다.

다시 누더기옷을 걸친 나는 방문 쪽으로 기어가서 소리 안 나게 문고리를 벗긴다. 방문을 살짝 여닫고는 마루로 나선다.

푸른 달빛이 섬돌과 마루 끝에 쏟아지고 있다. 부엉이 소리가 들린다. 행랑채 용마루 위로 까마귀 떼가 지나가는지 쉬이 하는 바람 소리 같은 게 내린다. 수백 마리의 까마귀 떼가 밤에 하늘을 날아갈 때엔 제각기 깃 치는 소리가 한데 융화되어 그런 단조로운 화음을 내는 줄을 알고 있다.

섬돌을 내려선 나는 입을 크게 벌려 하품을 한다. 밤기운에 몸이 오스스 떨린다. 그 순간 서울서 온 그분의 따스한 인정이 뿌려지는 달빛처럼 내 몸에 스며드는 것을 느낀다. 갑자기 그분의 얼굴을 못 보면 퍽 섭섭할 것 같은 생각이 든다. 그런 여자를 처음으로 대한 게 불과 이틀 전인데도, 아직 그분의 정체를 잘 몰라 나를 서울로 데려다가 어떻게 할는지 공포에 가까운 불안을 털어버리지 못하는 판인데도 막상 도망을 치려니까 무척은 섭섭해진다. 내가 불쌍하다면서 자꾸 눈물을 흘리는 그분의 어글한 눈매가 머릿속에 꽉 찬다. 내가 퍽은 외롭고 쓸쓸하게 여겨진다.

우물이 있는 왼켠 돌각담 밑에도 달빛이 뿌려지고 있었다.

나는 그리로 가서 쪼그리고 앉는다. 거기엔 여름마다 봉선화, 맨드라미, 백일홍 등의 꽃이 피는 것을 본 일이 있다. 그 도독한 화단 위에 쪼그리고 앉으며 몸을 또 오스스 떤다. 마침 누구네 집에선지 애가 운다. 승냥이 소리로 들린다. 승냥이 울음소리로 변해버린다.

나는 다시 방으로 들어와 거지꼴 그대로 횃대 밑에 쪼그리고 앉는다. 하품을 하고는 눈을 감는다. 방앗간에서도 들판에서도 그런 식으로 쪼그리고 앉아 밤을 지새워 온몸에 밴 그 버릇이다.

새벽에 나의 그런 꼴을 발견한 서울 분은 내 어깨를 끌어안으면서 슬프게 호소한다.

"아기씨 제발 이러시면 안돼요. 아기씨는 이 나라에서 가장 귀하고 귀하신 공주님이셔요. 나는 아기씨를 모실 대궐의 임 상궁(林尙宮)이구요."

쇠귀에 경 읽기지만 나는 그분의 표정과 태도에서 가슴이 뭉클한 감동을 느낀다. 비로소 나는 시골의 무지렁이 계집애가 아닐는지도 모른다는 내 출신성분을 생각하게 된다. 공주님이니 대궐이니 상궁이니 하는 말이 무엇을 가리키는 것인지 도통 모르면서도 나는 내가 무슨 엄청난 비밀을 지닌 계집애가 아닐까 싶어진다.

방앗골 새아침이 밝아왔다.

시월 열아흐렛날이라면 늦가을인지 초겨울인지 어느 쪽인지를 분간하기 어려운 때로서 산마을의 풍정은 한겨울보다 더 쓸쓸하다.

집집마다 울안에는 해묵은 감나무 두세 그루쯤은 다 가지고 있다. 감은 가지에다 둔 채 서리를 맞혀서 따야 떫지가 않고 그윽한 단맛이 날 뿐 아니라 껍질이 곱고 윤기가 나고 그리고 아기의 볼기짝처럼 말랑거리는 탄력이 좋다.

그런 농익은 감들이 나뭇가지가 휘도록 매달린 채 아침 햇살을 받아서 온 마을의 하늘을 아름답게 수놓고 있었다.

집집마다 양지바른 지붕에는 고추를 펼쳐 말리고 있었다. 펼쳐 널은 새빨간 고추 위엔 찬이슬이 흥건하게 내려 살짝 서리가 되었다가 햇살을 받는 즉시로 번질번질 다시 이슬이 되어 흘러내린다. 고추장찌개는 푹 끓여야만 그 매운맛이 설지 않고 혀끝에 착착 감긴다. 붉은고추도 나무에서 딴 그대로의 매움보다는 서리를 맞혀 말린 매움이라야 깊이가 있어서 좋다. 그래서 지레 먹을 고추만을 내놓고는 일부러 늦가을까지 기다렸다가 지붕 위에다 펼쳐 말리는 고장이 있다.

이날 아침 방앗골의 남녀노소는 아침을 끝내자 어제처럼 또 박초시네 집으로 앞을 다투어 모여들었다. 안마당과 바깥마당을 함빡 메워버린 그들은 그 더럽고 귀찮고 불쌍하던 거렁뱅이 계집애의 돌연한 서울 출행을 구경하기 위하여 한껏 흥분했다. 감격하지 않는 사람이 있다면 간에 병이 든 사람이다.

낯익은 마을 사람들을 초조롭게 기다리도록 한 끝에 나는 드디어 박초시네 집 대청으로 나선다.

"아니, 저게 그 간난이란 말인교?"

"오메, 입성이 날개라 카더니 참말로오 몰라 보겠심더."

어제 안 본 사람들은 몰라볼 것이다. 나도 나를 몰라볼 지경인데 남이야 더 말할 나위 있으랴 싶다.

나는 아침 내내 내 행동거지에 대한 그분의 까다로운 가르침을 받았다.

남의 앞이거나 아니거나 아래턱을 목에 바짝 붙이고 이마를 살짝 숙이란다. 눈을 부드럽게 뜨고 발끝에서 한 자쯤 떨어진 곳을 보라는 것이다. 입은 살짝 예쁘게 다물라. 어깨는 옴츠려서도 안되고 뒤로 젖혀서도 안된다. 걸음을 걸을 때는 엉덩이가 움직이지 않게 할 것이며 발 떼놓는 간격은 제 발의 길이보다 조금쯤 넉넉하게 해야만 오종종하지도 않고 사내녀석처럼 성큼거리지도 않는 얌전한 걸음걸이라고 했다.

"그리고 아기씨 뒤엔 언제나 나 아니면 시녀들이 따를 것이니 마음 턱 놓고 의젓한 풍모를 보이셔야 해요."

임 상궁의 타이름은 세심하고 정성이 어려 있었다.

그런 교육을 받은 다음에야 나는 지금 중인 앞에 내 모습을 나타낸 것이다.

내 오른편에는 임 상궁, 그리고 왼편에는 그네를 동행해 온 윤상궁이 따라붙는다.

나는 정신을 바짝 차리고는 입을 꼭 다문 채 발끝 한 자 앞을 바라보며 구경꾼들의 놀라워하는 모습을 머릿속으로 헤아린다. 섰거나 앉았거나 몸을 단정히 하고 함부로 움직여선 안된단다. 그렇게 했더니 울화통이 터질 것처럼 답답해서 곁눈질로 임 상궁을 슬쩍 훔쳐보고는 얼른 고개를 들어 마당 안팎에 모여 있는 낯익은 사람들을 호기롭게 훑어봤다. 그리고 다시 먼저대로의 탯거리를 꾸민다. 번개같이 빠른 나의 능청이었다.

나는 그 순간 사람들의 눈총을 똑똑히 보았다. 모두 예외 없이 호기심으로 빛났으며 부러움으로 그 눈총이 타고 있다.

그 부러움이란 나의 입성 때문이 아닌가 싶다. 내 화려한 옷차림은 물론이거니와 연둣빛 빨강코의 비단신을 마루에서부터 신고 나서는 것을 보고 놀라는 것이다.

입성이 날개. 내 변해버린 모습, 그처럼 천시하며 구박하던 나를 저처럼 부러워하다니 그것은 순전히 내 외화 때문인 것이다.

알맹이는 아무것도 달라진 게 없다. 총명도 지혜도 오늘날까지의 나 그대로다. 가슴의 느낌도 메말라 있는 그대로다. 생각하는 것은 먹는 일뿐이다. 착한 일 악한 일에 대한 구별조차도 제대로 못한다. 소나 말처럼 먹는 것을 목적으로 사는 짐승 그대로다. 연자방앗간의 소를 모는 일도, 산에 가서 삭정이를 따다가 남에게 주는 것도, 보리 베고 밭일 논일을 거들어준 일도, 모두가 굶주림을 면하기 위한 '유일사상'이었다. 내일의 일을 생각해본 일이 없으며 지난 일을 반성하거나 후회한 일도 없다. 인간이 동물과 어떻게 구별되는 것이며, 인간이기 때문에 어떻게 살아가야 한다는 것을 나에게 가르쳐준 사람이 아무도 없다. 나는 짐승과 다름이 없는 야성녀로 아홉 해를 살았고, 지금 현재도 나의 그러한 내면적인 모습은 조금도 달라지지 않았다.

오직 달라진 것이 있다면 나의 그런 넝마 같은 몸뚱이를 비단옷으로 가렸을 뿐이다. 넝마의 알맹이를 넝마로 가렸었는데, 그 거죽에 가린 넝마만을 벗기고 비단옷으로 바꿔 입혔을 따름이다.

사람들은 그러한 나를 더할 수 없이 부러운 눈초리로 바라본다. 그들은 내 알맹이를 보지 못한다. 보려 하지 않는다. 거렁뱅이 그대로의 내 속모습을 보지 않는다. 내 겉껍데기인 비단옷에 홀려버린 눈총들이다.

군중들은 나의 길을 터주고 있다. 내가 걸어 나갈 길을 외줄기로 터놓고 있다. 나는 섬돌로 내려선다.

"의젓하게 걸으셔야 해요, 아기씨."

임 상궁이 내 귀에다 대고 속삭인다.

나는 얌전하게 걷는다. 수백 개의 부러워하는 시선들이 카펫처럼 깔려 있는 외줄기 길을 얌전하게 걷는다. 대문을 나서서 바깥마당으로 나간다.

사람들의 물결이 심하게 일렁거리고 있다.

'온 세상에, 저렇게 으젓한 처자였노.'

나에게 쏟아지는 찬사의 빗발들이다.

바깥마당엔 가마 두 채가 대기하고 있었다.

나는 앞에 놓인 가마 속으로 들어가려다가 몸을 핵 돌리면서 외친다.

"나 걸어가문 안되능교? 걸어가겠심더."

사람들의 웃음들이 터진다. 합창과 같은 복합된 웃음이 터진다.

"어서 타세요. 걸어가시다니⋯⋯."

임 상궁이 고개를 흔들며 나의 등을 조심스럽게 민다.

나는 다시 생각지도 않은 일을 외친다.

"방앗간에 내 짚세기가 있십니더. 가주 가야재."

"그런 건 가지고 가시는 게 아니에요."

"율무기 허리빠랑 할무이가 준 들깻묵이랑 다 방앗간에 있지 않나. 가주 갈랍니더."

나는 울상이 되어 애원을 한다.

사람들의 깔깔거리는 웃음소리가 내 고막에 꽉 찬다. 임 상궁은 나를 가마 속으로 들어앉혔다. 그리고 포장을 내려준다. 나는 버린다. 또 내린다. 또 걷어올린다.

나머지 가마는 한 채뿐이다. 말이 한 필 있다.

임 상궁과 윤 상궁의 대화 소리가 들린다.

"마님이 가마를 타세요."

"난 말을 타겠어."

"어서 타세요, 가마에."

"나는 말을 탈 줄 알지만 거긴 못 타지 않나베. 어서 타요, 가마에."

임 상궁은 말을 탈 줄 안단다. 나는 여자가 말 타는 것을 본 일도, 들은 일도 없다. 가마 속에서 머리를 내밀고는 임 상궁의 말 타는 모습을 구경한다. 동네 사람들도 마찬가지다.

임 상궁은 말고삐를 잡더니 대문 옆 행랑채 쪽으로 끌고 간다. 말을 마루 옆에다 바짝 붙여 세우고는 자신은 마루 위로 올라가 치마폭을 바싹 여미면서 사뿐히 말안장 위로 오르는데 두 다리를 한쪽으로 모은 채 옆으로 앉는다. 말고삐를 두 손으로 잡는다. 신기하리만큼 말은 얌전하게 걷기 시작한다.

임 상궁의 말 탄 모습은 너무도 기품이 있다. 천하를 호령하는 대장부가 말을 탄들 저처럼 사람들의 마음을 사로잡진 못할 것이다.

그렇게 해서 나는 김천 땅을 하직한다. 눈물이 핑 솟는다. 임 상궁에게 정신을 뺏겼던 마을 사람들이 뒤늦게 나더러 잘 가라고 손짓하는 바람에 가슴이 뭉클해진다.

내 생활무대였던 연자방앗간 앞을 지난다. 삐쩍 마른 암소가 눈을 껌벅거리며 나를 배웅한다. 나는 그 허전한 눈을 보자 이 세상에서 처음으로 이별의 슬픔을 뼈저리게 느낀다.

연자방앗간에서 후당탕 뛰어나오는 사람이 있다. 방 첨지가 내 신다 남은 짚신 꾸러미를 가지고 달려온다.

"간난이야. 이거 가지고 가야재."

나는 그가 나에게 삼아 준 그 짚신 꾸러미와 함께 새빨간 감 세 개를 받아 가마 속에서 챙긴다. 이번에는 임 상궁도 참견하지 않는다.

그렇게 해서 김천 방앗골의 거렁뱅이 계집애는 호사스러운 모습으로 아홉 해를 살아온 그 고장을 떠난다.

이날 아침에도 황학산 숲에는 백로 떼가 하얗게 열려 있었다. 햇빛은 보석처럼 빛나고 붉게 타는 단풍은 구름처럼 피어오르고 있었다.

집집마다 울안마다 가지가 휘도록 매달린 감들을 보면서 나는 푸른 하늘과 잘도 조화된 그 광경을 아름답다고 느끼기 전에 우선 먹음직스러워서 입맛을 다신다.

임 상궁이 탄 말은 방울 소리를 딸랑거리며 내 가마 뒤를 바짝 뒤쫓고 있는데 어디선가 까마귀들이 까욱까욱 하고 사위스럽게 울어댄다.

이해가 1908년. 이 나라의 정정(政情)과 사회상이 어떤 판국에 있는지 나는 그런 것을 생각할 줄 몰랐다. 물론 나의 앞날이 어떻게 열려 갈는지도 알 길이 없다. 그리고 내가 타고난 신분이 도대체 무엇이라는 것도 아직은 정확하게 분별할 능력이 없었다. 더구나 그것이 좀 더 처절한 비극의 소인이 될 줄은 꿈에도 상상 못하면서 서울로 올라오는 것이다.

제6장

서울 길은 내가 상상할 수 없을 만큼 멀고 험난했다.

문경새재를 넘는 데 하루가 걸렸다. 산이 그처럼 높고, 숲이 그처럼 거하고 하늘이 그처럼 푸른 것인 줄을 나는 새재 마루에 있는 관문 뜨락에서 쉴 때에 비로소 발견했다. 구름이 연기 같다는 것을 왜 그때까지 나는 모르고 지냈을까. 꿈틀거리는 칡덩굴이 기둥만큼이나 굵은 게 있는 것도 처음 보았다.

박달나무라곤 홍두깨나 다듬이 방망이밖에 보지 못했는데 그곳 숲 속에는 얼룩진 표피의 박달과 해묵은 참싸리가 김천의 소나무만큼이나 흔했다.

대낮에도 사람들이 무리를 짓지 않고는 넘기를 꺼려하는 문경새재였다. 도둑이 자주 출몰해서 길손들을 괴롭힌다고 했다.

임 상궁은 관문누각(關門樓閣)이 있는 넓은 뜨락 끝에서 방금 올라온 남쪽의 첩첩 산봉우리를 내려다봤다. 벼랑가엔 늙은 가지를 늘어뜨린 아름드리 노송이 서 있었다. 그 굽은 밑둥을 손으로 쓸어주면서 상궁 임여인이 혼자 말했다.

"이 소나무는 이런 높은 곳에서 세상 풍상을 많이도 보아왔겠군. 여름마다 수많은 나그네들이 이 그늘에 들어서서 세월을 생각했을 게야."

임여인은 옆에 붙어선 나를 돌아다보며 손을 잡았다.

"이 고개 북쪽부터가 충청도 땅이에요. 여긴 소백산맥의 가는 허리인데 서울 부산 사이의 길목이랍니다. 저 아래 평지로는 철로가 깔렸어요. 서울서 부산까지. 왜인들이 놓았지요. 그 철로 위를 화살같이 달리는 기차를 타면 오늘 중에라도 서울에 닿을 수가 있지만……."

나는 손바닥에다 침을 탁 뱉어서 연둣빛 비단신에 묻은 붉은 흙먼지를 쓱쓱 문대고는 물었다.

"기차라꼬오? 칙칙폭폭 칙칙폭폭 달리는 기차 말잉교? 나두 그건 봤심더. 근데 와 그걸 안 타능교?"

"왜인들이나 친일파들이 타기 때문에 그런 무리들과 함께 섞이고 싶지 않아서예요."

그 말을 하는 임여인의 눈매에는 안간힘 같은 어떤 저항이 깃들었으나 나는 그 뜻을 알지 못했다.

점심때가 겨워 있었다. 우리 일행은 관문 뜨락 양지 바른 곳에다 돗자리를 깔았다. 그리고 점심을 먹는다.

윤 상궁이 밥을 지었는데 기름이 자르르 흐르는 흰 쌀밥이었다. 반찬은 찬합 그득히 마련해가지고 온 것이 있어서 걱정이 없었다. 교군꾼들도 좀 떨어진 곳에 앉게 해서 식사를 시켰다. 다른 길손들도 삼삼오오 모여 앉아 점심을 시작했다.

그런데 별안간 분위기가 소연해진다. 좀 전에 우리 일행이 올라온 경상도 쪽에서 불쑥 나타난 한 떼의 장정들이 있었다. 다섯 명인가 되는데 모두 한결같이 머리에다 무명 수건을 동여매서 그 풍모가 왠지 살벌하게 보인다.

그들은 관문 앞 뜨락에 이르자 함께 온 한 정정에게 갑자기 심한 발길질을 했다. 괴수처럼 생긴 사람이 호통을 친다.

"개새끼야! 고향으로 보내줄 거니까 거기 꿇어앉아라!"

여러 사람에게 발길질을 당한 장정 하나는 겁에 질린 눈으로 하늘에 뜬 흰구름을 흘깃 바라보더니 맥없이 땅바닥에다 두 무릎을 꿇는다. 퍽은 초췌해 보인다.

나머지 네 사람의 장정들은 꿇어앉은 그를 중심으로 뺑 둘러선다. 담배 한 대씩을 피워 문다.

고갯마루에는 삽시간에 공포로운 침묵이 안개처럼 내려앉았다. 우리 일행을 비롯해서 모두 여남은 사람의 길손들이 쉬고 있는 중이었다.

'도둑놈들인가?'

나는 겁이 덜컥 났다. 줄 것도 뺏길 것도 없으면서 도둑놈들인가 생각하니 사지가 떨리고 겁이 더럭 나는 것이다.

"아기씨, 그쪽을 보는 게 아니에요. 다소곳이 식사나 드세요."

상궁 임씨가 나에게 타일렀지만 그분도 겁먹은 눈총이었다. 숟가락을 들고 있던 화사한 손끝이 부들부들 떨리고 있었다.

그때 나귀가 허공에다 대고 소리 높이 울었다. 산울림이 돌아온다. 동쪽 박달나무 숲에선 왜가리 한 쌍이 날아올랐다. 구름이 바람 타는 연기처럼 그 숲 위를 흘러가고 있는 게 보였다.

"자아, 그럼 이 새끼 처치해버릴까."

괴수로 보이는 텁석부리가 담뱃대를 허리춤에 꽂고는 겁먹은 사람에게 들으라는 듯이 그렇게 소리쳤다.

"처치합시다."

다른 세 사람의 무리가 마주 소리친다.

꿇어앉은 정정은 고개를 번쩍 들어 멀리멀리 날아가는 흰 왜가리의 날렵한 깃짓을 바라본다.

"그럼 오랏줄을 길게 이어라!"

괴수로 보이는 텁석부리가 명령한다.

'오랏줄을 가졌다면 저들은 도둑이 아닌 나졸들인가? 순검의 끄나풀들 같기도 하구.'

불안과 공포의 눈초리로 숨을 죽인 채 그들의 동태를 지켜보고 있던 길손들은 완연히 안도하는 낯빛이 되면서 어깨를 처뜨린다.

임여인은 수저를 팽개치고는 나를 돌려앉혀 꼭 끌어안는다. 그네의 가슴이 마구 뛰고 있었다. 윤상궁도 돌아앉은 채 새파랗게 질려 있었다. 그러나 교군꾼들은 배를 채우기에만 열중하고 있었다.

어디선가 장끼 우는 소리가 들려온다.

"오메메!"

임여인 가슴에다 얼굴을 묻었던 내가 번개처럼 뒤를 돌아다보고는 그런 외마디 소리를 터뜨린다. 두 어깨가 임여인의 팔에 의해 다시 바싹 죄어진다.

"참말로 도둑놈들잉교?"

나는 눈을 감은 채 임 상궁한테 묻는다.

"고단하시죠? 잠깐 눈을 붙여봐요, 아기씨."

임여인은 엉뚱한 소리를 한다.

"도둑놈들잉교?"

임여인은 대답하지 않는다. 나는 너무 꼭 끌어안겼기 때문에 숨이 답답했지만 참아낼 수는 있다. 임여인의 가슴이 너무도 따뜻해서 기분이 좋았다. 그네의 가슴이 소리를 낼 듯 크게 뛰고 있었으나 그 풍만한 양감이 편안해서 잠자듯 눈을 감고 있다.

그러나 나는 느낄 수 있었다. 뒤켠에서 무엇인가 무서운 일이 진행되고 있다는 사실을 느낄 수 있었다.

사람들은 늘 무엇인가를 진행시키지 않으면 못 견디는 속성을 지니고 있다. 진행시키는 사람이 있고 구경하는 사람들이 있다. 그게 사람들의 세상이다. 여름철 정자나무 밑에서 낮잠을 청하는 사람이라도 머릿속에선 뭔가 할일을 꾸미고 있다. 언제나 어디서나 무슨 일이든 일어나고 있다. 시골에 널려 있는 오막살이 지붕을 보면 말할 수 없이 한가로운 것 같지만 그 지붕 밑에서도 사람들은 뭣인가를 진행시키고 있다.

"참말로 도둑놈들잉교?"

나는 잠꼬대처럼 또 물었지만 임여인은 두 팔로 내 어깨를 좀 더 힘있게 죄었을 뿐이다.

시간이 꽤 흐른 것 같았다. 그동안 새재 영마루에 쉬고 있던 어느 누구도 입을 열어 말을 지껄인 것 같지가 않았다.

나는 잠도 안 잤는데 꿈결 속에서 끼잉 하는 외마디 소리를 들은 듯도 했으나 아닌 것 같기도 했다.

임여인이 타고 온 나귀가 또 앞발로 땅을 치면서 허공에다 비명과 같은 울음소리를 뿌렸을 때 내 두 어깨를 힘껏 죄고 있던 임여인의 팔이 스르르 풀려났다.

그러자 임여인의 한쪽 팔을 꽉 잡고 있던 윤 상궁이 나직하게 부르짖었다.

"세상에, 하느님 맙소사."

임여인이 조용히 뇌었다.

"관세음보살⋯⋯."

기어코 뒤켠에서 무슨 일이 벌이진 게 틀림이 없다. 진행된 일은 언제고 어떤 매듭이 지어지면서 하나의 사태로 사람들 눈앞에 전개되기 마련이니까 뒤에서는 어떤 사단이 벌어진 게 틀림이 없다.

"아기씨! 고단한테 어서 한잠 푹 자세요. 해 떨어지기 전에 이 고개를 내려가면 인가가 많으니까."

그러나 임여인의 말씨는 헤먹고 있었다. 그 음성이 바람 타는 물결처럼 일렁이고 있었다.

나는 기회라 싶어 있는 힘을 다해 두 손으로 그분의 가슴을 밀어붙이고는 상반신을 뒤로 홱 돌려 앉혔다.

이후, 그 순간 내 눈에 들어온 정경⋯⋯ 너무도 믿을 수 없는 정경이라서 차라리 한 폭의 정물화처럼, 나에게 충격적인 자극을 주지 못한다. 오랫동안 눈을 꽉 감고 있다가 갑자기 떴기 때문에 늘어선 소나무 가지가 그렇게 보인 듯싶기도 하다.

그 나무는 좀 전에 임여인이 손으로 밑둥을 쓸어보던 그 늙은 소나무였다. 벼랑 쪽으로 늘어진 해묵은 가지에 대롱 매달린 물체가 있었다. 아까는 못 보았던 그 대롱 매달린 물체를 충격 없이 무심히 본 것은 아무래도 이상했다.

사람이 매달려 있었다. 길게 이어진 오랏줄이 그 해묵은 가지 허리에 걸려 있고, 그 늘어진 오랏줄에 목이 매달린 채 흔들리고 있는 것은 틀림없이 좀전에 무릎을 꿇렸던 그 초췌한 장정이었다. 빙글빙글 푸른 공간을 돌고 있었다. 얼굴을 보였다가 등을 보였다가 다시 핼쑥한 얼굴을 나타냈다. 입

마구리에서 피가 흐르기 시작했다. 그런 물체가 허공에 매달려 있었다. 이미 안간힘이나 반항도 없었다.

"여러분!"

괴수로 보이는 텁석부리가 별안간 그렇게 외친다.

"우리는 도둑이 아닙니다. 우리는 의병이에요. 홍주에서 봉기한 의병대장 민종식(閔宗植) 장군의 휘하란 말이에요. 저 나뭇가지에다 가련한 인생을 매단 친구도 우리의 동지였어요. 그런데 사세가 불리해지니까 동지를 배반하고 왜병에게 밀통했단 말예요. 민족을 배반한 자는 저렇게 천년만년 벼랑 끝에 매달린 채 욕된 전설거리가 돼야 하지 않습니까."

나뭇가지에 매달린 시신은 또 한 바퀴 푸른 공간을 빙그르 돌았다.

그것을 본 나귀가 또다시 발로 땅을 치면서 울었다.

"이왕 말이 났으니 여러분한테 한마디 지껄이지 않을 수 없소이다."

텁석부리는 허리에 손을 턱 짚고는 연설조로 나온다.

그 배후에 매달린 시신이 또 한 바퀴 돌았다.

"여러분, 우리의 웬수 이등박문(伊藤博文)이는 바로 지난달에 거꾸러졌습니다. 만주 하얼빈에서 안중근 의사가 쏜 권총알을 맞은 거죠. 얼마나 통쾌합니까, 여러분. 그렇지만 우리는 그 일을 기뻐할 틈조차 없습니다. 왜놈들은 그것을 구실삼아 내일이라도 곧 우리 금수강산을 송두리째 삼켜버릴 심산이거든요. 남의 나라의 임금까지 마음대로 갈아치운 놈인데 못할 일이 뭐겠습니까. 벌써 정부 내각은 일진회(一進會)놈들 손아귀로 넘어갔습니다. 소경 제 닭 잡아먹는 식으로 제 나라를 저놈들에게 팔아먹을 것입니다. 연전에 이완용의 집에다 불을 질렀을 때 그놈을 죽이지 못한 게 한이에요."

시체 냄새를 맡았는지 하늘에 까마귀 떼가 맴돌기 시작했다.

"훠이!"

텁석부리는 손을 들어 까마귀를 쫓는 시늉을 하고는,

"이완용도 이완용이지만 송병준, 이용구를 먼저 없애야 해요. 송병준 그놈이 글쎄 내부대신이 됐어요. 이용구는 일진회 회장이 아닙니까. 그 두 놈이 제 닭을 잡기 시작했어요. 송병준인 갑진년(甲辰年=오년 전, 1904년)에 윤시병(尹始炳)의 무리와 함께 일진회를 조직할 때부터 냄새를 피웠지요. 결국 그자들이 을사조약의 원흉이 됐지 않습니까. 나인영(羅寅永)의 을사오적(乙巳五賊) 암살 계획이 성공했어야 하는데 그것마저 실패했으니 이 나라의 명운은 실로 암담할밖에 없지 뭡니까."

늙은 소나무 위 높푸른 하늘에는 솔개 두 마리가 날아와 크게 원을 그리며 맴돌기 시작한다.

"여러분! 우리의 살길은 오로지 하나란 말이에요. 이천 만 동포가 모조리 의병이 돼서 왜적의 토족을 이 강토에서 몰아내야 합니다. 그자들에게 부화뇌동하는 민족의 반역자들은 저런 식으로 나뭇가지에다 매달아놓아야 하구요."

나뭇가지에 매달린 시신 머리에서 무명 수건이 떨어져 내린다. 깊은 벼랑 아래로 떨어져 내려가고 있다.

"여러분, 우리는 지금 내장까지 머릿골까지, 왜놈들에게 먹혔습니다. 남은 것은 가죽뿐이에요. 그 가죽도 곧 저자들에게 난도질을 당할 것입니다. 그런데 피 끓는 젊은이들이 그 꼴을 수수방관해야 합니까. 안됩니다. 혹독한 가렴주구로 재산깨나 긁어모은, 그래서 세도깨나 쓰는 집 계집년들의 가마채나 메고 다니느라고 아까운 젊은 피를 말려버려야 합니까. 안됩니다. 우리는 모조리 나서서 우리의 적과 싸워 죽어야 해요. 여러분, 의병이 돼서 조국에 목숨을 바칩시다. 민장군 기치 아래로 모입시다."

나는 이유 없이 내가 타고 온 가마 쪽을 돌아다본다.

교군꾼들이 듣기 거북하다는 듯 외면을 한 채 먼 산을 바라보고 있다.

"우리의 임금이나 정부를 절대로 믿어선 안됩니다. 우리는 군대마저 해산이 됐어요. 경찰권, 외교권, 경제권, 어업권, 광신권 심지어 생존권마저 왜놈들에게 빼앗겼단 말예요. 그렇다고 해서 우리가 이대로 죽어야 합니까. 민영환, 조병세, 홍만식 같은 이들은 개세사(慨世辭)나 남기고 무력하게 제 목숨을 끊었지만 그게 뭡니까. 싱거운 죽음이에요. 뭔가 행동으로 반항을 하고 죽어야 하지 명분이나 세우려고 맥없이 죽어가면 나라가 구해집니까. 녹두장군처럼 궐기를 하든지 안중근처럼 침략자를 쏘든지 시위대처럼 일본군과 일전을 결하든지 비록 삼일천하가 되더라도 김옥균처럼 정부를 개혁해보든지 안창호 이갑(李甲)처럼 구국의 국민조직이라도 만들어보든지 서재필처럼 개화자주 사상이라도 펼쳐서 장래를 경영해보든지, 하여튼 뭔가 행동을 해서 마지막 순간까지 스스로를 구해보려고 하지는 않고 기껏 명분이나 앞세운 끝에 제 한 목숨이나 끊는 것으로 그 이름을 남기려는 것은 비겁하다 그 말씀이에요."

텁석부리는 정치 연설의 연습이라도 해본 것 같다.

그는 군중 아닌 군중 앞에서 한바탕 열변을 토한 다음 미련 없이 무리를 몰고 영(嶺) 아래로 사라져 간다.

사람들은 모두 뒤통수를 강타당한 것처럼 멍청했다.

임여인은 긴장을 풀면서 동료 윤여인을 보고 조용히 뇌까린다.

"저처럼 과격하고 말이 많고서야 큰일을 하기 어려울 텐데."

윤 상궁의 입술은 아직도 새파랗게 질려 있었다. 그 윤 상궁도 한 마디 흘렸다.

"잘못이 있으면 법대로 처벌할 일이지 저런 짓을 어떻게……."

산마루 위라서 바람꽃이 드세게 나목 숲을 흔들었다.

늙은 소나무 가지에 매달린 인생은 스산한 가을바람을 타고 구천(九天)에 홀로 매달린 외로움을 허공에다 뱅뱅 계속 맴돌리고 있었다.

내가 나이 아홉 살의 무지한 소녀로서 어지러운 세상일에 대하여 최초로 피부에 직접 느낀 촉감은 그처럼 차갑고 살벌한 것이었다.

그 살벌한 세정의 촉감은 그 후 내 평생을 두고 처절하게 나를 닦달질해 왔지만, 사실 그때 내가 아무것도 몰라서 그렇지 나라가 망하기 바로 이태 전의 들끓는 세태이고 보면 실제로는 얼마나 더 심각하고 어지러운 사단이 많았을까.

"아기씨! 아기씬 제발 아무것도 보시지 않은 것처럼 잊으세요. 평생 저런 궂은일은 보시지 말아야 해요."

상궁 임씨는 자기 차마 폭으로 내 얼굴을 가려가며 나를 가마 속으로 몰아넣었다.

그 눈에는 이슬과 같은 눈물이 유난히 번뜩인 것을 나는 오늘날까지 기억한다.

나는 그 후 그때의 임여인의 눈물이 무엇을 뜻했는가를 자주 생각해봤다. 일인(日人)들에 의하여 서럽게 왕위를 쫓겨난 태황제(太皇帝=高宗)를 모시는 상궁인 만큼 망해가는 국운을 그렇게 울었을까. 아니면 나의 첫 인생길이 목격한 그 처절한 정경이 내 앞날과 불가분의 관련이 있을지도 모른다는 예감으로 나의 장래를 그처럼 울어준 것인가. 아니면 그것저것을 포함한 속인 속사를 불심의 자비로 조용히 울었던 것일까.

어쨌든 그때 그분의 그 눈물방울은 구름도 학도 쉬어 간다는 문경새재의 하늘 아래서 유난히 번뜩였던 것으로 기억이 된다.

천안, 수원을 거치면 곧장 노량나루를 건너 서울로 들어올 수 있었는데,

우리는 엉뚱하게도 충주, 장호원, 이천, 광주를 거쳐 뚝섬 살꽂이 다리를 건너 동대문을 통해 한밤중에 서울로 들어왔다. 열이틀 동안의 여정이었다.

여독을 풀게 된 집은 죽동궁 민영익 댁이었다.

대단한 집안이다. 명성황후 민비의 친정조카이고 한때는 척족 민씨 집안의 세도를 한몸에 지녔던 그다.

패기가 있고 지모에 뛰어난 사람이었다. 젊어서는 전권대사로서 미국에 간 일이 있고 우영사(右營使)를 비롯 육군 본부격인 군국기무아문의 협판도 지냈다.

갑신정변 때는 자객의 기습도 받았으나 용케 난을 면했고 그 후에 병조판서와 한성판윤을 지냈으며, 내무대신인 이조판서 문교외무대신인 예조판서까지 거쳐 판돈령부사를 지내고 찬정을 거쳐 인신(人臣)으로선 가장 영예로운 보국(輔國)에까지 올랐던 인물이라면 실속 있고 권세 좋고 지체 높은 벼슬은 모조리 거친 사람이다.

그는 민비와 더불어 친로파(親露派)에 속한다. 노일전쟁(露日戰爭)이 일본의 승전으로 결말지어지자 몸을 피해 중국 상해로 건너가더니 그곳에서 세상을 버렸다. 그게 3년 전인 1905년의 일이다.

그러니까 지금 그의 집엔 그의 가족들만이 옛 영화의 그늘 속에서 쓸쓸히 살고 있는 것이다.

나는 서울에 와서 한 달가량을 그 죽동궁의 안채 뒷방에서 지냈다. 임 상궁이 계속 나를 돌봐주었다. 한글을 가르쳐주고 천자문(千字文)을 읽혔다. 틈틈이 직접 붓을 들어 글씨 쓰는 법도 교습시켜주었다.

그 집의 주인이었던 민영익은 서예에 뛰어난 사람이란다. 특히 그의 서예는 기세 좋기로 알려져 있었다. 묵란에도 능했다.

따라서 그의 집엔 많은 서화 작품이 있었다. 공부하기엔 참 좋은 환경이 었으나 나는 너무도 기본이 없었기 때문에 그런 게 다 소용이 없었다.

그 집에 온 지 사흘만에든가 점잖은 내외분이 나를 찾아와서 울음을 터 뜨렸던 것을 기억한다.

"양사골 대감이셔요."

이재곤 그분 내외였다. 이재곤은 수염이 탐스럽고 기상이 맑은 분이었 다.

"오우, 문용 아기가. 이 나라의 마지막 옹주이신데 그처럼 남 못할 고초 를 겪으셨다니."

그는 정에 몹시 여린 분이었던 것 같다. 눈물을 흘려 가며, 나의 험한 손 등을 쓸어가며 목이 메었다.

나는 그분이 언뜻 내 아버지처럼 여겨져서 당돌하게 물었다.

"울아부잉교?"

모두들 어처구니가 없다는 멍청한 표정이었다.

그 양사골 대감이 처음으로 분명하게 내 신분을 일러줬다.

"네, 아버님은 태황제 그 어른이시다. 나는 그 어른의 사촌이구."

그분은 별안간 하대말을 썼다.

"너는 일본에 가 계시는 영친왕(英親王)과 이복동기야."

"태황제가 뉘긴교? 영친왕은 뉘꼬오?"

나는 그렇게 물었다. 그날 나는 양사골 대감이 임여인에게 넌지시 하는 말을 들었다.

"비밀을 철저히 지켜야만 될 것이오. 만약 일인(日人)들이 아는 날엔 큰 일이니까. 어디 조용한 집 한 채를 마련하도록 해야겠소. 이 댁은 아무래도 번거로우니까."

내 존재가 소문이 나면 일본 사람들이 영친왕처럼 일본으로 데려갈 것이라고 했다.

하지만 내 존재를 끝까지 감추려는 목적이 순전히 그 때문이었을까. 그렇지 않았다.

영친왕의 생모이고 지금은 왕비인 엄씨 일족이 더 무서웠는지도 모른다.

이유는 또 있을 것이다. 왕가에 평지풍파를 일으킬 필요가 없다는 배려였을 것이다. 몰랐던 서출자손이 불쑥 나타난다면 어느 가정에고 풍파가 일어나기 마련이다.

하여튼 내 생명은 떳떳치가 못한 존재였다. 없는 이만 같지 못한, 처치하기 곤란한 존재임을 다시 한 번 어렴풋이 느낄 수 있었다.

아무리 막 자라난 존재라 하더라도 계집애 나이 아홉 살도 여물었다면 저절로 감상적인 생각이 안 들 수 없다.

아버지가 지체 높은 분인 것만은 틀림이 없는데도 내가 살아 있다는 것을 쉬쉬해야 한다면 서러운 인생이 아니겠느냐는 생각이 들었다.

"어무인 뉘깅교?"

그러한 내 질문에 시원스런 대답을 해주는 사람이 없는 것도 퍽 슬펐다.

그날 밤 나는 임 상궁과 함께 자면서 망설임 끝에 호소해봤다.

"나 방앗골루 되루 보내주이소."

왠지 서울에서 산다는 게 탐탁치가 않았다 아무도 간섭 않던 방앗골의 생활이 그리워졌다. 손끝 하나 마음대로 놀리지 못하게 하는 임여인의 간섭이 싫어졌다. 잠시도 쉬지 못하게 하고는 글을 배워야 한다고 귀찮게 구는 임 상궁이 밉기도 했다. 맛있는 음식을 차려주면서 배 터지도록 먹지 못하게 하는 게 약이 올랐다. 하루 종일 방안에 갇혀 지내는 것도 싫었다. 김천 방앗골의 그 산과 들에서 자유롭게 뛰놀던 일만이 그립지, 그때 굶주리거나 학대받거나 하던 일은 염두에도 없었다.

"방앗골 생각은 영영 잊으셔야 해요. 그건 아기씨의 인생이 아니라 남의 업보를 대신 때운, 잠시 한때의 일이니까요. 방앗골 생각은 잊으셔야 해요."

소한 추위가 좀 누그러지던 날, 나는 임여인과 함께 죽동궁 민씨 집을 떠나 원골로 이사를 했다. 창경원의 남쪽 돌담 용마루가 뒷마루에서 빤히 바라보이는 원동 집은 자좌오향(子座午向)의 아늑한 민가였다. 열두 칸 규모였으니까 결코 큰 건물은 아니지만 임여인과 둘이 살기엔 오히려 넓은 편이었다.

일각대문인 골목 안의 조그만 집을 선택한 것은 역시 남의 눈을 속이기 위한 배려였음에 틀림이 없다.

일국의 옹주가 사는 집이라면 체면상 규모도 커야겠지만, 우선 솟을대문이어야 한다. 양반과 상민의 집은 그 대문 형태로 구별되는 시절이었다.

중인이나 상민이 일각대문 집에서 살지 양반은 곧 죽어도 기둥이 썩었어도 솟을대문이었다.

공가(空家)로 버려져 있던 집이 아니었을 텐데 미리 준비가 돼 있었다. 안방에는 화류쌍바지의 이층장과 나란히 삼층자개농도 놓여 있었다.

내 키 만큼이나 큰 체경이 북쪽 벽면에 걸려 있었다. 도배장판도 새로 했고 하얀 문창호지에서는 풀냄새가 채 가시어지지 않았다. 삼 칸 대청이었다.

북면에는 섬들이 쌀뒤주와 유리문이 달린 이층 그릇장이 놓여 있었다. 그릇의 유리에는 채색된 조류선화(鳥類善畵)가 그려져 있어서 화려했다.

건넌방은 임 상궁이 쓴다고 했다. 장롱도 앉은뱅이 체경도 반들반들 손때가 묻은 것이었다. 노랑 바탕에 초록빛 '수복(壽福)' 글자를 쓴 반짇고리는 저자에서 얼마든지 살 수 있는 것이지만 연옥색 사기요강은 뚜껑이 덮여 있어서 오줌을 받기엔 아까운 생각이 드는 물건이었다. 아래채 행랑에도 방이 둘이나 있는데 거기엔 아직 사람이 없었다.

"침모나 아랫것들을 구하면 뜰아래 방을 쓰도록 하겠어요."

나는 물었다.

"그럼 이 집에선 여자들끼리만 사나요?"

그 말에 임여인은 웃었다.

"왜 남자가 없어서 섭섭하세요?"

섭섭할 것은 없지만 남자 없이 여자끼리만 사는 집도 있나 싶어서,

"임 상궁 신랑두 여기 와서 같이 살지 뭐. 아이들이 있음 아이들두 데려오구."

"어머나 나한테 그런 게 어디 있어요. 난 신랑두 영감두 없는 사람이에요."

하고 얼굴을 붉히기에,

"그럼 죽었수?"

진지하게 물으니까,

"죽은 게 아니라 처음부터 없어요."

하면서 임 상궁은 쓸쓸해하는 얼굴이 됐다.

"그럼 아이들이나 데려오지 뭐. 우리 둘이만 살기엔 적적하지 않겠수?"

"영감 없는 여자한테 아이가 어디 있어요? 호 아기씨두."

"영감이 없음 아이들두 없나 뭐. 방앗골엔 엄마하구 아이들만 사는 집이 있었는걸."

"그래두 그건 영감이 있었으니까 아이들을 낳았죠."

"영감이 없음 아이를 못 낳우? 신랑색시들두 아이를 낳던데?"

임 상궁은 무슨 말인지 얼른 알아듣지 못했던지 나를 빤히 쏘아봤다.

나는 자신 있게 말했다.

"영감이 아니라두 아이를 낳는단 말야. 아주 젊은 신랑두 아이를 낳던데."

그제야 임 상궁은 웃음을 터뜨렸다.

"내가 말하는 영감은 나이 많이 먹은 영감님을 가리키는 게 아니라 신랑이니 남편이니 하는 사람을 말하는 거예요."

남편을 왜 '영감'이래나, 서울에서는 그렇게 말하는 것인가 싶어서 나도 웃었다.

그날 밤엔 바람 소리가 거세게 윙윙거렸다. 문풍지가 자주 파르르 파르르 떨었다. 아따금씩 개 짖는 소리가 겨울밤의 설렁한 공간을 흔들었다. 다듬이질 소리도 들렸다. 쿵딱따 콩딱따 하는 홍두깨 소리도 섞여가며 밤이 깊어가고 있었다.

"아기씨!"

임 상궁이 장롱 속에다 옷가지를 개켜넣는 작업을 끝내고 나더니 단정하게 몸을 돌려 앉으며 두 손으로 방바닥을 짚었다. 단아하게 빗은 앞머리에 밀기름 자국이 번뜩였다. 그 임 상궁이 엄숙한 표정으로 말했다.

"마마! 오늘부터 마마에게 지나친 존대는 하지 않기로 하겠습니다."

"마마? 마마가 뭐지요?"

그동안 나는 경상도의 말투에서 상당히 벗어나 있었다. 물론 임 상궁의 노력으로 그만큼 말씨가 고쳐졌다.

"마마란 상감이나 중전이나 태자 또는 태후 되는 어른께 쓰는 경칭이옵니다. 물론 공주나 옹주한테도 쓰고요. 그밖에는 누구에게도 쓸 수 없는 존칭입니다. 상감마마, 중전마마, 동궁마마, 공주마마…… 그런 식으로 쓰지요. 마마."

"오늘 밤에 처음으로 나한테 그런 말을 쓰네요?"

"처음입니다. 그리고 마지막이 될지도 모릅니다. 마마는 옹주마마이시
면서 옹주마마 행세를 하시면 아니 되실 처지에 계시기 때문입니다. 그 이
유는 차차 분명히 아시게 됩니다. 오늘부터는 저를 이모라고 불러주셔야
합니다. 저는 아기씨를 계속 아기씨라고 부르고요. 때로는 들으시기 거북
한 잔소리도 하게 될 것입니다. 그런 줄 아세요."

"이모!"

"이모란 어머니의 언니나 동생을 가리키는 말이죠. 아주 가깝고 흉허물
없는 친척입니다. 어머니의 동기니까 못할 말도 숨길 비밀도 없는 사이입
니다."

"이모 저게 무슨 소리예요? 저 피리 소리."

"아 저건 소경의 피리 소리군요."

"소경은 장님?"

"네, 장님이 점을 치라고 저렇게 피리를 불며 다니는 거예요."

"저건 뭐라는 소린가요?"

"예, 저것두 길흉화복의 점을 쳐보라는 소리랍니다."

장님은 대문 밖 골목 안으로 들어선 모양이었다. 삐이리릭 하는 피리 소
리가 대문 밖에서 그치고 잠깐 조용하더니,

"에 에이리수, 수리이."

라는 괴상한 고함을 친 것이다.

임 상궁은 무슨 생각에선지 그 장님을 집안에까지 불러들였다. 그리고
나를 위해서 점을 치게 했다.

늙은 장님은 나의 생월생시를 묻고는 점괘통을 흔들어 대가지로 만든 점

괘를 뽑더니 눈을 희번덕거리며 고개를 가로 흔든다.

"엥이 무슨 점괘가 이렇게 나오누."

그 말을 들은 임 상궁, 아니 이모는 얼굴이 새파랗게 질리면서 말했다.

"상서롭지 못하면 말하지 말아요. 그 대신 예방이나 가르쳐주시구요."

"말하지 말라십니까? 예 예, 알아듣겠습니다. 그런데 예방이라…… 예, 예방법이 없는 건 아닙죠만. 그런데 새로 이사를 오셨습니까? 주인댁이 바뀌셨으니."

"오늘이 이사 온 첫날이에요."

"아하, 그렇군요."

장님은 잠깐 생각하는 듯하더니,

"팥죽이나 쑤셨겠습죠? 축귀영복(逐鬼迎福)의 팥죽 잔치 말씀이야. 이사 오신 날이니."

하고 당연한 일을 묻는 투로 묻는다.

"우린 부처님을 모시기 때문에 그런 걸 안해요."

그 말에 눈먼 영감은 혀를 끌끌 찼다.

"그럼 할 수 없으니 사흘 밤은 가꾸로 주무시도록 합쇼."

"가꾸로 자요?"

"아랫목 쪽으로 머리를 둔 채 주무시란 말씀입죠. 그러면 노상에서 따라붙은 잡귀들이 이 댁 식구의 머리를 못 찾아 물러갑지요. 자연 따님의 수명이 길어집니다."

그날 밤 이모와 나는 아랫목 쪽으로 머리를 둔 채 잠을 잤다. 머리 쪽이 더워서 깊은 잠이 들지 않고 어수선한 꿈만 꾸었던 것으로 기억된다.

나는 어린 마음에도 눈뜬 사람들이 눈 먼 사람한테 속았다는 생각이 들었다.

그 눈 먼 사람이 그 후에 우리 생활에 어떤 중대한 영향을 끼친 것은 우연치 않은 일이었다.

며칠이 지나자, 다시 그가 찾아와서 임 상궁 '이모'에게 넌지시 꺼내는 말이,

"아무래두 이 댁에 범연치 않은 분이 살고 계시지요?"

하고는 고개를 갸우뚱해보였다.

"범연치 않은 분이라뇨?"

이모는 경계하면서 물었다.

"공주마마라두 살구 계시나. 온 집안에 서기가 무지개처럼 뻗쳐 있는 게 이 눈깔 먼 사람한테두 환하게 보입니다. 공주마마라두 살구 곕시나."

맹인의 그런 능청을 듣고 이모는 펄쩍 뛰긴 했으나 그게 순전히 맹인의 흉물스런 능청이지 사실은 뭔가 낌새를 알고 정탐을 하러 드나든 것임을 쉽게 눈치 챈 것 같았다.

이모는 모든 일에 용의주도한 분이었다. 이사 올 때에 아랫사람들을 데리고 오지를 않고, 열흘인가 지나서 살림이 어느 정도 자리가 잡히게 된 뒤에야 침모(針母), 동자치[食母], 조전비[侍女] 등을 집안에 들였다. 역시 내 신분을 감추기 위한 세심한 조처였을 것이다.

이모는 그 아랫사람들한테 엄하게 일러두었다.

"누가 찾아오든지 내 허락 없이는 대문 안에 들이지 말도록 해야 된다. 혹시 눈 먼 봉사가 찾아와도 들이지 말구."

사람 팔자 알 수 없다는 속언은 나 이문용을 두고 일러오는 말인 것 같았다.

시골구석에서 그처럼 참혹한 고생을 하며 자라나던 거렁뱅이 계집애가 별안간 서울의 고래등 같은 기와집 주인이 되어 침모에다 동자치 조전비를

거느리고 살게 되다니 아무래도 믿어지지 않는 노릇이었다.

사람에게 있어서 타고나는 신분은 그처럼 중요했다.

어디에 가서 태어나느냐, 그것은 태어나는 본인의 의사일 수가 없다. 누가 그것을 배정하는지 알 길이 없다. 그렇지만 어떤 보이지 않는 능력에 의해서 배정되는 것만은 사실이다. 그 태어나는 신분에 따라서 제 능력으로는 어떻게도 할 수 없는 운명에 울고 웃는 것이 사람들의 사는 모습이다. 그 인과(因果)는 무엇에서부터 비롯되고 무엇을 기준으로 결정되는 것인지 누구도 알지 못한다. 그러면서 사람들은 그 타의에 의해 결정된 운명에 어쩔 길 없이 순응한다.

나는 하루하루 달라져 가고 있었다.

김천 방앗골에서의 나는 내가 아니었다는 사실을 깨닫는다. 현재의 내가 나고 앞으로 더욱 존귀하게 될 내가 나라고 깨닫는다.

침모 '여주댁'을 비롯해서 동자치 '해주집'이나 조전비 '윤덕'이는 분명히 나의 '아랫것'들이다. 나는 그네들의 상전으로서의 신분이 확정돼 있었다.

그리고 그것은 누구의 힘으로도 파괴될 수 없을 듯싶었다. 그 위계질서의 성립 과정을 알 길이 없는 것이다.

하지만 그것은 엄숙한 것이었다.

윤덕이는 열네 살 처녀고 해주집은 스물두 살 난 남의 아내였다. 침모 여주댁은 소년과부로 십 년을 보내서 스물여덟 살이라고 했다. 그네들을 지휘 감독하는 사람이 이모 임 상궁이고 그 위에 군림하는 사람이 나였는데 따지고 보면 내가 어디로 보든지 그네들에 비해서 무능했고 무지했고 무분별했다.

이 모순을 따지는 사람이 없었다. 저항하려는 기색도 없었다. 그게 당연했다. 움직일 수 없는 질서였다. 그것이 타고난 신분의 위대한 힘이었다.

그러나 사람들은 전연 몰염치하지만도 않았다.

내가 그네들의 상전 노릇을 하려면 그만한 덕과 지식과 총명이 있어야 하는 것이었다. 그 덕과 지식과 총명을 닦고 갈아주는 것이 이모 임 상궁의 내게 대한 책임인 것 같았다.

나는 밤낮을 가리지 않는 이모의 정성어린 훈육을 받아야 했다.

세밑이 다가오자 사흘을 두고 폭설이 내렸다.

나는 이모 임 상궁이 궁에 들어간 틈을 타서 마당에 내려가 눈사람을 만들며 놀고 있었다. 손끝을 호호 불어 가며 윤덕이와 함께 눈사람을 만들고 있었는데 마침 대문 밖에 누가 와서 찾는 기색이었다.

나는 머슴애처럼 겅둥겅둥 뛰어가 닫아 걸린 대문을 덜커덩 열어주었다.

어떤 남자가 재빨리 대문 안으로 들어와 곧장 안마당으로 내려서면서 나를 이모저모 뜯어본 다음,

"문용 아기씬가? 그렇지?"

하고 단정적으로 물어왔다.

나는 그동안 받은 교육이 있어서 외간 남자와의 대화를 삼가려고 얼른 방으로 뛰어 들어왔는데 그 남자는 여주댁과 윤덕이의 완강한 저지에도 불구하고 서슴없이 내 방에까지 따라 들어왔다.

"모르고 지냈으니까 내외도 하겠지. 알고 보면 우린 남매사일세. 나는 지용(址鎔), 문용아기의 큰댁 오라비되는 사람이야."

큰댁이고 작은댁이고 나의 오라버니라는 바람에,

"나한테두 오라버니가 계셨나요? 참말이세요?"

하고 나는 기뻐 어쩔 줄을 몰라 했다.

나중에 안 일이지만 그이는 대원군의 형인 흥인군 이최응(興寅君 李最

應)의 손자였다. 대원군의 서손녀(庶孫女)라는 나와는 사촌 남매임에 틀림이 없다. 사십이 가까운 연배인데 내 손을 거침없이 잡았다.

"그동안 도대체 어디에 숨어서 어떻게 크셨나. 내 일찍부터 문용아기가 있다는 말은 어렴풋이 들은 바 있지만 그동안 행방을 알 길 없어서 골육의 정을 나누지 못했어. 아, 이 얼굴 모습이 태황제를 쏙 빼닮군. 누가 그분의 따님이 아니라고 할까봐 이렇게도 닮았나. 이 우둥퉁한 손등까지."

그는 불안에 떠는 윤덕이를 보고 의젓하게 명령했다.

"얘! 넌 술상이나 차려 오너라. 우리 몰랐던 남매끼리 이렇게 만났는데 내 어찌 한잔 안 할 수 있겠느냐. 어허 좋을씨고."

그러나 좀 뒤에 대궐에서 나온 임 상궁이 허겁지겁 방 안으로 들어온 순간의 그 새파랗게 질린 얼굴을 보자 나는 가슴이 섬뜩해지고 말았다.

임 상궁은 흥분을 차분하게 가라앉히고는 정중히 그를 접대해서 돌려보내긴 했으나, 뒷날 그 이지용에게 우리가 시달린 일을 생각하면 절로 몸서리가 쳐지지만 그를 인간적으로까지 미워하고 싶지는 않다.

그는 역시 신분의 덕으로 좋은 벼슬에 여러 대신까지 지낸 인물이지만 그 후의 내 인생이 그의 병적인 집요한 심술로 말미암아 철저하게 유린되고 얼룩져 간 것을 생각하면 사람과 사람 사이의 인연이란 실로 전생부터의 업원이 아닐 수가 없다. 나와는 사촌 사이라면서 눈 먼 사람까지 내세워 행방을 찾아낸 목적은 동기간의 우애로 생각할 수도 있겠으나 불과 십여 년 뒤부터는 정신 파탄으로, 나의 존재를 궁중이나 일본 사람들에게 밀고하지 않겠다는 협박으로, 주색잡기의 비용을 뜯어내는 존재가 되었다면 그가 나를 아무리 괴롭혔어도 미움으로 보복하기 전에 연민의 눈물이라도 흘려주는 게 옳지만 그러나 그러기엔 너무도 악의에 찬 그의 시달림을 받았다.

나는 뒷날 그에 대해서 많이 생각한 바 있다.

그가 나를 그토록 괴롭힌 것은 나 자신에게도 보이지 않는, 나의 의지도 작위(作爲)도 아닌, 어쩌면 당위이기도 한 원인이 있었다고 생각을 놓치기도 했다.

나는 어머니를 모르면서 아버지를 만난 일 없이 이 나이가 되도록 자랐다. 서럽지가 않을 수 없다. 태어나지 않았던 것이 그들을 위해서 좋았을 것이라는 생각만은 이제 잊었지만. 이지용은 태황제에게도 대원군한테도 별로 귀여움을 받지 못했다. 질투의식을 가지고 있을 것이다.

나를 귀여워할 만한 애정 대신에 이용해서 자기에게 도움만 될 수 있다면 얼마든지 나를 괴롭혀주고 싶어질 수도 있다. 착하고 덕이 있는 인품이 아니라면 말이다.

그렇더라도 정말 그는 두고두고 나를 너무나 집요하게 괴롭혀준 섭섭한 사람 중의 하나다. 내가 성인이 되고 남의 아내가 되면서부터 그 피해가 커진다.

내가 열한 살 나던 해에 드디어 우리나라는 망했다. 한일합방으로 일본한테 나라를 뺏겼다.

거기에 대해서는 새삼스럽게 나로서 할 말이 없다. 국가나 정치를 이야기할 위인이 못된다. 나와 관련된 일이나 열심히 되돌아보는 게 좋다. 그러다 보면 자연 국가나 정치에 관련이 되기 마련일지도 모른다.

열일곱 살까지 나는 그 원동집에서 산다.

열 살 나던 봄, 나는 재동학교에 든다. 열네 살 때 무난히 그 학교를 졸업한다. 곧 진명(進明)학교로 진학한다. 교장은 엄준원 씨로서 엄비(嚴妃)의 친정 오라버니였다. 학교 자체를 엄비가 돈을 내서 설립했으니 그의 집안에서 교장 노릇을 하는 것은 조금도 이상할 것이 없지만 그렇더라도 엄교장은 너무 일자무식 까막눈이어서 남의 입초사에 자주 오르내렸다.

하지만 그는 퍽 소탈한 성격이었다. 교직원이나 학생들에게 그 소탈한 면으로 존경마저 받았다. 털어놓고 행세하는 게 그의 특징이다.

시골서 농사를 짓다가 누이 덕으로 교장자리에 앉았다. 취임한 지 얼마 안된 어느 날 그는 시골 친구가 보낸 엽서 한 장을 받아 들었다.

그는 교직원들 앞에서 그 엽서를 이리저리 뒤척이다가 큰 소리로 한마디 했다.

"내가 글자를 모르는 줄 알면서 왜 이런 걸 보내누. 이게 대관절 누가 보낸 엽서요?"

나의 첫해 담임 선생은 어제하(魚濟夏)라는 분이었다. 한문에 능하고 성격이 자상해서 학생들의 존경을 받았다. 그의 귀여움을 많이 받았다.

내가 내 평생에 가장 즐거웠던 시절은 진명학교에 다니는 동안뿐이다. 수예에 취미가 있었다. 성격은 점점 개방적이 돼 갔다. 얌전하다는 소리는 못 들었다. 물론 내 신분은 철저히 감춰진 채 평범한 집 딸 행세로 다른 곳 아닌 그 엄씨네 학교엘 다녔다.

그 무렵 나는 집에서 소학(小學)을 읽었다.

이모는 나에게 특히 여훈(女訓), 법화경(法華經), 금강경(金剛經) 등을 많이 읽게 했다.

하지만 나는 임 상궁이 금하는 적벽부(赤壁賦), 고문진보(古文眞寶), 옥루몽(玉樓夢) 등을 읽기에 더 열을 올렸다.

진명학교 2학년이 된 어느 일요일 오후였다. 늦봄이라 마당에는 모란이 탐스럽게 피어 있었다. 양지바른 마루에 깔렸던 저녁 햇살이 차츰 옴츠러들고 있었다.

나는 대청에서 열심히 책을 읽고 있었다.

이모는 툇마루에 걸터앉아 새우젓을 다듬고 있었다.

이모는 나에게 먹일 채소나 새우젓은 언제나 손수 다듬는다. 새우젓의 꼬리를 뗀다. 대가리도 자른다. 가운데 토막만을 참기름과 깨소금에 묻혀서 상에 올린다. 모든 일에 그처럼 세심한 정성을 기울인다.

그 임 상궁이 새우젓을 다듬다 말고 한가롭게 입을 열었다.

"무슨 책을 그렇게 열심히 읽고 있수?"

나는 무심결에 대답한다.

"관음경이죠 뭐."

이모는 빙그레 웃는다.

한동안 잠잠하다가 또 말한다.

"한 귀절 소리 높여 외워보시구려. 보문편이라도……."

어렵지 않은 청인데 망설일 이유라곤 없다.

나는 목청을 가다듬고는 낭랑하게 한마디 뽑는다.

— 임술지 추칠월 기망에 소자여객으로 범주유어 적벽지하할 때 청풍은 서래하고 수파는 불응이라……(壬戌之 秋七月旣望 小子興客汎舟遊於赤壁之下 淸風徐來 愁波不應……)

나는 신바람나게 목청을 뽑아대고 있었다.

그러자 이모 임 상궁은 놀리던 손끝을 멈추고는 멍청한 얼굴로 나를 쏘아보고 있었지만, 나는 깨닫지 못한다.

그 눈엔 웃음도 아니고 경악도 아닌 다분히 당황하는 빛이 감돌고 있다는 사실도 나는 알지 못한다.

갑자기 이모의 표정이 경건해진다. 곱고 부드러운 그네의 음성이 햇살처럼 내게 뿌려진다.

"세존이시여, 관세음보살은 어떤 인연으로 그 이름을 관세음이라 하옵니까. 부처님은 무진의 보살을 보고 말씀하시기를 선남자여! 만일 한량없는 중생이 온갖 고통을 받을 때 이 관세음보살의 이름을 듣고 한마음으로 그 이름을 부르면 관세음보살이 그 괴로움에서 벗어나도록 하시리라. 모름지기 이 관세음보살의 이름을 열심히 모시는 사람은 가령 활활 타는 불속에 뛰어들어도 불이 감히 그를 태우지 못할 것이니, 그 까닭은 관세음보살의 위력 때문이 아니겠느냐……."

법화경(法華經)의 보문품이다.

이모는 아무런 설명도 없이 별안간 그 법화경의 한 설법 대목을 나직하게 그리고 경건히 외뇌이고 있었다.

그제서야 나는 깜짝 놀라면서 얼굴이 홍당무가 됐다.

"어머나……."

나는 울고 싶은 심경이었으나 반대로 멋쩍은 웃음을 흘렸다.

내가 신나게 엮어댄 것은 외우라는 관음경의 한 대목이 아니고 읽지 말라는 적벽부의 허두였다.

나는 관음경을 읽는 체하면서 실은 이모가 읽지 못하게 하는 적벽부에 심취되고 있었다. 그래 무심결에 관음경을 외운다는 게 적벽부를 낭랑하게 외워 댔던 것이다. 그리고 이모는 힐책 대신 법화경의 보문품을 조용히 나에게 외워줬다.

이모는 활짝 웃으면서 점잖게 말했다.

"재미있는 책만 골라 읽어서는 수양이 되지 않아요. 책은 지식을 위해서 재미를 위해서도 읽지만 영혼을 갈고 닦는 수양을 위해서 더 많이 읽어야 해요. 적벽부는 재미있죠? 그 뜻을 모두 알 만한 지 모르겠군."

"적벽부는 지금 처음 읽어본 걸 뭐."

"처음 읽는데 보지도 않고 좔좔 외울 수 있으니 적벽부는 참 재미있는 책이긴 해요. 하지만 소학(小學)을 먼저 떼야지."

나는 책 표지마다에 모두 같은 종이를 씌웠다. 이모가 보기에 무슨 책을 읽는지 모르도록 하기 위해서였다.

이모는 다시 새우젓 꼬리를 자르기 시작했다.

그 옆모습이 관세음보살처럼 숭엄하고 아름다웠다. 그리고 자비로웠다. 그 살결이 비단처럼 고왔다. 그 눈썹이 그린 듯이 짙었다. 그러나 눈꼬리엔 잔주름이 두드러져 있다.

'나 때문에 저 고운 얼굴이 늙어가고 있구나.'

나는 마음이 안쓰러워 눈물이 핑 돌았다.

"이모."

"으음?"

"내가 나쁘지?"

"나쁘긴."

나는 조심스럽게 말했다.

"이모! 인제 나 때문에 너무 신경 안 써두 돼요. 나두 인제 나이가 있는 걸 뭐."

"사춘기니까요……."

나는 말문이 막혔다.

마당가에 핀 모란잎이 후르르 떨어져 내린다. 꿀벌이 꽃잎을 밟았던 것 같다.

"무슨 책이 제일 재미있지?"

나는 솔직히 대답했다.

"옥루몽."

"왜 옥루몽이 제일 재미있누?"

"윤소저(尹少姐)의 그 기품 있는 점잖음이 마음에 들어서요."

"양창곡인 마음에 안 드우?"

"양창곡두 좋아요."

"양창곡이 강남홍 황소저와 노니는 장면은 부럽지?"

부럽긴 하지만 부럽다고 대답할 수도 없어서,

"이모는 그래 처녀 고대루 늙는 거야? 양창곡이 같은 서방님도 맞아보지 못하구."

했더니,

"온 별소릴 다 할 줄 아는군. 처녀 색시가."

하고는 우물가로 가서 손을 씻기 시작하는 이모 임 상궁의 볼엔 연하디 연한 저녁놀이 물든다.

여자들만이 살고 있는 집안에, 봄날 석양 무렵 피어오른 거품 같은 서글픔이었다.

사람들은 때로 잠재의식일 수 없는 꿈을 꿀 수가 있듯이 아무렇지도 않게 지껄이는 자기 발언의 의외성에 놀라는 경우가 있다.

손을 씻고 섬돌 아래로 다가서는 이모를 보자 나는 무심히 지껄인다.

"이모! 왜 있잖수. 저기 방앗골에서 본 그 방 첨지 말야."

"방앗골에서 본 방 첨지?"

"그 사람 불쌍하단 말예요. 나한테 잘해 줬는데……."

"그래서?"

"서울루 올라오게 해줄 수 없을까 몰라. 누구네 행랑아범으로라두."

나는 아무런 저의도 없이 문득 생각이 나서 꺼낸 말인데 이모는 완연히 당혹하는 눈치를 보였다.

"우리 집 행랑아범으로라도 오랠까?"

나는 그 말에 펄쩍 뛰면서 얼굴을 붉힌다.

"우리 집에 그런 사람이 뭣에 필요해. 이몬 별소릴 다하는군요."

그 후 김천의 방 첨지는 창덕궁의 마당 쓰는 직책을 얻어 서울에 올라왔
다는 소리를 들었으나 나는 만난 일이 없다. 단지 내 마음이 흐뭇한 것은
내가 어려울 때 나에게 크거나 작거나 도움을 준 사람에게 다소라도 보답
할 수 있었다는 점에서 지금도 그 일을 대견하게 생각할 뿐이다.

나는 곧잘 엉뚱한 생각에 잠길 때도 있었다. 물론 유치한 범주에 속하는
생각이긴 해도 내 나름으로 어떤 사색을 길들이기에 골몰하곤 했다.

인간들이란 분명히 짐승과는 다른 영물임엔 틀림이 없다.

나는 언젠가 임 상궁이 들려준 이야기를 잊지 않는다.

명성황후 민씨가 일본 사람들한테 그 참혹한 변을 당하고 돌아간 다음
태황제의 은밀한 내명을 받은 임 상궁은 철원 보가산에 있는 석대와 그리
고 금강산 장안사로 번갈아 들어가 두 차례의 백일기도를 드렸다. 천추의
한을 풀어주라는 영감님의 간절한 소망이었던 만큼 임 상궁의 정성은 대단
했었다는 것이다.

왕실의 기도터였던 보가산 석대의 기도가 끝나기 사흘 전엔가 임 상궁
앞에 민비가 생시의 모습 그대로 나타나서 묘한 말을 했다는 것이다.

"나는 다시 세상에 태어나게 됐다. 나라 없는 나라의 부모 없는 공주로
태어나게 됐어."

그런 말을 하는 명성황후 민씨의 왼쪽 어깻죽지엔 피가 흘러 옷에 배어
있었다는 것이다.

나는 무심히 그 이야기를 들었지만 이모는 나에게 뭣인가를 분명히 강조
했다.

"나라 없는 나라의 부모 없는 공주……. 이상하지 않아요? 나는 그 말씀

을 연상할 때마다 아기씨를 생각해."

"그렇다면 그분이 환생해서 내가 태어났단 말야?"

불교에 윤회설이 있는 이상 독실한 신자인 임 상궁은 그 꿈과 관련시켜 윤회설을 굳게 믿고 있는 것 같기도 했다.

그러나 나는 윤회설보다는 인간의 영혼과 영혼의 연결을 생각한다.

영혼은 일종의 초현실이니까 공기나 물처럼, 마음과 마음의 우연한 합치처럼, 언제 어디서나 누구와 누구와의 사이거나 서로 통하고 합치될 수 있는 것이라고 여긴다.

명성황후 민씨의 영혼이 나하고 서로 통했다 해서 부자연스러울 것도 없고 신기한 일도 못되며 또 그러한 사실이 임 상궁의 영혼에 반영된 것도 별로 이상할 게 없다고 생각한다.

그 고혼이 초현실적인 힘으로 뭉쳐서 나 이문용이라는 인간이 될 수도 있을 성싶었다. 실제로 내 칠십 평생이 그처럼 고역스러운 가시밭길이었던 것은 명성황후 민씨가 이 세상에서 못다 겪은 시련을 나한테 물려준 것이기 때문인지도 모른다. 그런 생각을 이따금씩 해본 일이 있다.

그렇다고 해서 내 인생과 명성황후 민씨의 인생이 같은 것일 수는 없다. 이 세상의 누구도 남의 인생을 대신 살아주는 사람은 없다. 그것은 신이 용서하지 않는다. 누구나 제 책임 하에 제 인생을 살도록 한 것이 신의 뜻이다.

남의 것을 뺏을 수도 없고 남에게 줄 수도 없는 것이 인생이다.

주거나 받을 수가 있다고 치자. 그러면 즉각 아무런 뜻도 없어지는 것이 인생이다.

나는 그런 알쏭달쏭한 상념에 사로잡힐 때도 있었다. 그런 문제를 이모 임 상궁에게 곧잘 물어보곤 했다.

한여름엔 마당 구석의 무성한 벽오동(碧梧桐) 가지에 매미가 자주 날아와 울었다. 나는 그 매미 소리를 듣다가 말고 이모에게 묻는다.

"이모! 저 매미는 저렇게 울기 위해서 세상을 사는가보지?"

이모는 마루에서 내 항라적삼을 다리다가 말고 오동나무 가지를 쳐다본다.

"우리는 왜 살까?"

이모는 분명히 허무한 감상에 젖은 말투로 그렇게 되물어왔다.

"뭣인가 목표를 쫓기 위해서 살겠지, 뭐. 인간에게 목표가 없으면 살맛이 있을라구요."

"아기씬 어떤 목표를 세웠수?"

"이 세상에 태어난 것을 부처님한테 감사하면서 열심히 성실하게 살아가겠다는 목표를 세웠어. 그것두 목표는 목표지?"

"가장 절실한 목표죠."

"이모는."

"나는 아기씨를 위해서 이 세상을 살죠. 아기씨의 행복을 부처님한테 비는 것이 내 사는 보람이구요."

"또 있겠지 뭐."

"그리구 태황제께오서 만수무강하시길 기도하는 게 삶의 보람이구."

"이모는 아마 그 어른한테서 사랑을 받았나부다."

나는 아무 뜻 없이 장난삼아 지껄인 말인데 이모는 소스라치게 놀라면서 들고 있던 다리미를 쾅 하고 다리미 바탕에다 놓았다.

"아기씨두 이젠 못하는 말이 없군. 대견하게두."

매미 소리가 갑자기 뚝 그쳤다. 화단에 핀 맨드라미가 유난히 붉게 타고 있다. 나는 이모의 아름다운 옆얼굴을 물끄러미 바라본다. 그리고 생각한다.

― 저분은 내 아버님 태황제의 성은(盛恩)을…… 내 아버님의 사랑을, 아니 어쩌면 나를 낳아준 생모(生母)?

그럴지도 모른다는 생각이 문득 든다. 그래서 내게 쏟는 정이 그처럼 한결같고 진하고 절실할지도 모른다.

나를 낳은 죄로 비명에 죽어갔다는 염 상궁은 이모의 창작적인 가공인물일지도 모른다. 나는 혼자 심정이 격해지는 바람에 이모한테로 달려들어 그 손을 잡고 애원하듯 말했다.

"이모, 나 소원이 있어요. 간절한 소원이에요. 꼭 한 번만 아버님을 만나 뵙게 해줘요. 정말 뵙고 싶어요. 육친이라는 분을 한 번 보고 싶단 말예요. 내 육친을."

이모의 입술이 파들파들 경련하기 시작했다. 심하게 당혹하는 그 눈동자엔 한여름의 석양 햇빛이 고즈넉이 투사되고 있었다.

"마음속으로 만나세요. 마음속으로 정성껏 모시도록 해요. 아버님두, 어머니두."

이모 임 상궁은 나에게서 등을 돌렸다. 그 어깨가 조용히 들먹이기 시작했다.

제7장

　여자 나이 몇 살쯤이 사춘기의 시초인지는 사람마다 다소의 차이가 있겠지만 감정이 갑자기 예민해져서 자칫 꿈과 현실이 착란 혼동될 여러 가지 현상을 겪게 되면 그게 사춘기의 시초라고 보면 틀림이 없다.

　나는 열네 살 되던 해 여름 가을에 겪은 꽤 황당무계했던 일들을 아직까지도 생생히 기억한다.

　그해 여름은 꿈과 현실이, 그리고 착란과 피해망상이, 그리고 또 순정과 결벽이 서로 분명하게 구별되지 않은 맹랑한 일들로 해서 나는 심한 혼란을 겪었는데, 그러나 반드시 후회스러운 결과로 낙착되진 않았던 것으로 안다.

　그해 가을에 일어난 예기치 못한 사건도 허망하기 이를 데 없으면서 내 가슴에 아릿한 감상의 못을 박아놓았으나 나는 그것 역시 내 인생이 필요로 했던 필연의 사건인 것 같아 이제는 대견한 추억으로 삼는다.

나는 또 열일곱 처녀로서 그해 봄에 일어난 일을 내 생애와 인생에 있어서 가장 큰 낭만으로 생각한다.

그러나 그 낭만은 충격과 엇갈려 가며 나의 꿈과 현실을 다 함께 무덤으로 장송한 운명적인 사건으로 결말이 지어진다.

그러니까 열네 살 적에 겪었던 일들은 내 생애의 에피소드에 불과하지만 그 3년 뒤에 일어난 일은 여자 이문용을 철저히 슬프게 하고, 독하게 하고, 그래서 착하게 만든 원천적인 힘이 되었다.

솔직히 말해서 이문용, 나는 아홉 살까진 너무 막 굴러서 세상을 배우지 못했고, 서울 와서는 이모 임 상궁의 사랑이 너무나 극진했던 까닭에 생활인으로서의 눈을 얼른 뜨지 못했던 것으로 알고 있다.

사실 그 무렵 나는 나이에 비해 지나치도록 순진하고 어수룩했기 때문에 그때 그 일들을 지금 이렇게 선명히 기억하는지도 모른다.

나는 진명학교에 다니면서도 출생 성분을 감춘 채 세상을 숨어 살고 있었다. 내 신분이나 가족관계를 숨기느라고 학교 친구들한테 내가 살고 있는 동네나 집을 가르쳐준 일이 없고, 등교 때나 하학해서 집으로 돌아올 때도 급우들 눈에 띄지 않도록 조심조심 골목을 드나드는 습성이 생겨 있었으니까 나는 그늘에 핀 꽃처럼 햇빛을 싫어하는 음울한 소녀일밖에 없었다.

여름, 어느 날 하오. 비바람이 심했다.

나는 하학한 교실 창가에서 넋없이 바깥을 내다보고 있었다.

넓지 않은 교정엔 빗물이 흥건하게 흐르고 있었다. 교문 쪽 담장 밑으로 해묵은 자작나무들이 즐비한데 비바람이 심해서 그 실팍한 가지가 마구 흔들렸고, 널찍널찍한 이파리들이 춤을 추듯 희뜩거리는 게 왠지 나를 슬프게 했다.

그 자작나무들은 여러 그루의 은행나무와 섞여 있었고, 그 큰 나무들 밑에는 더 많이 무성한 칸나가 한창 잘 피어 있었다. 선짓빛 꽃과 노랑꽃이 엇갈린 채 피어 있었다. 그 소담스러운 칸나의 이파리도 목이 긴 꽃고갱이도 비바람에 미친 듯이 춤을 추고 있었으나 그래도 꽃은 떨어지지 않았다.

거센 비바람엔 떨어지게 마련인 것이 꽃의 숙명인 줄로 알았는데 칸나꽃의 그 집요한 생명력을 보자니 나는 뭣인가 느끼는 바가 없지 않아서 언제까지나 그 빗발 속의 광란을 바라보기에 정신을 잃고 있었다.

'나도 저만큼이나 질기게 세상을 살아야 하는 것일까.'

제비 떼들이 빗줄기 자욱한 희뿌연 공간을 날쌔게 날고 있었다.

우비를 가지고 딸을 데리러 오는 어머니들, 언니 동생들 교정이 차츰 붐비기 시작했다. 저마다 자기네 혈족의 모습을 찾아내려고 기웃거리는 그 간절한 표정들이 교정 안팎에 범람하기 시작했다.

나는 그 정경을 바라보다가 문득 눈이 젖어버렸다. 뼛속에 스며드는 외로움을 느끼면서,

"얘는 왜 안 온담."

하고 짜증스럽게 압맛을 짝 다셨다.

내 우산을 가지고 올 사람은 조전비 윤덕이밖에 없었다. 임 상궁은 아침에 궁에 들어갔을 것이었다. 윤덕이는 나와 아무런 상관이 없는 남이다. 나는 오로지 남들 사이에 끼어서 살고 있는 존재다. 육친에의 호칭을 입 밖에 내어 써 먹을 기회가 전연 없는 신세다. 아버지, 어머니, 오빠, 언니, 동생, 그 피가 서로 통하는 다정한 부름을 불러보지 못한다.

'모두 저렇게 자기네 권속과 어울려 살고 있는데……'

남이 아무리 잘해줘도 혈족에는 미치지 못하는 것임을 보는 것 같았다. 혈족들은 저렇게 미리 와서 기다리고 있지만 내게 충직한 윤덕이는 아직도

보이지 않는 것을 보면 남들이 내게 쏟는 정이란 의식적인 것이고, 저 혈족 끼리의 정은 자연발생적인 생리에 속하는 것 같았다.

'아 나한테도 언니 동생이 있었음…….'

나는 이날따라 동기간에 대한 간절한 아쉬움으로 가슴이 텅 빈다. 허전한 심경을 주체하지 못한다.

"얘 문용아! 나 너 사면 군데루 찾아 댕겼다. 가자! 오늘 우리 집엘 갈 약속이었지."

마침 클래스메이트인 정애가 호들갑을 떨면서 내 어깨를 때리는 게 신경에 걸린 나는 대답했다.

"이담에 가기루 하자. 오늘은 비두 오구…….'"

"비 오면 어떠니. 밖에 우리 인력거가 와 있을 거야. 같이 타구 가자. 저기 우리 인력거꾼이 온다. 우산 가지구."

아닌 게 아니라 인력거꾼 차림의 늙수그레한 영감이 교실 쪽을 두리번거리며 오고 있는 게 보였다.

"싫다, 이담에 가. 나 오늘 몸두 좋지 않아서그래."

"오오라, 너 오늘 그거구나. 알았다. 그럼, 나 먼저 간다."

정애의 아버지는 이(李) 남작이라는 소문이다. 친일파의 거두이기 때문에 일본 황실에서 그런 작위까지 주었는데 정애는 그의 첩의 딸이라는 소문이었다.

그런 출신 성분 때문이었는지 몰라도 정애는 나보다도 친구가 적은 편이었다. 성격이 활달해서 밉지가 않은 앤데도 친구들이 접근하기를 꺼려하는 것을 보면 아마 친일파의 딸이라는 핸디캡 때문이 아닌가 싶다.

그 정애가 벌써 여러 차례 자기네 집에 놀러 가자고 유혹을 해서 오늘 가기로 했었는데 나는 또 귀찮아진 것이다.

학교가 끝나 학생들이 교문을 빠져 나가는 광경은 마치 썰물이 밀려 나가는 정경과 흡사하다. 운동장 그득히 바글거리던 학생과 부형들이 어느새 다 밀려 나가고 이내 교정과 교사는 썰렁해진다.

넘쳐흐르던 그 많은 우산들 대신에 교정에는 좀 더 거세어진 비바람이 공간과 지면을 휘몰아치고 있는데도 웬일인지 윤덕이는 우산을 가지고 나타나지 않는다.

나는 이래저래 심정이 사나워져서 보자기를 머리 위에 덮은 채 빗발 속으로 뛰어들었다. 얼굴과 목덜미를 때리는 빗발이 차갑고 따가웠다. 치맛자락이 종아리에 휘감기기 시작했을 때 나는 교문을 나서면서 언제까지라도 혼자 비를 맞으며 걷고 싶은 충동을 느꼈다.

그런데 내자동 큰길로 막 꼬부라지는 순간 어떤 우산 하나가 내 어깨 위에 불쑥 덮였다.

나는 깜짝 놀라면서 어깨를 움츠리고는 옆을 돌아다봤다. 협수룩한 차림의 젊은이가 빈들빈들 웃고 있었다.

'싱거운 녀석이구나.'

나는 우산살을 밀치고 빗발 속으로 나섰다.

"아가씨, 나 모르겠습니까? 아가씬 이문용 씨죠?"

나는 다시 한 번 놀라며 그를 돌아봤지만 낯이 익은 것 같기도 하고 아닌 듯싶기도 해서 매몰스럽게 한마디 던진다.

"누군지 내가 어떻게 알아요!"

"나 길수예요, 길수."

"길수가 누구예요? 나 그런 사람 모른단 말이에요."

"김천 방앗골의 길수를 모르시겠단 말인가요?"

"방앗골의 길수요? 어머나."

나는 그를 알아냈다. 너무나 반가워서 그의 손을 덥썩 잡았다가 신중치 못한 행동인 듯싶어 그의 손을 얼른 떨어버렸다.

"아, 정말 너 길수구나? 어떻게 서울에 왔어?"

"학교엘 다녀보려고 서울로 올라 왔습니다."

"그래? 반갑다, 참. 아직 학교엔 못 들어가구?"

"학비두 좀 벌구 시험공부도 해서 내년 봄에나 입학을 해야죠."

"어떻게 내가 저 학교엘 다니는 줄 알았어?"

"창덕궁으로 방 첨지를 찾아가 알아냈습니다. 방 첨지두 문용 아가씨가 취직시켰다면서요?"

"너두 취직하려구?"

"해야지, 고학이라두 할 수 있지 않겠어요. 서울엔 야간학교두 있다면서요?"

나는 가슴이 뿌듯해지면서 김천에서의 그 참담했던 생활이 향수처럼 가슴을 적셨다.

"너희 할머니는 건강하셔?"

"돌아가셨죠."

"그래? 언제."

"삼 년이 넘은걸요."

"내가 정말 신세 많이 진 분인데."

내 북더기 같은 머리에 들끓는 서캐를 훑어주고 누더기를 기워주고 하던 길수 할매의 모습이 감실감실 머리에 떠오르는 바람에 가슴이 아팠다.

"우리 집에 갈까?"

"내가 어떻게 댁엘 갑니까? 이런 시골뜨기가."

"난 너보다 더 처참한 시골 계집애였는데 뭐. 가자. 우리 이모가 반가워

할 거야."

"그때 아가씨를 데리러 왔던 그분이 이몬가요?"

"아 그래, 너두 봤지? 우리 이몰."

나는 난생 처음으로 남자와 함께 서울길을 걷는다. 한 우산을 받고 백주에 큰길을 걷는다. 흐뭇하기도 하고 쑥스럽기도 했으나, 그러나 이날따라 경복궁의 그 지루한 담장이 지루하게 여겨지지 않았다.

"지금 그래 누구네 집에 와 있어?"

"먼 친척집에 임시로 와 있습니다."

"나보구 이랬습니다 저랬습니다, 하는 게 우습구나."

"신분이 서로 다르지 않습니까. 나이들두 먹었구요."

신분, 나이. 나도 참 그렇구나 싶어서 입을 다물어버렸다.

나는 길수를 집에까지 데리고 가는 게 안되겠다는 생각이 들었다.

"너 객지에 와서 돈 때문에 고생하겠구나?"

"고생이야 각오한 바죠."

나는 또 웃었다. 방앗골 벌판을 길수와 함께 뛰어다닐 때엔 서로 상스런 말을 쓰며 욕도 많이 했었는데 지금은 의젓한 말을 쓰고 있는 것이 우스웠다. '고생이야 각오한 바죠.' 란다.

경복궁의 긴 담장을 다 지나왔을 때 나는 길수에게 말했다.

"여기가 동십자각이야. 내일 이맘 때 여기서 만나자. 내일 이맘 때 말야. 꼭."

내가 길수와 갑자기 헤어진 것은 무슨 직감이 있어서였다. 아니나 다를까 조금 걸었을 때 마침 우산을 가지고 헐레벌떡 달려오는 윤덕이를 만났다.

"어머나 아기씨 이를 어째요? 비를 쪼르르 맞으셨으니."

집에 돌아오니까 이모 임 상궁은 없고 손님이 와 있었다. 양사골 대감 이재곤, 그분이 와 있었다.

"아니 어째 비를 저렇게 맞았나? 윤덕이 너 왜 진작 우산을 못 갖다 드리구!"

몹시 노해서 호통을 치는 그 어른이었으나 성품이 점잖아서 그런지 얼굴은 온화했다.

"내가 한 시간 일찍 파해서 윤덕이가 시간을 못 맞췄어요."

임 상궁은 내가 학교를 파해 집에 올 시간이면 궁에서 나오곤 한다.

집에 돌아온 이모 임 상궁은 벽에 걸린 내 젖은 옷을 보자 불같이 노했다.

나는 이모가 그처럼 심하게 노하는 것을 오늘날까지 본 일이 없다. 윤덕이의 눈이 튀어 나오도록 야단을 치는 것이었다.

나는 마당 구석 벽오동 잎에 듣는 빗소리에 귀 기울이며 생각이 착잡했다.

길수를 어떻게 도와줄 것인가를 궁리했다. 이모한텐 이야기 않는 게 좋다는 판단을 내렸다. 이모 임 상궁은 내가 김천 시절을 회상하는 것을 가장 싫어했다. 방 첨지를 서울로 데려다가 창덕궁 마당쓸이로 주선했을 때도 임 상궁은 다신 김천 사람들과의 인연을 생각지 말라고 나에게 다짐을 주었다.

'그래도 길수네 할매한텐 그런 큰 신세를 졌잖나…….'

"아기씨! 이리 좀 오세요."

그때 대청에서 두 분이 무슨 은밀한 대화를 나누고 있다가 갑자기 이모는 나를 부른다.

"이건 본인 몰래 할 얘기가 아니라서."

이재곤 그분이 그렇게 운을 뗐다.

"좋은 혼처가 있기로 의논해보려고 왔네. 이제 나이두 나이구 학교 공부도 그만하면 될 테니 좋은 신랑 구해서 혼사를 치러야지."

나는 어이가 없었으나 할 말도 없어서 고개를 숙인다.

"신랑집은 안동 김씨구 시부 되는 분은 고균(古筠) 김옥균(金玉均)의 당숙뻘이 되네. 세상에선 아직도 김옥균을 역적시하는 사람들이 있지만 나는 그렇게 생각 안해. 고균은 애국자야. 단지 애국 충성하는 방법이 과격했을 뿐일세."

나는 그 말뜻을 알아듣지 못했다.

'내일 어떻게 한담.'

나는 내일 길수와 만나기로 한 이상 어떻게든 그를 도와주어야 된다는 생각으로 머릿속이 꽉 차 있었다. 눈 딱 감고 이모나 양사골 대감께 말씀드려 취직을 시켜줄까, 단연 거부될 것이 뻔하다.

"신랑 이름은 김희진일세. 나이가 아직은 좀 어린 편이야. 열한 살이니까. 정혼이나 해뒀다가 한 삼년 뒤에 초례를 치르도록 하는 편이 좋겠네."

"선을 봐야잖습니까."

"선이야 차차 보기로 하고 정혼을 하도록 하는 게 좋겠구먼."

"신랑 성품은 착하답니까?"

이모 임 상궁은 신랑 성품이 가장 궁금하다는 듯 그렇게 물었다.

"더 할 수 없이 착하다는군. 그리고 앞으론 신학문이 아니면 행세를 못해요. 고리타분하게 공자 왈 맹자 왈이나 되뇌고 있다간 사람 축에도 못 낄걸. 신랑 될 사람은 일본 유학을 가게 될 게야. 공부는 일본에 가서 하되 그 공부를 조국을 위해 써 먹도록 하면 되는 게니까. 호굴(虎窟)에 들어가서 호랑이의 생리와 속성을 배워 오면 호환(虎患)의 염려가 없는 법이지."

그것은 그럴지도 모른다고 나도 생각한다.

"아가씨 생각은 어때요?"

임 상궁이 나한테 묻고 있다.

"뭐가요?"

"뭐가라뇨? 신랑감이 마음에 드느냐 말예요?"

"신랑감을 내가 언제 봤나 뭐."

"호 저것 보세요. 시집 얼른 가구 싶으신가보죠. 그럼 됐어요."

임 상궁이 활짝 웃었다.

나도 피식 웃었다.

양사골 대감을 배웅한 이모가 나한테 물었다.

"인륜대사니까 신중히 결정은 하겠지만 그만하면 혼인을 해도 괜찮을 듯싶은데 아기씨 생각엔 어때요?"

나는 그제야 얼굴이 화끈 달아오르는 것을 느낄 수 있었다.

"나 벌써 시집갈 때가 됐수? 이모."

그러자 이모 임 상궁은 무슨 생각에선지 듣기에 묘한 반문을 해왔다.

"시집가면 신랑과 한 방에서 잠자리를 갖는다는 건 아시죠? 저것 봐. 얼굴이 홍당무가 되는 걸 보니까 환히 다 아시면서. 그게 다 시집갈 나이가 된 증거예요. 그렇죠? 아기씨."

글쎄, 그럴까. 그런지도 모르긴 하다. 하지만 지금 나는 당장 좀 더 다급한 일을 해결해야 한다.

'길수를 어떻게 도와준다?'

"나 다시 궁에 좀 들어갈 일이 생겼으니 아기씨 먼저 저녁 들어요. 또 옥루몽이나 읽으시든지."

임 상궁이 또 외출 준비를 하며 말했다.

"여훈(女訓) 읽을게."

"참 신랑 이름이 김희진이라구 그랬죠?"

'길수, 지까짓 게 어떻게 고학을 한다는 거야.'

"김희진이라구 그랬죠?"

"그런가봐."

"저것 좀 보시지. 안 듣는 척했는데도 나보다 더 신랑 이름을 잘 외구 있네."

비바람이 계속 사나운데도 임 상궁은 궁엘 들어간다고 나갔다.

'혼인 이야기를 궁에 가서 의논하려는 건가. 아버지 태황제 그 어른과 의논하는 건가.'

나는 그날 밤 길수의 문제로 해서 잠을 못 이루다가 새벽녘에 해괴한 꿈을 꾼다.

내가 이지용(李址鎔), 그분한테 본격적으로 심한 괴로움을 당하게 되는 것은 훨씬 훗날의 일인데도 그날 새벽 왜 그런 어이없는 꿈을 꾸었는지 아무래도 모를 일이다. 그러니까 꿈이란 미래를 계시해주는 불가사의의 신비성을 가지고 있는 것 같기로 좀 지루한 그날의 꿈 이야기를 하겠다.

나는 비를 철철 맞으며 학교에서 돌아오다가 동십자각(東十字閣) 앞에서 이지용, 그분을 만난다. 아주 귀족적인 차림인 그는,

— 참 며칠 전에 황제 폐하를 만나 뵈었네.

빈들빈들 웃으며 그런 생감한 말을 꺼낸다.

— 문용이 서울에 와 숨어 지낸다는 말씀을 드렸더니 눈물을 주르르 흘리시던걸. 내 한번 부녀가 생면하시도록 주선을 해볼까?

나는 눈빛을 반짝거리며 그의 앞으로 바짝 다가선다.

— 정말이셔요? 그 말씀.

— 내가 왜 어린 사람한테 그런 거짓말을 하겠나. 아버님을 뵙구 싶지?

— 뵙구 싶어요.

— 그럼 뵙도록 일을 꾸며봐야지. 하지만 이 일을 임 상궁이 눈치 채면 큰일 나는걸. 임 상궁뿐이 아니라 누구든지 눈치 채는 날엔 큰일이 나요. 일본놈들이 당장 문용 아기씨를 잡아 갈 게고. 영친왕처럼 인질로 삼아 일본으로 보낼 거야. 나는 분명하게 대답해준다.

— 비밀은 지킬게요.

이지용은 내 머리에 손을 얹는다.

— 문용이의 속마음은 내 다 알구 있어. 내 며칠 후에 아버님을 쥐도 새도 모르게 만나뵙도록 해주지. 그 대신 내 청이 하나 있다. 돈 백 원만 마련해줘야겠어. 물론 임 상궁 몰래. 오늘밤 아홉 시에 이리로 가지고 나와.

— 나한테 그런 큰돈이 어디 있어요?

— 패물이라도 좋네. 만약 내 말 안 들으면 재미없을걸. 일본놈들한테 이르면 문용이도 임 상궁도 어떻게 되는진 알 게야.

— 나 아버지 만나 뵙구 싶지 않아요.

— 가까운 시일 안에 만나 뵙도록 해준다니까. 그 대신 오늘밤 아홉 시 정각이야.

— 나 정말 그분 뵙구 싶은 생각 없단 말이에요.

— 저런 처녀색시가 되도록 아버님을 못 뵈었다니.

'만나 뵙구 싶긴 해요. 하지만.'

나는 임 상궁의 간절한 부탁을 생각한다.

— 마음속으로 만나세요. 마음속으로 정성껏 모시도록 하세요. 어머니두 아버님두.

나는 집에 돌아와 고민한다. 이모 임 상궁을 배신하면 안된다. 하지만 아버지는 뵙구 싶다.

'패물이라두 대신 갖다 줄까.'

아버지를 만나게 해준단다. 시간은 자꾸 흐른다. 벽시계의 똑딱거리는 소리가 몹시 신경에 걸린다.

비가 내리고 있다.

한여름이라 날이 어둑신해지니까 벌써 여덟 시를 친다.

'이모를 위해서도 그 사람의 요구를 거절해선 안된다. 이모를 위해서도.'

그가 앙심을 품으면 먼저 이모에게 박해를 가하게 되리라는 것쯤은 짐작하기에 어렵지 않다.

'이모를 위해서.'

나는 훌륭한 명분을 발견해낸다. 이모를 위해서. 이모 임 상궁에 대한 박해를 박기 위해서 이지용의 요구를 들어줄 수밖에 없다.

'그렇게 하면 아버지를 만나 뵙게 될지도 몰라.'

나는 고이 간직해둔 패물 상자를 꺼내 그 속에 든 금가락지며 비취, 밀화, 산호, 홍옥 등속의 패물을 만지작거려 봤으나 도대체 그것들의 가격을 알 길이 없다. 몇 가지를 갖다 줘야만 백 원어치가 되는가를 궁리궁리해야 한다.

세 가지, 다섯 가지? 다섯 가지라면 백 원어치가 될까. 이왕 주는 거 모자라게 주면 안 주느니만 못하겠지. 일곱 가지쯤이면 될까.

나는 아홉 시가 되자 패물 일곱 가지를 싸가지고 집을 나선다.

윤덕이가 달려 나온다.

— 아니 아기씨, 이 비오는 밤중에 어딜 가시려구요?

— 우산이나 좀 다우. 가게에 가서 뭣 좀 사와야겠다.

— 저를 시키실 일이지, 왜 아기씨가 나가신다는 거예요? 뭐예요? 지가 사오겠어요.

— 내가 직접 사야 해. 우산이나 이리 줘.

— 그럼 저하구 같이 가세요. 길도 질척거리는데.

— 나 혼자 가겠다니까. 따라오지 마! 비밀이야. 대문이나 닫아 걸어.

— 오래 걸리셔요? 마님이 아시면 내가 또 야단맞을 텐데.

— 곧 올 거니까 걱정 안 해두 돼.

나는 도망치는 사람처럼 대문 밖으로 나간다. 질퍽거리는 진창길을 가려 딛을 줄도 모르고 담 모퉁이를 돌아간다. 도둑질이라도 한 것같이 가슴이 뛴다.

이지용, 그는 영락없이 동십자각 앞에 먼저 와서 기다리고 있었다.

나는 그에게 패물 주머니를 내민다.

— 산호, 밀화, 비취, 금가락지 그런 것들이에요. 모자랄까요?

그는 잠깐 망설인다. 우산을 때리는 빗소리가 다시 쏴하고 요란하게 들린다.

— 너무 많군그래.

그가 말한다. 너무 적어서 그렇게 비꼬는 것 같다.

— 좀 모자라두 받아 두세요. 내게 있는 걸 몽땅 가져온걸요.

그런데 그는 또 같은 말을 한다.

— 너무 많다니까. 세 개만 해두 백 원어치는 될 것 같은데. 세 가지만 주고 나머지는 도루 갖다 간직하게나.

그는 정말 뭔지 세 가지만 골라 갖고 나머지는 나에게 돌려준다.

— 임 상궁한텐 얘기 안했겠지?

— 네.

— 얘기하면 큰일 나.

— 태황제 그분을 만나 뵙게 해주시는 거죠?

— 내 주선해보도록 하지. 이거 미안스러워서 어떻게 하나. 나잇살이나 먹은 내가 이런 짓을 하다니. 도와주진 못하구. 그럼 어서 들어가 봐요.

이지용, 그는 내 잔등을 가볍게 다독거리며 나를 돌려 세운다.

그는 꺼져버리듯 어둠 속으로 사라져 간다.

어쩌면 그는 좋은 사람일지도 모른다는 생각이 든다. 패물 세 가지만 갖고 나머지는 돌려주는 그의 근본이 착하지 않을 수가 없다고 생각해본다.

그런데 일이 공교롭게 되고 만다.

내가 대문을 들어서자마자 임 상궁이 바로 뒤를 쫓아 들어온다.

— 아니, 이 밤중에 어딜 나갔다 오지?

이모가 차라리 그렇게 물어줬다면 나는 다소 마음을 놓았을 것인데, 그네는 아무 말도 묻지를 않는다. 옷을 갈아입은 지 한 시각이나 지나도 나한테 말을 걸어오지 않는다.

내 잠자리를 보살펴주고는 비로소 이모가 입을 연다.

— 나한테 뭐 할 얘기가 없수?

나는 그 한 마디에 질려버린다. 그네를 속였다는 사실이 무서운 죄책감으로 변해서 내 가슴을 바싹바싹 오그라뜨린다. 이모를 속일 길은 없다고 생각한다.

— 내가 잘못했어. 용서해요, 이모 이모…… 나는 이모 임 상궁한테 매달리며 애원한다.


"뭘? 뭘 용서하라는 거유? 아기씨. 꿈을 꿨나보군요?"

나는 잠에서 깨어난다. 이모 임 상궁이 옆에서 근심스럽게 나를 바라본다. 꿈이었구나. 그런데 나는 이상한 혼란을 일으킨다. 꿈속에서 나를 협박하던 사람이 이지용이 아니라 길수였던 것 같다.

'길수를 동십자각 앞에서 만나기로 했었는데.'

생시엔 길수를 만나고 꿈엔 왜 이지용이 등장했을까. 이지용은 꿈에 나타난 대역이고 실제는 길수란 녀석이 나한테 무슨 흑심을 가지고 접근했던 것인지도 몰라. 기묘한 혼동이었다. 하필이면 혼담이 오고 간 날 그런 맹랑한 혼돈이 있다니 허망하다.

"무슨 꿈이길래? 무서운 꿈?"

"기분 나쁜 꿈이야, 이모. 나쁜 남자를 만났어."

"나쁜 남자?"

임 상궁은 잠깐 생각에 잠겼다가,

"아기씨! 아기씨한텐 인제 튼튼한 보호자가 있어야 될 것 같아요. 나약한 이모의 힘만으로는 아기씨를 잘 보호할 자신이 없어요. 아기씬 이제 시집을 가야 할 나이니까."

라고 슬픈 듯이 말하는 바람에,

"이모! 내가 귀찮아졌수? 귀찮아서 얼른 시집이나 보내려는 거죠?"

하고 쏘아주니까,

"오, 귀찮다뇨. 아기씨가 귀찮다니. 왜 그런 무서운 말을 해요? 아기씨가 귀찮다니, 내가 아기씨를 귀찮아하다니……."

임 상궁은 눈물이 글썽해서 실성한 사람처럼 자꾸 같은 말을 뇌까렸다.

나는 그 이모의 예쁜 눈이며 코며 턱을 언제까지나 만지작거리고 있었다.

'이 착한 이모를 실망시켜선 안 된다. 속이는 짓을 해선 안 된다.'

그러나 나의 심정은 복잡했다. 이튿날 아침 나는 임 상궁 몰래 값진 패물

세 가지를 책가방 속에다 꾸려 넣었다.

나는 그날 아침 학교엘 가다가 아하…… 하고 감탄하지 않을 수 없었다.

안동(安洞) 네거리를 지나고 있자니까 마침 인력거 한 대가 맞은편에서 굴러오고 있었다. 무심결에 보니 인력거에 탄 사람은 다른 이 아닌 이지용이었다. 프록코트에 실크해트를 쓴 귀족적인 차림으로 인력거를 타고 어디론가 급히 가고 있는 것이다.

꿈땜이구나. 왜 저이가 내 신경을 혼란에 빠뜨리는 것인가. 무슨 인연이 길래 내 영혼에다 딴죽을 걸까.

저녁때 나는 동십자각 앞에서 예정대로 길수를 만났다. 그는 어제보다 더 초췌한 모습으로 나를 외면하면서 반겼다.

"길수야, 이거…… 팔면 백 원은 될 거야. 밑천삼아 뭐든지 하란 말야."

그 순간 나는 나이 먹은 길수를 연상했다. 이지용을 닮아보였다. 끝내 맹랑하고 우스운 이야기다.

여름방학이 시작되자 나는 몹시 흥분해 있었다.

나는 클래스메이트인 정애한테서 아주 즐거운 제안을 받고서 그 제안을 이모한테 의논해봤는데 이모는 망설이는 듯하더니 쾌히 내 소망을 승낙했다.

정애는 여름방학 동안을 인천 월미도에 가서 지내기로 했다면서 나더러 함께 가자고 했다.

인천 월미도에는 자기네 별장이 있다면서,

"나 어머니랑 오빠랑 셋이서 가는데 아무래두 친구가 없음 심심할 것 같지 뭐야. 너 같이 안 갈래? 가자."

나는 이모와 떨어진다는 사실이 두려워 한마디로 거절했으나,

"너희 이모랑 다 함께 가자. 그렇게 하자."

정애가 간절하게 권하길래 그 이야기를 이모 임 상궁한테 의논했더니 저쪽에 과히 폐만 되지 않는다면 함께 가도 좋다는 승낙이 떨어졌던 것이다.

어떻게 흥분하지 않겠는가. 난생 처음으로 피서여행을 하게 됐으니, 이모와 함께 낭만적인 바다로 피서길을 떠나게 됐으니, 어떻게 흥분하지 않겠는가. 나는 아직까지도 바다라는 것을 구경한 일이 없다.

경인선 기차가 있는데도 우리 일행은 소위 오동마차라는 것을 타고 길을 떠나게 됐다. 고관대작 중에서도 그런 훌륭한 쌍두마차를 가진 사람이 있을 것 같지 않았다. 왕실에는 있다지만 왕실 것을 빌린 게 아니고 일본공사관에서 빌린 쌍두마차라고 했다.

이모와 나는 기차로 가는 줄 알았었다. 그런데 서린동에 있는 정애의 집 앞에는 쌍두마차가 기다리고 있었다. 정애의 아버지 이남작의 특별한 주선인 성싶었다.

마차를 타기 직전에 정애는 나한테 자기 오빠를 소개했다.

"우리 인제 한 식구가 됐잖니…… 오빠데 일본 유학생이야. 명치대학(明治大學) 철학부에 댕긴다. 철학보다는 동양 미술에 더 취미가 있는 것 같지만."

정애는 자기 오빠를 퍽 자랑스럽게 소개했고 나는 그가 자기 이름을 뭐라고 그랬는지조차 알 수가 없을 만큼 수줍음으로 얼굴을 들지 못했다.

바로 그 순간이었다.

이모 임 상궁의 실로 놀라운 한 마디가 내 귀청을 때려서 나는 더욱 정신을 차릴 수가 없었다.

"아기씨! 아무래도 우리는 사양하는 편이 좋겠어요."

대가 유난히 긴 양산을 마차에다 얹던 정애의 어머니가 몸을 돌려 세웠다.

"사양하시겠다뇨? 왜 별안간."

"아무래도 여러 날 동안 집을 비우기가…… 우리는 남자분이라곤 없어서 집을 비우는 게 늘 불안해요."

그거야 갑자기 생긴 사정이 아니니까 새삼스럽게 여행을 중단할 이유가 되지 못한다.

"왜 뭐 마음에 안 드시는 일이라도?"

젊은 날엔 드물게 보는 아름다움을 지녔던 듯싶은 정애 어머니가 기분을 상했다는 투로 물었을 때,

"사실은 집안일도 마음에 안 놓이지만 우리 문용이와 저는 가마를 못 탄답니다. 비위가 약해서 멀미를 심하게 해요. 더군다나 마차를 탔다가는 야단이 날 것 같아서요."

이모는 그럴듯한 이유를 대고는,

"미안스럽습니다. 저희 걱정일랑 마시고 어서들 떠나세요."

라고 딱 잘라서 말하는 것이다.

약속했던 일을 새삼스럽게 거절하기란 참 어려운 것인데 이모는 체면 불구하고 갑자기 동행하기를 거절한 다음 섭섭해하는 내 귀에다 대고 속삭였다.

"어서 집으로 갑시다!"

집으로 돌아오는 길에,

"어떻게 우리가 일본놈 마차를 타고 거리를 누릴 수가 있누. 아기씨, 서운은 하겠지만 내 말 알아들을 수 있겠지?"

"네, 알겠어요. 이모의 심정."

"나뿐이 아니라 아기씨의 심정두 그렇지 뭘."

"나두 그래요. 일본놈 마차를 탄다기에 께름칙했어. 이모는 역시……."

"우린 노들강 백사장에라도 나가서 강바람이나 쏘이는 게 좋겠어."

"그게 참 좋겠네요, 이모. 노들강에두 갈매기가 있을까?"

"갈매기야 어딘들 없을라구요. 물 있으면 갈매기야 있게 마련이죠."

이모도 나도 갈매기는 강이나 바다 아무 곳에나 물만 있으면 있을 것이라고 생각했다. 둘이 다 갈매기를 본 일이 없었다.

그래도 나는 그네들과 함께 월미도엘 가지 못하게 된 것이 섭섭했다. 그리고 그 섭섭해하는 이유가 정애와 함께 즐기지 못하는 아쉬움보다는 그네의 오빠와 인사만 교환하고 이내 헤어지게 된 데에 있음을 깨닫고는 혼자 얼굴을 붉혔다.

일본 명치대학에 유학중이고 철학을 전공하면서 미술에 취미를 가졌다는 그 청년의 미끈한 모습 때문에 시무룩해했는지는 알 수가 없다.

그런 몇 가지 일을 겪은 여름이 가고 팔월 한가위를 이틀 후로 맞이하게 된 석양 무렵, 궁중에서 돌아온 이모 임 상궁이 까닭 모르게 몹시 흥분해 있었다. 이날따라 임 상궁은 전에도 이따금씩 집에 드나든 일이 있는 최 상궁과 함께 집으로 돌아 왔는데 나를 보자 대뜸 하는 말이,

"아기씨! 어서 옷을 갈아입어요. 우리 최 상궁님과 셋이서 어디 좀 갑시다."

하고는 오랜만에 내 나들이옷을 내놓았다.

우리가 간 곳은 봉익동(鳳翼洞)에 있는 절이었다. 대각사라는 절인데 최 상궁이 그 절의 큰 단골 신도로서 주지스님과 아주 가까운 사이였다.

주지스님은 뒷날 기미만세 때 33인 중의 한 분이 된 백용성 그분으로서, 우리를 정중히 맞아들인 다음 곧 법당에서 우리만을 위한 불공을 올리기 시작했다. 나를 위한 갑작스런 불공인 것은 틀림이 없으나 왜 나를 위해 별안간 예정치 않았던 불공을 드리는 것인지 그게 나는 궁금했다.

나는 백용성 주지스님과 나란히 앉았고 이모와 최 상궁은 한 무릎 뒤켠에 꿇어앉아 열심히 기도했다.

나는 이모의 지시에 따라 수없이 부처님한테 합장배례를 해야 했고 세 분은 나를 위하여 경건하게 뭣인가를 기원헤주었다.

오랜 독경을 끝낸 백용성 스님은 몸을 돌려 앉히더니 눈을 감은 채 염주 알을 굴리며 설법을 했다.

"세존께오선 육년 동안 고행수도 끝에 우주 섭리와 우리 인간들의 진리를 깨달으시고 성자가 되셨습니다. 그분이 제자들을 모아놓으시고 첫 설법을 하셨는데 말씀하시기를…….

— 모든 수행자들이여, 이 세상엔 두 가지의 극단이 있으니 그대들은 그 어느 한쪽으로도 기울어지지 않도록 할지니라.

세존께오서 행하신 이 최초의 설법을 초전법륜이라 부릅니다. 말씀하시기를…….

— 극단 중의 하나는 욕망의 노예가 되어 쾌락을 일삼는 일이니, 인간에 있어서 가장 천하고 어리석고 무익한 짓임을 깨달을지어다. 그리고 다른 한 가지는 마음의 안정을 얻지 못하여 스스로를 학대하고 괴롭히는 일인데, 역시 무익하고 괴로울 뿐이라 수행자가 가장 배척해야 될 어리석음이니라.

세존께오서는 그 말씀 끝에…….

— 모든 수도자들이여, 나는 그 두 가지 극단의 길 이외에 중도가 있음을 깨달았노라. 중도의 덕을 마음바탕에 끌어들이면 괴로움도 악함도 욕망도 교만함도 다 청정무구한 불성(佛性)이 되어 그대들을 구원하리니라.

불법의 묘리는 오로지 세존의 그 몇 마디 말씀에서부터 풀려나가는 것입니다. 아기씨, 평생토록 부처님의 그 말씀을 명심하십시오."

나는 백용성 스님한테서 그 간단한 몇 마디를 듣기 위하여 수를 헤아릴 수 없을 만큼 많은 절을 부처님한테 한 셈이 되었다.

법당을 나오려 하자 백용성 스님은 조용한 음성으로 나에게 물었다.

"진명학교에 다니신다구요?"

"네."

"공부는 잘 하시겠지요?"

"잘 못해요."

"석가모니의 자비가 항상 뒤를 보살펴 드릴 것입니다. 무시(無時)로 마음 가운데에 일어나는 모든 번뇌를 젖혀놓음으로써 착하고 청정한 심성을 한 곳에다 집중시켜 흔들리지 않게 함이 자신을 구원하는 유일한 길입지요. 그 한 곳이란 관세음보살이며, 자기 자신입니다. 자기 자신을 보살이라 생각하고 보살은 내 마음속에 있다고 믿고 예배하면 됩니다."

대각사에서 돌아오는 길에는 푸른 달빛이 뿌려지고 있었다. 한가위를 이틀 앞둔 밤이라서 그런지 거리는 여느 날 밤보다 사람들의 내왕이 번잡했다. 인력거들이 뻘질나게 달리고, 토란 채롱과 솔잎 광주리를 실은 달구지들이 덜거덕거리며 거리를 누비고 있었다. 한가윗날 아침에는 집집마다 토란국을 끓이고 송편을 솔잎에 쪄서 차례를 지내기 때문에 시골에서 그런 달구지들이 바리바리 짐을 싣고 서울로 몰려든다.

"우리도 토란국 끓여요, 이모. 추석날 아침에."

나는 문득 추석 때마다 먹어본 토란국 생각이 나서 그런 제안을 했다.

최 상궁은 궁으로 돌아가고 임 상궁은 나와 함께 집으로 돌아왔다. 그날 밤,

"내일 모레 한가윗날엔 밤 줍기 대회에 나가봅시다."

이모 임 상궁이 그런 뜻하지 않은 말을 꺼냈다.

"밤 줍기 대회? 어디루요?"

"가보면 알게 돼요."

"누구하구?"

"아기씨 또래들이 많이 모일걸요. 밤나무 숲으로 다니며 떨어진 밤을 많이 줍는 사람이 상을 타게 돼요. 보물찾기도 하구."

"어디서 그런 걸 한다는 거예요? 이모."

"창덕궁 비원 숲에서."

"창덕궁?"

"안 들어가 보셨죠? 창덕궁엘."

"그런 델 들어갈 수가 있다는 거예요? 이모."

나는 창덕궁엘 간다는 바람에 단박 흥분해버린다. 오늘날까지 궁이니 대궐이니 하는 곳엔 접근해본 일이 없기 때문이다. 지극히 가깝고 인연이 있는 것 같으면서 한 번도 접근해보지 못한 창덕궁, 그리고 덕수궁과 경복궁. 그 속에 사는 사람들이 궁금했고, 그 속의 됨됨이 알고 싶었으나 접근할 기회가 없었다. 학교엘 가려면 돈화문 앞을 지나고 경복궁 앞을 지나면서 그 웅장한 문루(門樓)를 세심히 관찰하고, 그 높고 긴 궁장(宮墻)을 손으로 쓸어볼 때마다 아련한 저항을 느껴왔는데 이제 그 돈화문 안엘 들어가 본다니 나에게 있어서는 뜻밖의 충격적인 사건이 아닐 수 없었다.

'아버지를 만나 뵈올 수 있는 건가?'

나는 지난 여름밤의 꿈을 연상했다. 이지용이 아버지와 생면할 기회를 만들어주겠다던 그 허망한 꿈이 현실화되는 건가.

나는 속으로 그런 기대를 가져 보면서도 이모한테 직접 물어보는 것은 삼갔다. 대신 귓결에 들리는 말이 있었다.

— 마음 한가운데에 일어나는 모든 번뇌를 젖혀놓음으로써 착하고 청정

한 심성을 한 곳으로 집중시켜 흔들리지 않게 함이 자신을 구원하는 유일한 길입지요.

그런 백용성 스님의 말이 생생하게 되살아났다. 아버지를 만나 뵙고 싶어 하는 것두 마음속에 일어나는 번뇌일 거야. 백용성 스님은 나의 그런 간절한 소망을 알기 때문에 일부러 그런 말을 했을걸 뭐.

그날이 와서 팔월 한가위. 하늘은 구름 한 점 없이 맑고 푸르렀다.

전날 밤, 요새 신경의 혼란을 자주 경험하는 이문용은 상궁 임씨의 지시에 따라 깨끗이 목욕을 했다.

아침부터 상궁 임씨는 자기의 애정으로 열네 살이나 먹여놓은 이문용을 단장시키느라고 정신을 못 차렸다.

키가 남달리 잔망하고 하체가 짧아서 열 살 정도의 소녀로 보이는 문용에게, 삼동주 속바지를 입히고, 진분홍 삼팔 겹치마를 입히고, 당항라 속적삼을 입히고, 대화단 호장저고리를 입히고, 말화양갑과 노리개 삼작을 앞가슴에 채우고, 족집게로 앞이마를 다듬고 밀기름을 칠해 머리를 곱게 다듬고 붉은 갑사 댕기를 나비 모양으로 드리우고, 그렇게 온갖 정성을 다해서 치장을 시켰으나 몸매가 늘씬하지 못해 꽃각시 같은 태는 나지 않았으나 상궁 임씨는 이 세상 누구보다도 아름답게 보았다.

"이모! 나 이모만큼 예쁨 얼마나 좋을까."

창덕궁에 들어가는 시각은 하오 두 시라고 했다. 시간이 가까워오자 어디선가 가마 한 채가 대문 밖에 와서 대령했다.

"햇밤이 벌써 아람이 벌었을까? 이모."

"늦밤은 철이 좀 이르지만 올밤은 아람이 벌었을걸."

"올밤?"

"일찍 되는 밤을 올밤이라구 해요."

그러한 대화는 출발 직전의 흥분된 마음을 어느 정도 안정시켜주었다.

"자아, 가세요, 아기씨."

상궁 임씨는 문용의 손을 잡고 뜰 아래로 내려섰다.

"머슴애처럼 터벌터벌 걸으면 못 씁니다. 발과 발 사이는 발의 길이보다 조금 넓게 떼어놓고 눈은 앞으로 내민 발끝에서 좀 떨어진 곳을 보세요, 아기씨. 치마폭이 벌어지지 않도록 왼손으로 가볍게 잡으시고, 이 꽃바구니는 오른손에 쥐신 채 가슴 아래에다 살짝 붙이세요."

"알았어, 이모."

"오늘만은 임 상궁이라 불러주세요. 궁에 들어가신 다음부터는 임 상궁이라 부르세요. 부르실 일도 많진 않겠지만."

상궁 임씨는 집을 나설 때부터 깍듯한 공대말을 쓰기 시작했다.

그런데 대문을 나선 문용이 막 가마를 타려는 순간이었다.

골목 안에 불쑥 나타난 사람이 있어서 문용은 가슴이 덜컹 내려앉았다.

"어서 타세요, 아기씨."

임 상궁은 문용의 등을 밀어 가마 속으로 들여보냈다.

마침 공교롭게 골목 안에 나타난 길수는 엿목판을 가슴에 단 채 가위를 째깍거리며 가마가 떠나기를 우두커니 기다리고 서 있었다.

문용은 가마 속에서, 배웅하는 윤덕이를 보고 말했다.

"나 이따 와서 먹을 거니까 엿 좀 많이 사놔라!"

문용은 째깍거리는 가위 소리 앞을 지나면서 왠지 불길한 예감이 들었다. 묘한 우연이 자꾸 뒤따라 다니는 것 같아서 마음이 언짢았다.

'엿장수놈, 하필 지금 왜 이 골목에 나타난담.'

원동에서 창덕궁은 지척의 사이다.

이문용을 태운 가마는 창덕궁의 서쪽 담 통용문인 금호문 앞에서 내려졌다.

임 상궁의 손을 잡고 궁 안으로 들어선 문용은 길수 때문에 꺼림칙해졌던 마음이 가시어지자 사면을 두리번거리기에 정신을 못 차렸다.

금천교(錦川橋) 돌다리를 건너 인정전(仁政殿)의 학익(鶴翼) 추녀 끝을 쳐다보며 정물헌(靜物軒) 쪽으로 돌아 청향각(淸香閣) 앞을 지나는 동안에 난생 처음 대궐 안 구경을 하는 소녀 이문용은 그저 정신이 얼떨떨했을 뿐이다.

"저기가 부용정(芙蓉亭)이랍니다. 가끔 황제 폐하께오서 납시는 곳입지요."

무슨 생각에선지 상궁 임씨가 그렇게 소곤거렸다.

황제 폐하가 자주 납시는 곳이라는 바람에 어쩔 수 없이 문용은 긴장했으나 대수롭지 않은 듯이 임여인에게 물었다.

"지금 거긴 누가 계세요?"

"지금요? 글쎄요, 누가 곕시는지 비어 있는지 알 수 없지요."

그 부용정을 오른편으로 돌아갔을 때엔 여러 처녀들이 눈에 띄었다.

차림새들이 비슷했다. 문용처럼 화려하게 치장한 처녀들이 제각기 꽃바구니를 든 채 저마다 귀부인의 인도를 받아 가며 어수문(魚水門) 앞으로 가고 있었다.

"모두 고관대작들의 자녀들이에요. 아기씨처럼 밤 줍기 대회에 참여하려구 모여 드는군요."

상궁 임씨가 그런 설명을 하면서 발길을 멈춰 세웠을 때 어수문 돌층계를 급히 내려오는 여자가 있었다.

"저분 최 상궁 아니야?"

문용은 그런 곳에서 알 만한 사람을 발견한 것이 퍽은 반가웠다.

"그렇군요. 최 상궁님이네요."

임 상궁은 간단히 대답하고는 문용의 옷매무새를 고쳐주기 시작했다. 공들여 분먹인 얼굴에 땀방울이 송알거렸다. 삼팔 수건으로 다독다독 다듬어주었다. 바람에 날린 귀밑머리를 손가락으로 쓸어 넘겨준다. 발에 신은 연둣빛 운혜(雲鞋) 테두리엔 별로 먼지가 묻지 않았는데도 수건으로 털어줬다.

"어머나, 아기씨께서 들어오셨군요. 세상에, 예쁘기도 하셔라!"

다가온 최 상궁이 활짝 웃으면서 그런 말을 하자, 문용은 고개를 가볍게 숙이고는 미소를 지었다.

"삼십여 명의 귀한 댁 자녀들이 모여 들었는데, 아기씨께서 가장 의젓하십니다. 옷맵시도 좋으시구."

"그야 우리 아기씨가 제일이시죠."

문용은 한 마디 하고 싶어졌다.

"키가 작아서 몸맵시가 안 나는걸요, 뭘."

그러자 최 상궁이 묘한 대거리를 했다.

"그야 집안 내력이시니까요."

어디선가 까치가 쩍 쩍 쩍 울고 있었다. 반가운 일이 있으려면 까치가 운다는 속설이 생각나서 문용이가 까치 소리 나는 숲을 훑어봤을 때,

"그럼 가시죠."

최 상궁이 문용의 왼팔을 가볍게 잡았다.

"가실까요. 얌전히 걸으셔야 해요."

임 상궁은 오른팔을 가볍게 잡았다.

두 상궁한테 양쪽 팔을 잡힌 문용은 어수문의 가파른 돌층계를 올라가고

있었다.

주합루라는 큼직한 현판이 붙은 건물이 눈앞을 가로막았다. 거기에도 돌 층계가 있었다. 올라갔다. 주합루 섬돌 옆에는 상궁인 듯싶은 여자들이 한쪽에 둘씩 넷이서 허리를 굽힌 채 층계를 올라온 문용을 지그시 쏘아봤다. 왼켠 섬돌 옆에 서 있던 여자가 최 상궁한테 물었다.

"어느 댁 따님이오?"

최 상궁이 잠깐 망설이다가 대답했다.

"그냥 이 앞을 지나가면 돼요."

"아니 되오. 어느 댁 따님인지 밝혀드려야 하니까."

"글쎄, 그냥 지나가겠어요."

최 상궁은 까닭 모르게 강경했다. 그녀는 바짝 긴장하면서 허리를 굽히고는 문용을 인도하며 주합루의 섬돌 앞을 통과 서쪽으로 걸어갔다.

주합루 정면에는 수정세렴(水晶細簾)이 드리워져 있었다. 그 안에 누군가가 있는 듯싶은 직감이 들었다.

문용이 길고 높은 주합루의 추녀 끝을 따라 서녘으로 가고 있는데, 뒤쪽에서 맑은 여자의 음성이 들려왔다.

"민영환(閔泳煥) 전 시종무관장의 따님이오!"

또 같은 음성이 들려왔다.

"이재곤 전 학부대신의 아드님이오!"

또 같은 음성이 들려왔다.

"조병세(趙秉世) 전 의정대신의 따님이오!"

문용은 뒤를 돌아다봤다.

좀 전에 문용, 자기처럼 주합루 섬돌 앞을 지나오는 소년 소녀들이 뒤를 따르고 있었다. 그곳에 서 있는 여인이 호명이라도 하듯 그렇게 외치고 있었다.

문용의 팔을 양켠에서 잡은 두 여자는 갑자기 발길을 멈춰 세웠다. 그네들의 눈길이 서로 마주쳤다.

문용이 방금 통과한 동쪽을 향해 돌려 세위졌다. 다시 추녀 끝을 따라 세 발이 드리워진 주합루 정면 앞을 지나는데, 이번엔 두 상궁의 걸음걸이가 유난히 굼떴다.

"아 참, 저쪽이라는데."

임 상궁이 또 발길을 돌려 세우며 꽤 큰 목소리로 뇌까리고는 문용을 다시 방금 통과한 서쪽으로 인도했다.

그 까닭을 문용은 알지 못했다.

주합루에서 서북쪽은 울창한 숲이었다. 소나무와 참나무 등속이 자연 그대로의 산 숲처럼 빽빽이 들어서 있었다.

오솔길을 걸어 능허정(凌虛亭) 근처에 이르니 밤나무들이 밀집해 있었다.

"자아, 아기씨! 밤나무 밑으로 다니며 떨어진 밤을 주웁시다."

임 상궁이 말했다. 그 눈이 불그레하게 젖어 있었다.

문용은 최 상궁을 돌아다봤다. 역시 눈시울이 젖어 있는 듯했다.

문용은 가슴이 벅차서 숨을 크게 들이마셨다. 주합루 쪽을 정신없이 바라봤다.

'저기 아버지가 나와 계셨던 게 아닐까.'

그래서 세 차례씩이나 나를 그 앞으로 걸렸을 것이라고 생각했다. 하지만 너무나 조용했다. 시선엔 소리가 없지만 기침은 소리가 있는데 발(簾) 뒤에선 기침 소리도 새어 나오지 않았다.

그래도 거기 누가 있었던가.

자기 딸의 모습을 숨어서 보는 아버지. 아버지 앞을 지나면서 그리운 얼굴 한 번 쳐다보지 못하는 딸, 그랬을지도 모른다.

'그분은 덕수궁에 계시다는데 일부러 창덕궁으로 오셔서 나를 보신 거야.'

문용이도 눈시울이 뜨거워졌다. 가슴이 벅차서 땅바닥에 풀썩 주저앉아버렸다.

"일어나세요. 밤을 주우셔야죠. 남보다 많이. 그래서 상을 타셔야 합니다."

임 상궁이 문용의 심정을 살피고는 외면을 하다가,

"어머나, 오셨어요?"

하고 마침 가까이 온 어떤 부인에게 인사를 했다.

"아기씨, 오셨어요?"

그 부인은 전에 민영익 댁에서 만난 일이 있다. 양사골 대감의 부인이다. 열뒤 살쯤 된 예쁘장한 소년을 데리고 있었다.

"댁의 도령이시군요? 예쁘기도 하여라."

"면용(沔鎔)아, 인사 드려라. 태황제 폐하를 모시는 임 상궁님이셔."

면용이라는 소년은 고개를 꾸벅 숙이고는 이내 턱을 바짝 치키더니 앞에 서 있는 소녀 문용이를 잠깐 쏘아봤다. 그러고는 강둥강둥 뛰어 밤나무 숲으로 사라져 갔다.

"같은 용(鎔)자 항렬인데 아기씨와 서로 인사라도 시키렸더니 저렇게 도망을 가는군요, 호."

부인도 웃고 임 상궁도 웃었다.

문용은 웃지 않았다.

주합루 안에 있는 어른이 누구인가 궁금해서 그쪽에만 정신을 팔았다.

'창덕궁에 계시다는 신황제(新皇帝=純宗)시겠지.'

그럴지도 모르지만 아닐지도 모른다고 문용은 생각했다. 아버지인 태황제, 그 어른일 것이라는 직감이 더욱 강했다.

허망한 부녀 생면인 성싶어서 눈물이 핑 돌았다. 그렇게 만나 뵙고 싶은 육친을 고작 그런 식으로라니 가슴이 아팠다.

어머니를 따라와 구김 없이 뛰노는 면용 소년이 부러워 자신이 서러워진 문용은 혼자 비실비실 밤나무 밑을 거닐며 눈총은 계속 주합루였다.

그 면용 소년이 육십 년 뒤에 조촐하게 늙은 영감이 되어 초라한 나를 이리(裡里)로 찾아왔을 때, 그는 나를 몰라봤으나 나는 어렸을 적의 그의 모습을 쉽게 회상해낼 수가 있었다.

밤나무에 달린 밤송이들은 하나도 아람이 벌리지 않았다. 모두가 아직 시퍼렇고 이따금 누른 기운이 도는 밤송이가 눈에 띄는 정도인데, 그러나 밤나무 밑마닥에서는 아람밤을 얼마든지 주울 수가 있었다.

아이들에게 밤 줍기를 시키기 위해서 묵은 밤을 섬으로 갖다가 뿌려뒀던 게 틀림이 없다.

"아기씨, 여기두 있네요. 어마, 이렇게 큰 밤톨이."

임 상궁은 내 마음을 달래려고 몹시 애를 썼다. 최 상궁과 번갈아가며 밤알을 한 움큼씩 주워다가 내 꽃바구니 속에 넣어주곤 하는데도 나는 도통 신명이 나지 않았다.

— 번뇌를 젖혀놓음으로써 청정한 심성을 한 곳으로 집중시켜 흔들리지 않게 함이 자신을 구원하는 유일한 길입니다.

대각사 백용성 스님의 가르침을 되새겨봤으나 번뇌는 가깝게 있으면서 청정한 심정은 너무도 먼 곳에 있기 때문에 문용은 서러운 마음을 어떻게도 주체할 길이 없었다.

그날 나는 밤을 가장 많이 주워서 1등을 했다. 은 경대와 청홍색 운문단 두 필을 상으로 탔다.

그 후 3년이 지나 열일곱 살이 되던 봄에 나는 시집을 간다.

시집가는 것이 뭔지도 모르고 시집을 가게 된다.

혼인 이야기가 나온 지 세 해를 끌다가 김옥균의 당숙이라는 김한규의 맏아들한테로 시집을 간다. 시아버지 김한규(金漢圭)는 우국지사라 했다.

신랑은 그의 맏아들인 김희진(金羲鎭)이다.

시어머니는 철원(鐵原) 출신의 반남 박씨(潘南朴氏)이고, 시삼촌은 김형규(金亨圭)고, 동갑네의 시뉘 숙진(淑鎭)이 이화학당(梨花學堂)에 다니고 있고 철진(哲鎭)이라는 귀여운 시동생이 있고, 봉익동에 그 시가가 살고 있으며, 시아버지는 본처 말고도 두 사람의 소실이 있고, 올망졸망한 자녀가 자그마치 12남매나 되는데, 그 집안의 맏며느리로 들어간다는 사실을 예비 지식으로 알 뿐이다.

그해가 1916년이니까 이 나라의 사정은 말이 아니었다.

일본의 통감정치(統監政治)가 지나고 초대 총독 데라우치 마사다케(寺內政毅)의 혹독한 무단정치(武斷政治)의 독아(毒牙)로 이 나라 강산과 인민은 통곡 소리마저 씹어 삼켜야 하는 세월이었다.

광화문을 헐고 총독부 청사를 경복궁에 짓기 시작한 해다.

나라 망한 지 불과 오년 동안에 백만 명이 넘는 이 나라 농민들이 선조 대대로 연면히 지켜온 제 고장 아름다운 산천을 버리고 남부여대(男負女戴)하여 북간도 허허벌판으로 쫓겨갔다.

'백오인사건(百五人事件)'을 비롯한 수많은 도살 작전이 데라우치 총독에 의해 날조되어 이 나라의 의기 있는 사나이들을 마구 때려잡았다.

그리고 태황제는 덕수궁에서 덕수궁 전하, 신황제는 창덕궁에서 창덕궁

전하, 부자 2대의 이 나라 황제가 텅텅 빈 궁(宮) 하나씩을 지키면서 망국의 한을 짓씹고 있는 1916년 가을, 태황제의 피를 받아 당당한 옹주(翁主)로 태어났으면서도 서민보다 더 철저하게 기를 죽이고 숨어 자라난 나 문용은 처녀 나이 열일곱 살의 꽃시절이라 하여 시집을 간다.

혼인날 신랑이 초립 쓰고, 도포 입고, 나귀 타고 후행(後行) 거느리고 처갓집으로 초례를 치르러 온다.

내 신랑 김희진은 열네 살 난 미동(美童)이란다.

원동 내 집에서 초례를 치르고, 신방을 차려 열네 살짜리 신랑과 열일곱 신부가 첫날밤을 치른다.

이모 임 상궁은 기뻐서 울었고, 침모, 동자치, 조전비는 '아기씨 혼인날'이라 해서 발바닥에 땀이 난다.

신랑은 초례청에서 초례를 치른 다음 부엌 뒤로 돌아가 한 자도 더 되는 긴 수수깡 젓가락으로 국수장국을 입에 꾸겨 넣은 것이 체했던지 즐거운 신방에 들자마자 자꾸 헛구역질을 하는 바람에 신부는 그의 등을 쳐주느라고 진땀을 흘리는데 그래도 바야흐로 벌어질 신랑 신부의 러브신을 보려는 이웃 아낙네들의 손가락 끝은 새로 바른 창호지를 만신창이로 뚫어놓는다.

창문마다 손가락 침칠로 뚫어진 수많은 구멍, 그 구멍마다엔 다투어 들이대는 아낙네의 눈동자들이 방안 촛불을 반사하며 번쩍인다.

"신랑은 뭘 해. 어서 신부 족두리 내리구, 큰비녀 뽑구, 큰머리를 풀어줘야지."

"신부의 저고리 고름을 풀러요. 속적삼두 벗기구."

"신랑 나이가 어려 신부 치마끈도 못 푸나. 치마 벗기구, 속곳 벗기구, 어서 원앙금침으로 들지 않구, 왜 눈만 껌벅거리시나."

"신부만 벗길 게 아니라 신랑두 어서 벗어야지. 허리띠 풀어 머리맡에 놓구 대님 끌러 버선목 묶고 어서 얼른 색시 옆에 누워야지."

"촛불은 입으로 불어 끄지 말고 손가락 끝으로 심지를 찝어 끄는 건데. 불 끄기 전에 신부 몸에 흉터 없나 샅샅이 살펴보는 거라우."

"신랑만이 아니라 신부도 신랑 몸을 살펴봐야지. 혹시 병신이면 어쩌누."

"병신이면 고자?"

까르르 웃어대는 여자들. 관심도 크고 말도 많고 시끄럽기도 하다.

이모 임 상궁의 목소리가 들린다.

"인제 고만들 물러가줘요. 세상에 문창호질 이렇게 뚫어놓다니, 어서 저리들 비켜요."

이모 임 상궁의 푸념은 짜증스럽지가 않고 즐거운 비명으로 들린다.

제8장

걱정스럽고 조심스러우며 기쁘기만 한 이모 임 상궁의 목소리가 불안에 떠는 신부한테 안도와 용기와 자신을 안겨준다.

몰아(沒我)의 정성과 오랜 기도 끝에 일차적인 자기 책임을 완수했다는 안도감이 이모 임 상궁을 허탈감에 빠뜨렸는지 그네는 자꾸 같은 말을 되뇌고 있었다.

"세상에 문창호질 이렇게 뚫어놓다니, 어서 저리들 비켜요."

순간 나는 강렬한 충동을 느낀다.

'이모!'

하고 외치며 방문을 박차고 뛰어나가 그네를 붙잡고 엉엉 울어주고 싶은 강렬한 충동을 느낀다. 그런 충동을 참고 견디자니 콧등이 간지러워진다. 진땀이 송알송알 돋아나서 코끝이 간지럽다.

"신랑이 어려서 아무것도 모르나? 색시 다룰 줄을 모르는가봐."

창문 밖에서 어떤 극성스런 여자가 그런 소리를 지껄이며 킬킬거린다.

"오누이 사이 같구먼. 누나 젖 주무르며 자러 들지 않겠수, 신랑님이."

"색시가 다 가르쳐주겠지 뭐. 나두 옛날 옛적 첫날밤엔⋯⋯."

"잠자리 갖는 법을 신랑한테 요렇게 조렇게 가르쳐 줬겠구랴?"

"멍청한 신랑 답답하게 굴면 가르쳐줘 가며 재밀 볼 수밖에 없잖은가 베."

체면 불구하고 아낙네들은 시시덕거리며 뭣인가를 끝내 봐야지 그대로 는 퇴각할 것 같지가 않다.

나는 가슴이 뛰고 시간이 지루해서 두통이 나고 숨이 막힌다. 큰머리가 무거워 고개가 뒤로 젖혀진다. 발이 저려 오기 시작해서 양 손가락 끝에 침 칠을 한다. 코끝에다 날름 바른다.

"글쎄 말유, 신랑이 초례를 치르자 집에 가겠다고 애를 먹이는 바람 에 후행(後行) 온 삼촌이 돈 십 전을 주고는 간신히 달래서 신방에 넣었대 요."

"저것 봐요, 저 신랑. 지금두 자기 집에 가고 싶어서 몸살이 나는 얼굴인 데그랴."

처음 듣는 이야기들인데 허무맹랑하게 꾸며서 지껄이는 것 같지가 않았 다.

"신랑, 뭘 하는 거야. 어머님 젖 생각이 나서 저렇게 울상인가보지. 어서 족두리를 내려요."

"색시 큰머리가 무거워 목이 옴츠러드는데 눈만 껌벅거리구 있음 어쩐 다는 건가."

나는 신랑의 표정을 재빨리 훔쳐본다. 아닌 게 아니라 얼굴을 잔뜩 찌푸 린 채, 두 다리를 쭉 뻗고는 옷고름만 만지작거린다. 나는 조바심이 난다.

내 손으로 족두리 내리고, 용잠(龍簪) 뽑고, 큰머리 내리고, 웃옷 벗고 어서 얼른 자리에 들고 싶지만 차마 그럴 수는 없다.

"어머니나, 저 신랑 자기 혼자 누워버리네. 저를 어쩐다지."

"색시 밤새우게 생겼네. 신랑이 풀어주구 벗겨주지 않으면 앉아서 밤새우게 마련인데 저를 어쩌누."

나는 또 눈을 내리깐 채 신랑의 동태를 훔쳐본다. 그는 정말 윗목에 네 활개를 펼치고는 벌렁 누워버렸다.

"저대루 코라도 골면 어쩐다우. 색시가 안아다 자리에 뉘고 신랑 옷 벗겨주게 됐네요."

"색시의 족두리는 누가 내려주구?"

"강제루 신랑 시켜 내리게 할 수밖에 없지 뭐."

그 순간이다. 신랑 희진이 후당탕 일어나더니 베개를 들어 문 쪽으로 팽개치며 고함을 치는 것이다.

"시끄럽다! 모두 꺼져버려라!"

어떻게 되겠는가. 기급을 한 아낙네들이 후둑후둑 달아나며 킬킬거린다. 그러자 이모 임 상궁의 애원하는 음성이 또 들린다.

"이제 제발 물러들 가요. 신랑이 어려서 그러니 구경할 것두 없는걸."

그 소리를 들은 나는 눈물이 찔끔 난다. 이모! 하고 소리치며 밖으로 뛰쳐나가고 싶은 것을 이를 악물고 참아낸다. 밖이 조용해지고 촛불이 바지직 소리를 내며 촛농을 지르르 흘린다.

얼마나 시간이 또 흘렀을까. 별안간 크르륵 하는 소리가 무거운 정적을 깨뜨린다. 신랑 희진이 어느 틈에 다시 누워 코를 골기 시작한 것이다.

나는 기가 막혀 코허리가 찐해진다. 그때 자기 코고는 소리에 스스로 정신이 잠깐 들었든지 신랑이 혼자 지껄인다.

"누나 ! 나 집에 가면 안돼?"

얼른 보내 주고 이모와 함께 자고 싶다.

"누나 ! 그럼 불 꺼. 나 졸려 죽겠단 말야."

어떻게 해야 하나. 불을 꺼주고 옷 벗겨 안아다가 금침 속에 넣어주고 싶은데 그럴 수는 없다. 신부가 그렇게 하면 불길할는지도 모른다.

초조하고 지루한 시간이 또 흐른다.

나는 목이 아파서 견딜 재간이 없다. 발이 저려서 참을 수가 없다. 이대로 앉아서 밤을 새야 하나. 철없는 신랑이 야속해서 입술을 깨문다.

신랑의 코고는 소리가 점점 높아지고 있다. 또 시간이 흐른다. 목을 움직여 본다. 큰머리와 화관 족두리가 무거워서 목이 나무토막처럼 뻣뻣하게 굳어져 있다. 이때 반가운 음성이 들린다.

"아씨! 문고리 좀 벗겨주세요."

나는 정신이 번쩍 나서 일어난다. 발이 저려서 움직일 수가 없다. 엉금엉금 기어가서 방문 고리를 벗긴다. 이모가 들어온다. 붙잡고 엉엉 울고 싶은 것을 억지로 참는다.

"원, 세상에."

이모는 조용히 내 앞에 앉는다. 족두리를 내려준다. 비녀를 뽑아준다. 큰머리를 풀어준다. 저고리 고름을 끄른다. 벗긴다. 치마끈을 푼다. 옭매어져 있어서 쉽게 풀릴 듯싶지 않은데 쉽게 푼다. 벗긴다. 속치마 끈도 끄른다. 벗긴다. 발을 잡아 당겨 버선도 뽑아준다. 그러고는 금침 속에 소중히 뉘여주며 울먹인다.

"편안하게 쉬세요, 아씨."

"이모!"

나는 눈물이 글썽해진 채 이모의 손을 잡는다.

첫날밤에 눈물을 흘리다니, 정말 사위스럽다. 이모가 손끝으로 눈물을 닦아준다. 이를 악문다.

이모는 신랑 희진이 옷도 벗겨준다. 요를 하나 더 깔고 안아다가 누인다. 원앙 한 쌍과 '수복강녕(壽福康寧)', '부귀다남(富貴多男)' 여덟 자를 금실로 수놓은 대화단 햇솜 이불을 그에게 덮어준다. 베개는 하나다. 둘이 베도록 길다. 신랑과 나란히 베도록 해주고는,

"아씨! 안녕히 주무세요."

이모는 그 한 마디를 남기고는 손으로 부채질을 해서 촛불을 끈다. 조용히 밖으로 나간다. 온 세상이 어둠과 정적의 일순으로 변한다. 소리도 움직임도 없는 정적 일순이 된다.

신부는 한숨을 죽이며 눈을 떠본다. 마당에 밝힌 불빛이 창호지에 어려 꺼불꺼불 춤을 춘다.

"창포밭에 금잉어 놀 듯 굼실넘실 잘도 놀겠네."

어떤 아낙네가 노랫가락조로 흥얼거리며 마당 저쪽으로 멀어져 가고 있다.

휘황하게 밝혀놓았던 대청의 촛불이 꺼진다. 마당의 등불도 꺼진다. 스무날 달빛이 희미하게 창문에 비낀다.

신랑 희진의 코고는 소리가 좀 더 높아진다.

방이 더워 답답한 지 이불깃을 와락 젖혀버린다. 덮어준다. 다시 젖혀버린다. 다시 덮어준다. 시삼촌한테 돈 십전을 받고서야 신방에 들었다는 내 신랑의 코고는 소리가 신경에 몹시 걸린다.

이때 정중한 음성이 내 귀에 들려온다.

— 석가모니의 자비가 항상 뒤를 보살펴드릴 것입니다.

나는 봉익동 대각사에서 본 관음보살의 자비로운 모습을 머릿속에 떠올

린다.

— 무시로 마음 가운데에 일어나는 모든 번뇌를 젖혀 놓음으로써 착하고 청정한 심성을 한 곳에다 집중시켜 흔들리지 않게 함이 자신을 구원하는 유일한 길입지요.

나는 백용성(白龍星) 스님의 차분한 음성을 듣는다.

— 그 한 곳이란 관세음보살이며 자기 자신입니다. 자기 자신을 보살이라 생각하고 보살은 내 마음속에 있다고 믿고 예배하면 됩니다.

나는 또 다른 음성을 귓결에 담는다.

— 가슴이 뛰는군. 조용히 마음을 가라앉혀요.

만약 성숙한 신랑이라면 내 가슴에 손을 대보지 않고도 신부의 가슴이 몹시 뛰고 있는 줄을 멀쩡하게 알고 있을 것이다.

그이는 열네 살, 나는 열일곱. 눈이 차츰 어둠에 익어가고 마음이 차츰 정적에 침잠돼 간다. 혈관에 피 흐르는 소리가 들린다. 담장 밑에 피어나는 오동잎 소리가 들린다. 하늘을 흐르는 구름 소리, 북두칠성의 움직임 소리, 다 뚜렷하게 들리는 것 같다.

새로운 책장을 팔랑 넘기는 소리도 들린다.

태어나서 17년, 그동안의 내 인생을 기록한 책장을 덮어두고, 새로이 첫장을 넘기는 소리가 들린다.

아무것도 씌어 있지 않은 백지 그대로의 책장을 펼쳐놓는다.

그 백짓장 위에 나의 눈물방울이 떨어져 번져 나가는 것을 본다. 이모의 눈물방울도 떨어진다. 다시 한 장을 넘긴다.

출렁이는 정일(靜溢) 속에서, 빛이 비치는 암흑 속에서, 새로운 나의 모습을 그려본다. 이 사람이 이모보다 더 소중해질 수가 있을까.

나는 이모한테서 이 사람한테로 정을 옮겨야 하는가 본데 이 사람이 이모보다 소중한 존재가 될 수 있다는 것인가. 그럴 날이 있을까.

신랑 코고는 소리가 정말 시끄럽다.

나는 손가락으로 그의 코끝을 찝어준다. 그는 숨이 막히니까 고개를 도리질친다. 아무래도 철없는 어린 동생이지 내가 평생을 의지하며 살아갈 신랑은 아닌 것 같다.

나는 아늑해진 어둠과 착 가라앉은 정일 속에서 기도하듯 뇌까린다.

"이모! 나 이모하구 살래."

혼인날을 정한 직후 이모와 주고받은 어처구니없는 대화를 나는 생각한다.

— 아기씨, 인제 기쁘시죠? 아기씨가 시집을 가시다니.

— 난 시집가는 거 싫여. 이모만 있음 늙어 죽을 때꺼정 아무 아쉬움 없이 살테야.

— 이제 시집가시면 이모는 잊어버리실걸요.

— 이모랑 함께 갈 수는 없을까?

— 초례만 치러둘 뿐이지 당장 신랑 댁으로 가는 건 아닙니다. 신랑이 클 때까지 한 삼년 이모와 그대로 이 집에서 사시기로 했어요.

— 그럼 삼 년 후에 혼인하면 되잖아요? 뭐 때문에 미리 해두는 거야?

— 신랑은 어리더라두 아기씨 나이는 찬걸요. 스무 살 노처녀가 되시려우?

— 스무 살이면 어떻구 마흔 살이면 어때. 이모두 혼자 살면서.

이모 임 상궁은 그 말을 듣자 눈까풀을 파르르 떨었다.

— 나두 아기씨를 훌륭한 임자한테 얼른 맡겨 드려야 어깨가 좀 가벼워집니다.

— 그럼 이모를 위해서 내가 시집을 가는 거군요? 이모의 어깨를 가볍게

해주기 위해서.

그 이모 임 상궁은 오늘밤으로서 정말 어깨가 가벼워진다는 것인가.

마침 밖에서 이모의 떨리는 음성이 들려온다.

"아기씨! 방장을 치고 주무시라니까요. 밤바람은 몸에 해롭습니다, 아기씨."

기도 소리처럼 간절한 임 상궁의 음성이 어둠을 뚫고 정일을 흔들면서 나의 허전한 영혼을 다독거려주고 있다. 나는 생각한다.

이 모든 인간관계나 애정이 아무리 경건하거나 살뜰한 것이라 하더라도 사람들은 원죄처럼 지니고 태어난 저마다의 길과 숙명이 있기 때문에 무시로 불어 닥치는 폭풍에 시달려야 하고, 안개와 구름이 겹친 경우처럼 가려지지 않는 혼돈 속에서 끝내 정체를 알 수 없는 자신의 기록을 기록해 나가야 한다.

그건 아마도 모든 사람들의 우울한 숙명이며 동시에 허허로이 자신을 위안할 수 있는 서정(抒情)의 채화(彩畵)가 아닌지 모르겠다. 바람에 불려 허공을 날다가 우연히 떨어진 지점에서 싹이 트이는 민들레의 씨앗처럼, 우연히 태어난 생명이 죽을 때까지 겪어야 할 한 많은 곡절 속에 그런 밉지 않은 서정의 채화마저 없다면 인생은 오히려 삭막한 게 아닌지 모르겠다.

나는 생각한다.

자신의 혈육을 수정 구슬로 엮은 발[簾]을 통해서, 그나마 먼발치로 바라보면서도 단 한 마디의 말을 걸어보지 못하던 황제의 부정(父情)과 정한(情恨)이 눈물겨운 진실이었듯이, 내가 이 결혼으로 말미암아 앞날에 호된 비바람과 싸우게 되더라도 그것은 나 이문용의 엄숙한 진실의 장(章)이 아닐 수 없다.

이날은 1916년 2월 20일이다.

행매육례(行媒六禮)를 갖추는 혼인이었다. 신랑 김희진은 3일을 처가에서 지낸 다음 신부를 데리고 자기 집으로 돌아간다. 철없는 그가 자기 집이 그리워 첫날부터 도망치려는 것을 간신히 붙들어 사흘 밤을 재웠다고 이모는 웃었다.

물론 신랑은 나귀 타고 신부는 사린교(四人轎) 타고 함께 그의 집으로 들어간다.

나는 역시 사흘 동안을 시집에서 새댁 노릇을 한다. 의식도 많고 지켜야 하는 법도도 까다롭다.

번족한 집안이라 사흘을 지내면서도 나는 그 집 식구의 얼굴과 촌수를 분별하지 못한다. 고작 시부모와 큰 시뉘를 분간했을 뿐 십여 남매나 되는 도련님과 아가씨들은 누가 누군지 알 길이 없었다.

사흘을 시집살이하고 다시 친가로 돌아오는 나는 기뻐서 어쩔 줄을 몰라 한다.

다시 이모 임 상궁과 함께 산다는 사실이 그저 기쁘고 고마웠다.

이모가 미리 말한 것처럼 신랑이 나이 어린데다가 아직 학생의 신분이라서 혼인은 했어도 함께 지내지 않고 친정 생활을 한다는 것이다.

삼 년이 지나 신랑 나이 들면 우례(又禮)를 치르고 정식으로 시집살이를 하는 게 그런 경우의 풍습이었다.

흔히 나이 어린 신랑은 어머니와 함께 기거하고 신부는 독수공방하면서 시집 일이나 실컷 하게 마련이지만 격조 있는 가풍에선 아예 새색시로 하여금 친정살이를 하게 하면서 세월을 기다리게 한다.

그렇게 해서 나는 김씨 집 새댁이 됐다. 쪽지고 붉은 댕기 들이고 옥비녀 꽂고 스란치마 끌며 대청을 오르내리는 대갓집 새댁이 됐다.

원동 집으로 다시 돌아온 날 밤, 이모 임 상궁은 내 손을 꼭 쥐고는 간곡하게 말했다.

"이제부턴 아씨의 몸이 아씨의 것이 아니에요. 오직 김씨댁 며늘아씨로서 부덕을 익히는 데 힘 쓰셔야 됩니다."

나는 가볍게 반발한다.

"혼인했다구 내가 나 아닐라구. 난 변한 것이 없어요. 이모와 함께 사는 게 기쁠 뿐이야."

나는 얼굴을 붉히며 거듭 같은 말을 했다.

"정말이야. 난 이 집에서 이모와 함께 사는 게 제일 좋아. 김씨집네서 소박이나 맞았음 좋겠네, 이모."

그 말에 이모는 펄쩍 뛰면서 손바닥으로 내 등가죽을 치는 것이었다.

"사위스럽게 무슨 그런 해괴망측한 소리를 함부로 하세요! 아, 무서운 소릴."

나는 이모의 새파랗게 질린 얼굴을 보자 내가 잘못 지껄였다 싶어서,

"그냥 그래 본 소린데 뭐."

하고는 그네에게 와락 안기며 엉엉 울었다.

나는 오늘날까지 그날 그 울음의 의미를 이해할 수가 없다. 왜 별안간 그처럼 진한 눈물이 철철 흘러내리고, 왜 그처럼 걷잡을 새 없도록 서럽게 엉엉 울었는지 알 수가 없다.

이모와 나는 오래도록 마주 붙잡고 울었는데, 누구의 울음이 더 서럽고 진했던 것인지는 오늘날까지도 알 길이 없다.

단지 지내놓고 짐작이 가는 것은 울음이란 어떤 목적이 있거나 분명한 이유가 있을 경우엔 혜식은 가식이라는 사실이다.

복받치며 솟아나는 뜻 모를 울음이야말로 영혼의 흐느낌이며, 그 영혼의

흐느낌이야말로 일생 동안에 한두 번쯤 울어볼 수 있는 진한 오열이라는 사실이다.

그런 경우엔 반드시 어떤 계시적인 뜻이 있으며 거역할 수 없는 운명의 선소가 곁들어 있다고 생각한다.

한동안 나와 마주 붙잡고 울던 이모 임 상궁이 별안간 정신을 번쩍 차린 것처럼 소리쳤다.

"사위스럽게 울긴 왜 울어!"

그것은 이모 자신한테 호통을 치는 것 같기도 하고 나를 나무라는 것 같기도 했으나 실인즉 뜻 없이 별안간 터진 두 사람의 울음을 사위스럽게 여긴 것이 틀림없다.

사위스럽다는 말에 나는 깜짝 놀랐다. 그런 말을 한 이모 역시 그 말에 놀랐는지도 모른다. 사위스럽다는 말처럼 무서운 형용이 또 있을까. 여자들에게 있어서는 더욱 그렇다. 재수 없다거나 방정맞다거나 또는 '계집이 요망스럽게' 라는 말 대신에 '사위스럽다' 다.

지금 늙어서 생각해보면 그날의 그 뜻 모를 울음도 그렇고, 첫날밤의 눈물도 그렇고, 모두가 내 앞날의 운명을 암시한 사위스러운 내 영혼의 발작이었음이 분명하다.

나는 일시 중단했던 학업을 계속하기로 했다. 흰 저고리 입고 검정 통치마 아랫단에 흰줄 세 개 두른 진명의 교복을 다시 입었다. 학교에 갈 때는 트레머리를 했다. 집에 돌아와서는 쪽을 쪘다. 아기엄마도 과부도 학생 중엔 섞여 있었다.

혼인한 지 이 년이 되자 우리는 합례를 치르고 다시 신방을 꾸몄다.

그 후부터는 한 달에 한 번씩 그가 내 원골 집엘 들르곤 하는데, 저녁이 되면 그대로 돌아가는 날이 많고, 혹 가다가 자고 가는 밤엔 아직도 개구쟁

이처럼 심하게 코를 골아서 나를 애먹였다.

처음엔 몰랐으나 그해 가을 겨울을 지나는 동안에 그가 집에 오는 것은 다달이 중순께임을 알았다. 그가 들르면 이모 임 상궁의 기쁨이 나보다 훨씬 더 컸다. 영락없이 사위 맞는 젊은 장모였다.

철따라 보도 듣도 못하던 음식을 만들어, 나와 겸상을 차려주곤 했는데, 번번이 병아리는 상에서 빠지는 법이 없었다.

약병아리를 구해다가 찹쌀과 인삼 대추와 호두 실백을 뱃속에 넣어 폭폭 곤 것을 아침상에 놓아주는 것이다. 정성으로 양념하고 애정으로 요리한 음식상이었다.

언젠가는 아침에 그를 배웅한 이모가,

"어서 옥동자를 하나 낳으세요. 시부모님이 얼마나 기다리시겠수."

하는 바람에 어리숙한 나도 비로소 깨닫고 이모의 가슴을 마구 두드리며 부끄러워했다.

시부모는 손자를 보기 위해서 다달이 일정한 날 그를 나에게 보낸다고 생각하니까 섭섭하기도 하고 부끄럽기도 했다.

그래서 나는 그들의 뜻이 쉽게 이루어지는 것을 소망하지 않았고, 신랑 희진은 희진 대로 이젠 제법 어른스럽게 말하기를,

"내 일본에 유학 가면 자리 잡는 대로 당신을 부르리다. 대학생은 가정을 가진 채 공부해도 되겠들랑. 아이는 학교를 마친 뒤에 낳도록 하구."

했던 것을 보면 그도 내외가 잠자리를 함께하는 이유 중의 하나는 자손 생산에 있음을 이미 알고 있었던 게 틀림이 없으니 그는 장가들고 조숙해진 셈이다.

희진은 키가 나보다 두 뼘이나 더 컸다.

나도 자랄 무렵이고 그도 한창 자랄 나이고 보면 아무래도 그는 보통 사

람보다 큰 키가 되겠고, 나는 여느 여자들보다 작은 체수로 그칠 모양이라서 마음이 걸렸던 것을 아직까지 기억한다.

희진은 퍽 자상한 성품이었다. 와서 저녁을 먹고 나면 학교[養正高普]에서 일어난 일, 집안에 있었던 일들을 낱낱이 얘기해주곤 했다.

장래의 꿈은 한두 차례 바뀌었다. 처음엔 의사였고, 다음엔 교육자였는데 나중엔 법률가로 낙착이 돼 있었다.

"변호사가 돼서 억울하게 박해받는 사람들을 구원해주고 싶어. 앞으로 일본놈들과 당당히 싸울 수 있는 건 변호사밖에 없거들랑. 그 대신 당신은 의학공부를 해요. 여의사가 돼서 불쌍한 사람들의 생명을 건져주면 그보다 더 좋은 일은 없거들랑."

희진은 어미(語尾)에 '들랑' 소리를 즐겨 쓰면서 야무지게 입을 다무는 버릇이 있었다. 그럴 때면 양쪽 뺨에 보조개가 귀엽게 패곤 했다.

"난 정치가는 되구 싶지 않아요. 김옥균 씨가 내 먼 촌 형님뻘이 되는 건 알지? 난 그분의 개화사상은 존경하지만 그분의 그 비참한 운명만은 따르구 싶지 않거들랑."

희진은 내 머리를 잘 쓰다듬어 주는 버릇이 생겼다. 내 머리는 유난히 검고 부드러웠다. 숱이 많고 올이 가늘었다. 그래서 촉감이 좋았던 것 같다. 머릿기름 묻는다고 내가 그의 손을 털어버리면 그는 순진하게 얼굴을 붉히며 계집애처럼 배시시 웃기를 잘했다.

"당신 냄새가 내 몸에 배면 좋지 뭐. 그렇잖아두 당신과 지내구 학교엘 가면 영락없이 애들이 놀리거들랑."

"뭐라구 놀려요?"

"나한테서 어른 냄새가 난다는 거야. 자식들, 당신 냄샌 줄은 모르구."

그 희진은 아무래도 귀엽기만 한 내 사내동생이지 남편으로는 여겨지지 않았다. 남편이란 어려운 존재지만 사내동생은 귀엽고 만만해서 부담 없이 정을 함빡 쏟을 수 있기 때문에 나는 그가 귀여운 동생처럼 여겨지는 것을 흉으로 생각하고 싶지 않았다.

"숙진(淑鎭)이더러 자주 들르라고 일러 뒀는데 사이좋게 지내란 말야."

그 무렵부터 시댁어른들이 시켰는지 그가 시켰는지 시뉘 숙진이가 자주 놀러 왔다.


3월 2일. 하늘은 맑은데 바람이 거셈. 꽃바람은 처녀 가슴속으로 파고든다더니 나는 남의 집 며느리인데도 꽃바람에 가슴이 부푼다. 오후에 시뉘가 왔다. 이화학당에 다니는 시뉘는 자유롭게 자라서 그런지 퍽 명랑하다. 나하고는 동갑인데도 나보다 아는 게 많고 어른스럽다. 역시 환경이 자유스러운 탓이겠지. 저녁때 단성사 극장구경을 가자기에 따라 나섰다. 생전 처음으로 활동사진을 구경했는데, 배꼽이 빠질 만큼 웃어댔다. 키턴이라던가, 그 서양 희극배우 엄청나게 웃겨서 극장 안이 웃음바다가 됐다. 이왕이면 전깃불을 환히 켠 채 사진을 돌려줄 것이지 불값 아끼느라고 객석을 온통 암흑세계로 만드는 그 상혼(商魂)이 밉다. 집으로 돌아오는 길에 둘이서 국화만두 십 전어치를 사서 맛있게 먹었다. 그 만두집이 종로 어느 골목 안에 있었던가.


4월 15일. 인간들과 세월이 제아무리 서러워도 이 땅에는 봄이 무르익었으며, 산에 들엔 꽃이 피고 새가 우짖는다. 창경궁엔 벚꽃이 한창이라 해서 원골 일대의 큰길은 아침부터 밤까지 사람들이 북적대는 모양이다. 어제는 이모한테 창경원 꽃구경 가자고 했다가 점잖게 거절을 당했다. 거절당하고 보니 더욱 가보고 싶다. 대청 뒷문을 열고 바라보니까 창경원 담장 너머엔 정말 벚꽃이 만발했는데 노을진 구름처럼 아름답기가 한량없다. 저녁 무렵 시뉘 숙진이가 와서 하는 말이 세월도 험하고 마음도 답답한데 동물원 벚꽃구경이나 갑시다, 하는 바람에 철없는 내가 그럴까 하고 대답해놓고 보니, 궁에서 임 상궁이 돌아와 윤덕이한테서 그런 얘기를 들으면 또 얼마나 섭섭해할까 싶어서 지금 꽃구경하러 다니게 됐수? 했지만 그럼 저녁 먹고 야시 구경이나 갑시다, 하는 바람에 야시 구경? 하고 나는 그 말을 반겼다. 찬모에게 일찌감치 저녁상을 차리게 했다. 종로 야시장은 불야성이고, 없는 게 없었다. 시뉘는 검정 운동화를 사고 나는 왜빗[倭櫛]을 하나 샀다. 돈은 시뉘가 냈다. 나는 번쩍거리는 그 왜빗을 옆머리에 꽂고 시뉘 숙진이를 놓칠세라 따라다니다가 어디로 해서 어떻게 집에 돌아왔는지 정신이 얼떨떨하다.

6월 14일. 간밤의 꿈이 꿈이 아니었더면 어쩌나.
가시리
가시리 가시리잇고 나는
버리고 가시리잇고 나는
위 증즐가 태평성대
"위 증즐가가 뭐꼬."
날러는 엇디 살라 ᄒ고
ᄇ리고 가시리잇고 나는
위 증즐가 태평성대.
"날러는 엇디 살라 ᄒ고."
신랑 희진이 먼 길을 떠나는데 내가 못 가게 붙잡으니까 마구 뿌리치는 꿈을 꾸었다.

8월 한가위가 며칠 안 남았다.

요샌 달도 지겹게 밝다. 저녁 먹고 업구렁이 집 나가듯 혼자 나섰더니 야시장 북새통에 가 있었다. 흙탕물에 거품 밀리듯 밀려다니다 보니까 동서남북을 분간 못하게 됐다. 야시장에 불이 꺼지기 시작했다. 어느 골목으로 들어섰던 것이 잘 못이었다. 아무리 헤매도 원골[苑洞]이 나서질 않았다. 남부끄러워 누구한테 우리 집을 물어볼 수도 없어서 그냥 헤매다 보니 자정이 가까워졌다. 거리에 불은 꺼지고 행인들은 어디론가 다 잦아들고 나는 집을 못 찾겠고. 졸업은 멀었을망정 진명학교엘 다니는 신여성인데 이럴 수가 있을까. 우물 안 개구리였기 때문이다. 구두를 신어서 구두소리만이 휑한 거리에 울려 퍼진다. 그게 겁이 나길래 구두를 벗어 두 손에 들고 흰 양말바닥으로 발소리를 죽이다 보니까 김천 방앗 골에서 방 첨지가 삼아준 짚신이 닳을까봐 겨우내 들고 다니던 생각이 나서 서글퍼졌다. 딱딱이한테 잡혔다. 따라가다가 걸음아 날 살려라 하고 도망을 치는 데 김천 방앗골에서 임 상궁이 데리러 왔을 때 논두렁으로 도망질치던 생각이 나서 서글펐다. 마구 쫓기다가 배우개 네거리에서 나를 찾아 헤매던 이모와 만 났다. 울음을 터뜨리며 손에 들었던 검정 구두를 발에 꿰는데 양말 바닥이 젖어 서 신어지지 않는다. 원, 시상에 딱두 하슈, 이모 임 상궁의 한탄이었다.

9월 5일. 요새 만약 이광수(李光洙) 씨의 장편소설 『무정』이 〈매일신보〉에 연 재되지 않는다면 나는 어떻게 시간을 메울 수 있을까. 나도 이담에 소설가가 되어 나처럼 영혼을 앓는 많은 사람들에게 빛과 용기를 불어넣어 줬으면 좋겠다. 사랑은 왜 할까. 기쁨보다는 괴로움이 더 많은 것 같은데. 전쟁은 왜 할까. 그 많은 사람들이 그처럼 참혹하게 죽고 죽이면서 그래, 전쟁을 해야 하나. 세계가 아비규환이 되어 엎치락뒤치락하던 전쟁[一次大戰]도 이젠 서로 지쳐버린 것 같다. 신문 보도를 보면 항복하는 나라, 휴전하는 나라, 그렁저렁 전쟁이 끝나가는 모양이다. 연합군이 이기는 것 같다. 이겨도 져도 전쟁은 파괴와 살육의 대명사인데 그래도 안할 수가 없어서 했던가보지. 엊그젠 시뉘 숙진 씨와 함께 한강 인도교 구경을 갔다. 작년 가을에 개통됐는데 한 번 가보고 싶던 참이라 마침 잘 됐다고 따라 나섰더니 허망한 꼴을 보고 말았다. 어떤 남녀가 정사(情死)를 하려고 다리 위에서 강물로 뛰어 들었다. 남자는 인공호흡으로 소생시킨 모양이지만 여자는 영영 염라대왕 시중 들러 가버렸다니 불쌍하다. 함께 강물로 뛰어들 수 있을 만큼 서로 사랑을 했다면 죽어도 행복한 사람들일 텐데 꼭 죽어야만 했을 사정이 뭘까. 먼발치에서 그 소란을 구경하면서 나는 법화경을 외워줬다. 강물은 유유히 흐르고, 구름은 강물에 잠겨 있었다. 왜 갈매기가 안 날까 했더니 시뉘가 까르르 웃으며 강에도 갈매기가 있느냐면서 몇 해 전에 〈매일신보〉에 연재됐다가 책으로 나와 많이 읽히고 있는 『장한몽』의 한 대목을 소리 높여 외운다. 아무래도 나는 시뉘 숙진 씨와 등이 맞고 배가 맞는 것 같다. 그 『장한몽』 나 좀 빌려줘요.

10월 18일(일요일). 내 생일날이다. 시댁에서 시어머니가 오시고 신랑 희진이 오고, 시뉘 숙진이도 오고 양사골 대감 이재곤 내외분도 오시고 해서 꽤 떠들썩한 아침을 치렀다. 양사골 대감 내외분이 먼저 가시고 시어머니도 당신 아드님과 따님한테 "너흰 놀다 오너라" 하고 가시고 이모는 궁에 들어가시고 해서 오후에 시뉘와 단둘이 남게 되자 "올케! 우리 성당에 가볼까?" 하고 숙진이 생감한 제안을 하는 바람에 "나는 불교 신자인데 성당엘 어떻게 가요?" 하니까 불교보다는 기독교를 믿어야 신여성이 될 수 있으며 불교는 동양의 종교지만 기독교는 세계의 종교니까 아무래도 기독교를 믿는 게 좋지 않겠느냐면서 성당엔 이 나라의 상류 계급과 지식층의 부녀자들이 모이기 때문에 사교상으로라도 좋지 않겠느냐기에 믿음에 사교라는 목적을 개입시키는 것은 불순하지 않느냐고 반발을 하면서도 나는 성당이라는 데를 한 번 구경해보고 싶어졌다.

이모한테는 절대 비밀로 하기로 약속하고 둘이서 종현(鍾峴)성당엘 갔더니 마침 하오의 특별미사를 드리는 중인데 신부님의 설교는 알아들을 수 없고, 다만 흰 미사포를 쓰고 나무의자 앞에 무릎을 꿇은 채 기도드리는 신자들의 경건한 모습을 구경하기에만 정신을 팔았다. 성가대의 노랫소리가 들리자 사방을 두리번거렸으며, 앉았다 일어났다 하며 가슴에 성호를 긋는 여자, 남자가 입속으로 중얼거리는 게 도대체 무슨 소린지 귀 기울여 봤으나 허사였고 검은 수녀복을 입은 한 무리의 수녀들이 한켠에서 기도하는 광경을 보다가 절에 있는 여승들은 회색 옷에 흰 염주를 손목에 걸었는데, 수녀들은 검은 옷에 검은 염주[묵주]를 가진 것이 불교와 기독교의 차이인 것 같아서 혼자 고개를 끄덕였고, 성당엔 흰 마리아상, 절에는 금빛 부처님, 절은 기와집 성당은 뾰죽집, 뭐 그게 그것이 아니냐고 생각하는데 신도들은 일제히 일어섰고, 나는 혼자 앉아 있고, 신도들이 일제히 앉았을 때 나는 혼자 우뚝 서 있고, 하다가 무색해져서 옆에 있는 시뉘 숙진에게, 고만 갑시다, 했더니 얌전치 못하게 목소리가 너무 커서 주의를 받았다. 해가 바뀌어 1919년.

1월 8일. 신랑 희진이 왔다. 그는 나의 손을 잡으며, "나 일본 유학 가게 됐소." 하면서 순진스럽게도 눈물을 글썽했다. 언제 떠나느냐고 물었더니 닷새 동안 나와 함께 지내고는 떠난다는 것이다. 따라온 그의 유모가 내 집 침모 여주댁과 함께 온갖 뒷바라지를 해줬다. 낮에는 나란히 종로랑 진고개랑, 그리고 극장, 백화점 등을 두루 다니며 즐겁게 지냈고, 밤이면 이제 성숙한 젊은 부부로서 한정된 시간을 즐겼다. 닷새 동안이 꿈같이 훌쩍 지나버리니까 너무도 아쉽고 허망해서 서럽지도 않았다. 그는 명치대학 전문부(明治大學專門部)에 들어갈 계획이라고 했다. 나는 이제 마악 그에 대한 애틋한 정을 느끼기 시작했는데 이별이란다. 공부를 하기 위해서는 신혼부부도 떨어져야 하는 것인가. 아내가 반드시 남편의 학업에 방해되지는 않을 텐데도 함께 가서는 안되는 것일까.

부부 유학생이 되어 그는 법률 공부를 하고 나는 의학 공부를 하고, 그가 아프면 내가 주사를 놓아주고……. 아파하겠지, 주삿바늘로 쿡 찌르면.

그가 떠나는 날, 나는 이모와 의논해서 월삼 회중시계를 그에게 선물했다. 이모와 함께 서울역으로 전송을 나갔더니 시댁 식구들이 함빡 나와서 그의 장도를 축복해주고 있었다. 서양 사람들은 그런 경우 남편과 얼싸안고 석별의 정을 나눈다는데. 나는 사람들 뒷전에서 그런 생각을 하며 입술을 깨물었다.

이모가 내 심정을 알고 손목을 끌어 앞으로 내세우자 시아버님이 나에게 말씀하시기를, 학교에 들면 여름방학에 나오기로 했다고 위로를 해주시면서, "희진아, 네 처 손이라도 잡아주고 떠나야지." 하시는 바람에 플랫폼이 온통 웃음바다가 됐다.

1월 20일. 하늘이 무너져 내린 날이다. 나의 아버지이신 선황 폐하[高宗]께서 간밤에 승하하셨단다. 아직도 뵈온 일이 없지만 너무도 서럽다. 이모는 궁에서 나오지도 않는다.

나는 혼자 울고 울다가 지쳤다. 나는 천성이 바지런한 편이지만 글씨를 쓰라면 외면을 하고 침선에만 골몰했었다. 수를 잘 놓았다. 이모는 그러한 나에게 『법화경(法華經)』을 가장 많이 읽혔다. 열두 권을 외워 쓰게 하곤 했다. 십장생(十長生)과 일월광(日月光)을 무수히 수놓게 했다. 합천 해인사, 철원 보가산, 금강산 장안사 등에서 왔다는 스님들에게 그걸 나눠줘서 부처님께 바치게 했다.

모두 아버지 선황 폐하와, 그리고 나의 복록을 빌게 하기 위해서였다. 그런데 선황 폐하는 나를 가깝게 불러 손 한 번 잡아주시지도 않고 양사골 대감처럼 머리채 한 번 쓰다듬어 주시지도 않고 세상을 떠나셨단다. 어렸을 적에 내가 이모한테 아버지를 뵙게 해달라고 눈물 흘리며 조르니까 경상도 말을 깨끗이 버리고 고운 서울말을 쓰게 되면 뵙도록 해주겠다고 약속한 일이 있다. 이제 나는 경상도 말을 잊었다. 그런데 아버지는 돌아가셨단다. 그동안 우리 집에 무시로 드나든 어른은 양사골 대감 이재곤 내외분뿐이다. 오실 적마다 돈 천 냥(20원)씩을 내 손에 쥐어주시곤 했다. 내가 이모에게 주면 이모는 그 돈을 부처님한테 바치겠다고 장롱 속 깊이 챙겨두곤 했다.

왜 그처럼 열심히 불공을 드렸나. 아버지의 만수무강을 빌었고, 나의 행복을 빌기 위해서였지 부처님을 위해서는 아니다. 그런데 아버지, 그분은 한 많은 생애를 어이없게 마치셨단다. 나는 지옥으로 떨어진 심정이다. 부처님께 드린 정성은 말짱 허사였다. 이모는 나 어려서부터 자꾸 『여훈』을 배우라기에, 그 책은 배워 뭘 하느냐고 물었더니 여자는 시집을 가야 하며 시집을 가려면 그 책을 열심히 읽어야 한다기에 시집가면 이모와 함께 가느냐고 하니까, 자기는 집에 있고 나만 간다길래 나 혼자는 시집 안 가고 둘이 함께 가면 간다면서 하루 종일 이불 들쓰고 울었는데, 그것은 순전히 이모 떨어져선 못 살고 이모 없는 나를 생각할 수 없었던 까닭이었다. 그때도 서러웠지만 지금은 그보다 더 서럽다. 내 혼인날이 정해지고, 참모가 내 혼수랑 금침을 꾸미면서 또 시집 소리를 지껄이기에 나는 이모와 이별하는 시집은 가지 않는다고 방패막이를 하니까 비단옷 입고 패물 노리개 달고 시집가는 게 얼마나 좋길래 그런 말을 하느냐 해서, 그럼 침모나 내 대신 그 비단옷 입고 시집가시오, 했더니 한숨 푹 쉬고는, 좋은 시절 다 갔답니다, 하면서 구슬픈 적벽부를 흥얼거리는 바람에 나도 따라 '임술지추 칠월 기망' 하고 함께 소리치니까 침모는 눈물을 흘리며, "초로 같은 인생인데 이 나라를 되찾으려다 죽어가는 독립투사들의 원혼이 울고 있습니다." 하면서 관세음보살을 연신 외는 그 처절하게 슬픈 얼굴을 보고, "침모의 신랑은 어디 있소?" 하니까, "나라 찾으려고 의병(義兵) 나갔다가 죽었답니다." 하는 바람에 나는 김천에서 올라오는 길에 문경새재에서 목격한 그 어떤 의병의 죽음이 머리에 떠올라 가슴이 뭉클했었고, 그때의 침모도 어지간히 처절한 서러움이었지만 아버지의 부음을 들은 지금의 내 슬픔에는 따르지 못할 줄로 안다. 경상도 말도 고치고 『법화경』『반야심경』을 휑하니 외고, 불공도 많이 드렸건만 나보다도 임 상궁의 그 지극한 정성이 허사가 되다니, 이래도 부처님을 더 믿어야 하는가 싶어 임 상궁을 보면 나는 말해주려고 한다.

부처님한테 불쌍하신 우리 아버님 어서 돌아가시라고 비셨소? 이모. 그렇다면 하늘도 땅도 인간도 섧기만 한 존재였구나. 부처님이 어디 있고 법화경이 장타령보다 나을 게 뭐람.


아버님 고종황제의 국장일은 3월 2일로 확정이 됐다.

대한문 앞과 태평로 일대에는 연일 밤낮없이 백립(白笠) 쓰고 상복 입은 민간 조객들로 길이 메워졌다. 길바닥에 무릎 꿇고 엎드려 망국한을 통곡하고 황제의 서러운 생애를 애통해하는 경향 시민들로 붐벼대고 있었다.

나는 두 차례 남몰래 집을 빠져 나가서 덕수궁 긴 담장을 손으로 어루만지며 혼자 눈물을 뿌렸다.

2월이 저물어 가자 세월이 점점 수상해지는 것 같았다. 내 귀엔 별로 들리는 말이 없는데도 피부로 그것을 느낄 수 있었다.

어느 날 충격적인 소식이 들려왔다. 일본 도쿄에서 큰 사건이 벌어진 모양이라는 풍문이다.

도쿄 유학생 6백여 명이 조선기독교 청년회관에 모여 독립운동을 획책하다가 일본 경찰에게 해산되면서 수많은 학생들이 다치고 검속됐다는데, 그 여파가 국내에 미칠 것을 염려한 일본 군경은 혈안이 되어 국내 학생들과 사회단체의 동태를 사찰하고 있다는 이야기였다.

"그 사람은 어떻게 됐을까? 이모."

나는 어느 날 궁에서 잠깐 빠져 나온 이모 임 상궁에게 물었다. 그 사람이란 물론 도쿄에 가 있는 내 신랑 희진이다.

"그렇잖아도 시댁엔 소식이 있나 알아 봤더니 아직 아무런······."

나는 불길한 예감이 들어서 입술이 바직바직 탔다.

시댁은 김옥균의 족척이고 시아버지 김한규(金漢圭)는 만만찮은 반골(反骨)이란 소문인데 그의 아들이라고 무골충(無骨蟲)일 리가 없다. 반드시 젊은 피를 끓이다가 무슨 일을 저질렀으리라고 보는 것이 옳았다.

나는 그날부터 또 밤마다 잠을 자지 않고 『법화경』을 읽었다. 국장(國葬)을 며칠 앞둔 아버지의 극락왕생을 빌고 신랑 희진이 무사하기를 축수하기 위해 열심히 『법화경』을 읽었다.

그래도 나는 전보다 덜 외로운 것 같았다.

비록 타계하셨지만 아버지를 위하여 축원할 수 있고, 또 신랑을 위하여 정성껏 불경을 욀 수 있게 된 것이 어떤 충족감을 갖게 했다.

전에는 기도해줄 대상도 마땅치 않아 허전했고, 마음 쓸 사람이 없어 자신이 더욱 외로웠는데 이제 육친의 극락왕생을 부처님에게 발원하고 신랑의 안위를 염려하여 정성껏 불경을 욀 수 있으니 인간의 행복은 어쩌면 그런 몰입의 경지에서부터 싹이 트기 시작하는 것인지도 모른다는 생각이 든다.

종교를 가졌거나 안 가졌거나 기도한다는 것은 좋은 일이다. 남을 위해서도 좋고 자신을 위해서도 좋다. 그리고 이웃이나 사회를 위해서도 좋다. 항상 기도하는 자세로 살 수 있다면 영혼의 안정을 얻을 수 있는 것이다. 영혼의 안정을 얻을 수 있는 게 기도라 한다면, 비록 남을 위해 기도하더라도 종당엔 자신을 위하고 사랑하는 길이 되지 않겠는가.

국장 사흘 전부터 나는 소복을 입었다.

임 상궁은 선황 서거일로부터 복상(服喪)을 했으면서 나도 상복을 입겠다니까 펄쩍 뛰면서,

"아씨는 마음속으로 아버지의 복을 입으세요. 반드시 흰옷을 입어야만 상제 노릇을 하는 게 아닙니다."

라고 애원하듯 거절하기에,

"온 백성이 입는 상복을 그분의 딸인 내가 왜 못 입는단 말야?"

하고 항의했더니,

"사위스럽지 않습니까. 시댁 어른들도 구존해 계시고 신혼하신 새댁의 몸이신데 거상을 입는다는 것이 사위스럽지 않습니까. 꼼짝 말고 집에 계시면서 불경이나 읽으세요."

그러니까 내 아버지는 안 계신 것으로 돼 있는 데다가 시부모나 남편이 세상을 버린 것도 아니니 젊은 여자가 거상을 입는 것은 남 보기에 좋지 않고, 시댁 사람들 눈에도 귀엽게는 보이지 않을 것이라는 말이지만, 그러나 내 생각으로는 그런 애매모호한 이유보다는 '사위스럽다'라는 이모의 표현이 싫어서 나는 더 이상 고집하지 않았다. 그런데 이제 장례일을 사흘 앞두게 되자 궁에서 빠져나온 이모는 준비해온 거상을 나에게 입혀주면서,

"오늘밤 절에 가서 아버님을 위해 축원해 드리도록 하십시다. 최 상궁이 미리 절에 가 있을 것입니다."

하길래,

"절이라면 봉익동 그 절?" 했더니,

"그렇잖아두 언젠가 백용성 스님을 만났더니 아씨를 모시고 오라 했어요. 그분은 아씨를 위해서 평소에도 늘 부처님께 축원하고 계신답니다."

하는 것이었다.

나는 난생 처음으로 입어보는 깃옷이 신기하기만 해서 거울을 보고 이리

저리 매무새를 다듬었다.

부슬비가 내리고 있었다. 저녁 무렵 어슬해지는 화단엔 모란잎이 싱그럽게 피어 있었다. 묵은 가지에서 힘있게 솟아오르던 잎몽오리가 어느 틈에 푸른 잎을 활짝 피우고 있어서 강인한 생명력과 봄의 의욕을 과시했다.

날이 어두웠을 때 대각사에 도착했는데 최 상궁이 마중하면서 말했다.

"주지 스님은 안 계시군요. 아씨께서 오신다는 말씀을 미리 알려 드렸다면 만사 제쳐놓은 채 기다리고 계셨으련만."

"어디 먼델 가셨대요?"

이모 임 상궁도 백용성 스님이 없다는 바람에 섭섭했던 것 같다.

"어딜 가셨는지 절에서도 모르는군요. 얼른 돌아오실 듯싶지 않은 모양이라 그대로 부처님께 고축(告祝)을 하자고 했어요."

백용성 스님보다 더 늙은 중이 집전하는 가운데 우리는 선황제의 극락왕생을 빌었다. 나중엔 울음바다가 되고 말았다. 처음엔 슬픔을 참고 열심히 축원할 수 있었으나 최 상궁이 먼저 엎드리며 흐느끼는 바람에 나도 이모도 따라 울음을 터뜨렸다.

불단에는 선황제의 큼직한 영정이 안치돼 있었다.

나는 엎드린 채 그분의 인자한 모습을 쳐다보다가 묘한 착란을 일으켰다.

그분의 모습이 관음상의 모습으로 변하고 뒤에 있는 관음상의 모습이 그분의 모습으로 보였다.

내 눈에 눈물이 가려서 그랬든지 불빛이 흔들려서 그랬든지 흡사 출렁이는 물속에 잠긴 얼굴들처럼 부옇게 흐려졌다가 출렁이다가 하면서 아버지와 관음보살의 눈총이 번갈아가며 나를 응시하곤 했다.

불도(佛徒)의 공덕은 염불을 많이 외는 일이라고 한다. 일구월심 염불을 외면 번뇌가 사라지고 마음이 청정해지고, 그래서 영혼의 본체를 발견해낼 수 있다고 들었다. 이모 임 상궁은 오열과 염불이 범벅되고 있었다. 그게 그대로 흐느낌이었으나, 그게 그대로 간절한 발원(發願)이었다.

최 상궁은 이모보다 좀 더 섧게 울고 있는데도 내 보기엔 이모의 설움엔 비길 것이 못되는 것 같았다. 설움이란 그렇게 겉으로 나타나는 것이 아니라 숯불처럼 속으로 파고들수록 극한에 이르는 것임을 알고 있다.

스님의 목탁 소리는 지극히 단조로웠다. 단조롭기 때문에 더 한층 경건한 분위기를 자아냈다.

처음엔 두 사람의 스님이 우리와 함께 법당에 들었으나 어느 틈엔지 여섯 명으로 불어나 있었다. 그중에는 두 명의 이승(尼僧)이 있었고 그네들의 옆얼굴은 관음상 못지않게 아름다웠다.

불경 소리는 해맑기가 이른 봄 계곡 물소리였다. 굵은 남성(男聲)에 섞여 약간 드높게 한 옥타브씩 높여지는 여승들의 독경 소리가 법당 안에 차면서 장엄한 하모니를 이루고 있었다. 진한 분향 내음이 분위기를 더욱 엄숙하게 했다. 활활 타는 대황 촛불이 관음의 미소를 더 한층 자비롭게 비쳐주었다. '반야심경(般若心經)'을 거듭거듭 외고들 있었다.

관자재보살행심 반야바라밀다시
조견오온개공 도일체고액 사리자
색불이공 공불이색 색즉시공
공즉시색 수상행식 역부여시……
(觀自在菩薩行深般若波羅密多時照見
五蘊皆空度一切苦厄舍利子色不異空
空不異色色卽是空空卽是色受想行識亦復如是……)

나는 입에 올라 술술 외고 있는 반야심경의 뜻을 잘은 모르지만 이모한테 배운 대로 어지간히 풀이는 할 수 있었다.

관자재보살이 깊은 반야바라밀다를 행할 때, 5온은 다 공이라 조견하고 일체의 고액을 제도하느니라. 사리자야, 색이 공과 다르지 않으며 공이 색과 다르지 않느니라. 색이 곧 공이 되며 공이 곧 색이 되느니라. 수, 상, 행, 식도 역시 또한 그와 같으니라······.

반야심경의 그 깊고 오묘한 뜻을 쉽게 깨닫고 체득할 수는 없으나 외고 또 외면 우둔한 영혼에도 감응이 되어 나 같은 철부지도 능히 자비로운 불심에 접근할 수 있다는 것이 이모 임 상궁의 타이름이었다.

이날 밤 임 상궁은 최 상궁과 함께 덕수궁으로 돌아가고, 나는 집으로 와서 공부방에 묻혀버린 채 울며불며 하룻밤 한나절을 슬픔으로 지낸다.

그동안 몸이 지쳤던지 빈혈이 생기고 입술이 타서 이불 속에 묻힌 채 꼼짝을 하지 못한다.

어떻게 시댁에서 내 소식을 알았는지는 모르겠으나 찹쌀 미음과 깨죽을 쑤어 하인한테 들려 보내왔다. 소태처럼 쓰기만 해서 먹지를 못하고, 궁에 들어간 채 소식이 없는 임 상궁만 그리워하다가 3월 1일을 맞는다.

독립만세 사건으로 서울 장안이 발칵 뒤집혔는데도 나는 대궐에서 보낸 임 상궁의 전갈로 해서 대문 밖에 나가는 것을 엄격히 금지당했다. 그 소용돌이 속에서 선황의 인산(因山)이 치러졌다.

저승길마저 편안하게 가시지 못하는 그 어른의 숙명이 딱하고 송구스러워서 나는 골방에 묻힌 채 맥이 풀리도록 울다가 지친 끝에 늘어져 있었다.

시뉘 숙진은 학교[이화학당]에서 곧장 만세 대열로 뛰어 들었다가 일경(日警)한테 잡혀 갔다는 소식이 들려왔다. 남편은 바다 건너로 떠나갔고, 아버지는 저승길로 가시고, 내가 가장 흉허물 없이 지내던 시뉘마저 경찰에 잡혀 가고, 이모는 궁에서 금족령이 내렸는지 나오지 않고, 나는 너무도 외롭고 서러워서 하늘이 무너지고 땅이 꺼진 것처럼 몸 둘 바를 몰라 하며 암담한 실의에 빠져 있었다.

나는 쉽게 이해할 수가 없었다. 혈육 사이도 헤어지고, 친한 사람들끼리도 헤어지고 믿고 의지할 수 있는 사람과도 헤어지게 마련인데, 그처럼 사람은 외로운 존재고 제 힘으로 제 인생을 살아야 되는가본데, 독립운동하다 쓰러지고 만세 부르다가 피 흘리고 해야 하는 이유를 쉽게 이해할 수 없었다. 결국 사람은 외로이는 못 살고 저 혼자의 능력이나 힘만으로는 생존하기 어려운 것이기 때문에 나라를 사랑하고 사회를 보살피고 남을 위하고 하는 사상이 나오게 마련이고 보면, 불교의 반야심경이 가르치는 이치와, 노자(老子)가 말하는 유(有)와 무(無)는 서로 낳고 난(難)과 이(易)는 서로 이루며 장(長)과 단(短)은 서로 어울린다는 상대주의의 원칙이나, 또는 기독교의 주장처럼 자아(自我)를 잃음과 공동사회에 대한 책임감을 잃음은 다함께 신에게 반역하는 죄라고 보는 점에 일단 타당성을 인정해야 할 것 같다.

'나도 뛰쳐나가서 목이 터지도록 독립만세를 부르고서 내 인생에 덮쳐지는 운명을 담담하게 받아들여볼까.'

그것이 망국의 유한을 품은 채로 쓸쓸히 세상을 떠나신 선황에 대한 내 의리이고, 그것이 그분이 염려하던 이 나라 백성들에 대한 내 봉사이고, 그것이 나를 아껴주는 여러분에 대한 나의 보답이며, 그것이 종당엔 나 자신에 대한 충직이 아닐까 싶기도 하다.

그러나 그것은 막연한 나의 생각이었을 뿐 시뉘 숙진처럼 서슴없이 거리로 뛰어나갈 만한 용기를 뒷받침하고 있는 자아 정립의 신념이 나에겐 없었다.

나는 남을 빙자하여 나의 무능무력을 비호하려 한다. 내가 거리에 뛰쳐

나갔다가 일경에게 끌려가서 창피한 꼴을 당한다면, 또는 죽게 된다면 이모가 얼마나 슬퍼할까, 시부모가 얼마나 애통해할까, 신랑 희진의 비탄이 얼마나 클까, 하는 식으로 나의 유약함과 비겁함과 그리고 소심성을 덮어버리기에 급급할 뿐이다.

어수선한 3월이 저물어갈 무렵에 나는 몸에 중대한 변고가 오고 있음을 깨달았다. 식욕을 잃었다. 자주 헛구역질을 했다. 현기증으로 비실거릴 때가 자주 있었다.

"아씬 태기(胎氣)신가봐요."

어느 날 아침 침모 여주댁이 이모한테 소곤거리는 말을 엿듣고는 가슴이 뛰었다. 문틈으로 엿보니까 대청 섬돌 위에서 그 말을 들은 이모 임 상궁이 잠자코 고개만 끄덕이고 있었다.

여태껏 말은 안했으나 자기는 벌써 다 알고 있었다는 태도였다.

시댁에서 알고 음식과 보약을 장만해 보냈다.

그 후 시뉘가 더욱 자주 드나들며 내 몸가짐에 많은 조언을 해줬다.

나 이문용이 포태를 했다. 새로운 생명을 낳게 된단다. 한 생명으로 태어난 값음으로 나도 한 생명을 낳아야 한단다. 종족보존의 목적의식도 없었고 애정의 결정(結晶)이 필요하다는 아쉬움도 없었는데 여자니까 아기를 낳게 된단다. 삼신할매는 내 아기한테 어떤 운명을 안겨줄 것이며 부처님은 내 아기한테 어떤 시련을 시킬 것인가.

하늘이 어느 한 사람에게 장차 큰일을 맡기려 할 때는 반드시 먼저 그의 심지(心志)를 괴롭히고, 그의 근골(筋骨)을 고달프게 하고, 그의 체부(體膚)를 아프게 하고, 그의 몸을 지치게 하고, 일마다 뜻대로 되지 않게 함으로써 그의 마음을 충동시키고, 예사 사람이 참지 못할 일을 참게 하고, 여느 사람의 힘으로는 도저히 할 수 없는 일을 해낼 수 있도록 한다는 저 잔인하리만큼 냉혹스런 인간 시련론을 주창한 맹부자(孟夫子)의 말을 그대로 긍정하면서까지 내가 아기를 낳아야 할 것인가. 훌륭한 인물 큰일을 할 대장부를 낳을 수 있도록 부처님께 축수해야 할까, 겁이 난다.

하여튼 나 이문용은 아기를 포태했다.

그런데 4월이 가고 5월 6월이 다 지나가고 7월이 되자 나는 차마 참고 이겨 낼 수 없는 또 다른 혹독한 시련 앞에 서게 된다.

그것은 앞으로 낳을 내 아기와, 그리고 나와 인연이 있는 여러분들한테 한꺼번에 덮씌워진 신(神)의 고약한 심술이지, 아무리 착하게 생각하려 해도 시련이라는 멀쩡한 형용사로는 납득이 가지 않는 행패임에 틀림이 없다.

그것은 이른바 호사다마(好事多魔)라는 말로부터 시작되는 것이었다.

지극히 좋은 일과 지극한 마성을 곁들여 안겨주는 신의 섭리는 아무래도 인간에 대한 질투가 아닌지 모르겠다.

제9장

사람이고 신이고 마찬가지가 아닌지 모르겠다.

남을 질투할 때엔 가장 착한 체하면서 미소를 뿌리고, 인심도 쓰고 하다가 혹독하게 가해를 해버리는 그런 위선과 잔학성을 지닌 점엔 신과 사람이 별로 다르지 않은 줄로 안다.

그러니까 선심도 가학도 근본은 질투에서 비롯되는 것으로 보는 게 옳으며 인간관계의 우여곡절이나 또는 운명으로 돌릴 수밖에 없는 신의 조화도 따지고 보면 질투에서 움트는 심술이나 행패임에 틀림이 없다.

좋은 일이 있다 해서 무턱대고 기쁨으로만 맞을 것이 아니다.

뒤에 어떤 궂은일을 안겨주려고 먼저 선심을 쓰는가를 경계해서 손해될 것은 없다.

여름방학을 앞둔 어느 날 임 상궁이 나에게 말했다.

"방학이 시작되면 일본에서 서방님이 오실 텐데 얼마나 기쁘시겠수?"

나는 이모의 그 말을 듣는 순간 가슴이 마구 뛰었다. 그리고 나의 신랑 희진의 모습이 머릿속에 꽉 차버렸다.

솔직히 말해서 나는 기쁜 것이다. 돌아오는 그를 그리워하지도 않았는데 막상 그가 방학에 귀국한다는 소리를 듣자 그리운 생각이 왈칵 솟구친 것이다.

내외간의 정에 눈을 뜨기 시작한 것이다.

이모 임 상궁은 또 말했다.

"서방님이 오시면 시댁으로 들어가셔야 해요."

시댁으로 들어간다는 것은 기쁘지 않았다. 이모를 떨어져 시집살이를 한다는 것은 반갑지 않았다.

"해산달도 가까워졌으니 겨울방학까진 학교를 쉬어야 해요. 휴학계를 내어 두도록 해야 합니다."

해산달이 임박했다는 말엔 겁이 덜컥 났다. 겨울방학까지 휴학을 해야 한다는 말은 싫지가 않다.

그러나 대체적으로는 모두가 기쁜 일에 대비하라는 뜻이다.

내가 아기를 낳는다. 기쁘다. 그처럼 파란을 겪으면서 자라났고, 그처럼 철없이 혼인을 했는데도 불구하고 여느 여인들처럼 아기를 낳을 수 있다는 게 대견하기만 했다. 뿐만 아니라 신랑 희진이 독립만세의 소용돌이 속에서 무사히 몸을 보전한 채 여름휴가로 집에 돌아온다니 기쁘다.

내 어찌 오래도록 그날을 기억하고 있지 않겠는가.

7월 16일이다. 1919년.

이른 아침을 먹고 학교에 갈 준비를 서두르고 있었다. 나는 경대 앞에 앉아 있었다. 학기말의 시험공부를 하느라 그랬던지, 아니면 뱃속에 든 아기 한테 모체가 시달려서 그런지 눈에 띄도록 여윈 듯한 나의 얼굴을 거울에 비쳐 보고 있었다.

아침에 눈을 뜨면 자주 거울 앞에 앉는 버릇이 생겨 있었다. 여자의 천성인가 싶다. 쪽을 풀고 트레머리로 바꿔야 학교에 나간다. 청옥 구화잠비녀를 뽑는다. 연봉 귀개가 쪽에 꽂혀 있다. 그것도 뽑는다. 쪽이 풀어지면 붉은 댕기도 끌러낸다. 칠칠한 머리채에 얼레빗질을 한다. 아침마다 이모가 땋아주는 머리채다. 이모를 부른다.

이모가 들어와 거울 앞에 앉는다. 내 머리채를 땋아준다. 트레머리로 올려 준다. 교복으로 바꿔 입는다. 흰 적삼에 검정 통치마 차림이 된다.

"아무래도 배가 불러 보이는데. 친구들이 눈칠 못 챘답까?"

이모 임 상궁이 봉싯하게 부른 내 아랫배를 바라보며 그런 말을 했다.

"아직들 몰라. 알면 놀려 먹게."

"아씨도 참 어지간하시네요. 여섯 달이 넘도록 남의 눈에 띄지 않게 지내시다니."

그건 그렇다. 학교에 가면 급우들과 정면으로 서지를 않는다. 되도록이면 배를 오므리고 걷는다. 이따금씩 깨닫는다. 걸을 때 다리가 벌어지고 삐딱삐딱해지는 것을 깨닫는다. 그러지 않으려고 신경을 곤두세우자니 잠시 잠깐도 마음을 놓지 못한다.

몸이 무겁고 공부시간에 졸음이 오고 숨소리가 커지고 하는 것을 의지(意志)로 감추려 하자니까 보통 고역이 아니지만, 하여튼 오늘날까지 급우들 눈에 띄지 않은 채 견디어왔다. 이모의 말마따나 나도 어지간한 여자임엔 틀림이 없다.

그날도 나는 하루의 고역을 예상하면서 학교에 나가려고 대청으로 나섰다.

마침 그때 대문을 찌꺽찌꺽 흔드는 소리가 들려왔다.

"얘, 대문에 나가봐라!"

이모가 교전비한테 지시했다.

대문이 열리자 다급하게 들어선 사람은 시댁의 하인이었다.

"웬일인가? 아침이 이른데."

이모 임 상궁이 먼저 물었다.

"일본에서 서방님이 돌아오셨습니다. 알려 드리라는 어른님의 분부이시기에 달려왔사와요."

시댁의 노복(奴僕)이 허리를 굽히며 그런 말을 지껄이는데 숨이 찬 것 같이 보였다.

"오, 그래. 언제 오셨던가? 서방님이."

"오늘 새벽차를 내리셨다는 말씀인 것 같습니다."

"뭐 다른 말씀은 없으시고?"

"그냥 기별해 드리라는 분부셨습니다."

"알았노라고 가 여쭙게!"

시댁의 노복은 좀 뭉칫거리다가 이모한테 묻는 것이었다.

"아씨께선 곧 시댁으로 가시려는지요?"

"알았노라고 가 여쭈라지 않았나!"

왠지 이모 임 상궁의 말투가 서릿발처럼 냉엄했다.

담장 밑에 주렁주렁 핀 의송화 꽃잎이 때마침 후루루 떨어졌다. 꽃잎이 질 만큼 시들지도 않았는데, 그 붉은 화판이 왜 그처럼 떨어지는지 알 수가 없었다. 침모도 동자치도 교전비도 마당에 늘어서 있었다.

아침 일찍 날아든 기쁜 소식을 나와 함께 기뻐하는 얼굴들이었다.

"아씨! 오늘부터 학교는 쉬세요."

이모의 말투는 나에게마저 싸늘했다.

나는 내 방으로 들어가며 뒤따라 들어온 이모에게,

"그럼 지금부터 시댁으로 가봐야 하우?"

하고 물었더니,

"돌아오셨으면 그쪽에서 아씨를 와 뵈어야지 자기 집에서 나 돌아왔노라, 하고 하인한테 기별을 하는 법이 어디 있답디까."

라고 이모는 이모답지 않게 흥분을 감추지 못하는 게 우스워서,

"먼 길을 온 사람인데 내 쪽에서 가봐야지 어째 그쪽에서 먼저 나를 찾아오우?"

하고 대수롭지 않게 물으니까,

"그래도 신분이 있지 않습니까. 아씨는 이 나라의 옹주님이시라는 걸 왜 모르고 지각 있는 분들이 그런 일을 저지르느냐 말이에요."

하고 내 신분을 내세우기에,

"이모! 그런 말 하지 말아요. 내가 여자로서 김씨댁 며느리가 된 거지 옹주로서 시집을 간 건 아니잖수? 그런 자랑스럽지 못한 신분론을 내세우면 시댁에서 역겨워하실 거예요. 안 그렇수? 이모."

하고 가볍게 내 의견을 세웠는데,

"아이고, 우리 아씨께서 벌써 시댁 편 드시느라고 코허리에 땀이 나셨네. 저래서 여자는 시집을 가야 하는가보죠, 호."

하고 이모 임 상궁은 마구 웃어대는 것이었다.

이틀이 지나서야 희진은 왔다.

시뉘 숙진과 함께 왔다.

나는 그날 아침 이모의 표정을 기억한다. 처음으로 그처럼 기뻐하는 표정을 보았다. 늘 뭣인가 걱정스런 얼굴, 조심스런 표정, 정숙한 몸가짐으로 일관해 온 이모가 그날 아침에만은 티 없이 환한 웃음을 흘리며 진심에서

우러나오는 기쁨을 감추지 못했다.

희진은 방으로 들어서자마자 말했던 것이다. 그의 그 말 한 마디가 이모 40여년 평생에 처음으로 그런 기쁨을 안겨줬다.

"장모님 절 받으십시오."

희진은 방에 들자마자 그런 첫마디를 꺼내면서 이모가 채 앉기도 전에 넙죽 절을 하는 것이었다.

"아이구! 내가 장모 소리를 다 듣다니, 세상에 이런 기쁠 데가 있나. 장모한테 절도 넙죽 잘하시네."

이모 임 상궁은 그의 손을 덥석 잡고는 좋고 기뻐서 눈물을 글썽거렸는데, 그 아름답고 품위 있는 얼굴에 아침 햇살이 원광(圓光)처럼 비쳤다.

나는 그 순간의 이모의 표정을 그전에도 후에도 다시는 본 일이 없다.

"자네들은 맞절을 하게나."

이모의 그 말은 놀라운 것이었다. 희진과 나를 얼버무려서 '자네들'이라고 한 것이다. 물론 이모가 그 전에도 그 후에도 그런 말을 쓴 일이 없다. 오직 그때 꼭 한 번 그처럼 정다운 호칭을 썼다.

장모의 입장에서 딸 사위에게 써보는 '자네들'이다.

이모는 '자네들' 소리 한 번 해보고 스스로 감격해서 관음상처럼 청정무구한 얼굴로 환하게 웃었던 것을 기억한다. 왜, 왜 사람들은 그때 이모의 웃음과 같은 웃음을 자주 웃으며 세상을 살아가지 못할까.

왜, 왜 웃음에다 슬픔을 곁들이고, 저의를 비치고, 욕기(慾氣)나 모멸이나 목적을 담아야 하나. 웃음의 의미가 그처럼 복잡할 이유가 없고 그 뒤끝에 석연치 않은 그림자가 따라 붙을 까닭이 뭔지 모를 일이다.

하긴 웃음이란 그처럼 맑지 못한 경우가 많기 때문에 모나리자의 미소가 고귀하고 관음보살의 그 자비로운 미소가 몇천 년 만에 한 번 얻은 인류의

지고지순한 웃음일지도 모른다.

희진은 이모와 나를 더욱 기쁘게 했다. 이모에겐 진주반지를 선물했다.

"장모님! 제가 끼워 드리겠습니다."

그는 이모의 손가락에다 진주반지를 끼워줬다.

나에겐 손목시계를 채워줬다. 그리고 자루가 긴 영국식의 파라솔을 사왔다.

이모와 나는 동심으로 돌아갔다.

이모 임 상궁은 반지 낀 손으로 이마를 짚으며, 아이구 골머리야, 하면서 사람을 웃겼다.

나는 신랑 앞임을 생각지 않았다. 시계 찬 손으로 파라솔을 펴 들고, 어깨에 걸치고, 핑글 핑그르르 돌리면서 방 안을 이리저리 걸어다녔다.

시뉘 숙진이 배를 잡고 떼굴떼굴 구르듯이 웃어댔다.

나도 이모도 일찍이 이토록 즐거워해본 기억이 없다.

받은 물건이 좋아서가 아니라 그의 정이 고마워서였다.

"언니! 나 여기 오다가 동생과 약속했어요."

동생의 아내니까 내가 언니가 아닌데 숙진은 나를 언니라고 불렀다.

"약속?"

"우리 오늘 노들강으로 뱃놀이 가기루 했어요. 물론 언니와 함께 말이야."

"뱃놀이요?"

나는 반문하면서 시선을 아래로 떨어뜨렸다. 나의 시선은 봉싯하게 부른 나의 아랫배에 떨어졌다.

"그거 좋겠군요. 아침부터 날씨도 찌는데 나가 노시다들 오세요."

나 때문에 이모는 다시 깍듯한 경어를 쓰기 시작하는 게 어색하고 섭섭했다.

얼마나 즐거운 날인가. 오랜만에 만난 희진과 함께 강으로 뱃놀이를 나간다. 하늘이 이제야 나에게 복을 베풀어주는 것 같았다. 그동안 아버지의 명복을 빌기 위해서 밤마다 서른세 번씩 법화경을 외었는데, 그 정성을 부처님이 내게로 되돌려 주시는가보다. 자비롭게도 나에게 그런 복록을 베풀어주시는가보다.

인력거 세 대가 용산 가도를 달려 나갔다. 세 대가 다 포장을 뒤로 젖힌 채 달리고 있었다. 나를 가운데로 해서 앞엔 숙진의 인력거고 뒤엔 희진이었다.

앞에서 시뉘 숙진이 파라솔을 펴 들고는 핑그르르 돌리며 나를 돌아다봤다.

한컨 눈을 찡긋해보였다. 나도 파라솔을 펼쳐서 왼쪽 어깨에다 척 걸치고는 핑글 돌렸다. 손목에 찬 손목시계가 자랑스러웠다. 고개를 돌려 희진을 보고는 웃어줬다.

인력거꾼들도 신바람이 나는 모양이다. 따르릉 따르릉 쉴새없이 벨을 울려 가면서 겅둥겅둥 경쾌하게 달리고 있다.

지나는 사람들이 발길을 멈추면서 철따구니없이 놀아난 우리를 구역질난다는 눈초리로 흘겨보곤 했다.

미상불 볼썽사나운 꼴임엔 틀림이 없다. 나라가 망하고 황제는 원인 모를 죽음을 당했다.

왜인(倭人)들의 토족과 총검이 이 땅을 지배한다. 의병들이 전국 방방곡곡에서 피를 흘렸으며, 독립만세 운동으로 전국에서 4만 7천여 명이 일본 군경에게 체포 구금돼 있다. 민족 대표들을 위시한 47명의 지도자들이 옥중에서 항쟁 중이며 그동안 만세운동으로 부상한 사람들이 1만 6천 명이다. 아까운 목숨을 잃은 생령들만도 7천 5백여 명이라지 않는가. 목숨을 내걸고 만세운동에 참가한 남녀노소가 2백2만여 명이라는 집계를 신문에서 읽었다.

그러한 격랑이 휩쓴 직후의 이 강토인데 몰지각한 매국노들의 가족이 아니고선 대낮에 젊은 남녀들이 인력거를 나란히 굴리면서 그처럼 거드럭댈 리가 없다.

그러나 그 순간의 나는 그런 것을 생각지 못했다. 그처럼 철이 없었다. 그저 난생 처음으로 남 앞에서 그렇게 뻐겨보는 것이 기쁘고 신이 났다.

용산 가도를 지날 때 한 무리의 일본군이 총을 메고 행진을 했다. 기마헌병들이 앞뒤를 호위하면서 눈알을 부라리는 바람에 우리의 인력거는 길 옆으로 비켜서서 대기했다.

나는 이따금씩 뒤켠에 있는 희진을 돌아다봤는데 이상하게도 그는 즐거운 표정이 아니고 몹시 심각했다.

인력거 세 대를 준비한 것은 바로 희진 자신인데, 그는 인력거 위에 올라앉은 것이 퍽은 송구스런 것처럼 자세가 의젓하지 못했다.

다시 우리의 행렬이 진행되자 나는 또 마냥 즐거워했다. 파라솔을 높이 받치고 시계 찬 손을 자랑하면서 생각하기를, 아무리 기구한 운명을 타고났던 인생도 평생 동안에 한 번쯤은 이런 즐거움을 맛보게 되는가보다 싶어서 대만열(大滿悅)이었다.

그러나 나는 생각했어야만 한다.

희진은 무슨 생각으로 인력거를 세 대씩이나 세냈을까. 친일해서 거드럭대는 몰염치한 사람들이 아니곤, 그 자제들이 아니곤 되도록 인력거를 타지 않으려는 경향이 있는데, 뭣 때문에 그랬을까. 나는 또 생각했어야 한다.

무엇을 전제로 해서 신은 나에게 그런 즐거운 한때를 던져주는 것인가.

일찍이 없었던 선심을 쓰는 것일까.

어쨌거나 우리는 도중에서 큰 욕을 당하지 않고 노들강변 놀이터에 도착했다.

백사장엔 꽤 많은 사람들이 햇빛과 강물을 즐기고 있었다. 시뉘 숙진과 나는 많은 사람들의 주목을 받으며 발이 푹푹 빠지는 시새밭을 걸어갔다.

그때도 희진은 왠지 시무룩한 얼굴이었다. 숙진이 연신 말을 걸어도 대답조차 제대로 하지 않는 게 퍽은 우울해보였다.

혼자 가게 쪽으로 걸어갔다.

"맥주 한잔씩 마시자!"

희진은 값비싼 맥주 세 병을 사가지고 와서 시새밭에 털썩 주저앉았다.

세 병을 그가 혼자 거의 다 마셨다. 얼굴이 빨간 소년이었으나 그는 아주 어른티를 내려고 들었다. 그리고 그게 부자연스럽지가 않았다. 어른이었다.

희진은 갑자기 맥주병으로 맥주병을 때렸다. 쨍강! 하면서 병이 깨져 나갔다. 순간 그는 소리쳤다.

"이젠 희망이 없다! 가능성이 없어."

그는 뭣인가 몹시 비분강개를 했다.

"뭐가? 뭐가 가능성이 없다는 거냐? 우리 귀여운 대학생이 왜 갑자기 흥분을 하는 거지?"

누이 숙진이가 장난스럽게 희진을 쏘아봤다. 발끝으로 시새를 파면서 동생을 쏘아봤다.

희진은 시새를 한 움큼 쥐어 손가락 사이로 흘리다가 말고 뇌까렸다.

"오늘 우린 인력거를 타고 여기꺼정 올 수가 없었어야 해."

"왜?"

숙진이가 반문했다.

"왜가 아냐. 그래 지금이 어느 판국인데 새파랗게 젊은 남녀가 인력거를 나란히 해서 서울 한복판을 누빌 수 있어? 이 나라의 의기가 아직 살아 있다면 우린 중간에서 뭇매라도 맞았어야 하지 않을까."

"하긴 그렇구나."

시뉘 숙진은 간신히 수긍했다. 나도 수긍했다.

"나 일부러 오늘 인력거를 굴려본 거야. 삼일운동 같은 투쟁이 앞으로도 계속 일어날 수 있을까 하는 걸 시험해보기 위해서."

그 말을 하는 희진은 사내답고 사려 깊은 어른이었다. 일본에 건너가 반년 남짓 지내고 오더니 그처럼 성숙해져 있었다.

"삼일운동을 고비로 우리 민족의 정기는 스러져버린 거야. 그럴 수가 없단 말야!"

희진은 또 유리병으로 유리병을 깨뜨렸다. 그의 손에서 피가 흘렀다. 나는 얼른 손수건을 꺼내 시뉘 숙진에게 건네었다. 숙진은 손수건으로 희진의 피를 닦아줬다.

"넌 장래 사상가가 되겠구나?"

숙진이 물었다. 희진은 대답하지 않았다.

나는 그가 나에게 충실한 남편감이 아니라는 것을 직감했다. 남편의 역할보다는 다른 엉뚱한 일에 정열을 쏟을 사람임을 알았다.

유람선 한 척이 눈앞으로 흘러가고 있었다. 일본인 남녀들이 타고 있었다. 돛대 끝엔 일본기가 휘날리고 있었다. 유람선에까지 저희들의 깃발을 날리며 으스대는 꼴이 미웠다.

"우리도 배나 탈까요?"

"고만두자."

남매가 그런 대화를 나눴다. 나도 타고 싶지 않았다.

"저 사람이 저기 있지만 말야." 희진은 나를 가리키며 그런 말을 꺼냈다.

"아무래도 난 저 사람을 행복하게 해줄 자신이 안 서."

"쓸데없는 소릴 지껄이는구나."

숙진이 동생한테 핀잔을 주면서 나를 돌아다봤다.

강바람에 숙진의 머리칼이 흩날리고 있었다.

"동경 유학생들은 다 그렇게 생각하는걸. 학업을 마치더라도 충실한 가정인 노릇을 하리라곤 누구도 생각하지 않는단 말야."

"그럼 뭘 한다지?"

"뭔가 달리 할일들이 있다는 거지. 남자로서, 인텔리로서."

나는 한 손으로 아랫배를 지그시 눌렀다. 뱃속의 새 생명이 꿈틀 태동을 하고 있었다.

"나 수영이나 하고 올까?"

희진이 일어섰다. 불볕이 따가웠다.

"하구 오렴!"

숙진도 나도 일어나려 하지 않았다. 집을 나설 때와는 달리 모두 다 우울한 기분이었다. 희진은 옷을 훌훌 벗고는 물가로 걸어갔다. 그 뒷모습이 퍽은 쓸쓸해 보였다. 갑자기 존경해주고 싶어졌다. 나이는 나보다도 아래인데 열 살도 스무 살도 더 위의 어른처럼 여겨졌다. 삼촌한테 돈 십 전을 받고서야 신방에 들어왔던 철없는 소년이었는데, 불과 3년 반 동안에 그토록 성숙해지다니 믿어지지 않을 정도였다.

나의 남편이라는 실감을 비로소 느낄 수 있었다.

뱃속에 든 새 생명이 그의 분신이라는 것도 그제야 실감이 났다.

사람이란 일찍 부모 곁을 떠나 원지(遠地)에 가서 자신의 의지를 닦고 길러야 된다는 생각을 했다.

　그는 물속을 헤엄쳐 나가고 있었다. 그가 헤엄을 그처럼 잘 치는 줄도 처음으로 알았다.

　흐르는 강물 위에 머리와 팔만을 남실대며 물거미처럼 쑥쑥 헤엄을 쳐가는 그의 모습이 대견스럽고 미더웠다. 그는 자꾸 강심(江心) 쪽으로 헤엄쳐 가고 있었다.

　"아주 어른답지? 언니."

　시뉘 숙진이가 나를 보고 말했다.

　"우린 그의 생각도 모르고 인력거 위에서 막 뻐겼던 거야."

　나는 철없는 자신이 부끄러워서 그렇게 말했다.

　"그렇지만 그건 너무 엉뚱한 짓이었어요, 언니. 세상을 그런 식으로 심각하게 살아갈 수 있다고 생각해? 난 오히려 희진이한테 실망했어요. 좀더 폭과 깊이와 여유가 있어야 되지 않을까, 남자가."

　그 말에도 일리가 있는 듯싶어서 나는 침묵했다.

　"저거 너무 멀리 나가는 거 아냐?"

　숙진이 일어서더니 강심 쪽을 바라보고 근심을 했다.

　희진은 까마득하게 먼 강심에 나가 있었다.

　가까운 주변에는 떠 있는 배도 사람도 보이지 않는다.

　나도 걱정이 돼서 일어났다. 소나무가 우거진 대안의 바위 사이에선 뽀얀 연기가 치솟고 있었다.

　누군가 밥이라도 짓든지 생선찌개라도 끓이는가 싶었다.

　"아, 아, 아……."

　나는 파라솔을 접다가 말고 비명처럼 부르짖었다.

"아니 저기저기."

시뉘 숙진도 한 손을 내밀면서 앞으로 나갔다.

강심 격류에 떠 있던 희진이 물속으로 잠기더니 쉽게 떠오르지 않았다. 시뉘도 나도 물가로 달려갔다.

"사람 빠졌어요! 사람 살려요!"

시뉘 숙진이 소리치고 있었다.

백사장에 앉아 놀던 피서객들이 하나 둘씩 제자리에서 일어섰다.

나는 눈앞이 캄캄해서 아무것도 보이지 않았다.

"아 저기 솟아올랐어, 언니."

숙진이가 안도하듯 그런 말을 했을 때 잦아들었던 수면에서 10여 미터나 아래쯤 되는 곳에 희진의 머리가 불끈 솟아오른 게 보였다. 그러나 그것은 순간이었다. 다시 꼴깍 물속으로 잠겨버렸다. 휘젓는 손끝이 결사적으로 허둥대는 동작이었다.

"사람 살려요! 사람 빠졌어요!"

시뉘 숙진이 강기슭을 마구 달리면서 목이 터져라 하고 고함을 쳤다.

몇몇 청년이 물로 뛰어 들었다. 그러나 거리는 너무 멀고 빠진 사람은 보이지 않았다. 상류 쪽에서 보트 한 척이 급히 현장을 향해 쫓아가기 시작했다. 나는 발만 동동 굴렀다.

숙진은 미친 듯이 사람 살리라고 고함을 쳐댔다.

하늘에는 뭉게구름이 눈부시게 피어오르고 있었다.

훨씬 아래쪽에서 희진은 다시 떠올랐으나 이내 또 가라앉았다.

숙진과 나는 아래쪽으로 달려가는데, 모래에 발이 푹푹 빠져서 마음만 급했다.

인도교 교각이 멀지 않은 곳에서 희진은 다시 떠오르더니 이내 또 가라앉았다. 그때는 손도 휘젓지 않았다. 급히 현장을 쫓아간 보트가 교각 근처에서 맴돌기 시작했다. 배에서 물로 뛰어드는 청년이 있었다.

구경꾼들이 인도교 쪽으로 달음질을 치고 있었다. 벌거숭이 조무래기들도 많았다.

아래쪽 철교 위로 기차가 지나가는 중이어서 그 울리는 소리가 요란했다.

잠시 후 보트에 실려 온 희진은 사람들에 의해서 거꾸로 들렸다. 입으로 물이 울컥울컥 쏟아져 나왔다. 눈은 감겼고 머리털이 모랫바닥을 쓸었다.

"빨리 인공호흡을 시켜라!"

사람들은 와글와글 떠들어댔다.

젊은이 하나가 덤벼들었다. 희진의 입에다 입을 대고 힘차게 빨기 시작했다. 물과 음식물을 입으로 받아 뱉어내는 젊은이의 뒤통수엔 도장부스럼 자국이 번질거렸다. 그의 행동은 엄숙해보였다.

모두들 최선을 다해줬으나 희진은 소생하지 못했다.

그날 저녁 무렵 나는 남편의 시체와 함께 시댁으로 들어갔다. 그리고 그날부터 나의 시집살이가 시작되는 것이다. 시댁 어른들의 애통해하는 모습은 차마 보고 견딜 수 없었다. 나는 내 잘못으로 그를 죽인 것만 같은 죄의식으로 몸둘 바를 몰라 했다.

나는 비통 속에서 어떤 친척 아낙네가 지껄이는 소리를 들었다.

"장가를 잘못 갔던가. 아침까지 펄펄 뛰던 사람이 그런 죽음을 당하다니."

나는 송구스러워 땅속으로 잦아들고 싶었다.

'내가 박복한 년이라서 그이를 죽였나?

그렇잖아도 그런 생각을 하던 참인데 그런 소리를 듣고 보니 내 팔자가 저주스러워 몸부림을 치고 싶었다.

남편은 밖에서 죽었기 때문에 풍속상 집 안으로 시신을 들이지 않았다. 마당에다 빈소를 마련해서 삼일장을 치렀다. 장례를 끝내자 나는 원동 집으로 돌아가 이모와 함께 살고 싶었다.

시댁에서 내쫓기기를 간절히 바랐다. 그렇게 되는 것으로 알았다. 그러나 시댁 어른들은 나를 불쌍하다 해서 오히려 극진히 사랑해주시는 너그러운 분들이었다.

나의 모든 세간살이는 원동 집에서 남편 없는 경운동 시댁으로 옮겨졌다.

이모 임 상궁은 내 짐바리를 따라서 잠깐 다녀갔다.

"그럴수록 밝게 착하게 성실하게 사셔야 합니다."

이모가 나에게 남긴 말이었다.

나는 이모를 떨어져서 살 일이 난감할 뿐이었다. 그래서 이모한테 말했다.

"이모두 여기 와서 살면 안돼?"

"이 딱도 하신 아씨 마님아!"

이모 임 상궁은 내 팔을 가볍게 꼬집고는 휙 돌아섰다. 눈물을 나에게 보이지 않으려고였다.

나는 남편의 상복을 입은 채 산월(産月)을 맞는 청상이 돼버렸다. 나는 그처럼 시댁 어른들의 사랑을 받으면서도 엉뚱하게 불순한 생각을 했다.

'자기네 씨를 받기 위해서 나를 그렇게 아껴주시는 걸 거야.'

그런 생각을 안할 수 없는 나의 처지였다.

아들의 시신과 함께 들어온 재수 없는 며느리인데 어떤 보살님 같은 사람인들 정이 가겠는가 말이다.

'재수 없는 년'으로 구박하다가 기회 보아서 내쫓아버리는 것이 당연한 인정이며 순서인 것이다.

아이만 낳아주면 적당한 구실을 만들어 내쫓을 것이다. 나는 그런 기대를 가졌다. 나는 그렇게 되기를 진심으로 바랐다. 이모 임 상궁과 함께 살고 싶어서다.

도대체 나처럼 박복한 여자가 남의 집으로 시집을 갔다는 사실이 애당초 잘못된 일이다.

이모 임 상궁은 모든 일을 사려 깊게 잘 처리했지만 나를 시집보낸 일만은 이모의 일생 일대의 실수라고 나는 생각했다.

그러니까 내가 시집살이를 계속한다면 시댁에 더욱 큰 불행이 꼬리를 물 것이라는 예감이 든다. 시댁을 위해서라도 나는 임 상궁한테로 돌아가야 한다는 판단이었다.

나는 밤이나 낮이나 법화경 금강경 외는 것으로 소일을 했다. 이제는 아버지나 남편의 극락왕생을 위한 것이 아니다. 곧 낳게 될 내 아기의 복록을 빌기 위한 송경(誦經)이었다.

10월 28일 저녁부터 나는 산고를 겪었다. 29일 새벽에 출산을 했다. 업두꺼비 같은 아들을 낳았다고 온 집안이 좋아했다. 이모도 달려와서 기뻐해줬다. 이모에게 나는 살며시 말했다.

"인제 나 이모한테로 가서 살게 될 거야. 아기를 낳아줬으니까."

"왜 무슨 그런 기맥이 보이던가요?"

이모는 서글픈 눈으로 나를 쏘아봤다.

"그렇게 되는 거 아냐? 벌써 유모까지 댄걸. 곧 원동 집으로 가게 될걸 뭐."

두 주일을 지내자 나는 혼자 준비를 하기 시작했다. 쫓겨갈 준비를 시작했다.

그러나 세 이레가 되던 날 내 방에 들어온 시어머니는 내가 미처 예기하지 못한 이야기를 꺼내는 것이다.

"인제 몸도 그만큼 추스렸으니 다시 학업을 계속해서 진명학교는 졸업을 해야지? 아가."

벌써 시아버지가 학교에 교섭해서 복교 허락을 얻어놓았다고 했다. 나는 뭐가 어떻게 되는 것인지 도통 분별할 수가 없게 됐다.

나는 다시 학교에 나가기 시작했다. 공부하는 시간에 젖이 불어서 치마 허리가 젖곤 하는 것을 참아내야 했다.

나는 내 어린 아들 필한(弼漢)이를 위해서 열심히 공부하고 성심껏 살아야 한다고 나에게 준엄히 타일렀다.

그러는 동안에 나는 부처님을 믿지 않았더라면, 불경을 외는 일이 아니었더라면 나를 지탱할 수 없었을 줄로 안다.

겨울이 갔다. 봄이 지나고, 여름이 됐다.

그동안 나는 다시 철없는 소녀로 되돌아가 있었다.

경운동 시댁은 울안이 퍽 넓었다. 동쪽은 낮은 산을 끼고 있어서 비탈도 있고, 숲도 있고, 그 아래로는 밭도 있었다. 밭에는 해묵은 뽕나무 몇 그루가 무성했다.

어느 날 학교에서 돌아온 나는 어른들 몰래 필한이를 잠깐 안아보다가 시아버지한테 들켰다.

나는 무안해서 필한이를 얼른 유모한테 떠맡기고는 뒤울 안으로 도망쳤다. 학교에서 돌아왔으니까 교복을 벗고 트레머리를 풀어 쪽을 쪘다. 새하얀 소복 차림이다.

혼자 울안을 거닐던 나는 해묵어 고목이 된 뽕나무 가지에 다닥다닥 붙은 오디가 새카맣게 농익은 것을 발견했다. 어렸을 적에 김천 밭둑에서 따 먹던 오디 맛이 생각나서 입에 군침이 돌았다.

나는 뒤울 안 주변에 아무도 없는 것을 확인하고는 뽕나무 밑으로 다가가서 신을 벗었다.

소복 차림의 남의 집 맏며느리가 뽕나무 위로 기어오르기 시작했다. 배를 나무에 붙이고 두 발로 밑둥을 깍지 끼고 한 치 두 치씩 기어오르기 시작했다. 어렸을 때의 솜씨가 발휘된 것 같다. 까맣게 높은 곳에까지 기어올라갔다.

손끝에 닿는 오디를 모조리 훑어서 입 안에 들뜨리고는 씹는다. 그 달콤한 맛이란 감격적이었다. 입안에서 슬슬 녹아버리는 감미로운 오디 맛을 어떻게 설명할 수 있을까.

멀지 않은 숲에서 참매미가 맴맴 매애 하고 울었다. 즐겁게 들렸다.

새파란 하늘엔 솜사탕 같은 흰구름이 뭉실뭉실 피어오르고 있었다. 아름답게 보였다. 나는 내 어린 아들 필한이한테 오디 맛을 보여주고 싶어졌다.

따 먹던 오디 한 옴큼을 터지지 않도록 왼켠 손에다 쥐었다.

나는 나무 위에서 내려오려고 밑을 내려다봤다. 생각한 것보다 아주 높은 곳에 내 몸이 매달려 있었다. 몸을 움직이려고 드니까 가지가 휘청휘청 흔들린다. 생각한 것보다 아주 가는 가지를 딛고 있었다. 몸을 움직이면 딱 하고 부러질 것만 같았다. 나는 눈앞이 캄캄했다. 정신이 아찔거렸다. 팔다리가 부들부들 떨리기 시작했다. 나뭇가지도 함께 떨고 있었다. 참매미는 극성스럽게 맴맴거리고 있다.

하늘은 지겹게 푸르고 구름은 눈을 못 뜨도록 희다.

정신이 더 아찔거렸다.

"유모! 유모!"

나직하게 불러댔으나 필한이 유모는 어디로 '까질러 갔는지' 기두망도 없었다. 시뉘 숙진은 아직 학교에서 돌아오지 않았다. 그 많은 식구들이 다 어디를 가고 집 안이 텅텅 비어 있었다. 내려뛸까 생각해봤으나 다리나 팔이 부러질는지도 몰라 엄두를 못 냈다.

나무에 오른 것을 후회하고 참회하느라고 관음경의 참회진언을 외기 시작했다.


— 옴살바못자 사다야 사다야 사바하
준제공덕취
적정심상송
일체제대난
무능침시인……


참회진언이 나를 무사하게 나무 위에서 내려줄 듯 싶지가 않았다. 눈을 꽉 감으면서 몸을 보호하는 호신진언을 외어봤다.


옴 치림
관세음보살본심미묘육자대명왕진언
옴 마니 반메훔
…………
나무 사다남 삼막못다 구치남 다냐타
옴자례주례 준제 사바하……


나는 호신진언을 열심히 외었으나 무서움도 가시지 않았고 나무에서 내려갈 방도도 생각나지 않았다. 온몸에 식은땀이 흐르고 있었다. 다시 이모를 불러 봤고 돌아가신 아버지를 불러봤다.

나는 문득 머리에 떠오른 대로 효경(孝經)의 한 대목을 중얼거리기 시작했다.

— 복좌(復坐)하라 오 어여(吾 語汝)호리라. 신체발부(身體髮膚)는 수지부모(受之父母)라 불감훼상(不敢毀傷)이 효지시야(孝之始也)요 입신행도(立身行道)하야…….

새삼스럽게 없는 부모한테 효도할 것을 맹세한다 해서 나무 아래로 내려갈 수 있을 지혜가 생길 듯싶지 않아 효경 외는 것도 집어치웠다.

나뭇가지를 잡은 손에도 버팅긴 다리에도 맥이 빠져버렸다. 무서움을 이겨보려고 곡조를 붙여가며 마구 중얼거려 본다.

마소마소 이내 팔자
뽕나무에 올라가
오디 따다 떨어져
죽을 팔자
마소마소 이내 팔자……

나는 될 대로 되라는 듯이 눈을 감았다. 입술을 축이며 저 지겹게 울어대는 매미 소리를 듣는다.

그때 에헴 하는 헛기침 소리가 들려온 것 같아서 나는 감았던 눈을 번쩍 떴다.

사랑 울 안쪽에서 사다리가 성큼성큼 걸어오는 중이었다.

나는 기가 막혀서 다시 눈을 감았다.

뽕나무 밑둥에 사다리가 걸쳐졌다.

"조심해서 내려오너라!"

사다리를 걸쳐준 시아버지가 뒤도 돌아보지 않고 멀어져 갔다.

나는 사다리를 밟고 내려갔다. 한 층계가 남은 줄 알고 내려 뛰었는데 두 층이었던 모양이다.

나는 엉덩방아를 찧고 땅바닥에 나동그라지고 말았다.

왼손 주먹이 뭉클했다. 젖먹이 아들 필한이한테 주려던 농익은 오디가 뭉그러져서 손바닥이 엉망이었다.

나는 내 새하얀 소복 치맛자락에도 여기저기 검붉은 오디물이 물들어 있는 것을 보고 기가 막혔다. 앞으로 시아버지를 어떻게 대할 수 있을까 싶어 몰래 원동 집으로 도망칠 궁리를 해봤으나 궁리뿐이었다.

마침 그 큰 집 안이 텅텅 비어 있었던 까닭을 알 수 없었다.

사랑 쪽에서 시아버지가 다시 나타났다. 나는 고개를 숙인 채 엉덩이의 아픔을 참고 일어서면서 곁눈질로 훔쳐보니까 시아버지는 아주 인자스럽고 온화한 표정이었다. 그 어른은 다른 사람 눈에 띄기 전에 사다리를 얼른 치워주고 싶었던 게 틀림없다.

그는 무거운 사다리를 질질 끌고는 사랑 울안 쪽으로 가려다 말고 부드럽게 한 마디 흘리는 것이다.

"그 오딜 내가 따 먹으려고 별러왔는데 너한테 선수를 뺏겼구나. 허허허."

내가 면구스러워 할까봐 그분은 일부러 그런 농담을 했다.

가을이 와서 한가위 추석날이 됐다. 추석 차례를 지내고 치우기에 한나절이 걸렸다. 그날 나는 또 일을 저질렀다. 저녁때 밖에 잠깐 나가보니 남자나 여자나 모두 화려하게 추석빔을 했다.

집으로 돌아온 나는 방으로 들어가 남편의 상복을 훌훌 벗어서 횃대에 걸었다. 이층 자개장롱을 열고 노랑 공단저고리를 꺼냈다. 남색 대화단 치마를 꺼냈다. 갈아입고 경대 앞에서 혼자 요신을 부렸다. 앞모습 옆모습을 이리저리 비쳐보면서 걸어도 보고 앉아도 봤다. 남들이 화려한 무새옷을 입은 것을 보자 퍽은 부러웠던 것이다. 공교롭게도 시어머니가 방문을 열었다. 거울에 비친 시어머니의 놀라움은 대단했다.

남편의 상복을 벗어버리고 무새옷을 입은 채 경대 앞에서 요신을 부리고 있는 며느리의 철없는 짓을 목격했으니 어느 시어머닌들 마음이 편안할 수 있을까.

나는 기급을 해서 방구석으로 몸을 숨겼고 시어머니는 아무 일 없다는 듯이 방문을 닫고 돌아갔다.

좀 있으려니까 시어머니가 부른다는 전갈이 왔다.

죄인의 심정이 돼서 안방으로 들어가 윗목에 섰다.

굉장한 꾸지람을 맞을 줄 알고 서 있으려니까 시어머니는 봄하늘처럼 온화한 음성으로 말했다.

"아버님 마고자를 한 벌 지어야겠는데 에미한테 맡기려구."

시어머니는 계속 얼굴에 웃음을 띠고는 마고자감을 내놓았다. 그 웃음이 관세음보살을 연상하리만큼 자비롭게 보였다.

"아버님께서 에미 솜씨로 지은 옷을 입어보시겠다는군."

"치수 적은 게 있으세요? 어머님."

"여기 있으니 이대로만 하면 돼요. 급히 서두를 것은 없구."

내가 얼른 물러 나오려 하니까,

"한창 나이에 남들처럼 무새옷이 입고 싶지?"

하고 그 이야기를 꺼내는 것이다.

"눈에 띄길래 그냥 입어봤을 뿐이에요, 어머님."

"얼른 입도록 돼야 할 텐데. 세월이야 가게 마련이니 참고 기다리면 그 흉한 옷을 벗을 날이 오겠지."

시어머니는 조용히 딴전을 보며 비명에 간 아드님 생각을 하고 울먹였다. 그 슬픔을 짓씹는 표정이 그대로 돌이 될 것처럼 굳어보여서 나는 몸 둘 바를 몰라 했다. 철원 출신의 반남 박씨(潘南朴氏)로서 더할 수 없이 인자한 분이다.

시댁 분들은 모두 그처럼 점잖고 착했으나 오직 한 사람 시삼촌(媤三寸)이 속을 자주 썩여서 집안의 걱정이었다. 가계가 좀 복잡했다.

시조부는 자손을 일찍 못 보았던 것 같다. 시아버지 되시는 한규(漢圭) 씨는 입양한 분이었다. 입양한 뒤에 시삼촌 형규(亨圭) 씨가 적자(嫡子)로 태어난 모양이다. 그러니 그 두 분의 사이가 순조롭기는 어렵다. 시아버지는 원체 점잖은 분이라서 되도록 동생 형규 씨와의 의리를 깨치지 않으려고 하는 모양인데, 시삼촌 형규 씨는 망나니 노릇으로 시종했다.

술과 노름으로 세월을 보냈다. 최근에는 아편까지 맞는다는 소문이었다.

골패판과 기생방에서 헤어나지 못해 몰골이 말이 아니고, 늘 돈에 쪼들려서 사흘이 멀다 하고 형님 한규 씨한테 와서 행패를 부리는 바람에 온 집 안이 큰 두통거리로 삼고 있었다.

그 시삼촌만 아니라면 참으로 점잖은 집안이었다. 특히 철진(哲鎭)이라는 시동생이 있다. 나보다 여섯 살이 아래니까 아직 아이인데 마음 쓰는 게 의젓하고 나를 몹시 따르며 좋아했다. 어린 나이인데도 내가 외로워 할까 봐 늘 내 방에 와서 놀면서 나를 웃기곤 했다. 내 대변자 노릇을 하며 어른들과의 의사소통을 시키곤 했다.

그해 나는 그러한 나날을 보내고 있었다. 차츰 슬픔과 외로움이 덜해갔다.

그런데 나에겐 또 새로운 불운이 덮친 것이다.

8월이 저물어 아침저녁으로 찬바람이 스산해지자 내 어린 아들 필한이가 콧물을 몹시 흘리기 시작했다. 신열이 대단해서 밤낮없이 보챘다. 감기로 다스리다가 너무 오래 끄는 것 같아 병원으로 데려 갔더니 폐렴이 셋다는 것이다. 서둘러 치료를 시켰다. 그러나 좀처럼 병세가 호전되지 않았다.

열 달 남짓된 아이이니 말을 배워 가며 방 안을 썰썰 기어다니곤 했는데, 며칠 사이에 바보가 되고 늘어지기 시작했다. 유모 대신 내가 품에 안고 이틀 밤을 새웠다. 왕진 온 의사의 표정이 굳어지는 것을 보고 겁이 덜컥 났다.

9월 초이튿날 밤, 그 애는 목이 잠겨 울지도 못했다. 내가 품에 안고 깜빡 졸다가 깨었을 때는 숨소리가 잦아들고 있었다.

"필한아! 필한아!"

하고 불러보며 몸을 흔들어댔으나 사지를 경련시킬 뿐 다른 반응을 보이지 않았다. 눈을 까뒤집어봤다. 무섭기만 했다.

가슴을 비집고 귀를 대봤다. 심장의 고동 소리가 규칙을 잃어가고 있었다.

이마에 손을 얹어봤다. 온기는 그대로였다.

손을 주물러봤다. 손가락이 잘 펴지지도 않고 쉽게 오므려지지도 않았다.

"필한아! 필한아!"

나는 미친 듯이 어린것의 이름을 부르다가 유모를 소리쳐 불렀다. 유모를 시켜 시뉘 숙진을 깨웠다. 시어머니가 달려왔다. 온 집 안에 등불이 밝혀졌다. 의사를 불러왔다.

그러나 야속하게도 내 어린것 필한이는 곧 숨을 거두고 말았다.

어미 품 안에 안긴 채 사지를 경련시키다가 그대로 몸을 굳혀갔다. 왜 태어나서 나에게 또 슬픔을 안겨주고 떠나는지 모를 일이다.

모든 것을 다 가지고 길을 떠났다. 그 귀여운 웃음도 그 영리한 눈초리도 엄마 하부지(할아버지) 하고 배워 가던 말씨도 호탕한 울음소리도 왕성하던 먹새도 쥠쥠 곤지곤지의 재롱도 다 가지고 필한이는 길을 떠났다.

어디로 가는 길이며, 왜 다시 못 올 길인지 까닭을 알 수 없는 한스러운 길을 떠나고 말았다.

나도 따라 죽고 싶었다. 정말 필한이 따라 죽고만 싶어서 몸부림쳤다.

아버지 선황제가 그 길을 떠나셨을 때도 하늘이 내려앉은 것만큼이나 슬펐다. 남편 희진이 그런 죽음을 했을 때도 땅이 꺼진 것처럼 암담하고 비통했다. 그러나 따라 죽고 싶어 하지는 않았다.

나는 여자 20 나이에 왜 그처럼 많은 죽음을 목도해야 하는지 모르겠다. 가장 먼저 본 죽음은 김천 방앗골에서 목격한 소장수의 처참한 죽음이다.

그다음은 유부(乳父)의 죽음이다.

이모 임 상궁 따라 서울로 올라오다가도 참혹한 죽음을 목격했다. 문경 새재에서 어떤 배신한 의병의 참혹한 말로가 그것이다.

어느 죽음 쳐놓고 가슴 아프지 않은 게 없었다.

하지만 내 귀여운 핏줄 필한이의 어린 죽음만큼 나를 비통하게 하지는 못했다. 모든 보람, 모든 희망이 일시에 부서지고 날아간 것 같았다. 내가 살아야 할 이유가 없어진 듯싶었다.

산다는 게 겁이 났다. 예기치 않은 불행이 꼬리를 이어왔다. 또 무슨 불운이 꼬리를 이어가며 나에게 계속 덮쳐질지 모를 일이다. 스스로의 힘으로는 도저히 거부할 수 없는 그런 불운을 앞으로도 계속 감수해가며 살아야 할 일이 공포스러웠다. 그렇게까지 하며 살아야 할 이유가 없을 것 같았다. 부처님은 나하고 무슨 원수가 졌길래 나를 이렇게 괴롭히나. 그만큼 저를 믿고 의지했으면 되지 더 어떻게 하라고 그런 심술을 부리나. 그래도 관세음보살, 나무관세음보살.

나는 부처님을 욕하면서도 밤이나 낮이나 관세음보살을 연호하지 않을 수 없었다. 마리아님도 불러봤다. 언젠가 시뉘 숙진과 함께 종현(鍾峴)성당엘 구경 갔을 때 거기 있던 마리아상을 머릿속에 그려보며 '마리아님, 아멘' 소리도 뇌까려봤다. 머리에 명주수건을 얹고 무릎을 꿇은 채 경대를 향해서 손을 모아 기도를 했다.

"마리아님이 나를 불쌍히 여기시어 나에게 은총을 베풀어주겠다고 약속해주신다면 나는 부처님을 버리고 마리아님을 섬기오리다. 약속해주시겠나요? 나한테 은총을 베풀겠다고 약속을 합시다, 약속을."

나는 경대를 향해 손을 내밀고 새끼손가락을 꼬부려보였다. 마리아님한테 서로 새끼손가락을 걸고 약속하자고 덤벼들었다. 경대 속에서도 손을 내밀고 새끼손가락을 꼬부렸다. 나는 그 손가락과 내 손가락을 서로 깍지 끼려고 했다. 차가운 감촉이 내 전신에 전달됐다. 경대 유리의 감촉이었다.

1919년은 민족이, 나라가 망한 연운(年運)이다. 이 땅에서 삶을 영위하는 초목도 들짐승, 날짐승도 그해는 철저하게 저주스러운 해운이다. 하물며 이 나라 백성 쳐놓고 누구 한 사람인들 신나는 해였을 리가 없다.

그런 중에서도 나 이문용처럼 철저하게 겹치는 불운과 비통을 견디어내야 했던 사람은 많지 않을 것이다.

큰일을 하려다가, 의로운 꿈을 성취시키려다가 좌절된 것은 아니라 치더라도 철모르는 한 여자를 그처럼 실의와 비통에 빠뜨려줬다면 신도 부처님도 심술궂은 가학성을 지니고 있는 위선자임에 틀림이 없다.

그 저주스러운 1919년도 때가 되니까 갔다.

정월이 저무는 어느 날 밤, 나는 시뉘 숙진과 밤이 늦도록 밀모(密謀)를 하고 있었다. 바람이 거세게 불어대는 밤이었다. 계절은 머잖아 봄일 텐데도 바람은 아직 설한풍이었다. 사흘 전에도 함박눈이 내려서 북한산을 하얗게 뒤덮었었는데, 그 여세의 찬바람이 아직 덜 누그러진 밤이었다.

시뉘와 나는 어제에 이어 심각했다.

"갈 수 있을까 정말?"

나는 불안스럽게 물었고,

"걸어갈 것이니 발병이 나서 못 가겠수? 기차 타고 연락선 타면 일본 땅일 텐데."

시뉘 숙진은 지극히 낙천적인 장담을 했다.

"가지도 못하고 챙피나 당함 어쩐다죠?"

"들키긴 왜 들켜요. 서울역만 훌쩍 떠나면 오리무중이지. 이왕 태어난 인생인데 모험도 하구 도박도 해봐야 되지 않겠수? 앞이 빤한 길을 타박타박 걷는 것처럼 따분한 짓은 없어요. 토요일 밤에 떠나기루 해요."

"난 누이만 믿는 거예요."

"나만 믿음 돼요, 언니."

우리는 중대한 결정을 내리고야 말았다. 앙큼하게도 가족 몰래 일본 유학을 떠나겠다는 것이다. 시뉘와 내가 일본에 가서 공부를 하겠다는 것이다. 그러기 위해서 야반도주를 하자는 결정을 내렸다.

"우리 이모가 얼마나 섭섭해할까."

나는 이모 임 상궁이 끝내 마음에 걸렸다.

"웃학교에 들어가면 방학 때 나와서 사과하지 뭐. 이모님두 언니 잘되시는 것만이 소원 아니시겠어요?"

나도 그렇게 믿는다. 나는 겉으로만 피동적이었지 적극적이었다. 단연코 무슨 짓을 저질러야만 살 수 있을 것 같았다.

나의 운명은 오늘날까지 불행의 연속이었지만 끝내 그런 것이어선 안된다는 생각을 하기 시작했다. 주어진 대로 살 것이 아니라 개척해야 한다는 적극적 사고방식이 눈뜨고 있었다. 운명은 개척해야 하며, 개척되는 것이라는 안간힘 같은 저항의식을 갖기 시작한 것이다.

시뉘 숙진이 말했다.

"난 의학 공부를 할래. 언니는?"

"난 문학이 좋아요."

시뉘와 나는 다시 이틀 동안을 쑥덕거리며 길 떠날 구체적 준비를 했다.

시뉘 숙진은 이화학당을 졸업했으나 나는 자주 휴학을 했기 때문에 1년을 더 다녀야만 진명을 졸업한다. 그래도 일본에 가면 웃학교에 들어갈 수 있다는 것이 숙진의 주장이었다.

둘이 다 제각기 패물을 팔아서 비용은 넉넉히 장만할 수 있었다. 일본으로 건너가려면 여러 가지 수속 절차가 필요할 것인데도 시뉘나 나는 그저 기차 타고 배만 타면 바다 건너에 가 있게 되는 줄 알고 서둘렀다.

부산행 열차는 자정 가까운 시간에 서울역을 떠난다는 것이다. 떠나기 전날 사놓은 도쿄행 기차표를 가지고 시뉘와 나는 예정한 날 저녁 무렵에 경운동 시댁을 빠져나왔다.

"언니 심심해하는데 단성사 구경시켜 드리고 올래요."

시뉘가 시어머니한테 그런 핑계를 댔기 때문에 당당히 집을 나설 수 있었다. 나는 흰 상복 위에 옥색 두루마기를 입고 검정 남바위를 쓴 차림이고 숙진은 남치마에 감색 두루마기 차림이었다.

이 어처구니없는 시뉘 올케는 낮엔 정말 단성사에 가서 '낙화유수(落花流水)'라는 연극 구경을 하고 저녁이 되자 용산역으로 직행을 했는데, 시뉘는 기차타기 전에 아무 식당이나 들어가서 요기를 하자는 것을 나는 그런 곳엘 들어가서 밥이 목을 넘어가느냐고 거절했다.

우리는 기차 시간 훨씬 전에 역으로 나가 어정거렸다. 우리는 안내소를 기웃거렸다.

내일 아침 연락선과 연결 시간을 확인할 의향이었는데 안내소엔 사람이 없었다. 그래 옆에 서 있는 어떤 청년에게 시뉘 숙진이 물었다.

"혹시 아시는지 모르겠어요. 내일 아침 관부 연락선은 몇 시에 부산항을 뜨는지요?"

인상이 과히 좋지 못한 청년이었다. 오버 깃을 세우고 포켓에다 양손을 꽂은 채 우리의 거동을 유심히 살피면서 대답했다.

"열한 시에 부산항을 출발할 겁니다."

"열한 시요?"

"네, 열한 십니다."

그 청년은 자신 있게 대답했다.

"일본엘 가십니까?"

그 청년이 물었다.

"아뇨, 그저 물어본 거예요."

시뉘 숙진은 아니라고 얼버무린 다음 자리를 옮겼다.

불안과 초조로운 신경으로 대합실 딱딱한 의자에 앉아서 시간을 기다렸다.

단성사에서 나와 종로에서 트렁크 하나씩을 사 들었기 때문에 그것을 옆에 끼고 긴장된 시간을 보냈다.

개찰 시각이 가까워지자 어떤 남자 한 사람이 우리가 앉아 있는 의자의 빈자리로 와서 앉더니 나한테 슬쩍 말을 거는 것이다.

"실례지만 어디까지 가십니까?"

나는 처음 보는 남자와 대화를 하고 싶지 않아서 잠자코 있었다. 시뉘가 대신 나섰다.

"그건 왜 물으시나요?"

"아니, 저도 여행자입니다. 그저 동행할 수 있나 해서 여쭤봤을 뿐입니다."

"댁은 어디까지 가시는데요?"

"부산까지 갑니다."

"그러세요?"

시뉘는 고개를 끄덕거리며 나의 옆구리를 쿡 찌르고는,

"그럼 잘 됐네요. 우리도 부산까지 가는 길이에요."

하고 정말 동행을 하게 돼서 잘됐다는 투로 넉살 좋게 지껄이는 바람에 나는 그 배짱이 부럽기도 했다.

기차 시간이 가까워지자 대합실은 생기를 얻은 듯 차츰 부풀기 시작했다.

긴 의자에 앉아 졸고 있던 사람들은 눈을 비비고 선하품을 하며 벽시계를 쳐다봤다.

시간 맞춰서 역으로 나온 사람은 출발 시간을 다시 한 번 확인하려고 높이 달린 열차 시간표 앞으로 달려가 턱을 치키곤 했다.

배웅 나온 사람들은 떠나는 사람을 둘러싸고 이야기들이 많았다.

매표 창구 앞에는 줄을 선 사람들이 목을 뽑은 채 순서를 기다리고 있었다.

대합실 바닥에다 어린애의 오줌을 뉘는 아낙네도 있었다.

뜨겁지도 않은 고구마 형국의 난로 가엔 손을 쬐고 발을 쬐는 사람들이 원진(圓陣)을 친 채 선하품을 해댔다.

날씨는 밤이 깊어지자 더 한층 쌀쌀했다. 새로 대합실에 들어서는 사람들은 예외 없이 코끝이 빨갰다. 목도리 속에다 목을 파묻은 사람들이 많았다. 털 귀마개로 귀를 가린 사람도 있다.

"실례지만 서울에 사십니까? 부산이 고향이십니까?"

내 옆에 앉은 남자가 벼르고 있었던 것처럼 그런 말을 또 불쑥 물어왔다. 이번에도 시뉘가 대답한다.

"서울이 집이에요."

"부산엔 누구 친척이라도?"

"네 친척이 살고 있어요."

시뉘 숙진은 뱃심 좋게 척척 둘러댔다.

나는 고개를 푹 숙인 채 웅숭그리고 앉아서 살얼음을 밟는 심경으로 그들 대화에 신경을 쓰고 있었다.

"어, 날씨가 왜 이렇게 춰지나! 좀 조여 앉읍시다."

자리에 여유가 없는데도 한 청년이 접근해 와서 좁혀 앉자더니 바로 내 앞에 딱 버티고 섰다.

나는 무심결에 그 청년을 쳐다보고 까닭 없이 흠칫해지는 기분이었다. 아까 관부 연락선의 부산항 출항 시각을 물어봤던 바로 그 청년이었다. 왠지 가슴이 떨렸다.

그때 내 옆에 앉았던 남자가 벌떡 일어서더니 나한테 손을 쭉 내밀면서 무뚝뚝하게 말했다.

"나 용산경찰서의 서원입니다. 부산까지 가신다는데 차표를 좀 보여주실까요."

　가슴이 덜컥 내려앉았다. 옆에 있는 시뉘를 돌아봤다. 그네 역시 얼굴빛
이 질려 있었다.

　우리의 차표는 부산까지가 아니라 도쿄행(東京行)이었다.

제10장

나는 눈을 감은 채 몸을 옆으로 돌려 앉혔다. 만사휴의(萬事休矣).

다리가 벌벌벌 떨리기 시작한다. 안막(眼膜)에 허망한 영상이 어린다.

창궁(蒼穹)을 날던 새의 깃죽지가 떨어져 내리는 것을 본다. 소낙비로 마당에 흐르는 물가마가 팍삭 꺼져버리는 것을 본다.

푸른 구름이 있는 것도 아닌데 청운의 꿈이 깨어지는 허망으로 나의 가슴이 오그라든다.

이제 나의 일본 유학은 어처구니없게 좌절되는 것이다. 남은 것은 오직 봉변뿐이다.

시뉘를 너무 믿었던가.

이번 일은 오로지 시뉘인 숙진에게 일임한 채 나 이문용은 그저 시뉘가 하자는 대로만 한 것 같지만 실상은 그렇지도 않은 것이다. 내게도 생각은 있었다.

이제 나도 철이 좀 들었다. 나이도 들었다. 시집도 갔고 남편의 죽음도 봤고 어린 필한이마저 저세상으로 떠나보냈다. 인생이니 운명이니 하는 것도 꽤 생각해봤다.

앞으론 어떻게 살 것인가를 진지하게 궁리했고 내가 할 수 있는 일이 무엇인가를 골똘히 탐색했다.

내가 왜 이 세상에 태어났으며 왜 하필 이 어지러운 세대를 택했으며, 나이 20에 왜 그런 혹독한 시련을 겪었으며, 그 모든 것이 누구의 뜻인가를 혼자 퍽은 심각하게 생각한 것이다.

격류에 떠내려가던 물고기가 기진맥진해지면 반대로 몸을 역전시켜 한사코 여울을 거슬러 올라간다. 나도 그 가혹한 운명의 물결을 타고 떠내려가기만 할 것이 아니라 한바탕 몸부림을 쳐서 자신의 운명과 정면으로 대결해봐야 하지 않겠느냐는 결론을 얻었기 때문에 오늘의 일을 저지른 것이다.

'그런데 좌절되는 건가?'

나는 남편 희진에게서 감명을 받았던 것인지도 모른다.

이 나라의 의기(義氣)를 시험해보기 위해서 인력거를 타고 한강 가도를 누벼봤다는 그의 맹랑한 행동이 분명코 진실일진대, 내 비록 여자일망정 이 사회를 위해서 뭣인가 할일이 있지 않겠느냐는 질문을 스스로에게 던져보지 않을 수 없었다.

개명(開明)해야 한다. 사람들도 사회도 남과 같이 개명해서 자신의 운명을 개척해야 한다. 내가 나를 위해서 살 수 없는 인생일 바엔 남을 위해서라도 여봐라는 듯이 살아야 한다.

그러기 위해 선진했다는 일본에 가서 공부를 하자.

그런 신념과 각오가 섰기 때문에 숙진을 따라 나섰던 것인데 그 안간힘

에마저 혜살을 놓는 게 도대체 누구냐, 신이냐, 부처님이냐.

나는 대합실 의자에서 벌떡 일어났다. 도전하듯 이를 악물면서 형사를 노려봤다. 어금니가 맞부딪치도록 온몸이 떨렸다.

무료해하던 사람들이 하나 둘씩 우리의 주변을 에워싸기 시작했다. 대합실에 켜진 전등불이 좀 전보다 두드러지게 밝아졌다.

형사가 눈알을 굴리며 내 아래위를 훑어봤다. 그 눈초리가 퍽은 날카로웠다.

그 형사가 말했다.

"댁으로 모셔다 드릴까요? 경찰서 구경을 시켜 드릴까요?"

시뉘 숙진이 쏘아붙였다.

"우리한테 무슨 죄가 있다구 경찰서엘 가요? 무슨 권리루 죄 없는 여행자를 괴롭힌다는 거죠?"

형사는 피식 웃었다.

그는 숙진을 노려보면서 말했다.

"무슨 권리냐구요? 경찰관은 수상한 사람들의 신원을 조사해볼 권리가 있소이다."

사람들이 더 많이 우리의 주위를 에워쌌다. 그들의 눈총이 흥미에 가득 차 있었다.

새파랗게 젊은 처녀들이 역사에서 경찰의 검문을 받고 있으니 좋은 구경거리임엔 틀림이 없을 것이었다.

나는 처녀가 아니지만 처녀 차림이었다. 시뉘처럼 짧은 통치마에다 두루마기를 입었으며 어깨까지 덮이는 검은 숄로 얼굴을 가리고 있었다.

"우릴 경찰서로 데려가면 당신네가 몹시 곤경에 빠지게 될지도 모르는데 그래두 괜찮아요?"

시뉘 숙진은 암팡지게 형사를 협박했으나 도대체 먹혀 들어가지를 않았다.

"우리가 곤경에 빠진다구요? 그것 재미있군요. 아마 상당한 집안의 아가씨들인 것 같은데 좋습니다. 그럼 가실까요? 경찰서로."

형사는 캡을 눌러 쓰며 숙진의 팔을 잡으려고 했다.

숙진은 얼굴이 새파래지며 단연코 반발했다.

"내 몸에 함부로 손대지 말아요!"

구경꾼들은 더욱 많아졌다.

"그럼 인력거루 고이 모실까요? 경찰서에까지."

이렇게 되면 그들은 우리를 놀리고 있는 것이다. 약점을 잡고 슬슬 놀리고 있는 것이다.

"공부 많이 한 신여성들이 부모님 몰래 가출을 한 게 아닐까? 반드시 남자들이 여기 어디 있겠군요. 그렇죠? 사랑하는 애인과 부모님 몰래 야반도주를 하는 것 아닙니까?"

형사들의 추리는 그처럼 속되게 좁혀 들어가고 있었다.

관부 연락선의 시간을 가르쳐주던 형사가 별안간 구경꾼들을 훑어보고 외쳤다.

"이 천사들의 기사님들은 비겁하게 숨지 말고 나서시오. 사랑하는 아가씨들이 이런 곤경에 빠졌는데 슬슬 꽁무니를 빼다니 말이 됩니까? 어디 있는지 나서시오!"

구경꾼들은 자기네 주위를 돌아보며 빈들빈들 웃었다. 불쾌해하는 사람도 있었다.

시뉘 숙진은 그래도 반항을 시도했다.

"여보세요! 아무리 경찰이라 하더라도 죄 없는 사람을 중인 환시리에 이처럼 창피를 주는 법이 있어요? 명예 훼손이란 말예요!"

나는 입술이 말라 혀끝으로 침칠을 했다. 눈이 뻑뻑해진 것 같아서 손등으로 비볐다. 두 다리에 맥이 빠져 아무 데나 팍삭 주저앉고 싶었다.

숙진의 팔을 잡아끌었다.

"갑시다!"

나는 트렁크를 들고 앞장을 섰다. 그 초라한 심경이라니 죽고만 싶었다. 나는 재빨리 사람들 틈을 비집고는 역사 밖으로 빠져 나왔다.

나는 관록을 자랑할 만한 소질이 있는 것이다.

김천 방앗골 시절에 논두렁 밭고랑으로 도망쳐 다니던 관록 있는 소질이 몸속에 잠재해 있는 것이다.

— 날 잡아갈라꼬오. 용용 죽겠지로.

그런 식의 머슴아 같은 야성(野性)이 핏속에 남아 있는 것이다.

나는 슬금슬금 도망치기 시작했다.

눈발 흩날리는 어둠이 짙다. 역전 광장은 어둠의 바다였다. 등댓불처럼 보이는 가로등이 듬성듬성 서 있었으나 망망대해에서의 한두 점 불빛과 같았다.

차츰 종종걸음을 시작한 나는 걸음아 날 살리라고 뛰었다. 무겁던 트렁크도 검불처럼 가벼웠다.

눈(眼)에 눈(雪)이 들어가서 눈물이 나왔다. 눈(雪)물인지 눈(眼)물인지 알 수가 없었다.

나는 결사적이었으나 그러나 그것은 난센스였다. 뒤에서 웃음소리가 터졌다.

"하하하, 그 처녀 잘 뛰시는군."

나는 더욱 결사적으로 뛰었다.

기차 시간 맞춰서 역으로 달려오는 인력거와 마주칠 뻔했다.

또 목덜미를 잡는 목소리가 있었다.

"혼자만 그렇게 도망치면 어떻게 할 거요?"

그 소리에 나는 다리에서 맥이 싹 빠졌다. 숙진을 뒤두고 혼자 도망치려는 행동이 우스웠다. 손에 들었던 트렁크를 땅에 떨어뜨렸다. 만사휴의(萬事休矣). 뒤쫓아온 형사는 내 앞으로 바짝 다가서면서 빈정거렸다.

"아주 잘 뛰시는데요. 학교에선 육상선수였나보지?"

제등(提燈)을 단 또 다른 인력거가 옆으로 지나가고 있었다.

그 불빛에 보니 눈송이는 제법 소담스러웠다. 땅바닥에도 미끄럽기 알맞게 눈이 깔려 있었다. 일본 늙은이 부부가 뭣인가 지절대며 부지런히 역사 쪽으로 가고 있었다. 부산행 기차 시간이 임박해온 모양이다.

한참만에 숙진이 다른 형사와 함께 걸어왔다. 내 옆에다 트렁크를 내려놓았다.

"그럼 빨리 집으로들 가시오. 아가씨들의 체면을 생각해서 불문에 부치기로 한 것이니까."

숙진과 함께 온 형사가 커다란 목소리로 그런 뜻밖의 말을 했다. 그는 동료와 함께 다시 역사 쪽으로 사라져 갔다.

"어떻게 된 거예요?"

나는 시뉘한테 그렇게 묻지도 못했다.

시뉘는 내 트렁크까지 함께 들고는 추적추적 걷기 시작하면서 말했다.

"손에 끼었던 반질 빼줬어."

인력거를 타고 원동 집으로 돌아온 시뉘와 나는 이틀 동안을 이불 들쓰고 누운 채 두문불출했다. 죽고만 싶도록 무색했다.

사흘 되던 날 아침에 시댁으로 들어갔다.

시어머니가 웃으면서 담담하게 한 마디 흘렸다.

"단성사 구경 간 사람이 친정엘 가 있다니."

겨울이 가고 봄이 왔다.

나는 다시 진명학교엘 다니기 시작했다.

나는 많이 생각했다. 역시 앞으로 어떻게 살아야 할 것인가를 많이 생각했다. 시뉘 숙진과 단둘이 되면 그 문제에 대해서 자주 이야기했다.

"난 사회사업가가 됐음 좋겠어. 평생 남을 위해 살 수 있는 게 내 보람이야."

나는 그 무렵 진지하게 그런 생각을 했다. 운명적으로 불쌍하게 태어난 사람들을 위하여 내 생애를 바치고 싶은 게 소망이었다. 체념 상태에 있는 그들의 인생을 내 힘으로 돌봐줄 수 있다면 오죽이나 보람 있는 일일까 싶었다. 절망하지 말고 비관하지 말고 자기 존재의 의의(意義)를 찾게 해주는 일은 물에 빠진 사람을 건져주는 적덕(積德)과 다름이 없을 듯싶었다.

그것만이 내가 내 존재를 인식하는 유일한 길이라고 믿었다.

"난 무슨 일이 있어두 의학공부를 할래. 그러기 위해서 일본엘 가고야 말걸."

시뉘 숙진의 결심은 그처럼 더욱 굳어져 있었다.

4월 중순의 어느 일요일, 시뉘는 나를 끌고 창경원 꽃구경을 갔다. 인파에 휩쓸린 채 창경원의 담 모롱이를 돌면서 숙진은 실로 놀라운 말을 꺼내는 것이었다.

"언니! 연애하구 싶지 않수? 인생은 이팔청춘이구, 시절은 바야흐로 봄인데 말야."

"연애? 해봤음 좋지만 그런 건 나와는 인연이 없는 것 아냐?"

농담조의 그런 가벼운 화제가 어떤 사정과 연관성이 있는 것인 줄은 꿈에도 몰랐다.

창경원 정문 혼잡 속에서 우리의 앞을 가로막는 남자들이 있었다.

나는 가슴이 콱 막히는 바람에 숨이 제대로 쉬어지지 않았다.

숙진이 그 중의 한 남자를 나에게 소개했다.

"민병철 씨야. 일본 게이오(慶應) 대학생이셔요."

나는 민병철이란 사람의 얼굴을 보지 않았다.

"우리 언니셔요."

시뉘는 내가 손아래 올케인데도 습관대로 언니라고 소개했다.

"참 언니, 이분하구도 인사해요."

나는 더더군다나 그 사람을 맞바로 바라볼 수가 없었다. 가슴이 마구 뛰
었다.

"나 이정호입니다."

아, 그 사람의 이름이 이정호였던가 싶어 나는 고개를 좀 더 숙였다.

"우리 언니셔요."

숙진이 그에게 그런 말을 했다.

"아, 그러시군요."

이정호가 그렇게 말했다. 다른 사람들은 그의 '아, 그러시군요'라는 말
의 뜻을 모르겠지만 나는 충분히 알아들을 수가 있었다.

클래스메이트인 정애의 오빠였다. 친일파 이모 남작(李某男爵)의 아들이
라는 것을 알고 있다. 언젠가 그들 가족과 함께 인천 월미도로 피서놀이를
가려다가 좌절된 기억이 생생했다.

그들이 준비한 마차가 일본 고관이나 타는 쌍두마차였기 때문에 나를 위
해 함께 따라나섰던 이모 임 상궁이 단연 동승하기를 거절했던 일이 있잖
은가.

"이정호 씬 일본 명치대학 철학부에 다니셔요, 언니."

그때 정애도 자기 오빠를 그렇게 소개한 것 같은데 시뉘 숙진도 그런 식으로 지금 그를 나에게 소개했다.

숙진은 또 지껄였다.

"정호 씨! 우리 언닌 무척 수줍어하시는 분이에요. 잘 안내해 드리셔야 해요!"

창경원엔 벚꽃이 한창이었다. 꽃놀이를 나온 인파가 홍수처럼 범람하고 있었다. 네 사람은 식물원 쪽으로 걸어갔다. 우연이 아닐 것이었다.

시뉘 숙진이 민병철과 나란히 걷고 있었다. 이정호는 자연 내 옆을 걸을 수밖에 없었다. 그 두 남자는 서로 절친한 사이라고 했다. 봄방학으로 잠깐 고향에 돌아왔다면서,

"이 정도의 벚꽃쯤은 아무것도 아니에요. 일본의 사쿠라에다 비기면 말입니다. 일본놈들은 사쿠라의 생리를 저들 사무라이[武士] 정신에다 비기고 있어요. 와짝 한꺼번에 피었다가 질 때가 되면 또 일제히 미련 없이 져버리는 게 저들 무사도의 생사관(生死觀)과 일치한다는 것이죠. 일본놈들은 소위 요시노의 사쿠라[吉野櫻]를 민족혼의 상징으로 삼고 예찬합니다. 모든 시가(詩歌)에 사쿠라를 예찬하고 있단 말입니다."

라고 민병철이 말했다.

사실 창경원의 벚꽃은 대단한 게 아니었다. 산에 피는 재래종이 이식되어 제법 고목이 돼 있는데 우선 숫자적으로 듬성듬성 서 있었다.

사이토[齊藤實] 총독이 부임해서 문화정치를 한답시고 일본종을 갖다가 많이 심어놓았다. 그의 속셈은 저들의 무사 정신을 이 땅에다 심어놓으려는 데 있었겠지만 명분은 그럴 듯했다.

— 꽃을 사랑하는 민족은 착하고 평화롭다. 창경원을 '사쿠라'의 명승으

로 만들겠다.

그가 일본에서 들여다가 심은 나무들은 아직 대단하게 퍼지를 않았다. 수령이 어리기 때문이다.

나는 고개를 푹 숙인 채로 걸었다. 귓결에 소곤소곤 들리는 말이 있어서 가슴이 마구 뛰었다.

"다시 뵙게 되어 반갑습니다. 리양."

'리양' 소리가 우스웠다.

나는 이정호의 옆을 좀 떨어지며 걸었다. 하지만 그는 이내 내 옆으로 바짝 붙어섰다.

"내 동생 정애를 데리고 올까 했지만 왠지 리양을 조용히 만나고 싶었습니다."

그렇다면 오늘의 플랜은 그에게서 나온 게 틀림이 없었다. 나에 대해서 여러 가지를 뒷조사했는지도 모른다. 그러니까 시뉘 숙진을 통해서 나를 끌어냈지 않았겠는가. 숙진과는 어떻게 알게 된 사이일까.

"그때 인천엘 함께 못간 것이 두고두고 유감이었습니다. 일본에 가서 편지라도 낼까 했습니다만 어떻게 생각하실지 몰라서……."

그의 손끝이 내 손등에 닿았다. 질겁을 하면서 나는 또 그와 떨어졌다.

"여기서 학교를 마치신 다음 일본에 오십시오. 정애도 온다니까 함께 오십시오. 역시 새로운 문명을 공부하려면 동경에 오십시오. 우리 여성들도 개화해서 잃어버렸던 인권을 되찾아야 하는데 그러기 위해서도 오십시오, 동경에."

나는 속으로 생각했다. 친일 거두의 아들이 부정한 돈으로 그 알량한 왜지(倭地) 유학이나 한답시고,

'되게는 큰소리를 치시네.'

나는 복작거리는 사람들을 피해서, 눈이 아물거리는 벚꽃을 피해서 툭 트인 하늘을 쳐다봤다.

나는 내 타고난 재질이나 소양이 무엇인가를 헤아려볼 때가 있다. 특출한 재능이 있는 것 같지 않았다. 문학을 좋아하지만 그저 좋아할 뿐이다. 나한테 특질이 있다면 인종(忍從)이 아니겠는가. 인종을 승화시켜 이룩할 수 있는 장르가 무엇일까.

자신을 희생하며 할 수 있는 일 말이다.

"나는 유명한 친일파의 아들입니다."

이정호가 별안간 그런 말을 꺼냈다. 그의 호흡 소리가 내 귓결에까지 들리는 것 같았다.

그도 역시 새끼손가락이었다.

나는 기겁을 해서 또 옆으로 비켜났다.

"아버지의 행동이 내 책임일 수는 없습니다. 나는 현재를 위해 공부하고 있는 게 아니라 30년 50년 뒤를 위해서 공부하고 있습니다. 30년 50년 뒤엔 아버지와 나와는 전연 연관이 없을 겁니다. 그때는 내가 있을 뿐일 겁니다. 어떠한 내가 이 사회에 있게 되느냐를 나는 지금 생각합니다. 리양도 마찬가지입니다. 30년 뒤에 어떤 여류로서 이 사회나 민족을 위해 봉사하느냐가 문제입니다. 동경에 오십시오. 함께 공부하십시다."

나는 심호흡을 하면서 또 하늘을 쳐다봤다. 그리고 속으로 뇌까렸다.

'난 남의 집 맏며느린걸요.'

질 때가 되지 않았는데 벚꽃 잎이 하나 둘씩 흩날리고 있었다. 산도화(山桃花)도 아름답게 피어 있었다. 옆을 지나가는 젊은 남녀의 얼굴에도 웃음꽃이 환하게 피어 있었다.

우리들은 잔디를 밟으며 북쪽 언덕으로 올라갔다. 해묵은 상수리나무 밑에 나란히 자리를 잡고 앉았다. 나무 그림자가 오므라들어 있었다.

나는 남의 이목이 두려웠다. 줄곧 고개를 들지 못했다.

손으로 풀싹만 뜯어댔다

시뉘 숙진은 거리낌없이 화제도 많았다. 무슨 이야기인진 귀에 들어오지 않았다.

나는 연애감정을 알지 못한다. 그러나 가슴속에 뜨거운 열기가 뿌듯했다.

나는 이정호라는 남자와 친근해지는 것을 두려워한다.

그러나 창경원에 온 것을 후회하지는 않았다.

나는 동경에 오라는 그의 권고를 받아들일 수 없다. 하지만 그곳에 가서 공부를 할 수 있다면 얼마나 좋을까 싶었다.

나는 내 환경의 변화를 간절히 바란다. 시댁 김씨 가문에 불행이 잇달은 것도 나 때문인 것 같으니 그 집안을 떠나고 싶다. 하지만 내가 가는 다른 새로운 곳이나 새로운 주변 인물들에게 또 불행이 있을 것을 두려워한다.

이정호는 남 안 보게 나의 손을 잡고야 말았다. 안 놓치려고 힘을 주었다.

나는 송충이 떨쳐버리듯 그의 손을 떨어버리고는 샐쭉 돌아앉았지만 왠지 뭔가 아쉽고 허전한 심정이었다.

'여자도 자유분방하게 남자를 사랑하면 얼마나 좋을까.'

아닌 게 아니라 사랑은 무슨 색깔일까. 푸른색일까, 분홍색일까, 현재 내 가슴속은 검은색일 것이다. 동경에 가면 아무도 아는 사람이 없으니 자유로울까. 하지만 살다 보면 거기서도 이목이라는 것이 생겨나게 마련일걸. 사랑은 빨강색일 것 같다.

"두 분이 함께 동경에 오십시오. 모든 문제를 걱정하지 말고 오십시오."

이정호가 이번엔 숙진을 보고 또 그런 말을 했다.

"주어진 환경대로 살 수는 없지요. 우리는 지도자가 돼야 합니다. 민중을 이끄는 지도자로서의 공부를 해야 해요."

밑도 끝도 없는 민병철의 말이었다.

"앞으로 이 민족은 많은 지도자를 필요로 하게 될 것입니다. 어떤 지도자를 얻게 되느냐에 따라서 이 민족의 운명이 좌우될 것입니다."

민병철이 그런 거창한 말을 자꾸 했다.

이정호가 그의 말을 받았다.

"지도자보다 봉사자가 돼야 해요. 우매한 민중을 위해서 슬기롭게 봉사할 수 있는."

나는 이정호의 말에 찬동한다.

지도자는 흔히 자아나 아집이 강해서 민중을 잘못 이끌고 나갈 위험성이 있지만 봉사란 그런 불순하거나 위험스런 소지가 배제된 것이기 때문에 마음에 들 것 같았다.

숙진이 말했다.

"같은 값이면 지도자가 좋지요. 지도자는 자신 있게 민중을 이끄는 사람이고, 봉사자는 자기희생을 전제로 하기 때문에 같은 값이면 지도자가 좋지 않겠어요?"

숙진은 민병철의 지도자론에 동조했고 나는 이정호의 봉사자론에 동감했다.

남녀가 짝을 지어 자리하게 되면 저절로 그렇게 판도가 갈리는 모양이다.

민병철이 숙진에게 물었다.

"동경에 오시겠습니까?"

숙진은 자신 있게 대답했다.

"가겠어요."

이정호가 나에게 물었다.

"리양도 오시겠죠?"

나는 처음으로 입을 열었다.

"가곤 싶지만 못 갈 거예요."

이것이 숙진의 적극성과 나의 소극성의 차이다.

그 적극성과 소극성의 차이는 장차 숙진과 나를 전연 다른 세계로 이끌어 갈 것임을 잘 알고 있다.

"오십시오! 리양. 무슨 일이 있든지 오십시오!"

이정호가 남의 눈을 꺼려하지 않고 다시 내 손을 잡았다. 나는 또 뿌리쳤다.

몸을 도사리는 순간이었다.

등 뒤에서 누군가의 웃음소리가 요란하게 터졌다.

"아하하하. 아름다운 풍경이로다!"

나는 땅속으로 잦아들고 싶은 심경이었다. 두 손으로 얼굴을 가린 채 입술을 질겅 깨물었다.

내 옆으로 불규칙한 발자국 소리가 났다. 그리고 기막힌 소리가 또 들려온다.

"아무리 세상이 망했기로 저럴 수가 없는데. 문용 아가씨! 그래 백주에 이런 곳에 짝지어 와서 외간 남자의 손을 마구 끌어 댕길 수가 있소?"

한두 해 사이에 형편없이 몰락해버렸단다. 을사오적(乙巳五賊)의 한 사람인 그 이지용(李址鎔)이었다.

"누구요?"

이정호가 물었다.

"이지용."

숙진이 대답했다. 숙진은 그를 알고 있었다.

"이지용? 저자가 이지용이란 말이오?"

민병철이 주먹을 불끈 쥐었다.

이정호는 멀어져 가는 이지용의 뒷모습을 노려보며 씹어 뱉었다.

"아주 거지새끼가 됐구나. 두드려줄 만한 상대도 안되는군."

비탈을 미끄러지듯 내려가던 이지용이 우리를 슬쩍 돌아다보고 빙긋이 웃었다.

그 웃음에 나는 몸서리가 오싹 쳐졌다. 사람 웃는 모습에 그처럼 형용할 수 없는 귀기(鬼氣)가 어리다니 처음 겪는 일이다.

"머잖아 우리 아버지도 저렇게 될 거야."

이정호가 별안간 그런 말을 지껄였다. 아무도 그의 말을 받아 넘기지 않았다. 복잡한 그의 심정을 짐작할 수 있었기 때문이다.

그러자 이지용이 되돌아와서 우리들 앞에 섰다. 콧김을 뿜으며 빈들 웃었다.

그는 콧수염이 벌벌하게 자라나 있었다.

"우연히 만났소만 내 이대로 지나쳐 버리는 게 도리가 아닐 것 같군."

그는 술기운이 있었다. 최근에는 간(肝)질환을 앓는단 말도 들렸다. 그래서 그런지 얼굴에 검은 기운이 돌고 있었다.

여색과 마작과 술로 인해서 패가망신했는데, 이젠 아편에까지 중독됐다는 말이 있다.

이정호가 그에게 말했다.

"당신이 이지용이오? 이 나라의 군부대신까지 지내먹은."

엄청난 모욕인데도 이지용은 씽긋이 웃었다.

"나는 바로 나라 망친 이지용이네만 자넨?"

"당신이 고종황제의 조카이고 을사조약의 주동인물이란 말이죠?"

"아하, 그렇다니까. 그래서 나라와 함께 나도 요 모양 이 꼴이 됐지 않은 가. 그건 그렇고 젊은 학생! 나를 욕하는 것은 좋은데 말야. 그렇게 되면 저 아기씨가 아주 심한 궁지에 몰리게 돼요. 그래도 당신의 혈기를 발산해볼 테야?"

그 말을 들은 이정호는 나를 지그시 내려다봤다.

나는 처음으로 그를 마주 봤다. 눈으로 애원을 했다. 이지용을 건드리지 말라는 애원이었다.

분위기를 살핀 이지용이 말했다.

"내게 술값이나 약간 보태주시오! 그러면 저 아기씨의 입장이 좀 피리다. 나는 나라를 팔아먹은 매국노요. 그런데 아무도 나를 때려죽이질 않소 그려. 나 대한문 앞에서 타살됐어야 할 텐데 이렇게 멀쩡하단 말야. 이제 내가 사는 길은 철저하게 자학하는 길뿐이오. 그런 자학으로 내가 나를 고 문하도록 이 나라의 민중은 나를 때려죽이는 것을 유보하고 있단 말씀이야. 젊은이! 내게 술값이나 좀 던져주구려, 하하하."

민병철이 그에게 지폐 몇 장을 던져줬다.

정말 홱 던져줬다.

"아하하, 고맙소이다. 그럼 재미들 보고 가시오! 여러분의 앞날을 축복하오."

이지용의 핏기 어린 눈총이 나를 쏘았다. 그의 벌벌한 콧수염이 경련하고 있었다.

나는 가슴에 칼이 꽂힌 심경이었다. 나는 이제부터 그에게 두고두고 협박을 받게 될 것이다.

때려죽이지를 않으니 자학으로나마 세상을 살 수밖에 없잖으냐는 그의 토설(吐說)에는 다소의 진실이 섞여 있는 것 같았다. 자학임을 인식하며 자학하는 사람은 누구의 힘으로도 어찌할 길이 없는 것이다.

나는 난생 처음으로 남에게 화를 발끈 냈다. 숙진을 보고 매몰스럽게 소리쳤다.

"아가씨, 가요! 집으로."

나는 도망치듯 그 자리를 떠나 사람들 틈으로 섞여버렸다.

단순히 우연한 일인지 모르겠다. 나는 두 번 이정호라는 사람과 우연히 만난 셈이다. 그런데 두 번 다 묘한 일로 해서 아주 불쾌하게 그와 헤어지는 것이다. 그러한 우연성을 사람들은 인연의 장난이라고 하겠지만 하여튼 뭣인가의 심술궂은 장난임엔 틀림이 없는 것 같았다.

시뉘 숙진도 나와 비슷한 생각을 하고 있을지도 몰랐다.

숙진이 나에게 중요한 호의를 베푼 것이 두 번째다.

지난 겨울, 저 혼자서도 일본으로 갈 수 있었는데, 그럼에도 불구하고 나를 끌고 함께 가려던 것은 집안에 대한 반항이며 내게 대한 호의였다.

역사(驛舍)에서 형사들한테 당하던 봉변은 언제까지나 잊혀질 듯싶지가 않다.

이번 일도 마찬가지다. 자기 집 맏며느리인 나에게 남자를 소개한 것은 가문에 대한 반역이며 내게 대한 호의였다. 그런데 또 그런 뜻 아닌 헤살로 끝장이 났다. 특히 내게는 언제까지나 잊혀질 듯싶지 않은 불쾌한 사건으로 끝장이 난 것이다.

나는 나를 저주할 수밖에 없었다.

일본에 가려던 일은 내 스스로 적극성을 보였지만 오늘의 일은 그럴 수가 없었다. 하지만 한 여자의 인생역정에 있어서 중요한 악센트임엔 틀림이 없다. 물거품을 입술에 대본 것 같은 허망하면서도 미련이 남는 뒷맛이었다. 가슴속에 파도자국 같은 얼룩무늬가 남을는지 어쩔는지 알 수가 없다.

혹시 그 남자를 세 번째로 만난다면 어떻게 될까.

또 무슨 예기치 않은 마(魔)가 들어서 헤살을 놓을 것인가.

나는 그런 헤살을 마음속으로 바라는 것 같기도 하고 그렇지 않은 것 같기도 했다.

뒤쫓아 온 일행 중에서 이정호가 내 옆으로 또 바짝 붙어 서더니 슬며시 말하는 것이다.

"미운 놈이나 구역질나는 꼴을 보시지 않기 위해서도 동경으로 오십시오. 도피를 권하는 게 아닙니다. 일본이라는 나라가 좋아서 그러는 것도 아니죠. 우리가 개안을 하려면 현재로선 그 무대가 일본밖엔 없지 않습니까. 나라 사랑하는 마음이 길러집니다. 포부가 커지고 인생의 뚜렷한 목표가 설정됩니다. 적도(敵都)에 파고들어 저들의 심장을 파헤쳐보는 것입니다. 국력 신장하는 나라의 국민이 어떤 인생관을 갖고 살고 있는가 똑똑히 볼 수가 있습니다. 그들에게 핍박을 받으면 받을수록 물에 닦이는 차돌처럼 우리의 의지는 굳어질 수 있습니다. 오십시오. 동경으로."

그의 말에는 패기와 정열이 넘쳐흘렀다.

친일 거두의 아들이라는 선입관은 산산조각으로 부서져 버린다.

지조를 지킨다는 명문거족 자제들의 무사 안일주의와 좋은 대조가 되는 것 같았다.

자기 아버지의 파렴치로 말미암은 굴욕적인 모멸감을 극복하려는 반항과 패기로 여겨졌으나 순수하게 받아들여야 한다고 생각했다.

"나는 남자가 아닌걸요. 여자의 몸인걸요."

"문용 씨!"

그가 내 이름을 알고 있을 줄은 몰랐다.

"나는 문용 씨의 신분을 알고 있습니다."

그렇다면 나는 더욱 낭패하지 않을 수 없었다.

"문용 씨가 현재 어떤 환경에 처해 있는 분이라는 것도 대강 들었습니다."

"숙진 씨한테요?"

"문용 씨, 자신의 의지로는 어떻게도 할 수 없는 까다롭고 복잡한 처지이신 것을 알고 있습니다."

"그렇다면 제게 대해서 관여하지 마세요."

"불교에선 윤회설을 주장하지 않습니까. 환토환생하십시오. 그래야만 문용 씨는 자기 자신을 사실 수 있을 것입니다. 이 나라에선 결코 문용 씨 자신의 인생을 사실 수 없을 것입니다. 일본으로 오십시오."

"일본은 내 원한이 맺힌 원수의 나라예요."

"그렇기 때문에 그리로 뛰어드는 것입니다. 일본 유학생들은 앞으로 철저한 배일주의자가 될 것입니다. 그렇게 되기로 돼 있습니다. 오십시오, 동경으로!"

그는 하늘로 둥둥 떠오르는 붉은 빛 고무풍선 두 개를 길거리에서 샀다.

우리 여자들에게 하나씩 나눠줬다.

"아까 여자니까 뜻대로 하기 어렵다는 말씀을 하셨습니다. 우리나라 여성들은 남에게 비해서 너무 폐쇄적이에요. 그래서 점점 더 낙후돼 갑니다."

"그게 여자들의 죄인가요?"

나는 그와 곧잘 말을 주고받았다.

"물론 남자들의 횡포였습니다. 그렇기 때문에 앞으로는 여성들이 더 진취적인 인생관을 확립해야 하지 않겠습니까? 유린된 여권을 소생시켜야 하지 않겠습니까? 여성은 남성의 모태입니다. 여권의 신장 없이는 사회의 신장이 있을 수 없습니다. 2천만 동포 중에 여성이 1천만입니다. 현재의 인구가 문젭니까? 앞으로 백 년 천 년을 두고 태어날 아이들의 수효를 생각하십시오. 총명하고 슬기로운 2세들을 낳기 위해서, 기르기 위해서 모든 여성은 지식의 요람으로 뛰어들어 배워야 합니다. 문용 씨는 그런 선각자가 되셔야 합니다. 오십시오, 동경으로."

그의 음성은 낮았으나 말에는 힘이 있었다. 설득력 있는 언변이었다. 사람을 사로잡고 마는 열의가 있었다.

나는 겁이 덜컥 났다. 오늘날까지 내 주변엔 자기주장을 가진 남성이라곤 얼씬도 하지 않았었다.

정열이나 포부라는 것을 본 일이 없었다. 나는 정말 폐쇄적인 상황 속에서 고개를 숙이고 어깨를 옴츠리고, 그래서 지지리궁상이 된 채 살아왔다. 타고난 신분을 저주하면서, 놓여진 환경을 슬퍼하면서, 던져진 위치에다 회한을 뿌리면서 그저 마지못해 살아온 것이 나 이문용이다.

따지고 보면 이정호, 그도 타고난 혈통과 현재의 시류로 봐서는 그 성격이 수습 불가능으로 비뚤어져 있어야 한다.

이지용처럼 자학에 빠지면 쓰레기와 같은 인생을 살기 십상이다. 아니면 젊음의 양심을 버리고 친일의 아류가 되어 호의호식 질탕한 나날을 보내야 한다.

그런데 이정호, 그는 그렇지가 않은 것이다. 오히려 패기만만한 의기(義

氣)로 앞날을 설계하고 있는 것이다. 남아다운 기상으로 제 삶을 개척하려 하고 있는 것이다.

나는 충격스런 감명을 받았다.

옆에서 걷고 있는 그의 몸집이 삼각산만큼이나 우람하게 여겨졌다.

그의 호흡이 태풍처럼 거센 것으로 느껴졌다.

'나는 이 사람에게 매혹돼야 하나?'

나는 자신에게 물었다.

나는 평범한 얼굴의 인파를 보면서 호소하듯 그에게 말했다.

"저, 집에 다 왔어요. 그럼 안녕히……."

내 음성은 목구멍 속으로 기어 들어갔다.

"아아, 댁이 이 근처십니까?"

"네, 들를 데가 좀 있어요."

"바래다 드리면 안됩니까?"

"안돼요!"

나는 단호히 거절했다.

"그럼 언제 또 만나 뵐 수 있겠습니까? 리양!"

"만나 뵐 수 없을 거예요."

내 말투는 야멸찼다.

나는 도망치듯 큰길을 건넜다.

그들은 돈화문 쪽으로 방향을 잡으면서 멀거니 나를 건너다봤다.

소달구지가 덜커덩거리면서 내 앞을 지나가고 있었다. 소 모가지에 달린 풍경이 댕그렁댕그렁 영롱한 소리를 뿌려댔다.

나는 원동 집으로 갔다. 이모는 궁에 번(番) 들러 가고 없었다. 여주댁이 나를 반기며 눈물을 글썽거렸다.

"창경원 꽃구경 갔다 오는 길에 들렀어. 한잠 자고 갈래."

나는 안방으로 들어가 누워서 이정호가 하던 말을 일일이 되새겨보다가 입맛을 짝 다셨다.

'두 번 다시 그를 만나선 안된다!'

나는 준엄하게 나한테 명령했다.

좀 쉬고는 경운동 시댁으로 돌아왔을 때 나는 기막힌 광경을 목격해야 했다.

대문에 들어서자마자 시동생 철진이 내 앞을 가로막으며 말했다.

"형수님! 좀 더 있다가 돌아오시지 않구. 나하구 다시 나가실래요?"

집안의 분위기가 술렁거렸다.

"왜요? 무슨 일이 있었어요? 도련님."

"말씀 마세요! 챙피하게 이건 도깨비집이 돼버렸지 뭡니까."

"도깨비집이 되다뇨?"

"삼촌이 술이 취해가지구 와서 닥치는 대로 때려 부셨단 말입니다. 어른들두 안 계시구 누가 말릴 사람이 있어야죠."

"삼촌이 왜 그러셨어요."

"재산 좀 내놓으라는 것이죠. 밤낮 으르렁거리더니 곪아 터진 거예요."

"내 방까지두요?"

나는 가슴이 떨려서 말이 제대로 나가지 않았다.

정말 대청이 난장판이었다. 가재기물이 어지러이 동댕이쳐져 있었다. 안방에 들어가 보니까 시어머님의 장롱이 열려 있고, 옷가지가 내장 뽑히듯 마구 끌려 나와 방 안에 어질러져 있었다.

건넌방 내 처소도 마찬가지였다. 다행히 장롱은 열려져 있지 않으나 손경대가 방 가운데에 팽개쳐져 있었다. 거울이 산산조각나 있었다.

기가 막혀서 나는 눈물이 확 쏟아졌다. 시삼촌이 조카며느리의 방에까지 침입해서 난동을 부리다니, 그런 법이 없었다.

"삼촌은 미쳤으니까 형수님 어찌 생각 마세요!"

시동생 철진이 내 뒤에서 나를 위안했다.

시부모를 빼놓으면 내가 집안의 어른이었다. 시부모가 출타중이면 내가 집에 있어서 집안을 보살펴야 했던 것이다.

나는 김씨 집안 10남매 중의 맏며느리인 것이다.

남편 희진이 세상을 버렸으니까 시뉘 숙진을 필두로 내 밑에 9남매가 득시글거리는데, 숙진과 열다섯 살 난 철진을 빼놓고는 모두가 철부지 어린애들인 것이다. 시서모 두 사람까지 합해서 세 어머니가 낳아놓은 자녀들인데, 올망졸망 도토리 같은 철부지들이었다. 시어머니가 집을 비울 때는 누가 그들을 보살피겠는가. 나밖에는 없는 것이다.

"내가 잘못했어요. 내가 나갔었기 때문에 이런 일이 벌어졌어요."

나는 시동생 철진에서 사과했다.

숙진은 아직도 집에 돌아오지 않았다. 나는 난장판이 된 집 안을 치우기 시작하면서 내 머릿속도 가슴속도 난장판이 돼버린 기분이었다.

이정호의 영상도, 그의 설득력 있는 인생 강의도 내 체경 알처럼 산산조각이 나 있었다. 꿈과 현실을 보는 것 같았다. 꿈은 허공에 뜬 신기루고, 현실은 눈앞에서 만질 수 있는 깨어진 거울 쪽이었다.

깨어진 거울 쪽을 마구 다루다가 엄지 끝이 썩뚝 베어지는 바람에 피가 주르르 흘렀다.

이정호 그 사람이 저주스럽게 여겨졌다. 그를 만났기 때문에 보기 싫은 이지용에게 덜미를 잡혔고, 또 지금 이런 꼴도 당해야 하는 것 같았다.

내 친가 붙이인 이지용과 시가 붙이인 김형규(金亨圭=媤三寸)는 동류동

항(同類同項)에 속하는 인물들이었다.

이지용은 제 죄책으로 자학하다가 그리 됐다고 다소 호의로 해석할 수 있겠으나, 김형규는 그렇지도 못한 재물만 아는 망나니였다.

그러나 인간적인 질은 이지용이 훨씬 더 악질인 성싶었다. 왠지 그렇게 여겨졌다.

"아무래도 이게 삼촌의 무슨 적신호란 말예요, 형수님."

나를 불쌍히 여기고 잘 따르는 시동생 철진이 어른스럽게 그런 말을 했다. 그도 자기 형이 다니던 양정고보 학생이 돼 있었다.

나도 그런 생각이 들었다. 오늘 하루 두 사람에 의해 두 개의 적신호가 올랐음을 깨닫지 않을 수 없었다.

이지용은 나와 이모를 괴롭힐 것이고, 시삼촌 김형규는 시댁 김씨 집안을 집요하게 괴롭힐 것이다. 의심할 수 없는 그런 전조라고 생각했다.

"그래 삼촌께서 뭘 가지고 가셨다는 거예요? 집 안을 이 지경으로 만들어놓구."

"아버지 회중시계랑, 어머니의 패물이랑 닥치는 대로 주머니에 넣고는 가면서 뭐랬는지 아세요?"

"뭐라고 하시던가요? 도련님."

"따지고 보면 우리 집 재산 3분지 2를 자기가 가져야 한다는 거예요. 아버지는 양자로 들어온 분이고 자기야말로 김씨 집안의 적자(嫡子)라나요."

내가 알기로는 시댁은 큰 부호였다. 강원도 철원(鐵原) 지방 일대에 5천 석 추수의 농지를 가지고 있는 대지주였고, 원산(元山)에도 큰 별장을 비롯해서 만만찮은 기반을 두고 있는 모양이었다. 시조부 대(代)에만 해도 벼슬이 높았고 시아버지도 무슨 벼슬을 한 모양인데, 당질 김옥균이 개화역적

(開化逆賊)으로 몰려 일가가 참담한 꼴을 당하게 되니까 시아버지 김한규는 정계와의 인연을 끊고 소리 소문 없이 숨어 지내는 중이었다. 그렇더라도 그의 가슴속엔 늘 정치에 대한 미련과 의욕이 자리하고 있는 듯이 보였다.

비교적 진보사상을 가진 분으로 여겨진다. 교우 관계는 알 수가 없었다.

집으로 누구도 청해 들이는 일이 없고 이따금씩 외출을 하면 하루이틀 지나서야 돌아왔는데 그런 때, 만날 만한 사람들을 만나는 눈치였다.

키는 작고 얼굴이 동안이었다. 특히 눈이 인자했으나 때로는 날카롭게 빛을 발산했다. 코밑수염을 여덟 팔(八)자로 얌전하게 길렀는데 아침마다 손수 가위를 들고 다듬는 광경을 자주 목격할 수 있었다. 턱수염은 말끔히 깎고 지내는 분이었다.

때로는 양복도 입었다. 단발령이 발표된 즉시 상투를 자른 개화파였다.

그는 배재학당엘 잠깐 다녔다고 했다. 물론 나이 많은 학생에 속했을 것이다.

한시(漢詩)에 능했고 행서(行書)를 잘 썼으며 구한말의 명가 윤용구(尹用求)의 고절한 문체를 좋아했다. 그 밖에는 오세창(吳世昌)과 김순동(金舜東)이 일가를 이룰 글씨라고 말했다. 중국 황자원(黃自元)의 체본을 놓고 해서(楷書) 연습도 자주 하는 것을 보았다.

아끼는 병풍이 두 벌 있었다. 사랑에 있는 것은 석파 대원군(石坡 大院君)의 난병(蘭屛)이고, 안방에 있는 것은 평양 사람 양석연(梁石然)의 노안병(蘆雁屛)이었다.

그의 정치이념은 약간 좌경(左傾)해 있는 듯도 했으나 신분은 대지주였다. 정치에 대한 이야기는 입 밖에 내지 않았다. 상대해서 이야기할 사람도 없었다. 언젠가 죽은 남편이 자기 아버지에 대해서 말한 것을 기억한다.

"중국으로 망명한 김규식, 신익희, 여운형 세 사람이 가끔 아버님한테서 정치자금을 뜯어 가는 모양이오."

나는 그런 사람들의 이름을 처음 들었다.

상해에 임시정부가 생긴 것을 나는 알고 있었다. 이모 임 상궁한테 들은 것이다.

"신익희나 김규식을 아세요?"

나는 언젠가 원동 집엘 갔던 길에 이모한테 물었다.

"글쎄요."

"시아버님의 친구분들인가봐. 지금 중국에 가 있다니까 임시정부에 관여한 분들이겠지? 시아버님두 그리로 망명하실는지두 몰라요."

나는 아무 근거도 없이 시아버지 김한규의 중국 망명 가능성을 예견했다.

뜨락에 모란꽃이 함빡 핀 어느 날 오후, 그 시아버지가 나를 안방으로 불러 들였다. 시어머니도 함께 자리한 채로였다.

나는 뭣인가 불길한 예감이 들어서 고개를 숙인 채 윗목에 서 있었다.

"게 좀 앉지그래."

시어머니의 권고대로 나는 조신하게 앉았다.

"아버님이 아기한테 이를 말씀이 있으시다는군."

시부모님들은 되도록 나에게 바라진 해라 말은 쓰지 않으려고 했다.

나는 숨을 죽인 채 시아버지의 말을 기다렸다.

벽에 걸린 괘종시계가 네 시를 쳤다.

"잘못 들으면 아기가 오해하기 쉬운 말이다만……."

시아버지는 그런 식으로 운을 떼는 것이었다.

"며늘아가, 너 혹시 개가할 마음은 없는지 모르겠다?"

나는 깜짝 놀라면서 그런 말을 하는 시아버지를 마주 바라봤다. 아무 대꾸도 나가지 않았다.

"나이 젊고 앞길이 창창하니까 그저 의사를 물어보는 게야. 내가 내 생각만 하고 이대로 붙들어둬야 하는 것인지 몰라서."

나는 눈물이 글썽해진 채 말했다.

"아버님! 어떻게 그런 말씀을 하세요?"

"인생이란 길다면 한없이 긴 것이야. 초년에 잘못됐다고 자기 인생을 체념해버리는 것은 옳지 못할걸……."

나는 창경원 사건과 이정호라는 학생을 연상했다. 고개가 점점 아래로 숙여졌다.

"아가!"

나는 대답을 못했다.

"그럴 생각이 없나?"

나는 대답을 해야 했다.

"아버님, 어떻게 그런 말씀을 하세요?"

나는 먼저와 똑같은 말을 되풀이했다.

"그럼 우리 집안 때문에 젊음을 끝까지 희생하겠다는 말이지?"

"희생이 아니라 아버님 어머님 모시고 살게 해주세요. 내쫓지 말아주세요. 잘못하는 일이 많아도 내쫓지만 말아주세요, 아버님."

나는 흐느껴 울고 있었다. 나 자신의 설움이 복받쳤던 것 같다.

"내쫓다니, 허 자식두."

'허 자식두, 허 자식두.'

나는 처음으로 그에게서 혈친의 정을 느꼈다. '허, 자식두. 허 자식두.' 이건 정말 감동적인 그의 탄성이 아닌가. 친자식에 대한 어버이의 정감어린 감격과 다르지 않다.

"그럼 다신 그런 말을 꺼내지 않기로 하자. 또 한 가지 아기한테 일러둘 얘기가 있어."

"말씀하세요, 아버님."

나는 눈물을 닦고는 좀 당돌하게 그를 쳐다봤다.

"아직 본인에게 승낙을 안했다만 숙진이가 일본 유학을 하겠다고 졸라 대는데 허락하기로 결정했다."

"아가씨가 퍽 좋아하겠네요. 잘하셨어요, 아버님."

"그애는 시뉘 올케가 함께 가도록 해달라고 조르지만 그건 안될 말이고……."

그건 안될 말이라고 나도 그렇게 생각한다. 비록 한때는 시뉘와 일본으로 뛰려고도 했지만 그때만 해도 철없는 짓이었다.

"아무리 공부도 소중하지만 왜지(倭地)로 내 며늘아기까지 보낼 수는 없어."

며느리로서가 아니라 옹주 이문용을 영친왕이 인질로 잡혀가 있는 왜지로 보내다니, 그건 말이 안된다는 뜻일 것이다.

나도 지금은 그렇게 생각한다.

"숙진인 의학공부가 소원이니까 가서 배워 오라지."

그제야 시어머니가 한 마디 했다.

"저희 둘이 친형제보다 더 의좋게 지냈는데 떨어지면 며느리가 퍽 외롭겠어요."

"외로울 테지."

외로울 것이라고 나도 생각한다. 하지만 참아 나갈 수는 있을 것이다.

"며늘아기는 아직 학교를 졸업한 게 아니니까 차차 시일을 두고 연구하기로 해야겠소.”

시아버지는 그런 말로 내 문제에 대해서는 어떤 여운을 남겼다.

시뉘 숙진이 일본으로 떠나던 날 온 집안은 허탈에 빠진 분위기였다.

내 남편 희진에게 일본 유학을 시킨 결말이 어떻게 되었는가를 은연중에 모두 상기하는 것 같았다.

숙진의 전도에는 그런 불행이 오지 않기를 말없이 모두 빌었다.

나도 용산역까지 전송하러 나갔는데 숙진은 기차에 오르기 직전 내 귀에다 대고 살짝 한 마디를 하는 것이었다.

“나 언니두 동경으로 끌어가구야 말걸. 언니! 기대하구 있어요.”

나는 코허리가 시큰해졌다. 남편 희진보다 몇 곱절 정답게 지내며 의지해온 시뉘와 떨어져 지낼 일을 생각하니까 맥이 빠지는 것이다. 혼자 버려진 초라한 심정이었다.

길이 완전히 갈려지는 것 같았다. 숙진은 푸른 초원을 향해 미지의 세계로 가고, 나는 답답한 제 오막살이에 들어앉는 것이라고 생각했다. 나는 세월이 갈수록 변화 없는 생활터전에서 쪼들어 들고, 숙진은 화려한 무대의 히로인이 되어 돌아오면 그때 나와 숙진은 서로 접근할 수 없는 사이가 돼 있을 것이다. 나는 그렇게 생각했다.

“나두 데려 가요!”

나는 숙진에게 그 한 마디의 부탁을 못 한 것이 퍽은 아쉽게 여겨졌으나 시아버지의 생각을 알기 때문에 불가능한 일이라고 체념했다.

밤차가 떠나고 난 플랫폼에는 허탈한 피로만이 감돌았다.

기적 소리의 여운이 잦아들자 전등불이 졸기 시작했다.

“형수님, 고만 들어가세요!”

시동생 철진이가 내 팔을 잡아끌었을 때 나는 너무도 외롭게 서 있는 나를 발견하고는 몸서리를 쳤다.

남편도 가고 어린 필한이도 가고 이제 시뉘 숙진이도 내게서 떠나가고, 나는 천애의 고아처럼 외롭게 팽개쳐진 것이다.

날이 갈수록 나는 안팎에서 예견했던 인화(人禍)를 입어야 했다.

이지용은 내 약점을 잡아 닷새가 멀다고 이모 임 상궁을 협박해서 금품을 알겨갔다.

그가 협박의 미끼로 삼는 구실이 하나 더 늘었음은 물론이다.

내 존재를 총독부에 알려서 영친왕처럼, 덕혜옹주처럼 일본으로 '잡아가게' 한다는 것과 함께, 내가 외간 남자와 연애하는 것을 제 눈으로 똑똑히 봤다는 것이다. 시댁에다 그 사실을 알리겠다는 것이다.

이모 임 상궁은 꼼짝없이 그에게 애원하고 시달려야 했다.

시삼촌 김형규의 야료 또한 날이 갈수록 심해졌다. 그는 금치산자(禁治産者)였던 만큼 충분히 생활보장을 해주고 있는데도 행패가 심했다.

가을이 되자 봉익동 김한규 댁에는 기괴한 현상이 나타나기 시작했다. 어느 날 밤 온 집안사람들은 소스라치게 놀랐다. 와그르르 하는 탁한 파괴음이 잠자리에 든 식구들을 덮친 것이다. 스무 말 들이 큰 장독이 깨져 있었다. 10년도 더 묵은 조청 같은 간장이 장독대에 범람했다. 벽돌이 주변에 굴러 있었다. 며칠 뒤 또 어느 날 밤엔 바로 내가 거처하는 건넌방 창문에 모래가 쫙쫙 끼얹어지는 바람에 온 집 안이 전전긍긍했다. 아무리 집 안을 둘러봐도 원인을 알 수 없었다. 돌멩이도 날아들었다. 꼭 자정때가 가까우면 어디선지 주먹 만큼씩한 돌멩이가 날아와 기왓장을 깨뜨렸다. 창문을 뚫고 안방 안에까지 떨어질 때가 있었다. 역시 원인이 밝혀지지 않았다.

도깨비의 장난일 것이라는 말이 떠돌기 시작했다. 이웃 사람들 입에서 먼저 그런 말이 떠돌기 시작했다. 시아버지는 철원으로 추수를 하러 가 있었다.

나는 시어머니의 처소로 잠자리를 옮겼다. 고부(姑婦)가 불경만 열심히 외어댔다.

그런 상황 아래서 시증조부의 제삿날을 맞이했다. 당연히 시아버지가 철원에서 돌아와야 할 텐데 저녁이 돼도 소식이 없었다.

제사를 모실 어른은 안 계셔도 제사는 지내야 했다. 시삼촌댁도 와서 부엌일을 거들었다. 그렇게 되면 시삼촌이 집안의 어른이다. 형님을 대신해서 제사를 모셔야 한다. 그러나 그는 사흘 전에 집을 나간 채 감감소식이라는 것이 시삼촌댁의 말이었다. 별 수 없이 중학생 철진이를 필두로 해서 아녀자들끼리라도 치러야 했다.

나는 그날 밤의 일을 도저히 잊을 수가 없다.

## 제11장

　사람, 지혜의 근원은 하나라고 생각한다. 필요에 따라, 목적에 따라 그 지혜는 선행의 기본이 될 수도 있고, 악행의 바탕이 될 수도 있다.

　간지(奸智)도 되며 자비와 공덕도 된다.

　지혜란 쓰기에 따라 밝은 빛일 수도 있고 불쾌한 그림자도 된다. 지혜란 어떤 인격에 깃드느냐가 중요한 것이다. 덕행을 뒷받침하는 지혜라면 그 사람의 빛이 된다. 천박한 사람은 자기의 지혜를 천박한 면으로 이용한다.

　그런 사람에겐 차라리 지혜라는 게 없었으면 좋겠지만, 그러나 일단은 골고루 나누어주는 것이 신의 배려다.

　나는 그날 밤의 일을 도저히 잊을 수가 없다. 어처구니가 없어서 잊지 못한다.

　말이 남의 집 맏며느리지 내가 손에 익혀 할 수 있는 가사(家事)가 뭔가. 모두가 서투르고 날탕이다.

제사 음식을 주관해서 차려보기란 난생 처음이었다. 물론 시어머니의 자상한 지시에 의해서, 여러 사람의 손을 빌려서 준비한 것이라 하더라도 부엌에 나가 직접 주관한 것은 나다.

나는 자각하기 시작한 것이다. 시부모님을 **빼놓고는** 내가 김씨 집안의 기둥이며 대들보라는 사실을 자각하기 시작한 것이다.

내 밑에는 나이 어린 수다한 식솔이 있고 그 식솔들을 건사할 일이 내게 맡겨진 소임인데 언제까지나 철없이 심약하게만 굴다가는 남의 집안을 망쳐놓을지도 모른다는 생각을 하기에 이르렀으니 나는 이제 분명히 철이 든 것이다.

나는 무엇보다도 꺽진 여자가 돼야 한다는 생각이었다. 오종종하기만 하고 얌전만 **빼다가는** 나를 살리지 못한다고 생각했다.

그래서는 첫째 나 자신을 지탱하지 못할 것이 뻔했다. 나의 내면적인 성향으로는 예견되는 세상 풍파를 헤쳐 나가기가 어려울 것임을 예견했다. 외향적인 성격으로 탈바꿈을 해야 서러운 내 인생을 있는 그대로나마 지탱할 수 있을 것이었다.

그런 탈바꿈이 안되면 나는 자살할지도 모른다는 예감이 있었다.

네 가지 여건이 나를 자살이라는 막다른 골목으로 몰고 갈지도 모른다는 예감을 가지고 있었다.

태어나지 않아도 됐을 생명이라는 점, 여러 생명이 나와 인연을 맺었다가 죽어갔다는 점, 내가 이 세상에 왜 존재해야 되느냐에 대한 회의, 그리고 어떻게 살아야 한다는 목표 설정이 모호한 점 등등을 생각하면 내 생명은 결국 좌절될 수밖에 없다는 결론이 추출되는 것이다.

그러니까 내가 외향적인 성격으로 탈바꿈을 해야 한다는 것은 내가 살기 위해선 불가피한 의식의 변절이었다.

그날 밤 나는 신바람을 내면서 제사 준비를 했다.

대청에 돗자리를 깔았다. 마련된 제상에다 음식을 차려놓았다.

어느 집 대청이고 그 구조는 비슷하다. 정확한 자좌오향(子坐午向) 집은 대궐의 방위와 비슷하다 하여 나라에서 금해왔었다. 그래서 민간인의 가택(家宅)들은 조금씩 틀어 앉히긴 했지만 그래도 대부분 체통 있는 집안은 남향집이었다.

대청 북쪽에 제상이 놓이게 마련이다. 북쪽에는 창문이 터 있어야 여름에 시원한 바람이 남북으로 관통한다. 제상은 그 북창을 가리운 채 놓여진다.

제상 준비가 끝나가고 있었다. 갑자기 부엌 쪽에서 소란이 일어났다.

쨍그랑 꽈르릉 하고 유리창 깨지는 소리가 터졌다.

삼촌댁이 얼굴이 새파래져 가지고 고함을 쳤다.

"어디서 도깨비 돌이 또 날아들었어요."

정말 주먹만한 돌멩이가 부엌문 위 다락창의 유리를 깨뜨렸다. 떨어져 내린 유리조각 틈에 그 돌멩이가 섞여 있었다.

어떻게 되겠는가. 온 집 안이 혼비백산했다. 전전긍긍하며 숨들을 죽였다. 물론 나도 하체가 후들후들 떨려서 어쩔 수가 없었다.

사내 코빼기라곤 열다섯 살 난 시동생뿐이었다. 그래도 사내애는 사내다웠다.

철진은 등불을 밝혀가지고는 대문 밖으로 나가 집안 주변을 샅샅이 뒤지고는 돌아와서 하는 말 역시 겁에 질려 있었다.

"정말 도깨비장난인가, 아무것도 없는데요."

도깨비, 도깨비나 귀신 이야기는 얼마든지 들어왔다. 있는 것으로 알고 있었다. 온 집 안이 겁에 질릴 수밖에 없었다.

제사니 뭐니 다 집어치우고 방문 꼭꼭 걸어 잠근 채 이불 쓰고 숨어버릴 생각밖에 없었다.

나는 안마당과 대청에 불을 더 밝히도록 지시했다. 귀신이나 도깨비는 불빛과 쇳소리를 가장 싫어한다는 말을 들은 기억이 났다. 부엌으로 내려가 괜히 놋그릇들을 마구 덜거덕거렸다. 겁에 질려 있는 시삼촌댁을 보고 농담을 지껄였다.

"도깨비두 제주(祭酒) 한잔 음복하면 기분 좋아서 다신 안 나타나겠죠 뭐."

나는 향로에 잿불을 꼭꼭 눌러 담아다가 대청 제상 앞에 놓고 내려왔다.

다리가 계속 떨렸다.

시삼촌댁이 주발에 메를 떠가지고 제상 앞으로 가더니 아악! 하고 또 찢어지는 듯한 비명을 질렀다.

이번엔 도깨비가 직접 모습을 보였다는 것이다. 제상 뒤 창문으로 험상 궂은 도깨비 얼굴이 넘실거렸다면서 기절할 듯이 마루 구석에 물러앉았다.

'도깨비가 정말 있을까?'

나는 어떻게 해야 이 집 안에 덮친 도깨비 소동의 공포증에서 헤어날 수 있을까를 궁리했다. 귀신이란 있다고 했다. 있는데 어디 있느냐 하면 사람 마음속에 있다고 했다.

귀신이란 불가근 불가원(不可近不可遠)이어야 한다고 했다. 가깝게 하면 귀신한테 휘둘리게 되고, 멀리 하면 해를 입는단 말이 있다.

나는 신학문을 배웠다. 도깨비고 귀신이고 실존하는 게 아니라 간사스럽고 약한 사람들의 마음이 만들어내는 일종의 심리적인 허상이라고 배웠다.

나는 도깨비를 퇴치하기로 결심했다.

죽기 아니면 살기라는 비장한 결심이었다.

나는 다식판을 치마폭에 감춘 채 발소리를 죽여가며 제상 옆으로 가서 기다렸다. 몸이 사시나무 떨 듯 했으나 미운 놈 발등 밟아주듯 마룻장을 힘 있게 버티었다.

온 집안사람들이 숨을 죽인 채 얼굴을 들지 못했다. 시어머니도 안방에 들어가 꼼짝 않고 있었다.

놋 촛대에 밝힌 밀 촛불이 꺼불꺼불 춤을 췄다.

어디선지 쇠북 소리가 은은하게 들려오고 있었다.

나는 열려 있는 뒷창 밖의 어둠을 노려보고 있었다. 그 창문이 왜 열려 있는지를 알 수 없었다. 도깨비가 열었건 집안사람 누가 열어놓았건 닫아 버리고 싶어졌다. 닫으려고 손을 내미는 순간이었다.

어둠 속에서 꿈틀꿈틀 솟아나는 검은 물체가 있었다.

자세히 보니 분명한 도깨비였다. 그림에서 본 도깨비의 형상이다. 뿔이 달렸다. 코가 크고 입이 쭉 찢어진 그림 그대로의 도깨비였다. 두 개의 어 금니가 앞으로 튀어나왔다.

나는 기절 직전에서 또 다른 것을 봤다. 눈앞이 캄캄했다.

털이 났는지 안 났는지는 모르겠으나 시뻘건 손이, 손가락을 쩍 벌린 도 깨비 손이 어둠 속에서 불쑥 튀어나와 창문 안으로 들어오는 것을 보았다.

그 험상궂은 도깨비 손은 제상 위의 실과류와 유과 등을 휘휘 저어 한 움 큼 쓸어 집는다.

나는 나도 모르게 이를 뽀도독 갈았다. 치마폭 속에서 꺼낸 다식판으로 그 도깨비의 대갈통을 힘껏 내리쳤다. 두 번 세 번 거듭해서 마구 내리쳤 다.

와르르 깨어진 긴장과 함께,

"아이쿠!"

하는 소리가 내 지각 잃은 귀청을 때렸다.

나는 보았다. 그 시뻘건 도깨비 손이 부들부들 떨리는 것을 보며 눈을 감았다. 도깨비 이마통에서 검붉은 선지피가 주르르 흐르는 것을 보았다.

순간 나는 다식판을 마룻바닥에다 팽개쳤다. 내 방 쪽으로 도망을 치다가 쓰러졌다. 나는 까무러쳐 버렸다.

그렇게 해서 그날 밤의 제사는 엉망진창이 된 채 중단되고 말았다.

시삼촌 형규는 으스러진 머리통을 두 손으로 움켜잡은 채 철진의 부축을 받으며 안마당으로 끌려 나왔는데, 그 목엔 어디서 구했는지 도깨비 탈이 매달려 있었으며, 손등은 붉은 잉크와 피로 물들어 있었다.

나는 오늘날까지 그때의 나를 이해하지 못한다.

나는 오늘날까지 지렁이 한 마리조차 알고는 밟지를 못한다. 그 귀찮은 파리나 모기도 쫓아버리면 버렸지 죽이지는 못한다.

그때 그 당돌하고 모진 마음은 어디서 생겨났을까. 핏속에 잠재해 있는 나의 잔인성일까, 인간의 본성일까. 나는 그 후 평생토록 그런 잔인성을 두 번 다신 나타내본 일이 없다.

핏속에 섞인 내 개인이나 또는 인간의 본성이었다면 왜 그 후 그 험한 세상을 살면서 두 번 다시 그런 본성을 나타내지 않았는지 모르겠다.

그것은 뭇 인간의 잔인성도 아니고 내 개인의 당돌성도 아니었을 것이다.

책임과 의무감에 쫓긴 한 여자의 의지였는지도 모른다. 도깨비 소동의 공포에서 가족을 해방시켜야 한다는 김씨 집 맏며느리로서의 내 책임감이 그런 당돌성으로 나타났던 것 같다. 나는 집안을 위해서 다식판으로 시삼촌의 머리통을 후려 갈겼고 여자로서의 나를 위하여 기절을 했던 것이다.

시삼촌 김형규는 그렇게까지 간(奸)한 지혜를 짜내가며 자기 집안을 괴롭히기 시작했다.

나는 지금도 그렇게 생각하거니와 그때도 그렇게 생각했다.

가난한 집안이나 무식한 형제들 사이에는 그런 간악스러운 다툼은 없다고 생각한다.

부(富)와 유식(有識)은 때로는 사람들을 그처럼 철저하게 타락시킨다고 생각한다. 수양 없는 지혜 속엔 그토록 더럽게 자신을 짓밟아버리는 독소가 섞여 있을 수 있다. 유식이나 부는 극도의 이기(利己)로 흐를 위험이 있으며, 그런 이기적인 욕망이 인간사회를 타락시키는 가장 근본적인 독소가 된다고 생각한다.

나는 대수롭지도 않은 그 도깨비 소동을 겪고서는 인간의 다시없는 추악상을 목격한 것 같아 세상을 보는 눈이 급속도로 심각해진다. 그만큼 시삼촌의 도깨비 소동은 젊은 나에게 새로운 충격을 주었다.

그러나 그 후 시삼촌의 극성은 더욱 심해져 갔다.

조카며느리가 다식판으로 시삼촌의 이마빡을 깨놓았으니 그럴 만도 했다.

나 자신의 망신은 말할 것도 없거니와 망나니 시삼촌의 보복적인 행패는 날이 갈수록 극성을 부렸다. 그런데도 시동생 철진은 나만 보면 손뼉을 치면서 놀려댔다.

"형수님! 멋지게 해줬단 말이에요. 도깨비의 대갈통을 깨놓았으니 우리 형수님이 최고야."

나를 친누이보다도 더 따르고 아껴주는 철진인데도 그에게서 그런 악의 없는 놀림을 받을 때마다 나는 쥐구멍을 찾고 싶은 심정이었다.

시삼촌 형규는 술이 취해 오면 한 마디씩 했다.

"내 이마빡의 이 훈장을 어떻게 할 테냐! 훈장을 줬으면 연금(年金)도 줘야잖나!"

그의 이마엔 정말 엽전만한 흉터가 생겨 있었다.

그는 나에게서도 직접 아편 값을 뜯어 갔다. 나로서는 패물이나 하나 둘씩 던져주는 도리밖엔 없었다.

나는 살고 싶지가 않았다.

친정 쪽에선 이지용이 괴롭히고, 시집 쪽에선 김형규가 괴롭혀대니 참고 견딜 재간이 없었다.

이듬해 3월이던가, 이지용은 일본인 한 사람을 데리고 와서 직접 시아버지를 협박했다.

그 일본인은 경무국 직원이라고 했다. 나의 존재를 상부에 보고하겠다고 시아버지를 협박해서 큰돈을 뜯어갔다.

어느 날 밤, 시아버지 김한규는 나를 안방으로 조용히 불러들였다.

"아무래도 애기는 이 나라에서 못살겠다. 그대로 뒀다간 저놈들 등쌀에 너를 말려 죽이겠어."

시아버지는 그런 말을 하고는 한숨을 쉬더니, 담배를 푹푹 빨더니, 궐련 재를 방바닥에다 떨어뜨리더니,

"나하고 중국으로 건너가 살련?"

하는 것이었다.

"중국에요?"

"상해로 가서 사는 게 어떨까? 뭣하면 그곳에서 공부도 할 겸. 너를 이 나라에 더 뒀다간 아무래도 무슨 귀찮은 사단이 벌어지겠어. 결심할 수 있겠니?"

나는 귀가 솔깃했다. 이지용이나 김형규를 보지 않는 곳이라면 상해가 아니라 알래스카에라도 가서 살 수 있을 것 같았다.

"아버님께서 데려가 주신다면 어딘들 못 갈라구요."

"나하구 같이 떠나기는 좀 어려울 것이다. 난 뒤미처 갈 테니까 너만 먼저 가면 돼. 그곳에 가면 네 거처를 주선해줄 만한 사람들이 있다. 떠나겠니?"

"어머님은 누가 모시고, 어린 시동생들은 누가 돌보나요?"

시아버지 김한규는 자애로운 웃음을 흘리며 말했다.

"네 인생이 내 집 권속 치다꺼리나 하기 위해 있는 것은 아니야."

"아버님을 모시고 간다면 가겠어요."

"너는 모르고 있다만 나는 지난해부터 저들에게 심한 감시를 받고 있다. 의친왕(義親王=李堈) 사건 때문이다."

사실 나는 그 내막을 잘 모르고 있었는데 시아버지는 의친왕 사건의 연루자였었다.

의친왕 이강은 내 오라버님이다. 물론 이복(異腹).

철저한 배일주의자였다. 지난해(1920년) 항일 단체인 대동단(大同團)을 만들었다. 같은 단원인 김가진(金嘉鎭), 전협(全協) 등과 밀의해서 상해 임시정부에 자신의 선언서를 만들어 보냈다.

그 선언의 내용이 그의 배일사상을 잘 표현하고 있었다.


— 일본 제국주의자들은 이 나라의 매국 간신들을 이용하여 우리나라를 병탄하고 내 부왕(父王=高宗)과 모후(明成皇后=義母)를 살해한 것이지 부왕께서 결코 병합을 긍허(肯許)하시지는 않았다. 나는 왕족이기 전에 한국인의 한 사람이다. 독립된 한국의 한 서민이 되기를 원하지, 일본의 황족 되기를 단연코 원하지 않는다.

나는 우리의 임시정부가 설립된 귀지(貴地)에 가서 조국 광복을 위해 미력이나마 힘을 보조하고 싶다. 이 결심은 오직 부모의 원수를 갚기 위함일 뿐 아니라 조국의 광복과 세계의 평화를 위함에서이다.

지난해 동짓달 어느 날 밤, 그 의친왕은 남몰래 운현궁을 빠져 나왔다. 세검정 뒷산으로 숨어들었다. 거기서 동지 정남용(鄭南用)과 함께 상복으로 갈아입고는 수색으로 나가 경의선 열차 3등 찻간에 탔다. 무사히 평양 의주를 거쳐 압록강을 건넜는데 안동(安東)에서 일경(日警)에게 적발, 강제 송환된 일이 있었다.

그 의친왕 국외 탈출 계획의 뒷바라지를 시아버지 김한규가 했다고 했다. 경찰의 심한 신문을 받았으나 총독부는 정책상 왕족의 국외 탈출 사건을 지나치게 노출시키지 않으려고 관련자들에 대한 처벌을 유보한 모양이다.

집안 사정이 그처럼 복잡하니, 나는 나만 편하기 위하여 시집과 조국을 등지는 게 죄스러운 마음이 들었다.

"그대로 견딜 때까진 견디어보겠어요, 아버님."

그 후 나는 5년 동안이나 그들에게 더 혹된 시달림을 받으며 살았다.

세월 5년은 영겁(永劫)에 비해선 찰나이다.

그러나 내 나라 안팎은 그 5년 동안에 많이 변했고, 그리고 극도로 어지러웠다. 혼란의 소용돌이 속에서 하루하루 뭔가가 변질돼가고 있었다.

좋은 뜻으로의 변화도 없는 것은 아니었으나 대개는 몸부림과 같은 망국민의 저항으로 일관됐는데도 불구하고 세월은 점점 더 절망적으로 변해가고 있었다.

그동안 상해 임시정부의 요인들은 국제무대로 진출하여 독립운동을 펼쳐 나갔다.

북만주 일대에선 독립군의 대일 항전이 퍽은 활발했다. 김좌진(金佐鎭), 이범석(李範奭) 등은 청산리 싸움에서 대첩을 거두었다는 소식도 들었다.

서재필(徐載弼), 이승만(李承晚), 여운형(呂運亨), 김구(金九), 김규식(金圭植), 안창호(安昌浩), 장덕수(長德秀), 김성수(金性洙), 홍범도(洪範圖), 이동녕(李東寧) 등의 이름이 그동안 내 귀에 익혀졌다.

강우규(姜宇奎), 문일민(文一民), 박재혁(朴載赫), 김익상(金益相), 김시현(金始顯), 김지섭(金祉燮), 송학선(宋學先), 나석주(羅錫疇), 박열(朴烈) 등 의열단원들을 비롯한 여러 열혈들의 이름도 익히 알게 됐다.

유관순(柳寬順)의 옥사 소식이 전해지던 날, 나는 하루 종일 눈물을 질금거리며 지냈다.

손병희(孫秉熙)의 부음을 듣고도 슬퍼했지만 1926년 4월 순종 황제(純宗皇帝)가 서거했을 때는 너무도 망연해서 눈물이 나지 않았다.

나는 그동안 이광수(李光洙), 김동인(金東仁), 염상섭(廉想涉) 등을 탐독했다. 윤백남(尹白南)의 토월회(土月會)는 구경 못했다. 최남선(崔南善), 이병도(李丙燾)의 글도 읽었다. 윤치호(尹致昊), 이상재(李商在)를 퍽 존경했다.

내가 고달픈 주부 노릇을 하면서도 그런 이름들을 알게 된 것은 사이토[齊藤實] 총독의 덕택이다. 그에게 감사한다. 그가 만약 〈동아〉〈조선〉〈시사〉 등 신문 발간을 허락하지 않았던들 나 같은 여자가 어떻게 그분들의 행적과 글과 이름을 알 수가 있었을까.

세월은 차츰 깨어가고 있었다. 1926년 11월 경성방송국이 생기자 시아버지는 내게 라디오를 사다주었다. 살림하는 며느리한테 그 비싼 라디오를 가장 먼저 사다준 시아버지의 고마운 마음씀이 나를 울렸다.

그러나 그런 세월 속에서도 이지용은 나와 이모를 괴롭히기 위하여 살았고, 김형규의 집안 식구 들볶는 법과 심술은 더 한층 교활하고 집요했다.

시아버지 김한규는 견디다 못해 전부터의 생각대로 나를 상해로 피신시키게 된다.

1926년이니까 내 나이 스물여섯이었다.

섣달 초순의 새벽 부두는 잔인하리만큼 추웠다. 인천에서 배를 탄다.

바닷바람 몰아붙이는 나루터에서 시아버지 김한규는 전송 나온 몇몇 분에게 나를 인사 시켰다.

이상재, 윤치호를 나는 그날 처음으로 만났다.

알고 보니 그들은 나를 전송할 겸 나와 한 배를 타게 된 조봉암(曺奉岩)도 배웅하기 위해서였던 모양이다.

밀선이었는데, 나를 합해 여섯 사람이나 탄 밀선인데, 어떻게 돼서 그날 그 배와 그 배를 타는 사람들과 그 선객을 전송 나온 사람들이 일경의 눈에 띄지 않았던 것인지를 나는 두고두고 이해할 수가 없었다.

"내가 곧 뒤쫓아가마. 상해 부두에 도착하면 어떤 중국 여인이 마중을 나와 있을 게다. 안심하고 따라가면 된다."

나는 시아버지의 그 한 마디 말을 믿고 배에 오른다. 해무(海霧)의 계절은 아니었다.

20톤쯤 되는 조그마한 발동선이었다.

나는 멀어져 가는 나루 쪽을 바라보며 마음속으로 법화경을 외기 시작한다.

내가 서울을 떠날 때 눈물 한 방울 안 보이며 진하게 오열해주던 이모 임상궁을 위하여, 시부모를 비롯한 여러 시동생을 위하여, 내가 아는 모든 사람들을 위하여, 내 조국을 위하여, 그리고 나를 위하여 열심히 법화경을 외기 시작했다.

배는 물결에 시달리는 가랑잎과 같았다. 갈매기 소리가 들린다. 어둑신한 공간을 누비고 있는 갈매기가 참새보다 크다는 사실을 발견한다. 노들강에선 볼 수 없었던 갈매기, 처음으로 본다.

나는 속이 뒤집히기 시작한다. 어떻게도 참고 견디지 못하게 속이 뒤집힌다. 뱃멀미였다. 하늘로 몸이 곤두박히고 물속으로 둥실 떠오르는 것 같아 몸을 비틀며 안간힘을 쓰다가 왝 왝 토한다. 두 눈으로도 콧구멍으로도 배꼽으로도 뭔가 쏟아져 나오는 것 같아 숨이 막힌다. 뱃멀미란 정말 참을 수 없는 것이었다.

정신을 잃는다.

"정신이 좀 드시나배 할머니, 정신이 좀 드세요? 할머니!"

나는 몸이 흔들리고 있는 것을 깨닫는다. 어렴풋이 깨닫는다.

정신이 좀 드는 것 같아서 눈을 떠본다. 짙게 내리는 해무가 눈앞에서 서서히 걷히기 시작하는 것을 바라본다. 기다린다.

"할머니! 할머니!"

내 나이 스물여섯의 젊음인데 할머니란다.

"할머니! 나 누군지 아세요."

상해 부두에 닿으면 중국 여자가 마중 나와 기다리고 있을 것이라 했다.

"할머니! 제가 누구예요? 할머니!"

정말 마중을 나와 있나, 중국 여자가. 차츰 윤곽이 나타나는 여자의 얼굴, 웃는 것 같기도 하고, 아무것도 아닌 듯싶기도 하고, 슬픔에 싸인 눈이 차츰 가까워지고 있는 게 보인다. 중국 여자 같기도 하다.

두 개의 눈, 하나의 코, 네 개의 귀, 여섯 개의 눈, 세 개의 입, 서로 엇갈리며 하늘에서 별이 쏟아지듯 내 얼굴로 쏟아져 내린다.

나는 그 눈총들이 천 근 무쇠처럼 무서운 것 같아, 눈꺼풀에 그 무게가 내려앉는 것 같아, 그 중압에 눈도 가슴도 짓눌리는 것 같아, 그래서 숨이 멎은 것 같아, 혼신의 힘으로 의식을, 영혼을, 닫혀 있는 감각의 문을 두드려본다.

"나를 마중……."

나는 그렇게 물어본다. 상해에 도착하면 중국 여자가 마중 나와 있을 것이라는 시아버지의 말을 상기하면서 그렇게 물어본다.

"누님! 누님! 뭐라고 말씀하셨어요?"

"내 마중을……."

"네, 누님이 오시는 걸 마중 나왔습니다. 이렇게 좋은 분들이 모두 마중 나와 기다리고 있어요, 누님."

그 미지의 땅에 많은 사람들이 나를 마중 나와 기다리고 었었단다.

"누님! 저 면용이올시다. 면용이에요. 정신이 좀 드세요?"

면용, 면용, 듣던 이름 같다.

"할머니! 저 알아보시겠어요? 여 부장이에요."

여 부장, 여 부장, 염 부장 순사 부장인가? 나를 잡아가려나.

"할머니 정신이 드시죠? 저 봉임일 알아보시겠어요? 할머니가 하 여사, 하 여사, 하 여사 하시는……."

하 여사, 봉임, 한 여사. 그래 하 여사.

"할머니 구 선생이 여기 있어요. 구 선생이 이렇게 할머니 손을 꼬옥 잡고 있어요. 아시겠죠?"

'중국 여자가 마중을 나올 것이라 하더니 이건 서양 여자 닮았구나.'

나는 뭔가 일이 또 잘못돼 가고 있다 싶어서 정신을 바짝 차려본다. 눈을 크게 뜨고 눈알을 굴려본다.

하늘에 불이 난 것처럼 햇빛이 굉장히 붉다고 느낀다. 햇무리가 끼여 있었는데 점점 걷혀가고 있었다.

"아!"

나는 입을 딱 벌린다.

그 심하던 뱃멀미가 가라앉은 것 같다. 메스껍던 속도 편안해졌다.

반자지의 둥글둥글한 무늬가 제가끔 빙글빙글 돌다가 서서히, 그리고 하나 둘씩 멈춘다. 제자리에 들어앉는다.

아! 동생 면용 씨, 하 여사, 여 부장, 그리고 이 구 선생 모두 내 앞에 있다.

'그립던 사람들.'

그들이 어딜 갔다가 이제야 왔나 싶어 야속한 생각이 든다.

'그래도 미치도록 반갑다.'

"구 선생!"

나는 잡힌 손에다 힘을 주어본다.

"아, 누님! 저 면용이가 서울에서 왔습니다. 이젠 저를 알아보시겠죠? 누님."

모든 관심은 나에게 달라는 듯이 육촌 이면용이 금테 안경 쓴 갸름한 얼굴로 내 눈 위를 덮어버린다.

'알고말고…… 오직 한 사람의 내 친정붙인데.'

나는 그의 손을 더듬으며 눈물을 주르르 흘린다.

"할머니, 참 오랫동안 푹 주무셨네요."

구 선생 미스 캐논이 내 손을 가볍게 흔들며 감격적으로 말했다.

"할머니!"

여 부장은 나를 불러놓고 목이 메는지 침을 꼴깍 삼킨다.

"할머니가 정신을 차리셨다면서요."

밖에서 들어오며 우뚝 서는 사람은 내가 오랫동안 신세지고 있는 집주인 양(楊) 선생이다.

"언제 왔어? 동생은."

나는 이면용을 보고 묻는다.

"간밤에 막차로 왔어요, 누님."

"혼자?"

나는 무심히 그에게 혼자 왔느냐고 묻는다.

모두들 서로 눈치를 본다.

"네 혼자 왔어요, 누님. 누가 또 같이 올 사람이 있나요."

나는 그가 혼자 오지 누구하고 올까 싶어 무색해진다. 그래서 뇌까린다.

"그럼 동생 혼자 오지 누가 또 올 사람이 있다구."

나는 누군가를 간절히 기다리고 있었던 모양이다. 지금 내 앞에 있는 저 정다운 사람들 이외에 또 다른 누군가를 마음속으로 그리워하며 기다리고 있었던 모양이다.

그 간절하게 기다려보는 사람이 누구라는 것은 나 자신도 분명히 모른다.

삶과 죽음 사이에 놓여진 가교(架橋) 위를 오락가락하면서 나는 누군가를 기다려본 모양이다.

내 70유여 생애가 제아무리 삭막하고 메마른 인생이었다 하더라도, 살아온 세월이 그런 대로의 인생길이었다면 죽음을 눈앞에 둔 마당엔 반드시 누군가에게 그리움의 정을 던져봐야 하지 않겠는가.

그가 누구든 내 눈앞에 나타나서 마지막 이별의 입맞춤을 해주기를 기다려 봐야 하지 않겠는가. 내 이 넓은 이마는 그 그리움이 마지막 입맞춤을 하게 하려고 존재해온 것이 아니던가.

그런 그리움의 실상이 어딘가에 꼭 있는 것만 같다. 하늘 끝에, 푸른 숲 속에, 먼 사막 사구 저쪽 어딘가에 있어야 한다.

단 한 번도 본 일이 없는 상대면서 내 고질과 같은 그리움을 달갑게 안아줄 실상이 어딘가에 존재해야 한다. 그리고 나는 그를 간절하게 소망하고 기다려야 한다.

나의 피에도 빛깔이 있고 그 빛깔이 붉다면 그런 그리움의 실상이 어딘가에 반드시 존재해야 한다. 존재하고 있을 것이다.

실상이 아니라면 허상이라도 존재해야 한다.

어차피 인생은 허상에 불과한 것이다. 물거품과 같이 뜬구름과 같이, 무상한 게 인생이라는데, 살아 있다고 그게 반드시 실상일까. 현세에 실체가 없다고 해서 반드시 허상일까. 허(虛)와 실(實)은 근원이 같은 것이다. 하늘이 실(實)일 수도 있고 뫼[山]가 허일 수도 있다. 실존하는 그리움이 허상일 수도 있고, 실재하지 않는 대상이 충족한 실상일 수도 있다.

내가 임종 직전에서 누군가를 그리워해 보는 정감, 간절하게 소망하며 기다려보는 마음의 갈구야말로 오늘날까지 나 이문용이 존재해 온 의미일지도 모른다. 정말 대상이 있다 해서 실도 아니고, 없다 해서 허도 아니다. 그리움이란 허와 실을 초월한 마음의 갈구다.

내가 남자였더라도 그렇고, 여자니까 더욱 그렇다.

나는 내 앞에 앉아 있는 내 친구들의 손을 차례로 잡아보면서, 그 따스한 체온을 느껴보면서 그 무욕하고 정겨운 미소들을 바라보면서, 그리고 그들의 변함없는 호의를 감사하면서 어린애처럼 한 마디 지껄인다.

"내가 또 살았나배."

나의 이 탄성은 기쁨일까, 감격일까, 후회로움일까, 미련의 표현일까. 아니면 내 끈질긴 생명에 대한 저주일까.

그것이 뭣이래도 좋다. 하여간 팽팽한 대결에서 해방됐다는 것은 반가운 일임에 틀림이 없다.

죽음과의 대결이었다. 반대로 삶에 대한 대결이었다고도 할 수 있다. 살아 온 내 인생을, 어지러이 흐트러져 있는 삶의 조각들을, 하나하나 개키고 정리해보는, 순전히 여벌로 설정된 시간이었다 하더라도 태어나면서부터 스물여섯 살까지의 그 곡절 많았던 젊음의 장(章)을 기억의 갈피에서 하나하나 끄집어내 앨범에다 우표 쪽지라도 붙이듯 정리해볼 수 있었다는 것은 허망한 짓이 아니라고 여겨진다.

나는 누구에게라 지목하지 않고 물었다.

"내가 더 살아야 하나?"

구 선생이 감격해서 목이 메듯 억양 높은 말투로 대꾸했다.

"인생은 산다는 것 자체에 뜻이 있네다, 할머니."

"예수께선 젊으셔서 십자가에 못박히셨는데."

"부활하셔서 영원히 살고 계시지 않습니까, 할머니."

"그래두 십자가에 못 박히실 때의 심정은 절망이셨어요. 나를 이대로 버리느냐고 하나님한테 호소하시지 않았어요?"

"그 말씀 자체가 영원히 사시면서 죄 많은 인간들을 구제해줘야 하겠다는 의지의 절규였습니다, 할머니. 그분은 부활하실 것을 믿었어요. 부활이 그분의 그분다운 의미였으니까요. 할머니."

"나는 여러분의 신세나 지려고 더 사나?"

그 말에 하 여사가 웃으며 한 마디 한다.

"구 선생이 할머니가 안 계셨다면 한국에 와서 착한 일을 한 가지 덜 했을지도 모르지 않아요? 할머니."

여 부장이 잔자로운 미소를 흘리며 입을 연다.

"그런 뜻으로는 구 선생이 할머니한테 감사하고 계셔요, 할머니."

"그러니까 여러분을 위해서도 누님은 오래오래 더 사셔야 합니다, 누님."

이면용이 턱을 치키고는 밝게 웃었다.

"여 부장님!"

나는 여 부장을 위해서 마음속으로 기도했다.

"하 여사님!"

"네, 할머니. 님은 또 무슨 님이세요? 할머니."

나는 하 여사와 그의 귀여운 자녀들을 위해서 마음속으로 기도했다.

"구 선생님!"

"네."

"시집도 안 가시구……."

"이 나라에 시집왔습네다."

나는 이면용에게 묻는다.

"비전하(妃殿下) 안녕하시겠지?"

"그럼요, 안녕하시고말고요. 누님이 편찮으시다면 마음 쓰실까봐 아무 기별두 안해 드렸습니다."

영친왕비 이방자(李方子)를 두고 하는 말이다.

"날씨가 퍽 좋은가보군?"

"아주 화창한 새 아침이에요, 할머니."

하 여사는 방문을 열어줬다.

파란 하늘이 왈칵 덤벼들었다. 지저귀는 참새 떼 소리가 내 귓전에 뿌려졌다.

하늘거리는 감나무 잎이 싱싱한 바람을 일궈줬다. 모두가 생기에 넘친다.

골목 밖으로 지나가는 엿장수의 째깍거리는 가위 소리가 더할 수 없이 반갑다. 종소리가 들려온다. 교회의 종소리가 들려온다.

나는 살고 싶다.

저 하늘과 새소리를 두고 죽는 것은 억울하다. 감나무 이파리의 살찐 푸르름을 보는 것만으로도 삶의 의의는 있다. 째깍거리는 엿장수의 가위 소리를 들으며 고달픈 그 인생을 가엾이 여겨주는 것만으로도 죽기 전엔 살고 싶다. 하물며 교회의 종소리가 있지 않은가.

나는 살고 싶다. 그러나 나는 다시 맥을 놓았다.

"뱃멀미가 심해서 견딜 수가 있어야지."

나는 중얼거렸다.

"뱃멀미가 심해요? 누님."

"음, 배가 하두 흔들려서."

나의 목소리는 잦아들고 있었다.

"꿈을 꾸셨나?"

이면용이 뇌까렸다.

꿈을 꿨는지도 모른다는 생각이 든다. 꿈에 그 내 친구들을 만나 본 것이라고 생각한다.

보고 싶었으니까 꿈에라도 만나 본 것이겠지. 하 여사도, 면용 씨도, 구 선생도, 여 부장도.

'그렇더라도 너무 짧은 꿈이야.'

모두들 손을 흔들고 있다. 해무(海霧)가 차츰 짙어진다. 그네들의 모습이 점점 흐려져 간다. 무적(霧笛) 소리는 들리지 않는다. 갈매기의 울음이 들리는 것 같다. 그 투명한 소리, 참새보다 몸집이 큰 줄을 처음으로 알았다.

나는 나를 전송하는 사람들을 위하여 또 법화경을 외운다.

전송하는 사람들의 모습이 혼돈된다. 윤치호, 이상재, 시아버지 김한규. 그런가 했더니 미스 캐논, 하 여사, 여 부장, 이면용, 그리고 그 뒷전에 있는 남자는 누구지. 성도 이름도 모르겠다. 알았었는데 까먹은 모양이다. 어떻게 생긴 사람인지도 알 수가 없다. 아주 사납게 생긴 분인 것 같다. 굉장히 친한 사이인 모양인데 퍽은 소원한 감정이다. 언제 어디서 만났던 분일까. 오늘 처음 만난 분인가. 내가 태어나기 전부터 잘 알던 분으로 여겨지기도 한다. 그런가 하면 나와는 아무런 인연도 없는 전연 타인처럼 생각되기도 하고.

그분은 내가 남기고 길을 떠나는 미련인지도 모른다. 허상일 게다. 허상일 텐데 별리(別離)에 대한 슬픔이 누구보다도 처절하게 그 얼굴을 일그러뜨리고 있다. 다른 모든 사람의 얼굴은 해무에 가려 사라졌는데, 오직 그 허상의 처절한 슬픔만이 낙조를 앞둔 태양처럼 수평선 저쪽에 뚜렷이 떠 있다. 이상한 일이다. 평소에 나하고 친근했던 모든 사람들의 그 정다운 실상은 다 사라지고 오직 그 초면의 허상이 언제까지나 나를 슬프게 전별하고 있다.

허와 실은 그렇게 뒤바뀌어 있었다.

나는 다시 뱃멀미를 일으킨다. 어떤 아픔보다도, 어떤 곤욕보다도 참고 견디기 어려운 그 뱃멀미를 다시 시작한다. 누구의 간호로도 이 뱃멀미만은 진정시켜주지 못한다.

"속이 메시꺼우신가?"

"참 정신이 드셨을 때 약을 잡숫게 할걸."

누구의 보살핌으로도 지금의 나를 멀쩡하겐 하지 못할 것이다. 이 배에서 내려놔 주지 않는 이상엔. 저 밀어 닥치는 물결을 잠재우지 못하는 이상엔.

사람이 이 세상에 올 때는 오는 도정을 경험하지 못한다.

어떻게 해서 어떤 길을 더듬어 어떤 곡절을 거쳐 이 세상에 오는 것인지 누구도 그 오는 도정을 체험하지 못한다.

이 세상을 떠날 때는 체험한다.

온갖 번뇌와 갈등을 겪는다. 초조와 인내를, 고통과 회한을 자의식에 새긴다. 떠나가는 길을 조용히 관조할 수 있고, 초라하게 비겁할 수도 있고, 자애하며 오만할 수도 있다. 겸허하게 걸어온 길을 되돌아보며 만족해하는 인생이 있고, 수치와 회오로 오열하는 양심도 있다. 허무를 느끼거나 충족을 느끼거나 그것은 떠나가는 사람의 자유다. 수양과 인격에 달렸다.

오는 길과 가는 길은 그처럼 다르다. 모든 종교는,

— 네가 어디서 어떻게 왔느냐?

를 묻지 않고,

— 네가 가는 길과 갈 곳을 인식하라!

고 종용한다.

당연한 일인지도 모른다. 태어난 동기보다는 살아가는 인생이 중요한 까닭이다. 살아온 인생이 떠나가는 길을 충족하게 할 수도 있고 공허하게 할 수도 있기 때문이다.

인생을 뜻있게 살아온 사람은 떠나가는 도정에 꽃잎이 뿌려질 것이다. 그 노변에 빛이 쏟아지고 새가 노래할 것이다. 축복된 자유와 평화가 있을 것이다.

그것은 그 사람 자신이 공들여 개척한 화려한 도정이다.

나처럼 고달프기만 했지 보람 없게 살아온 인생은 가는 길마저 어둡고 험난할 것이 뻔하다. 고통스럽게만 살아왔으니 고통스럽게 갈 것이다.

나더러 착하게 살았다는 사람이 있다고 치자. 그러나 그것은 내 의식적인 노력이었을 뿐이다.

나더러 복(福) 받을 일을 했다는 사람이 있다고 치자. 그러나 그것은 자아를 모멸하다가 얻은 횡재에 불과하다.

포상 받을 만한 일들이 못된다.

바닷길에 풍랑은 점점 거칠어가고 있었다.

배의 요동은 갈수록 심해졌다.

하늘이 한밤처럼 어두워진다. 폭풍설의 조짐이었다.

파도 소리는 그게 그대로 파괴음이다. 모든 것을 때려 부수려는 파괴음이다.

서해 바다는 광란하고 있었다.

나는 그 광란하는 바다와 싸워가며 어디로 무엇을 하러 가는 것인지 목적을 헤아릴 수 없었다. 그저 단순한 생존이 목적이라면 지금 이 고통을 치러내야 될 이유를 자신에게 설명할 길이 없다.

나는 또 남의 신세를 지기 위하여 이 바다의 광란과 고통스러운 대결을 하고 있는지도 모른다.

나는 체내에 담고 있던 모든 외래물질을 토해내느라고 정신을 못 차린다.

"머리를 낮게 하고는 옆으로 누워 계시오."

보다 못하겠는지 내 이웃에 앉아 있던 조봉암, 그가 나를 근심스럽게 바라보면서 그렇게 일러준다.

나는 창피해서 두 손으로 얼굴을 감싸고는 돌아앉는다.

"못 참겠다, 못 참겠다, 생각하면 더욱 못 견디십니다."

나보다 한두 살 위로 보이는 그는 입을 일자로 꽉 다문 채 단정히 앉아서 자신의 의지를 과시한다.

"선체는 흔들리는데 자기만 안 흔들리려고 안간힘을 쓰면 지치는 법이지요. 차라리 선체의 요동과 리듬을 맞춰보십시오. 저항이 줄어듭니다."

시아버지는 젊은 그에게 젊은 나를 부탁했는지도 모른다. 내 뱃길을 보호해 주라고 당부했을 것이었다.

"고통을 극복하는 길엔 두 가지가 있지요. 거부 반응을 일으키는 방법과 동화해서 극복하는 방법이 있습니다. 지금은 선체의 일부분으로 동화해버리는 게 극복하는 길입니다."

그는 얄밉도록 의젓하게 나를 타이르고 있는 것이다.

그도 아직 삼십 미만이다. 그러나 그는 태산(泰山)이고 나는 그 아래에 있는 치목(稚木)처럼 여겨진다. 풍랑을 겪어내는 자세 자체가 달랐다. 남자와 여자의 차이인지 조봉암과 이문용의 차이인지 알 수가 없다.

"나 이여사에 대한 말씀은 들었습니다. 동경 있을 때 들었습니다."

나는 귀가 번쩍 띄었으나 잠자코 그의 다음 말을 기다린다.

"내가 일본에서 대학[中央大學]을 중퇴하고 모스크바로 떠날 때 친구들이 조촐한 송별회를 열어줬습니다. 그 자리에 이 여사의 부군 희진 군이 마악 도일했다면서 어느 친구에 이끌려 그 자리에 나와줬어요. 그때 이여사의 이야기를 희진 군의 친구가 털어놓더군요."

나는 조봉암에게 갑작스러운 친근감을 느낀다. 하지만 그가 모스크바 운운하는 바람에 잔뜩 경계한다.

"그런데 그 희진 군이 그렇게 요절을 하다니. 우린 앞으로 할 일이 참 많은데 애석합니다."

나는 그를 경계하면서도 대화를 나누고 싶어진다.

"저희 시아버님과는 전부터 친분이?"

"아닙니다. 오늘 처음 만나뵈었습니다."

"그럼 혹시 일본 유학생 민병철 씨를?"

"민병철요? 잘 모르겠는데요."

"이정호 씨는요?"

"이정호라? 역시 모르겠는걸요. 나는 1918년 봄에 모스크바로 건너가 그곳에서 공산대학을 다니느라고 그 후의 동경 유학생들과는 소식이 끊어졌습니다."

"그럼 선생님은 공산당이세요?"

그는 대답하지 않았다.

나는 공산당에 대한 지식이 전연 없으면서도 그가 왠지 무서워진다. 생리적으로 이질감을 느끼면서 몸을 도사린다.

"공산당이 싫으십니까?"

한참 만에 그가 물었다.

나는 대답하지 않는다.

"하긴 부인은 상류 계급이시니까요. 무산대중을 위한 공산당이 싫으실 겝니다."

나는 조건 없이 공산당이 무서웠다. 폭력의 상징이라는 선입관이 있었다. 어떤 경우고 나는 폭력을 저주한다.

나는 인도의 간디를 막연하게나마 숭배하고 있다. 그의 비폭력적인 저항이 인도에서 성공할 수만 있다면 유혈을 수반하지 않은 방법이라서 슬기롭다는 견해였다.

"정치인 중에 누굴 숭배하십니까? 이 여산."

"전 아무도 몰라요."

"고종황제를 숭배하고 계시겠죠? 아버님으로서가 아니라."

"간디를 숭배해요."

"레닌을 공부해보시지요."

나는 그를 외면해버린다. 처음 만난 여자한테 그런 말을 하다니, 그게 그들의 생리인 듯싶어 싫다. 나는 정치와는 인연을 맺고 싶지 않다. 누가 뭐래도 정치와는.

하여간 그와 나와의 그런 대화는 내게 아주 유익한 효용이 있었음을 솔직히 인정해야 한다.

왜냐하면 나는 처음 만난 남자와 그만 정도의 대화를 나누는 데에도 굉장한 용기가 필요했던 것이다. 그렇게 때문에 그 대화를 나누는 동안엔 그 고통스런 뱃멀미에서 잠시 동안 해방될 수가 있었다. 얼마나 고마운 일인가. 뱃멀미에 시달리는 사람에겐 그 고통을 덜어주는 은혜에 버금가는 다른 아무것도 없다. 심한 뱃멀미에 시달려본 사람이면 안다. 차라리 얼른 죽어주지 못하는 게 야속할 정도다. 정조라도 던져주어 뱃멀미에서 해방될 수 있다면 얼른 가져가라고 할지도 모른다.

나는 체면 불구하고 한 구석에 가서 누워버렸다. 손에 잡히는 와이어 로프를 잔뜩 움켜잡았다.

바다에는 폭설이 내리고 있었다. 탐스러운 눈송이가 거친 파도 위에 내려앉을 때마다 파삭파삭 부서지는 소리를 내는 것 같았다. 백억 천억의 눈송이들이 물결 위에 일제히 내려앉느라고 쏴아쏴아 하는 화음이 일어나는 것처럼 여겨진다.

퉁퉁거리는 엔진 소리는 마치 명부(冥府)에서 울려나오는 것 같다. 단조로우면서 집요하고, 사람의 뇌천(腦天)을 콩콩 짓찧는 것 같으면서 아픔을 거둬가는 그런 소리였다.

조봉암은 다른 두 사람의 선객들과 어울려 술을 마시기 시작했다.

그들은 서로 동지 같기도 하고 아닌 것같이도 보였다. 오랜 친구로도 보이고 이 배에서 처음 만난 사이로도 보이는데 화제의 알맹이는 없고 잡담들이었다. 너무도 정치적인 사람들인 까닭에 잠시 정치 문제에서 자신들을 돌려놓고 그런 잡담으로 뱃멀미를 극복하려는 눈치였다.

남은 두 사람의 젊은이는 나와 별로 다르지 않았다. 한쪽 구석에 늘어져서 신음하고 있었다. 배가 기울 때마다 시신과 다름없는 그들의 몸뚱이가 선창을 이리저리 굴러 다녔다.

좀 있으려니까 이번엔 그처럼 큰소리를 한 바 있는 조봉암이 뱃전을 붙잡고서 왝! 왝! 하고 있었다.

나는 통쾌한 기분으로 그를 훔쳐봤다.

그의 얼굴엔 핏기가 싹 걷혀 있었다. 관자놀이엔 파란 핏줄이, 목줄기엔 올망한 힘줄이 두드러져 있었다.

나는 좀 전에 나에게 일러주던 말을 기억해내려고 애를 썼다.

— 고통을 극복하는 길엔 두 가지가 있지요……. 지금은 배의 일부분으로 동화해버리는 게 극복하는 길입니다.

나는 그에게 한마디 해주고 싶어졌다. 그의 귀에다 대고 말해주고 싶다.

— 못 참겠다, 못 참겠다, 생각하면 더욱 못 견디십니다.

그는 나를 돌아다보다가 나와 시선이 마주치자 손으로 얼굴을 가렸다. 갈퀴처럼 벌린 그의 다섯 손가락 사이로 일그러지는 그의 거무튀튀한 안면 근육이 보였다.

통 통 통 통.

골수를 짓찧는 듯한 지겨운 엔진 소리는 천 년을 두고 계속될 듯이 여겨졌다.

누군가가 소리쳤다.

"저게 무슨 섬이오?"

또 누군가가 제안했다.

"저 섬 기슭에서 잠시 쉬었다가 가도록 합시다."

인천을 떠난 지 세 시간쯤 되었을 때 그런 반가운 화제가 선창에 뿌려졌다.

조그마한 섬 기슭에 배를 댔다. 무인도였다. 쭉 쭉 빚어놓은 검은 바위로 파도의 흰 포말이 간단없이 기어오르고 있었다.

"잠시 내려서 쉬었다 갑시다."

어차피 전세로 빌린 밀선이었다. 그리고 저쪽 땅에 가서 닿을 시간을 조절할 필요가 있었는지도 모른다. 조봉암이 그런 제안을 했다. 나를 쉬게 하려고 그랬는지도 모른다. 자신의 뱃멀미 때문에 그랬는지도 모른다.

모두들 섬으로 올라가서 잠시 휴식을 취하기로 했다.

아무도, 짐승조차도 살지 않는 고도(孤島)인데 역시 눈은 내리고 있었다. 해송(海松)이 있고, 지난여름에 자랐던 마른 풀이 있고, 그 위에 흰 눈이 깔려 있었다. 물에 잠긴 바위엔 굴 껍질들이 허옇게 붙어 있었다.

나는 그 외로운 섬의 구멍 숭숭한 바윗돌 위에 올라섰다. 나의 존재를 새로이 인식해보려고 검은 하늘과 망망한 바다를 바라본다.

나는 갑자기 다시 배를 타고 어디로 떠난다는 게 싫어졌다.

상해거나 런던이거나 사람 사는 곳엔 갈등이 있고 미움이 있을 것은 뻔하다. 좀 살다보면 거기서도 다시 도망쳐야 할 일이 생길지도 모른다.

나는 앓고 싶었다. 고독과 감상(感傷)을 앓고 싶어졌다.

나는 기슭을 떠나 사람들이 보이지 않는 곳으로 혼자 걸어간다.

사람들은 내가 부끄러운 용건이 있어서 후미진 곳을 찾아가는 줄로 알고 못 본 체했다.

나는 자꾸 걸었다. 인색하게도 말라빠진 섬이었다. 깔린 눈이 밟히지 않는다면 정수리에까지 충격을 받아야 할 돌바닥뿐이다. 바람은 휘파람 소리를 내고 있었다. 털 오버를 입었는데도 찬바람이 아랫도리를 슬슬 어루만졌다.

바위 위에 서 있으면 그대로 얼어서 망부석이 될 것 같았다.

나는 무서운 줄도 모르고 놓여난 짐승처럼 아무 데로나 계속 가고 있었다. 길을 익혀둘 필요를 느끼지 않았다. 배로 다시 돌아갈 생각을 하지 않았다.

어느 지점에 와 있는지 분간이 되지 않았다.

나는 동굴처럼 움푹 패여 있는 바위 밑으로 들어가 쭈그리고 앉았다. 아래윗니가 덜덜덜 맞부딪쳤으나 본시 이는 그렇게 서로 맞부딪치기 위해 있는 것처럼 개의하지 않았다.

나는 그 자리에서 그대로 화석이 되기를 소망했다. 전설도 없는 화석이 되고 싶었다. 이 세상 누구도 모르게 거기서 그대로 돌이 되고 싶었다.

벌써 모두 나를 찾아 나섰을 것으로 안다. 섬을 뒤지고 있을 것이다.

'찾다가 못 찾으면 내가 바닷물에 뛰어든 줄 알 거야. 자기네끼리 떠나겠지.'

삼면이 막혀 있는 바위 밑이라서 아늑했다. 내 마음도 안온했다.

"이 여사아! 이 여사!"

사람들이 나를 부르고 있었다. 윙윙거리는 바람결에 '이여사아'가 소쩍새의 울음처럼 슬프게 허공으로 방황하고 있었다.

나는 더욱 몸을 도사리며 그들이 체념하고 떠나버리기를 기다렸다.

남동쪽으로 시계가 틔어 있었다.

파도와 구름이 내가 있는 바위 밑으로 향해 일제히 쳐들어오는 것처럼 보였다. 요의를 느꼈다.

빠끔히 내다보이는 하늘에다 대고 열기를 뽑았다.

발끝 아래로 내[川]가 흘렀다.

저들은 이제 단념한 것 같았다.

바람이 휘파람을 불 뿐 인기척도 '이 여사아'도 사라져 있었다.

나는 울지 않았다. 관음경을 외기 시작했다. 관세음보살이 나와 함께 있음을 믿었다. 그래 외롭지 않았다.

관자재보살 행 심반야바라밀다시

조견 오온 개공도 일체고액 사리자…….

나는 반야바라밀다심경(般若波羅密多心經)을 외기 시작했다.

나는 정말 외롭지 않았다. 관음보살이 내 곁에 있음을 굳게 믿었다.

"이 여사아! 이 여사!"

다시 나를 찾아 헤매는 그들의 목청이 들려왔다. 그게 나를 부르는 소리로는 여겨지지 않았다.

나는 이모 임 상궁의 인자한 모습을 머릿속에 떠올렸다. 관음의 모습과 이모의 모습이 엇갈려 나타나다가는 완전히 하나로 합쳐져 버렸다.

나는 계속 반야심경을 외었다.

"이 여사아! 이 여사!"

무슨 고혼(孤魂)이 우는 음울한 소리로 착각이 됐다. 인간의 소리로는 들리지 않았다. 정말 나와는 아무 관련도 없는 귀기로운 소리로 여겨졌다.

갈매기가 울었다. 섬이 있어서 갈매기가 있는 모양이다.

'……아제 아제 바라아제 바라승아제'

'모디 사바하.'

"하이, 춰어!"

나는 반야심경의 끝맺음과 춥다는 소리와를 구별하지 못했다. 발끝이 곱아 오르고 있었다. 발끝 앞에 흐르던 내(川)에는 어느 틈에 살얼음이 잡혀 있었다.

내 코엔 별안간 구수한 된장국 냄새가 맡아졌다. 거기 더운 김이 모락모락 오르는 하얀 이밥을 말고 있었다.

"후, 배고파!"

나는 꽤 심한 시장기를 느꼈다.

"그래두 나 여기서 꼼짝 않을래."

나는 누구에게 심술을 부리듯 야무지게 중얼거렸다.

갑자기 바람도 파도도 숨을 죽인다. 온 섬이 생명 없는 무기물(無機物), 나도 거기 동화해버린다. 마음도 체온도 없는 무기물로 동화해버린다. 배고픔도 추위도 느끼지 못하는 돌이 돼버린다. 착란이다.

나는 아주 만족한 마음으로 중얼거린다.

"이 섬에다가 내 왕국을 꾸며 볼까? 새로운 이씨 왕조를."

나는 내가 이씨 왕가의 마지막 순수한 핏줄임을 새삼스럽게 확인한다.

"영친왕은 이민족(異民族)과 피를 섞은걸."

나는 나직하게 부르짖는다.

"나는 여왕이다! 나는 여왕이야!"

다시 파도가 일고 바람이 분다. 그 소리가 들리기 시작한다. 주위의 모든 것이 죽음에서 소생하는 것 같다. 거칠게 소생한다.

나는 내가 생명이 있는지 없는지를 확인하고 싶어진다.

나는 돌에다 손등을 북 문대본다. 생채기가 나고 피가 맺히더니 발긋발긋 솟아난다. 뚝뚝 떨어진다.

나는 가물거리던 정신을 가다듬고는 눈을 부릅뜬다. 뱃멀미와 추위와 그리고 배고픔이 내 의식을 잠깐 흐려놓았던 모양이다.

나는 먼 길 떠나는 긴장과 불안으로 어제 아침 이후 별로 먹은 것이 없다.

"이 여사아! 이 여사아!"

발자국 소리가 나 숨어 있는 곳으로 가까워온다.

나는 겁이 덜컥 났다. 몸이 떨렸다.

나는 밖으로 걸어 나왔다. 기다렸다는 듯이 내 얼굴을 세차게 후려치는 것은 눈보라였다.

"아, 이 여사! 여기 계셨소?"

조봉암이 내 앞에 우뚝 섰다. 노한 얼굴이었다. 미간에 세로로 굵은 줄이 패었다.

"그렇게 부르고 찾아 헤맸는데 왜 대답이 없느냐 말이에요!"

나는 히죽히죽 웃었다. 그의 앞장을 서서 걷기 시작했다.

"화가 나서 그대로 둬둔 채 떠나려고 했습니다."

"그렇게 하셔도 되는 걸 그랬어요."

"뭐라고요? 이 여사!"

조봉암 그는 나를 후려칠 것 같은 기세였다. 나 때문에 어지간히 화가 났던 모양이다.

"미안스럽습니다."

먼 해로(海路)로 기선이 지나가는지 부웅부웅 하는 무적(霧笛) 소리가 전설처럼 아스라하게 들려오고 있었다.

파도는 아까보다도 더욱 거칠어진 것 같았다.

날개를 햇빛에 반짝이며 쌍쌍이 범포(帆布) 위를 날고 있는 갈매기들이 바람에 몸을 지탱 못한 채 한참씩 공간을 흘러가다가 나래짓을 하곤 했다.

타고 갈 배는 파도에 춤을 추고 있었다. 사람들은 다 배에 오른 채 어이 없다는 눈초리로 나를 바라보고 있었다.

조봉암은 먼저 배에 올라 나에게 손을 내밀었다.

나는 곧 죽어도 외간 남자의 손을 잡을 수는 없었다. 임 상궁의 교훈이, 시집에서의 생활 법도가 내 손을 그에게 내밀도록 하지 않았다.

"내 손을 잡고 오르시오."

조봉암은 명령하듯 소리쳤다.

'건방지게 지가 뭐람!'

나는 밸이 나서 주춤거리다가 어설픈 동작으로 뱃전에 한 발을 올려놓았다.

뱃전이 파도에 일렁거렸다.

나는 여지없이 물속으로 넘겨박혔다. 마구 허우적거렸다. 바닷물이 짠지 차가운지도 몰랐다. 죽느냐 사느냐보다도 창피하다는 것이 내게는 좀 더 절박한 문제였다.

조봉암이 뱃전에서 또 손을 내밀었다.

"내 손을 잡고 올라오시오!"

나는 그래도 그의 손을 잡지 않았다. 다급하다 해서 함부로 외간 남자의 손을 잡는다는 것은 여자의 약점을 드러내는 소행이라고 배워왔다.

## 제12장

나는 가끔 생각해왔다. 사람이 단순히 자신의 목숨을 부지하기 위해서만 안간힘을 쓰며 비지발광을 한다면 그게 과연 얼마만한 뜻이 있을까 하는 생각을 해왔다. 사람이 그저 죽지 않기 위하여 온갖 짓을 다해 발버둥친다는 것처럼 동물적이고 추한 짓은 없지 않을까 싶은 회의를 느끼기 시작한 것은 내 사유(思惟)의 발전일 수도 있고 그렇지 않을 수도 있다. 발전으로 본다면 그런대로 내 목숨에 대한 집착을 의지력이라 해서 자애할 수도 있지만, 그렇지 않게 본다면 아무 의미도 없는 동물적인 생존욕에 불과한 것이어서 나 자신 유쾌하지가 않고 좌절감을 느끼게 할 뿐이다.

사람은 누구나 '나는 무엇을 하기 위하여 산다' 라는 자신에 대한 설명이 성립되지 않는다면 무의미하지 않겠는가.

내가 알기는 몇몇 사람들은 나라 망치기 위하여 살았고, 또 많은 사람들은 망한 나라를 광복시키기 위해 살아가고 있다. 또 대부분의 사람들은 처자 건사하기 위해 살고 있고, 적잖은 사람들은 재물을 모으기 위해 살고 있을 것이다. 착한 사람들은 착한 일을 하기 위해서, 악한 사람들은 악에 재미를 붙였기 때문에 사는 의의가 있을지도 모른다. 남을 사랑하기 위해서 사는 사람이 있다면 아마 그들이 가장 행복할 것이다. 자기 하는 일에 보람을 가지고 사는 사람들은 살 만한 인생일 것이다.

회억(回憶)을 좇느라고 사는 인생이 있다. 뉘우치기 위해 사는 사람은 없을까. 남에게 피해만 안 준다면, 짐스러운 존재만 아니라면 그렇게 사는 것도 또한 인생인지도 모른다.

이지용, 그 사람은 왜 살까? 술과 아편과 노름이 있어서, 그리고 나 이문용이라는 괴롭힐 상대가 있기 때문에 살고 있을는지 모른다.

나 이문용은 왜 살려고 지금 이렇게 버둥거리고 있는 것일까.

나는 그 문제에 대하여 자신을 설득할 수 있는 충분한 논거를 갖고 있지 못하다. 현재의 상황으로선 그렇다.

남의 신세를 지기 위해서 산다는 말밖에 할 수 없는데, 그건 정말 딱한 이야기가 아닌가. 어쨌거나 나는 물에 빠진 생쥐가 된 채 뭇 사람들의 손에 이끌려 짐짝처럼 몸뚱이가 배 위에 올려졌다. 그런데도 나는 그 순간을 부처님에게 감사하는 것이다.

살아 있다는 것을 감사한다. 나를 바다 귀신이 되지 않게 해준 부처님에게 감사하는 것이다. 내 몸에 직접 손을 대서 끌어 올려준 몇몇 사람에게도 감사한다.

이모 임 상궁에게도 시부모한테도 내가 살았다는 사실을 알려주고 감사하고 싶은 것이다.

"불을 피워 드릴 테니 어서 옷을 말리셔야죠. 감기 드시면 큰일입니다."

조봉암이 불을 피우려고 서둘렀다.

나는 그의 머리가 의외로 아둔한 것 같아서 미웠다. 데꺽데꺽 얼어붙는 날씨에 젖은 옷을 말려 입다니 방법이 고작 그밖에 없는가 말이다. 절기 따라 바꿔 입을 옷을 몇 고리짝씩 배에 실었는데 갈아입으면 될 일이지 젖은 옷을 말려 입다니.

옷뿐이 아니라, 금침, 고추장, 된장, 장조림, 육포, 어포 그리고 당분간 먹을 쌀까지도 배에 실었다.

이모와 시어머니가 서로 의논해서 그처럼 세심한 신경을 써준 것이다. 나는 조금 후에 새삼스럽지도 못한 일을 무슨 진리나 되는 것처럼 깨달아야 했다.

나 이문용이 배를 타고 바다 위에 떴다는 사실은 무엇을 뜻하는가. 그 뱃길이 얼마나 험난하리라는 것은 미리 정해진 거나 다름이 없는 것이다.

그리고 나와 함께 같은 배를 타고 먼 길을 가려는 사람들이 나로 말미암아 얼마나 심한 고초를 겪게 될 것인가도 미리 작정된 것이나 다름이 없었다. 그렇지 않고서야 겨울 바다가 왜 그리도 거칠어야 하나.

배는 다시 그 이름 모를 섬을 떠나려고 돛을 올리려는데 집채 같은 파도가 배의 출발을 철저하게 위협하고 있었다. 이날 밤 우리 일행은 그 섬을 떠나지 못했다. 도피행의 망명인들이니 초조한 심사는 말할 수가 없었다.

조봉암이 말했다.

"이 여사께서 발견해낸 석굴이 있어요. 하룻밤 드새울 만은 하던데, 그리로들 가십시다."

석굴이 있다니, 이 풍랑 이외엔 아무것도 있을 듯싶지 않은 바다 가운데에 섬이 있고 석굴이 있다니, 갑시다, 갑시다, 그리로 갑시다, 모두들 생기를 얻었다.

아무리 뱃길에 익숙한 사람이라 하더라도 저 격랑에 가랑잎처럼 요동치고 있는 배 위에서 밤을 밝힐 이유는 없었다.

어느 틈엔가 조봉암은 일행의 리더가 돼 있었다. 그리고 그는 내 신변을 뭇 사람들 속에서 안전하게 보호해주는 보디가드 노릇도 했다.

배꾼들은 내 주변을 떠나지 않았다. 승객 여섯 사람만이 내가 숨어 있었던 그 석굴을 찾아갔다.

"야아, 이만하면 아방궁인걸."

"소주 타령이라도 해야 몸을 녹이지."

"배에 가서 술 좀 가져오시오."

남정네는 아이들처럼 떠들썩하며 좋아했다. 그토록 단순한 것이 사내들인 모양이다. 난파선에서 상륙한 해적들처럼 야성적으로 굴었다. 해송 가지를 닥치는 대로 꺾어다가 굴 안에 모닥불을 놓았다.

솔 냄새와 연기가 굴 안에 그득 찼다.

"불빛이 멀리 새지 않도록 하시오!"

조봉암이 소리쳤다.

"이리로 오셔서 불을 쪼이세요! 이 여사. 이리로 오시라니까요."

그는 나에게 대해 남달리 계속 신경을 써줬다.

나는 뒷전에 도사리고 있었는데 속이 메스껍고 두통이 나서 참고 견딜 재간이 없었다. 도저히 그들 속에 몸을 비비고 섞일 생각을 못했다.

나는 사내들의 몸내가 그토록 강렬한 것인 줄을 미처 몰랐다. 속을 뒤집어놓았다. 불에 타는 송진 냄새가 그토록 진한데도 사내들의 몸내는 강렬하게 내 코에 맡아졌다. 비위가 역해서 참고 견딜 재간이 없었다.

나는 슬며시 밖으로 나와 무턱대고 걸었다. 갑자기 나는 이 세상에서 가장 외로운 존재로 여겨졌다. 누구에게서도 소외되는 인생인 것 같았다. 슬프지는 않았다. 슬픔이니 기쁨이니 하는 극단적인 감정은 무디어져 있었던 것 같다. 그저 외로울 뿐이었다.

자연이 너무 광대하고 거세고 지나치도록 적나라해서 나의 감정이 그렇게 무디어지는 모양이다.

꿈틀대며 몰려오는 파도는 섬 자체를 홀딱 삼켜버릴 기세였다.

눈보라는 삽시간에 섬을 바다 속으로 꾸겨 넣을 험상이었다.

윙윙거리는 바람 소리는 태고 시절부터 영겁으로 이어지는 끊이지 않는, 무슨 거대한 짐승의 휘파람처럼 들렸다.

바다 저쪽에 중국 대륙이 있다는 것도, 뒤쪽에 내 조국이 있다는 사실도 믿어지지 않았다. 전설 속에서 들을 옛 이야기로 여겨질 뿐이었다.

나는 뒤쫓아온 조봉암에게 잡혀 다시 굴속으로 끌려갔다.

밤에도 눈보라와 파도는 자지 않았다.

조봉암은 나를 잡고 애원을 했다.

"제발 여기 가만히 좀 계시오!"

나는 웃지도 못했다. 나는 그들이 소주잔을 기울이느라고 떠들썩한 틈을 타서 몇 번인지 더 굴 밖으로 뛰쳐나오곤 했다. 사내들의 그 역겨운 냄새 때문에 계속 머릿속이 욱시근거렸던 까닭이다.

조봉암도 기가 막혔던 것 같다.

"이 여사께선 도저히 남자들과 한 장소에선 밤을 지내시지 못할 모양이오. 우리 모두는 밖으로 나가고 이 여사만이 굴속에 계시도록 하는 수밖에 없소이다."

다른 사람들도 술김에 나를 노골적으로 비아냥거렸다.

"누가 잡아 잡수시나."

"쇠도둑놈들 같은 남자가 하나둘이 아닌데 경계할 만도 하시지."

"잔말 말고 여왕처럼 모셔 받들어야 해요."

물론 조봉암 이외의 사람들은 내 신분을 알지 못할 것이었다.

조봉암 그도 내가 왕가의 떨거지라는 사실까지는 모르고 있을 것이었다. 단순히 김한규의 며느리이고, 김한규 그분이 조봉암 그에게 나를 철저히 보호해주라는 부탁을 했을 뿐일 것이다.

나는 그들에게 진심으로 미안했다.

그러나 술기운 있는 그들이 겁나서 더욱 몸을 도사렸다.

조봉암이 짜증스럽게 나를 나무랐다.

"이 여사! 우리를 너무 무시하는 것 같습니다. 우리는 불한당도 아니고 무지스런 잡패도 아니에요. 우리는 조국의 광복을 위하여 목숨을 바치기로 한 독립 운동가들입니다. 뭣 때문에 우리를 그처럼 경계하십니까. 섭섭합니다."

나는 무안해서 얼결에 대답한다는 말이,

"냄새가 나서 그래요." 라고 했다.

"냄새가 나요? 무슨 냄새가 난단 말입니까?"

"저는 오징어 냄새를 못 맡아요."

그들의 술안주는 오징어였다. 불에 그을려 똘똘 말린 놈을 짝짝 찢어 씹어대고 있었다.

나는 무심결에 침을 삼켰다. 군오징어라면 내가 무던히도 좋아하는 군것질감인 것이다.

그런 눈치를 알아차린 것처럼 조봉암이 말했다.

"냄새만 맡으시니까 그럴지도 모르겠군요. 그럼 직접 좀 씹어보십시오. 사람의 후각은 냄새에 재빨리 적응하게 마련입니다. 직접 코밑에서 풍겨대면 후각이 이내 마비되니까요."

잠시 후 나는 남몰래 오징어를 씹고 있었다.

겨울 바다인데 황해는 왜 연일 그토록 노하는 것인지 정말 알 수가 없었다.

뱃길이 순조로워서 곧장 상해 쪽으로 간다면 얼마만한 시간이 소요되는지를 나는 알지 못했으나, 겨울인데도 연일 계속해서 남서풍이 강하게 몰아치는 바람에 가랑잎 같은 '우리의 배'는 도저히 방향을 서남쪽으로 잡을 재간이 없었다. 하루 조금씩 조금씩 파도에 밀려가다 보니 황해를 북상하고 있었다.

섬만 보이면 들러서 쉬어야 했다.

자그마치 열나흘 만에 엉뚱한 천진항으로 상륙했다. 천진에서 하루를 쉬고 기차를 탔다. 포장마차와 같은 기차였다.

인천을 떠난 지 스무하루 만에 상해에 도착했다.

조봉암은 나의 상해 도착을 임시정부에 알렸다.

어느 반점(飯店)에서 나는 임시정부 쪽에서 마중 나온 사람한테 인계됐는데 나를 인수하러 와 준 분이 자기 소개를 했을 때 나는 까무러칠 만큼 놀라서 정신을 차릴 수가 없었다.

깔끔한 양복 차림의 그 신사는 첫눈에도 서투르지가 않고 친근감을 느낄 수가 있어서 누구일까 하고 생각하던 나는 그가 먼저,

"먼 길 오시느라고 고생이 말이 아니셨겠습니다. 나 이광수입니다."

하는 바람에 내 심장은 그 자리에서 멎어버린 것 같았다.

무리가 아니다. 나는 그의 『무정』을 아마도 다섯 차례는 거듭 읽어온 애독자인 것이다.

산발적으로나마 그의 글은 열심히 찾아 읽은 셈이다. 그래서 그를 존경하는 마음은 대단했다. 그런데 그분이 이 먼 고장에 와서 내가 만난 첫 남

자이고 첫 동포라니, 어찌 흥분하지 않겠는가.

그는 나보다 불과 8, 9세밖에 나이를 더 먹지 않았다. 한데도 그는 '천하의 이광수' 고 나 이문용은 뭔가.

외경(畏敬)의 대상이 아닐 수 없었다. 나는 그를 만나보는 영광을 얻기 위하여 그 지독한 고생을 무릅쓰고 상해에 온 게 아닌가 싶을 만큼 큰 충격을 받았다.

"풍랑이 심해 천진으로 돌아오느라고 이렇게 늦었습니다. 20여 일이나 걸린걸요."

조봉암이 이광수에게 늦은 것을 변명하듯 말했다.

"그렇잖아도 김한규 씨의 편지를 인편에 받고는 초조롭게 기다렸어요. 뭐가 잘못된 줄 알았습니다. 조형과 함께."

이광수는 웃고 나서,

"나중 떠나신 분이 먼저 와서 조바심을 치고 기다리는 형편이니 꼭 잘못된 줄로 알 수밖에요." 하는 바람에,

"나중 떠난 분이 누굽니까?"

하고 조봉암이 물었다.

이광수는 나를 흘끔 바라보고는,

"아마 이 여사께서 몹시 놀라실걸요." 했다.

나는 고개를 못 들고 그의 말을 기다렸다.

"김한규 씨는 며느님을 단독으로 보낸 게 아무래도 마음이 놓이질 않았던 것 같습니다. 이 여사가 고국을 떠나신 바로 다음다음 날에 뒤미처 자기 작은마나님을 이리로 뒤쫓아 보내셨더군요."

나는 나의 귀를 의심하지 않을 수 없었다. 나도 이젠 나이가 있다. 대담하게 이광수를 마주보며 물었다.

"그럼 안악집이 여기엘?"

나는 말끝을 제대로 맺지 못했다.

"아, 그분을 안악집이라 부르십니까? 유의열(劉義烈)이라는 남자 이름을 가진 부인이던데요."

"네, 그래요. 그분이 제 서모 안악집인걸요."

"퍽 반가우시겠습니다."

"지금 어디 있나요? 안악집이?"

"곧 만나게 해드리지요."

나는 사람은 역시 살고 볼 일이라는 생각으로, 바다에 빠져 죽지 않은 것을 하늘과 부처님한테 감사했다.

이제야 말이지만 안악댁은 내 작은시서모다. 그러니까 시아버지 김한규의 둘째 소실인데 출신은 기생이지만 퍽 얌전하고 착한 여자였다. 서울에선 딴살림을 한데다가 시어머니가 근엄한 성격이라서 시앗을 미워하진 않았어도 집에 자주 드나들게는 하지 않았으므로, 서너 번쯤이나 만난 일이 있을까. 서모라곤 하지만 나보다 나이가 두 살이나 아래였고 생김새가 퍽은 귀여운 여자였다.

"생각하신 것보다는 덜 외로우시게 됐습니다. 그럼 가실까요?"

나는 이광수를 따라 나서면서 기운이 났다. 쭉정이 밤도 재수가 좋으면 다음 해 봄에 싹을 틔울 수 있을 가능성이 좀은 있기 때문에 존재하는 것이 아닌지 모르겠다.

불란서 조계(租界)와 접경해 있는 어느 중국인 집에서 나는 서모 안악집과 얼싸안을 수 있었다.

마주 붙들고는 그냥 엉엉 울었다. 마당에서 여러 사람이 보는 앞에서 한동안 울다가 어둑한 골방으로 들어갔다. 문을 닫아걸고는 둘이서만 마음

놓고 한없이 울어댔다.

안악집은 호복(胡服)을 입고 있었는데도 나는 그것을 미처 깨닫지 못했다가 실컷 울어 눈물이 마른 다음에야 깜짝 놀랐다. 어느 낯모르는 중국 여자와 맞붙잡고 그렇게 울어댄 것으로 착각을 했다.

울고 있는 동안 나도 안악집도 나를 그곳에까지 안내해준 조봉암과 이광수를 까맣게 잊고 있었으니, 여자란 정말 골 한쪽 어딘가가 비어 있는지도 모른다.

그동안 그들은 잠깐 밖에 나갔던 것 같다.

어디서 가져오는 것인지 항아리 하나를 두 사람이 함께 들고 들어왔다.

춘원 이광수가 손을 수건에 씻으며 말했다.

"고국에서 오신 귀한 분들이신데 아무것도 선물할 게 없습니다. 맛은 따질 게 못됩니다만 명색이 조선 김치예요."

나는 그저 송구해서 어쩔 줄을 몰라 했고 안악집은 그래도 나보다는 사람에 익숙한 여자라서 그런대로 인사치레를 하는 것이었다.

"아껴 가면서 두고두고 잘 먹겠습니다."

나는 훗날에도 가끔 생각했지만 춘원의 눈빛은 언제나 누구를 보거나 그렇게 타는 듯한 것인지, 아니면 그날따라 유난히 그렇게 보였던 것인지를 알지 못한다.

춘원의 눈총과 우연히 마주친 내 시선은 유리에 부딪친 빛이 굴절하듯 직각으로 꺾여서 땅으로 박혔는데 뒷날 곰곰이 생각해보면 그의 그 타는 듯한 눈총은 본시부터 나에게 쏘아졌던 것이 아니라 안악집한테 쏟아졌던 것이 아닌가 싶었고, 나는 그 문제를 그 후 꽤 오랫동안 생각해 봤는데도 끝내는 규명하지 못했다.

춘원이 말했다.

"자주 들르겠습니다. 두 분이 다 외출만은 극도로 삼가주시는 게 좋겠구요."

조봉암도 한마디 했다.

"이제 내 책임은 끝난 셈입니다. 자주 들를지 어떨지는 모르겠습니다만, 험한 고장이니 몸조심하십시오. 이 여사! 여기서는 물에 빠지셔도 건져줄 사람이 없습니다, 하하."

그들이 돌아가고 나자 집주인이라는 젊은 중국 여자가 나와서 나하고 수인사를 나누었다.

"말씀 많이 들었어요. 퍽 근심했습니다."

뜻밖이었다. 유창하면서도 짤막짤막하게 끊어지는 우리말을 구사하는 바람에 나는 놀랐다.

"내 이름은 진사모예요."

진사모(陳師母), 중국인의 이름치고도 좀 이상한 듯하지만 격조가 있는 이름 같았다.

"상해 부두에 엿새 동안을 나가 살았었어요. 안 오시길래 무슨 일이 난 줄 알았어요."

나는 그제야 이 진사모라는 여자가, 부두에 나와 나를 영접할 것이라던 그 여자였구나 싶어 반가운 생각이 들었다.

"미안합니다."

내가 사과하니까,

"아씨가 잘못한 게 아니잖아요?"

하고 예쁜 보조개를 보이며 진사모는 미소를 지었다.

눈이 특히 아름다운 여자였다. 꼬리가 길지 않고 동자가 검고 그윽해보이는 눈이 고혹적이었다. 역시 미인의 조건은 얼굴이 갸름해야 되는가 싶다. 미인이라고 생각했다.

"나 조선말 잘하지요?"

진사모는 내 손을 꼭 쥐면서 그런 말을 묻는데 정이 뚝뚝 들었다.

"참 잘하시네요."

내 나이 스물여섯인데 내 나이와 비슷해보였다.

"나 서울에서 자라난걸요."

서울에서 자라났다는 바람에 나는 말할 수 없는 친근감을 느끼면서 그네의 손등에다 내 손을 포갰다.

"그러세요? 서울 어디에서."

"관수교 앞에서 자랐어요. 8년 전에 이리로 왔지만."

"그러세요? 참 반갑네요."

"여긴 우리 아저씨네 집이에요. 내가 살고 있으니까 내 집이기도 하구요. 불편하겠지만 우리 셋이서 위로해가며 살아요. 아버님께서도 곧 오신다구 하셨다죠?"

"네."

그런데 어쩐 일인지 서모 안악집의 표정이 좀 이상해보였다. 분명히 뭐어떻다고까지는 말할 수 없으면서도 순수한 감정 같지가 않아보였다. 말이 시서모지 나이로나 생김새로나 동생처럼 보인다.

나보다 두 살 아래니까 스물넷이 아닌가. 체수도 가냘프고 얼굴도 나이보다는 더 앳돼 보이는 안악집이다.

내 짐을 정리하는 동안 진사모는 밤늦도록 거들어주면서 친절히 굴었다.

진사모가 나가고 자리에 눕자 서모 안악집이 말했다.

"그 여자 누군지 알아요? 아씨."

"누구야?"

"아버님 소실이에요."

"뭐야?"

"7년 전에 아버님이 여기 와서 1년 남짓 지내신 일이 있다면서요?"

"그러셨단 얘긴 들었어요."

"그때 그 여자와 동서 생활을 하신 모양이에요."

"어머나!"

"나는 오나가나 둘째 첩의 신센걸 뭐."

안악집은 쓸쓸히 웃었다.

서울에도 시아버지의 소실이 둘이었다. 안악집이 둘째다. 여기 와서도 연조로 따지면 또 둘째의 위치라니 서글프기는 할 것이다. 그악스럽지 못한 여자이기 때문에 불쌍한 생각이 든다. 손끝을 꼬옥 잡아주면서 내 쪽에서 위로해준다.

"그런 생각하지 말고 지냅시다. 저쪽에서 오히려 태연히 구는데 이쪽에서 쭈빗거리면 이상하니까. 알고 있죠? 안악댁이 누구라는 것을 저쪽에서도 알고 있죠?"

"모를걸요. 나는 아씨 시중 들러 온 여자로 돼 있으니깐."

"그냥 친구끼리처럼 화목하게 지내요. 아버님이 오실 때까지만두."

타고난 팔자는 개도 물어가지 않는다더니 나는 또 시작이로구나 싶었다. 마음고생들이 또 시작되는 것이다.

자진해서 안악집의 정체를 진사모한테 밝혀줄 수도 없고, 그러자니 안악집의 심정이 어떨 것인가 싶어 남의 일 같지 않게 가슴이 뭉클해진다.

시아버지의 처사가 야속했다. 사려 깊은 분인데 어쩌자고 이런 짓을 했는지 그 속셈은 알 수가 없지만, 어쨌든 나를 위해서, 나의 안전을 위해서 두 여자를 내게 붙여준 것임엔 틀림이 없는 것이다.

석 달이 지나 대륙에도 봄기운이 완연해졌는데 시아버지 김한규는 상해로 건너오지 않았다.

그동안 나는 안악집이 불쌍해서 여러 번 함께 붙잡고 울어줬다.

진사모는 표독한 성품이 아니었다. 하지만 아름다운 여자가 갖는 교만이 좀 있었다. 성격이 밝고 싹싹하면서도 꽤 까다로운 데가 있었다.

그때까지 나는 호복을 입지 않고 한복으로 버티었다. 방 안에서 나가는 일도 없었다. 날이면 날마다 방 안에 틀어박혀서 진사모가 구해다주는 우리 소설책을 책장이 거덜이 나도록 열심히 읽었다. 김동인(金東仁)을 많이 읽었다. 춘원과는 전연 다른 그의 문학 세계에 개안(開眼)했으며, 무라사키 시키부(紫式部)의 일본 고전도 탐독했다. 그러면서 언제나 치마저고리로 일관했는데,

"남의 눈에 띄기 쉬우니 중국옷으로 갈아입으세요."

진사모는 철따라 중국옷을 마련해다 주면서 내게 권했고 그래도 안 입으니까, 어느 날 저녁때는 안악집을 호되게 닦아세우는 것이었다.

"아씨 시중 들러 여기까지 왔으면 옷에두 신경을 써서 바꿔 입혀 드려야지 왜 밤낮 조선옷으로만 지내게 하는 거야? 만약 아씨한테 무슨 일이 생기면 안악집이 책임질래? 책임질 수 있어?"

그렇게 되니까 안악집은 순전히 내 시녀에 불과한 신세였고, 진사모라는 여자는 그 상전이었다.

아무리 착해 빠진 안악집이라 하더라도 더는 참을 수가 없었던 모양이다. 발작적으로 덤벼들었다.

"내가 책임질래. 책임지면 되잖아? 왜 일일이 간섭이야? 입는 옷꺼정 이거 입어라, 저걸 입어라, 도대체 당신이 뭔데 시어머니처럼 사사건건 참견이야? 온 별꼴이 다 있어."

그렇게 되니 진사모는 또 가만히 있겠는가. 험악한 욕설이 오가고 추한 싸움판이 벌어져서 집안이 떠들썩해지고 말았다.

나는 어느 편도 들 수가 없는 딱한 처지였다. 그래도 안악집이 만만해서 타이르는 길밖에 없었다.

"참아요. 참기 위해서 우린 이 세상에 태어난걸."

그런 분위기 속에서 몇 달을 살고 나니까 나는 질식할 것만 같았다. 고국이 그립고 이모 임 상궁이 보고 싶어서 미칠 지경이었다.

"남자라는 것들은 왜 모두 한결같이 위선 덩어리야!"

나는 애매하게 엉뚱한 사람을 두고 욕을 했다.

자주 찾아주겠다던 이광수는 그 후 한 번도 나타나지 않은 것이다. 그래서 그를 그렇게 욕했다.

오히려 조봉암은 그 후에 한 번인가 들러서 나의 근황을 묻고 갔는데, 이광수는 발그림자도 없었다.

임정 측에선 김구(金九), 박찬익(朴贊翊)이 찾아와 내 도피 생활의 여러 가지 불편한 점을 묻고 간 일이 있다. 고국에서 보내왔다는 검은 수수엿을 인편에 보내줘서 아껴가며 먹었다.

나는 그 후에도 자주 티격거리는 시아버지의 두 소실 틈에 끼여 음울한 나날을 보내는 경우가 많았다.

오나가나 내 마음이 편한 곳이 없었다. 나는 다시 밀항이라도 해서 고국으로 돌아갈 궁리를 하기 시작했다.

이지용 같은 사람 백 천이 나를 괴롭히는 한이 있어도 나는 이모가 있는 고국 서울로 돌아가고 싶어서 미칠 지경이었다.

나는 햇빛을 못 봐서 얼굴이며 손발이 하얗게 시어 있었다. 운동 부족으로 오금이 잘 펴지지 않았다.

그러한 나의 상해 생활이 만 1년이나 됐는데도 시아버지는 오지 않았다. 여러 가지 사정이 뜻대로 되지 않아서라는 기별은 받았다.

임 상궁이 보내오는 편지도 자주 받았다.

"우리끼리라도 서울로 돌아갑시다. 이젠 비용도 거의 떨어져 가구 팔 만한 패물도 다 팔았구……. 우리끼리 돌아갑시다."

나는 안악집을 꾀기 시작했다. 처음엔 망설이던 안악집도 쉽게 결심을 했다.

오히려 나보다 더 서둘렀다.

"어딜 간들 이보다야 편하게 살겠지, 뭐. 이게 어디 사람 사는 거야? 두더지 생활이지."

안악집과 더불어 몰래몰래 짐을 꾸리기 시작했다.

그러던 어느 날 밤이었다. 그만해도 나의 망명 생활이 순탄했다고 보았던지, 그게 진실로 안됐다고 여겨졌던지 신(神)은 나에게 가장 심술궂고 잔혹한 사건을 선심 쓰듯 훌쩍 던져주는 것이다.

이듬해 2월 하순이긴 했어도 대륙의 밤은 아직 쌀쌀해서 자연도 사람들도 겨울티를 완전히 벗어 던지지는 못했다. 저녁 무렵인데 진사모가 내게 오더니 귓속말을 했다.

"요 옆 빈터에 곡예단이 와서 공연하구 있어요. 오늘 저녁 거기나 구경 갈까?"

"글쎄요……."

나는 망설이지 않을 수 없었다. 진여인은 안악집을 빼놓고 나만 데리고 갈 모양인 것이다.

사실 안악집은 감기에 걸려 전날부터 몸져누워 있었을 뿐 아니라 며칠 전에도 그네들은 아옹다옹 싸웠기 때문에 아직 서로 말도 하지 않는 사이였으니까 함께 가잘 수도 없고, 가잔 대도 안악집이 따라나설 것 같지가 않지만 그래도 나만 혼자 그런 구경을 가다니 말이 되지 않는 것이다.

그러나 나는 1년 동안을 너무 방 안에서만 숨어 살아왔기 때문에 바로 이웃에 그런 구경거리가 있다면 바람이나 쏘일 겸 가보고 싶어서 귀가 솔깃하기도 했다.

"안악집은 앓고 있으니 함께 가잘 수도 없잖아요? 얘기하구 잠깐 갔다와요."

진사모가 그렇게 말했다. 내가 안악집한테 그런 이야기를 하니까,

"제발 좀 나가 보세요. 내 걱정일랑 말구요."

하면서 오히려 그네가 간청하다시피 나를 몰아내는 것이다.

나는 그날 저녁 상해에 온 이후 처음으로 먼 길을 걸었는데 아마도 3백 미터쯤의 거리일까. 고국에서도 나는 곡마단이라는 것을 구경한 일이 없었다.

중국의 곡예단은 나를 사로잡기에 충분했다.

청룡도의 칼춤, 십팔기, 줄타기, 땅재주넘기, 말타기, 원숭이놀림, 곰놀이, 외발자전거, 마술, 노래 등 무엇 하나 나를 놀래키지 않는 게 없었다. 과연 대륙적이라 그런지 장장 네 시간 반 동안의 구경거리였는 데다가 파한 뒤에 진여인이 저녁을 사서 또 시간을 흘렸기 때문에 집에 돌아온 것은 자정이 가까워서였다. 집에 돌아온 나는 실신을 할 만큼 놀라 자빠진 것이다.

"안악댁!"

무심히 부르며 방문을 여니까 타월로 입에 재갈이 물려진 안악집이 기절을 한 채 늘어져 있는 것이다.

난장판이 된 방 안 분위기를 보자 나는 직감할 수 있었다. 기가 막히고

사지가 떨려서 정신이 멀어져 갔다.

안악집은 반 시간이나 걸려서야, 진사모 여인이 입에 흘려 넣어준 청심환 기운으로 간신히 정신을 차렸다.

안악집은 폭력에 항거하느라고 옷이 형편없게 찢어져 있었다. 머리는 산발이고 입 언저리엔 피가 묻어 있는데 자신이 흘린 피가 아닌 것을 보면 치한을 마구 깨물었던 모양이다.

나는 불쌍한 안악집을 붙잡고 밤새도록 울었다. 서모가 아니라 동생처럼 가엾게 여겨진 것이다.

안악집은 이를 갈면서,

"진가년의 소행인 것 같아요."

진사모 여인을 결정적으로 의심했다.

"설마. 성질은 까탈스러워도 마음씨가 그리 고울 수 없는데 설마."

"아녜요, 영락없어요. 진가년이 어떤 놈을 사서 그런 짓을 했어요. 그렇잖음 일 년 열두 달을 두고 두문불출한 아씨를 왜 하필 오늘 꼬여내 갔겠어요? 그리고 또 수상한 건 이 방에서 그런 소동이 벌어졌는데도 누구 하나 들여다보질 않았으니 그럴 수가 있어요?"

그렇긴 했다. 전후 사정이 진사모를 의심하게 하기에 충분했다.

"내가 누구란 걸 그년은 알고 있었는지두 몰라. 그래서 처음부터 나를 그처럼 미워한 거예요. 아버님이 나쁘셔요, 아버님이."

"그래두 남을 쉽게 의심해선 안돼요. 같은 여자끼린데 그렇게 해서 자기한테 무슨 큰 이익이 있다구. 더구나 아버님이 여기 와 계시다면 질투로 그런 일을 저지를 수도 있지만 진 여사는 이제 다시 그분을 볼지 어떨지도 모르는 처지인데 왜 그런 짓을 하겠어? 아닐 거야, 진 여사완 관계없는 강도 사건일 거야."

나는 남을 의심하는 것을 좋아 않는다. 의심이란 불신의 근본이기 때문에 사람이 사람을 함부로 의심하면 할수록 이 세상엔 불신이 팽배해서 더욱더 불력해질 것이기 때문이다.

"틀림없다니까, 그년의 소행이."

"다행히 아무 일도 당하진 않았으니까 쉽게 잊어버리도록 해요."

구체적인 진상을 나는 알지 못한다. 상황과 분위기로 보아선 그렇게 말할 수가 없었으나 나는 그렇게 말했다.

내가 세상에 태어나서 오늘날까지 가장 잘한 말이 있다면 틀림없이 졸지에 나온 그 말을 꼽아야 할 것이다.

'다행히 아무 일도 당하진 않았으니까.'

나는 그렇게 믿고 싶었고 또 그렇게 믿어야 한다.

내가 그 말을 한 순간 안악집은 몹시 당혹해하는 얼굴이었는데 영리한 여자라서 곧 대꾸하는 것이다.

"아무 일도 안 당했으니까 망정이지 아씨 앞에서 내 몸이 더럽혀지기라도 했다면 무슨 면목으로 살겠어요? 이 집 대들보에 목이라도 매서 죽어야지."

"어머나! 흉한 소리도 하우!"

나는 속으로 자꾸 뇌어댔다. 아무 일도 없어. 아무 일도 안 당했어. 안악집은 원체 다부진 여잔걸. 호락호락 당할 여자가 아닌걸. 정말 감사합니다. 하나님의 가호였어. 관음보살의 보살핌이셨어. 나 같으면 큰일이 나고야 말았지. 내 주제엔 꼼짝 못했을걸 뭐. 안악집이니까 암팡지게 그놈을 마구 물어뜯어 피만 흘리고 도망치게 만들었단 말야. 용해, 안악집은. 정말 다행이야.

여자의 정절을 왜 깨끗하다, 더럽혀지다로 표현하는 것인지 알 수가 없지만 그런 경우에도 그런 표현을 해야 하나. 나는 고개를 가로저었다.

불가항력적인 폭력으로 말미암아 불의의 어떤 일을 당한 여자가 있다면 그걸 어떻게 정절 운운하며, 깨끗하다, 더럽혀지다로 표현할 수가 있을까. 단연코 그럴 수는 없다고 생각한다. 인간인데 의사가 작용 않은 불가항력적인 어떤 결과를 가지고 정(淨) 부정(不淨)을 논의할 수는 없는 것이다. 오히려 절체절명의 처지에서도 자기 의지를 굽히지 않았다면 그것은 의지의 승리이며 여자라면 그게 바로 정절이며, 그리고 흠 가지 않은 육신이 아니겠는가.

나는 서모를 밤새도록 불쌍한 동생처럼 위로해주면서 마음속으로 축복했다. 그리고 시아버지를 원망했다.

나는 알고 있었다.

오랜 공규(空閨)를 참아내느라고 안간힘을 쓰다시피 해온 안악집의 젊음을 알고 있다.

솔직히 고백하면 그것은 나와는 동병상련의 처지였고, 서로의 처지가 처지라서 이를 깨물며 내색을 하지 않았을 뿐이다.

솔직히 고백해서 안악집은 늘 내 몸에다 살을 대기를 좋아했고, 나도 그것이 싫지 않아서 입술을 깨물고는 어서 늙어 쭈그러지라고 자학적인 기구(祈求)를 해온 게 사실이다.

그것은 나도 남과 같은 사람이라는 증좌에 불과한 것이다. 부끄러울 것도 없고 감출 만한 감정도 못되지만 감추는 것 또한 여자의 미덕이고 교양이니까 구태여 내색을 하지 않고 지낼 뿐인 것이다.

그 사건 이후로는 나도 안악집도 단 하루를 그곳에 더 머무르고 싶지가 않았다.

그러던 어느 날, 서울에서 기별이 왔다. 시어머니가 위독하니 동행해서 귀국할 만한 사람이 발견되는 대로 돌아오라는 시아버지의 편지가 날아들었다.

잘됐다 싶어서 이젠 공개적으로 짐을 꾸리기 시작했다. 그런데 이건 또 무슨 예기치 못한 사태냐 말이다.

진사모가 먼저 서둘러대는 것이다. 자기가 나를 보호해가며 한국으로 돌아가겠다고 서둘러대는 것이다. 거절할 명분이 없었다. 그리고 중국인인 그네를 앞장세워야만 나의 귀국이 순조로울 것 같았고, 또 그네 역시 시아버지와 내연관계에 있었다면 앞장설 만한 여자로서의 의리도 있는 것이다.

세 젊은 여자가 상해를 떠났다.

기차편을 이용해서 대륙을 북상했다.

만주 안동(安東)에서 압록강을 건너 입국하게 됐다.

안동역에서 새로이 경성행의 기차표를 사야 했다. 거기서 저녁차를 타면 서울에 도착하는 것이 아침이다.

그런데 기차표를 끊어가지고 온 진사모 여인은 왠지 그 표정이 퍽은 쓸쓸해보였다. 나에게 표 두 장을 쥐어주며 말했다.

"이제 압록강 철교만 건너면 고국이에요. 그럼 안녕히."

놀란 눈으로 내가 그네를 멍청하니 바라보니까,

"서울까지 가고 싶긴 하지만 난 역시 안 가는 게 좋겠어요. 안 가기로 했어. 나는 중국 여잔걸요."

거품과 같은 애담(哀淡)이 진사모의 얼굴에 번지고 있었다.

진 여인은 서모 안악집의 손을 잡아주며 다정하게 말했다.

"그동안 내가 나빴어요. 짜증을 부려서 미안해. 나 다 알고 있었어요. 안악집이 누구라는걸. 서로 같은 처지에 그럴 일이 못됐는데 내 속이 좁아서……. 나는 당신보다 좀 더 먼저 김한규 씨의 사랑을 받았다고 생각하니까 공연히 질투가 났던 거예요. 당신 책임도 내 죄도 아니었는데. 김한규 씨는 왜 우리를 함께 있도록 했는지, 그 속셈을 알 수가 없어요. 기회 있으면 한번 여쭤보세요."

진사모 여인은 신의주 쪽을 바라보며 향수 짙은 눈물을 눈에 번뜩였다.

"이왕 마음먹고 여기까지 함께 왔는데 같이 가요, 서울로."

내가 진심으로 권했으나, 진 여인은 서글픈 미소만을 뿌리며 고개를 가로저었다.

"이미 끊어진 인연을 여자 편에서 쫓아가 다시 이으려는 건 어리석죠. 상대의 마음도 환경도 예대로가 아닌데 말예요. 그분한테 전하세요. 진사모는 머잖아 어떤 남자와 결혼한다더라구."

진 여인은 내 손을 오래도록 잡아 흔들었다.

"상해에 와서 고생 참 많이 했죠? 두고두고 생각날 거예요. 진사모, 그런 여자도 만났던가 하고 가끔 생각해줘요. 그럼 안녕히……."

기차가 떠날 때 진 여인은 나에게 손을 흔들어 보이지 않았다. 매몰스럽게 발뒤꿈치를 돌려 세웠다. 그 안동역 플랫폼에는 희미한 석유 등불이 졸고 있었다.

"알고 보면 그 여자도 불쌍하지? 서모!"

내 말에 안악집은 허망해하는 투로 대꾸했다.

"그 사람두 여잔걸 뭐."

그 안악집의 조붓한 이마에는 땀방울이 송알거리고 있었다.

"함께 서울로 가잴 수도 없었어. 서모 때문에."

나는 내 심정을 솔직히 말했다.

안악집은 차창 밖으로 강물을 내려다보며 내 무릎을 가볍게 쳤다.

"정들었수? 그 여자한테."

"안됐잖아? 같은 여자끼린데. 아버님을 죽도록 사모하는 것 같아요. 세월이 많이 흘렀는데두."

안악집은 손으로 턱을 괴며 이마를 차창에다 댔다.

"언제구 그 여잔 서울에 나타날걸 뭐."

안악집의 말이었다.

제13장

미운 사람도 헤어졌다가 만나면 정겨운 수가 있다.

미움은 감정의 거품이고 정은 인간의 본성이기 때문이 아닐까?

압록강 철교를 건너 신의주에 오니까 하늘도 땅도 사람들도 정겨워서 몸부림을 치고 싶었다.

경성역엔 시아버지를 위시해서 많은 식구들이 마중 나와 있었다.

시뉘 숙진이 가장 먼저 나를 발견하고 달려와 얼싸안았다. 여러 시동생들이 나를 반겨주었다. 눈물이 글썽해진 시아버지가 단장 끝으로 땅을 쿡쿡 찍으며 어금니를 주근주근 씹고 있었다.

나는 사면을 두리번거렸다. 이모 임 상궁이 보이지 않아 갈팡질팡 찾았다.

눈치를 알아차린 시뉘 숙진이 말했다.

"임 상궁은 해인사에 내려가 계시대. 언니를 위해서 부처님한테 밤이나 낮이나 축원하구 계시대요."

나는 당장 이모를 못 보는 게 서러워서 눈앞이 캄캄해졌다.

"어떻게들 아시구 마중을 나오셨어요?"

안악집이 숙진에게 그런 말을 물었다.

"안동에서 전보 치지 않았수?"

"전보요?"

"만주 안동에서 친 지급 전보를 한 시간 전에 받았어요."

진사모가 전보를 쳐준 것이었다.

나도 안악집도 침묵했다. 안동역에서 헤어진 진 여인의 그 애잔한 얼굴이 머리에 떠올라서 가슴이 아팠다.

여정(女情)은 슬픔이 깃들어야 아름다운 것인 모양이다. 간절하게 오고 싶은 발길을 되돌려버린 진사모의 쓸쓸한 뒷모습이 가슴 아팠다.

시어머니는 중풍이 들어 폐인이 돼 있었다. 똥오줌도 가리지 못했다.

나는 그날부터 그분을 열심히 간호했다. 똥오줌 받아내는 일도 보람 있고 즐겁기만 했다.

두 달쯤 지나니까 신기하게도 그분의 병세는 몰라볼 만큼 호전됐다. 며느리의 정성 때문이라고, 내게 대한 칭송이 대단했다.

해인사에서 급히 달려온 이모 임 상궁은 나를 보살피기에 정성을 다했고 나는 시어머니의 간병을 하기에 심혈을 기울였다.

그러나 기막힌 일은 시삼촌 김형규의 행패가 전보다 더 심해진 것이다. 변소에서 똥오줌을 퍼서 온 집 안에다 뿌리는 판국이었다.

솔직히 말한다면 나는 그를 죽이고 싶었다. 그러나 남을 죽이는 것보다는 내가 먼저 죽고 싶었다. 그만큼 내 마음이 모질어져 있었다. 그리고 피로했다.

시뉘 숙진은 도쿄(東京)에서 의학교를 다니다가 일시 귀국했다면서 언젠가 창경원에서 만났던 유학생 민병철과 결혼할 것처럼 그와 함께 와 지내고 있었다. 낮이면 하루 종일 어딘지 바쁘게 나가 다녔고, 밤이면 잠시잠깐 떨어지는 법 없이 의좋게 지냈다.

그러한 그들의 존재는 나를 견딜 수 없도록 비참하게 만들었다.

사람이란 그런 것이었다. 어떤 고생, 어떤 괴로움도 자기 인생에 대한 실망과 좌절감에는 견줄 바 못되는 것이었다.

나는 내 신세가 숙진과 비교되어 날이 갈수록 참담한 심경이 돼 갔다. 어느 틈에 숙진과 내 인생길이 그처럼 대조적으로 갈려버렸는지 생각할수록 기가 막혔다.

숙진은 곧 보기 드문 여의사가 되어 이 나라 천지에 명성을 떨칠 것이다. 행복한 살림살이도 꾸밀 것이다.

나는 수다한 시집 식구의 수발이나 들면서, 김형규의 그 치사스런 시달림이나 받으면서 지지리 궁상으로 살아가야 하나.

나는 내 인생이 억울하고 서러워서 참고 견딜 재간이 없었다. 병적으로 참담한 심경이 돼갔다.

그것은 정녕 숙진과 내가 자꾸 비교가 돼서 그랬던 것 같다. 그들의 사이가 너무 다정한 바람에 심한 질투를 느낀 까닭인지도 모른다.

보기에 그 연인들은 밤이면 도통 잠을 안 자는 눈치였다. 잠잘 사이도 없이 젊음을 불태우는 것 같았다. 어른들 앞인데도 불구하고 한나절이나 돼서야 세수를 하곤 했다. 우연이지만 민망스런 광경도 목격했다.

철 이른 봄비가 소나기처럼 쏟아지다가 활짝 갠 오후에 숙진이 내 방에 와서 몸을 철썩 뉘이더니 말했다.

"언니두 아까운 세월 더 이상 허비하지 말구 좋은 사람 만나 새 출발을 해요. 인생은 의외로 뜻이 있고 재미도 있어요."

아무런 대꾸도 하지 않는 나를 보고 숙진은 선하품을 하면서 또 지껄였다.

"남녀의 즐거움을 모르면 죽은 거나 매한가지야. 인생의 궁극적인 목적은 거기 있는 것 같아. 그게 신의 뜻이고 인생의 의미야. 사람들의 의욕적인 사업은 거기서부터 출발해요. 도대체 언니는 무슨 재미루 살우?"

나는 나도 모르게 약이 올라서 숨을 쌔근거렸다. 숙진이 장난을 즐기기 때문에 나를 놀리고 있는 줄을 알면서도 휘말려 들어갔다. 자신이 비참해서 견딜 수가 없었다.

"그렇잖아두 하루에도 몇 번씩 죽고만 싶어요. 뭣 때문에 살아야 하는 건지……."

"그런 생각이 들 거야."

숙진은 희멀건 자기의 허벅지를 자기 손으로 쓰다듬으면서,

"사람의 육신은 분명히 기계는 아니란 말야. 수많은 말초신경 첨단에까지 감정과 욕구가 통하고 있단 말야. 그 욕구와 감정을 무시한 육체는 존재 가치가 없지 뭐야. 영혼이란 별 거유? 감정과 욕구이지. 영혼을 죽인 인간을 상상할 수 있어요? 이미 인간의 잔해지. 언니가 우리 집안을 위해서 언니의 인생을 희생해주는 건 백 번 고맙긴 하지만서두 난 꺼림칙하단 말야. 한 여성의 모든 욕구와 권리를 포기한 언니는 산송장에 지나지 않단 말예요. 같은 여성으로서 난 그대루 보구 있을 수가 없단 말야."

숙진은 어쩌면 단순한 농담을 지껄이고 있는 게 아닌지도 모른다는 생각이 들었다.

나는 시아버지의 옥양목 두루마기 동정을 달면서 말했다.

"희생이 아니에요. 내 위인이 본래 그런 거지. 정말 죽는 게 내 마지막

용기인지도 몰라요."

"정말 죽고 싶수?"

숙진은 내 표정을 세세히 읽으면서 물어왔다.

"주변이 없어서 내 손으로는 죽지두 못할 뿐이에요."

나는 그렇게 대답하는 길밖에 없었다. 산다는 것과 죽는다는 것에 대한 어떤 철학이 있어서 지껄인 소리는 아니다.

"정말 죽구 싶수?"

"그럼 살구 싶겠수?"

"정말 죽구 싶댐? 내가 거들어줄까? 언니를 위해서."

"거들어줘요."

"거들어줄 용의가 있어요. 난 의사거들랑."

"그럼 거들어주구려. 어떻게 거들어줄라우?"

"뭐 목매는 걸 거든다는 건 아냐. 그건 고통이거든. 죽는 마당에 고통을 겪을 필욘 없지 뭐야. 잠자듯 편안한 심경으로 죽어갈 수도 있는데 말야."

"약으로?"

"내가 그런 약을 조제하면 돼요."

"그럼 만들어줘요. 그런데 우리 이모가 슬퍼하겠지?"

"죽은 사람에 대한 슬픔은 시간이 흐르면 곧 잊혀져. 살아 있는 사람에 대한 슬픔이 더 집요한 게 아닐까?"

"하긴 그럴지두 모르죠."

"언닌 오빠가 죽었을 때 슬펐지? 필한이가 죽었을 때두 하늘이 무너진 것만큼이나 앞이 캄캄했지? 하지만 시간이 흐르면서 그 슬픔의 농도가 점점 엷어졌지 뭐야. 아마 언닌 실제룬 죽구 싶지 않을 거야. 그런 미련을 갖는 걸 보면."

나는 황급히 말했다.

"미련은 무슨 미련. 약이나 만들어줘요. 오늘이래두."

"정말?"

"정말이라니까."

"그럼 편안하게 죽는 비약(秘藥)을 만들어올 거니까 기다려요."

시뉘 숙진은 내 방을 나가려다가 말고 한쪽 눈을 찡긋해보였다.

"언니, 그럼 오늘 저녁엔 우리 '최후의 만찬' 같은 걸 벌여야 하잖겠어? 준비요. 저녁은 내가 서양 요리를 살 거니까. 샴페인두 터뜨리구."

숙진은 정말 나를 독촉해서 밖으로 끌어냈다.

나는 봉익동 집을 나서자 숙진에게 간청했다.

"우리 이모 임 상궁두 함께 감 안될까? 그렇게 해줘요."

넷이서 진고개 초입에 있는 아오키도(靑木堂)엘 갔다. 이모와 나, 그리고 숙진과 그의 연인 민병철이 함께 자리를 했다.

숙진은 아주 즐겁게 떠들어댔다. 나와 그런 중대하고도 심각한 일을 꾸민 사실을 전연 신경에 두지 않는 것처럼 명랑하게 굴었다.

민병철은 신사의 티를 내려는지 나와 이모한테 더할 수 없는 친절성을 보이면서 세상 이야기, 인생 이야기를 즐겨 꺼내곤 하다가 화제를 슬쩍 바꾼다.

"이번에 우리가 갑자기 고국에 돌아온 목적이 있습니다. 이 자리에선 얘기해두 괜찮겠죠?"

이모 임 상궁은 자세를 가다듬었다.

나는 민병철을 재빨리 훔쳐보고는 냅킨을 만지작거렸다.

"이제 조국은 일본의 완전한 식민지입니다."

재재거리던 숙진의 표정이 굳어졌다.

"우리는 일인들만 미워할 게 아니라 우리 자신을 먼저 반성해야 합니다. 역사는 반드시 되풀이됩니다. 흥하면 망할 날이 있고 망하면 흥할 날이 옵니다. 그러나 기다리고 있어선 안됩니다. 우리는 우리가 다시 일어서기 위해서 최선을 다해야 합니다. 뜻을 함께 하는 동경 유학생들은 그 전위(前衛)가 될 것을 다짐했습니다. 2·28선언이나 3·1만세가 한두 번으로 그칠 수는 없습니다. 좀 더 조직적이고 구체화된 행동으로 발전하기 위해서 부단히 진행해야 할 일들이 많습니다. 자금들이 필요합니다. 국내의 뒷받침이 아쉽습니다."

민병철의 말투는 밀어처럼 은근했다. 그러나 패기가 넘쳤다.

"이런 곳에서 그런 말을 해도 괜찮아요?"

이모 임 상궁이 주위를 돌아보며 근심했다. 고급 사교장인 아오키도다. 일본이나 조선의 명사급들이 모이는 레스토랑인데 그는 그런 화제였다.

"차라리 이런 곳은 저들이 등한히 하고 있지 않겠습니까?"

민병철은 태연히 지껄였다.

"동경 유학생 중에서 유능한 인물들 열 명을 선발하여 구미 각국으로 유학시킬 계획을 세웠어요. 개인적인 실력도 기르게 하고 아울러 각국에다 친한적인 여론과 후원자들을 부식시켜 놓을 목적입니다. 원대한 계획이지요. 반드시 뒷날 큰 힘이 될 겁니다. 그 자금이 필요하단 말입니다. 우리는 그 자금을 국내에서 조달하려고 와 있습니다."

시뉘 숙진이 말했다.

"어제 아버지께 말씀드렸어요."

나는 숙진을 똑바로 바라봤다.

"5천 원 주시겠다고 했어, 언니."

민병철이 말했다.

"7만 원을 예정하고 왔는데 지금까지 모인 게 3만 8천 원 정도입니다."

숙진이 그의 말을 가로챘다.

"하는 수 없이 뜻있는 여성들의 성의도 받아들이기로 했어요. 하지만 여성들이야 현금이 있겠어요? 몇 분은 패물을 내놓으시더군요."

나는 내 손가락에 끼고 있는 비취 가락지를 내려다봤다.

이모 임 상궁은 잠자코 고개만 끄덕거리고 있었다.

민병철은 주위를 살피고는 말했다.

"우리는 망했다고 한탄만 할 게 아니라 뭔가 목표를 세워 일을 부단히 진행시키고 있어야 합니다. 그게 민족의 양심이고 역사의 본질이 아니겠습니까."

나는 또 내 가락지를 만지작거렸다. 이모 임 상궁의 금비녀를 훔쳐봤다.

웨이터가 접시를 들고 다가왔다. 그의 검은 보타이가 삐뚤어져 있었다.

시뉘 숙진이 불쑥 말했다.

"언니, 참 이정호 씨 알죠? 왜 내가 소개해서 한 번 본 일이 있잖아요? 그 이정호 씨두 이번 후보로 뽑힌 사람의 하나야."

나는 식탁 밑에 놓인 내 손가락에서 가락지를 뽑았다 끼었다 하고 있었다.

"난 친일파의 아들이죠. 아버지는 죄를 짓고 아들은 속죄하구. 그게 아버지와 아들 사이의 숙명적인 의리가 아니겠습니까, 허."

민병철은 계속해서 말했다.

"개화의 봇물이 터진 건 일본이나 우리나 거의 동시입니다. 저들은 명치유신이라는 국내 개혁에 성공했고 우리는 제 힘은 없이 외세에만 아부해 오려다가 망했습니다. 저들은 한슈(藩主)니 다이묘(大名)니 하는 지방벌(地方閥)이 전국에 도사리면서 정치, 경제, 문화, 방위 등의 실력을 서로 다투어 길러왔습니다. 명치유신이 되는 바람에 그 방대한 저력을 한데 합쳤습니다. 우리는 중앙 집권으로 파벌 싸움만 하다가 무방비 상태로 적을 맞아 망했습니다. 저들은 개화의 문물을 서적과 개항과 견문으로 흡수했습니다. 우리는 폐쇄로 그것을 막았습니다. 저들이 강자가 된 것은 그래서였고 우리가 망한 것은 그래서였습니다. 늦었지만 우리도 개안(開眼)해서 뭔가 해내야 하는 겁니다. 우리 세대는 그 씨를 뿌리고 다음 세대는 수확을 해야 합니다.”

민병철은 열변을 토하듯이 힘주어 말했다. 그러나 그것은 가족끼리의 잡담처럼 남의 눈에 비치도록 하려는 노력이 역연하게 보였다. 그는 또 말했다.

“노력과 봉사는 전체의 안녕을 위한 지고의 수단입니다. 그것을 보강하기 위해 국가가 존재합니다. 그런데 지금 우리의 국가는 없어요. 그렇다고 우리는 그 노력과 봉사를 포기할 수 없습니다.”

“힘껏 돕겠어요.”

대담하게도 내가 그런 말을 거침없이 해치웠다.

나 자신의 살고 있는 모습이 부끄러워졌다. 일상다반사에 얽매여 지지리 궁상으로 제 신경을 긁고 있는 자신이 부끄러워졌다. 인생은 그런 게 아닐 것이라고 생각했다.

“고맙습니다. 이정호 군은 미국, 나는 프랑스, 그렇게 될 것 같습니다.”

왜 이정호란 사람을 거듭 강조하는 것인지 나는 그게 마음에 걸렸다.

나는 난생 처음으로 비프스테이크라는 것을 입에 대봤다. 비위에 맞지 않았다. 칼질 꼬챙이질이 되지 않아 아예 먹는 것을 포기했다.

“언니, 왜 어디 아프우?”

숙진이 내 눈치를 보면서 은근히 물어왔다.

위스키를 한 잔씩 마셨다. 나도 마셔봤다. 어쩌면 오늘이 마지막이라는 생각에서 눈 딱 감고 마셨다. 얼굴이 확확 달아오르면서 가슴이 마구 뛰기 시작했다.

"산다는 건 고뇌하는 거구, 죽는다는 건 편안을 얻는다는 일인데, 사람들은 그래두 살구 싶어 해요. 그러니깐 고뇌야말로 인간의 본질적인 요소가 아니겠어요. 그 고뇌를 의지의 힘으로든 종교의 힘으로든 극복해낼 수 있는 사람은 위대한 거예요. 내가 왜 이런 소릴 하는지 언닌 알지?"

나는 숙진을 마주보지 못했다.

"전에 언니와 내가 일본으로 뛰려다가 실패하군 함께 죽자고 한 일이 있어. 난 지금도 가끔 그때 죽지 않은 게 잘한 건가 잘못한 짓인가를 생각해요."

"결론은?"

민병철이 숙진에게 물었다.

"영원히 모를 거야."

"모르는 게 당연하지. 그걸 알게 되면 인생은 살맛이 없을걸."

20호 정도일까, 밀레의 『만종』이 식당 벽에 걸려 있었다.

나는 그것을 바라보며 그래도 나는 죽는 편이 낫다고 혼자 생각했다.

이모는 나를 앞에 앉혀놓고 죽음에 대한 화제를 꺼낸 숙진이 못마땅한 표정이었다. 한마디 했다.

"관세음보살. 고진감래라는데. 그러니까 어떤 인생이고 산다는 데에 뜻이 있는 거 아녜요?"

민병철이 뜻 모를 웃음을 보이며 말했다.

"사람의 의지는 격정에 굴복할 때가 많습니다. 의지가 격정에 굴복하는 것은 비극의 시초로 보는 게 철학자들이죠. 하지만 예술가들은 격정이야말로 인간의 본성이니까 격정의 승리를 인간의 인간적 아름다움이라고 보는 거죠. 사람에 따라, 경우에 따라, 그 가치는 달라질 것입니다. 격정의 승리를 아름답게 볼 수가 있다면 의지의 승리를 인간의 인간다운 점으로 봐야 할 경우도 있습니다. 이상적인 것은 그 두 가지가 공존하는 일입니다."

도대체 숙진과 민병철이 왜 그런 결론 없는 막연한 소리를 지껄이고 있는지 나는 짐작이 간다.

내가 사는 것도 죽는 것도 다시 한 번 생각해본 다음 결정하라는 암시가 아닐까.

"임 상궁님!"

숙진이 이모 임 상궁을 바라봤다.

"지가 할 소린지 아닌진 모르지만 임 상궁님!"

임 상궁은 긴장하면서 식탁 위에다 두 손을 얹었다.

단아한 임 상궁의 모습이 식당 안의 모든 관심과 시선을 끌고 있었다.

"전 언니더러 재혼하라고 권했어요. 임 상궁님께서 언니의 새로운 길을 찾아주세요. 뭐 대단치도 않은 김씨 집과의 인연 때문에 언니가 평생을 희생할 필요가 없거든요."

"갑시다!"

나는 그 부담스러운 분위기에서 얼른 헤어나고 싶었다.

처음엔 밝기만 하던 분위기가 착 가라앉아 있었다.

나는 임 상궁의 무릎을 툭툭 쳤다.

임 상궁과 내가 먼저 일어섰다.

나는 나도 모르게 밀레의 『만종』 앞으로 걸어가 잠깐 동안 명목했다.

그림 속에 있는 농군 부부가 누리는 감사와 평화에 대하여 기도했다. 식당에서 나오자 시뉘가 내 귀에다 대고 속삭였다.

"정말 약 사가지고 갈까. 고만두램 고만두겠어, 언니. 언니한테 선택의 자유가 있으니깐."

나는 대답했다.

"사가지구 와요."

시뉘가 좀은 당황하면서 말했다.

"수채 구멍에 버리려구?"

나는 분명히 신경질적으로 대답했다.

"버리긴. 누가 내버린대요!"

결심이란 언제든지 흔들릴 가능성이 있다. 흔들리는 것이 정상인으로선 당연한 것이다. 결정은 결심의 소산이다. 결심이 흔들리면 결정은 번복이 된다. 직관적인 결정은 번복되는 게 당연하다. 직관이란 격정의 소산일 수 있고, 격정이란 안정을 회복하면 곧 사그라지기 쉬운 까닭이다. 따라서 변심은 부도덕도 아니고 터부할 것도 못된다. 어차피 지조를 맥락으로 삼은 결정이 아닐 바엔 번복도 변심도 탓할 일이 못된다.

그렇건만 나는 변심을 않겠다는 것이다. 분명하게는 죽음도 삶도 결정한 상태가 아니면서 그런 대답을 했다. 의지적인 성품이 아닌 사람들은 흔히 남과 이야기를 하다 보면 분위기에 휘말려서 도저히 번복할 수 없는 어떤 중대한 결정을 내린 것으로 착각을 한다.

이모와 단 둘이 된 나는 말했다.

"이모! 나 원골집에 가서 목욕 좀 할까?"

"그럼 가다가 들리세요. 시간은 넉넉할 테니까."

나는 되도록 이모와 함께 있고 싶었다. 이모의 손을 꼬옥 쥔 채 원골집으로 갔다.

"목욕 같이 해, 이모. 내 등 좀 밀어줘요, 이모."

"그럴까요? 인젠 어른이 되셨나보군. 나하구 목욕을 함께 하자는 걸 보니."

이모는 결벽성이 남달라서 집에다 목욕탕을 만들어놓고 궁에 들어갈 때나 불사(佛寺)에 갈 때마다 몸을 정히 하는 버릇이 있었다.

이모도 나도 처음으로 함께 벌거숭이가 된 채 목욕을 했다.

이모는 정말 아름다운 몸매를 가진 분이었다.

나는 이모에다 대면 기형처럼 보일 만큼 언밸런스의 지체였다.

나는 이모의 그 몸매를 훔쳐보면서 물었다.

"이모! 이모는 애기 낳아봤어?"

이모는 펄쩍 뛰면서 돌아앉았다.

"아니, 그게 무슨 소리유?"

"여자가 애기 낳는 게 뭐 이상한가?"

"글쎄, 이상할 건 하나두 없지만 나한테 그런 소릴 묻다니."

"왠지 난 이모가 낳아줬는지도 모른다는 생각을 가끔 했단 말야."

"아니, 아씬 못하는 소리가 없네요. 그래, 내가 아씨의 생어머니같이 여겨지세요?"

나는 깜짝 놀랐다. 펄쩍 뛸 줄 알았던 이모가 의외로 침착했을 뿐 아니라 퍽은 반가운 말을 들은 순간처럼 얼굴에 화기마저 띠는 것이다.

나는 가슴이 마구 두근거려서 나 자신을 안정시키느라고 한동안 말을 잇지 못했다.

이모는 자기의 눈치나 표정을 감추기 위해선지 갑자기 벌떡 일어나 내 등 뒤로 돌아오더니 나의 등을 밀기 시작했다.

그 부드러운 손길의 감촉은 영락없이 어머니의 자애였다. 소곤거리는 그 말씨는 틀림없는 모녀 사이의 정겨운 대화다.

"내가 정말 그렇게 보여요? 아씨의 생어머니처럼."

"이모!"

"몸이 퍽 야위었군요. 뼈마디가 올강거리네."

가슴 아파하는 임 상궁의 말투였다.

"그렇지?"

"뭐가 그렇지죠?"

"이모가 나를 낳은 거지?"

나는 오랫동안의 숙제가 풀릴 듯싶기도 해서 흥분해버렸다.

"누가 그런 소리를 하던가요?"

"내 영감(靈感)이야."

이모의 손길이 내 등 위에서 질서 없이 방황하다가 잠깐 잠깐 멈춰지곤 했다.

이모 임 상궁은 틀림없이 당혹한 것 같다. 거칠어진 숨소리가 내 귓전을 스쳤다.

"영감이란 그처럼 맹랑한 것이지요. 내가 가끔 아기씨를 내가 낳은 딸처럼 착각이 되는 것도 영감이에요. 아씨가 그런 착각을 하는 것두 아씨의 영감이구요. 영감이란 그처럼 허망한 것이랍니다. 오랜 동안의 정이 그런 착각을 일으키게 하는 거겠죠?"

"이모!"

"아씨의 어머니는 따로 계셨다고 말씀드렸잖아요."

"이모, 내 영감이 맞죠?"

"하긴 그렇게 생각하셔두 큰 손해될 건 없겠죠. 하지만 내가 아씨를 낳다니, 그럴 수가……. 그건 진실이 아니에요. 불쌍한 염 상궁을 위해서도 어찌 그런 말을."

이모 임 상궁은 울고 있는 것 같았다.

임 상궁이 나를 낳았거나 안 낳았거나 나는 그네가 내 진짜 어머니라고 믿고 싶었다. 오늘날까지 그네가 내게 베풀어준 정은 모정 중에서도 으뜸 가는 모정이지 결코 후견인으로서의 그것이 아니었다.

"나 어머니라고 불러볼까? 이모한테."

그 순간 임 상궁은 다리가 떨렸던 것 같다. 목욕탕 나무까래에 털썩 주저 앉았다. 마치 절규라도 하듯 나직하게 외쳤다.

"정 그렇게 불러보고 싶으면 불러봐요! 이모나 어머니나 다를 것도 없으 니."

나는 발작적으로 허리를 틀면서 이모 임 상궁의 젖무덤에 얼굴을 박았 다. 그리고 외쳤다.

"어머니이!"

내 그 어머니 소리는 흡사 지축 저 속에서 튀어나온 신탁(神託)의 소리였 다. 이 세상에 태어나서 27년 만에 처음 불러보는 피의 절규였다.

"아! 하아!"

신음 소리를 낸 임 상궁은 내 나신을 감싸안고 흔들었다. 서로의 살결이 닿아서 매끄러웠다.

"어머니라고 불렀군요? 아씨가 나더러 어머니라고 불렀군요? 이를 어쩌 나. 이를 어쩌나. 나더러 어머니라구 부르셨네."

그 임 상궁이 그래 나의 어머니가 아닐까. 나를 낳아준 생어머니가 아닐 수 있을까. 저 충격적인 감동이 어머니의 감격이 아닐 수 있을까. 그 신음 소리 그것이 모정의 폭발 소리가 아니란 말인가. 이 포옹이, 저 체온이, 저 뛰는 심장과 혈관을 흐르는 놀란 핏소리가 어머니로서의 감격이 아닐 수 있을까.

나의 이 눈물이 그저 괜히 흐르는 허잘 것 없는 체수(體水)일 수 있을까. 이 목메임과 같은 격정이 그래 단순한 마음의 파도일까. 그럴까.

"어머니……."

이 나의 절규가 분신의 외침이 아니란 말인가. '어머니', 그게 아무한테나 할 수 있는 인간의 소리일까.

"아후, 나의 딸……."

저 폐부에서 터져나온 부르짖음이 그래 진실이 아닌 일시적인 감정의 파문이란 말인가.

"나는 인제 죽어도 한이 없게 됐군요."

임 상궁이 말했다.

"나두 이 세상 모든 설움이 단번에 가셔버렸어요."

나와 이모는 그런 대단한 목욕을 하고 아쉽게 아쉽게 헤어졌다. 헤어질 때 임 상궁이 내게 소곤거렸다.

"부처님이 우리를 불쌍히 여기시고 오늘과 같은 착각을 하게 해주셨어요. 부처님을 정성껏 받들며 인간 세파를 헤쳐 나갑시다."

천 번을 울다가도 한 번 웃을 수만 있다면 역시 살아야 하는 게 인생이라고 나는 생각했다. 순간의 행복을 얻기 위하여 온 생애를 바치는 것이 사람의 사는 모습임을 알았다. 그런 심정이 됐다.

달이 밝자 밤이 됐다.

뒤안 숲에서 산비둘기가 울었다. 한잠 자고 달빛을 한낮의 광명으로 착각했는지도 모른다.

시어머니에게 깨죽을 쑤어 올린 내가 내 거처로 돌아오자 이내 시뉘 숙진이 밖에서 돌아왔다.

나는 그 숙진을 보는 순간 가슴이 철렁 내려앉았다.

'정말 약을 사왔나?'

숙진의 손엔 백지에 싼 뭔가가 들려져 있었다.

"좀 들어가두 괜찮수?"

"들어오세요."

숙진의 말소리는 한결같이 밝았고 내 음성은 음울하게 떨렸다.

숙진은 방으로 들어와 앉자마자 종이에 싼 물건을 내 경대 위에다 올려놓았다.

"언니 부탁대로 약을 만들어왔어요."

나는 눈앞이 캄캄해지는 바람에 대꾸도 못했다. 사지가 틀리고 가슴이 떨려서 앞에 앉은 시뉘를 마주볼 수도 없었다. 버선코를 배틀었다.

숙진이 그러한 내 눈치를 흘끔 보더니 말했다.

"언니! 비밀은 지켜줘야 해요. 만약 저 약을 내가 구해다 줬다는 게 탄로나면 꼼짝없이 감옥으로 직행하게 된단 말야. 자살 방조죄에 걸린단 말예요."

낮에 우는 닭이나 밤에 우는 비둘기나 마찬가지다. 불길한 전조로 들려서 기분이 나쁘다. 산비둘기가 또 꾸르륵 끄륵 울었다.

"언니! 언니와 내가 만난 지 그렁저렁 10년 만이에요. 그동안 내가 언니 속을 많이 썩여드렸죠? 다 내 어리광으로 알구 웃어줘요. 언니! 언니 마지막 가는 길에 나 울진 않을래. 울긴 왜 울어. 그게 언니의 행복한 길인걸. 그럼 언니 편안히 잘 가세요. 며칠 후 요단강 건너서 만납시다."

시뉘 숙진은 가죽 핸드백을 열었다. 예쁜 포장지에 싼 예쁜 상자 하나를 내 앞에다 살짝 밀어놓았다.

"언니! 이거 내 선물이야. 향순데 옷 갈아입은 다음 몸에 뿌려요. 참 여자가 자결할 땐 두 발목을 묶는대. 흉한 모습을 남에게 보이지 않기 위해서

래나. 참 언니! 약은 남기지 말구 깨끗이 다 먹어야 효과가 나요."

시뉘 숙진은 내 손을 꼭 잡아주고는 슬프디 슬픈 얼굴을 했다.

"그럼 언니! 안녕히 가세요. 요단강은 좁은 돌창이라니까 쉽게 건너뛸 수 있을 거야. 신발을 물에 빠뜨리면 안된대. 벗어놓구 뛰세요."

나는 일어나 장롱을 뒤졌다. 나는 내가 간직하고 있던 패물 상자를 꺼내 숙진 앞으로 밀어놓았다.

"이거 의로운 일하는 데 보태 쓰세요. 정말 좋은 일 많이 하세요."

"언니, 고마워요."

"피륙도 좀 있어요. 나중에 팔아 쓰세요."

"아, 언닌 인젠 그런 게 필요 없겠네. 나중에 내 가져갈게요. 하지만 오빠가 해준 결혼반지만은 끼고 가세요. 내가 뺏었댐 오빠가 화낼 거니깐."

숙진은 패물 보따리를 옆에 끼고 나갔다.

나는 두 다리를 던져놓고 맥없이 한 시간쯤 앉아 있었다.

나는 이렇게 된 이상엔 도저히 번의할 수가 없다는 판단을 내린다.

나는 경대 위에 놓인 약봉지를 집는다. 돌덩이처럼 딱딱한 것 두 개가 만져진다. 무서워서 손을 툭툭 떨었다.

나는 이렇게 된 이상엔 도저히 번의할 수 없다는 판단을 더욱 굳힌다.

'할 수 없지.'

옷을 갈아입기 시작한다. 몸은 아까 원골집에서 정히 하고 왔다.

시집올 때 입었던 삼팔 속곳을 꺼내 입는다. 당항라(唐亢羅) 속적삼 위에다 순인 저고리를 걸친다. 남끝동 노랑저고리다. 남갑사(藍甲紗)의 스란치마를 입는다.

거울 앞에 앉는다. 얼굴엔 연하게 분을 먹인다. 청옥 구화잠을 쪽에 꽂는다. 좀 전에 시뉘가 준 향수를 몸과 목덜미에 뿌린다. 발에도 뿌린다. 새 버선을 신는다.

나는 놀랄 만큼 침착하다. 원골집 쪽을 향해서 임 상궁에게 처음이자 마지막으로 절을 한다. 유서를 쓴다. 만년필 촉에서 잉크가 자주 끊어진다.

– 어머니, 불효 여식은 먼저 저세상으로 갑니다…….

나는 그 문맥이 진부한 것 같아서 찢어버리고 다시 끄적인다.

– 하늘과 땅 사이엔 뭐가 있을까?

– 뭐가 있을 것 같아요?

– 구름. 나는 새.

– 그런 것보다 더 소중한 게 있을걸요.

– 바람, 종달새 소리. 별빛, 달빛?

– 사람의 혼이 저 공간을 헤맨답니다. 수많은 사람들의 혼백이. 육신에서 떠난 혼백이 정착할 곳을 찾지 못한 채 저 공간을 어지러이 방황하고 있어요.

– 나도 죽으면 내 혼이 저 공간을 배회하겠네. 언제까지나.

– 부처님을 성심껏 섬기세요. 부처님만이 아기씨의 영혼을 좋은 곳으로 인도합니다. 밤하늘에 뿌려진 별들은 그 영혼들이 정착해서 빛을 발하는 것이지요.

– 기독교에서도 영혼의 안식을 사람들의 간절한 소망으로 삼는 모양인데 불교도 마찬가지네요?

– 영혼을 인정하는 이상엔 소망이 같게 마련이지요.

– 그럼 극락정토와 천당은 같은 곳이겠네. 지상이나 육신에서의 출발점은 서로 다르지만 가보면 기독교인도 불교인도 육신을 떠난 영혼이 그곳에서 합류하게 되겠네. 목적지가 같으니깐.

– 그 내세를 위해서 현세를 사는 사람들이 있지요. 현세를 착하고 충실하게 살다 보면 극락정토로 가는 사람들이 있지요. 어느 쪽을 택하느냐, 그게 중요하지 뭐야.

– 아기씬 왜 자꾸 불교와 기독교를 비교해서 말하세요?

– 학교 친구들이 자꾸 기독교를 믿으래. 그래서 가끔 그런 문제를 생각해봤어요. 이모, 어머니. 언젠가 우리는 이런 대화를 한 일이 있어요. 나는 육신도 영혼도 안정을 얻지 못한 채 먼저 떠나는 거예요. 저 푸른 공간에 백억 천억 방황하는 혼백들 사이로 나도 섞여 듭니다. 나의 별은 없어요. 이다음 어머니가 오셔서 나를 구원해주세요. 그때까지 나는 형편없는 티끌이 되어 저 공간을 방황할 것이에요.

어머니의 딸 문용.

떨어지는 눈물방울이 점점이 종이를 적신다. 잉크가 번져 글자가 뭉개진다.

내 머릿속이 넓은 공간이고 그 공간에 무수한 점들, 방황하는 혼백의 점들이 무수한 선을 그으며 핑핑 돌아간다. 그 혼돈, 영원히 안정될 것 같지 않은 그 혼돈. 하나의 별이 되어 안정되려면 이승에서 얼마만한 공덕을 쌓아야 하나. 의로운 일, 어진 선행 무엇 하나 두드러지게 해보지 못한 30평생이니 영겁토록 저 어두운 공간에서 방황하겠지, 내 혼백이.

시부모가 있는 안방 쪽에다 대고도 마지막 고별인사를 한다.

'죽는 마당에 추하거나 비겁해선 안돼.'

나는 입술을 깨물며 허리띠로 내 두 발목을 묶는다. 꽁꽁 매듭지어 묶는다.

옆에 놓인 약을 집어 포장을 푼다. 아편 덩어리 같기도 하고 검은 엿 같기도 한 두 덩이 고체의 약이다. 합치면 인절미만하다.

나는 그것을 움켜진 채 경대 거울에 비친 내 얼굴을 본다. 핏기라곤 없는 얼굴 눈 언저리엔 기미 기운이 감돌고 있다. 바싹 탄 입술이 쉴 새 없이 경련을 한다.

"이모! 어머니!"

망설여선 안된다고 생각한다. 실패하거나 좌절되면 시뉘를 볼 면목이 없다.

나는 마음을 도사리면서 약을 입에 넣는다. 딱딱했으나 힘들여 깨무니까 뚝뚝 떨어진다. 씹으니까 엿처럼 달고 끈적거린다. 그리고 입속에서 녹는다. 남겨서는 안된다는 바람에 열심히 씹어먹는다. 말끔히 다 먹고, 떠다놓은 냉수를 벌떡벌떡 마신다. 깔아놓은 요 위에 몸을 반듯이 뉘인다. 준비한 옥양목 홑이불을 몸 위에 덮는다. 눈을 감는다. 심호흡을 한다. 꽁꽁 묶은 발목이 조여서 아프다.

"이모! 어머니!"

나는 조용히 기다린다. 정신이 혼미해지기를 기다린다. 안막에 촛불이 춤을 춘다. 28년의 인생을 한꺼번에 회상해보려니까 어느 한 장면도 형상이 되지 않는다. 인연이 있던 모든 사람들의 모습도 한꺼번에 회상해본다.

혼돈된 몇몇 얼굴 중에서 아버지 고종황제와 아들 필한이의 귀여운 모습만이 클로즈업된다.

"아버지 곁으로 갑니다. 필한이 네 옆으로 가마! 지금 떠난다."

남편과 이정호의 모습이 물속의 달그림자처럼 흔들리며 뇌리에 오락가락하다가 스러진다. 춘원도 조봉암도 진사모라는 여인의 그 애잔한 모습도 스쳐간다.

약기운이 올라오는지 입안이 들척지근하다. 침이 고인다.

"잠들 듯 깨끗이 떠나야겠는데……."

법화경을 속으로 뇌이기 시작한다. 관음상의 자비로운 미소가 머릿속에 꽉 찬다. 본의 아니게 목격한 시뉘 숙진과 민병철의 정사(情事) 장면이 연상된다. 발끝에 힘을 준다. 발목이 아파 좀 늦춰놓고 싶다.

'옴살바못샤 모디 사다야 사바하.'

참회경을 외기 시작한다.

첫닭이 홰치는 소리를 들으며, 닭은 여기서도 홰를 치며 우는구나. 그 여기는 물론 이승이 아니다.

눈이 부신 광명을 본다. 꾀꼬리 소리가 유별나게 영롱하다고 감탄한다.

잠이 들 듯 나의 의식은 흐려져 간다. 시간이 얼마나 흘렀을까.

인간의 소리와 흡사한 소리를 듣는다.

"언니, 언니 눈을 떠봐요. 여기가 어딘지 알아 맞춰봐요."

눈을 떠본다. 익숙한 얼굴 모습을 발견한다. 활짝 웃고 있는 그 얼굴은 다른 사람 아닌 시뉘 숙진이다. 나는 숙진의 손을 덥석 잡고 입술을 놀려본다.

"누이!"

숙진이 눈꼬리를 처뜨리며 웃는다.

"언니 천당이 만원이라서 쫓겨왔구려? 그 옆 연화대에도 자리가 없답디까?"

나는 얼굴을 돌려 사면을 두리번거린다. 내 방에 내가 누워 있음을 본다. 미닫이 창살에는 아침 햇살이 화사하게 부서지고 있다. 뒤안 숲 속에서 꾀꼴 꾀꾀꼬르, 꾀꼬리가 울고 있다.

나는 벌떡 일어나려 했다. 두 발목이 꽁꽁 묶여 있어서 몸이 옆으로 둥개졌다.

시뉘가 까르르 웃어댔다. 눈물을 흘리며 주먹으로 방바닥을 치며 웃어댔다.

"갱엿 1전어치 먹구 그래 천당 구경 잘했수? 언니."

갱엿은 검은 수수엿이 아닌가. 내가 먹은 게 수수엿 1전어치란다.

시뉘는 꽁꽁 묶인 내 두 발목을 풀어주면서 뼛속 있는 말을 했다.

"도대체 자살이란 그런 난센스지 뭐야. 태어난 인생은 누구든 살아야 할 의무와 권리가 있어. 어떤 경우건 자살이란 이런 난센스라 그거야. 언니, 인제 한 번 겪어봤으니까 꼬부랑 할매가 될 때까지 살아보는 거예요."

탐미주의적인 사조가 유행하는 세상인데, 그래서 자살이 지식인들 사이에 극도로 미화되고 있는 판인데, 숙진은 자연사 아닌 죽음을 그처럼 야유했다.

내가 자주 죽고 싶다, 죽고 싶다 하니까 그런 식으로 골려준 것이다.

미상불 나는 그 사건 이후로는 어떤 역경에 빠져도 자살을 진지하게 생각한 일은 없다.

그렇다고 죽어지는 것을 겁내지도 않았으며, 산다는 일을 즐거워하지도 않았다. 목숨이 붙어 있는 이상엔 최선을 다해 산다는 내 인생관의 기틀을 시뉘 숙진이 다져준 것으로 안다.

장난도 때로는 큰 교훈이 될 수 있다. 실수가 성공의 기반이 되듯이.

나는 그런 점으로 시뉘에게서 배운 점이 많다.

시뉘와 그녀의 연인은 다시 일본으로 돌아갔다.

시동생 철진이 그들을 따라 일본으로 건너갔다.

시어머니의 병세는 완전히 호전됐다. 침술의 효능이 컸다고들 했다. 왼쪽 지체가 마비상태였는데 침을 맞고 나서 거짓말처럼 나아가고 있었다.

가을이 되자 나는 또 서울을 뜨게 된다.

이지용과 김형규가 번갈아가며 전보다 더욱 극심하게 나를 미끼로 협박들을 해대는 바람에 국내에선 견딜 재간이 없었다.

"가기 싫더라도 가야 하겠다. 집안을 좀 편하게 하기 위해서도."

시아버지 김한규의 약간 짜증어린 말이었다. 이번엔 남경(南京)으로 보내 내다는 것이다.

"상해로 가지 왜 남경으로 갑니까?"

이왕 또 갈 바엔 상해로 갈 것을 주장했다. 진사모 여인이 보고 싶어서였다. 상해 시절의 친절도 친절이지만 안동역 플랫폼에서 쓸쓸히 뿌리던 그 통곡과 같은 미소가 잊혀지지 않아서였다.

"지금 철진이가 일본에 가 있다만 아무래도 중국 유학을 시키고 싶다."

시아버지는 계획이 있어서라는 듯이 그렇게 말했다.

"이왕이면 철진이의 객지 생활도 보살필 겸 남경으로 가려무나. 철진이 는 남경에 있는 휘문대학에 보내기로 연결이 돼 있으니까."

나는 그래도 진사모 여인이 그리웠다. 진 여인은 내가 그리워할 처지의 여자가 아닌데도 그리웠다.

"어버님! 상해에도 도련님이 다닐 대학은 있지 않습니까?"

"있기야 있지. 얼마든지 있지. 허나 같은 값이면 서로 알 만한 선배 있는 학교로 보내고 싶은 게 부모의 정이 아닐까. 남경 휘문대학엔 먼저 간 조봉 암이 적을 뒀다더군."

이번에도 안악집과 함께 남경으로 간 나는 거기서 한 달쯤 뒤에 만난 시동생 철진과 함께 1년 반을 지내게 된다.

나는 남경에서 엄청난 소식을 듣게 된다.

내 생애에 있어서 그처럼 청천벽력과 같은 경악스러운 소식이 또 있을 까.

이모 임 상궁이 세상을 떠났다는 시어머니의 전갈을 받았다.

이모는 나를 남경으로 떠나보내자 허탈에 빠졌던 것 같다. 머리 깎고 중이 되어 금강산으로 들어가 있다는 소식이더니, 반 년쯤 후엔 다시 해인사로 들어가 기도로 나날을 보냈는데 갑자기 세상을 버렸다고 했다.

나는 나흘을 굶고 한 이레를 울면서 방 밖엘 나오지 않았다.

나도 이모 따라 죽고만 싶었다. 실성한 사람처럼,

"어머니, 어머니." 부르며 울었다.

보다 못했던지 시동생 철진과 안악집이 의논 끝에 나를 고국으로 내보냈다.

시댁에서 하룻밤을 쉬고 역시 안악집과 함께 해인사로 떠났다.

해인사에서 나를 반갑게 맞은 사람은 임환경(林幻鏡) 스님이었다.

"임 상궁은 내 고모가 됩지요."

원당암(願堂庵)에 거처하다가 그곳에서 이모는 길을 떠났다면서,

"일구월심 마마를 위한 기도로 시종하시다가 잠든 듯이 가셨습니다. 나무관세음보살."

임환경은 염주알을 굴리며 담담하게 일러줬다.

"이게 그분이 지니시던 염주올시다. 이 염주 알알엔 마마를 위한 그 어른의 발원이……."

나는 그 염주를 받아 가슴에 안고는 '어머니!' 하고 입속으로 부르짖었다. 슬픔이 너무도 크니까 눈물은 나지 않았다.

"평생을 두고 마마를 위해 봉사하고 기원하신 그 어른은 행복하셨습니다. 인생의 행복이란 궁극적으로 그런 게 아닙니까. 나보다도 남을 위해 산다는 것, 그게 즉 제도(濟度)입지요. 극락에 가신 그분을 위해 서러워하시진 마십시오. 관세음보살."

나는 가슴이 꽉 막혔다. 임환경은 무심히 지껄인 말인지도 모르지만 나한테는 충격적이었다.

정말 나의 슬픔은 임 상궁 그분을 위해서가 아니라 나 자신을 위한 것임

을 깨달았다.

사람 누구나 친지의 죽음은 특히 슬퍼한다. 그러나 그 슬픔을 분석해본 다면 거개가 이기적인 동기가 작용하고 있는 게 아닌지 모르겠다. 망자를 위한 울음인 경우보다는 그와의 별리로 말미암아 파생되는 자신의 이해와 슬픔을 우는 경우가 더 많지 않을까.

특히 내 처지는 더욱 그런 것 같아서 부끄러웠다.

"마지막으로 무슨 말씀을 남기지 않으셨어요?"

나는 임환경에게 물었다. 그는 큰 체수에 큰 눈을 가진 사나이였다. 음성이 장중했다.

"소승보고도 마마를 위하여 평생토록 기도해드리라는 부탁을 남기셨습니다."

"다른 말씀은 없으셨어요?"

"다른 말씀이시라뇨? 마마."

"저는 마마가 아닙니다. 마마 소리는 안 해주시는 게 좋겠습니다."

"다른 말씀이시라뇨? 마마."

"가령 그분과 저에 대한 전생의 인연이라든지……. 그런 말씀은 없으셨나요?"

나는 임 상궁이 내 생모라는 말을 듣고 싶었다.

임환경은 고개를 가로저었다.

"마지막까지 부처님에의 발원이었습니다. 남경에 계신 마마를 보살펴달라는. 소승은 분명히 그분의 말씀을 들었습니다. 당신은 세 일곱 스물한 번을 아수라장에 떨어져도 좋으니 그 대신 마마만은 극진한 자비로 제도해 줍시사 하는 기도를 하시다가 잠드는 듯 가셨습니다. 관세음보살."

나는 눈물도 나오지 않았다. 오직 그분이 익혀준 법화경만을 외었다. 1주야를 외우고는 원당암을 떠나는데 본찰 어귀에까지 배웅한 임환경 스님은 합장하며 말했다.

"소승이 언제까지나 마마 대신 원당암을 지키며 그 어른의 명복을 빌겠습니다. 지나치게 괘념 마시지요."

그러나 나는 승려가 된 임 상궁의 환영을 가슴에 안고 걷는다.

울창하게 들어선 거목들 사이로는 밝은 햇빛이 삼(麻)줄처럼 가닥가닥 찢어지고 있었다. 대구에서 나를 그곳까지 태워 왔던 교군꾼 하나가 다람쥐 한 마리를 생포했다면서 경둥경둥 뛰고 있었다.

나는 남경으로 돌아가지 않았다.

나의 고난은 다시 이어진다.

1930년 3월 초순 석양 무렵.

봉익동 시댁 헛간에서 불이 났다.

아침나절까지만 해도 때 잃은 눈발이 흩날려서 지붕 기왓골에는 잔설이 희끗거리고 있었다.

갑자기 뒤울안 쪽에서 누군가가 소리쳤다.

"불이야! 불이야!"

온 집안이 놀라 뒤울안 쪽으로 우르르 달려갔다.

외따로 떨어진 헛간 뒤꼍에서 시뻘건 불길이 치솟는 게 보였다.

"불이야! 불 불!"

나는 똑똑히 보았다.

'불이야', 소리를 외치고 있는 사나이는 뜻밖에도 시삼촌 김형규였다. 아직 잎이 피지 않은 감나무 밑둥에 몸을 비스듬히 기댄 채 팔짱을 끼고서 '불야! 불야!' 하고 외치는 그의 눈총엔 초점이 없었다.

그는 물초롱을 들고 달려간 나를 보자 히쭉 웃더니 대뜸 욕설을 퍼붓는다.

"이 과부년아! 네년이 뭐길래 이 집안에서 난쳴 하는 게냐?"

그 정도는 자주 들어 온 욕설이니 참을 수가 있다. 그러나,

"서방 잡아먹고 냠냠, 자식 잡아먹고 냠냠."

시삼촌이라는 사람의 이런 욕설이니 어떻게 참을 수가 있겠는가. 그래도 참자니 몸서리가 쳐진다.

"이놈 저놈한테 꼬릴 치다가 그것도 시답잖아서 상해로 남경으로 돌아댕기더니, 왜 또 이 집으로 기어들었냐? 되놈들한테도 물렸냐?"

나는 들고 간 물초롱을 번쩍 들어 그에게다 홱 끼얹었다.

물벼락을 맞고도 그는 히힝 웃었다.

"내 네년을 잡아먹고 만다. 이놈의 집은 어느 때고 홀랑 불 지르구 말 테다. 히힝."

귀족 양반이 어디 있고 상민 천민이 어디 있나. 사람 못 되면 귀족이 천민만도 못하다.

"관세음보살."

그해 늦가을에 시아버지 김한규는 서울의 가산을 처분했다.

철원 관전리에다 집 사고 농토를 마련했다. 원산 송도원에다 별장 사고 목계엔 젖소 농장, 안변엔 과수원을 장만했다.

철원으로 이사를 했다.

이사를 잘못한 것 같았다.

석 달이 채 안돼서 그해가 가기 전에 시어머니가 덜컥 세상을 버린다. 해산 뒤끝이 좋지 않았다. 칠삭둥이 시동생을 두고 세상을 버린다.

시어머니가 6남매를 남겼다.

두 서모에게서 6남매를 낳아다가 함께 양육하고 있다.

나는 열두 남매를 거느린 김씨 집안의 맏며느리 과수댁이다.

숙진, 철진 아래로는 훨씬 동안이 떠서 올망졸망한 아이들뿐이다. 열 아이 중에서 절반이 밤에 변소를 간다 해도 나는 다섯 차례를 일어나 변소엘 따라가야 하니 잠잘 틈이라곤 없다.

큰살림을 맡아 2년을 지내니까 심신이 지칠 대로 지쳤다.

아무래도 이사를 잘못한 것 같았다.

시어머니가 세상을 뜬 지 3년 만에 시아버지 김한규가 덜컥 쓰러졌다. 울분이 많아 술이 좀 지나치더니 역시 중풍으로 쓰러졌다. 손쓸 사이도 없이 만 하루 만에 병원에서 세상을 뜬다.

집안은 구가(舊家)이고 살림은 큰데도 큰일 보살펴줄 사람은 없었다. 어떻게 초종범절(初終凡節)을 치러냈는지도 모른다.

나의 짐과 책임은 더욱 무거워졌다.

매일 아침 아이들의 도시락 여덟 개를 싸서 학교에 보내야 했다. 고아원과 다르지 않았다.

그 판에 시삼촌 김형규가 내려와 늘어붙으면서 아주 자기 집처럼 당당하게 큰소리치기 시작했다. 허구한 날 취해 소리친다. 때려 부순다. 아편을 못 맞으면 그런 행패였다.

"논문서 내놔라! 집문서, 밭문서 내놔라! 이 암쾡이 같은 과부년아!"

술이 깨고 아편 기운이 좋을 때는 살살 발라맞추기도 한다.

"조카며느리 하나 잘 들어왔길래 망정이지 만약 자네가 없었다면 이 집안은 벌써 옛날에 풍비박산이 됐네. 수다한 어린 조카들 거느리며 큰살림 도맡아 꾸려 나가느라고 자네가 불철주야 얼마나 애를 쓰는지 내 다 알지. 자넨 이 집을 지키는 관세음보살이야."

그가 집안에 있는 동안엔 집도 방도 비울 수가 없었다. 도둑질의 명수이니 잠시잠깐도 한눈을 팔아서는 안된다.

논문서 집문서는 놋요강 속에다 감췄다. 밭문서와 패물은 사기 큰 합에다 넣어 촛농으로 뚜껑을 밀봉하여 뒤울안 굴뚝 밑을 파고 묻었다.

중국 남경에 있는 철진에게, 일본 동경에 있는 숙진에게 학업이고 뭐고 다 중단하고 어서 와서 집안 좀 보살펴달라는 편지를 거듭거듭 띄웠다.

두 사람이 다 그럴 수 없는 형편이라는 회답들이었다.

시삼촌 김형규는 재산을 강탈하기 위하여 두 가지의 결정적인 방법을 썼다.

조카며느리인 나를 겁탈하러 들었다. 아이들이 학교에 간 하오였는데 나는 뒤울안에서 옥수수를 따고 있었다. 치마폭을 걷어올리고는 팔뚝 같은 옥수수를 묵직하게 따 담았다.

나는 그의 발자국 소리를 듣지 못했다. 뒤에서 덤벼든 그가 내 입을 손바닥으로 틀어막았다. 나는 그 자리에 그대로 쓰러졌다.

하늘엔 해가 있는데, 사람들 영혼엔 불심이 있을 텐데, 그는 백일천하에서 그런 인면수심의 행동을 취했다.

그와 나는 팬터마임의 주인공이 됐다. 결사적인 연기를 하고 있었다. 여자의 여름옷은 쉽게 찢어지는 것이다. 남자의 완력을 여자가 이겨내기 어려운 것이다. 그래도 나의 항거는 만만찮았다.

힘보다는 꾀였고 꾀보다는 이빨이었다. 그의 손등과 목덜미를 마구 물어뜯었다. 손에 집히는 팔뚝 같은 옥수수로 그의 얼굴을 마구 후려갈겼다.

"이년이!"

"삼촌!"

대문 소리가 들렸다. 늙은 하인의 헛기침 소리가 났다.

그는 실패하고 나는 무사했다.

나는 그에게 돈 20원을 주면서 말했다.

"이빨 자국은 얼른 안 낫는대요. 병원에 가보세요! 삼촌."

"50원만…… 50원만 주면 가지."

그런 일이 있었어도 나는 그 김씨 집안을 지켜줄 의리가 있었다. 여자의 의리였다. 부덕(婦德)이었다.

나는 시삼촌 그가 정상인이 아닌 줄 알기 때문에 용서해줄 수 있었다.

나 이문용의 심지(心志)로 용서하는 게 아니라 관음보살에게서 자비를 빌려 그를 용서했다.

그를 위하여 법화경을 외워주고 나의 호신을 위하여 호신경을 열심히 외웠다.

나는 두 사람의 늙은 하인을 시켜 밤마다 내 방 앞에서 불침번을 서게 했다.

그 후 그는 나를 죽여 없애겠다고 별러댔다.

견딜 재간이 없길래 철원 경찰서에 고발을 했더니 1주일 만에 풀려 나와 그 행패가 더욱 심해진다.

어느 날 그는 대청마루 끝에 와서 털썩 앉더니 품에서 단도를 꺼내 마룻장에다 쾅 꽂았다.

"내 네 앞에서 일단 칼을 뽑은 이상 너 죽이고 나도 죽는다!"

대단한 무사도 정신이었다.

그의 눈에선 정말 살기가 쫙쫙 뻗쳤다. 안면근육이 마구 씰룩거렸다. 손끝이 벌벌벌 떨었다. 입 마구리가 치켜 달렸다.

"어서 죽여주시오! 나두 이 꼴로는 눈곱만치도 살고 싶지 않으니 어서 좋은 일삼아 죽여주시오!"

나는 악에 받쳤다. 눈 똑바로 뜬 채 그와 마주 대결했다.

어린 시동생들 넷이 뒤에서 아우성치며 울부짖었다.

"내 왜 너만 죽이겠느냐. 저 애들도 모조리 죽이겠다."

그는 머리가 좋았다.

나는 졌다.

12정보 산 문서 하나를 쥐어주고 그를 서울로 쫓아 보냈다.

사람은 언제나 긴장해야만 의욕이 유지되는 것 같았다.

시삼촌 김형규가 서울로 돌아가자 나는 나를 지탱할 수 없었다. 어떻게도 지탱할 수가 없었다.

모든 사람들이 그립고 모든 사람들이 미웠다. 그리고 모든 사람들이 나를 괴롭히려 드는 것 같았다.

남경으로 떠나기 전에 봉익동 집으로 달려온 이모 임 상궁에게 나는 엉뚱한 호소를 한 일이 있다.

"나 외로워 못살겠어. 나 혼잔 못살겠어. 나를 힘으로 보호해주는 사람이 없으면 못살겠어요."

이모 임 상궁은 내 말뜻을 어떻게 알아들었는지 모른다. 나는 무슨 뜻으로 그런 말을 했는지도 모른다.

"어딜 가거나 부처님이 계시잖아요. 부처님이 아씨의 뒤를 보살펴주고 계셔요. 밤이나 낮이나 부처님만을 의지하며 사세요."

"부처님두 하나님두 지금의 나한텐 아무런 힘이 못돼요. 내겐 힘센 남자가 필요한 거예요."

"그럼 시집이라도 가고 싶으시우?"

"시집요?"

"시집가고 싶단 말씀이 아니슈?"

"네 그래요. 시집가고 싶어요. 김씨 집에서 떠나면 돼요. 억센 남자한테로 시집이나 가고 싶단 말야.”

“하긴 그래요. 여자는 억센 남자 품에 의지하면서 사는 길밖엔 없어요. 그게 그렇게 안될 때 여자의 비극은 시작되는 거예요.”

임 상궁은 자기 설움과 내게 대한 동정이 한꺼번에 폭발했던 것 같다. 나를 부둥켜안은 채 섧게섧게 울었다.

임 상궁은 사흘 동안을 묵으면서 빨래며 바느질이며 내가 할 일을 모조리 해주고는,

“나두 영영 서울을 뜨고 싶어요. 금강산이나 해인사를 생각하고 있어요.”

라고 자기의 결심을 토로했다.

“그럼 아주 중이 되는 거야? 이모.”

“중이나 되어 평생토록 아씨를 위해 축수하다가 가는 게 소원이지요.”

“나두 이모 따라 중이나 될까?”

“아씨는 아직 속세의 업원이 끝나지 않은걸요.”

이모는 배시시 웃으면서 합장을 했는데, 그 모습은 그 후 두고두고 회상해 봐도 관음보살이었다.

‘그래, 나는 속세의 업원이 끝나지 않았어.’

사실 여자의 외로움으로 말한다면야 이모 임 상궁이 나보다 몇 곱절 더했을 것이고, 슬픔이나 마음고생으로 말하더라도 이모는 나의 그것과 자신의 그것을 합친 것이었으니까 나의 그것과는 비교가 안될 만큼 처절했을 것으로 안다.

그 임 상궁을 위해서 나는 평생 부처님을 섬길 것이며, 그 이모의 뜻을 받들기 위해서도 나는 착하게 어질게, 그리고 정숙하게 살아가야 한다는 생각인데도 그게 그리 쉬운 일이 아니었다.

속세의 업원.

1932년 늦가을이니까 내 나이 서른세 살이다.

여자 나이 서른셋이면 젊음일까, 이미 시들어 가는 잔염(殘炎)의 세월일까.

그 무렵이 여자로선 여러 면으로 고비인지도 모른다.

나는 그 늦가을에 실로 맹랑한 일을 저질렀다.

그것은 어쩌면 내 일생일대에 있어서 가장 정직하고 인간적인 행동이며, 여자 이문용의 가장 적나라한 진면목이 아닐까 싶은 갈등의 발효였다.

나는 그 일을 평생 어느 누구에게도 이야기한 일이 없지만, 그러나 그것은 수치로워서가 아니라 오직 나만이 고이 간직하고픈 내 영과 육의 소중한 충돌이고, 그리고 상처여서 남에게 공개하지를 않을 뿐이다.

그것은 의(義)도 아니고 사(邪)도 아니다. 타인과는 아무런 관계도 없는 순전히 나 개인의 문제이며, 그리고 모든 인간이 본질적으로 겪게 되는 탈각(脫殼)과 극기의 순수한 과정이고 그 현상이다.

제14장

여자 나이 서른세 살.

좋은 남편이 있고 화락한 가정에서 부러운 게 없는 환경이라 하더라도 여자 나이 서른이 넘어 세 살이라면 문뜩문뜩 인생을 생각하며 회한을 짓 씹으며 고독을 앓을 때가 아닐까.

계절이 늦가을이고 더군다나 달 밝은 저녁인데 의지할 지주도 없고 마음 을 줄 상대도 없는 처지라면 여자의 외로움이란 참아내기 어려운 역질(疫 疾)과 다를 것이 없다.

온 집 안이 모두 잠들어 있었다.

열여드레인지 아흐레인지 한밤중이 되니까 달이 몹시도 밝았다.

조무래기 시뉘 둘이 내 방 윗목에서 잠들어 있었다. 막내는 이제 세 살 배기다.

나는 아랫목에서 침선(針線)에 골몰하고 있었다. 수다한 시동생과 어린 시뉘들의 옷 바느질은 해도해도 늘 밀려 있는 형편이었다.

이웃집에선 홍두깨질 소리가 호다닥거리고 있었다. 보나마나 시뉘 올케가 마주앉아 신명나게 두드려 대고 있을 화목한 이웃집의 정경이 눈에 선해서 퍽은 부러웠다.

누구 하나 거들어주는 이 없이 나는 그 많은 일을 혼자 해내야 한다. 아랫사람들한텐 맡길 일이 있고 맡길 수 없는 일이 있다.

자연 나는 밤이면 외롭고 서글퍼서 차라리 일에나 열중한다. 어느 틈엔가 난설헌 허씨(蘭雪軒許氏)의 『빈녀음(貧女吟)』을 좋아하게 됐다. 좋아하게 되니까 외우게 됐다.

얼굴이 남에게 빠지나
바느질 길쌈을 못하나
가난한 집에 태어나서
매파 못 만나 시집 못 갔네.

나야 그 사정과는 좀 다르긴 하지만 다르면 얼마나 다를까.

열 손가락이 곧아 오르도록
마름질 바느질로 밤을 지샌다
시집가는 색시 옷 아무리 해줘도
나는 해마다 독수공방일레라.

나야 그 사정과는 좀 다르긴 하지만 다르면 얼마나 다를까.
여자가 반짇고리를 차고앉으면 머릿속에 오가는 상념이 번거롭다.

지난 세월이 앨범장을 한 장 한 장 넘기듯 되살아나고, 회한과 그리움이라도 있는 인생이면 그것이 진하게 염색되어 가슴이 뭉클하게 마련이다.

나는 시름이 여물어 고달퍼지면 법화경을 열심히 외운다. 지금도 외운다. 그러나 그래도 창문에 비치는 달빛이 지나치게 밝다. 그리고 지금은 또 손끝이 곱아 오른다. 자주 손끝을 바늘에 찔렸다.

나는 반짇고리를 옆으로 밀어놓고는 대신 질화로를 앞으로 끌어당긴다. 인두로 불을 헤친다.

손끝을 불에 쬐면서 멍청하니 앉아 있으려니까 출출한 생각이 들었다. 벽장문 열고 아람 밤이 칠 홉쯤 담긴 네모진 목판을 꺼낸다. 디굴디굴한 밤 몇 톨을 골랐다.

철원 일대는 이름난 밤 고장이다. 가을이면 밤 한두 말 추수 않는 농가가 없다. 알은 굵으면서 껍질이 얇고, 굽거나 삶으면 속이 샛노란 밤이라야 맛으로도 으뜸이다. 철원 밤은 그래서 친다.

나는 굵은 밤 서너 개를 골라 겉껍질에다 칼질을 내선 화롯불에 묻은 다음 그 질화로를 앞에 바싹 차고 앉아 인두 끝으로 재를 다독거렸다.

경험이 있는 사람은 상상해보는 게 좋다.

솔가리 땐 잿불에 은은하게 단 질화로의 따끈거리는 온기가 안쪽 허벅지와 아랫배 일대에 전달될 적의 그 아늑하고 황홀한 쾌감, 그것은 섣부른 애정이나 우의에 비길 수 없을 만큼 영육을 포근히 해주는 늦가을이나 기나긴 겨울밤의 서정이다.

나는 지금 싸늘한 달빛에 두 눈이 젖어 가고 있다. 질화로가 전해주는 따끈거리는 체온에 가슴이 푸득푸득 떨린다. 구워지는 구수한 밤 냄새에 참기 어려운 욕정이 동했다.

나는 그것이 단순한 군밤 냄새에 자극을 받은 식욕이 아님을 이내 알았다.

나는 당황한 나머지 반야바라밀다심경을 외기 시작했다. 두 눈을 감은 채 열심히 외고 있다.

눈을 감았는데도 달빛이 나무 밝았다. 질화로의 온기가 너무나 따스해서 멀리할 생각이 끝내 없다.

나는 외워대는 반야심경이 내 원색의 순수한 욕망을 견제하지 못함을 알고 언젠가 익혀둔 누군가의 시를 소리 내어 읊어본다.

물과 같이 맑은 하늘에
달빛이 푸르고나
밤서리 내려
나뭇잎 지는 소리
겹겹이 방문 닫고
홀로 자리에 드니
원앙금 함께 할
임이 그리워……

어느 때 시댁 쪽 어느 안동 김씨 집 노비가 가을밤이 외로워 그런 노래를 남겼다던가, 취죽(翠竹)이라는 이름을 가진 멋진 노비가 있었더란다.

그러나 지금 내가 남의 노래를 읊는다 해서 들뜬 마음이 가라앉을 것 같지가 않다.

나는 안간힘처럼 속으로 부르짖고 있었다.

'나도 인간이다. 나도 여잔걸!'

나는 실로 오래간만에 내가 인간이며 여자임을 자각한다. 그리고 인간다운 욕정에, 여자다운 갈망에 눈을 뜬다.

나는 질화로를 더욱 힘 있게 끌어안았다. 부젓가락으로 잿 속에서 꺼멓게 탄 밤톨을 골라냈다. 불씨를 마구 흩어놓았다. 부젓가락 끝으로 재 위를 콕콕 찔렀다. 무수한 구멍이 솔잎 탄 재 위에 어지러이 뚫렸다. 인두로 판판하게 지워버렸다.

나는 그대로는 잠을 잘 것 같지가 않았다. 질화로의 체온이 나를 자극한 줄을 깨닫고는 몸에 밀착시키고 있던 그것을 멀찌감치 밀어 붙인다. 벌떡 일어섰다.

나는 방 안을 서성거렸다. 조무래기 시뉘들이 잠들어 있는 발치와 머리맡을 두세 차례 맴돌고는 제자리로 돌아와 앉는다.

나는 차라리 교(驕)할망정 속된 여자일 수는 없는 것이다. 내 영혼에서 육신에서 속기를 추방해버려야 한다고 입술을 깨문다.

그렇게 생각할수록 속된 욕망은 강렬해지기만 했다.

마치 고향에라도 돌아온 심정으로 나는 다시 질화로를 차고앉는다. 팔을 벌려 아름으로 그 따스한 체온을 안는다. 혈관을 도는 피의 흐름 소리가 들리는 것 같았다. 그 피를 죽여야 한다고 생각하고는 입술을 힘껏 깨문다. 피가 맺힐 만큼 깨물었다.

달빛이 내 몸을 투사했다.

그 달빛이 내 몸 속의 피를 선동하는 게 틀림없는 성싶다. 그 달빛에 내 잠자던 피가 어지러이 놀아나고 있는 모양이다.

그렇다고 해서 창문에 비치는 달빛을 가리고 싶지는 않았다.

달빛이 없다면 다른 뭣인가가 나의 피를 충동질할 것이 뻔하다. 귀뚜라미 소리도 소쩍새 소리도 심지어는 부엉이 소리나 승냥이 떼의 그 능글맞은 그 울음소리마저도 내 마음을 들뜨게 할 것만 같았다.

나는 오늘날까지의 나를 그대로 지탱하는 데 중대한 고비에 이르렀음을 자각하지 않을 수 없다.

나는 이 시련을 극복해야 한다고 몸을 도사린다. 그리고 그 시련을 극복하기 위해서는 오직 자학적인 방법이 있을 뿐이라고 여겨졌다.

나는 내 외로움을 극복하기 위한 뭔가 강렬한 자극을 갈망했다. 그것은 어떤 돌변적인 발작일지도 모른다는 예감이 들었다.

인간의 원시적인 욕망이 대부분 발작적인 소성(素性)을 가진 것처럼 지금 내가 그 원색의 욕망을 떨쳐버리는 방법도 발작적일 수가 있을 것임을 막연히 예감한다.

나는 열에 들뜬 사람이었다.

밖엔 바람 소리가 흐르고 달빛이 출렁이고 소쩍새가 울고 했으나 그런 것이 모두 내 달뜬 육신을 충동질할 뿐이다.

나는 인두로 화롯재를 다독거린다. 시뻘건 참숯 불씨를 잿 속에다 묻고 인두로 겉을 빤빤히 문댔다.

겉은 빤빤히 다듬어졌으나 불씨는 잿 속에서 더욱 시뻘겋게 달아오를 것 같았다.

나는 아무 생각 없이 그 불씨 위에다 부젓가락을 콱 꽂았다.

한숨을 쉬려니까 그게 그대로 화기였다. 내 입에선 단내가 났다.

나는 정말 아무 생각 없이 명주 속곳가랑이를 치켜 올린다. 역시 아무 생각 없이 무릎 위에서부터 다릿뱀 아래를 손으로 쓰다듬는다.

희고 보드라운 내 살결의 감촉과 그 체온이 역겹게 여겨진다. 그 역겨움이 내 부도덕인 것만 같았다.

"어머니!"

나는 어머니라고 부르며 지금은 고인인 이모의 모습을 머릿속에 떠올렸다.

내 지금의 이 부도덕이 이모 임 상궁을 배신하는 사악으로 여겨졌다.

그런저런 생각으로 내 머릿속이 극도로 어지러웠는데도 화롯전의 체온은 계속해서 충동적이었다. 거기다가 달빛이, 바람 소리가 밀어인양 또 다른 충동을 주고 있었다.

나는 입맛을 짝 다신다. 짜증스러워졌다.

"이모!"

나는 히스테리컬하게 부르짖으면서 등잔불을 노려본다. 석유 등잔이었는데 그 화심(火芯)이 팍팍팍 가벼운 폭발을 일으켰다. 불똥이 튀었다. 석유 냄새가 확 풍겼다.

소쩍새가 울었다.

나는 도저히 그대로는 배겨낼 수가 없었다.

나는 화롯불에 꽂힌 부젓가락을 뽑아 들었다.

그 부젓가락 끝에다 침을 퉤 하고 뱉어보았다.

푸지직 하며 침 타는 냄새가 났다.

도저히 독할 수 없는 내 성정이었는데 대관절 어떻게 된 일인지 한순간을 이해할 수가 없다.

나는 부젓가락 끝을 나의 오른편 허벅지에다 철썩 댔다.

살갗이 엿처럼 부젓가락에 묻어났다. 뜨겁거나 아프지가 않고 그저 머리끝이 쭈뼛해지면서 온 육신의 신경이 경직했을 뿐이다.

부젓가락 끝에서 파란 연기가 났다. 역겨운 냄새가 풍겼다. 다리 전체가, 몸 전부가 바짝 오그라드는 기분이었다. 거기서 묘한 쾌감을 느꼈다. 그것은 극도의 긴장이 주는 역설적인 쾌감이었다.

나는 좀 더 대담해질 수 있었다. 아직 식지 않은 부젓가락을 무릎 위에다 옮겨 댔다. 먼저보다는 주저로웠던지 뜨거웠다. 이를 악물면서 꽉 눌러버리니까 이가 바드득 갈렸다. 살이 또 묻어났다.

내 어디에 그런 독기가 숨어 있었는지는 끝내 알 재간이 없다.

나는 좀 더 철저히 나를 자해하고 싶은 충동을 느꼈다. 정강이도 지졌다. 발등을 쿡 찍었다. 점점 아리고 아파오는 바람에 또 이를 뿌드득 갈았다.

우수수 하는 밤바람 소리가 지나가며 달빛이 물결처럼 출렁였다.

소쩍새가 또 울었다.

나는 예수가 십자가에 못박힐 때에 느낀 아픔도 이런 것일까 하고 생각하다가 문득 '영혼의 객관화'라는 말을 뇌까려본다.

육신의 고통을 참는 이 모진 마음이야말로 자신의 영혼을 객관화시키는 유일한 방법임을 깨닫는다.

영혼의 객관화 없이는 극기란 불가능한 일이며 사람이 육신의 원시적인 욕구에서 초연할 수 있는 길이 있다면 오로지 영혼의 객관화라는 생각을 해 본다.

석가모니가 6년 고행을 한 목적도 육신을 고통 속에 몰아넣은 다음 그 고통에서 초탈함으로써 비로소 얻어낸 것이 영혼의 객관성이었다. 영혼이 객관화되지 않고는 이타행의 자비 사상이란 위선에 불과할 것이 뻔하다.

내가 여자로서의 원천적인 욕구를 꺾어보려는 순간적인 안간힘으로 내 육신을 불로 지져버린 행위 속에 그런 분명한 사상의 기반이 있었던 것은 결코 아니지만, 그러나 그런 충동적인 자해 행위란 모든 사람들이 지니고 있는 초극사상(超克思想)의 순박한 일면이 아닌지 모르겠다.

나는 부젓가락을 화롯재에다 푹 꽂는 순간 그 자리에 쓰러지고 말았다.

상처들이 심한 고통을 주기 시작했다. 그 고통이 좀 전까지 나를 미혹시켰던 나의 욕망과 갈등을 무산시켜버렸다.

나는 육신의 심한 아픔을 신음하면서 한켠으로는 영혼의 아늑한 쾌감을 느꼈다. 육신의 유열(愉悅)보단 훨씬 안온하고 흡족했다. 묘한 것이었다. 육신의 아픔이란 마음의 아픔처럼 허하지가 않고 단순히 아픔 자체에만 충실해서 가슴이 아주 후련했다.

가슴이 허할 때, 마음이 아플 때, 그리고 욕구불만으로 몸부림치고 싶을 적에, 그럴 때엔 약도 수양도 부질없고 오직 자신에 대한 매질이, 자극적 매질이, 그래서 차라리 육신의 고통스러운 아픔이 영육을 사로잡도록 하는 게, 유일한 치유 방법이었다.

나는 발작적인 충동 자체야말로 그들이 지니고 있는 진실의 일부라고 생각할 때 나의 그런 자해 행위는 고집스러운 어리석음일 것이다.

하지만 나는 오늘날까지도 그때의 그 상처를 대견하게 사랑하고 있는 것이다. 지금 늙은 내 육신엔 나 개인으로서는 어쩔 길 없이 당해야 했던 정치적인 파워가 가해지는데도 오직 내 의지로 내 육신의 세포를 파괴한 다리의 상처만은 그 후 두고두고 어루만져보면서 내 젊은 시절의 얼룩진 인생을, 떫은 햇감을 씹는 심경으로 싫지 않게 회상하는 것이다.

지금 나이 많아져서 생각하면 아무래도 그때의 그런 자학은 오히려 부도덕한 짓이랄밖에 없다.

사람을 가려가며 그 존엄성의 우열을 따지는 것은 안될 말이지만 모든 인간에게 공평한 가치 설정을 해놓고 각각 다른 인간의 존엄성을 강조하는 것은 옳다고 수긍한다.

나 비록 왜 태어나서 왜 이 세상을 살았는지 알 길이 없는 생명이긴 하지만, 일단 태어난 인간 생명은 공평한 존엄성을 지닌 것임을 인정한다면, 그리고 인간의 정서적인 본능과 생식적인 욕구를 자연스러운 면모라고 인정을 한다면, 그때 나의 그런 자학은 오히려 부도덕한 무지의 소치로 돌릴 수밖에 없는데도, 그러나 나는 평생토록 남에게 숨겨가며 나 혼자만 손끝으로 쓰다듬어 온 이 번질거리는 상처들을 나 이문용만이 지닌 결벽의 표징이라고 대견해한다.

글쎄, 남들은 어떻게 생각할지 모르지만 나는 왕가(王家)의 혈통이란, 평소에 아무리 착한 체하더라도 일반인과는 다른 색감의 헤모글로빈이 핏속에 섞여 있는 줄로 알고 있다. 역대 왕실 종친들의 기벽이나 죄악을 돌이켜보면 그렇다.

그렇더라도 나는 내가 얼마나 양순하고 착한 여자인가를 생각해볼 때가 가끔 있다.

남들이 평가하는 것 이상으로 나는 내가 착하고 양순하다는 점에 전폭적으로 동의할 때도 있다. 그러나 나는 내가 얼마나 담대하고 모진 성품을 지닌 여자인가를 생각하고는 전율을 느낄 때가 있다.

나는 인종(忍從)의 미덕도 갖췄지만 당돌한 오기도 함께 지닌 복합적인 성격의 소유자다.

내 서른세 해의 생애는 그야말로 인종과 선행의 점철이지만 그러나 때로는 시삼촌의 '대갈통'을 깨기도 했고 부젓가락으로 내 육신을 지지기도 한 모진 일면을 과시하기도 했다.

나는 이해 1933년 겨울에 또다시 맹랑한 일을 저지른다.

눈이 잘 내리고 있었다.

서울보다는 철이 좀 이른 첫눈이 펄펄펄 내리고 있었다. 소담스러운 눈송이가 서북풍을 타고 어지러이 흩날리기 시작한 게 이른 아침부터인데, 저녁 무렵이 돼도 그치긴커녕 오히려 더 극성을 떨고 있었다.

철원은 내륙 지대이고 산악 속에 묻힌 대지라서 기류의 교차가 다른 고장보다 심하다. 그래서 대륙성의 변화 많은 기후의 특징을 나타내는 고장이다.

나는 이날 심한 허탈에 빠진 채 혼자 중얼거렸다.

"머리 깎고 중이나 되면 이 모든 업고에서 헤어날 수 있겠지."

만년에 삭발 입산해서 조용한 기구발원(祈求發願)으로 인생을 정리하던 이모 임 상궁의 생각이 간절했다.

'나도 산으로 들어가는 길밖에 없을 게야.'

나는 임 상궁이 세상을 버린 뒤엔 자주 그런 생각을 되굴리고 있었다.

나는 쏟아지는 눈발을 바라보다가, 갑자기 정말 갑자기 죽은 어린 아들이 그리워졌다.

'얼마나 추울까? 어린 게.'

최근엔 신경만 좀 한가로우면 어린 필한이의 생각이 간절해지곤 한다.

요 며칠 내 신경은 좀 한가로운 편이다. 시삼촌 김형규와의 투쟁이 일단 소강상태로 들어간 것이다.

김형규는 추수철에 와서 근 한 달 동안을 묵삭이며 연백(延白)에 있는 농토를 팔아내라고 행패를 부리다가 무슨 생각에선지 훌쩍 자취를 감춘 지 4, 5일이 지났다.

나는 그와의 투쟁이 일단 소강상태로 들어가자 심한 허탈감에 빠져버렸다.

부젓가락으로 지진 화상도 한 달이 지나니까 그렁저렁 아픔이 가셔서 그 고통에서도 해방이 되고 보니 더욱 허탈에 빠지고 말았다.

그런데 첫눈이 그처럼 소담스럽게 내리는 것이다. 산과 들이, 하늘 아래의 모든 것이 아늑한 햇솜 포대기에 덮여버리듯 눈 속에 묻혀버린 것이다.

'얼마나 추울까. 우리 필한이한테도 따스한 솜옷 한 벌 입혀야지.'

나는 시동생들의 겨울옷 손질을 하면서 태어난 지 1년 만에 세상을 버린

아들의 그리움에 미칠 지경이 됐다.

'벌써 그 애 죽은 지가 열두 해째구나.'

밤새도록 필한이의 꿈을 꾸었다.

나는 드르륵 득득거리는 넉가래 소리에 잠이 깨었다. 아침이었다. 늙은 머슴 맹 서방이 앞마당의 눈을 긁어모으고 있었다.

"맹 서방!"

나는 늙은 머슴을 불러놓고 잠깐 할 말을 잊는다.

눈은 서너 치가량이나 쌓여 있었다. 마당 가운데엔 쓸어 모은 눈더미가 높았다. 그 눈을 싸리 삼태기에 담아 바깥마당으로 쳐내려던 맹 서방이 허리를 폈다.

"첫눈이 이렇게 많이 왔습니다요. 내년엔 풍년이 들 모양입죠, 아씨 마님."

"맹 서방!"

"예!"

"땅이 얼었을까?"

내가 엉뚱한 말을 묻는 바람에 맹 서방은 좀 멍청한 표정을 지어보이다가 다시 꽁무니를 하늘로 치킨 채 삼태기에 눈을 퍼 담기 시작했다.

"그야 눈이 이렇게 왔는데 땅이 안 얼었을라구요."

나는 대청에서 멀리 바라다보이는 금계산 설경에 시선을 꽂고는 좀 짜증스럽게 말했다.

"땅속 깊이까지 얼었겠느냐 말일세. 겉이야 물론 얼었겠지."

"글쎄올시다. 갑자기 추워졌는 데다가 눈이 푹 덮였으니까 깊이는 얼지 않았습겠지요."

"팔 수 있겠지?"

"파다뇨?"

"땅을 팔 수 있겠느냐 말일세."

"그야 아직은 팔 수 있지 않겠습니까. 뭘 하시려굽쇼? 아씨."

나는 대답을 하지 않고 다시 방으로 들어갔다.

'땅을 팔 수 있단다.'

나는 땅을 팔 수 있다는 바람에 안절부절을 못한다. 밤새 생각한 끝에 결정한 일이다. 번복할 만한 구실을 잃은 것이 기쁘기도 하고 무섭기도 했다.

조반을 치르고 나자 나는 다시 맹 서방을 불렀다.

"맹 서방! 나하고 일을 좀 해야겠네. 맹 서방만 알고 해줘야 될 일이에요."

"무슨 일인뎁쇼?"

"연장을 준비해줘요."

"연장이라뇨? 뭣을 할 연장 말씀이오니까?"

"영평엘 좀 가야겠어."

"영평엘요?"

철원 근교인 영평(永平)은 시댁의 선영이 있는 곳인 줄을 맹 서방은 잘 알고 있었다.

햇살이 퍼지자 나는 맹 서방을 앞장세운 채 발이 빠지는 설원을 허둥지둥 가고 있었다.

"왜 갑자기 그런 엄청난 일을 생각하셨어요? 아씨."

"우리 필한이가 혼자 눈 속에 묻혀 떨고 있을 생각을 하니까 미치겠네."

앞장을 서서 눈이 발목까지 빠지는 산길을 가던 맹 서방이 별안간 몸을 돌려 세웠다.

"아씨! 생각을 다시 한 번 해보시죠. 누구나 죽으면 땅속에 묻히는 게 아닙니까. 땅속에 묻힌 주검이 춥고 더운 것을 어찌 압니까. 왜 별안간 그런 별난 생각을 하셨는지 이 늙은인 도무지 알 수가 없군입쇼."

나는 간단히 대꾸했다.

"어서 잠자코 가세나."

다시 걷기 시작한 맹 서방이 또 말했다.

"엊그제 일도 아니고 벌써 열 두 해나 됐지 않습니까, 마님."

"나는 그 애의 어밀세."

눈속에서도 필한이의 아기총〔兒塚〕은 쉽게 가려낼 수가 있었다.

"어서 파봐요!"

나는 맹 서방을 쏘아보며 싸늘하게 명령했다.

"아씨 마님!"

"어서 파라니까!"

"이 산소들은 크거나 작거나 다 안동 김씨네의 것입니다. 이씨이신 아씨의 마음대로 파헤칠 수는 없는 게 아닙니까?"

"어서 파봐!"

"철진 도령이나 숙진 아기씨라도 돌아오신 다음에 의논해서 하시는 게 도리가 아니겠습니까?"

"삽 이리 주게!"

나의 결심을 움직일 수 없다고 생각했던지 맹 서방은 쌓인 눈을 헤치고 삽질을 하기 시작했다.

아침엔 햇빛을 봤건만 어느 틈에 다시 흐렸는지, 또 눈발이 흩날리고 있었다.

땅은 겉만 살짝 얼어 있었다.

"글쎄, 이제 와서 파내가지고 어쩌시려구 그러십니까?"

맹 서방은 벌써 십 수 년 동안이나 김씨 집안의 일을 봐온 사람이다. 아무래도 마음에 걸릴 것이었다.

"아씨!"

"조심조심 파요!"

"김씨댁 무덤을 파는 것은 그 댁 며느님으로서 하실 일이 아닙니다."

"모든 책임은 내가 지겠네."

"왜 별안간 이런 일을 생각해 내셨는지 정말 모르겠구먼요."

나는 이제 그의 말이 귀에 들어오지 않았다. 합장을 하고 서서 관세음보살을 연호하고 있었다.

"깊이 생각하신 끝에 하시는 일이시겠지만 아무래도 잘못되는 일인 것 같습니다, 아씨."

"관세음보살, 관세음보살, 관세음보살……."

30분도 안 걸려서 새카만 관 뚜껑이 내비쳤다. 아기의 관곽일망정 판떼기가 두껍고 옻칠을 잘했다. 그렇더라도 험하게 썩지 않은 것은 이상했다.

"관이 이렇게 성한 걸 보니 시신도 아직은……."

좀 더 밀도 있게 퍼붓기 시작한 눈발이 두 사람의 모습을 흐려놓고 있었고, 맹 서방도 일이 진척되자 더는 망설이거나 겁먹거나 투정을 하지 않고 작업을 계속했다.

"뚜껑을 열어볼까요?"

"관세음보살, 관세음……."

나는 고개를 끄덕여보였다.

나는 열 두 해라는 그동안의 세월이 전연 느껴지지 않았다. 맹 서방이 관 뚜껑을 열어주면 덥석 달려들어 안아 일으킬 자세로 초조로울 뿐이었다.

"아하아!"

맹 서방이 관 뚜껑을 곡괭이 끝으로 열어젖히자마자 그런 감탄성을 발했다. 그는 목을 쑤욱 뽑았다.

나는 파헤쳐진 눈 섞인 석비레 흙 위에 무릎을 꿇으면서 외쳤다.

"필한아!"

나는 살아서 재롱을 부리던 필한이의 귀여운 모습 그대로를 두 눈으로 본다. 그러나 내 두 눈은 그때 꽉 감겨 있었다.

"필한아!"

필한이가 살아 있을 때도 죽어갈 때도 나는 그 애의 이름을 이처럼 마음 놓고 불러보지를 못했다. 층층시하에 있었던 몸인데다가 그때는 너무도 수줍고 어려워서 그럴 수밖에 없었다.

나는 귀신에 씌운 마녀처럼 파헤쳐진 무덤 앞에서 넋두리를 했다. 어미로서의 발광이다.

"오, 눈을 맞을라! 춥지? 에미 보고 싶었지? 필한아, 에미 예 왔다."

나는 주먹을 빨다가 휘두르며 내게로 와락 덤비는 필한이를 본다. 볼기짝의 그 말랑거리는 감촉을 느낀다. 젖 냄새가 물씬 나는 그 조그마한 입에다 내 입술을 댄다. 어미 자식 사이의 정을 실감한다.

나는 감았던 두 눈을 부릅뜨면서 목을 뽑아 관 속을 들여다본다.

"살아 계신 모습 그대로입니다, 아씨 마님."

"눈 맞을라. 감기 들겠다. 필한아!"

필한이는 지금 눈동자가 없는데, 입술이 붉지 않은데! 웃지도 울지도 않고 움직임도 없는데, 어찌 살아 있는 모습 그대로일까만, 그러나 살아 있는 모습 그대로였다.

나는 내 정신이 아니었다. 두 손을 내밀어 필한이의 볼을 움켜잡았다.

기가 막혔다.

내 손끝이 닿는 순간 어린 것의 형해(形骸)는 팍짝 허물어졌다. 허물어져도 그렇게 저항 없이 허물어질 수가 없다. 얼굴 전체가 뽀얀 먼지로 변했다. 몸에 입힌 명주 아기옷도 그대로인 듯싶었는데, 몸엔 손도 대지 않았는데, 그 수의도 몸도 한줌의 먼지로 변해버렸다.

실재가 그렇게 허무로 돌아가다니 이해할 수도 믿을 수도 없었다.

나는 비로소 필한이의 죽음을 목격한 것 같았다. 관념의 죽음이 아니라 실제의 주검을 목격했다.

형태가 그대로 있으면서 죽었다는 것은 믿어지지 않았다. 시집이라고 가서 정말 많은 주검을 보았고 그때마다 죽음이라는 엄숙한 현실을 인정하긴 했지만 지금처럼 주검을 실감 있게 손으로 만지거나 목격한 일은 없다.

있던 것이 없어지는 것, 그게 죽음임을 알았다.

"이건 정말 천하제일의 유택이었습니다, 아씨 마님."

너무도 곱게 완전한 백골이 됐다 해서 맹 서방이 그런 말을 지껄였다.

나는 내 생명을 의식하지 못한 채 한동안 흙 위에 주저앉아 있었다.

눈송이는 아주 굵어졌으며 제법 밀도 있게 내리고 있었다.

"아씨 마님! 정신 차리십시오! 이제 고만 먼저대로 묻어야 하지 않겠습니까. 도련님을 만나보셨으니."

나는 히쭉이 웃었다. 행동을 개시했다.

먼지로 화해버린 필한이를 손으로 쓸어 모았다. 준비해 간 흰 명주 보자기에다 고이 쌌다. 가슴에다 안으면서 맹 서방에게 지시했다.

"먼저대로 묻어놓게나!"

나는 화장장으로 가서 내 아들 필한이를 손수 화장했다. 맹 서방의 도움을 얻어 한 종지쯤의 가루로 만든 다음 정한 백지에다 싸고싸고 금실로 모란꽃을 수놓은 빨간 비단 엽낭에다 챙겨 넣었다. 그날로 다 해치웠다.

장롱 속에 깊숙이 안치했다. 영원히 같이 살기로 했다.

이제 나는 내 아들 필한이와 함께 낮이나 밤이나 있다. 필한이도 나도 이젠 외롭지가 않다. 유명은 다르지만 모자가 함께 사는 것이다. 언제든지 서로 보고 싶으면 볼 수가 있다. 대화하며 위로해가며 어미 자식 사이의 애틋한 정을 나눌 수 있다.

필한이는 열두 살, 나는 서른세 살. 1933년. 나 이문용은 이런 행복이나마 하나님한테 감사하며 살아야 하나. 그 온정, 자비 고맙기도 하셔라.

'가깝게 할 거야, 장롱 속에선. 이사를 시켜야지.'

나는 모란꽃이 활짝 핀 그 빨간 엽낭을 속곳 위에다 차고 치마 밑에다 감추었다. 낮이나 밤이나 어디를 가나 그 빨간 엽낭 속에 있는 필한이를 내게서 떼어놓지 않기로 했다. 사람들은 나를 미쳤다고 하겠지만 나는 그렇게는 생각하지 않는다. 집념에 불과한 것이다.

어느 틈에 입버릇이 되고 말았다.

"필한아."

손버릇이 돼버렸다. 틈만 있으면 속곳 속 엽낭을 만지작거렸다.

어이없는 실수를 저지르기도 했다.

어느 날 나는 몹시 지쳐 있었다. 감기 기운과 몸살 기운이 겹쳐서 초저녁부터 자리에 누웠다가 깜박 잠이 들어버렸다.

얼마나 잤을까, 눈을 떴을 때 기막힌 광경이 벌어져 있었다.

가장 어린 세 살짜리 막내 시동생이 내 허리춤에 감춰졌던 빨간 엽낭을 발견하고 신기했던 모양이다. 엽낭 끈을 풀고 그 속에서 우리 필한이를 꺼낸 것이다. 백지에 싸고 또 싼 것을 풀어 흐트려 놓았다. 하얀 가루가 있으니까 먹을 것인 줄로 알았던 것 같다. 콩가루나 뭘로 알았을 것이다.

어린 시동생의 입 언저리가 허옇게 돼 있었다. 손에도 오지랖에도 우리 필한이의 **뼛가루**가 흐트러져 있었다.

나는 기겁을 해서 그것을 **빼앗았다.**

미친 듯이 그 흐트러진 가루를 손으로 쓸어 모았으나 태반이 줄어들었다.

나는 어린 시동생을 마구 패기 시작했다. 등가죽을 죽어라 하고 패기 시작했다. 역시 나는 실성한 사람일까. 어미 자식 사이의 집념이 그런 동물적인 소행으로 발전했다고 나는 생각한다.

나는 정말 거의 미쳐 있었다. 어린 시동생을 죽이고 싶었다. 지옥의 '아귀새끼'로 보였다. 그러나 나는 나를 반성한다. 죽은 내 자식에 대한 집념 때문에 어린 시동생을 미워해선 안된다고 반성한다. 함께 울었다.

따지고 보면 누구의 실수였을까.

나는 그 일이 있은 후엔 성한 사람이 아니었다.

모든 게 귀찮아졌다. 10여 명 시동생들에게 대한 정도 전만 같지 못했다.

큰 사람들은 서울서 학교엘 다니고 올망졸망한 6남매를 데리고 있는데, 그들이 다 나만 따르며 지내는데, 그들의 두목이며 골목대장격인 내가 그 꼴이 되니 집안이 더욱 을씨년스러워져 갔다.

이웃 마을에 따로 살고 있는 시서모 안악댁이 이따금씩 와서 일도 거들고 말벗도 되어주지만 모두가 귀찮기만 한 나날의 연속이었다.

겉보기에 세상은 조용한 것 같았으나 그렇지가 않았다. 뭔가 어디선가 누구에 의해선가 늘 일이 진행되고 있었다. 그 일이란 대개가 일제와의 민족적인 항쟁이었다.

지난해만 해도 큰 사건이 많았다. 이봉창(李奉昌)이 일본 수도에서 일황에게 수류탄을 던졌다. 운이 닿지 않아 실패했다.

북만주 일대에선 조선 독립군이 일본군을 수시 도처에서 괴롭혀대고 있었다.

4월에 일어난 사건은 세계적으로 떠들썩했다. 윤봉길(尹奉吉)이 중국 상해에서 일제 요인들에게 폭탄을 던진 저 홍구공원 사건은 정말 통쾌했다.

금년 들어서도 심심치 않았다. 이승만(李承萬)이 제네바에서 열린 국제연맹회의에 한국 대표로 참석해서 큰 활약을 했다는 소식이 국내에 번졌다. 봄엔 백정기(白貞基)란 사람이 상해에서 또 폭탄 사건을 일으켰다. 아리요시(有吉) 일본 대사를 죽이려 했는데 역시 실패는 했지만 망국민의 기개를 떨친 점으로는 역시 그 의의가 크다. 독립군이 일만(日滿) 연합 부대를 격파했고 일본의 나남사단(羅南師團)에게 큰 피해를 주고……. 그런저런 항쟁 사건들의 점철로 1933년도 저물어가고 있었다.

나 이문용은 비록 버러지 같은 인생이지만 이해의 그 심적인 갈등과 타격으로 사람마저 변해버렸다.

해가 바뀌자 나는 내 힘으로는 도저히 해결할 수 없는 두 가지 문제로 미칠 지경이었다. 시삼촌 김형규가 연백에 있는 농토 70여 마지기를 일본 사람에게 팔아먹은 사실이 드러났다.

물론 도장이며 서류를 위조해서 그런 짓을 했다.

어른도 남편도 없는 시골 여편네 이문용이 무슨 수로 그것을 되찾을 길이 있겠는가.

그 사건을 계기로 나는 내 인생길에 일대 전환을 일으켜볼 궁리를 하기 시작했다.

어차피 김씨 집의 재산을 지켜주기 어려울 바에는 차라리 몽땅 정리해서 그 돈으로 은근한 숙원이던 고아 사업이나 하고 싶었다.

일본에 가 있는 시뉘 숙진이도 중국에 가 있는 시동생 철진도 자기 집 재산 문제에 대해서는 도통 관심이 없었다. 그네들을 믿고 견디기엔 나 자신이 너무나 허망했다.

그 두 가지 문제로 나는 마음의 갈피를 잡지 못했다. 그러자니 나는 모든 게 귀찮아지고 말았다. 신경은 더욱 쇠약해져 갔다.

그래도 인생은 순수한 감정에 가슴이 부풀 수가 있고, 때로는 그런 기회가 예고 없이 불쑥 찾아오기도 하는 것이었다.

봄이 가고 여름도 7월이고 초순이었다.

저녁 무렵인데 이웃 마을 사는 시서모 안악댁이 다급하게 집 안으로 뛰어들더니 내 귀에다 입을 대고는 속삭였다.

"손님이 왔어요. 아씨가 무척 반가워할 손님이."

나는 그때 대청에서 다리미질할 빨래에다 물을 축이고 있었다. 입에 문 물을 빨래에다 푸푸 뿜어내고는 대수롭지 않게 대거리를 했다.

"내게 반가운 손님이 어디 있겠어요."

"반가워도 이만저만 반가운 손님이 아니라니까요."

"누군데요?"

"미국서 온 신사."

"미국서 온 신사?"

"왜 아씨를 좋아하는, 있잖은가베, 그 동경 유학생 있잖아요. 숙진 아기씨가 소개해서 만난 일이 있다는. 이름이 이정호라 하던데 그래도 모르겠수?"

"이정호 씨?"

"보라니까, 이름만 들어도 얼굴이 홍당무가 됐네요."

정말 나도 모를 일이었다. 가슴이 뛰고 얼굴이 활활 달아올랐다. 대단한 인연이 있는 사람도 아니건만 그처럼 충격이 큰 까닭은 알 수가 없다.

"어서 나가보세요. 귀한 손님이 찾아왔는데 그러고 있음 어떻게 해요."

"혼자 왔습디까?"

나보다 두 살 아래인 서모는 고개를 끄떡거리며 "글쎄 주소를 몰라 어제부터 철원 바닥을 헤맸다지 뭐예요." 했다. 동생처럼 귀여운 여자였다.

"그러니 남의 이목도 있는데 내가 그 사람을 어떻게 만나우?"

나는 안악댁에게 호소하듯 그런 말을 지껄였으나 몸은 이미 섬돌로 내려서는 중이었다.

"내 안사랑을 치울게요. 그리로 안내하세요."

서모는 오랫동안 쓰지 않던 안사랑을 치우겠다고 그쪽으로 달려갔다.

대문을 연 나는 찾아온 사람이 분명히 이정호임을 확인하자 막대기처럼 몸이 굳어져 버렸다.

"오셨어요?"

한껏 한다는 소리가 그 한 마디였다. 급히 안사랑 마루로 그를 맞아들였다.

"저녁 준비는 내가 할 테니 손님 접대나 해요."

안악댁의 말이지만 나는 손님이 있는 근처에도 가지를 못한다.

내가 복숭아 화채를 내가자 마루에 앉아 있던 이정호가 새삼스럽게 나를 쏘아봤다.

"그동안 고생이 심하셨겠습니다. 올 때 동경엘 들렀더라면 숙진 씨한테 주소를 알아가지고 왔겠지만 그대로 와서 여길 찾느라고 혼이 났습니다, 허."

"그러세요?"

"좀 앉으시지요. 이 여사께 고맙다는 인사도 드려야 하겠으니까요."

"고맙다니, 무슨 말씀이신지?"

나는 마루전 앞에 서서 고개를 들지 못했다.

"저는 미국에 가 있습니다. 연전에 문용 여사께서 숙진 씨를 통해 패물을 보내주셔서 그것을 비용으로 미국에 건너갔습니다."

"그러세요?"

"공부도 하고 보람 있는 일도 해야 할 텐데 아직은 부끄럽습니다."

"……."

"나를 위해서 애지중지하시던 패물까지 보내주셨는데 그 뜻을 아직 받들지 못해서……."

나는 대꾸할 말을 발견하지 못했다. 그를 위해 그런 것을 보낸 기억은 없다. 시뉘와 민병철한테서 동경 유학생들이 계획한 서구 유학 이야기를 듣고 그들에게 패물을 좀 준 일밖엔 없다.

나는 진땀을 흘리고 서 있었다. 그가 그처럼 어려운 존재일 수는 없을 텐데 어려웠다.

저녁이 되자 나는 시서모 안악댁과 함께 그의 이야기를 들었다.

"샌프란시스코에 가 있습니다. 대학에 적은 뒀습니다만 호구하기가 어려워 대부분의 시간은 이것저것 노동을 하지요. 나 개인의 처지나 그곳 상황이 구체적인 독립운동을 하기엔 아직……."

"그게 그리 수월한 일이겠어요."

그는 무슨 일로 국내에 잠입했는지는 말하지 않았다. 그러나 무슨 사명을 띠고 들어온 눈치이긴 했다.

"내가 여기 온 것은 소문이 안 나기를 바랍니다. 잘못하다간 문용 여사께 누가 돌아갈 것입니다."

"괜찮아요."

뭐가 괜찮다는 것인지 나는 그렇게 말했다.

"은혜를 잊을 수 없고 또 한번 뵙고 싶기에 그저 찾아뵈었습니다, 허."

달 없는 밤이다. 네 살짜리 막내 시동생이 내 무릎에 앉혀 있었다.

"누구야? 저이."

나는 어린것 물음에 대답하지 않았다. 나는 그에게 엉뚱한 질문을 던졌다.

"혼인은 하셨겠지요?"

그런 말을 그에게 물었다.

"혼인요? 하하하. 문용 씨를 두고 내가 어떻게 혼인을 합니까, 하하하."

나는 쥐구멍을 찾고 싶었다. 옆에 앉은 안악댁의 손을 잡고는 놓지 않았다. 남자의 농담인 줄을 알면서 눈물이 났다. 외간 남자한테 빈말이라도 그런 소리를 들어보다니 천지개벽과 같은 충격을 받았다. 무안해서 안으로 도망치고 말았다.

여자란 성정이 아무리 모질어도 어린애처럼 단순한 일면이 있다.

나는 흥분해 있었다. 좌불안석이었다. 혼자 안방으로 들어와 법화경을 소리높이 외어대고 있었다.

'저 사람 우리 집에서 묵을 작정일까?'

나는 그게 궁금했다. 묵겠다면 묵으라고 할 수도 없고……. 묵게 했으면 좋겠다는 생각이 있었다.

그러나 그는 곧 가겠다고 나섰다.

"내일 새벽에 저는 떠날 것입니다. 언제 다시 또 뵐 수가 있을지."

그의 말투는 좀 쓸쓸해보였다.

"어디루 가시려구요?"

"지금 말씀입니까?"

"네."

"하룻밤쯤이야 댁에서 묵으라고 하시지 않으시렵니까?"

나는 대답을 하지 못했다. 그러고는 싶지만 그럴 수는 없다.

"아하하, 안심하십시오. 여관을 잡아놨으니까요."

"무슨 여관인데요?"

"아, 소복(素服) 여관입니다. 일본 여관이에요, 역 앞에 있는. 좀 놀러 오시라 하고 싶군요……. 우린 좀 더 나눌 이야기가 있을 것 같기도 합니다만."

나는 대답하지 않았다. 밤이 깊은데 어떻게 외간 남자가 묵고 있는 여관엘 들르겠는가. 단연코 안될 일이긴 하지만 가보고 싶은 마음도 있었다.

나는 그제야 옛날 클래스메이트인 정애의 안부를 그네의 오빠한테 물었다.

"참 정앤 시집가서 잘 지내겠죠?"

"네, 아들딸 낳고 잘 살고 있습니다. 아직 만나진 못했습니다만. 우리 집은 이젠 몰락했습니다. 친일파의 집안이 일본 식민지가 되자 망해버렸으니 아이러니컬하지 않습니까, 하하하."

"그래요? 어떻게 하시다가……."

나는 부담 없는 화제라서 연신 그에게 말을 시켰다.

"내 아버지 이 남작 각하는 돌아가셨습니다. 그가 남긴 유일한 귀공자는 불온 분자가 되어 이렇게 외국으로 떠도는 집안이 어떻게 되겠습니까. 거덜이 난 거지요."

나는 몸을 돌려세우고 있었다.

"어떻습니까, 이 여사! 저를 여관 근처에까지 전송해주시지 않으시렵니까?"

안악댁이 내 옆구리를 쿡 찔렀다.

"다녀오우. 그동안 내가 집을 봐줄 테니."

나는 이정호를 쳐다보며 대답했다.

"그럴 수야……."

이정호는 또 헤프게 웃었다. 어색해서 자꾸 웃는 모양이다.

"하하하, 하긴 남의 이목이라는 게 있으니까 안되겠군요. 그럼 안녕히 계십시오. 먼 곳에 가서라도 이 여사를 위해 하나님께 기도드리겠습니다."

나는 그의 뒷모습이 어둠 속으로 지워졌을 때 눈물이 펑펑 쏟아졌다. 설명이 불가능한 묘한 심정이었다. 후회를 했다. 그의 여관 근처에까지라도 배웅을 해줄 걸 그랬다고 후회했다.

그날 밤, 나는 밤을 꼬박 새우며 불경을 외었다. 그날만은 불경이 좋아서 외운 것이 아니라 들뜬 나를 안정시키기 위해서였다.

'내가 아마 그분을 좋아하는가보지?'

첫닭이 홰를 치며 요란하게 울어붙였을 때 나는 진하품을 하면서 착잡한 심정으로 내 오른편 다리에 번들거리는 그 곡절이 있는 상처들을 어루만졌다. 흐뭇했다. 내게 있어서는 그나마 행복을 느끼는 오롯한 순간이기도 했다.

그러나 그 알량한 행복감도 나는 무참하게 앗겨버려야 했다.

이틀 후의 아침나절이었다. 내 몸종 언년이가 호들갑을 떨었다.

"아씨, 아씨! 순사들이 왔어요. 아씨를 찾아요."

"순사들이 나를 왜 찾누?"

"순사들이 정말 왔어요. 한 사람은 형산가봐요."

나는 시삼촌 김형규가 어떤 수작을 부리려고 경찰을 보냈다 싶어 속이 뒤틀렸다.

정복을 한 순사는 안경을 썼는데 일본인인 것 같았다. 북어처럼 깡마른 형사는 동족이었다.

"누구를 찾으시나요?"

나는 그 깡마른 형사에게 물었다.

"이문용 여사지요?"

"네."

"말씀 좀 물어볼 게 있어서 왔습니다. 들어가도 괜찮겠죠?"

북어처럼 깡마른 형사가 앞장을 서서 안으로 들어왔다. 그는 집 안을 한 바퀴 휘둘러 본 다음 안사랑 마루에 턱 걸터앉더니 나를 노려봤다.

"이 댁에 엊그제 손님이 왔었죠?"

"손님이라뇨?"

"손님이 왔었소? 안 왔었소?"

"그런 일 없어요."

나는 알았다. 이정호에 대한 이야기임을 알았다. 무서운 세상임을 실감했다.

북어처럼 깡마른 형사는 담배를 피워 물고는 연기를 후우 내뿜으면서 하늘을 쳐다봤다.

"이 여사! 우리는 이 여사를 경찰서로 연행할 수가 있습니다. 경찰서에 가면 세멘트 바닥에 꿇려 앉힐 것입니다. 손을 뒤로 묶고 벽을 향해 앉혀진 다음 우선 저고리를 북 찢을 것입니다. 여러 사람들이 보는 앞에서 쇠신으로 만든 채찍으로 인정사정없이 매질을 할 것입니다. 경우에 따라선 발가벗겨서 천장에다 매달고는 물을 코에 들이부을는지도 모르죠. 몸에다 전기를 통하게 하는 경우도 있구요. 그래서 자백을 받게 마련입니다."

깡마른 형사는 내 옆에서 벌벌 떨고 있는 언년이를 손짓으로 쫓아버렸다. 맹 서방을 비롯한 하인들도 얼씬 못하게 했다. 그러느라고 시간을 보냈다.

"그래 손님이 안 왔었소?"

"온 일 없어요."

"이정호는 손님이 아닌가요?"

"이정호요?"

"그 사람이 왜 왔습디까? 무슨 얘기들을 했는가를 바른대로 털어놓으시오!"

"별로 할 얘기가 없는걸요. 그저 안부 정도는."

"경찰서로 가시겠습니까? 지금."

"정말 별 얘기 없이 잠깐 앉았다가 갔어요."

"돌아가신 김한규 씨의 체면을 보아 여기서 묻는 것입니다. 경찰서로 가시겠습니까! 이문용 여사!"

무서운 세상이다. 이정호는 미행을 당하고 있었던 게 틀림이 없다.

나는 두 시간가량이나 그 깡마른 형사에게 시달림을 받았다. 이정호와의 대화 내용을 털어놓았다. 별로 뼛속 있는 대화가 없었기 때문에 나는 숨길 것이 없었다.

다행히 그들은 나를 경찰서로 데려가지는 않았다. 이정호가 무슨 현행범이 아닌 까닭일 것이라고 나는 다소 안심을 했다.

"나중에 거짓말이 탄로나면 큰 봉변을 당하십니다!"

북어처럼 깡마른 형사는 마지막으로 그런 협박을 내게 던졌으나 외양과는 달리 악독한 성품은 아닌 듯싶기도 했다.

그는 안경을 쓴 일본 순사가 변소엘 간 사이에 은근히 내게 일러 줬다.

"그 이정호란 사람 당국에서 철저히 감시하고 있어요. 중국에서 왔습니다. 다시 나타나더라도 만나시지 않는 게 좋을걸요."

"미국서 오지 않구 중국에서 왔어요?"

나는 좀 더 안심이 되는 바람에 그런 말을 물을 수 있었다.

"중국을 거쳐 온 모양입니다. 지금 상황으론 별일 없을 것 같으니 너무 근심은 마십시오."

나는 동족의 고마움을 느꼈다. 그게 그의 교활한 수단인지도 모르긴 하지만 우선은 고마웠다.

이정호 그를 만났다는 나의 조그마한 행복감엔 기어코 그런 불쾌한 꼬리표가 달렸다. 도대체 나 이문용에겐 왜 그리도 기쁨이나 행복이 인색할까.

이 사건으로 말미암아 나는 좀 더 세상이 싫어졌다.

오랫동안 벼르던 일을 결심으로 옮기기에 이르렀다. 결심은 곧 행동을 채근했다.

칠월 칠석을 이틀 앞둔 아침에 나는 몸종 언년이를 방으로 불러들였다.

"너 나하고 어디 나들이 좀 가련? 슬며시."

"어딘데요?"

"아무도 몰래 슬며시 떠나야 한다."

"아무도 몰래요?"

"잠깐 다녀올 거니까 슬며시 따나자는 게야. 얼른 준비를 해라!"

"저 얼굴에 분을 바를까요? 새 옷을 입어야 하죠?"

"분을 바르든지 밀가루를 들쓰든지……."

오랜만에, 정말 오랜만에 나들이를 가자니까 언년이는 어지간히 좋아했다.

바래서, 풀을 먹여서, 쟁을 빳빳하게 친 한산 세모시 두 필과 옥양목 한 필을 남색 보자기에 쌌다. 짐이라곤 그것뿐이었다. 언년이에게 들려가지고 남의 눈에 안 띄게 철원 집을 나섰다. 눈물이 나는 것을 참았다.

철원 읍내를 빠져나갔다. 숲길엔 매미 소리가 시끄러웠다. 길섶엔 참싸리순이 무성했다. 검은 빛 곰보 돌들이 길바닥에 울퉁불퉁 박힌 길이라면 문자 그대로 석경(石經)이다. 걸음새가 뒤뚱거렸다.

"도대체 어딜 가시는 거예요, 아씨."

6년째 데리고 있는 몸종 언년이가 퍽은 궁금해했다. 벌써 말을 세 번짼가 물어왔다.

"금강산 구경이나 가자꾸나."

"금강산 구경요? 어머나 좋아라."

나이 스무 살일 텐데 철부지 소녀처럼 강동거렸다. 볼기짝이 팡파짐한데 댕기꼬리가 그 볼기짝 위에서 춤을 췄다.

"너두 이제 시집가구 싶지?"

"시집요? 전 그런 거 안 갈래요."

"안감 어떡하누?"

"아씨하구 살죠 뭐."

"늙어 죽을 때까지?"

"그럼요."

"좋은 신랑한테 시집가서 아들딸 낳구 재미있게 사는 게 좋잖으냐? 왜 궁상스럽게 나하구 살아?"

"난 사내들을 보면 징그러워서 욕지기가 나는걸요."

나는 언년이와 그런 말을 주고받는 동안에도 치마 속에 찬 빨간 엽낭을 손으로 꼭 누르고 누르곤 했다. 필한이를 데리고 산으로 들어간다 생각하니 외롭지도 슬프지도 않았다.

오직 한이 있다면 내 의지대로 세상과 싸워 이기지를 못한 점이다. 그래도 내가 가장 오래도록 혼자 꿈을 익힌 것이 있다면 불쌍한 어린애들을 위해 봉사해보겠다는 고아원에 대한 설계였다. 언제고 내가 갈 길은 그것이라고 믿었고, 그런 길이나마 있기 때문에 나도 생존할 의무와 권리가 있다고 자위해왔다. 아무한테도 토설(吐說)하지는 않았으나 아이들을 위해 봉사할 자신은 있다. 현재의 생활을 좀 더 확대하면 그게 고아원이고, 나는 보모가 아니겠느냐는 생각이었는데, 이제 그 꿈마저 스스로 포기했다고 생각하니 그게 섭섭할 뿐이지 다른 미련은 없다.

'누군가가 김씨 집안은 맡겠지. 안악댁이 들어앉아 아이들을 보살피게 되겠지.'

이틀을 걸어서 찾아간 곳이 금강산 백련암이다.

백련암에 시부모가 생존했을 때부터 드나들던 황씨 성을 가졌다는 아도(阿道) 스님이 있다.

60이 넘은 노승이다. 나를 반가이 맞아주었다.

"대관절 웬일이십니까? 여길 다 찾아오시다니 웬일이십니까?"

아도 스님은 나의 행색을 수상하게 보았던 것 같다. 퍽은 반기면서도 의아해 했다.

"며칠 조용히 묵어보려구요."

암자는 깊은 골짜기를 남향으로 살짝 비켜 앉아 있었기 때문에 계곡 물소리가 좋았다. 검은 돌로 높이 쌓은 앞 축대에는 이끼가 푸르고 그 축대 아래에는 두 그루의 노목이 울창한데 은행나무였다. 칠성각 뒤꼍에는 부도(浮屠) 두 개가 고색창연한 것을 보면, 사력(寺歷)이 만만치 않아 보였다.

이틀을 그곳에서 묵은 뒤에 나는 아도 스님한테 간절히 부탁했다.

"스님! 삭발을 해주세요. 스님 밑에서 불도를 닦으려고 왔어요."

아도 스님은 이미 짐작을 하고 있었던 것 같다.

"아니 됩니다, 아씨."

"모든 준비를 하고 왔으니 머리를 잘라주세요. 스님 손수 잘라주세요. 저도 평소엔 불경을 자주 외었어요. 부처님께서도 제가 입산할 줄을 알고 계셨을 것입니다, 스님."

"아니 됩니다. 아씨께선 속세에서 하셔야 할 일이 있지 않습니까. 김씨 댁의 그 어린 자녀들은 누가 보살핍니까. 아씨는 그 일을 해내시는 것만으로도 보살의 공덕 못지않은 중생제도이십니다. 반드시 산사에 들어야 불제(佛弟)인가요. 부처님은 아씨 가슴속에 모십시오."

"굳은 결심을 하고 스님을 찾아왔습니다. 스님께서 뭐라 하셔도 저는 여기 있겠습니다. 부처님께선 사람을 가려가며 제자로 받아들이시지 않잖습니까."

"며칠 동안 여기 계셔보십시오. 그러면 부처님이 철원댁에도 계시는 것을 이곳에서 바라뵐 수 있을 것입니다. 그러면 돌아가셔서 그곳에 계시는 부처님을 모시게 될 것입니다. 나무관세음보살."

아무리 간청을 해도 아도 스님은 완강히 고개를 가로 저었다.

칠월 칠석이 지난 밤이 깊어지니까 달빛이 그윽했다. 달빛과 물소리와 목탁 소리가 한데 어울려 하나의 장중한 화음을 이룬 채 심산유곡에 꽉 찼다.

그것은 충실이며 무사(無邪)이며 법열(法悅)이었다. 만산이 달빛과 같은 충실이며 법열이었다.

나는 그런 분위기에 압도됐다. 때 묻은 심신이 청정해진 느낌이었다. 빨간 엽낭을 손아귀 속에 꼭 쥐고는 금강경의 사방찬(四方讚)을 외었다.

나는 다시 속세로 돌아갈 생각을 할 수 없었다.

언년이에게 가위를 얻어오라고 일렀다.

가위를 손에 쥔 나는 말없이 머리 쪽을 풀고 댕기를 끌렀다.

"뭘 하시려구요? 아씨."

언년이는 당황했다.

나는 잠자코 내 손으로 이마 위 앞머리를 일기덕 썽둥 잘라냈다.

가윗날이 일기덕거렸다. 질긴 고기를 써는 것처럼 힘이 들었다. 나는 잘라진 내 머리채를 한 손에 꽉 움켜잡고는 주먹을 부르르 떨었으나 눈물은 보이지 않았다.

여자가 고이 매만져 오던 머리채를 자르는 것은 목에 칼을 꽂는 것만큼이나 모진 결심 아래 취하는 행동이다.

법당 쪽에선 목탁 소리가 좀 더 리드미컬했다.

아도 스님의 독경 소리가 장중했다.

계곡 물소리는 한기를 느끼게 했다.

언년이는 내 손을 움켜잡고 서럽게 울고 있었다.

"인제 네가 잘라다오!"

"아씨이!"

"어서!"

"아씨이!"

목탁 소리가 더욱 해맑게 들려왔다. 딱 딱 딱, 일정하고 단조로운 리듬이었으나 그렇게 때문에 엄숙했다. 물소리와 달빛과 그윽하게 하모니를 이루는 목탁 소리는 더할 수 없이 경건한 분위기를 자아냈다.

"어서! 어서 잘러!"

"네에."

언년이의 울음덩어리인 "네에" 소리가 산사의 달빛을 출렁 흔들어놓았다.

나는 나이를 셈해보았다. 서른네 살.

나는 나의 인생의 마디마디를 더듬어보았다.

아홉 살까지의 거렁뱅이 노릇, 경상도 김천 땅.

스무 살까지의 원골집 처녀 시절. 이모 임 상궁과의 생활, 학창, 아버지 그리던 그 눈물.

스무 살에 시작한 고달픈 시집살이, 그 많이 본 주검, 이지용과 김형규에의 지겨운 시달림, 상해 남경에서 겪은 노스탤지어, 그래도 시뉘 숙진과의 우애는 살뜰했거니, 이제 나는 제 4막째의 무대에 선다.

"아씨! 그럼 아씨 머리를 깎을래요. 그러곤 나두 깎을래요, 아씨."

언년이는 목멘 소리로 저도 삭발을 하겠다면서 내 머리 밑에다 가위 끝을 넣고는 일기덕 일기덕 가위질을 하기 시작한다.

승방 처마 끝에 달린 풍경이 뎅그덩덩그렁 바람에 울고 있었다. 새로운 음향이 섞인 것이다.

언년이에 의해서 씩뚝씩뚝 잘린 칠칠한 머리털 한 움큼이 내 옥양목 흰 치마 위에 철썩 떨어졌다. 진한 동백기름 냄새가 확 풍겨 올랐다.

목탁 소리와 풍경 소리가 묘하게 엇갈려 가며 들려왔다. 간간이 소쩍새의 울음소리가 섞였다.

"아씨! 아씨의 이 머리털루 다래꼭지를 만들었음."

"다래꼭지?"

"네에."

"그건 만들어 누굴 주겠다구."

"줄 사람이야 없을라구요. 안악댁의 머리숱이 엷잖아요? 주면 좋아할 거예요."

다래꼭지는 긴 머리를 단발로 묶은 일종의 가발이다. 처녀 댕기꼬리에 살짝 곁들이거나 아낙네가 쪽을 찔 때 밑머리로 삼으면 쪽이 탐스럽고 댕기꼬리가 칠칠하다.

나는 또 철썩 잘려져 내린 머리털을 움켜잡고는 손을 부르르 떤다.

제15장

머리털은 신체의 일부란다. 신체는 어버이가 주셨단다. 훼손치 아니함이 효도란다.

나는 내 잘려져 버린 머리털을 손에 쥐고는 어이없게도 눈물을 주르르 흘린다. 이 눈물도 어버이가 주신 것인가.

나는 누구에게 효도를 해야 하나. 고귀한 아버지를 가졌으면서 효도의 길이 막혀 있었고, 어머니는 누구였는지 알 길조차 없었으니 효도할 방법이 없었다. 그렇더라도 30여 년을 매만져 오던 배냇머리를 썽둥 잘라 손에 쥐고 있으니까 만감이 교차되어 물위에 떨어진 낙엽과 같은 진한 설움이 복받쳤다.

입마구리로 눈물이 흘러들었다. 눈물이 싱겁지가 않고 짜다는 것은 다행한 일이었다. 짜다는 사실이 소중한 게 아니라 싱겁지 않다는 점에 눈물의 의미가 있는 것이다. 싱겁게 흘리는 눈물이 아닌데 싱겁다면 기가 차게 허망할 것이다.

한 시간도 더 걸려서 내 머리는 그런대로 고르게 다듬어진 모양이다.

언년이는 땀을 흘려가며 가위질을 끝내고는 털썩 주저앉았다.

"이것 보세요. 손아귀가 다 부르텄어요."

내 충실한 몸종 언년이는 내 머리털 잘린 것보다는 제 손아귀 부르튼 것이 훨씬 충격적인 것처럼 호들갑을 떨더니,

"아씨! 인제 제 머리두 잘라주세요. 조금씩 쥐고 썽둥썽둥 잘라야지 많이 쥐면 일기덕거리기만 해서 힘이 더 들어요."

하고 머리 자르는 요령까지 일러주면서 등을 돌려 앉았다.

그때 승방 문밖에서 헛기침 소리가 났다. 아도 스님의 그림자가 방문에 비쳤다.

"아씨! 문 좀 여시지요. 음식을 좀 가져왔습니다."

언년이가 내 눈치를 보았다.

나는 열어주라고 눈짓을 했다.

방문을 열어젖히자 먼저 달빛이 왈칵 쏟아져 들어왔다. 그 달빛을 등지고 아도 스님이 서 있는데 손에는 목판을 들었다.

"백설기 떡이 좀 있길래 가지고 왔습니다. 음식을 통 안 드신 모양이니……. 그러시면 안됩니다."

입으로는 그런 소리를 하고 있었지만 아도 스님의 눈총은 삭발된 내 머리통을 쏘아보고 있었다.

언년이에게 떡 목판을 건네준 아도 스님은 크게 놀란 기색도 없이 말했다.

"가위를 빌려 오셨다길래 와봤더니 기어이 일을 저지르셨습니다그려, 나무관세음보살."

아도 스님은 잠깐 동안 눈을 껌벅거리다가 아무 말 없이 방 안으로 들어왔다.

"이왕 삭발을 하셨다면 소승이 깎아 드린 것으로 해야겠습니다. 이건 마치 사방공사(沙防工事) 자리처럼 들쭉날쭉이군요."

그는 가위를 쥐고 내 등 뒤로 돌더니 꺽죽거려 놓은 내 머리통을 익숙한 솜씨로 다듬어 나가기 시작했다.

"스님의 제자 노릇을 하겠어요."

아도 스님은 한참 있다가 입을 열었다.

"삭발을 했다고 해서 곧 중이 되는 것은 아닙니다. 머리털은 모르는 사이에 다시 자라납니다. 그 머리털이 자라나듯 인간의 오욕칠정도 자라납니다. 그 자라나는 오욕칠정을 어떻게 잘라버리느냐, 그것이 수도의 첫걸음이올시다. 나무관세음보살."

"열심히 수도해서 보살이 되겠습니다. 스님."

나는 내 나그네 길의 종착역을 멀리 바라보는 심경으로 그렇게 말했다.

열심히, 열심히! 정말 나는 오늘날까지 그 열심히를 여러 군데다 붙여가며 정말 열심히 살아왔다고 생각한다.

남편 섬기는 일, 시댁 어른들을 모시는 일, 어린 시동생들 보살피며 김씨 가문을 유지해보려던 일, 고아 사업으로 내 인생의 의미를 찾아보려던 생각, 거기 모두 열심히를 붙여서 부끄러울 것 없을 텐데 어느 것 하나 나의 그 열심히를 받아들여주지 않았다.

이제 마지막으로 사문(沙門)에 들어 열심히 수도하면 성불의 길이 열리지 않겠는가 싶어서 이번이야말로 마지막이며 결정적인 '열심히'라는 생각이었다.

그런데 아도 스님은 내 머리 위에서 자기의 고개를 가로저었다. 그는 말했다.

"아씨, 비록 아비지옥에 떨어지는 한이 있어도 보살이 되겠다는 생각일랑 버리시는 게 좋습니다."

내 머리를 깎아주는 스님이 중이 되겠다는 나에게 그런 말을 하고 있었다.

나는 조용히 귀를 기울였다.

"모든 불제들은 자기가 성불하기를 원하고 있습니다. 불교의 교리 자체도 그것을 가르치고 있습니다. 허나 아씨만은 설사 무간지옥에 물구나무를 서는 한이 있어도 보살이 되겠다는 생각일랑 버리셔야 합니다. 아귀들에게 육신이 찢겨도 3천 도의 쇳물 가마에 벌거숭이로 던져져도 결단코 부처님이 될 것을 염원하지는 마십시오. 아씨, 아씨는 여자이십니다. 여자의 치욕은 정절이 여러 사내 앞에서 여러 사내한테 유린되는 일입지요. 아씨, 비록 여러 사내한테 몹쓸 짓을 당하는 시련이 있더라도, 그 치욕을 씻기 위하여 백운대의 인수봉을 머리에 이고 3천 년을 견디는 한이 있어도 결단코 보살이 되겠다는 생각일랑 버리십시오. 나무관세음보살."

나는 그의 그런 엄청난 말을 듣는 동안에 내가 그런 엄청난 형벌을 당하고 있는 착각을 일으키고 말았다. 아도 스님이 아귀의 두목으로 여겨졌다. 나는 눈을 감고 어깨를 축 늘어뜨렸다.

그래도 나의 의식은 멀쩡했다.

풍경 소리와 바람 소리와 달빛이 잘은 조화되어 한밤의 순간을 영겁으로 이어주고 있는 것 같았다.

"아씨!"

별안간 언년이가 내 무릎 위에 얼굴을 던지며 울부짖었다.

아도 스님은 끝내 아비지옥의 마왕으로 여겨졌다. 나를 저주한 나머지 나에게 그 엄청난 고초를 겪게 하고 있는 마왕인 것 같았다. 그 아도 스님이 또 지껄인다.

"아씨, 내가 부처님이 되겠다, 보살이 되겠다 하고 생각하는 것은 세속적인 욕심입니다. 그런 세속적인 욕심조차도 떨어버리지 못한다면 삭발을 해도, 가사 장삼을 입어도 염주를 걸고 목탁을 두드려도, 30년을 면벽선좌하고 있어도 부처님에게 가까워질 수가 없습니다. 그처럼 처음부터 안될 일이라면 왜 이 아까운 머리털을 자릅니까. 왜 이 외로운 산사에 들어 한 번밖에 없는 청춘을 허송하고, 하나밖에 없는 인생을 낭비하고, 뭣 때문에 충족시키면 한없이 쾌(快)한 저 오욕칠정의 인간 본능을 억압해야 하겠습니까."

나는 나도 모르게 머리 위에 인 인수봉이 차츰 가벼워지고 있는 느낌이 들었다.

"아씨! 진실로 자신을 구제하고 성불하는 길이란 부처님이 되려는 마음을 버리는 데 있습니다. 나를 느끼지 못하는 상태가 곧 부처님이며 보살입니다. 삭발하신 지금 당장은 부처님이 아씨 주변엔 없습니다. 지옥이 있고 아귀들이 있고 불가마가 있을 뿐입니다. 아씨는 이제까지 몸과 마음을 가렸던 모든 옷가지가 벗겨진 채 그 지옥에 던져지는 것입니다. 그것이 사문(沙門)의 초입이며 불도(佛徒)의 첫걸음입니다. 그래도 아씨는 중이 되시렵니까?"

나는 대답하는 것을 잊고 있었다.

"깎은 머리는 다시 자라납니다. 내버려둬도 힘을 들이거나 노력을 하지 않아도 머리털은 자라납니다. 아씨, 신중하게 생각해보시고 결정하십시오. 철원 댁에선 지금쯤 난리가 났을 것입니다. 아씨를 어머니처럼 믿고 의지하며 자라나던 아이들이 잡고 의지할 대상이 없어져서, 허공에다 마음의 손을 휘젓고 있을 겝니다. 사람은 여러 사람을 위해 살 수도 있고 오로지 자기 하나를 위해서 살 수도 있습니다. 물론 그 선택은 자유입니다만 그 가치는 판이합지요. 아씨, 이제 아씨의 머리는 고르게 깎이고 다듬어졌습니다. 법의 걸치고 고깔 쓰고 염주 들고 목탁 두드리며 불경을 외우면 어김없이 중이십니다. 남 보기엔 중입니다. 나무관세음보살."

아도 스님은 합장하고 방에서 나갔다.

그는 나에게 잔인할 만큼 가혹한 저주를 퍼붓고 가버렸다.

나는 한동안 나를 잊은 상태에서 눈을 감고 있었다.

법당 추녀 끝에서 우는 풍경 소리가 구만리 하늘 저쪽에서 들려오는 것 같았다.

그러나 체념이란 집념보다 무서웠다.

아도 스님의 그 엄청난 협박보다는 나의 체념이 훨씬 강인한 힘과 집념으로 내 처신을 조종하려 들었다.

이미 집을 도망쳐 나왔다.

이미 산사에 들어와 있다.

이미 머리를 깎았다.

이처럼 이미 일을 저질러버렸다는 체념은 나 이문용을 안차리이만큼 냉정하고 고집스럽게 만드는 것이다.

젊은 여자의 안찬 고집이란 미우면 미웠지 결코 귀엽게는 보이지 않는다.

나는 그만 아도 스님한테 말해버릴 것을 그랬다고 후회한다.

"스님, 저는 불도를 닦는 게 목적이 아니에요. 그것을 빙자해서 좀 쉬고 싶은 거예요. 피곤한 사람에게 휴식이란 밥보다도 소중한 게 아닙니까. 저는 오늘날까지 너무 강요만 당해왔습니다. 귀공녀답게 살라는 강요만 당해

왔어요. 놓여진 환경은 신경이 갈기갈기 찢기는 참담한 구렁텅인데 늘 점 잖게 어질게 기품 있게 행동해야만 했습니다. 그러니 불안과 초조와 강박 관념 속에서 허덕였어요. 저는 부모님의 은공을 모릅니다. 오히려 부모님 때문에 철저하게 피해를 봐왔어요. 황제의 딸 옹주, 황제의 딸답게 옹주답 게라는 강박 관념 때문에 저는 저 자신을 인식해본 일이 없는걸요. 이젠 피곤해졌어요. 휴식이 필요합니다. 휴식을 취하면서 나 자신을 발기발기 해체해보고 싶어요. 새로운 나를 조립해보고 싶어요. 그러기 위해선 중이 되는 길밖에 없잖아요?"

아도 스님한테 좀 더 어리광을 부릴 수 있다면 나는 그를 아버지처럼 여기면서 내 심경을 고백할 수도 있겠다.

"스님. 사람의 천성은 타고나는 것이라지만 후천적인 영향이 어디 천성에 뒤지나요? 저는 이 세상에 태어나자 아홉 살까지, 아니 그 훨씬 뒤까지 거렁뱅이였습니다. 감정도 심성도 생활도 철저한 거렁뱅이였어요. 어둡고 괴롭고 아프기만 한 감정생활이었습니다. 한낮의 태양이 땅 위를 비친다, 꽃이 피고 새가 울고 수목이 자란다, 달이 밝고 별빛이 빛난다, 정적, 고독, 유열, 슬픔이 비를 탄다, 눈 위에 내린다……라는 자연계의 명암조차도 내 심상에는 아무런 영향을 끼칠 수 없을 만큼 성장기의 감정은 거칠고 황량한 거렁뱅이였습니다. 그러다가 나는 어느 날 아침 갑자기 비단결 같은 마음을 가진 귀공녀로 둔갑을 했어요. 거렁뱅이의 육신에다 화려한 옷을 입혔습니다. 별안간 의젓하고 착하고 귀여운 '아기씨' 노릇을 강요당했어요. 글자를 깨우쳐야 했고, 학교엘 다녀야 했고, 내 본성과 신분을 철저하게 숨기면서 지적인 분별과 기능적인 기량을 익히도록 매질을 당했습니다. 귀엽고 덕성스러운 아기씨로 개조되는 것입니다. 감정은 황량한데 외화(外華)는 아름다워야 했어요. 내실은 없는데도 정신의 표출은 유연하고 자랑스러워야 합니다. 의식은 철저하게 가난하더라도 행동엔 관용을, 얼굴엔 자비를, 언어엔 덕성을 나타내야 합니다. 밝고 선하고 지혜로운 감정의 이입이 없으면서 어질고 기품 있는 성격을 과시합니다. 스님, 이제 저는 피로해졌어요. 부처님과 접촉하면서 실재의 나 이문용을 발견해내고 싶습니다. 거죽에 걸친 모든 겉껍데기를 훌훌 벗어버린 알몸이 되어 내 번민과 미추(美醜)와 의인화된 표정에다 부처님의 부드러운 입술을 접촉시켜보고 싶습니다. 그래도 내 심성에서 속욕(俗慾)을 닦아낼 수 없다면, 살갗에 생겨난 어지러운 열상(裂傷)이나 은행원처럼 단정하게 꾸민 허상의 치장을 훌훌 떨어버리지 못한다면 그때는 미련 없이 철원에 있는 김씨네 집으로 돌아가 올망졸망한 시동생들의 두목 노릇을 다시 시작하겠습니다. 스님, 아도 스님."

나는 울고 있었다.

나는 나도 모르는 사이에 손으로 내 박박 깎인 머리통을 매만지고 있었다.

한낮에 나신이 된 것보다도 더 허전해서 입맛을 쩝! 소리가 나도록 다셨다.

혼자 속으로 푸념을 하고 나니까 가슴이 좀 후련해진 기분이었다. 분명한 어휘를 논리적으로 현학적으로 구사하여 아도 스님한테 그처럼 장황한 호소를 한 것은 아니지만, 그러나 그건 나의 솔직한 잠재적인 고백임엔 틀림이 없다.

"아씨!"

흐느껴 울던 언년이가 공포에 싸인 눈총으로 나를 쏘아보고 있었다.

나는 빙긋이 웃어주었지만 글쎄, 웃음이 됐는지 울음이 더 짙어졌는지는 장담할 수가 없다.

"무서워요, 아씨가."

"무서워? 원래 나는 무서운 여자다."

언년이는 어질러진 내 머리털을 쓸어 모으기 시작하면서 나를 자꾸 곁눈질했다.

나는 몸과 마음이 함께 허전해 견딜 수가 없었다. 머리를 깎았다는 사실이 내 심령을 이처럼 참담하게 탈진시키다니, 나는 부처님을 섬기겠다고 절에 와 있긴 하지만 역시 마음의 자세가 틀을 잡지 못했던 까닭이 아닌가 싶다.

자기 자신을 안정시키기 위하여 사람들과의 접촉을 단절하고 혼자 고독을 즐겨보려는 것은 누구나가 한번쯤 시도해보는 일이겠으나 지금 이토록 나 자신의 존재가 작고 초라해 보일 줄은 몰랐다.

이름 지어 부를 수 없는 막연한 불안과 공허, 그리고 엄청난 일을 저질러버렸다는 후회, 나를 아는 모든 사람들이 침도 삼키지 않고 지금의 나를 지켜보고 있은 듯한 무색한 부끄러움, 그런 것들이 한데 뒤범벅이 되어 내게로 와르르 무너져 내리는 것 같았다. 나는 가만히 앉아 있는 것 자체가 견딜 수 없게 짐스러워지고 말았다.

언년이는 어질러진 내 머리털을 쓸어 모으는 행동으로 공허한 심정을 메우려는 모양이다. 뎅그렁거리는 풍경 소리가 갑자기 두드러지는 것을 보면 밤바람이 일고 있는가보다.

나는 뭔가 입을 놀려야 하고, 행동을 해야 할 것 같았다.

"관세음보살, 관세음보살, 나무관세음보……."

나는 속곳 허리 속에 찬 빨간 엽낭을 손으로 만져본다.

나는 내 아들 필한이의 체온을 마음으로 느낀다. 그 보석처럼 빛나던 눈동자와 햇솜보다 더 부드럽던 새카만 머리털의 감촉을 문득 연상해냈다.

그리고 파헤쳐진 무덤 속에서 본 필한이의 모습도 머리에 떠올렸다. 볼에다 손을 대니까 촉감도 저항도 느낄 사이 없이 팍삭 사그라져 버린 그 필한이의 형해가 학처럼 나래를 치며 공중으로 훨훨 날아가는 그런 환상을 지켜볼 수 있었다.

'원래 나는 무서운 여잔걸.'

나는 오지랖에서 내 잘려진 머리털 몇 올을 집어 가지런히 추린다. 왼켠 엄지와 둘째손가락 끝에다 그 머리털을 걸고 칭칭 감아, 쑥 뽑아 배비작거렸다.

나는 아버지(高宗)와 어머니(廉尙宮 또는 林尙宮)의 정사(情事)를 잠간 상상해보면서 내 머리털을 손끝으로 배비작거렸다.

나는 지금까지 한두 번 아니게 황제와 상궁의 정사를 상상해보면서 흡사 하나의 상처가 농화(濃化)되는 과정을 관찰하듯 나 이문용이라는 생명체가 응결돼가는 배릿한 도정(道程)을 때로는 긴장하고 때로는 흥미롭게 지켜본 바 있음을 고백한다.

그렇건만 내 아들 필한이는 어떻게 해서 생겨났던 것인지 그 영상이 도무지 선명치가 않다.

아마도 그것은 나 자신의 문제이기 때문에 그처럼 영상이 흐린 것이 아닌가 싶다.

흔히 여자들은 허구한 날 거울 앞에 앉아서 자신의 모습을 매만지고 다독거림으로써 알맹이와는 동떨어진 또 하나 자기 자신의 인식을 창작해내면서도 막상 실존하는 제 참모습에 대해서는 까맣게 모르고 지내는 수가 많다.

나는 지금 내가 무슨 짓을 하는지를 모른다.

엽낭을 끌렀다. 손끝으로 배비작거리던 내 머리카락을 그 엽낭 속에다 넣고는 끈을 죄었다.

"우리 모자 함께 영원히 살자."

내가 그 순간 언어라는 것을 입 밖에 냈다면 그런 게 아니었을까.

나는 언년이를 보고 말했다.

"너도 삭발해주랴?"

"전 싫어요."

이제 와선 싫다는 것이다.

"깎자!"

"싫다니까요."

언년이는 내 머리털을 간추려 다래꼭지처럼 묶고 있었다.

이튿날 나는 가지고 온 옥양목을 여승 일주 스님한테 부탁하여 승복을 말라 달랬다. 사흘 만에 나는 내가 지은 승복으로 갈아입었다.

나는 조석예불에 참여했다. 부엌일도 거들고 빨래도 했다. 언제나 염불을 중얼거렸다. 누구도 내게 새로운 경문을 익혀주려 하지 않았다.

아도 스님은 내게 무관심의 관심으로 대했다. 설법도 해주려 하지 않았다.

백련암에서도 하늘은 푸르렀다. 구름은 희고 가볍게 움직였다. 참새 소리도 같았다. 별빛 달빛도 서울이나 철원에서 보는 것과 다르지 않았다. 자주 다람쥐가 교미를 했다.

승려들도 밥을 먹었다. 배설도 했다. 더우면 덥다 했고 졸리면 하품을 했다.

희로애락의 표현도 같았다. 서로 미워하는 사이도 있었다. 남의 이야기도 했다. 법당 부처님 무릎 아래에 놓인 돈을 슬쩍해버리는 여승도 있었다. 달것을 빨래하는 것도 보았다.

보름쯤 지난 어느 날 아침 아도 스님은 산을 내려갔다.

저녁 예불이 끝나자 여승 일주 스님이 내게 말했다.

"몸에 땀이 찐득거리는데 어두우면 개천으로 목물하러 가지 않겠소?"

"가세요."

어둠이 짙어졌을 무렵에 일주 스님과 개천으로 나갔다. 언년이를 데리고 나가 망을 보게 하고 물로 들어갔다. 뼈가 시리도록 차가웠다.

"애기를 낳아보셨소?"

나는 대답하지 않으려다 대답했다.

"아뇨."

과거의 일은 묻지 않는 게 불문율인데 일주 스님은 또 물었다.

"남편과는 사별하셨소?"

"네."

"남자가 아쉽지 않소? 밤이 외롭지 않아요?"

8년째나 수도했다는데 일주 스님의 유방은 아직 탐스러웠다.

그때 언년이가 바위 뒤로 몸을 숨기며 누군지 가깝게 오고 있다는 귀뜸을 했다. 숨들을 죽인 채 바위 뒤로 옮겨 앉았다. 물 흐르는 소리만이 컸다.

귀에 익은 목소리들이 옆으로 지나갔다. 남자와 여자였다. 일주 스님이 혀를 찼다.

"원, 세상에 저럴 수가. 사흘이 멀다고 저 짓들을 하면서 염불과 목탁 소리만은 저 두 사람이 유별나게 크다니까, 쯧쯧."

유성이 찌익 흘렀다.

나는 반야심경을 외기 시작했다.

"머잖아 저네들은 여기서 떠나갈 게야."

일주 스님이 그렇게 말했다.

"저런 일이 가끔 있나요?"

"자주 승적을 다른 절로 옮기는 중들이 많다오."

"그런데 스님은 이 백련암에서만 8년째시군요?"

"비구니들끼리라도 의좋게 지내면 되는데……. 내 등 좀 밀어줄라우."

나는 그네의 등을 밀어주면서 문뜩 생각했다.

'이정호, 그 사람 무사히 국외로 빠져나갔을까. 혹시 잡혀서 봉변이라도 당하고 있는 게 아닐까. 나라를 위해 보람 있는 일을 해줘야 할 텐데.'

먼 곳에 가더라도 나를 위해 하나님께 기도드리겠다던 그의 말이 진실이 건 아니건, 가슴이 아릿할 만큼 고마웠다.

개울물은 차가워서 정말 뼈가 저렸다. 도저히 오래도록 들어앉아 있기란 힘이 들었다. 물에서 나왔는데 숲 쪽에서 도란도란 남녀의 이야기 소리가 들려오다가 뚝 그쳐버렸다.

알만한 여승이 우리 앞에 불쑥 나타났다.

"먼저들 오셨네. 그러잖아도 함께 오려고 찾았더니 안 보이데요."

"절에서 지금 나오는 길이오?"

일주 스님이 옷을 입으면서 그렇게 물었다.

"그럼요. 방을 치우고 나오는 길인걸요."

"저런. 내가 가서 치울랬는데."

나는 언년이에게 말했다.

"어서 얼른 목욕해라. 내 여기서 기다리고 있을 테니."

하늘 동북간에서 서남간으로 또 별똥이 찌익 흘렀다.

그날 밤 나는 자리에 눕자 언년이에게 말했다.

"너 내일 철원 집에 좀 다녀오너라!"

"철원 집엘요?"

"어린 시동생들 잘 있나 보구, 서모가 아주 집으로 들어와 있나 보구, 시삼촌 또 와 있나 보구, 방학 땐데 서울서 학교 다니는 시동생과 시뉘들 내려와 있나 보구, 안방 다락으로 기어 올라가면 뒷구석에 뚜껑 덮힌 놋요강이 있을 테니 그 속에 감춰 둔 논밭 문서 몰래 가지고 오되 뒤밟히는가 조심해가며 속히 이리로 돌아오너라."

"붙잡혀서 못 오면 어쩌나요?"

"붙잡힌다고 상기둥에다 밧줄로 묶어놓겠느냐? 너만 올 맘먹으면 어떻게든지 빠져나오게 마련이지. 다시 오고 싶지 않으냐?"

"다녀올래요."

"누가 뭐래도 나 예 있단 소릴랑 말구."

"달구쳐두 말 안할 게요."

"넌 어디에 가 있다 왔다구 말할래?"

"어느 중한테 업혀 갔다가 도망쳐 왔다구 그러죠, 뭐."

"장롱 밑 오른쪽 구석을 뒤지면 백지에 싼 사진 두 장이 있다. 가지고 온."

"누구 사진인데요?"

아버지의 어진(御眞)과 임 상궁의 사진이다. 그것을 안 가지고 왔다니, 떠나올 때 나는 정신이 나갔던 것 같다.

이튿날 일찍 언년이는 산을 내려갔다.

그날 밤 일주 스님이 내게로 왔다.

"혼자 자기 적적할 텐데 내가 함께 자주려고 왔소."

나는 첫마디에 거절해버렸다.

"나는 늘 혼자 지내 버릇해서 남하구는 못 자요."

"아니 이때껏 그 처녀하고 같이 지냈으면서?"

"그애는 어려서부터 내가 길러오다시피 한걸요. 옆에 있어도 없는 거와 같아요."

일주 스님은 이상한 눈초리로 나를 쏘아보다가 삐쭉해서 돌아갔다.

언년이는 사흘 만에 돌아왔다. 내가 백련암에 온 지 꼭 스무 날째 되는 날 저녁 무렵에 언년이는 자그마치 열한 명의 대부대를 선도한 채 돌아왔다. 기가 막혀서 나는 말도 나오지 않았다.

서울과 시골에 있던 시동생들이 몽땅 백련암으로 들이닥쳤다.

안악댁은 네 살짜리 막내 시동생을 업고 나타났다.

아주머니, 언니, 형수……. 내게 대한 호칭은 많았다. 그 여러 호칭이 크고 작은 음성에 진한 울음을 섞어가며 일제히 내 방문 앞에서 폭발하듯 터지는 바람에 고요하던 백련암이 들썩! 하고 놀랐다.

대여섯 남녀가 서로 엉켜서 마구 울었다.

그들은 내 삭발한 머리통을 보고 울부짖었다.

나는 아무 일없이 내 앞에 나타난 그녀들이 대견해서 울음을 터뜨렸다.

아도 스님을 비롯한 여러 스님들이 쏟아져 나와 구경을 했다.

"이봐요, 저이가 왔어요."

시서모 안악댁이 뒤켠을 가리켰다.

나는 정신이 아찔할 만큼 놀라고 말았다.

하나의 시서모인 중국 여자 진사모가 눈물을 글썽거리며 칠성각 옆 부도 앞에 서 있었다.

나는 쏜살같이 진 여인한테로 달려가 그녀를 부둥켜안고 눈물을 콸콸 쏟았다.

모시 치마 적삼을 날렵하게 차려입은 진 여인은 조용히 오열하며,

"세상에 이럴 수가, 이럴 수가……."

서투른 억양으로 같은 말만 되풀이했다.

"언제 오셨어요? 상해에서."

"열흘이나 됐어요. 무척 보고 싶었는데 이렇게 머리를 깎았다니 무서워요."

진 여인은 무섭다는 내 까까머리에다 볼을 대고 비볐다. 그네의 키는 늘씬한 편인데 나는 작은 것이다. 나는 안겨서 입술을 씰룩거렸다.

"다시 못 만날 줄 알았어요."

"와보니 아버님도 어머님도 다 돌아가셨군요. 어째 모두 이리도 변했는지 모르겠어요."

천리만리를 멀다 않고 이민족인 정인(情人)을 찾아와 보니 이미 그는 이 세상에 없더라는 사연이라면, 여자 진사모의 심정은 소태처럼 쓰고 그 슬픔은 가슴을 에일 것이다.

"그때 만주 안동역에서 떨어지지 말고 우리와 함께 강을 건너 오셨더라면 좋았을 텐데."

나는 그렇게 말했으나, 사람 만나고 헤어짐이 어찌 뜻대로 되는 것인가. 뜻대로 안되기 때문에 회한이 있는 것이고, 회한이라는 게 있기 때문에 사람의 정이란 여운을 남겨, 두고두고 가슴속에 간직할 수 있다.

나를 에워싼 시동생들은 내 까까머리를 보고는 자꾸 울고만 있다.

내 삭발한 모습이 궂은비와 같은 슬픔으로 보이는 모양이었다.

서울 선린상업에 다니는 둘째 시동생 동진(東鎭)이 내 왼팔을 잡았다.

"아주머니, 내려가세요."

숙명여고에 들어간 둘째 시뉘가 내 오른팔을 잡았다.

"언니, 가요. 어서 집으로."

여섯 살짜리 셋째 시뉘가 내 치맛자락에 매달렸다.

"언니, 왜 머리 깎았어? 사내애들처럼."

네 살짜리 막내 시동생 수암(壽嚴)이가 안악댁 등에 업혀 있다가 내게로 옮겨오려고 몸을 왈칵 솟구쳤다.

안악댁이 좔좔 흐르는 눈물을 닦을 생각도 하지 않고 또 울먹였다.

"어서 내려가십시다. 그렇지 않으면 우리 모두 다 여기서 머리 깎구 살래요."

그러자 시아버지의 애첩 진사모 여인이 안동역 플랫폼에서 보였던 그 갈대꽃보다도 더 스산한 미소를 입가에 머금고는 내게로 다가와 조용히 말했다.

"아이들을 봐서도 어서 내려가요."

그때 아도 스님이 보다 못하겠는지 내게로 다가와 합장을 했다. 어글한 눈으로 나를 쏘아본 그는 장중한 음성으로 말했다.

"부처님은 이 백련암에만 계신 게 아니올시다."

여러 스님들이 나를 구경하고 있었다.

밤이면 남자 스님과 숲 속을 자주 찾아든다는 그 비구니도 나를 구경했다.

나하고 함께 자주겠다던 일주 스님은 밤늦게 법당 쪽에서 허둥대며 달려오는 중이었다. 아도 스님이 말을 계속했다.

"부처님은 지금 바로 철원 댁에 계십니다. 아씨의 가슴 속에도 계십니다. 아씨가 절에 와 계시다 해서 부처님을 지척에 모시고 계신 게 아니올시다. 아씨의 육신이 어디에 계시거나, 사바에 계시거나 불사(佛寺)에 계시거나 그게 대수로운 게 아닙니다. 어떻게 어느 만큼 참마음으로 부처님을 섬기느냐가 문제입니다. 참마음은 아씨의 가슴속에 있는 게지 산사나 법당에 있는 것도 아니고 하늘이나 금강산에 있는 것도 아닙니다. 참마음은 부처님과 항상 자리를 함께 하고 있습니다. 참마음과 부처님과의 대화가 친밀하면 됩니다. 그 부처님과의 대화는 아씨만이 갖는 비밀입니다. 그 비밀이야말로 적연부동(寂然不動)하여 궁극엔 아씨의 공덕이 되는 것이지요. 세존이시여, 삼세여래(三世如來)이시여, 시방세계(十方世界)의 모든 보살이시여, 마땅히 이 불제로 하여금 일체 편견에서 벗어나 일체 미혹을 버리고 오로지 자기의 착한 마음속에서 안주의 터전을 찾게 하오소서, 나무관세음보살."

나는 몸을 지탱하고 서 있을 수가 없었다. 안악댁과 진사모 여인에게 부축이 되어 승방 마루에 걸터앉았다. 기둥에다 이마를 대고 속으로 부르짖었다.

'이모! 나는 어떻게 해야 합니까.'

그 대답을 아도 스님이 해주었다.

"내려가셨다가 저 어린것들이 제 요식이나 제때에 찾아 먹게 되면 다시 올라오십시오."

'이모! 내가 이제 어떻게 집으로 돌아갑니까.'

그 대답을 아도 스님이 해주었다.

"이웃에서 어딜 갔다 왔느냐고 묻거든 백련암에 가서 중이 되어 돌아왔노라고 대답하십시오. 중이 되어 공덕을 쌓으려고 인세(人世)에 다시 돌아왔노라, 그렇게 대답하십시오."

'이모! 이 꼴로 나는 살아야 합니까. 무엇을 바라고 살아야 합니까.'

그 대답을 아도 스님이 해주었다.

"사람은 본시부터 무의무탁한 것이올시다. 무의무탁한 사람이 참마음으로 공덕을 쌓으면 그게 진인(眞人)이고 보살입니다. 사람이 살아가는 가치이고, 사람이 만물 중의 으뜸인 보람이올시다."

그래도 나는 결정을 내리지 못한 채 좀 더 고집을 부리고 싶었다.

나는 후닥닥 일어나 내 방으로 뛰어들어 문고리를 걸어버렸다. 그러고는 두 다리를 뻗은 채 허탈 상태에 빠졌다.

무념무아의 경지는 수양에서 얻는 것이 아니라 허탈 상태에서 얻어지는 바보스러운 순간에 불과한 것이었다.

내가 방문을 안에서 닫아걸자 밖에선 오해를 한 것 같다. 내가 자살이라도 하려는 것이라고 판단한 것 같다.

선린상업에 다니는 둘째 시동생이,

"아주머니, 아주머니! 문 좀 여시란 말예요!"

하고 마구 소리치다가 끝내 내 반응이 없는 것을 보고는 발길로 방문을 부수기 시작했다.

나는 결심을 강요당하고 있었다. 내 소망대로 백련암에 있기란 불가능하게 되었음을 깨달았다.

나는 결심했다. 내려갈 수밖에 없구나.

"아주머니, 아주머니, 문 좀 여세요!"

나는 대답했다.

"동진 데련님! 나 옷 갈아입고 있으니 좀 기다려요."

나는 백련암으로 들어간 지 꼭 20일 만에 백련암을 떠났다.

내가 금강산으로 들어가 머리를 깎고 20일을 지냈다는 사실은 내 생애에 중대한 영향을 끼쳤다.

나로 하여금 산다는 문제에 대한 미혹을 털어버리게 했다.

나로 하여금 당면한 생활에 적극적이고 충실하도록 하는 계기가 됐다.

이듬해 여름 7월, 나는 원산과 안변 등지를 여행했다. 안악댁과 둘째 시동생 동진을 동반했다.

안변에 있는 과수원과 목장을 처분하기 위한 여행이었다.

원산 송도원에 있는 별장을 남의 손에 넘겨주기 위한 여행이었다.

필요 없고 짐스러운 재산을 정리해서 여러 시동생들의 면학 기금을 만들어주기로 결정했다.

나는 이제 자신이 생긴 것이다. 시댁 재산에 대하여 내 임의로 그런 결정을 내릴 만큼 인간적인 자신이 생겨 있었다. 누가 뭐라거나 나만 옳고 정당하면 되지 않겠느냐는 생각이고 보면 나 이문용도 퍽은 당돌하게 변모된 것일까.

안변의 과수원과 목장은 현지의 관리인과 미리 매매 이야기가 또 있었고, 또 확실한 원매자가 나섰기 때문에 가서 계약서에 도장 찍고 계약금만 받아 넣으면 됐으나 원산의 용건은 그렇게 간단히 진척되지 않았다.

별장이라서 사치스러운 재산이었다. 매매가 쉽게 성립될 성질이 못됐다.

명사십리 쪽에 별장이 있었다. 40간이나 되는 한옥이고 보면 별장으로선 규모가 큰 편이었다. 전에 어떤 광산업자가 지은 것을 시아버지가 사들였다는 것이다. 안채 사랑채가 구별돼 있었고, 사랑채의 안뜰엔 사슴을 네 마리나 기르는 그런 별장이었다.

안뜰도 바깥마당도 시새밭이었다.

안뜰에도 바깥마당에도 자생 해당화가 피어 흐드러졌다.

붉은 해당화였지만 핏빛으로 붉은 게 아니라 진분홍이었다. 자생이면서 섶이 웃자라지를 않고 모래바닥으로 기는 잔망스런 앉은뱅이 해당화였다. 꽃도 탐스럽지는 않았다. 그러나 다닥다닥 붙어서 화려했다. 꽃술의 노랑빛이 유별나게 진해서 정열적이었다. 향기가 짙지만 명사십리 바닷가다. 태양과 해풍과 지열로 말미암아 그 짙은 향기도 맥을 못 쓰는 게 명사십리의 해당화였다.

해동(海童)들이 짓밟아도, 파도가 덮쳐 모래에 묻혀도 시들거나 떨어지지 않는 집착스런 해당화. 어차피 바닷가 모래밭에 피어난 꽃이니 그만한 집착이 없고서는 애당초에 피어나지를 말았어야 한다.

관리인 탁(卓) 서방은 건달기가 짙은 40대의 장한(壯漢)이었다. 10년 가까이 그 별장을 관리해오기 때문에 그는 그게 자기 재산인지 남의 재산인지를 착각하고 있는 것 같았다.

별장 안채를 남에게 빌려주고 있었다. 하필이면 일본인 피서객이 들어 있었다. 관리인 탁 서방은 우리 일행이 나타났는데도 반가워하는 기색이 아니었다. 주인을 맞는 탯거리도 아니었다.

물론 편지로 미리 연락을 했었고 또 원매자를 구해보라고 했었으니까 뭔가 준비를 했어야 될 텐데 마치 우리들을 어디서 나타난 말뼈다귀냐는 듯싶은 시건방진 태도여서 마음이 좀 언짢았다.

나는 안쓰럽게 탁 서방을 보고 말했다.

"안채를 좀 비워줘야겠어요. 모처럼 왔으니 며칠 묵어가게."

그러나 탁 서방은 대답했다.

"글쎄올시다. 오늘 오실 줄 알았으면 미리 비워두는 건데 아씨의 편지는 받았지요만 이렇게 일찍 오실 줄은 몰랐죠. 어제 저 일본 사람이 하루 이틀 빌려 달라기에 승낙을 했습니다. 이제 와서 방을 내달라고 할 수도 없는데요. 총독부의 고관인 모양입니다. 원산시장도 굽실굽실하던데요. 아씨께서 다른 방을 이용하시죠. 건넌방과 아랫방을 치워 드리겠습니다."

총독부의 고관임을 강조하는 탁 서방을 보자 나는 더욱 비위가 상했다.

"그 사람보구 아랫방을 이용하라 하세요. 이야기하세요, 주인이 왔으니 방을 좀 옮겨달라구. 총독부의 고관이면 그런 사리는 알겠지요."

"글쎄올시다."

"글쎄올시다가 아녜요. 나는 돈 받고 남에게 별장을 빌려준 일이 없어요. 그렇게 지시한 일도 없구요."

"비워둔 집 빌려주면 어떻습니까. 더군다나 총독부의 높은 양반인데 거절할 수도 없지 않습니까."

"아랫방으로 옮기게 하라니까."

"원산시장도 굽실거리는 고관인데 어떻게 그런 말을 합니까."

"나는 이 집의 주인이에요, 탁 서방."

"경찰서장이 일부러 와서 저분을 잘 모시라구 부탁을 했습니다. 괄시하면 안되는 총독부의 고관인 것 같아요, 아씨."

총독부, 총독부, 고관, 고관. 심정이 사나워서 나는 신열이 날 지경이었다.

일본인 피서객은 겉보기에는 꽤 점잖은 사람 같았다. '하오리'를 걸친 채 대청에 앉아 무슨 서적을 뒤적이며 뭔가 글을 쓰고 있었는데 우리의 대화가 심상치 않은 것을 눈치 채고는 탁 서방을 불러 그 이유를 물었다.

그 일본인이 고개를 끄덕이며 뒤적이고 있던 책장을 덮었다. 나이는 50대였고 몸은 마른 편이며 풍기는 체취가 지성적이었다.

그는 내 옆에 있는 시동생 동진을 보고 일본말을 아느냐고 물었다. 안다고 시동생이 대답하니까 말하기를,

"비어 있는 별장이라기에 며칠 동안 빌렸던 것인데 마침 주인이 피서를 오셨다면 마땅히 내드려야죠. 나는 일본에서 온 여행자외다. 어디서 묵으나 상관이 없어요. 미안, 미안."

그의 말투는 점잖고 유순했다.

탁 서방은 그가 총독부의 고관이라고 했는데 그는 일본에서 온 여행자라고 했다. 그는 자진해서 자기의 오해된 신분을 밝히기도 했는데 겁주는 말

을 곁들였다.

"나는 총독부의 고관이 아닙니다. 조선의 문화를 사랑하고 흠모하는 일개 학도지요. 지금 말씀들을 띄엄띄엄 들어보면 총독부의 고관들이 많은 행패를 하는 것 같군요. 같은 일본 사람으로서 대신 사과합니다. 너구리가 사슴의 집을 뺏고는 제 집인 양 행패를 부리는 게 여기 나와 있는 일본인들인 것 같은데 같은 일본 사람으로서 대신 사과합니다. 곧 옮기도록 하겠으니 잠깐만 기다리십시오."

나는 어리둥절했다. 상상조차 할 수 없었던 그의 말이라서 어떻게 받아들여야 할지 당혹하고 말았다.

총독부의 고관들이 많은 행패를 부리는가보다, 같은 일본 사람으로서 대신 사과를 한다, 그런 말을 일본인의 입을 통해 듣다니 충격적일 수밖에 없었다.

너구리가 사슴의 집을 뺏는다는 비유는 좀 어색하다. 너구리는 굴속에 사는 놈이라서 집이 있지만 사슴은 그런 집을 갖지 않는다. 따라서 너구리가 사슴의 집을 뺏는다는 비유는 어색하다.

그럼에도 불구하고 그의 비유는 선의로 받아들여야 할 것 같다. 너구리는 심술궂은 짐승을 표현한 것이고 사슴은 어질고 착함을 상징하고 있기 때문에 일본인과 조선 사람을 비유하는 말로는 적합하며 그리고 대담한 것이다. 너구리가 사슴의 집을 뺏고는 제 집인 양 행패를 부린다……. 겁줄 만큼 대담 솔직한 비유일 뿐 아니라 그게 일본 사람의 입에서 나온 말이니 충격적일 수밖에 없다.

'저런 일본 사람도 있나?'

마침 시동생 동진이가 내 귀에다 입을 대고 속삭였다.

"저 사람 말에 휘말려 들지 마세요, 아주머니. 고급 밀정일지도 몰라요."

그럴지도 모른다고 나는 생각했다.

그러나 나는 탁 서방을 보고 말했다.

"우리가 아래채에 묵을 것이니까 저분보곤 그대로 며칠 지내두 된다고 말해요!"

"아, 잘 생각하셨습니다, 아씨."

탁 서방이 그에게 연신 허리를 굽히며 내 의사를 제 생각과 더불어 전달하는데 그 저자세의 아첨이란 눈뜨고 차마 보기 힘들 정도였다.

그래도 그 일본인은 짐을 꾸려가지고 아래채로 옮기면서 특히 나를 보고 말했다.

"나는 조선을 공부하려는 여행자라서 조선인들과의 부담 없는 이야기를 많이 나누고 싶습니다, 부인."

나는 당돌하게 한마디 했다.

"어떤 목적으로 여행을 하시는 분인가요?"

나는 일본말을 알면서도 한국말로 그렇게 말했다.

시동생이 옆에서 통역을 했다.

그 일본인은 빙그레 웃었다.

"나는 조선의 아름다움과 예술을 사랑하고 흠모하는 자유 학도입니다. 조선의 하늘, 산하, 건축과 도자기, 특히 광화문의 건축미와 이조 백자의 소박한 질감을 보면 미칠 지경입니다. 나는 조선인의 순후한 인정과 예술적인 재질을 존경하는 사람입니다. 무식하고 광포한 일부 일본인들이 조선에서 어떤 일들을 저지르고 있는가를 눈여겨보려고 왔습니다. 그래서 나는 가는 곳마다 총독부의 관리나 경찰의 감시를 받고 있는 중입니다."

나는 그의 말이 거짓이 아님을 직감할 수 있었다.

"그럼 일본의 대학 교수신가요?"

"미술 학도지요."

"그림을 그리시나요?"

이건 나의 어리석은 질문이었다.

그는 비웃음이 아닌 담담한 웃음을 흘렸다.

"그림도 사랑하고 글도 좀 씁니다."

"그럼 소설가이신가요?"

"소설가? 오, 아닙니다. 소설을 쓰고 싶었지만 끝내 못 썼습니다. 민예학도(民藝學徒)라고나 할까, 그저 예술을 사랑하고, 인간의 마음을 사랑하고, 하는 자유인이죠. 내 이름은 야나기 무네요시(柳宗悅)라고 해요. 조선에도 버들 류(柳)자의 성이 있다죠? 하긴 내 먼 선조가 조선에서 건너온 분인지도 모릅니다. 하하하. 여기 와서 얘길 들으니까 조선 발음으로는 내 이름이 유종열이라서 조선 사람의 이름과 똑같다더군요. 우연인지 아닌진 모르지만 그래서 그런지 나는 조선과 조선인과 조선의 마음을 내 나라 일본의 그것보다 더 사랑합니다. 경주 불국사엘 가봤지요. 석굴암의 여래상을 보고 넋을 잃었어요. 부여에도 갔었어요. 은진미륵도 봤습니다. 경복궁 창덕궁도 구경했습니다. 조선 민족의 심미안은 세계 제일이에요. 하하. 내가 말이 많죠? 나 원래는 말이 적은 사람인데 조선에 와보니 아무나 붙잡고 이렇게 자꾸 얘길 하고 싶습니다. 조선 사람들을 보면 이조 백자의 그 소박하고 고담한 마음이 연상되어 견딜 수 없는 친밀감을 느낍니다. 일본 사람을 보고는 그런 감정을 느낀 일이 없으면서."

나는 그의 말을 믿어도 좋다고 생각했다.

밤엔 달이 밝았다.

명사십리의 달빛이고 동해 푸른 물에 얼굴을 씻은 달이다. 가없이 넓은 시새밭과 그 시새밭 저쪽에 넘실대는 검은 파도 위에 부서지는 달빛이다. 해당화의 꽃향기를 품은 달빛이고, 송도원 솔바람에 출렁이는 달빛이다. 마음 없이 그 달빛을 볼 수도 밟을 수도 없었다.

늦은 저녁 식사를 끝내고 나자 야나기 무네요시는 탁 서방을 시켜 쪽지를 내게 보내 왔다.

— 나는 지극히 사랑하는 아내가 있습니다…….

문면(文面)은 그렇게 시작됐다.

— 아무런 타의 없이 귀여사(貴女史)와 저 아름다운 달빛을 밟으며 조선의 마음을 이야기해보고 싶습니다. 동반하신 부인과 학생을 동반하셔도 무방합니다. 저 달빛을 밟으며 저 파도 소리를 들으며 귀여사께서 미워하시는 어느 일본인과 잠시 부담 없는 이야기를 나누지 않으시렵니까.

나는 그 쪽지를 안악댁에게 보였다.

"거절하면 안돼요."

안악댁이 아래채 쪽을 보면서 그렇게 말했다.

"글쎄요. 그는 국적을 초월한 문화인인지도 모르겠군요. 나가보시죠, 아주머니."

처음엔 그를 의심하던 시동생이 그런 말을 했다. 일본 사람이라면 철천의 원수라는 생각이 가슴속에 뿌리깊이 박혀 있는 나 이문용인데도 그 사람에게 대해서만은 밀도 있는 우애를 느꼈다.

타관에 있는 별장이다. 바닷가고 달이 밝다. 여름밤이고 해당화의 꽃내음이 짙다.

그래서 그런지 나 이문용은 맹랑하리만큼 대담해졌다.

서모 안악댁과 함께 아래채로 나갔다. 그 일본인과 어울려볼 작정으로 아래채 누마루 쪽으로 돌아가다가 주춤 발길을 멈추고는 호흡을 죽였다.

일본인 야나기는 누마루 끝에 걸터앉은 채 뭣인가 손에 들고는 열심히 들여다보고 쓸어보고 하는 것이다. 달빛에 이리저리 비쳐보고 뺨에다 대보고 하는 것이다.

그가 가진 물건은 사기로 된 것인데 그릇도 아니고 병이나 노리개 같지도 않은 둥근 모양의 무엇이다.

나도 안악댁도 그게 뭣인지 알 수가 없어서 이리저리 뜯어보느라고 목을 쑤욱 뽑은 기괴한 포즈였는데 별안간 그 일본인이 어떻게 눈치를 채고는 말했다.

"이리들 좀 와보시지요. 이런 기막힌 보물을 보신 일이 있습니까?"

파도 소리가 간단없이 쏴아쏴아거리고 있지만 퍽 아주 멀게 들리는 밤이었다. 흐린 날엔 가까이 들리고 청명한 날씨엔 멀리 들리는 게 파도 소리다.

시동생 동진은 대청 기둥에 등을 기댄 채 하모니카를 불기 시작했다.

"이런 기막힌 물건을 보신 일이 있습니까?"

누마루 끝으로 조심스럽게 접근해간 우리에게 일본인 야나기가 또 같은 말을 물어왔다.

"이게 뭔지 아시겠지요? 물론."

그는 손에 든 물건을 나한테 보이면서 내가 당연히 그 물건이 뭣이라고 대답할 것을 기다리는데, 나는 그게 뭔지를 몰라서 대답을 하지 못했다.

그는 내가 알면서도 대답을 않는 줄로 알았던지,

"정말 연적 하나에 이런 아름다움이 깃들어 있다니 도대체 어찌된 민족입니까? 똬리연적입니다. 분원요(分院窯)에서 나온 갑반(甲盤)이지요? 이게. 달빛을 받은 이 반투명의 유백색을 보십시오. 물건의 색깔이 아니라 소박하고 어진 조선 사람들 그 마음의 색깔입니다. 무한대의 깊이를 느낄 수

있어요. 이 감촉을 완상해보십시오. 어느 처녀의 유방이 이처럼 풍부한 양
감(量感)을 지니고 있겠습니까. 원산 시내 고물전에서 20원을 주고 샀습니
다. 세상에 원, 이런 보물을 단돈 20원에 입수할 수 있다니.”

그는 좋아서 어쩔 줄을 몰라 했다. 그의 조선 찬미는 좀 과장된 게 아닌
가 싶어서 어이가 없을 정도였다.

그러고 보니 똬리 모양으로 생긴 지름 6~7센티 정도의 둥근 연적으로서
때깔이 곱고 모양에 군더더기가 없는 사기 제품이었다. 하지만 그 일인처
럼 그렇게 감탄 감탄해야 할 일품인지 어떤지는 나로서는 알 길이 없었다.

괴상한 사람, 허풍이 좀 심한가. 그렇더라도 그에게 친근감이 가는 까닭
은 그가 무엇이든 사랑하지 않고는 못 배기는 사람이라고 여겨지기 때문이
다.

시새밭을 그와 함께 거닐고 있었다. 그를 중심으로 해서 나와 안악댁은
왼켠에 섰다. 발이 시새밭에 푹푹 빠지는 바람에 모두들 신발을 벗어 들고
맨발로 걷는데 발바닥엔 아직 덜 식은 태양열이 따스해서 상쾌했다.

사람이 살다가 보면 정말 별의별 일을 다 보고 겪는가보다.

내가 듣도 보도 못한 초면의 일본 남자와 밤에 바닷가를 산책하고 있다
니 세상에 이런 망측한 변고도 있을까. 그러나 나는 조금도 어색하지 않았
다.

“나는 내 나라 일본을 사랑하는 일본 사람입니다. 그러나 일본 군벌이
저지르는 짓은 사랑하지 않습니다. 오히려 저주하는 편이지요. 그들은 왜
독립된 언어와 문화를 가진 오랜 전통의 나라 조선을 유린하여 식민지로
만들어버렸는지 나로선 양해할 수가 없습니다. 일본과 조선은 결단코 하
나가 될 수 없는 개성이 뚜렷한 민족들입니다. 공존하면서 함께 번영하는
좋은 이웃 나라여야 해요. 저들은 조선의 모든 것을 다 파괴할 수 있겠지

만 조선인의 마음만은 파괴하지 못할 것이외다. 나는 서라벌의 문화를 보고 조선과 일본은 도저히 동화될 수 없는 민족임을 알았지요. 오늘 조그마한 연적 하나를 보고도 그것을 느꼈어요. 무식한 일본인들은 경복궁의 광화문을 헐었습니다. 세계에서 가장 뛰어난 건축미의 하나인 광화문을 자기네 곳간을 헐 듯 헐어버리는 일본 군벌의 무지한 파괴 근성은 장차 모든 일본인에게 무서운 시련을 안겨주게 될 것입니다. 나는 일본 군벌의 그런 죄악이 두려워서 전전긍긍하는 사람이외다. 나는 선량한 조선인만 보면 뭔가 자꾸 사죄하고 싶어집니다."

그는 내가 상상할 수 없는 역설(逆說)을 참회하듯 진실성 있게 말했다.

그러나 내가 지금 그의 말을 전적으로 긍정하거나 믿는다 하더라도 나는 그를 이해할 수 없었다.

왜 처음 만난 대수롭지도 않은 아낙네들한테 그런 위험스럽고 어려운 말을 함부로 털어놓는 것인지 그의 심리 상태를 이해할 만한 정견(定見)이 내게는 없었다.

"선생님, 그런 말씀을 이런 보잘 것 없는 여자들한테 함부로 하셔도 마음에 걸리지 않으세요?"

"사람을 가리지 않고 함부로 지껄이는 게 아니죠. 조선에서 저런 큰 별장을 가지고 계시는 댁이라면 상류 계급이 아니시겠습니까. 모든 일본인이 지금 조선에 나와 행패를 부리고 있는 저 무지한 족속과 동일하지 않다는 사실을 변명해보려는 일본 사람의 넋두리입니다. 일본의 양심 있는 소수의 지식인들은 일본 군벌이 저지르고 있는 죄악에 대해서 항거하고 있습니다. 물리적인 힘만을 믿는 군벌은 조선만을 목표로 삼고 있지 않습니다. 조선을 발판으로 해서 더 큰 죄악을 중국 대륙에서 저지르게 될 것입니다. 결국에 가선 패망하겠죠. 그 반대급부적인 천벌을 전 일본 국민이 뒤집어쓰게 되구요."

나는 그와의 대화에서 많은 것을 배울 수 있었다.

조선엔 이완용, 송병준, 윤덕영과 같은 인물이 있어서 마치 그들의 언행이 조선인 전체의 것으로 일본인들에게 오해되듯이, 일본에도 저 조선을 유린한 악질 군벌이 있어서 그들이 일본인 전체로 오해될 수도 있는 것임을 알았다.

하지만 민족성이라는 것은 소수의 예외를 말하는 것이 아니다. 이 야나기와 같은 양심이 일본 천지에 몇이나 있을까.

나는 난생 처음으로 이 미지의 일본인한테서 차원이 다른 정치적인 지식과 인간학을 배운 느낌이었다.

우리들은 파도가 밀려오는 물가에까지는 가지 않았다. 그렇더라도 검은 바다 가까이 서니까 달빛보다는 별빛이 더 화려하게 보였다. 물에 젖은 시새가 발바닥을 기분 좋게 간질였다.

꽤 긴 시간을 산책하다가 별장으로 돌아왔는데, 그때까지도 시동생 동진은 대청마루 끝에 앉아 하모니카를 불고 있었다.

사춘기니까 심한 감상을 앓는 모양이라고 나는 그의 손을 잡아주면서 말했다.

"데련님! 꽃향기와 파도 소리와 하모니카는 화음이 되지 않아요."

이튿날 그 일본인은 하루 종일 무슨 글을 쓰고 있었는데 가끔 훔쳐본 그의 표정은 몹시 엄숙했다.

저녁 무렵이 되자 별난 사건이 일어났다. 10여 명의 사복 경찰들이 우리 별장을 덮쳐와서 하는 말이 별장을 비워달라는 것이었다.

"우가키(宇坦一成) 총독 각하께서 정무에 바쁘신 중에도 이리로 피서 여행을 오셨소이다. 저 옆 별장에서 오늘밤을 묵으시니까 여기를 경호본부로

써야겠으니 그리 아시오."

간신히 사정해서 쫓겨나지는 않았으나 안채는 몽땅 그들에게 점령당하고 말았다.

나는 그날 밤 한 사람의 이상주의자와 한 사람의 군벌주의를 옆에 두고 관찰할 수 있는 기회를 얻었다.

이상주의자의 몰골은 너무나 초라했다.

군벌주의자의 존재는 너무나 기세등등했다.

그러나 먼 훗날 사람들이 그 두 심볼을 비교 평가할 때 어느 켠에다 인간의 가치 평점을 더줄 것일지는 명약관화였다.

도대체 권력이란 뭐길래, 권력자란 어떤 인간이길래 사람들은 사람과 사람의 차별을 그처럼 심하게 하여 권력이라는 것을 그토록 타락시키는 것인지 모를 일이었다. 힘이 즉 정의란 말이 있는 줄은 나도 알고 있다. 그러나 그것은 어떤 전체의 큰 힘을 가리키는 말이지 한 개인 한 인간에게 마구 통용되는 비유는 아닌 줄로 나는 알고 있다.

그런데도 불구하고 그날 밤에 그런 일들이 벌어졌다. 어떻게 나는 그날 밤에 겪은 일들을 이야기해야 하나. 막말로 표현한다면 아니꼽고 더럽고 가증스럽고 불쌍하고 무지스러웠던 그날 밤의 일을 나는 저 일본인 야나기 무네요시와 함께 잊을 수가 없다.

총독과 민예 학자와, 그리고 나라 없는 나라의 명색 없는 옹주(翁主)가 피서지에서 우연히 맞닥뜨렸다. 1934년 7월 하순.

(2권에서 계속)

# 옹졸한 사회를 살면서도
# 찬탄할 만한 품격을 유지했던 문용 옹주

홍기삼

문학평론가·전 동국대 총장

모든 일에 있어서 관심처럼 중요한 것도 없다. 무엇에 대해서는 관심이 주어지지 않으면 흥미도 생기지 않고 애정이나 증오마저도 생겨날 수 없기 때문이다. 학문도 그렇고, 인간의 삶이나 문학도 마찬가지다. 관심이 있어야 흥미도 가지게 되고, 흥미가 느껴지는 일이어야 노력을 하게 된다. 그런 점에서는 학문을 하는 일이나 소설을 읽는 일이나 마찬가지일 것이다.

소설 『황녀』의 경우, 다음과 같은 몇 가지 사실에 깊은 관심을 갖지 않을 수 없다.

첫째, 이 소설의 주인공인 문용 옹주는 허구 인물이 아니라 조선 왕가의 실제 옹주였다는 점이다.

둘째로 조선시대의 옹주 신분이면서도 이름 없는 사생아처럼 태어나 2년여

동안 걸인으로 보내고, 말년에는 장기복역수라는 비참하고 기구한 삶을 살았는데도 불구하고 암흑 속에 묻혀 있다가 우리나라 역사소설의 거목 유주현에 의하여 역사적으로 전무후무한 비극적인 한 여인의 일생이 밝혀졌다는 사실이다.

셋째로 일찍이 춘원 이광수가 문용 옹주를 여러 차례 만나서, "신라 말엽에 마의태자가 있었다면 이조 말엔 백의공주(이문용)가 있으니 내 이를 작품으로 쓰겠다."고 별렀으나 끝내 실행에 옮기지 못했다는 비화도 강렬한 관심을 자아내게 한다.

위와 같은 몇 가지 사실은 이 기구하고도 비참하기 짝이 없는 여인의 생애가 과연 어떤 것이었는지, 깊은 관심과 더불어 진지한 흥미를 갖게 하며, 근대사라는 엄청난 역사의 이면에서 우연히 찾아낸 야사 몇 권을 읽는 그런 긴장감을 우리는 충분히 맛볼 수도 있을 것이다.

문용 옹주의 출생은 이 이야기의 모든 단서가 된다. 그녀는 1900년 고종황제를 아버지로, 염 상궁을 어머니로 해서 이 세상에 태어난다. 그러나 고종은 민비(명성황후)를 잃은 뒤 순헌귀비 엄씨와의 사이에서 아들은(영친왕)을 낳아 기르는 때여서 엄 상궁의 권세는 대단했으므로 어쩌다 고종황제의 사랑을 받아 수태를 하는 상궁이 있었다 하더라도 그것은 차라리 죽음을 각오하는 것과 같은 일일 수밖에 없는 형편이었던 것이다.

이런 상황 속에서 문용 옹주가 태어나자 생모인 염 상궁이 죽음을 당하고 죄 없이 태어난 문용 옹주는 고아 아닌 고아, 사생아 아닌 사생아 신세가 된다.

그해 일제는 일본 공사 하야시를 시켜 금광 채굴권, 어업권, 포경권 등을 모조리 수탈·침해하게 하였고, 이른바 장고도 사건과 월미도 강점 사건 등이 잇달아 일어나 왕조는 점점 재산을 잃어가면서, 왕조의 주권은 여지없이 유린되기 시작하던 때이다. 평화로울 때도 왕가(王家)란 항상 음모와 갈등에 시달리지 않을 수 없는 형편이거늘 이토록 흉흉한 시국 속에서 왕가의 분위기가 어떠하였을지는 쉽게 짐작할 만한 일이다.

염 상궁은 280여 명의 궁녀 중 비교적 나이가 많은 마흔다섯에 문용 옹주를 수태하였다가 계동에 있는 어느 민가로 축출당해 경자년에 문용 옹주를 낳고, 대궐에서 보낸 사약을 마시게 된다. 그러나 문용 옹주는 임 상궁의 필사적인 노력과 당숙 되는 양사골 대감 이재곤의 도움으로 목숨을 건진다. 이후 문용 옹주는 임 상궁이 주선한 유녀 손창열 내외의 외동딸이 된다. 일시에 옹주의 신분에서 천민의 딸이 되어버린 것이다. 그러나 문용 옹주가 어린 나이에 유부가 죽고, 유녀는 재산을 팔아 도망쳐버리자 별 수 없이 거지 소녀가 되고, 아홉 살 되던 해 임 상궁이 찾아와 서울로 데려가게 되자, 금방 거지 소녀에서 숨어 사는 옹주 마마로 변신한다.

이때부터 열일곱 살이 되어 결혼하던 때까지 문용 옹주의 일생에서 가장 행복한 몇 년이 지나고, 결혼 이후 남편과 아들의 죽음을 차례로 겪는다. 그리고 끊임없이 신분을 폭로하겠다는 위협이 뒤따르고……. 과부가 된 문용 옹주는 차례로 시부모를 잃고 온갖 시련을 겪다가 어이없게도 공산당이란 혐의를 받아 6·25전쟁 이후 장기복역수로 10여 년 동안 옥살이를 하다가 1970년에 출옥하여 혈혈단신으로 외로운 노년을 보내고 있다는 것이 소설의 줄거리이며, 이는 실제 이문용 옹주의 실화이기도 하다.

이 작품의 비극을 이루는 첫 번째 근간은 주인공의 신분이 평민이 아니라 인간이면 누구나 부러워하지 않을 수 없는 황제의 딸이라는 점에 있다. 황제의 딸이기 때문에 비참한 운명을 겪어야만 했다는 사실은 지극히 역설적이라고 할 수 있다. 동양의 정체성이라는 용어로 불리는 조선 봉건제국의 몰락과 함께 옹주가 겪는 비극은 정치적인 것이 아니라 개인적인 것이라는 점에서 이중의 위험이 있었다고 볼 수 있다. 물론 덕혜 옹주나 이은의 경우가 보다 행복한 조건이었다고 단정할 수는 없겠으나 문용 옹주의 경우 정치적으로는 몰락한 왕조의 옹주인데다가 당시 실권을 장악한 엄 상궁의 손에 언제든지 죽음을 당할 수밖에 없는 입장이라는 점에서 보면 옹주의 불행은 태어나자마자 이중으로 결정되어 있었던 것이 확실하다.

두 번째 문제는 어려서부터 노년기까지 한 인간이 지키기에는 너무도 벅찬 비밀을 지켜오지 않을 수 없었다는 점이다. 만약 옹주가 어려서 신분이 탄로 났다면 세상에 살아남는 것이 대단히 어려웠을지도 모르고, 일본에 끌려가 참혹한 상태가 되어 환국한 옹주의 다른 자매와 비슷한 상태가 되었을지도 모른다. 옹주는 어려서부터 타인에게 자신을 감추는 버릇을 길러야 했고, 스스로 학대하는 방법을 길러야만 했다.

황녀에서 이 문제는 매우 중요한 의미를 갖는다. 이럴 경우 누구나 마찬가지 겠지만 자신의 신분이 탄로 나는 것에 대한 두려움이 생기면 우선은 거짓말로라도 자신을 숨기지 않을 수 없을 것이다. 거짓말로 일생 동안 자신을 감춘다는 것이 얼마나 고통스러운 일인가에 대한 문제는 충분히 헤아릴 만하다. 그러나 거짓말로 자신을 감추는 것이 형성해 주는 것은 타인과의 공존이 아니라 공동생활에 대한 불안이며 공포의 감정이다. 붙잡히면 죽을지도 모른다는 잠재적 불안은 타인을 신뢰하지 못하게 하는 원인이 되고 가급적이면 혼자 있게 되기를 원하는 고절감을 이루게 된다.

……잡히면 어디론가 끌려간다는 공포……. 그것은 그때나 지금이나 마찬가지다. 누구든 내게 간섭 말고 제발 좀 내버려뒀으면 좋겠다. 그저 제멋대로 지내게 아무도 거들떠보지 말았으면 좋겠다.

그런데다가 터무니없이 공산당이라는 오해마저 받게 되자 옹주는 극심한 공포감 — 잡히면 죽는다는 생각 때문에 정처 없는 유랑의 길을 나선다. 그리고 어느 날 배장수가 되어 대원군이 운현궁 주변 인물들과 함께 어울려 지내던 직곡별장에 이르러 눈물을 흘리며 "내가 당신의 손녀딸이란 말입니다." 하고 나직이 외치기도 한다. 그러나 결국 옹주는 체포되고 십수 년의 실형을 선고받는 사상범이 된다. 옥중에서 옹주는 이런 생각을 갖는다.

나는 검사 앞에서도 재판정에서도 그들이 원하는 대로 척척 답변을 해줬다.

그들은 기왕에 꾸며진 나에 대한 조서에 허위가 발견되는 것을 원치 않을 것이었다.

나도 새로운 사실을 진술해서 저 지겨운 사회로 복귀하거나, 그래서 다시 귀찮아지는 것을 원치 않았다. 뿐만 아니라 나는 내가 공산당이 아니라는 사실을 입증할 만한 근거를 가지고 있지 못했으며, 실제로 나와 같은 불분명한 처세와, 그리고 나의 주위 환경 그런 것을 가리켜 공산당으로 규정하게 마련인지도 모른다는 생각이 굳어져 있었다.

거기다가 나는 지금의 내 생활이 나의 생애에 있어서 가장 안정된 무충지대임을 발견했다.

이 대목은 이 작품의 전반적인 분위기로 보아 과장 섞인 표현이 결코 아니다. 수사관들과 법관들이 함부로 작성해버린 조서에 대해서 옹주는 아무 이의 없이 동의하기도 하고, 저 무섭고 귀찮은 사회에의 복귀를 단념하기도 하며, 감방 속의 생활이 옹주에겐 '생애에 있어 가장 안전한 무풍지대'임을 절감하기도 한다. 타인에게 붙잡히면 죽을 수밖에 없다고 느껴오던 극단적인 공포감은 막상 체포된 뒤 일정한 공간과 일정한 생활의 질서 아래서 최소한 남에게 살해되지 않을 수 있고, 타인에게 간섭 받거나 곤욕을 당하는 정도가 제한됨으로써 차라리 보호받으며 살아갈 수 있다는 안도감으로 뒤바뀌게 되었기 때문이다. 그리하여 옹주는 '이 생활에서 벗어나면 또 새로운 불운과 고통이 나를 기다리고 있을 것'이라는 공포를 떨쳐버릴 수가 없었고, 따라서 '무죄 방면'을 원치 않았으며 벌의 경중에 신경을 쓰고 싶지 않게 된다. 이 극단적인 현실 단절과 공존의 거부 의식은 다분히 본능적인 생명 보호 욕망에 근거하는 의식이다.

그럼에도 불구하고 옹주의 인격을 구성하고 있는 인간성의 여러 가지 요소들은 조금도 불결하거나 사악한 데가 없다. 불결하거나 사악하기는커녕 독자가 화가 날 정도로 지나치게 선량하고 지나치게 희생적이다. 옹주의 선량함과 헌신적인 태도는 실상 이 작품의 비극을 이루는 또 하나의 중요한 조건이 되기도 하지만 한량없는 공감의 원인이 되고 있다.

광화문이 헐리고 경복궁에는 총독부가 건립되던 1916년, 그러니까 옹주의 나이 17세가 되던 해에 당대 명문거족인 김한규의 집으로 출가를 한다. 이때부터 옹주의 헌신적인 희생의 생애가 시작된다. 남편인 김희진이 죽고, 유복자인 외아들이 죽는 슬픔을 겪은 몇 년 뒤 시부모마저 차례로 세상을 떠나고 만다. 남편과 자식과 시부모가 없는 시집에서 젊은 과부의 위치란 식객만도 못한 입장일 수도 있는 것이다. 그러나 옹주는 악독하기 그지없는 시숙 김형규에게 온갖 협박을 당하면서도 주인 없는 시가의 고통스러운 주인 역할을 맡아낸다. 결코 아무나 견뎌낼 만한 일이 아니다. 말할 수 없이 눈물겹고 처절하다. 그 중에서도 타인과 외부로부터 겪는 시련은 고사하고 옹주 자신의 내부에서 솟구쳐 오르는 젊음의 불길을 끄기 위하여 악전고투하는 모습은 더욱 안쓰럽다.

소쩍새가 울었다.
나는 도저히 그대로는 배겨낼 수가 없었다.
나는 화롯불에 꽂힌 부젓가락을 뽑아 들었다.
그 부젓가락 끝에다 침을 퉤 하고 뱉어보았다.
푸지직 하며 침 타는 냄새가 났다.

도저히 독할 수 없는 내 성정이었는데 대관절 어떻게 된 일인지 한순간을 이해할 수가 없다.

나는 부젓가락 끝을 나의 오른편 허벅지에다 철썩 댔다.

살갗이 엿처럼 부젓가락에 묻어났다. 뜨겁거나 아프지가 않고 그저 머리끝이 쭈뼛해지면서 온 육신의 신경이 경직했을 뿐이다.

극기를 위한 옹주의 자해행위에서 우리는 윤리적 통제가 삶에 미치는 영향이 얼마나 엄격하며 얼마나 준열한 것인가를 느낄 수 있으리라. 그러나 더욱 절실한 것은 보이지 않는 숭고한 자존심에 의하여 옹주의 삶에 치러지는 고통이라는 것이 사실은 옹주의 삶을 이지러지게 하는 것이 아니라 풍요롭게 하고, 비열하게 하는 것이 아니라 당당하게 하며, 천박한 자기모멸의 이유가 되기보다는 온갖 굴욕, 온갖 핍박 속에서도 자신을 감당해내고 지켜낼 수 있는 이유가 된다는 사실일 것이다.

그런 상태 속에서만이 무너져버린 왕조의 욕된 후예가 되는 길을 막을 수 있었고 존귀함으로써 오히려 멸시의 대상이 되어야 했던 자신의 숙명을 타개해낼 수 있었던 듯하다. 그것은 옹주가 자신의 신분을 철저히 의식하고 있으면서도 민중 속에 섞일 때마다 자신의 신분을 철저히 분쇄해버린 모습에서 여실히 입증된다. 감방 속에서나 시장의 장돌뱅이 사회에서나 여자 빨갱이라는 누명을 썼을 때나 시집살이를 할 때도 옹주는 자신의 신분을 철저히 의식함으로써 자신의 신분을 철저히 파괴하고, 거기에 새로운 삶의 방식을 부여하는 데 성공했던 것이다. 그의 그러한 성공을 가로막는 것은 그 자신이 아니라 옹졸한 사회였고, 비겁한 질서였다.

옹주는 어떤 서민보다도 서민이고자 했고, 어떤 시민보다도 선량한 시민이었다. 새로운 사회의 질서와 가치관이 한 왕조의 후예를 무너뜨린 것이라고 본다면 여기에 참다운 의미의 비극이라고 할 만한 요소는 존재할 수가 없다. 왜

냐하면 그것은 역사의 질서와 일종의 필연성이라는 점에서 당연한 귀결이라고 할 수 있을 것이기 때문이다. 그런 종류의 비극은 왕조가 바뀔 때나 정권이 바뀔 때마다 야기될 수 있는 전형적인 것, 혹은 상식화된 비극이다. 권력의 최후가 비참하다는 투의 상식과 별로 다를 것이 없다는 뜻도 된다.

그러나 옹주의 행적은 결코 그런 유형과 일치되는 것이 아니다. 옹주는 단한 번도 자신이 옹주라는 것을 내세워 자신의 안일을 도모한 바가 없고, 구태여 세상에 자신을 드러내어 편안한 삶을 누리고자 하지 않았다. 그것은 바꾸어 말해서 시민사회의 부정이 아니라 철저한 긍정이 되고, 새로운 질서의 거부가 아니라 수용이었다고 할 수 있는 것이다. 그러나 반대로 사회는 그러한 그를 수용하지도 용납하지도 않았으며, 옹주의 선량함은 멸시의 조건이 되었고, 옹주의 서민적인 생활에 대한 욕망은 항상 고통 받는 원인이 되기 일쑤였던 것이다. 그것은 현대 사회의 옹졸함이라고도 볼 수 있겠지만 이 작품에서는 모든 비극을 이루는 핵심적 요인이 되고 있다는 점을 간과해서는 안된다.

한국인들의 대부분은 봉건사회의 제반 유물과 시민사회의 새로운 물결 속에서 어떤 형식으로서든지 갈등을 겪지 않을 수 없었던 것은 사실이다. 당대 질서의 급격한 상황 전환은 그것이 천민에게 있어서나 귀족에 있어서나 왕족에 있어서나 갈등의 형식만이 다를 뿐 갈등을 겪는다는 사실 자체에는 하등의 차이가 있을 수 없었다.

여자 빨갱이가 되는 옹주의 사건은 서민이 겪는 갈등의 형식이라고 볼 수 있고, 나머지 비극의 대부분도 왕족의 입장에서 겪는 비극이 아니라 평범한 시민이 겪는 여러 가지 유형과 그대로 일치되고 있다. 문제는 그 비극의 배후에 도사리고 있는 근원적인 문제점이 바로 황제의 딸이라는 신분이었다고 할 수 있다. 그런 이유로 옹주가 겪는 시련은 한 개인이 겪어낼 수 있다고는 상상조차 하기 어려운 거대한 모습을 띠고 있다.

이 작품에서 특히 인상적인 것은 임 상궁과 옹주와의 미묘한 감정이다. 작품에 따르면 생모로 알려져 있는 염 상궁이 실제 생모가 아니라 여러 가지 사실에 비추어 임 상궁이야말로 진짜 옹주의 생모일지도 모른다는 느낌을 지울 수가 없다. 설사 임 상궁이 옹주의 생모가 아니라손 치더라도 임 상궁이 옹주에 대해서 가진 애정의 깊이는 너무도 숭고하고 너무도 절대적인 것이어서, 모성애 중에서도 최상의 모성애라 할 수 있고, 숭고한 사랑 중에서도 가장 숭고한 사랑의 전범이라고 보지 않을 도리가 없다.

"어머니이!"

내 그 어머니 소리는 흡사 지축 저 속에서 튀어나온 신탁(神托)의 소리였다. 이 세상에 태어나서 27년 만에 처음 불러보는 피의 절규였다.

"아! 하아!"

신음 소리를 낸 임 상궁은 내 나신을 감싸안고 흔들었다. 서로의 살결이 닿아서 매끄러웠다.

"어머니라고 불렀군요? 아씨가 나더러 어머니라고 불렀군요? 이를 어쩌나. 이를 어쩌나. 나더러 어머니라구 부르셨네."

그 임 상궁이 그래 나의 어머니가 아닐까. 나를 낳아준 생어머니가 아닐 수 있을까. 저 충격적인 감동이 어머니의 감격이 아닐 수 있을까. 그 신음 소리 그것이 모정의 폭발 소리가 아니란 말인가. 이 포옹이, 저 체온이, 저 뛰는 심장과 혈관을 흐르는 놀란 핏소리가 어머니로서의 감격이 아닐 수 있을까.

이 두 여인의 눈물과 포옹을 우리는 전율 없이 읽을 수가 없다. 두 여인의 눈물겨운 사랑과 상호 신뢰는 평범한 사람들로서는 흉내조차 낼 수 없는 엄격한 인격적 통제에 의해서 다스려지고 있고, 그런 이유로 찬탄할 만한 품격을 감동과 함께 느끼는 것이다. 감동이나 품격의 문제는 이 두 여인에게 있어 삶의 강력한 긍정이 되어 나타남으로써 보다 값진 것이 된다. 어느 누구나 마찬가지지만 삶에 대한 올바른 긍정은 그가 속해 있는 시대와 상황에 대한 긍정이 되며, 역사와 민족에 대한 긍정이 된다는 점이 무엇보다도 중요한 의미를 갖게 된다. 형무소에 갇혀서까지 한 그루의 나무를 심는 데 정성을 다하고('퀸 트리'의 이야기를 보자) 옥중에서도 한 마리의 멧새를 길들여 사랑하는 옹주의 태도는 매우 상징적이고 암시적인 바가 크다.

옹주는 항상 사회사업(고아원 같은 것)에 희망을 걸고 자신을 가난한 자의 편에 굳게 묶어두고자 노력한다. 실제로 옹주는 불우한 소년, 어린 아기, 노파, 젊은 여인 등에게 헌신적인 노력을 퍼붓는다. 하다못해 형무소에서는 젊은 여인들의 내복이라도 빨아주고 보살펴주지 않으면 견디지 못하는 성미이기도 하다. 그런 것은 귀족의식을 가진 여인이 실행에 옮기기 쉬운 것이 아니고 옹주의 신분을 가진 여자가 억지로 노력한다고 해서 가능한 것이 아니다. 기질과 신념의 뒷받침이 없이는 도저히 불가능한 일이다.

옹주는 또한 삶에 대한 긍정, 역사와 사회에 대한 긍정의 결과로서 상황에 대해서는 매우 비판적인 태도를 취하게 된다. 일인 유종열과의 대화라든가 우자키 가스시케를 중심으로 벌어지는 일련의 사건 속에서, 옹주는 격렬한 일제에의 비판자가 된다. 또한 옹주는 무정부주의자가 되어 나타난 시동생 김철진과 이정호에 대해서 그들이 가지는 맹목적성, 혹은 그렇게 될 수밖에 없는 이론적 허구를 소박하게나마 비판적으로 맞선다. 또한 자신이 여자 빨갱이로 몰리면서 관념적 공산당이라는 희극적 표현을 스스로에게 부여하기도 하고, 이념이라는 맹랑한 괴물로 인해서 아무런 필연성도 없이 허물어지고 핍박 받는 인간사회에 대해 회의하기도 한다. 회의와 체념의 근거를 귀족사회, 황권세습제 시대에 두고 있는 것이 아니라 그것은 어디까지나 일상적이고 상대적인 차원에서 시작된다. 그리하여 마침내 옹주는 물질적 집념으로부터 완전히 자신을 해방시키고 현실의 적나라한 실체 속에 자신을 융합시키는 데 성공한다. 다만 실패하고 있는 것은 고통받는 옹주의 육신이요 현세적인 행복의 문제다.

그런 연유로 옹주는 자신의 굳은 신념으로 물욕의 집념에서 자신을 해방시킨 뒤 종교적 신념의 끈에 자신을 연결해버린다. 그러나 옹주에게는 다소 생소한 기독교 이념과 몸에 밴 불교 이념이 갈등을 일으키게 된다. 현세적 욕망에서 벗어난 옹주에게서 두 가지의 심각한 반응을 보게 되는데, 그 하나는 자살에의 유혹이고, 다른 하나는 생불이나 가질 만한 자비심이다. 불교적 자비와 기독교적 사랑 속에서 옹주는 구태여 하나의 종교를 선택해야 할 필요를 느끼지 않는다. 그 삶의 폭을 제한하는 그런 식의 상식과 별로 인연 없어 보이는 듯한 것도 무척 흥미 있는 일이다.

멧새의 사체에 관한 이야기나 자살을 결행하게 되는 과정이라든지, 옥살이를 너무 오래 한 나머지 형무소를 나오며 손에 쥔 몇 장의 지폐(3천여 원)가 거금인 것으로 착각하고 사회사업에 착수하려는 대목에서 우리는 너무도 많은 것들을 한꺼번에 느끼지 않을 수 없다.

※이 글은 필자가 1974년에 처음 쓴 것을 일부 수정한 것임을 밝혀둡니다.